太平廣記鈔

태평광기초 13

〈지식을만드는지식 고전선집〉은
인류의 유산으로 남을 만한 작품만을 선정합니다.
읽을 수 없는 고전이 없도록 세상의 모든 고전을 출판합니다.
오랜 시간 그 작품을 연구한 전문가가
정확한 번역, 전문적인 해설, 풍부한 작가 소개, 친절한 주석을
제공합니다.

太平廣記鈔

태평광기초 13

풍몽룡(馮夢龍) 엮음
김장환(金長煥) 옮김

대한민국, 서울, 지식을만드는지식, 2024

편집자 일러두기

- 이 책은 명나라 천계(天啓) 간본을 저본으로 교점한 배인본 중에서 번체자본(繁體字本)인 웨이퉁셴(魏同賢)의 교점본[2책, 《풍몽룡전집(馮夢龍全集)》8·9, 펑황출판사(鳳凰出版社), 2007]을 바탕으로 하고 기타 배인본을 참고했습니다. 아울러 《태평광기》와의 대조를 통해 교감이 필요한 원문에 한해 해당 부분에 교감문을 붙이고, 풍몽룡의 비주(批注)와 평어(評語)까지 포함해 80권 2584조 전체를 완역하고 주석을 달았습니다. 《태평광기》는 왕샤오잉(汪紹楹)의 점교본[베이징중화수쥐(中華書局), 1961]을 사용했습니다.
- 《태평광기초》는 총 80권으로 되어 있습니다. 이 번역본에는 편의상 한 권에 원서 5권씩을 묶었습니다. 마지막 권인 16권에는 전체 편목·고사명 찾아보기, 해설, 엮은이 소개, 옮긴이 소개를 수록했습니다.
제13권은 전체 80권 중 권61~권65를 실었습니다.
- 국내에서 처음으로 소개됩니다.
- 해설 및 주석은 독자들의 이해를 돕기 위해 모두 옮긴이가 붙인 것입니다.
- 옮긴이는 독자들이 이해하기 쉽도록 각 고사에는 맨 위에 번역 제목을 붙였고 그 아래에 연구자들이 작품을 찾아보기 쉽도록 원제를 한자 독음과 함께 제시했습니다. 주석이나 해설 등에서 작품을 언급할 때는 원제의 한자 독음으로 지칭했습니다.
- 옮긴이는 원전에서 제시한 작품의 출전을 원제 아래에 "출《신선전(神仙傳)》"과 같이 밝혔습니다. 또한 원문 뒤에는 해당 작품이 《태평광기》의 어느 부분에 실려 있는지도 밝혀 《태평광기》와 비교 연구할 수 있도록 했습니다.
- 본문에서 "미 : "로 표기한 것은 엮은이 풍몽룡이 본문 문장 위쪽에 단 미주(眉注)이고 "협 : "으로 표기한 것은 문장과 문장

사이에 단 협주(夾注)입니다. "평 : "으로 표기한 것은 풍몽룡이 본문을 읽고 자신의 평을 추가한 것입니다.
- 한글에 한자를 병기할 때 괄호 안의 말과 바깥 말의 독음이 다르면 [ ]를 사용하고, 번역어의 원문을 표시할 때는 ( )를 사용했습니다. 또 괄호가 중복될 때에도 [ ]를 사용했습니다.
- 고대 인명과 지명은 한자 독음으로 표기하고 현대 인명과 현대 지명은 국립국어원의 중국어 표기법에 따라 표기했습니다.

차 례

권61 재생부(再生部)

재생(再生)

61-1(1786) 안기(顔畿) · · · · · · · · · · · · · 5801

61-2(1787) 조태(趙泰) · · · · · · · · · · · · · 5803

61-3(1788) 중서성의 요리사(中書供膳) · · · · · · · 5811

61-4(1789) 왕윤(王掄) · · · · · · · · · · · · · 5814

61-5(1790) 법경(法慶) · · · · · · · · · · · · · 5818

61-6(1791) 석장화(石長和) · · · · · · · · · · · 5820

61-7(1792) 공각(孔恪) · · · · · · · · · · · · · 5824

61-8(1793) 황보순(皇甫恂) · · · · · · · · · · · 5830

61-9(1794) 등성(鄧成) · · · · · · · · · · · · · 5834

61-10(1795) 양사조(楊師操) · · · · · · · · · · 5838

61-11(1796) 장문(張汶) · · · · · · · · · · · · 5842

61-12(1797) 주동(朱同) · · · · · · · · · · · · 5847

61-13(1798) 허침(許琛) · · · · · · · · · · · · 5852

61-14(1799) 신찰(辛察) · · · · · · · · · · · · 5858

61-15(1800) 등엄(鄧儼) · · · · · · · · · · · · 5864

61-16(1801) 장범(章泛) · · · · · · · · · · · · 5866

61-17(1802) 유 장사의 딸(劉長史女) · · · · · · · 5869

61-18(1803) 유씨 아들의 처(劉氏子妻) · · · · · · · 5876

61-19(1804) 이강명의 처(李强名妻) · · · · · · · 5878

61-20(1805) 정결의 처(鄭潔妻) · · · · · · · · · 5882

61-21(1806) 하남부의 소리(河南府史) · · · · · · 5890

61-22(1807) 최함(崔涵) · · · · · · · · · · · · 5893

61-23(1808) 최민각(崔敏殼) · · · · · · · · · · 5898

61-24(1809) 이아(李娥) · · · · · · · · · · · · 5902

61-25(1810) 업중의 부인(鄴中婦人) · · · · · · · 5905

61-26(1811) 서현방의 딸(徐玄方女) · · · · · · · 5907

61-27(1812) 간보의 가노(干寶家奴) · · · · · · · 5910

61-28(1813) 위풍 집안의 하녀(韋諷女奴) · · · · · 5912

61-29(1814) 정회(鄭會) · · · · · · · · · · · · 5916

61-30(1815) 왕목(王穆) · · · · · · · · · · · · 5919

61-31(1816) 경호(耿皓) · · · · · · · · · · · · 5922

61-32(1817) 탕씨의 아들(湯氏子) · · · · · · · · 5925

61-33(1818) 선비 아무개(士人甲) · · · · · · · · 5928

61-34(1819) 이간(李簡) · · · · · · · · · · · · 5931

오재생(悟再生) 부(附)

61-35(1820) 양호(羊祜) · · · · · · · · · · · · 5937

61-36(1821) 왕연(王練) · · · · · · · · · · · · 5938

61-37(1822) 최사팔(崔四八) ··········5940

61-38(1823) 채낭(采娘) ··········5942

61-39(1824) 유삼복(劉三復) ··········5945

61-40(1825) 원관(圓觀) ··········5947

61-41(1826) 고비웅(顧非熊) ··········5953

61-42(1827) 제군방(齊君房) ··········5955

61-43(1828) 유입(劉立) ··········5962

권62 천부(天部) 지부(地部)

뇌(雷)

62-1(1829) 진의(陳義) ··········5969

62-2(1830) 뇌공묘(雷公廟) ··········5972

62-3(1831) 남해(南海) ··········5974

62-4(1832) 서지통(徐智通) ··········5975

62-5(1833) 왕충정(王忠政) ··········5978

62-6(1834) 번우촌의 여자(番禺村女) ········5981

62-7(1835) 강서촌의 노부인(江西村嫗) ······5983

62-8(1836) 채희민(蔡希閔) ··········5985

62-9(1837) 벼락에 맞은 사람(雷擊人) ·······5987

62-10(1838) 장주와 천주의 경계(漳泉界) ·····5991

62-11(1839) 장구(章苟) ··········5993

62-12(1840) 모산의 소(茅山牛) ··········5995

62-13(1841) 이옹(李廱) · · · · · · · · · · · · · 5997

62-14(1842) 서절(徐絏) · · · · · · · · · · · · · 6000

62-15(1843) 뇌공의 격투(雷鬪) · · · · · · · · · 6002

62-16(1844) 적인걸(狄仁傑) · · · · · · · · · · · 6003

62-17(1845) 진난봉(陳鸞鳳) · · · · · · · · · · · 6005

62-18(1846) 구양홀뢰(歐陽忽雷) · · · · · · · · 6010

62-19(1847) 섭천소(葉遷韶) · · · · · · · · · · · 6012

62-20(1848) 천공단(天公壇) · · · · · · · · · · · 6015

62-21(1849) 스님 문정(僧文淨) · · · · · · · · · 6018

62-22(1850) 스님 도선(僧道宣) · · · · · · · · · 6019

우(雨)

62-23(1851) 방현령(房玄齡) · · · · · · · · · · · 6023

62-24(1852) 어사우(御史雨) · · · · · · · · · · · 6024

62-25(1853) 스님 자낭(僧朗) · · · · · · · · · · 6025

62-26(1854) 기이한 비(雨異) · · · · · · · · · · 6027

풍(風)

62-27(1855) 기이한 바람(風異) · · · · · · · · · 6033

홍(虹)

62-28(1856) 무지개 장부(虹丈夫) · · · · · · · · 6037

62-29(1857) 설원(薛願) · · · · · · · · · · · · · 6039

62-30(1858) 무지개 여자(虹女) · · · · · · · · · 6040

62-31(1859) 위고(韋皐) · · · · · · · · · · · · · 6042

토(土)

62-32(1860) 태세신(太歲) · · · · · · · · · · · 6047

62-33(1861) 서견(犀犬) · · · · · · · · · · · · 6051

62-34(1862) 마희범(馬希範) · · · · · · · · · · 6053

62-35(1863) 회주의 백성(懷州民) · · · · · · · · 6054

62-36(1864) 도황(陶璜) · · · · · · · · · · · · 6056

산(山)

62-37(1865) 과보산(夸父山) · · · · · · · · · · 6061

62-38(1866) 꽂혀 있는 부뚜막(揷竈) · · · · · · · 6062

62-39(1867) 상소봉(上霄峰) · · · · · · · · · · 6063

62-40(1868) 옹봉(甕峰) · · · · · · · · · · · · 6064

62-41(1869) 종남산의 종유동(終南乳洞) · · · · · 6065

62-42(1870) 오래된 쇠사슬(古鐵鎖) · · · · · · · 6066

62-43(1871) 애산(崖山) · · · · · · · · · · · · 6067

62-44(1872) 성종산(聖鐘山) · · · · · · · · · · 6068

62-45(1873) 숭량산(嵩梁山) · · · · · · · · · · 6070

62-46(1874) 석고산(石鼓山) · · · · · · · · · · 6071

62-47(1875) 사적산(射的山) · · · · · · · · · · · 6072

62-48(1876) 괴산(怪山) · · · · · · · · · · · · · 6073

62-49(1877) 맥적산(麥積山) · · · · · · · · · · · 6074

62-50(1878) 대죽로(大竹路) · · · · · · · · · · · 6077

62-51(1879) 석계산(石鷄山) · · · · · · · · · · · 6080

석(石)

62-52(1880) 황석(黃石) · · · · · · · · · · · · · 6085

62-53(1881) 마간석(馬肝石) · · · · · · · · · · · 6087

62-54(1882) 석교(石橋) · · · · · · · · · · · · · 6089

62-55(1883) 석주(石柱) · · · · · · · · · · · · · 6091

62-56(1884) 소리 나는 돌(響石) · · · · · · · · · 6092

62-57(1885) 화석(化石) · · · · · · · · · · · · · 6093

62-58(1886) 돌 연리수(石連理) · · · · · · · · · 6094

62-59(1887) 뜨거운 돌(熱石) · · · · · · · · · · 6095

62-60(1888) 황금 누에(金蠶) · · · · · · · · · · 6097

파사(坡沙)

62-61(1889) 날아가는 비탈(飛坡) · · · · · · · · 6101

62-62(1890) 소리 나는 모래(鳴沙) · · · · · · · · 6102

수(水)

62-63(1891) 용문(龍門) ・・・・・・・・・・・・6105

62-64(1892) 단수(丹水) ・・・・・・・・・・・・6106

62-65(1893) 육홍점(陸鴻漸) ・・・・・・・・・6107

62-66(1894) 이덕유(李德裕) ・・・・・・・・・6110

62-67(1895) 유자광(劉子光) ・・・・・・・・・6113

62-68(1896) 익수(益水) ・・・・・・・・・・・・6114

62-69(1897) 양천(釀川) ・・・・・・・・・・・・6116

62-70(1898) 석지수(石脂水) ・・・・・・・・・6118

62-71(1899) 물이 빠져나가는 못(漏陂) ・・・・・・6119

정(井)

62-72(1900) 녹주의 우물(綠珠井) ・・・・・・・・6123

62-73(1901) 임원현의 우물(臨沅井) ・・・・・・・6125

62-74(1902) 불타는 우물(火井) ・・・・・・・・6127

62-75(1903) 소금 우물(鹽井) ・・・・・・・・・6128

62-76(1904) 시도(柴都) ・・・・・・・・・・・・6130

62-77(1905) 닭 우물(鷄井) ・・・・・・・・・・6131

62-78(1906) 군영의 우물(軍井) ・・・・・・・・6133

62-79(1907) 영흥방의 백성(永興坊百姓) ・・・・・・6135

권63 보부(寶部)

보(寶)

63-1(1908) 금으로 된 사람(金人) ·········6139

63-2(1909) 성필(成弼) ··············6141

63-3(1910) 배담(裵談) ··············6144

63-4(1911) 추낙타(騶駱駝) ···········6148

63-5(1912) 조회정(趙懷正) ··········6150

63-6(1913) 유적(柳積) ·············6152

63-7(1914) 문덕 황후(文德皇后) ·······6154

63-8(1915) 왕청(王淸) ·············6156

63-9(1916) 연 소왕(燕昭王) ·········6158

63-10(1917) 한고조의 황후(漢高后) ·····6160

63-11(1918) 고래의 눈동자(鯨魚目) ····6161

63-12(1919) 진주 못(珠池) ··········6162

63-13(1920) 소성의 진주(少城珠) ·····6163

63-14(1921) 청니주(靑泥珠) ········6164

63-15(1922) 수주(水珠) ············6167

63-16(1923) 상청주(上淸珠) ········6171

63-17(1924) 오색 옥(五色玉) ········6173

63-18(1925) 산호(珊瑚) ············6176

63-19(1926) 무소뿔(犀角) ··········6179

63-20(1927) 통천서로 만든 머리 장식(犀導) ····6183

63-21(1928) 위생(魏生) ・・・・・・・・・・・・6185

진완(珍玩)

63-22(1929) 옥배(玉杯) ・・・・・・・・・・・・6191
63-23(1930) 고리 사슬 모양의 말고삐(連環羈) ・・・6192
63-24(1931) 옥룡자(玉龍子) ・・・・・・・・・・6193
63-25(1932) 옥으로 만든 벽사(玉辟邪)・・・・・・6196
63-26(1933) 부드러운 옥채찍(軟玉鞭) ・・・・・・6198
63-27(1934) 중명침과 신금금(重明枕・神錦衾)・・・6201
63-28(1935) 한나라 태상황의 검(漢太上皇劍) ・・・6204
63-29(1936) 송청춘(宋靑春) ・・・・・・・・・・6208
63-30(1937) 장조택(張祖宅) ・・・・・・・・・・6211
63-31(1938) 부재(符載) ・・・・・・・・・・・・6212
63-32(1939) 산을 가르는 검(破山劍)・・・・・・・6214
63-33(1940) 한 선제(漢宣帝) ・・・・・・・・・・6216
63-34(1941) 왕도(王度) ・・・・・・・・・・・・6218
63-35(1942) 당 중종(唐中宗) ・・・・・・・・・・6243
63-36(1943) 이수태(李守泰) ・・・・・・・・・・6244
63-37(1944) 진중궁(陳仲躬) ・・・・・・・・・・6249
63-38(1945) 원진(元稹) ・・・・・・・・・・・・6257
63-39(1946) 어부(漁人) ・・・・・・・・・・・・6259
63-40(1947) 진양관의 상서로운 향로(眞陽觀瑞爐) ・・6261

63-41(1948) 물총새 깃털을 모아 만든 갓옷(集翠裘) ·6264
63-42(1949) 보물 나무(寶木) ·············6267
63-43(1950) 철통과 필관(鐵筩·筆管) ·······6269
63-44(1951) 네모난 대나무 지팡이(方竹杖) ····6271
63-45(1952) 사보궁(四寶宮) ············6273
63-46(1953) 이보국(李輔國) ············6274
63-47(1954) 월경(月鏡) ··············6276
63-48(1955) 진나라의 보물(秦寶) ········6277
63-49(1956) 연청실(延淸室) ············6280
63-50(1957) 장화(張華) ··············6282
63-51(1958) 부여국의 삼보(扶餘國三寶) ·····6284
63-52(1959) 마노 함과 자옥 동이(馬腦櫃·紫瑰盆) ··6286
63-53(1960) 만불산(萬佛山) ············6288
63-54(1961) 대모 동이(玳瑁盆) ·········6291

기물(奇物)

63-55(1962) 사영운의 수염(謝靈運鬚) ·······6295
63-56(1963) 양귀비의 버선(楊妃襪) ········6296
63-57(1964) 금형수 뿌리로 만든 베개(荊根枕) ···6297

권64 화목부(花木部)

목(木)

64-1(1965) 곡부 무덤의 나무(曲阜墓木) ·····6301

64-2(1966) 소나무(松)·············6302

64-3(1967) 황양과 청양(黃楊靑楊) ········6303

64-4(1968) 초심수(醋心樹) ··········6304

64-5(1969) 예장과 언상(豫章·偃桑) ·······6306

64-6(1970) 무환목(無患木) ··········6308

64-7(1971) 부주목(不晝木) ··········6309

64-8(1972) 주수와 면수(酒樹·麵樹) ······6310

64-9(1973) 교양목(交讓木) ··········6311

64-10(1974) 괴송(怪松) ············6312

64-11(1975) 합장백(合掌柏) ·········6313

64-12(1976) 바라수(婆羅樹) ·········6314

64-13(1977) 목룡수(木龍樹) ·········6316

64-14(1978) 녹목(鹿木) ············6317

64-15(1979) 거꾸로 자라는 나무(倒生木) ·····6318

64-16(1980) 단풍나무(楓) ···········6319

64-17(1981) 모기나무(蚊子樹) ········6321

64-18(1982) 열매가 나비로 변한 나무(化蝶樹) ···6322

64-19(1983) 급제를 알리는 쥐엄나무(登第皀莢) ···6323

64-20(1984) 나뭇결이 글자를 이룬 나무(文木) ···6325

화(花)

64-21(1985) 모란(牡丹) ・・・・・・・・・・・6329

64-22(1986) 모란을 베다(劚牡丹) ・・・・・・・・6330

64-23(1987) 비려화(比閭花) ・・・・・・・・・・6331

64-24(1988) 감곡수(甘谷水) ・・・・・・・・・・6332

64-25(1989) 금등화(金燈花) ・・・・・・・・・・6334

64-26(1990) 금전화(金錢花) ・・・・・・・・・・6335

64-27(1991) 능소화(凌霄花) ・・・・・・・・・・6336

64-28(1992) 야서하(夜舒荷) ・・・・・・・・・・6337

64-29(1993) 저광하(低光荷) ・・・・・・・・・・6338

64-30(1994) 수련화(睡蓮花) ・・・・・・・・・・6340

64-31(1995) 염색한 푸른 연꽃(染青蓮花) ・・・・・6341

과(果)

64-32(1996) 여하(如何) ・・・・・・・・・・・・6345

64-33(1997) 중사조(仲思棗) ・・・・・・・・・・6346

64-34(1998) 누조(檽棗) ・・・・・・・・・・・・6347

64-35(1999) 감나무(柿) ・・・・・・・・・・・・6348

64-36(2000) 자색 꽃이 피는 배나무(紫花梨) ・・・・6349

64-37(2001) 선인의 살구나무(仙人杏) ・・・・・・6354

64-38(2002) 한나라 황제의 살구나무(漢帝杏) ・・・・6355

64-39(2003) 마창(馬暢) · · · · · · · · · · · · 6356
64-40(2004) 금리와 주리(金李・朱李) · · · · · · 6357
64-41(2005) 신성한 능금(聖柰) · · · · · · · · · 6359
64-42(2006) 목도(木桃) · · · · · · · · · · · · 6360
64-43(2007) 서왕모의 복숭아(王母桃) · · · · · · 6361
64-44(2008) 천보 연간의 홍귤나무(天寶甘子) · · · · 6362
64-45(2009) 앵두(櫻桃) · · · · · · · · · · · · 6364
64-46(2010) 서왕모의 포도(王母蒲萄) · · · · · · 6366
64-47(2011) 궁륭과(穹窿瓜) · · · · · · · · · · 6368
64-48(2012) 오색 오이(五色瓜) · · · · · · · · · 6369
64-49(2013) 향기를 싫어하는 오이(瓜惡香) · · · · · 6370
64-50(2014) 마름(芰) · · · · · · · · · · · · · 6371

죽(竹)

64-51(2015) 대나무 종류(竹類) · · · · · · · · · 6375
64-52(2016) 체죽(涕竹) · · · · · · · · · · · · 6376
64-53(2017) 나부산의 대나무(羅浮竹) · · · · · · 6377
64-54(2018) 동자사의 대나무(童子寺竹) · · · · · 6379
64-55(2019) 대나무 열매(竹實) · · · · · · · · · 6380

오곡(五穀)

64-56(2020) 요지속과 봉관속(搖枝粟・鳳冠粟) · · · · 6385

64-57(2021) 연정맥(延精麥) · · · · · · · · · · · · 6387
64-58(2022) 자미와 영광두(紫米·靈光豆) · · · · · 6388
64-59(2023) 야속과 석곡(野粟·石穀) · · · · · · · 6390
64-60(2024) 콩 곡식(豆穀) · · · · · · · · · · · · · 6391

소(蔬)

64-61(2025) 순무(蔓菁) · · · · · · · · · · · · · · 6395
64-62(2026) 월왕여산채(越蒜) · · · · · · · · · · 6396
64-63(2027) 세 가지 품종의 채소(三蔬) · · · · · · 6397
64-64(2028) 파릉(菠稜) · · · · · · · · · · · · · · 6399
64-65(2029) 가지(茄子) · · · · · · · · · · · · · · 6400
64-66(2030) 손바닥 안에서 자라는 겨자(掌中芥) · · 6402

차(茶)

64-67(2031) 차에 대한 기술(叙茶) · · · · · · · · · 6405
64-68(2032) 음식의 독을 없애는 차(消食茶) · · · · 6407
64-69(2033) 상저공(桑苧公) · · · · · · · · · · · · 6409

초(草)

64-70(2034) 석기초(席箕草) · · · · · · · · · · · 6413
64-71(2035) 호문초(護門草) · · · · · · · · · · · 6414
64-72(2036) 선인조(仙人條) · · · · · · · · · · · 6415

64-73(2037) 합리초(合離草) · · · · · · · · · · · 6416

64-74(2038) 귀조협(鬼皂莢) · · · · · · · · · · · 6417

64-75(2039) 삼백초(三白草) · · · · · · · · · · · 6418

64-76(2040) 무심초와 무정초(無心草·無情草) · · · · 6419

64-77(2041) 여초(女草) · · · · · · · · · · · · 6420

64-78(2042) 미초(媚草) · · · · · · · · · · · · 6421

64-79(2043) 취초(醉草) · · · · · · · · · · · · 6423

64-80(2044) 무초와 몽초(舞草·夢草) · · · · · · · 6424

64-81(2045) 상사초와 망우초(相思草·忘憂草) · · · 6425

64-82(2046) 수초와 천보향초(睡草·千步香草) · · · · 6426

64-83(2047) 중독을 치료하는 풀(治蠱草) · · · · · · 6427

64-84(2048) 뱀이 물고 온 풀(蛇銜草) · · · · · · · 6429

64-85(2049) 녹활초와 목미초(鹿活草·牧靡草) · · · 6430

64-86(2050) 독초(毒草) · · · · · · · · · · · · 6431

64-87(2051) 용추(龍芻) · · · · · · · · · · · · 6433

64-88(2052) 홍초(紅草) · · · · · · · · · · · · 6434

64-89(2053) 궁인초(宮人草) · · · · · · · · · · · 6435

64-90(2054) 초모·소명·황거(焦茅·銷明·黃渠) · · 6436

64-91(2055) 서대초(書帶草) · · · · · · · · · · · 6437

64-92(2056) 이상한 풀(異草) · · · · · · · · · · · 6438

64-93(2057) 신기한 풀(神草) · · · · · · · · · · · 6442

64-94(2058) 진시황의 부들(始皇蒲) · · · · · · · · 6443

64-95(2059) 수망조(水網藻) · · · · · · · · · ·6444

태(苔)

64-96(2060) 동전 모양의 이끼(苔錢) · · · · · · ·6447

64-97(2061) 만금태(蔓金苔) · · · · · · · · · ·6448

64-98(2062) 바위솔(瓦松) · · · · · · · · · · ·6450

유만(蓲蔓)

64-99(2063) 등나무 열매로 만든 술잔(藤實杯) · · ·6455

64-100(2064) 종등과 인자등(鍾藤·人子藤) · · · ·6456

64-101(2065) 밀초만(蜜草蔓) · · · · · · · · · ·6457

64-102(2066) 호만초(胡蔓草) · · · · · · · · · ·6458

지균(芝菌)

64-103(2067) 적지(滴芝) · · · · · · · · · · · ·6461

64-104(2068) 목지(木芝) · · · · · · · · · · · ·6463

64-105(2069) 형화지(螢火芝) · · · · · · · · · ·6464

64-106(2070) 이상한 버섯(異菌) · · · · · · · · ·6465

향(香)

64-107(2071) 차무향(茶蕪香) · · · · · · · · · ·6469

64-108(2072) 삼명향(三名香) · · · · · · · · · ·6470

권65 금조부(禽鳥部)

금조(禽鳥)

65-1(2073) 오정현의 깃털 거두는 자(烏程採捕者) ·· 6473

65-2(2074) 배항(裴沆) · · · · · · · · · · · · · · 6475

65-3(2075) 고니(鵠) · · · · · · · · · · · · · · · 6480

65-4(2076) 장화(張華) · · · · · · · · · · · · · · 6481

65-5(2077) 불을 끈 앵무새(鸚鵡救火) · · · · · · 6482

65-6(2078) 설의녀(雪衣女) · · · · · · · · · · · 6484

65-7(2079) 유잠의 딸(劉潛女) · · · · · · · · · · 6487

65-8(2080) 매(鷹) · · · · · · · · · · · · · · · 6489

65-9(2081) 새매(鷂) · · · · · · · · · · · · · · 6491

65-10(2082) 송골매(鶻) · · · · · · · · · · · · · 6492

65-11(2083) 공작(孔雀) · · · · · · · · · · · · · 6494

65-12(2084) 왕헌(王軒) · · · · · · · · · · · · · 6496

65-13(2085) 제비(燕) · · · · · · · · · · · · · · 6497

65-14(2086) 투기하는 제비(妒燕) · · · · · · · · 6499

65-15(2087) 기러기(雁) · · · · · · · · · · · · · 6501

65-16(2088) 백로(白鷺) · · · · · · · · · · · · · 6503

65-17(2089) 백설(百舌) · · · · · · · · · · · · · 6504

65-18(2090) 황새(鸛) · · · · · · · · · · · · · · 6505

65-19(2091) 까마귀(鴉) · · · · · · · · · · · · · 6506

65-20(2092) 서시승 위영의 까마귀(魏丞烏) ····6509

65-21(2093) 삼족오(三足烏) ············6510

65-22(2094) 까마귀 성(烏城) ···········6511

65-23(2095) 까치(鵲) ················6512

65-24(2096) 지작(鳾鵲) ··············6514

65-25(2097) 소식을 전하는 비둘기(鴿信) ·····6515

65-26(2098) 참새(雀) ················6516

65-27(2099) 두견(杜鵑) ··············6517

65-28(2100) 꾀꼬리(鶯) ··············6518

65-29(2101) 구욕(鸜鵒) ··············6520

65-30(2102) 자고(鷓鴣) ··············6522

65-31(2103) 봄을 알리는 새(報春鳥) ········6524

65-32(2104) 볏이 있는 오리(冠鳧) ········6525

65-33(2105) 진길료(秦吉了) ············6526

65-34(2106) 정위(精衛) ··············6528

65-35(2107) 관단(鸛鶨) ··············6529

65-36(2108) 문모(蚊母) ··············6530

65-37(2109) 동화조(桐花鳥) ············6531

65-38(2110) 대승(戴勝) ··············6532

65-39(2111) 토수(吐綬) ··············6534

65-40(2112) 한붕(韓朋) ··············6535

65-41(2113) 수금조(漱金鳥) ···········6537

65-42(2114) 끈끈한 침을 날리는 새(飛涎鳥) ‥‥6539

65-43(2115) 적(鸛) ‥‥‥‥‥‥‥‥6541

65-44(2116) 올빼미(鴟梟) ‥‥‥‥‥‥6543

65-45(2117) 올빼미의 울음소리(梟鳴) ‥‥‥‥6545

65-46(2118) 수리부엉이(鵰) ‥‥‥‥‥‥6548

65-47(2119) 휴류(鵂鶹) ‥‥‥‥‥‥‥6549

65-48(2120) 종이 연(紙鳶) ‥‥‥‥‥‥6551

65-49(2121) 새들의 적(鳥賊) ‥‥‥‥‥‥6552

65-50(2122) 새 관청(鳥省) ‥‥‥‥‥‥6553

65-51(2123) 축계공(祝鷄公) ‥‥‥‥‥‥6554

65-52(2124) 오청(吳淸) ‥‥‥‥‥‥‥6555

65-53(2125) 측천무후(天后) ‥‥‥‥‥‥6556

65-54(2126) 침명계(沉鳴鷄) ‥‥‥‥‥‥6557

65-55(2127) 쌍두계(雙頭鷄) ‥‥‥‥‥‥6559

권61 재생부(再生部)

재생(再生)

〈오재생〉이 덧붙어 있다.
〈悟再生〉附.

61-1(1786) 안기

안기(顔畿)

출《수신기(搜神記)》

진(晉)나라 함녕(咸寧) 연간(275~280)에 자(字)가 세도(世都)인 낭야(琅琊) 사람 안기는 병이 들었는데, 의원 장차(張瑳)를 찾아갔다가 장차의 집에서 죽었다. 가족들이 그의 상여를 모시고 갔는데, 상여를 인도하는 깃발이 나무에 휘감겨 풀 수 없었다. 안기가 가족의 꿈에 나타나 말했다.

"나는 아직 죽어서는 안 되는데, 그저 약을 너무 많이 먹어서 오장이 상했을 뿐이다. 지금 마땅히 다시 살아날 것이니 절대 나를 묻지 마라."

이에 관을 열었더니 그의 몸은 예전 그대로였고 사람의 기색이 미약하게 있었으며, 손톱으로 긁어서 관의 판자에 온통 흠집이 나 있었다. 그에게 점차 기운이 생기자 가족들이 급히 그의 입에 미음을 흘려 넣어 주었더니 삼킬 수 있었으며, 음식을 조금 늘렸더니 눈을 뜰 수 있었지만 말은 하지 못했다. 10여 년 동안 가족들이 그를 간호하는 일에 지치자, 그의 동생 안홍도(顔弘都)가 세상일을 모두 끊고 직접 그의 시중을 들며 봉양했다. 미: 정말 공손한 동생이다. 하지만 안기는 나중에 몸이 쇠약해지더니 결국 다시 죽고 말았다. 협: 살아서 무슨 소용인가!

晉咸寧中, 琅琊顔幾, 字世都, 得病, 就醫張瑳, 死於瑳家. 家人迎喪, 旐每繞樹不可解. 乃托夢曰: "我未應死, 但服藥太多, 傷五臟耳. 今當復活, 愼無葬我." 乃開棺, 形骸如故, 微有人色, 而手爪所刮摩, 棺板皆傷. 漸有氣, 急以綿飮瀝口, 能咽, 飮食稍增, 能開目, 不能言語. 十餘年, 家人疲於供護, 其弟弘都絶棄人事, 躬自侍養. 眉: 眞悌弟. 以後便衰劣, 卒復還死. 夾: 何用生爲!

* 이 고사는 《태평광기》 권383 〈재생·안기〉에 실려 있다.

61-2(1787) 조태

조태(趙泰)

출《명상기(冥祥記)》

진(晉)나라의 중산대부(中散大夫) 조태는 자가 문화(文和)이며 청하(淸河) 사람으로, 35세가 되도록 벼슬하지 않고 있었다. 한번은 갑자기 심장에 통증이 오더니 잠시 후에 죽었는데, 심장만은 차가워지지 않았다. 그런데 죽고 나서 열흘 뒤에 갑자기 목구멍에서 비 오는 듯한 소리가 나더니 얼마 후에 다시 살아났다. 그는 다음과 같은 이야기를 해 주었다.

그가 막 죽었을 때 꿈에 한 사람이 누런 말을 타고 왔는데, 시종 두 명이 양쪽에서 조태의 겨드랑이를 끼고 곧장 동쪽으로 떠났다. 한참을 가서 어느 커다란 성에 도착했는데, 그 성은 검푸른 색깔이었고 굉장히 높고 험했다. 마침내 그들은 조태를 데리고 성문으로 들어갔는데, 두 개의 겹문을 지나자 수천 칸은 됨 직한 기와집이 나왔고 남녀노소 수천 명이 줄지어 가고 있었다. 또 검은 옷을 입은 관리 대여섯 명이 사람들의 성명을 조목조목 기록하면서 말했다.

"마땅히 부군(府君)께 올려야겠다."

조태의 이름은 30번째에 있었다. 잠시 후 관리는 조태와 수천 명의 남녀를 데리고 한꺼번에 들어갔다. 부군은 서쪽을 향해 앉아서 명부를 훑어보고 난 뒤에 다시 조태를 남쪽으로 보내 안쪽 문으로 들어가게 했다. 그곳에서 어떤 사람이 진홍색 옷을 입고 큰 집에 앉아서 사람들을 차례대로 호명하면서 물었다.

"살아 있을 때 무슨 죄를 지었고 무슨 선행을 했는지 각자 사실대로 말해야 한다. 여기서는 늘 육부(六部)의 사자를 인간 세상에 파견해 사람들의 선악을 기록하게 하므로 그 자세한 상황이 갖추어져 있으니 거짓말을 해서는 안 된다."

조태가 대답했다.

"저의 부친과 형은 모두 2000석의 봉록을 받는 관직을 지냈습니다. 저는 효렴(孝廉)에 천거되어 관부의 초징을 받았으나 나아가지 않은 채 마음을 수양하고 선업(善業)을 염두에 두면서 여러 악행에 물들지 않았습니다."

부군이 조태를 수관감작리(水官監作吏)로 파견하자, 조태는 2000여 명을 거느리고 모래를 운반해 강둑을 보수하는 일을 밤낮으로 아주 열심히 했다. 그 후에 부군은 조태를 수관도독(水官都督)으로 승진시켜 여러 지옥의 일을 맡게 했으며, 그에게 병마를 주어 지옥을 순찰하게 했다. 조태가 다녔던 여러 지옥은 그 고통이 각기 달랐다. 미 : 지옥의 일이 대략 갖춰져 있다. 어떤 곳은 바늘로 사람들의 혀를 꿰뚫어 온몸에 피가 흘렀다. 또 어떤 곳은 사람들의 머리를 풀어 헤치고 맨몸에 맨발인 채로 끌고 가면서 커다란 몽둥이를 든 자가 뒤에서 그들을 재촉했는데, 쇠 평상과 구리 기둥을 벌겋게 달구어 놓고 그 사람들을 몰아가서 구리 기둥을 끌어안거나 쇠 침상 위에 눕게 하면 다가가는 즉시 살이 타서 문드러졌다가 금세 다시 살아났다. 또 어떤 곳은 뜨거운 화로에 커다란 가마솥을 얹고 불을 때서 죄인을 삶았는데, 죄인의 몸과 머리가 부서져 문드러지면서 끓는 물을 따라 마구 뒤집어졌으며, 귀신은 작살을 들고 그 옆에 기대서서 있었고 300~400명의 사람들은 한쪽에 서 있다가 차례대로 가마솥으로 들어가면서 서로 끌어안고 슬피 울었다. 또 어떤 곳은 끝을 알 수 없을 정도로 높고 넓은 칼나무가 뿌리와 줄기·가지·잎까지 모두 칼로 만들어져 있었는데, 사람들이 서로 헐뜯으며 마치 즐겁게 경주라도 하듯이 스스로 붙잡고 올라가면 몸뚱이가 베어져 마디마디 떨어져 나갔다. 미 : 무릇 속세에서 즐겁게 경주하는 것은 모두 칼나무를 오르는 것과 같다. 조태는 조부모와 두 동생이 그 지옥에 있는 것을 보고 눈물을 흘렸다. 조태가 지옥문을 나서면서 보았더니, 두 사람이 문서를 가지고 와서 옥리(獄吏)에게 말했다.

"세 사람은 그들의 집에서 절에 번(幡)[1]을 걸고 향을 살

---

[1] 번(幡) : 당(幢)·개(蓋)와 함께 부처와 보살의 위덕(威德)을 나타내

라 그들의 죄를 사해 주길 빌었으니, 복사(福舍)로 내보는 것이 좋겠습니다."

잠시 후에 세 사람이 지옥에서 나오는 것이 보였는데, 그들은 이미 자연스러운 옷을 몸에 단정하게 입고 있었다. 그들은 남쪽으로 "개광대사(開光大舍)"라고 하는 한 문에 이르렀는데, 삼중으로 된 문에서 붉은 빛이 환하게 빛났다. 조태는 그 세 사람이 곧장 개광대사 안으로 들어가는 것을 보고 역시 따라 들어갔다. 앞에 있는 대전(大殿)은 진귀한 보옥으로 두루 장식해 그 광채에 눈이 부셨으며, 평상은 금옥으로 만들어져 있었다. 또 보았더니 자태와 용모가 훌륭하고 비상해 보이는 한 신인(神人)이 그 자리 위에 앉아 있었고, 옆에는 아주 많은 승려들이 서 있었다. 잠시 후에 부군이 와서 그에게 공경히 배례하자 조태가 물었다.

"저분은 어떤 사람이시기에 부군이 경배를 드립니까?"

관리가 말했다.

"저분은 '세존(世尊)'이라고 불리며, 중생을 제도하시는 법사님입니다."

잠시 후에 세존은 악도(惡道 : 지옥·아귀·축생의 삼악

는 장엄구로, 깃발과 비슷한 형태다. 당간(幢竿)이나 천개(天蓋), 혹은 탑의 상륜부(相輪部)에 매단다.

도)에 있는 사람들에게 모두 나와서 불경을 듣게 했다. 당시 1만 9000명이 모두 지옥에서 나와 백리성(百里城)으로 들어갔는데, 그곳에 도착한 사람들은 모두 불법을 받드는 중생이었다. 그들은 품행에 비록 결함이 있긴 했지만 아직은 마땅히 제도될 수 있었기 때문에 강경(講經)하고 설법(說法)했던 것이다. 사람들은 7일 동안 본래 지었던 선악의 많고 적음에 따라 차등을 두어 죄를 사면받고 지옥에서 벗어났다. 조태는 아직 그곳을 나오지 않았을 때 이미 10명이 하늘로 올라 떠나가는 것을 보았다. 조태가 개광대사를 나오자 또 한 성이 보였는데, 그곳은 사방 200여 리나 되었으며 이름을 "수변형성(受變形城)"이라 했다. 지옥에서 심문과 처벌이 이미 끝난 사람들은 마땅히 이 성에서 몸이 변화하는 보응을 다시 받아야 했다. 조태가 그 성으로 들어가서 보았더니, 흙집과 기와집이 들어선 수천 구역에 각각 집들이 있었고, 그 중앙에는 난간이 채색으로 장식된 높고 웅장한 기와집이 있었다. 그곳에서 수백 명의 관리가 문서를 대조하면서 말했다.

"살생한 자는 마땅히 하루살이가 되어 아침에 태어났다가 저녁에 죽을 것이고, 강도질한 자는 마땅히 돼지나 양이 되어 사람들에게 도살당할 것이며, 음탕한 짓을 한 자는 학·따오기·매·고라니가 될 것이고, 한 입으로 두말한 자는 올빼미나 부엉이가 될 것이며, 빚을 갚지 않은 자는 노새·나귀·소·말이 될 것이다." 미 : 현명한 사람을 시기하고 능력 있는 사람을 질투하거나 가난한 사람을 속이고 착한 사람을 능멸한 자는 응당 어떤 동물로 변하는가?

조태가 순찰을 다 마치고 수관부(水官府)로 돌아오자 주사인(主事人)이 조태에게 말했다.

"그대는 죄가 없기 때문에 수관도독을 맡게 했던 것이오. 그렇지 않았다면 지옥의 다른 사람들과 다를 바 없었을 것이오."

조태가 주사인에게 물었다.

"사람이 어떤 행동을 해야 죽어서 좋은 응보를 받을 수 있습니까?"

주사인이 말했다.

"불법을 받드는 불제자가 정진하며 계율을 지킨다면 좋은 응보를 받고 징벌을 받지 않을 수 있소."

조태가 다시 물었다.

"사람이 불법을 섬기지 않았을 때 저지른 죄과는 불법을 섬긴 후에 없앨 수 있습니까?"

주사인이 대답했다.

"모두 없앨 수 있소."

말을 마치고 나서 주사인은 등나무 상자를 열고 조태의 나이를 조사해 보았는데, 아직 30년이 남아 있었으므로 곧장 조태를 돌려보냈다. 작별할 때 주사인이 말했다.

"그대는 이미 지옥에서 죄의 응보가 이러하다는 것을 보았으니, 마땅히 세상 사람들에게 알려서 모두 선업을 지으라고 하시오."

당시 조태의 내외 친족 중에서 그를 문안하러 왔던 50~60명이 함께 조태의 이야기를 들었다. 조태는 직접 그 일을 기록해 당시 사람들에게 보여 주었다.

晉中散大夫趙泰, 字文和, 淸河人也, 年三十五尙未仕. 嘗忽心痛, 須臾死, 惟心不冷. 旣死十日, 忽喉中有聲如雨, 俄而甦. 說: 初死時, 夢有人乘黃馬, 從者二人, 夾扶泰腋, 徑將東行. 良久, 至一大城, 城靑黑色, 崔崒高峻. 遂將泰向城門入, 經兩重門, 有瓦室, 可數千間, 男女大小, 亦數千人行列. 而吏著皁衣有五六人, 條疏姓氏, 云: "當呈府君." 泰名在三十. 須臾, 將泰與數千人男女, 一時俱進. 府君西向坐, 閱視名簿訖, 復遣泰南入裏門. 有人著絳衣, 坐大屋下, 以次呼名, 問: "生時何作罪, 行何福善, 各須實說. 此恒遣六部使者在人間, 疏記善惡, 具有條狀, 不可得虛." 泰答: "父兄仕官皆二千石. 我擧孝廉, 公府辟不行, 修志念善, 不染衆惡." 乃遣泰爲水官監作吏, 將二千餘人, 運沙神岸, 晝夜勤苦. 後轉泰水官都督, 知諸獄事, 給泰兵馬, 令案行地獄. 所至諸獄, 楚毒各殊. 眉: 地獄事略備. 或針貫其舌, 流血竟體. 或被頭露髮, 裸形徒跣, 相牽而行, 有持大仗, 從後催促, 鐵床銅柱, 燒之洞然, 驅迫此人, 抱臥其上, 赴卽焦爛, 尋復還生. 或炎鑪巨鑊, 焚煮罪人, 身首碎爛, 隨沸翻轉, 有鬼持叉, 倚於其側, 有三四百人, 立於一面, 次當入鑊, 相抱悲泣. 或劍樹高廣, 不知限極, 根莖枝葉, 皆劍爲之, 人衆相訾, 自登自攀, 若有欣競, 而身體割截, 尺寸離斷. 眉 : 凡塵世欣競者, 皆劍樹也. 泰見祖父母及二弟在此獄中, 涕泣. 泰出獄門, 見有二人賷文書來, 說獄吏, 言 : "有三人, 其家爲於塔寺中懸幡燒香, 救解其罪, 可出福舍." 俄見三人, 自獄而出, 已有自然衣服, 完整在身. 南詣一門, 名 "開光大舍", 有三重門, 朱彩照發. 見此三人, 卽入舍中, 泰亦隨入. 前有大殿, 珍寶周飾, 精光耀目, 金玉爲床. 見一神人, 姿容偉異, 殊好非常, 坐此座上, 邊有沙門, 立倚甚衆. 俄而府君來, 恭敬作禮, 泰問 : "此何人, 而府君致敬?" 吏曰 : "號名 '世尊', 度人之師." 有頃, 令惡道中人, 皆出聽經. 時有萬九千人, 皆出地獄, 入百里城, 在此到者, 奉法衆生也. 行雖虧殆, 尚當得度, 故開經法. 七日之中, 隨本所作善惡多少, 差次免脫. 泰未出之頃, 已見十人, 升虛而去. 出此舍, 復見一城, 方二百餘里, 名爲 "受變形城". 地獄考治已畢者, 當於此城, 更受變報. 泰入其城, 見有土瓦屋數千區, 各有房舍, 正中有瓦屋高壯, 欄檻彩飾. 有數百局吏, 對校文書, 云 : "殺生者當作蜉蝣, 朝生暮死, 劫盜者當作猪羊, 受人屠割, 淫逸者作鶴鶩鷹鷂, 兩舌者作鴟梟鵂鶹, 捍債者爲騾驢牛馬." 眉 : 妒賢嫉能・欺貧凌善者, 應變何物? 泰案行畢, 還水官處, 主者語泰 : "卿無罪, 故相使爲水官都督. 不爾, 與地獄中人無以異也." 泰問曰 : "人有何行, 死得樂報?" 主者言 : "唯奉法弟子, 精進持戒, 得樂報, 無有謫罰." 泰復問曰 : "人未事法時, 所行罪過, 事法之後, 得除否?" 答曰 : "皆除也." 語畢, 主者開藤篋, 檢年紀, 尙有餘算三十年在, 乃遣泰還. 臨別, 主者曰 : "已見地獄罪報如是, 當告世人, 皆令作善." 時親表內外候視泰者, 五六十人, 同聞泰說. 泰自書記, 以示時人.

* 이 고사는 《태평광기》 권377 〈재생・조태〉에 실려 있다.

61-3(1788) 중서성의 요리사

중서공선(中書供膳)

출《광이기(廣異記)》

[당나라] 신룡(神龍) 원년(705)에 중서령(中書令) 양재사(楊再思)가 죽었고 그날 중서성(中書省)의 공선(供膳 : 요리사)도 죽었는데, 그들은 함께 저승의 담당 관리에게 이끌려 염라왕이 있는 곳으로 갔다. 염라왕이 양재사에게 물었다.

"생전에 어찌하여 이렇게 많은 죄를 지었느냐?"

양재사가 말했다.

"저는 사실 죄가 없습니다."

그러자 염라왕은 장부를 가져오게 했다. 잠시 후에 누런 옷을 입은 관리가 장부를 가지고 와서 양재사의 죄를 낭독했다.

"여의(如意) 원년(692)에 묵철(黙啜 : 동돌궐의 칸)이 영주(瀛州)·단주(檀州) 등을 함락하자 나라에서 병사를 파견해 구하게 했다. 어떤 사람이 상소를 올려 간언했지만 양재사는 간언을 무시하고 구원병을 파견했다가 묵철에게 패해서 죽은 사람이 1000여 명이나 되었다. 대족(大足) 원년(701)에는 하북(河北) 지방에서 누리 떼의 재해를 입어 많은 백성이 수확을 하지 못했다. 양재사는 재상으로 있었지만 창고를 열어 구휼하지 못함으로써 백성을 떠돌게 해 굶어 죽은 사람이 2만여 명이나 되었다. 재상은 음양을 조화롭게 다스려야 하지만 양재사는 형정(刑政)을 균형 있게 하지 못하고 조화로운 기운을 상하게 해, 결국 하남(河南)의 3군(郡)에 홍수가 나서 익사한 사람이 수천 명이나 되었다. 이와 같은 죄가 무릇 예닐곱 건이나 된다."

그러고는 양재사에게 보여 주자 양재사는 재배하며 자신의 죄를 인정했다. 미: 관직에 있는 사람은 경계로 삼을 만하다. 그때 갑자기 갈기가 나고 매우 무서운 침대만 한 크기의 손이 나타나 양재사를 낚아채더니 하늘로 솟구쳐 가 버렸다. 염라왕이 말했다.

"공선은 죄가 없으니 마땅히 돌려보내야 한다."

공선은 살아난 뒤에 많은 사람들에게 그 일을 말했다. 중종(中宗)이 그 얘기를 듣고 그를 불러 물어보았더니 그가 사실대로 자세히 대답했다. 중종은 그 일을 중서성 청사의 벽에 기록하도록 명했다.

神龍元年, 中書令楊再思卒, 其日中書供膳亦死, 同爲地下所由引至王所. 王問再思: "在生何得有許多罪狀?" 再思言: "己實無罪." 王令取簿來. 須臾, 有黃衣吏持簿至, 唱再思罪云: "如意元年, 默啜陷瀛檀等州, 國家遣兵赴救. 有人上書諫, 再思違諫遣行, 爲默啜所敗, 殺千餘人. 大定[1]元年, 河北蝗蟲爲災, 烝人不粒. 再思爲相, 不能開倉賑給, 至令百姓流離, 餓死者二萬餘人. 宰相爕理陰陽, 再思刑政不平, 用傷和氣, 遂令河南三郡大水, 漂溺數千人. 如此者凡六七件." 示再思, 再思再拜伏罪. 眉 : 居官者可以爲戒. 忽有手大如床, 毛鬣可畏, 攫再思騰空而去. 王云 : "供膳無過, 宜放回." 供膳旣活, 多向人說其事. 爲中宗所聞, 召見, 具以實對. 中宗命列其事跡於中書廳記之.

* 이 고사는 《태평광기》 권380 〈재생 · 양재사(楊再思)〉에 실려 있다.

1 정(定) : 《태평광기》와 《광이기》 권6에는 "족(足)"이라 되어 있는데 타당하다.

61-4(1789) 왕윤

왕윤(王掄)

출《통유기(通幽記)》

[당나라] 천보(天寶) 11년(752)에 삭방절도판관(朔方節度判官) 겸 대리사직(大理司直) 왕윤은 순찰하다가 중성(中城)에 이르러 병에 걸려 죽었는데, 16일 만에 다시 살아났다. 그는 처음 병이 심해져 막 숨이 넘어가려 할 때 두 사람에게 붙잡혀 갔다. 잠시 후 커다란 성문으로 들어갔는데, 삭방절도사(朔方節度使) 이임보(李林甫)를 만나 서로 인사하면서 생시라고 생각했다. 하지만 또 보았더니 이옹(李邕)과 배돈복(裴敦復) 등 몇 명이 한 관부의 뜰에서 이임보의 운명을 놓고 언쟁하기에 왕윤은 그제야 자신이 죽었음을 깨달았다. 이임보는 손에 종이와 붓을 들고 이옹 등과 논변을 벌였다. 미 : 이에 따르면 이임보는 선도(仙道)에 들어가지 않았음이 분명하다. 마침내 저승 관부에서 판결했다.

"이임보는 죽은 후에 집안이 망할 것이고, 양국충(楊國忠)이 그를 대신해 재상이 될 것이다."

그해 겨울에 이임보가 죽자 과연 양국충이 그를 대신했다. 왕윤의 형 왕섭(王攝)은 죽은 지 이미 6년이 지났는데, 왕윤은 그때 형을 만났다. 왕섭이 말했다.

"너는 아직 죽을 때가 되지 않았으니, 만약 돈 3000관(貫)을 얻는다면 다시 살아날 수 있다."

왕윤의 집은 서쪽 정원현(定遠縣)에 있었는데, 그곳은 중성에서 수백 리 떨어져 있었다. 왕윤이 한 산 아래를 보았더니 울퉁불퉁한 샛길이 있어 그 길로 급히 달려 집으로 돌아갔다. 잠시 후에 당에 올라 아내에게 말했다.

"나는 이미 죽었지만 만약 돈 3000관을 얻으면 다시 살아날 수 있소."

그날 저녁에 온 집안 식구들은 모두 창문 사이로 바스락거리는 소리를 들었으며, 개도 그 소리 때문에 짖어 댔다. 날이 밝고 나서 그의 아내가 울며 말했다.

"꿈에 남편이 나타나 이미 죽었다고 하면서 돈 3000관을 달라고 했습니다."

그러고는 즉시 종이를 잘라 지전을 만들고 무당을 불러 그것을 태웠다. 왕윤이 그 돈을 받았는데 인간 세상의 돈과 다르지 않았다. 저승에는 낮과 밤이 없었으며 늘 겨울철의 눈 내리는 흐린 날과 같았다. 그곳에는 귀왕(鬼王)이 자색 옷을 입고 죄와 복을 판결했으며, 판관 수십 명이 있었다. 그들은 죄를 판정할 때 양심을 저버린 것을 가장 크게 여겼는데, 심문을 받는 자는 대부분 승려와 벼슬아치들이었다. 미: 양심을 저버린 사람은 무슨 죄악이든 저지르지 않겠는가? 승려는 부처에 의지하고 벼슬아치는 권세에 의탁하기 때문에 그 죄업이 더욱 심하다. 왕윤은 생전에 별다른 잘못을 저지르지 않았기 때문에 죄를 판정할 때 고기를 먹은 죄만이 거론되었다. 옆에 있던 한 관리가 말했다.

"이 사람이 비록 고기를 먹기는 했지만 일부러 죽이지는 않았습니다."

왕윤은 병들기 전에 일찍이 옷을 벗어서 《금광명경(金光明經)》을 쓴 다음 직접 싸서 봉해 불당 안에 놓아두었는데, 그 덕택에 지장보살(地藏菩薩)을 뵙고 다시 살아날 수 있었다. 지장보살이 즉시 불경을 가져오게 했는데, 그것은 바로 왕윤이 싸서 봉했던 불경이었다. 귀왕과 판관 몇 명은 모두 살아생전에 왕윤과 친하게 지냈지만, 서로 만나고도 기억이 흐릿해서 옛일을 얘기하지 못했다. 왕윤은 또 돌아가신 부친과 모친을 만났는데, 절을 올린 뒤에도 마치 서로 알지 못하는 사이처럼 안부조차 묻지 않았다. 미 : 자식이 돌아가신 부모에 대해서 시간이 오래되면 또한 서로 알지 못하는 사람처럼 된다니, 이 얼마나 괴이한가! 자애로운 부모와 효성스러운 자식은 반드시 그렇지 않을 것이다. 또 먼저 죽은 형제들을 만났으나 역시 형제간의 정을 느낄 수 없었다. 다만 근래에 죽은 형 왕섭은 살아 있었을 때처럼 친근했는데, 이는 서로 떨어져 있던 날이 짧았기 때문이었다. 관리가 왕윤에게 말했다.

"그대는 관록(官祿)이 있고 장수할 것이오. 그러나 이곳에서의 일은 절대로 발설해서는 안 되오."

관리가 말을 마치자 왕윤은 갑자기 다시 살아났다.

天寶十一年, 朔方節度判官大理司直王掄, 巡至中城, 病死, 凡一十六日而甦. 初疾亟屬纊之際, 見二人追去. 須臾入大城門, 見朔方節度李林甫, 相見拜揖, 以爲平生時也. 又見李邕·裴敦復數人, 於一府庭, 言責林甫命, 掄方悟死耳. 林甫手持紙筆, 與邕等辨對. 眉: 按此則林甫不入仙道明矣. 冥司斷曰: "林甫死後破家, 楊國忠代爲相." 其冬, 林甫死, 楊果代之. 掄兄攝, 亡已六年, 時見之. 攝云: "爾未當死, 若得錢三千貫, 卽重生也." 掄家在西定遠, 去中城數百里. 便見一山下有崎嶇小徑, 馳歸其家. 斯須而升堂告妻曰: "我已死矣, 若得錢三千貫, 卽再生." 其夕, 畢家咸聞窗牖間窣然有物聲, 犬亦迎吠. 旣明, 其妻泣言: "夢掄已死, 求錢三千貫." 卽取紙剪爲錢財, 召巫者焚之. 掄得之, 卽與人間錢不殊矣. 冥中無晝夜, 嘗如冬天大陰雪時. 有鬼王, 衣紫衣, 決罪福, 判官數十人. 其定罪以負心爲至重, 其被考理者, 多僧尼及衣冠. 眉: 負心之人, 何惡不作? 僧尼仗佛, 衣冠藉勢, 故罪業尤甚. 掄在生時無他過, 及定罪, 唯擧食肉罪. 旁一吏曰: "此人雖食肉, 不故殺." 掄未病時, 曾解衣寫《金光明經》, 手自封裹, 置於佛堂內. 及冥中, 以此善得見地藏菩薩, 當得更生. 卽令取經, 卽掄所封裹之經也. 鬼王·判官數人, 皆平生相友善, 相見恍惚, 不叙故. 亦見其先府君·夫人, 拜伏之後, 都無問訊, 如不相識. 眉: 人子於亡過父母, 久之亦如不相識矣, 此何怪! 然慈孝者必不爾. 又見諸先亡兄弟, 亦無兄弟情. 兄攝近亡, 相睦如生, 當以日近故也. 吏曰: "君有祿及壽. 然此中之事, 必不得洩之." 言畢, 奄然而活.

* 이 고사는《태평광기》권379〈재생·왕윤〉에 실려 있다.

5817

61-5(1790) 법경

법경(法慶)

출《양경기(兩京記)》

응관사(凝觀寺)에 법경이라는 스님이 있었는데, 1장 6척이나 되는 협저상(挾紵像 : 틀 위에 모시 베를 붙인 다음 칠을 해서 만드는 불상)을 만들다가 불상이 완성되기 전에 갑자기 죽었다. 그때 보창사(寶昌寺)의 스님 대지(大智)도 같은 날 죽었는데, 사흘 만에 둘 다 다시 살아났다. 대지 스님이 말했다.

"내가 저승 관부를 보았더니, 대전 위에는 마치 왕처럼 보이는 사람이 있었고 의장(儀仗)이 매우 많았소. 또 법경이 앞에 있는 것을 보았는데, 불상 하나가 갑자기 오더니 대전 위의 사람에게 말하길, '법경이 나를 만들다가 아직 완성하지 못했는데, 어찌하여 죽게 했단 말이오?'라고 했소. 그러고는 문서 장부를 검사하고 말하길, '법경은 먹어야 할 음식은 다했지만 수명은 아직 다하지 않았소'라고 했소. 미 : 그렇다면 식록(食祿)이 다하면 죽는다는 설은 잘못된 것인가? 그러자 대전 위의 사람이 말하길, '그렇다면 연잎을 그에게 주어 수명이 다할 때까지 먹도록 하겠소'라고 했소. 협 : 기이하도다! 말이 끝나자 갑자기 모두 사라졌고, 나는 바로 다시 살아났소."

사람들은 이 일을 기이해하며 응관사로 가서 법경 스님에게 물어보았는데, 그가 하는 말이 모두 부합했다. 법경 스님은 더 이상 음식을 먹을 수 없어서 매일 아침에 연잎 여섯 줄기를 먹었으며 재(齋)를 올릴 때는 여덟 줄기를 먹었는데, 미: 불상을 만드는 일에 과연 공덕이 있다면, 음식을 먹게 하는 것이 무슨 해가 되겠는가? 죽는 날까지 그렇게 했다. 법경 스님은 동료들에게 도움을 청해 불상을 완성했다.

凝觀寺有僧法慶, 造丈六夾紵像, 未成暴死. 時寶昌寺僧大智, 同日亦卒, 三日並甦. 云 : "見官曹, 殿上有人似王者, 儀仗甚衆. 見法慶在前, 有一像忽來, 謂殿上人曰 : '慶造我未成, 何乃令死?' 便檢文簿, 云 : '慶食盡, 命未盡.' 眉 : 然則祿盡則亡之說非與? 上人曰 : '可給荷葉以終壽.' 夾 : 奇! 言訖, 忽然皆失所在, 大智便甦." 衆異之, 乃往凝觀寺問慶, 說皆符驗. 慶不復能食, 每日朝進荷葉六枝, 齋時八枝, 眉 : 造像果有功, 又何妨賜食? 如此終身. 同流請乞, 以成其像.

* 이 고사는 《태평광기》 권379 〈재생·법경〉에 실려 있다.

61-6(1791) 석장화

석장화(石長和)

출《명상기》

　석장화는 [오호 십육국] 조국(趙國 : 후조) 고읍(高邑) 사람이었다. 그는 열아홉 살 되던 해에 병이 들어 달포 만에 죽었는데, 집이 가난해 미처 염을 하지 못하고 있던 차에 나흘이 지나 다시 살아나서 다음과 같이 말했다.

　석장화는 막 죽었을 때 동남쪽으로 갔는데, 두 사람이 그로부터 50보 앞에서 길을 인도하고 있었다. 석장화가 빨리 걷다 천천히 걷다 하면 두 사람도 그의 걸음에 맞춰 속도를 조절해 늘 50보의 간격을 유지했다. 길 양옆으로 마치 독수리 발톱과 같은 가시나무가 빽빽했는데, 많은 사람이 그 가시나무 속을 걸어가면서 몸이 상처 나고 찢겨 나가 땅에 온통 피가 흥건했다. 그들은 석장화 혼자만 평탄한 길을 걸어가는 것을 보고 모두 탄식하며 말했다.

　"불자(佛子)만이 큰길을 걸어가는구나!"

　석장화는 앞으로 가서 기와집에 이르렀는데, 1000간이나 되는 누각이 매우 높았다. 그 위에 기골이 장대한 한 사람이 검은 도포를 입고 사각 두건을 쓴 채 창가에 앉아 있었다. 석장화가 그 사람에게 절을 올리자 누각 위의 사람이 말했다.

"석 군(石君 : 석장화) 오셨는가! 한번 헤어진 후로 2000여 년이 흘렀네."

석장화는 곧장 마치 그와 이별하던 때가 기억나는 것 같았다. 석장화가 알고 지내던 사람 중에 맹승(孟丞) 부부가 있었는데, 먼저 죽은 지 이미 오랜 세월이 지났다. 누각 위의 사람이 말했다.

"그대는 맹승을 알고 있는가?"

석장화가 대답했다.

"알고 있습니다."

누각 위의 사람이 말했다.

"맹승은 살아 있을 때 불법에 정진하지 못해 지금 날 위해 청소하는 일을 맡고 있네. 맹승의 아내는 불법에 정진했기 때문에 아주 안락한 곳에 머물고 있네."

그러고는 손을 들어 서남쪽의 한 방을 가리키며 말했다.

"맹승의 아내는 저곳에 있네."

맹승의 아내는 창문을 열어 석장화를 보고 따뜻하게 위로한 다음 집안 어른과 아이들의 안부를 두루 묻고 나서 말했다.

"석 군은 [이승으로] 돌아갈 때 다시 이곳에 들러 주세요. 석 군 편에 편지를 보내려 합니다."

잠시 후에 보았더니, 맹승이 빗자루와 키[箕]를 들고 누각 서쪽에서 와서 또 집안 소식을 물었다. 한참 있다가 누각 위의 사람이 문서를 주관하는 사람에게 석 군의 문서를 살펴보라고 하면서 실수하지 말라고 했다. 문서를 주관하는 사람이 조사했더니 석장화에게 30년의 수명이 남아 있었다. 그러자 누각 위의 사람은 담당 관리에게 명해 수레에 그를 태워 보내 주게 했다. 석장화는 작별의 절을 올리고 귀로에 올라 눈 깜짝할 사이에 집에 도착했는데, 자신의 시체를 꺼려 그 속으로 들어가고 싶지 않아 시체 머리맡에 서 있었다. 그때 그의 죽은 누이동생이 뒤에서 그를 떠미는 바람에 그는 시체 위로 넘어졌다가 다시 살아났다.

石長和者, 趙國高邑人也. 年十九, 病月餘卒, 家貧, 未及殯殮, 經四日而甦, 說：初死時, 東南行, 見二人治道, 在長和前五十步. 長和行有遲疾, 二人亦隨緩速, 常五十步. 而道之兩邊, 棘刺森然如鷹爪, 衆人行棘中, 身體傷裂, 地皆流血. 見長和獨行平道, 俱嘆息曰："佛子獨行大道中！" 前至瓦屋, 有樓閣千間甚高. 上有一人, 形ами壯大, 著皀袍四縫, 臨窗而坐. 長和拜之, 閣上人曰："石君來耶！一別二千餘年." 長和便若憶得此別時也. 相識中有孟丞夫妻, 先死已積歲. 閣上人曰："君識孟丞不?" 長和答曰："識." 閣上人曰："孟丞生時不能精進, 今恒爲我司掃除之役. 孟妻精進, 居處甚樂." 舉手指西南一房曰："孟妻在此." 孟妻開窗, 見長和, 厚相慰問, 遍訪其家中大小安否, 曰："石君還時, 可更見過. 當因附書也." 俄見孟丞執箒提箕, 自閣西來, 亦問家消息. 久之, 閣上人問都錄主者, 審案石君錄, 勿謬濫也. 主者按錄, 餘三十年. 閣上人乃敕主者, 以車騎送之. 長和拜辭而歸, 俟忽至家, 惡其尸, 不欲附之, 於尸頭立. 見其亡妹於後推之, 踣尸面上, 因得甦.

* 이 고사는 《태평광기》 권383 〈재생·석장화〉에 실려 있다.

61-7(1792) 공각

공각(孔恪)

출《명보기(冥報記)》

당(唐)나라 무덕(武德) 연간(618~626)에 수주총관부(遂州總管府)의 기실참군(記室參軍) 공각이 갑자기 병으로 죽었다가 하루 만에 다시 살아나서 스스로 다음과 같이 말했다.

공각이 붙잡혀 관부로 끌려갔더니 관리가 물었다.

"무슨 이유로 소 두 마리를 죽였느냐?"

공각이 말했다.

"저는 죽이지 않았습니다."

관리가 말했다.

"네가 죽였다고 네 동생이 증명했는데 어찌하여 인정하지 않느냐?"

그러고는 공각의 동생을 불렀는데 그는 죽은 지 이미 수년이 지났다. 이윽고 동생이 도착했는데 그는 형구를 매우 단단히 차고 있었다. 관리가 물었다.

"형이 소를 죽였다고 네가 말한 것이 사실이냐?"

동생이 말했다.

"형이 예전에 사명(使命)을 받들어 요적(獠賊 : 중국 서남 지방의 민족을 멸시해 부르는 말)을 위무할 때 저에게 소를 잡아 그들과 회합하도록 했으니, 사실은 형의 명령을 받든 것일 뿐 제가 죽인 것이 아닙니다."

공각이 말했다.

"동생에게 소를 잡아 회합하도록 한 것은 사실이지만, 그것은 나랏일이었으니 저에게 무슨 죄가 있습니까?"

관리가 말했다.

"너는 소를 잡아 요적과 회합해 위무함으로써 공을 세웠고, 그것으로 관직과 상을 구해 자신의 잇속을 차렸으니, 어찌 나랏일이라고 하겠느냐?"

그러고는 공각의 동생에게 말했다.

"너의 형이 너에게 시켜 소를 잡게 한 이상 너는 죄가 없으니, 이제 환생할 수 있도록 너를 석방해 주겠다."

관리의 말이 끝나자마자 동생이 순식간에 사라지는 바람에 결국 공각은 동생과 얘기도 나눌 수 없었다. 관리가 또 공각에게 물었다.

"무슨 이유로 또 오리 두 마리를 죽였느냐?"

공각이 말했다.

"전임 현령이 오리를 잡아 손님을 대접했는데, 그것이 어찌 저의 죄란 말입니까?"

관리가 말했다.

"손님들은 각자 준비해 온 음식이 있었는데도 오리를 잡아 그들을 대접한 것은 장차 좋은 명성을 얻고자 한 일이었으니, 이것이 죄가 아니면 무엇이냐?" 미 : 이 저승 관리는 아주 깊이 통찰했으니, 이는 도리어 마음속에 품고 있는 불의를 논해 처벌하는 법이다.

관리가 또 물었다.

"무슨 이유로 계란 여섯 개를 먹었느냐?"

공각이 말했다.

"저는 평생 계란을 먹지 않았습니다. 다만 아홉 살 때 한식날에 어머니께서 계란 여섯 개를 주셔서 그것을 삶아 먹은 것은 기억합니다."

관리가 말했다.

"그렇다면 죄를 어머니에게 미루려는 것이냐?"

공각이 말했다.

"감히 그럴 수는 없습니다. 다만 그 이유를 말씀드렸을 뿐입니다."

관리가 말했다.

"너는 다른 생명을 죽였으니 마땅히 스스로 그 죄를 받아야 한다."

관리가 말을 마치자 갑자기 수십 명이 오더니 공각을 붙잡아 끌고 나가려 했다. 그때 공각이 큰 소리로 말했다.

"관부에서 법을 너무 왜곡해 함부로 판결하십니다!"

관리가 그 말을 듣고 그를 불러 돌아오게 해서 말했다.

"어째서 왜곡해 함부로 판결한다는 것이냐?"

공각이 말했다.

"살면서 지은 죄는 하나도 빠뜨리지 않으면서 쌓은 복업(福業)은 모두 기록되어 있지 않으니, 어찌 함부로 판결한 것이 아니겠습니까?"

관리가 담당자에게 물었다.

"공각에게 어떤 복업이 있느냐? 어찌하여 기록하지 않았느냐?"

담당자가 대답했다.

"복업도 모두 기록되어 있습니다만, 죄의 많고 적음을 헤아려서 만약 복업이 많고 죄가 적으면 먼저 복을 받게 하고, 죄가 많고 복업이 적으면 먼저 벌을 받게 합니다. 미: 죄와 복업 양쪽을 저울질해서 남는 쪽으로 판결하면 되지 않는가? 그런데 공각은 복업이 적고 죄가 많기 때문에 아직 그 복업을 논하지 않은 것입니다."

관리가 노해 말했다.

"비록 먼저 죄를 받게 하더라도 어찌하여 복업을 낭독해 알려 주지 않았느냐?"

그러고는 담당자에게 채찍 100대를 치라고 명하자, 순식간에 채찍질이 끝났고 흘린 피가 땅을 적셨다. 이윽고 공각이 살면서 쌓은 복업을 낭독했는데 한 가지도 빠진 것이 없었다. 관리가 공각에게 말했다.

"너는 응당 먼저 벌을 받아야 한다. 하지만 내가 너를 7일 동안 돌아가게 해 줄 터이니 열심히 복업을 추가해라."

그러고는 사람을 시켜 그를 내보내 주게 해서 공각은 마침내 다시 살아났다. 공각은 스님들을 크게 모아 행도(行道)[2]하고 참회하면서 스스로 그 일을 말했다. 7일째가 되자 공각은 집안사람들과 작별하고 잠시 후 목숨이 끊어졌다.

唐武德中, 遂州總管府記室參軍孔恪暴病死, 一日而甦, 自說 : 被收至官所, 問 : "何故殺牛兩頭?" 恪云 : "不殺." 官曰 : "汝弟證汝殺, 何故不承?" 因呼恪弟, 死已數年矣. 旣至, 枷械甚嚴. 官問 : "汝所言兄殺牛虛實?" 弟曰 : "兄前奉使招慰獠賊, 使某殺牛會之, 實奉兄命, 非自殺也." 恪曰 : "使弟殺牛會是實, 然國事也, 恪有何罪?" 官曰 : "汝殺牛會獠, 以招慰爲功, 用求官賞, 以爲己利, 何爲國事也?" 因謂恪弟曰 : "兄旣遣殺, 汝便無罪, 放任受生." 言訖, 弟忽不見, 亦竟不得言叙. 官又問恪 : "因何復殺兩鴨?" 恪曰 : "前任縣令殺鴨供客, 豈恪罪耶?" 官曰 : "客自有料, 殺鴨供之, 將求美譽, 非罪而何?" 眉 : 此冥官甚深入, 却是誅心之法. 又問 : "何故殺鷄卵六枚?" 曰 : "平生不食鷄卵. 唯憶九歲時寒食日, 母與六枚, 因煮食之." 官曰 : "欲推罪母也?" 恪曰 : "不敢. 但說其因耳." 官曰 : "汝殺他命, 當自受之." 言訖, 忽有數十人來執

---

2) 행도(行道) : 승려가 경을 읽으면서 거닐거나 불상의 둘레를 도는 일을 말한다.

恪, 將出去. 恪大呼曰:"官府亦大枉濫!"官聞之, 呼還曰:"何枉濫?"恪曰:"生來有罪皆不遺, 修福皆不記, 豈非濫耶?"官問主司:"恪有何福? 何爲不錄?"主司對曰:"福亦皆錄, 量罪多少, 若福多罪少, 先令受福, 罪多福少, 先令受罪. 眉: 罪福兩準, 而食其餘, 不可乎? 然恪福少罪多, 故未論其福." 官怒曰:"雖先受罪, 何不唱福示之?"命鞭主司一百, 倏忽鞭訖, 血流灑地. 旣而唱恪生來所修之福, 亦無遺者. 官謂恪曰:"汝應先受罪. 我更令汝歸七日, 可勤追福." 因遣人送出, 遂甦. 恪大集僧尼, 行道懺悔, 自說其事. 已至七日, 家人辭訣, 俄而命終.

* 이 고사는《태평광기》권381〈재생·공각〉에 실려 있다.

61-8(1793) 황보순

황보순(皇甫恂)

출《광이기》

　　안정(安定) 사람 황보순은 [당나라] 개원(開元) 연간(713~741)에 처음 상주참군(相州參軍)이 되었는데, 병이 들어 갑자기 죽었다가 몇 식경(食頃) 뒤에 다시 살아났다. 자사(刺史) 독고사장(獨孤思莊)은 황보순이 다시 살아났다는 소식을 듣고 직접 그의 거처로 찾아가서 그가 저승에서 본 것을 물었다. 그러자 황보순이 말했다.

　　"아주 분명히 기억하고 있지만, 다만 기력이 미약해 힘드니 잠시만 기다리시면 천천히 말씀드리겠습니다."

　　잠시 후에 황보순이 말했다.

　　"저는 처음 관직에 부임해 사공(司功)을 대리했습니다. 그때 개원사(開元寺)의 주지 스님이 쇠고기 20근을 저에게 보내왔는데, 저는 그 연유를 전혀 알지 못한 채 그냥 받아서 먹었습니다. 얼마 후에 저는 저승에 붙잡혀 갔는데, 이는 바로 주지 스님이 저를 끌어들인 것이었습니다. 이윽고 판관을 만났더니 판관이 묻길, '무슨 이유로 소를 죽였느냐?'라고 하기에, 제가 말하길, '저는 살면서 채식만 했으며 그런 일은 저지른 적이 없습니다'라고 했습니다. 판관이 스님을 불러

오게 하자, 잠시 후에 스님이 칼[枷]을 쓰고 와서 저에게 말하길, '내가 소를 잡아 그 고기를 그대에게 주었지만 그대는 진정 그 사실을 알지 못했소. 이렇게 그대를 끌어들인 것은 날 위해 늦게나마 복업(福業)을 쌓아 달라고 그대에게 부탁하려는 것이오'라고 했습니다. 미 : 소를 죽이기만 하고 그 고기를 먹지 않은 것은 아마도 저승에서 그를 끌어들이고자 했기 때문이다. 그러고는 판관에게 아뢰길, '소를 죽인 죄는 제가 기꺼이 받겠으니 단지 참군과 얘기를 나누었으면 합니다'라고 했습니다. 판관이 '좋다'고 허락하자, 스님이 제가 있는 곳으로 와서 말하길, '그대는 훗날 동주(同州)로 가서 판사(判司)가 될 것이니, 그때 날 위해 다라니경당(陁羅尼經幢)3)을 만들어 주시오'라고 했습니다. 제가 묻길, '상주참군이 어떻게 동주의 속관이 될 수 있겠습니까? 게다가 나는 몹시 가난하고 경당은 쉽게 만들지 못하니 어찌합니까?'라고 하자, 스님이 말하길, '만약 그대가 동주에 이르지 못하면 그만이지만, 반드시 그렇게 된다면 제발 내가 부탁한 것을 잊지 마시오. 하지

---

3) 다라니경당(陁羅尼經幢) : '다라니'는 '다라니(陀羅尼)'라고도 쓴다. 범문(梵文)을 번역하지 않고 원음 그대로 외는데, 자체에 무궁한 뜻이 있어 이를 외는 사람은 한없는 기억력을 얻고 모든 재액에서 벗어나는 등 많은 공덕을 받는다고 한다. 선법(善法)을 갖추어 악법(惡法)을 막는다는 뜻을 번역해 총지(總持)·능지(能持)·능차(能遮)라고도 한다. '경당'은 경문을 새겨 놓은 돌기둥을 말한다.

만 나는 죄를 자복했으니 이제 곧 벌을 받을 것이오. 그대가 동주의 관직을 얻을 즈음이면 내 죄도 끝나게 되어 틀림없이 돼지로 환생할 것이오. 그대는 경당을 만든 후에 반드시 재(齋)를 올려 내 혼령을 천도(遷度)해 주시오. 그때 당신은 나를 보게 될 것이오'라고 했습니다. 저는 그렇게 하겠다고 허락했습니다. 이윽고 보았더니 소 머리를 한 사람이 삼지창으로 스님의 목을 찍어서 데려갔으며, 저는 풀려나 돌아올 수 있었습니다."

독고사장은 평소 개원사의 주지 스님과 가까이 지냈는데, 그를 불러 그 일을 말해 주었더니 스님은 몹시 슬퍼하고 두려워하면서 자신의 사재를 털어 공덕을 쌓았다. 닷새 뒤에 스님은 두통을 앓다가 이윽고 삼지창 모양과 같은 악창 세 개가 목덜미에 생겨났으며, 며칠 있다가 죽었다. 황보순은 상주참군에서 좌무위부(左武衛府)의 병조참군(兵曹參軍)으로 전임되었다가 몇 년 뒤에 동주사사(同州司士)로 선임되었다. 황보순은 부임한 후 관전(官錢) 10만 냥을 들여 경당을 세우고 재를 올렸다. 그때 작은 돼지가 와서 법사(法師) 앞에 꿇어 엎드렸는데, 재가 끝나자 경당을 수백 번 돌며 행도(行道)하다가 죽었다.

安定皇甫恂, 以開元中, 初爲相州參軍, 有疾暴卒, 數食頃而甦. 刺史獨孤思莊聞其重生, 親至恂所, 問其冥中所見. 云: "甚了了, 但苦力微, 稍待徐說之." 俄頃曰: "恂初至官, 嘗攝司功. 有開元寺主僧, 送牛肉二十斤, 初亦不了其故, 但受而食之. 適爾被追, 乃是爲僧所引. 旣見判官, 判官問: '何故殺牛?' 恂云: '生來蔬食, 不曾犯此.' 判官令呼僧, 俄而僧負枷至, 謂恂曰: '己殺與君, 君實不知. 所以相引, 欲求爲追福耳.' 眉: 爲殺不食, 正恐冥中相引故. 因白判官: '殺牛己自當之, 但欲與參軍有言.' 判官曰: '唯.' 僧乃至恂所, 謂恂曰: '君後至同州判司, 爲我造陁羅尼幢.' 恂問: '相州參軍何由得同州掾官? 且余甚貧, 幢不易造, 如何?' 僧云: '若不至同州則已, 必得之, 幸不忘所託. 然我辯伏, 今便受罪. 及君得同州, 我罪亦畢, 當託生爲猪. 君造幢之後, 必應設齋慶度. 其時會有所睹.' 恂乃許之. 尋見牛頭人以股叉叉其頸去, 恂得放還." 思莊素與僧善, 召而謂之, 僧甚悲懼, 因散其私財爲功德. 後五日, 患頭痛, 尋生三癰, 如叉之狀, 數日死. 恂自相州參軍遷左武衛兵曹參軍, 數載, 選受同州司士. 旣至, 擧官錢百千, 建幢設齋. 有小猪來師前跪伏, 齋畢, 繞幢行道數百轉, 乃死.

* 이 고사는 《태평광기》 권381 〈재생·황보순〉에 실려 있다.

61-9(1794) 등성

등성(鄧成)

출《광이기》

등성은 예장(豫章) 사람으로, 20여 세 때 갑자기 죽은 적이 있었다. 저승의 담당 관리는 그를 데리고 지옥으로 가서 먼저 판관을 찾아갔다. 판관은 자사(刺史) 황인(黃麟)이었는데, 그는 바로 등성의 외종숙부였다. 황인은 등성을 보고 희비가 교차했다. 또한 집안일을 묻자 등성이 별고 없다고 말하면서 구해 달라고 애원하자 황인이 말했다.

"나 역시 너를 돌려보내 주려고 하니 내 동생들에게 말을 전해 주어라."

그러고는 들어가서 염라왕에게 아뢴 뒤에 나와서 말했다.

"이미 너를 석방하기로 논의를 마쳤다."

한참 후에 염라왕이 등성을 불러 물었다.

"너는 살아생전에 무슨 죄업을 지었기에 이토록 많은 원수가 생기게 되었느냐? 그러나 너의 수명이 아직 다하지 않았으므로 마땅히 돌려보내 주겠다."

잠시 후에 축생 수십 마리가 달려들어 등성을 물자 염라왕이 그들에게 말했다.

"내가 지금 등성을 석방해 돌려보내 주어 너희를 위해 공덕을 쌓게 함으로써, 너희 모두를 인간 세상에 환생할 수 있도록 하겠다."

그러자 축생들이 대부분 떠나갔는데, 오직 나귀 한 마리가 자꾸 달려들어 등성을 짓밟았으며 개 한 마리도 등성의 옷을 물고서 떠나려 하지 않았다. 염라왕이 애써 보호해 구해 준 연후에 등성은 화를 면할 수 있었다. 협 : 판관이 먼저 용서해 주었기 때문이다. 염라왕은 이전의 관리를 보내 등성을 돌려보내 주게 했다. 등성이 황인을 찾아갔더니 황인이 등성에게 말했다.

"가장 기쁜 일 중에 다시 살아나는 것보다 더한 것이 없는데, 지금 네가 돌아갈 수 있게 되었으니 정말 즐거이 축하할 만하다. 나는 비록 판관이 되었지만 날마다 늘 벌을 받고 있다. 미 : 이미 죄가 있는데 또 판관이 되었고, 이미 판관이 되었는데 또 벌을 받으니, 그래서 정치와 형벌은 무상한 것이다. 네가 잠시 이곳에 머물러 있으면 조금 후에 분명 보게 될 것이다."

이윽고 소 머리를 한 옥졸 하나가 불을 들고 와서 황인을 정수리에서부터 발끝까지 태웠는데, 잠시 후 불이 꺼지자 황인은 다시 살아났다. 황인은 한참 동안 슬피 울고 나서 등성에게 말했다.

"내가 벌 받는 것이 이와 같으니 어찌 견딜 수 있겠느냐! 너는 돌아가거든 내 동생들에게 날 위해 애써 공덕을 쌓아이 고통에서 날 벗어나게 해 달라고 말 좀 전해 주어라. 그렇지만 내 소유의 재물로 하지 않으면 비록 공덕을 쌓더라도 결국 내가 그것을 받을 수 없다. 내가 예전에 봉록으로 장원 하나를 마련해 두었으니, 이제 그것을 팔아서 불경과 불상을 만든다면 곧 공덕을 받게 될 것이다. 미 : 제 분수가 아닌데 얻은 것으로는 공덕을 쌓더라도 불가하니 하물며 다른 사람의 재물임에랴! 혹시 동생들이 터무니없다고 생각해 너의 말을 믿지 않을지도 모르니, 내 옥동곳을 가지고 돌아가서 보여 주어라."

그러고는 머리 위에서 동곳을 빼내 등성에게 주었다. 황인 앞에 커다란 물웅덩이 하나가 있었는데, 등성에게 눈을 감게 하고 그 웅덩이 속으로 밀어 넣자 마침내 등성은 살아났다. 등성의 부모는 재산이 넉넉했으므로 아들이 다시 살아난 것을 기뻐해 며칠 안에 여러 가지 공덕을 쌓았다. 등성은 병이 나은 뒤에 황씨 집안을 찾아가서 황인이 부탁한 말을 하며 옥동곳을 돌려주었다. 황씨 집안사람들은 그 동곳을 알아보고 온 식구들이 슬피 울었으며, 며칠 뒤에 장원을 팔아서 불경을 만들었다.

豫章鄧成, 年二十餘, 曾暴死. 所由領至地獄, 先過判官. 判官是刺史黃麒麟, 卽成之表丈也. 見成悲喜. 且問家事, 成告以無恙, 因而求哀, 麟云 : "我亦欲得汝歸, 傳語於我諸弟." 遂入白王, 旣出, 曰 : "已論放汝訖." 久之, 王召成問云 :

"汝在生作何罪業, 至有爾許寃對? 然算猶未盡, 當得復還."
尋有畜生數十頭來噬成, 王謂曰: "我今放成却回, 令爲汝作
功德, 皆使汝託生人間." 諸輩多有去者, 唯一驢頻來踢成,
一狗嚙其衣不肯去. 王苦救衛, 然後得免. 夾: 爲判官先容故.
遂遣前吏送成出. 過麟, 麟謂成曰: "至喜莫過重生, 汝今得
還, 深足忻慶. 吾雖爲判官, 然日日恒受罪. 眉: 旣有罪, 又作
判, 旣作判, 又受罪, 政刑在是無常矣. 汝且住此, 少當見之." 俄
有一牛頭卒, 持火來, 從麟頂上然至足, 尋而火滅, 麟復生.
悲涕良久, 謂成曰: "吾之受罪如是, 其可忍也? 汝歸, 可傳
語弟, 努力爲造功德, 令我得離此苦. 非我本物, 雖爲功德,
終不得之. 吾先將官料置得一莊子, 今將此造經佛, 卽當得
之. 眉: 凡非分而得者, 卽造功德猶不可, 況他財乎! 或恐諸弟爲
怳惚, 不信汝言, 持吾玉簪還, 以示之." 因拔頭上簪與成. 麟
前有一大水坑, 令成合眼, 推入坑中, 遂活. 其父母富於財,
憐其子重生, 數日之內, 造諸功德. 成旣愈, 遂往黃氏, 爲說
麟所託, 以玉簪還之. 黃氏識簪, 擧家悲泣, 數日乃賣莊造經
焉.

* 이 고사는《태평광기》권381〈재생·등성〉에 실려 있다.

1 기(麒):《태평광기》와《광이기(廣異記)》권6에는 이 자가 없다.

61-10(1795) 양사조

양사조(楊師操)

출《명상기》

옹주(雍州) 예천현(醴泉縣) 사람 양사조는 [당나라] 정관(貞觀) 연간(627~649)에 남전현위(藍田縣尉)로 임명되었다가 나중에 늙어서 집으로 돌아와 직접 농사를 지으며 살았다. 그런데 그는 타고난 품성이 악독하고 다른 사람의 허물을 꼬집길 좋아했다. 그래서 마을 사람들에게 일이 있을 때마다 크고 작음을 따지지 않고 그것을 기록해 관가에 고소했다. 미 : 대관절 너와 무슨 상관인가? 또 너에게 무슨 이득이 있는가? 현령(縣令) 배구담(裴瞿曇)은 그 일들이 자질구레하고 번잡했기 때문에 애초에 그를 상대하지 않았다. 미 : 현명한 현령이다. 양사조는 간혹 표문(表文)을 올려 황제에게 아뢰기도 했다. 그는 매번 사람들에게 말했다.

"나는 성정이 급하고 사납기는 하지만 무덕(武德) 연간(618~626) 이래로 네 차례나 불교의 계(戒)를 받고 날마다 경(經)과 논(論)을 염송하고 있소. 그렇지만 나를 건드리는 사람이 있으면 참을 수가 없소."

영휘(永徽) 원년(650) 4월 7일 밤에 보았더니, 푸른 옷을 입은 사람이 백마를 타고 동쪽에서 와서 말했다.

"동양대감(東陽大監)께서 당신을 잡아 오라고 하십니다."

그러고는 순식간에 사라져 보이지 않았다. 그 순간 양사조는 갑자기 쓰러졌는데, 어느새 동양도록(東陽都錄)이 있는 곳에 와 있었다. 그때 부군(府君 : 현령)의 관아 일이 아직 끝나지 않았기 때문에 양사조는 혼자 관서를 돌아다녔는데, 관서마다 모두 안석과 평상이 있었다. 죄수들이 보였는데, 어떤 사람은 칼[枷]과 쇠사슬을 쓴 채 풀어 헤친 머리카락이 허리까지 내려와 있었고, 어떤 사람은 앉았다가 서거나 걸어갔다가 멈추거나 했는데, 그런 사람이 수를 셀 수 없을 정도였다. 양사조는 동쪽을 향해 가서 한 곳에 도착했는데, 그곳에 아주 작은 구멍이 있었다. 그 구멍 속에서 작은 별들이 흘러나오는 것이 보였으며 냄새나는 연기가 그득했다. 두 사람이 손에 쇠몽둥이를 들고 대문 앞을 수리하고 있어 양사조가 물었다.

"여기는 무슨 관서입니까?"

그들이 대답했다.

"이곳은 맹화지옥(猛火地獄)인데, 계율을 철저히 지키지 못한 사람을 잡아들이는 곳이오. 들건대 양사조란 사람은 일평생 다른 사람의 허물을 즐겨 이야기하고, 사람을 만나면 참회 중이라고 거짓말하면서 한마디라도 모욕적인 말을 들으면 정말로 참지 못한다고 하오. 그 사람을 이곳에 들여보내려 하기 때문에 수리하고 있소." 미 : 양사조와 같은 이런 종류의 사람은 본래 적기 때문에 맹화지옥이 오래 비어 있어서 수리하기를 기다린 것이다.

양사조는 곧장 머리를 조아리고 예를 갖춰 사죄하며 말했다.

"제자가 바로 양사조이니, 제가 구원받을 수 있는 방도를 찾아 주셨으면 합니다."

그러자 두 사람이 대답했다.

"당신이 시방불(十方佛)을 예불하는 데 뜻을 두고 부지런히 진심으로 참회해 독한 마음을 고치기만 한다면 바로 다른 곳에 왕생할 것이오."

양사조는 그 말에 따라 발원함으로써 마침내 풀려나 돌아가게 되어 사흘 뒤에 다시 살아났다.

雍州醴泉縣人楊師操, 貞觀中, 任藍田縣尉, 後以身老還家, 躬耕爲業. 然立性毒惡, 喜見人過. 每鄕人有事, 無問大小, 卽錄告官. 眉: 與汝何涉? 與汝何益? 縣令裴瞿曇厭其煩碎, 初不與理. 眉: 賢縣令. 師操或上表聞天. 每謂人曰: "吾性雖急暴, 從武德已來, 四度受戒, 日誦經論. 然有人侵己, 則不能忍." 至永徽元年四月七日夜, 見著靑衣人, 騎白馬從東來, 云: "東陽大監追汝." 須臾不見. 師操身忽倒, 已到東陽都錄處. 於時府君大衙未散, 師操遂私行曹司, 皆有几案床席. 見囚人, 或著枷鎖, 露頭散腰, 或坐立行住, 如是不可算數. 師操向東行, 到一處, 有孔極小. 唯見小星流出, 臭烟蓬勃. 有兩人手把鐵棒, 修理門首, 師操問: "此是何曹司?" 答云:

"是猛火地獄, 擬著持戒不全人. 聞有楊師操, 一生喜論人過, 逢人詐言慚愧, 有片言侵凌, 實不能忍. 欲遣入此, 故修理之." 眉:楊師操此種人原少, 故猛火地獄久曠, 而待修理耳. 師操便叩頭禮謝云:"楊師操者, 弟子身是, 願作方便." 答云:"爾但志禮十方佛, 勤心懺悔, 改却毒心, 卽往生他處." 師操依言發願, 遂蒙放還, 經三日却活.

* 이 고사는 《태평광기》 권382 〈재생·양사조〉에 실려 있다.

61-11(1796) 장문

장문(張汶)

출《선실기(宣室記)》

서하군(西河郡) 평요현(平遙縣)에 장문이라는 향리(鄕吏)가 있었는데, 아무런 병도 없이 갑자기 죽었다가 며칠 뒤에 깨어났다. 처음에 장문은 죽은 형이 그의 집을 찾아온 것을 보고 몹시 놀라며 말했다.

"형님은 귀신이 아닙니까? 어떻게 이곳에 오셨습니까?"

그러자 형이 울면서 말했다.

"마치 소경이 이전에 보았던 것을 잊지 못하는 것처럼 나는 인간 세상을 떠난 뒤로 늘 친척과 친구들이 그리웠단다. 나는 지금 저승의 관리가 되어 종종 명을 받들어 마을에 오고 있다. 이전에는 이승과 저승의 길이 달랐기 때문에 너에게 올 수 없었다. 지금 저승 관리가 너를 불러오라고 하니 속히 가자."

장문은 두려워하면서 그럴 수 없다고 사양했지만, 형은 그의 소매를 잡아끌고 떠났다. 10여 리를 갔더니 길이 어두컴컴해서 아무것도 분간할 수 없었다. 장문은 스스로 생각했다.

"나는 지금 죽었는데, 사람이 죽으면 틀림없이 먼저 죽은 친척과 친구들을 모두 만나 볼 수 있다고 늘 들었다."

장문에게는 죽은 지 몇 년 되는 무계륜(武季倫)이라는 사촌 동생이 있었는데, 생전에 장문과 가까이 지냈다. 장문이 시험 삼아 그를 불렀더니 과연 곧바로 무계륜이 왔으며 함께 구슬피 울었다. 장문이 말했다.

"이곳은 어찌하여 이렇게 어두컴컴하냐?"

무계륜이 말했다.

"저승의 길이 어두컴컴한 것은 햇빛과 달빛이 없기 때문입니다."

무계륜이 또 말했다.

"저는 살아생전에 온갖 죄를 다 저질렀기에 여기에서 형벌을 받으며 모욕을 당하고 있습니다. 형님이 부르는 소리를 듣고 잠시 왔지만 오래 있을 수 없습니다."

두 사람은 얼굴을 가리고 울다가 헤어졌다. 장문이 친척들 가운데 이미 죽은 사람 수십 명을 불렀더니, 모두 무계륜과 마찬가지로 곧장 왔다. 그들은 대부분 곤욕을 치르고 있는 신세에 대해 얘기했는데, 그 말이 몹시 처량하고 목이 메었다. 장문은 앞으로 갔지만 또한 어디에 머물게 될지 알 수 없었다. 다만 처자와 형제의 통곡 소리와 말소리가 계속 들렸는데, 마치 옆에 있는 것처럼 역력했다. 그래서 그들의 이름을 두루 불렀지만 그들은 듣지 못하는 것 같았다. 미 : 당연하다고 생각한다. 한참 뒤에 한 사람이 날카로운 소리로 불렀다.

"평요현의 관리 장문!"

장문이 "예" 하고 대답하자, 또 한 사람이 그를 꾸짖으며 물었다.

"살아생전의 잘못이 얼마나 되느냐?"

장문이 한사코 대답을 거부하자 그 사람은 문서 담당관에게 장문의 명부를 꺼내 오게 했는데, 잠시 후 문서 담당관이 말하는 소리가 들렸다.

"장문은 아직 죽을 때가 되지 않았습니다."

그러자 저승 관리가 화를 내며 말했다.

"아직 죽을 때가 되지 않았는데 왜 그를 불러왔느냐?"

문서 담당관이 말했다.

"장문의 형은 저승에서 일한 지 이미 오래되었는데, 자신의 일을 동생으로 대신해 주길 청했습니다. 아직 그 청을 허락하지 않았는데, 지금 그가 동생을 불러 이곳으로 왔습니다."

저승 관리가 그의 형에게 화를 내며 말했다.

"내가 정한 법을 고려하지 않고 어찌하여 네 마음대로 살아 있는 사람을 불러왔느냐?"

저승 관리는 즉시 명을 내려 장문의 형을 감금하고 장문을 돌려보내게 했다. 장문은 감사드리고 나와서 혼자 걸어갔는데, 길이 어두컴컴했기에 몹시 두렵고 당혹스러웠다.

잠시 후에 갑자기 수십 리 밖에서 등촉 하나가 보였는데, 그 빛이 아주 희미했다. 장문이 기뻐하며 말했다.

"저 등촉은 혹시 인가에서 흘러나오는 것이 아닐까?"

장문은 불빛을 향해 급히 달려갔는데, 100여 리쯤 되었을 때 그 불빛이 점점 가까워지는 것을 느끼고 더욱 급하게 다가갔다. 가서 보았더니 자신의 육신이 평상에 누워 있었고 방 안에는 등촉이 밝혀져 있었는데, 바로 장문이 본 불빛이었다. 장문은 이렇게 해서 깨어났다. 장문이 저승에서 들었던 처자와 형제들의 통곡 소리며 상구(喪具)에 대해 논의한 것을 가족들에게 물어보았더니, 하나도 다른 것이 없었다.

西河平遙縣有鄕吏張汶者, 無疾暴卒, 數日而寤. 初汶見亡兄來詣其門, 汶甚驚, 因謂曰: "吾兄非鬼耶? 何爲而來?" 兄泣曰: "我自去人間, 常屬念親友, 若瞥者不忘視也. 吾今爲冥府吏, 往往奉使至里中. 比以幽明異路, 不可詣汝. 今冥官召汝, 汝可疾赴." 汶懼, 辭之不可, 牽袂而去. 行十數里, 路曛黑不辨. 汶自念: "我今死矣, 然常聞人死, 當盡見親友之歿者." 有表弟武季倫者, 卒且數年, 與汶善. 試呼之, 果應聲而至, 相與悲泣. 汶因曰: "此地何曛黑如是?" 季倫曰: "冥途幽晦, 無日月之光故也." 又曰: "吾平生積罪萬狀, 玆受戮辱. 聞兄喚, 暫來, 不可久." 掩泣而別. 呼親族中亡歿者數十, 咸如之. 多言身被塗炭, 詞甚淒咽. 汶雖前去, 亦不知止所. 但常聞妻子兄弟號哭及語音, 歷在左右. 因徧呼其名, 則如不聞焉. 眉: 想當然耳. 久之, 有一人厲呼曰: "平遙縣吏張汶!" 汶旣應曰:"諾." 又有一人, 責問:"平生之過有幾?" 汶固拒之, 於是命案掾出汶之籍, 頃聞案掾稱曰:"張汶未合死." 冥官怒曰:"未死, 何召之?" 掾曰:"張汶兄爲役已久, 請以弟代. 雖未允其請, 今召至此." 冥官怒其兄曰:"何爲自召生人, 不顧吾法?" 卽命囚之, 而遣汶歸. 汶謝而出, 遂獨行, 以道路曛晦, 惶惑且甚. 俄頃, 忽見一燭在數十里外, 光影極微. 汶喜曰:"此燭殆人居乎?" 望影而趨, 可百餘里, 覺其影稍近, 迫而就之. 乃見己身偃臥於榻, 室有燭, 卽其影也. 汶自是寤. 以冥中所聞妻子兄弟號哭及議喪具, 訊其家, 無一異者.

* 이 고사는 《태평광기》 권378 〈재생·장문〉에 실려 있다.

61-12(1797) 주동

주동(朱同)

출《사전(史傳)》

주동이 열다섯 살 때 그의 부친은 영도현령(瘿陶縣令)으로 있었다. 주동이 한가한 날 문을 나섰다가 갑자기 평소에 알고 지내던 이정(里正 : 이장) 두 사람을 만났는데 그들이 말했다.

"판관께서 도련님을 잡아 오라고 하셨습니다."

주동은 엉겁결에 그들을 따라갔다. 영도성(瘿陶城)을 나와 50리쯤 갔더니 10여 명의 사람들이 강가에서 술을 마시고 있는 것이 보였다. 두 이정이 함께 주점의 대청으로 들어가 앉으면서 주동에게 뒤에 서 있으라고 했다. 그러자 주동이 크게 화를 내며 욕했다.

"뭐 하는 이정이기에 감히 이런 일을 한단 말이오?"

이정이 말했다.

"도련님은 이미 죽었는데 어찌하여 살아 있을 때처럼 화를 내십니까?" 협 : 청량산(淸涼散)을 한 번 복용한 것처럼 정신이 확 깬다. 미 : 지금 사람 중에 부귀할 때 화를 내는 사람은 정작 한 번도 이런 일을 생각하지 않는다.

주동은 한참 동안 슬퍼하며 눈물을 흘렸다. 잠시 후에 앉아 있던 사람들이 흩어져 떠나자 주동은 다시 그들을 따라갔다. 한 성에 도착했는데 성문이 아직 닫혀 있었다. 이정은 또 10여 명의 사람들과 함께 식사하면서 주동에게 같이 앉으라고 했지만 주동은 먹을 수가 없었다. 잠시 후에 성문이 열리자 이정은 주동을 데리고 성으로 들어갔다. 그들이 관아 문에 서서 머뭇거리며 어디로 가야 할지 모르고 있을 때, 갑자기 전하는 말이 들렸다.

"주부(主簿)의 식탁을 물려라."

잠시 후에 푸른 적삼을 입은 한 사람이 문 안에서 나와 신발을 끌며 천천히 걸었는데, 따르는 무리가 서너 명이었다. 그 사람이 주동을 알아보고 물었다.

"주씨 댁 도련님이 어떻게 여기에 왔는가?"

주동은 본래 그를 알지 못했기에 뭐라 할 말이 없었다. 주부가 말했다.

"일찍이 그대의 부친과 함께 관직에 있으면서 교분이 매우 두터웠네."

그러고는 주동을 데리고 판관에게 가서 그를 구원해 달라고 적극적으로 얘기하자 판관이 말했다.

"이 아이는 아직 수명이 다하지 않았으니 마땅히 돌려보내야 합니다."

그러고는 이전의 두 이정에게 그를 돌려보내 주도록 했다. 주동이 작별의 절을 하고 나가려는데 주부가 또 부르더니 그의 팔에 주부의 이름을 쓰고 인장을 찍으면서 주의를 주었다.

"만약 붙잡히면 이것을 보여 주게."

주동이 성을 나간 후에 문득 보았더니, 조부의 노복이 말에서 내리더니 재배하며 말했다.

"할아버님께서 도련님이 돌아갈 수 있게 된 것을 아시고 말을 준비해 댁까지 모셔다드리라고 했습니다."

주동은 곧장 말에 올라 50리쯤 가서 한 객점에 이르렀다. 노복과 이정은 주동에게 말에서 내려 객점 안을 지나가라고 청했다. 객점 안에서는 모두 커다란 솥에 사람을 삶고 있었는데, 사람이 익으면 꺼내 도마 위에 놓고 썰어서 팔고 있었으며, 미 : 저승에서는 살생을 지극히 중한 일로 여기니 응당 사람 고기 먹는 것을 허락하지 않았을 것이다. 왕래하는 사람들이 매우 많았다. 그 사람들은 주동을 보더니 각자 그를 삶고 싶어 했다. 주동은 팔에 찍힌 인장을 보여 주고 화를 피할 수 있었다. 다시 말에 올라 50리를 갈 때마다 여러 번 객점에 이르렀는데, 모두 이전과 같았다. 한참 후에야 비로소 영도성 밖에 도착했는데, 이정은 주동을 말에서 내리게 하고 말했다.

"먼 길을 와서 너무 피곤하니 더는 성으로 들어갈 수 없습니다."

그러면서 주부에게 드릴 답신을 써 달라고 하면서 말했다.

"댁까지 잘 모셔다드렸다고 써 주십시오."

주동이 그의 말대로 편지를 써 주고 나서 각자 작별 인사를 하고 떠났다. 주동은 혼자 성으로 들어갔는데, 아직 집에 도착하지 않았을 때 공자(孔子)의 사당 앞을 지나가게 되었다. 그래서 사당에 들어가서 쉬려고 했는데, 사당 앞의 서쪽 나무 아래에 스스로 목을 매단 사람이 보였다. 주동은 전혀 두려워하지 않은 채 힘써 밧줄을 풀었는데, 자신도 모르는 사이에 감쪽같이 하나로 합쳐졌다. 목이 매달린 것은 바로 그의 시체였다. 이렇게 해서 주동은 마침내 살아났다.

朱同者, 年十五時, 其父爲癭陶令. 暇日出門, 忽見素所識里正二人, 云: "判官令追." 倉卒隨去. 出癭陶城, 行可五十里, 見十餘人臨河飮酒. 二里正並入廳坐, 立同於後. 同大忿怒, 罵云: "何物里正, 敢作如此事?" 里正云: "郎君已死, 何故猶作生時氣色?" 夾: 一服淸涼散. 眉: 今人富貴時候氣色者, 正爲不想此一着耳. 同悲涙久之. 俄而坐者散去, 同復隨行. 行至一城, 城門尙閉. 里正又與十餘輩共食, 雖命同坐, 而不得食. 須臾城開, 里正引同入城. 立衙門, 佝盤桓, 未有所適, 忽聞傳語云: "主簿退食." 尋有一靑衫人, 從門中出, 曳履徐行, 從者數四. 其人見識之, 因問: "朱家郎君, 何得至此?" 同初不識, 無以叙展. 主簿云: "曾與賢尊連官, 情好甚篤." 遂領同至判官, 極言相救, 判官云: "此兒算亦未盡, 當相爲放去." 乃令前二里正送還. 同拜辭欲出, 主簿又喚, 書其臂作主簿名, 以印印之, 誡云: "若被拘留, 當以示之." 同旣出城, 忽見其祖父奴, 下馬再拜云: "翁知郎君得還, 故令將馬送至宅." 同便上馬, 可行五十里, 至一店. 奴及里正請同下馬, 從店中過. 店中悉是大鑊煮人, 人熟, 乃將出几上, 裁割賣之, 眉 : 冥司極重殺生, 不應許喫人肉. 交關者甚衆. 其人見同, 各欲烹煮. 同以臂印示之, 得免. 復上馬行五十里, 累度至店, 皆如前. 久之, 方至癭陶城外, 里正令同下馬, 云 : "遠路疲極, 不復更能入城." 兼求還書與主簿, 云 : "送至宅訖." 同依其言, 與書畢, 各拜辭去. 同還, 獨行入城, 未得至宅, 從孔子廟堂前過. 因入廨歇, 見堂前西樹下, 有人自縊. 心並不懼, 力爲解結, 不覺翕然而合. 縊者乃其尸也. 由是遂活.

* 이 고사는 《태평광기》 권384 〈재생·주동〉에 실려 있다.

61-13(1798) 허침

허침(許琛)

출《하동기(河東記)》

    왕잠(王潛)이 강릉(江陵)을 진수하고 있을 때 사원(使院: 절도사의 관부)의 서수(書手) 허침이 숙직을 했는데, 이경(二更)이 지난 후에 갑자기 죽었다가 오경(五更)이 되어 다시 살아났다. 허침이 그의 동료들에게 다음과 같은 이야기를 해 주었다.

    허침이 처음 보았더니 누런 적삼을 입은 두 사람이 급히 그를 불러 사원 문을 나오게 해서 그는 두 사람에게 이끌려 갔다. 북쪽으로 60~70리쯤 가자 가시나무 속에 희미하게 작은 길이 나 있었다. 잠시 후에 한 기둥 문에 도착했는데, 높이와 너비가 각각 3장 남짓이나 되었고 문설주 위에는 큰 글씨로 "아명국(鴉鳴國)"이라고 쓴 현판이 걸려 있었다. 두 사람이 허침을 데리고 그 문으로 들어갔는데, 문 안은 어둡고 칙칙한 기운이 느껴지는 것이 마치 저녁때 같았다. 그곳은 성벽도 집도 없고 단지 수만 그루의 오래된 홰나무만 있었으며, 나무 위에서는 까마귀 떼가 시끄럽게 울어 대서 지척 간에서도 사람의 말소리가 들리지 않았다. 이처럼 또 40~50리쯤 가서 비로소 한 곳을 찾아갔다. 그들은 또 허침을 데리고 한 성벽에 도착했는데, 관아의 문이 매우 웅장하고 또 엄숙했다. 두 사람은 곧장 허침을 데리고 들어가서 아뢰었다.

"까마귀를 잡을 사람을 데려왔습니다."

청사에서 자색 옷을 입은 한 관리가 책상에 기대앉아 있다가 허침에게 물었다.

"너는 까마귀를 잡을 줄 아느냐?"

허침이 즉시 하소연하며 말했다.

"저는 어려서부터 사원에서 문서 쓰는 일을 해 왔기 때문에 사실 까마귀 잡는 일은 한 적이 없습니다."

관리가 즉시 화를 내며 허침을 데리고 온 두 사람에게 말했다.

"어찌하여 제멋대로 사람을 잡아 왔느냐?"

두 사람은 두려워하면서 죄를 자복하며 말했다.

"정말 잘못했습니다!"

관리가 허침을 돌아보며 말했다.

"즉시 놓아주어 돌려보내도록 하라."

또 관리가 앉아 있던 책상 동쪽에 자색 옷을 입은 사람이 한 명 더 있었는데, 몸이 장대하고 검은 얼굴에 솜으로 머리를 두르고 있는 것이 다친 곳이 있는 것 같았다. 그 사람은 서쪽을 향한 채 큰 걸상에 앉아 있었는데, 허침을 돌아보더니 아까 안건을 심사한 관리에게 말했다.

"이 사람과 잠깐 이야기하겠소."

그러고는 계단 가까이에 서서 허침을 불러 말했다.

"그대는 돌아가거든 왕 복야(王僕射 : 왕잠)를 만나 나를 대신해 말을 전해 주게. 무 상공(武相公 : 무원형)이 말을 전한다고 하게. 매번 보내 준 돈은 매우 감사하지만 모두 부서져 사용할 수 없다고 하게. 지금 이곳에 긴급한 일이 있어 5만 장의 지전이 꼭 필요하니 좋은 종이를 구해 그것을 태워 주길 바라고, 태울 때 절대로 사람의 손이 닿지 않게 해 달라고 하게. 또한 복야와 머지않아 만나게 될 것이라고 전하게." 미 : 무원형(武元衡)은 어진 재상이었는데, 어찌하여 오히려 귀신의 세계에 머물러 있단 말인가?

그가 말을 마치자 허침은 그러겠다고 대답했다. 허침이 문밖으로 나오자 다시 두 사자가 나타나 그를 데리고 돌아가겠다고 하면서 말했다.

"우리가 당신을 잘못 잡아 와서 하마터면 벗어나지 못할 뻔했지만, 당신이 좋다면 다른 길로 돌아가도록 하겠습니다."

허침이 아명국의 뜻을 물었더니 두 사람이 대답했다.

"이곳은 둘레가 수백 리인데, 그 사이에는 해와 달이 미치지 못해 온종일 어두컴컴하기 때문에 항상 까마귀 울음소리로 낮과 밤을 압니다. 까마귀는 비록 날짐승이지만 또한 벌을 받습니다. 이승에서의 삶이 다한 까마귀는 곧장 잡혀

와 여기에서 시끄럽게 웁니다."

허침이 또 물었다.

"아명국의 빈 땅은 어떻게 쓰입니까?"

두 사람이 말했다.

"사람이 죽으면 귀신이 되지만 귀신도 다시 죽습니다. 만약 이 땅이 없다면 그들을 어디에 두겠습니까?" 미: 이상한 이야기다.

처음 허침이 죽었을 때 이미 왕잠에게 그 사실을 알렸는데, 허침이 살아나자 다시 그에게 보고했다. 왕잠이 허침에게 죽은 연유를 물었더니 허침은 자신이 본 것을 자세히 아뢰었다. 왕잠은 그 말을 듣고 곧 무 상국과 만나게 될 것이라는 얘기를 몹시 꺼렸는데, 그의 모습을 물어보았더니 정말로 무 상국이었다. 왕잠과 무 상국은 평소에 사이가 좋았으며, 왕잠이 역임한 여러 관직은 모두 무 상국에 의해 선발된 것이었기에 왕잠은 늘 월말과 연말에 지전을 불살라 그에게 보답했다. 이로 말미암아 허침의 말이 증명되었다. 왕잠은 결국 등지(藤紙) 10만 장을 사서 무 상국이 요청한 대로 해 주었다. 허침의 이웃에 허침과 성명이 같은 사람이 있었는데, 그날 저녁 오경(五更)에 갑자기 죽었다. 그때는 대화(大和) 2년(828) 4월이었는데, 3년(829) 정월에 왕 복야가 죽었다.

王潛之鎮江陵也,使院書手許琛因直宿,二更後暴卒,至五更又甦. 謂其儕曰:初見黃衫二人,急呼出使院門,因被領去. 北行可六七十里,荊棘中微有徑路. 須臾,至一所楔門,高廣各三丈餘,橫楣上大書牓,曰"鴉鳴國". 二人卽領琛入此門,門內氣黯慘,如黃昏時. 兼無城壁屋宇,唯有古槐萬萬株,樹上群鴉鳴噪,咫尺不聞人聲. 如此又行四五十里許,方過其處. 又領到一城壁,曹署牙門極偉,亦甚嚴肅. 二人卽領過曰:"追得取烏人到." 廳上有一紫衣官人,據案而坐,問琛曰:"爾解取鴉否?" 琛卽訴:"某少小在院,執行文案,實不業取鴉." 官人卽怒,因謂二領者曰:"何得亂追?" 吏惶懼伏罪曰:"實是誤!" 官人顧琛曰:"卽放却還去." 而官人坐榻之東,復有一紫衣人,身長大,黑色,以綿包頭,似有所傷者. 西向坐大繩床,顧見琛訖,遂謂當案官人曰:"要共此人略語." 卽近副階立,呼琛曰:"爾歸,見王僕射,爲我云. 武相公傳語. 深愧每惠錢物,然皆碎惡,不堪行用. 今此切事,要五萬張紙錢,望求好紙燒之,燒時勿令人觸損. 且與僕射不久相見." 眉:武元衡,賢相,何以向滯鬼道? 言訖,琛唱喏. 走出門外,復見二使者却領回,云:"我誤追君,幾不得脫,然君喜,當取別路歸也." 琛問鴉鳴國之義,答曰:"此地周數百里,其間日月所不及,經日昏暗,常以鴉鳴知晝夜. 是雖禽鳥,亦有謫罰. 其陽道限滿者,卽捕來,以備此中鳴噪耳." 又問:"鴉鳴國空地奚爲." 答曰:"人死則有鬼,鬼復有死. 若無此地,何以處之?" 眉:異聞. 初琛死也,已聞於潛,旣甦,復報之. 潛問其故,琛卽具陳所見. 潛聞之,甚惡卽相見之說,然問其形狀,眞武相也. 潛與武相素善,累官皆所拔用,常月晦歲暮焚紙錢以報之. 由是以琛言可驗. 遂市藤紙十萬張,以如其請. 而琛之鄰,果有同許琛姓名者,卽此夕五更暴卒. 時元[1]和二年四月,至三年正月,王僕射亡矣.

* 이 고사는 《태평광기》 권384 〈재생・허침〉에 실려 있다.
1 원(元): 《태평광기》 명초본에는 "대(大)"라 되어 있는데 타당하다. 왕잠(王潛)은 헌종(憲宗) 원화(元和) 연간에 장작감(將作監)으로 발탁되었고 좌산기상시(左散騎常侍)로 좌천되었다가 경원절도사(涇原節度使)에 임명되었으며, 문종(文宗) 대화(大和) 연간 초에 검교상서좌복야(檢校尙書左僕射)로 있다가 죽었다.

61-14(1799) 신찰

신찰(辛察)

출《하동기》

[당나라] 대화(大和) 4년(830) 겨울에 변방의 종사(從事)로 있던 위식(魏式)이 장안(長安) 연복리(延福里)의 심씨(沈氏) 가묘(家廟)에서 갑자기 죽었다. 그가 죽기 이틀 전 밤에 승업리(勝業里)에 사는 사문영사(司門令史) 신찰이 갑자기 두통을 앓다가 기절했는데, 심장에 약간의 온기가 남아 있었다. 신찰이 처음에 보았더니, 누런 적삼을 입은 사람이 그의 침상으로 와서 손으로 잡아끌고 나갔는데, 이윽고 자신의 몸을 돌아보았더니 이미 뻣뻣해져 있었다. 그의 처자식들은 그를 끌어안고 울부짖으면서 물을 뿌리고 뜸을 놓느라 온 집안이 당황했다. 신찰은 마음속으로 몹시 꺼림칙했지만 자신도 모르게 이미 누런 적삼을 입은 관리를 따라가고 있었다. 문밖에 이르러 누런 적삼을 입은 사람이 한참 동안 주저하다가 신찰에게 말했다.

"당신은 아직 떠날 때가 되지 않았으니, 돈 2000민(緡 : 1민은 1000냥)만 마련해 주면 당장 놓아주겠소."

신찰이 가난하다며 거절하자 누런 적삼을 입은 사람이 말했다.

"지전(紙錢)이오."

마침내 두 사람은 함께 마당으로 도로 들어갔는데, 신찰이 자기 부인을 큰 소리로 몇 차례 불렀지만 모두 응답하지 않았다. 그러자 누런 적삼을 입은 사람이 한 가동(家僮)을 가리키며 신찰에게 손으로 가동의 등을 떠밀면서 지전을 달라는 말을 전달하게 했다. 그리하여 그의 집에서 과연 지전을 마련해 불살라 주었더니, 지전이 즉시 모두 동전으로 변했다. 누런 적삼을 입은 사람이 일꾼을 구해 그 돈을 성 밖으로 운반해 달라고 하자, 신찰은 한참 동안 생각한 끝에 자기가 사는 곳에서 서쪽으로 100여 보 떨어진 곳에 수레꾼이 있다는 사실이 갑자기 떠올랐다. 그래서 마침내 누런 적삼을 입은 사람과 함께 그 집을 찾아갔는데 문이 잠겨 있었다. 신찰이 문을 두드리자 수레꾼이 나오며 말했다.

"밤이 깊었는데 어쩐 일로 오셨습니까?"

신찰이 말했다.

"어떤 손님이 연평문(延平門) 밖까지 돈을 실어다 달라고 하네."

수레꾼이 "알겠습니다" 하고는 즉시 신찰의 집으로 와서 그 돈을 모두 수레에 실었다. 신찰이 가려고 하지 않자 누런 적삼을 입은 사람이 또 요청하며 말했다.

"성문까지 배웅해 주시오."

세 사람은 앞장서고 뒤따르면서 성의 서쪽 거리를 지나

장흥리(長興里)에 이르렀다가 다시 서남쪽으로 갔다. 그때는 지는 달이 반짝였으며 새벽을 알리는 종고(鐘鼓)가 장차 울리려는 참이었다. 누런 적삼을 입은 사람이 말했다.

"날이 금방 밝으려 해 더 이상 갈 수 없으니 연복리의 심씨 가묘에서 잠시 머물러야겠소."

얼마 후 심씨 가묘에 도착했는데 그곳 문도 닫혀 있었다. 누런 적삼을 입은 사람이 문을 두드리자, 잠시 후에 50여 세쯤 되어 보이고 자색 치마에 흰 저고리를 입은 한 여인이 직접 나와서 문을 열어 주었다. 누런 적삼을 입은 사람이 사과하며 말했다.

"부인은 부디 괴이하게 여기지 마십시오. 제가 지금 약간의 돈을 가지고 있는데, 미처 급히 가져갈 수 없으니 빈 곳을 빌려서 잠시 보관해 두길 청합니다. 모레 처리할 공무가 있으니 그때 이 가묘로 와서 즉시 가져가겠습니다."

여인은 그러겠다고 허락했다. 신찰은 누런 적삼을 입은 사람과 수레꾼과 함께 그 돈을 가묘의 서북쪽 모퉁이로 옮겨 놓았다. 또 창밖에 갈대자리 몇 장이 보이기에 그것을 가져와 돈을 덮어 놓았다. 일을 막 마치고 났을 때 하늘이 밝아오자 누런 적삼을 입은 사람은 감사 인사를 하고 떠났다. 신찰과 수레꾼은 각자 집으로 돌아갔는데, 신찰이 집에 도착해서 보았더니 가족들이 여전히 그의 몸을 끌어안고 아까처럼 뜸을 뜨면서 치료하고 있었다. 그때 신찰은 자기도 모르게 육신과 혼이 합쳐지면서 깨어났다. 신찰은 한참 동안 꿈인 것 같기도 하고 아닌 것 같기도 하다고 생각하면서 말했다.

"도대체 방금 전에 무슨 일이 일어났지?"

부인이 그간의 일을 말해 주었다.

"가동이 악귀에 씌어 당신의 말소리를 내면서 600장의 종이로 지전을 만들어 불살라 달라고 요구했습니다."

모든 것이 이전의 일과 같아서 신찰은 굉장히 놀라고 기이해했다. 그래서 황급히 수레꾼의 집으로 갔더니, 수레꾼이 신찰을 보고 말했다.

"당신이 오셨으니 내 꿈을 해몽해 주십시오. 어젯밤에 꾼 꿈이 아무래도 심상치 않은 것 같습니다. 분명히 당신의 집에서 누런 적삼을 입은 사람과 함께 한 수레의 돈을 실어서 연복리의 심씨 가묘로 갔는데, 마치 눈앞에서 본 것처럼 생생합니다."

신찰은 더욱 놀라며 다시 수레꾼과 함께 심씨 가묘로 갔다. 두 사람은 평소 그곳에 가 본 적이 없었지만 분명히 어젯밤에 다녀간 곳이었다. 곧장 가묘의 서북쪽 모퉁이에 한두 장의 갈대자리가 보였고 그 밑에 지전 꿰미가 놓여 있었다. 신찰과 수레꾼은 모두 어젯밤에 와서 돈을 놓아둔 곳임을 알아보고, 곧장 어젯밤에 보았던 여인을 찾았더니 문지기가 말했다.

"가묘에는 위 시어(魏侍御 : 위식)만 계시고 다른 사람은 없습니다."

심씨 집의 노비가 가묘 옆에서 살고 있었는데, 신찰이 자신이 겪은 일과 여인의 모습과 의복에 대해 말하는 것을 듣더니 울면서 말했다.

"우리 태부인(太夫人)이십니다!"

그날 밤 오경(五更)에 위씨(魏氏 : 위식) 일가는 문을 두드리는 소리를 들었는데, 사람을 내보내 살펴보게 했으나 아무도 없었다. 이런 일이 서너 번 계속되자 위식은 도적의 짓일 것이라고 생각했다. 그래서 다음 날 현관(縣官)에게 알리고 방비해 달라고 요청했다. 그날 위식은 손님을 초대해 밀전병을 먹었는데, 다 먹고 나서 죽었다. 누런 적삼을 입은 사람이 말한 공무가 이것으로 증험되었다.

大和四年冬, 邊上從事魏式暴卒於長安延福里沈氏私廟中. 前二日之夕, 勝業里有司門令史辛察者, 忽患頭痛而絶, 心上微暖. 初見有黃衫人, 就其床, 以手相挽而出, 旣而返顧本身, 則已殭矣. 其妻兒等方抱持號泣, 噀水灸灼, 一家倉惶. 察心甚惡之, 而不覺隨黃衣吏去矣. 至門外, 黃衫人踟躕良久, 謂察曰 : "君未合去, 但致錢二千緡, 便當相捨." 察辭以貧, 黃衫曰 : "紙錢也." 遂相與却入庭際, 大呼其妻數聲, 皆不應. 黃衫乃指一家僮, 敎察以手扶其背, 因令達語求錢. 於是其家果取紙錢焚之, 卽皆化爲銅錢. 黃衫乃求脚直送出城, 察思度良久, 忽悟其所居之西百餘步有僱車者. 遂與黃衫俱詣其門,門已閉矣.察叩之,傭者出曰:"夜久,安得來耶?"察曰:"有客要載錢至延平門外."傭曰:"諾."卽來,裝其錢訖.察將不行,黃衫又邀曰:"請相送至城門."三人相引部領,歷城西街,抵長興西南而行.時落月輝輝,鐘鼓將動.黃衫曰:"天方曙,不可往矣,當且止延福沈氏廟."逡巡至焉,其門亦閉.黃衫叩之,俄有一女人,可年五十餘,紫裙白襦,自出應門.黃衫謝曰:"夫人幸勿怪.某今有少錢,未可遽提去,請借一隙處暫貯.後日當有公事,方來此廟中,卽當搬取."女人許之.察與黃衫及車人,共搬置其錢於廟西北角.又於戶外見有葦席數領,遂取覆之.纔畢,天色方曉,黃衫辭謝而去.察與傭者相隨歸,至家,見其身猶爲家人等抱持,灸療如故.不覺形神合而甦.良久,思如夢非夢,乃曰:"向者更何事?"妻具言:"家童中惡,作君語,索六百張紙作錢,以焚之."皆如前事,察頗驚異.遽至車子家,傭者見察曰:"君來,正解夢耳.夜來所夢,不似尋常.分明自君家,別與黃衫人載一車子錢至延福沈氏廟,歷歷如在目前."察愈驚駭,復與傭偕往沈氏廟.二人素不至此,旣而宛然昨宵行止.卽於廟西北角見一兩片蘆蓆,其下紙緡存焉.察與車子皆識夜來致錢之所,卽訪女人,守門者曰:"廟中但有魏侍御於此,無他人也."沈氏有臧獲,亦住廟旁,聞語其事,及形狀衣服,乃泣曰:"我太夫人也!"其夕五更,魏氏一家聞打門聲,使候之,卽無所見.如是者三四,式意謂之盜.明日,宣言於縣胥,求備之.其日,式夜邀客爲煎餠,食訖而卒.黃衫所言公事,此其驗矣.

* 이 고사는《태평광기》권385〈재생·신찰〉에 실려 있다.

61-15(1800) 등엄

등엄(鄧儼)

출《유양잡조(酉陽雜俎)》

　　[당나라] 회창(會昌) 원년(841)에 금주(金州)의 군사전부(軍事典部) 등엄은 죽은 지 이미 몇 년이나 되었다. 그 휘하에 장방(蔣方)이라는 서수(書手)가 있었는데, 돌연 심장이 아프더니 갑자기 죽었다. 그는 마치 누군가에게 끌려가듯이 한 관청에 도착해 등엄을 만났는데, 등엄이 기뻐하며 말했다.

　　"내가 맡은 일이 너무 많아서 자네의 힘을 빌려 수백 폭의 문서를 기록하려고 하네."

　　장방이 속여서 말했다.

　　"근자에 오른팔을 다쳐서 붓을 잡을 수 없습니다."

　　그러자 옆에 있던 한 사람이 등엄에게 말했다.

　　"어차피 글씨를 쓸 수 없다면 돌려보내는 것이 좋겠소."

　　장방은 황급히 이끌려 돌아오다가 한 구덩이에 떨어져서 깨어났다. 그 후로 장방은 병을 앓아 오른손을 결국 쓸 수 없게 되었다. 미 : 귀신을 속일 수 없음이 이와 같은데 하물며 사람임에랴!

會昌元年, 金州軍事典部鄧儼, 先死數年. 其案下書手蔣方者, 忽心痛暴卒. 如人捉至一曹司, 見鄧儼, 喜曰:"我主張甚重, 籍爾錄數百幅書也." 蔣紿曰:"近損右臂, 不能搦管." 旁有一人謂鄧:"旣不能書, 可令還也." 蔣草草被領還, 隕一坑中而覺. 因病, 右手遂廢. 眉:鬼不可誑如此, 況人乎!

* 이 고사는《태평광기》권378〈재생·등엄〉에 실려 있다.

61-16(1801) 장범

장범(章泛)

출《이원(異苑)》미 : 이하는 여인에 관한 이야기다(以下女人).

　　임해군(臨海郡) 낙안현(樂安縣) 사람 장범은 스무 살 남짓 되었는데, 죽은 지 하루 뒤에 아직 염을 하지 않았을 때 다시 살아나서 말하길, 천조(天曹)에 붙잡혀 갔더니 천조의 담당 관리가 바로 그의 외사촌 형이어서 잘 처리해 준 덕분에 죽음을 면할 수 있었다고 했다. 장범이 처음 천조에 도착했을 때, 어떤 젊은 여자가 함께 잡혀 와 문밖에 서 있었다. 여자는 장범이 풀려나는 것을 보고 누군가의 도움이 있었다는 사실을 알아챘다. 그래서 눈물을 흘리면서 금팔찌 세 개와 팔에 걸치고 있던 여러 보물을 풀어 장범에게 맡기면서 그것을 담당 관리에게 주어 살려 달라고 부탁했다. 장범은 곧장 그녀를 위해 담당 관리에게 청하면서 아울러 팔찌와 보물을 바쳤다. 담당 관리는 한참 후에 나와서 장범에게 추영(秋英)도 함께 돌려보내기로 이미 논의했다고 말했다. 추영은 바로 그 여자의 이름이다. 그리하여 두 사람은 함께 떠나게 되었다. 두 사람은 발도 아프고 피곤에 지쳐 거의 걸을 수 없을 지경이었다. 마침 날도 저물어서 길옆의 작은 굴에 머물렀는데, 모양은 객점 같았지만 주인은 보이지 않았다.

장범은 여자와 함께 자면서 사랑을 나누었는데, 미 : 저승의 부부 인연이다. 사는 곳을 물었더니 여자가 말했다.

"저는 성은 서씨(徐氏)이고 집은 오현(吳縣) 오문촌(烏門村)에 있으며 개울가에 살고 있는데, 대문 앞에 쓰러진 대추나무가 있는 곳이 바로 저의 집입니다."

이튿날 새벽에 두 사람은 각자 떠나 마침내 모두 살아났다. 장범은 이전에 호군부(護軍府)의 관리로 있었는데, 휴가를 청해 도성을 나와서 오현을 지나 곧장 오문촌에 도착한 뒤에 여자의 말에 근거해 찾아보았더니 정말 서씨의 집이 있었다. 집주인과 인사를 나누고서 물었다.

"추영 낭자는 어디에 있습니까?"

집주인이 말했다.

"우리 딸은 애초에 집밖을 출입한 적이 없는데, 당신이 어떻게 그 이름을 아십니까?"

그리하여 장범은 지난날 혼백으로 서로 만나게 된 연유를 말해 주었다. 추영은 그 전에 그 일에 대해 말하면서 장범과 함께 잠자리에 든 사실은 언급하지 않았는데, 그 이웃 할멈이 그 사실을 알고 집주인의 부인에게 말해 주었다. 집주인의 부인은 시험 삼아 하녀 몇 명을 번갈아 나오게 해서 장범에게 보여 주었더니 장범이 말했다.

"추영 낭자가 아닙니다."

이에 추영을 나오게 해서 만나 보게 했더니, 두 사람은 마치 이전부터 알고 지내던 사이 같았다. 서씨는 이 모든 것이 하늘의 뜻이라 생각해 마침내 딸을 장범에게 시집보냈다. 그들은 아들을 낳아 이름을 천사(天賜 : 하늘이 내려 주었다는 뜻)라 지었다.

臨海樂安章泛, 年二十餘, 死經日, 未殯而甦, 云 : 被錄天曹, 天曹主者是其外兄, 料理得免. 初到時, 有少女子同被錄送, 立於門外. 女子見泛事散, 知有力助. 因泣涕脫金釧三隻及臂上雜寶, 託泛與主者, 求見救濟. 泛卽爲請之, 並進釧物. 良久出, 語泛已論秋英亦同遣去. 秋英, 卽此女之名也. 於是俱去. 脚痛疲頓, 殊不堪行. 會日亦暮, 止道側小窟, 狀如客舍, 而不見主人. 泛與女共宿嬿接, 眉 : 泉路姻緣. 更相問, 女曰 : "我姓徐, 家吳縣烏門, 臨瀆爲居, 門前倒棗樹卽是也." 明晨各去, 遂並活. 泛先爲護軍府史, 請假出都, 經吳, 乃對[1]烏門, 依此尋索, 得徐氏舍. 與主人叙闊, 問 : "秋英何在?" 主人云 : "女初不出入, 君何知其名?" 泛因說昔日魂相見之由. 秋英先說之, 但不及寢嬿之事, 而其鄰嫗或知之, 以語主婦. 主婦試令侍婢數人遞出示泛, 泛曰 : "非也." 乃令秋英見之, 則如舊識. 徐氏謂天意, 遂以妻泛. 生子, 名曰 "天賜".

* 이 고사는 《태평광기》 권386 〈재생·장범〉에 실려 있다.
1 대(對) : 《이원(異苑)》 권8에는 "도(到)"라 되어 있는데, 문맥상 타당하다.

61-17(1802) 유 장사의 딸

유장사녀(劉長史女)

출《광이기》

길주장사(吉州長史) 유(劉) 아무개는 아들 없이 딸 셋만 기르고 있었는데, 딸들은 모두 뛰어난 미색이었고 유 장사는 딸들을 몹시 사랑했다. 하지만 큰딸은 스무 살에 관사에서 병으로 죽었다. 유 장사는 평소 사구연(司丘掾) 고광(高廣)과 사이가 좋았는데, 두 사람은 임기가 끝나자 함께 고향으로 돌아갔으며, 유 장사는 큰딸의 영구를 싣고 돌아갔다. 고광에게는 스무 살 남짓 된 아들이 있었는데, 아주 총명하고 지혜로웠으며 풍모도 뛰어났다. 돌아가는 길에 예장(豫章)에 머물렀을 때 얼음이 얼어 더 이상 갈 수 없게 되었다. 두 배는 100여 보(步) 떨어져 있었기에 아침저녁으로 서로 왕래했다. 어느 날 저녁에 고씨의 아들이 혼자 배 안에서 책을 보고 있었는데, 이경(二更) 뒤에 열네댓 살 된 아주 아름다운 하녀 한 명이 곧장 고씨의 아들에게 와서 말했다.

"장사 나리의 배에 촛불이 꺼져서 불을 빌리러 왔습니다."

고씨의 아들이 그녀를 몹시 좋아해 장난치며 꼬드기자, 그녀도 흔연히 그에게 다가서며 말했다.

"저는 도련님의 사랑을 얻기에는 부족합니다. 하지만 저희 집 작은아씨는 세상에 둘도 없는 미녀이신데, 제가 도련님의 뜻을 전해 드리면 틀림없이 만나러 오실 것입니다." 미
: 이 하녀는 작은아씨가 찾아가게 한 것이다.

고씨의 아들이 몹시 놀라면서 기뻐하자, 하녀는 약속 날짜를 정하고 떠났다. 이튿날 저녁에 하녀가 또 와서 말했다.

"일이 잘되었습니다."

그때는 하늘이 맑고 달빛이 밝았으며, 고씨의 아들은 배 밖에 서서 기다렸다. 잠시 뒤에 멀리서 보았더니, 한 여자가 뒤쪽 배에서 나와 그 하녀를 따라 곧장 왔다. 서로의 거리가 10보도 남지 않았을 때 보았더니, 몸에서 광채가 나고 향기가 짙게 풍겼다. 고씨의 아들은 기쁨을 이기지 못하고 곧장 앞으로 가서 여자를 붙잡았다. 여자도 몸을 맡기며 그의 품속으로 들어왔는데 교태가 넘쳐흘렀다. 그러고는 함께 배 안으로 들어가서 더욱 기쁜 정을 나누었다. 그 후로 여자는 밤마다 찾아왔으며 두 사람의 정은 더욱 깊어져 갔다. 그렇게 한 달 남짓 지났을 때 여자가 갑자기 고씨의 아들에게 말했다.

"은밀한 일을 논하려는데 설마 꺼리지는 않으시겠지요?"

고씨의 아들이 얘기하라고 한사코 청하자 여자가 말했다.

"저는 본래 유 장사의 죽은 딸인데 마땅히 다시 살아날

운명입니다. 이미 당신을 받들어 모실 수 있게 되었는데, 만약 당신이 저를 거둬 주실 생각이라면 마땅히 집안에 이 사실을 알리셔야 합니다."

고씨의 아들은 몹시 놀라면서도 기뻐하며 말했다.

"이승과 저승의 사람이 결합하는 것은 천년 동안 있은 적이 없습니다. 바야흐로 영원히 당신과 이부자리를 함께할 수 있다면 그와 같은 기쁨이 또 어디 있겠습니까!"

여자가 또 말했다.

"저는 사흘 뒤에 반드시 살아날 것이니, 그때 제 관을 열어 밤중에 얼굴에 서리와 이슬을 맞게 한 다음 미음을 먹이면 틀림없이 살아날 것입니다."

고씨의 아들은 그렇게 해 주겠다고 했다. 이튿날 아침에 고씨의 아들은 그 사실을 고광에게 알렸다. 고광은 그다지 믿기지는 않았지만 또한 정말 기이한 일이라고 여겨, 곧장 사람을 보내 유 장사를 찾아가서 그 일을 자세히 알려 주게 했다. 그 말을 들은 유 장사의 부인이 버럭 화를 내며 말했다.

"내 딸은 죽어서 지금 이미 시신이 썩었거늘, 죽은 영혼을 욕되게 함이 이와 같은 지경에 이를 수 있단 말인가!"

유 장사의 부인은 완강히 거절했지만 고씨의 아들은 더욱 간절하게 청했다. 그날 밤에 유 장사와 그의 부인의 꿈에 딸이 나타나 말했다.

"저는 마땅히 다시 살아날 운명이며 하늘이 우리를 짝지어 주신 것이니, 반드시 두 분께서 기쁜 마음으로 허락해 주시리라 생각했습니다. 그런데 지금 이렇게 고집을 피우시는 것은 제가 다시 살아나기를 바라지 않는 것입니다."

두 사람은 깨어난 후 마침내 크게 깨달은 바가 있어서 허락했다. 그날이 되어 함께 관을 열고 보았더니, 딸의 자태가 고왔으며 점점 온기가 느껴졌다. 집안사람들은 몹시 놀라면서도 기뻐하며 언덕 옆에 휘장을 치고 딸을 들어 그 안에 놓은 뒤, 밤에 얼굴에 이슬을 맞히고 낮에 미음을 먹였다. 그녀의 부모는 모두 그 광경을 지켜보았다. 하루 뒤에 그녀는 점점 숨을 쉬기 시작하더니 조금씩 눈을 떴고 저녁에는 말을 할 수 있게 되었으며, 며칠 만에 원래대로 돌아왔다. 고씨의 아들이 그녀에게 하녀에 대해 물었더니 그녀가 말했다.

"저보다 먼저 죽었는데 그 시신이 배 안에 있습니다." 미: 하녀만 소생하지 않은 것은 유감스러운 일이다.

여자는 소생한 뒤에 하녀의 시신이 있는 곳으로 가서 슬피 울면서 하녀와 영원히 작별했다. 마침내 두 사람은 길일을 택해 그곳에서 혼례를 올렸으며, 나중에 아들 몇 명을 낳았다. 그리하여 그곳을 이름 지어 "예회촌(禮會村)"이라 했다.

吉州劉長史無子, 獨養三女, 皆殊色, 甚念之. 其長女年二十, 病死官舍中. 劉素與司丘掾高廣相善, 俱秩滿, 與同歸,劉載女喪還. 高廣有子, 年二十餘, 甚聰慧, 有姿儀. 路次豫章, 守氷不得行. 兩船相去百餘步, 日夕相往來. 一夜, 高氏子獨在船中披書, 二更後, 有一婢, 年可十四五, 容色甚麗, 直詣高云: "長史船中燭滅, 來乞火耳." 高子甚愛之, 因與戲調, 妾亦忻然就焉, 曰: "某不足顧. 家中小娘子艷絶無雙, 爲郎通意, 必可致也." 眉: 此婢小娘子所造. 高甚驚喜, 因與爲期而去. 至明夜, 婢又來曰: "事諧矣." 時天淨月明, 高立候於船外. 有頃, 遙見一女, 自後船出, 從此婢直來. 未至十步, 光彩映發, 馨香襲人. 高不勝其意, 便前持之. 女縱體入懷, 姿態橫發. 乃與俱就船中, 倍加款密. 此後夜夜輒來, 情念彌重. 如此月餘日, 忽謂高曰: "欲論密事, 得無嫌難乎?" 高固請說之, 曰: "兒本長史亡女, 命當更生. 業得承奉君子, 若垂意相採, 當爲白家令知也." 高大驚喜曰: "幽明契合, 千載未有. 方當永同枕席, 何樂如之!" 女又曰: "後三日必生, 使爲開棺, 夜中以面乘霜露, 飲以薄粥, 當遂活也." 高許諾. 明旦, 遂白廣. 廣未甚信, 亦以其絶異, 乃使詣劉長史, 具陳其事. 夫人甚怒曰: "吾女今已消爛, 玷辱亡靈, 乃至此耶!" 深拒之, 高求之轉苦. 至夜, 劉及夫人俱夢女曰: "某命當更生, 天使配合, 必謂喜而見許. 今乃靳固如此, 是不欲某再生也." 及覺, 遂大感悟, 許焉. 至期, 乃共開棺, 見女姿色鮮明, 漸有暖氣. 家中大驚喜, 乃設幃幕於岸側, 舉置其中, 夜以面承露, 晝哺飲. 父母皆守視之. 一日, 轉有氣息, 稍開目, 至暮能言, 數日如故. 高問其婢, 云: "先女死, 尸柩亦在舟中." 眉: 婢獨不甦, 是缺典. 女既甦, 遂臨, 悲泣與決. 乃擇吉日, 遂於此地成婚, 後生數子. 因名其地爲"禮會村".

* 이 고사는 《태평광기》권386 〈재생·유장사녀〉에 실려 있다.

61-18(1803) 유씨 아들의 처
유씨자처(劉氏子妻)
출《원화기(原化記)》

유씨의 아들은 젊은 나이에 의협심이 있었고 담력도 있었다. 그는 늘 초주(楚州) 회음현(淮陰縣)을 떠돌면서 대부분 시정잡배들과 교유했다. 이웃 사람 왕씨(王氏)에게 딸이 있었는데, 그가 그녀에게 청혼했지만 왕씨가 허락하지 않았다. 몇 년 뒤에 그는 굶주림 때문에 결국 군대에 들어갔다. 몇 년 뒤에 군역이 끝나자 그는 다시 초주의 고을을 떠돌았는데, 옛 친구들과 서로 만나 몹시 기뻐했다. 늘 마음 내키는 대로 돌아다니면서 낮에는 사냥을 일삼고 밤에는 기루에서 놀았다. 한번은 성곽을 나가 10여 리를 갔다가 무너진 무덤 하나를 보았는데, 관이 밖으로 드러나 있었다. 그는 마을로 돌아와 친구들과 모여서 술을 마셨는데, 그때는 여름밤이었고 폭우가 막 그치자 사람들이 장난삼아 말했다.

"누가 이 물건을 무너진 무덤의 관 위에 갖다 놓을 수 있겠는가?"

유씨의 아들은 술기운에 자신의 담력을 믿고 말했다.

"내가 할 수 있네."

사람들이 말했다.

"자네가 정말로 할 수 있다면 내일 우리가 그 일에 대한 상으로 술자리를 마련하겠네."

그러고는 벽돌 하나를 가져와 그 자리에 모인 사람들의 이름을 그 위에 쭉 적어서 유생(劉生 : 유씨의 아들)에게 들려 보내고, 나머지 사람들은 술을 마시면서 그를 기다렸다. 유생은 혼자 가서 한밤중이 되어서야 무덤에 도착했다. 달이 막 떠오르기 시작할 때 어떤 물체가 관 위에 걸터앉아 있는 것 같았는데, 자세히 살펴보았더니 다름 아닌 죽은 여자였다. 유생은 벽돌을 관에 던져 놓고 그 시신을 등에 업은 채 돌아왔다. 사람들은 한창 즐겁게 얘기하다가 갑자기 유생이 문을 밀고 들어오는 소리를 들었는데, 마치 무거운 것을 짊어지고 있는 것 같았다. 유생이 문을 열고 곧장 들어가 등잔 앞에서 시신을 바닥에 내려놓자 시신이 우뚝 섰는데, 얼굴에는 분과 눈썹먹을 칠하고 틀어 올린 머리가 반쯤 흘러내려 있었다. 온 좌중이 기절했으며, 달아나 숨어 엎드린 사람도 있었다. 유생이 말했다.

"이 사람은 내 아내이네."

유생은 마침내 시신을 껴안고 침상으로 가서 함께 잠을 잤다. 사람들은 놀라 두려움에 떨었다. 사경(四更)이 되자 갑자기 여자의 입과 코에서 미약한 숨결이 느껴지기에 자세히 살펴보았더니 이미 살아나 있었다. 유생이 어찌 된 일인지 물어보았더니, 여자는 자신이 왕씨의 딸로 급병이 들어 죽었는데 어떻게 여기에 오게 되었는지 모르겠다고 했다. 날이 밝기 전에 유생은 물을 가져와 여자의 얼굴과 손을 씻어 주고 머리를 틀어 올려 비녀를 단정하게 꽂아 주었더니, 여자는 이미 병이 다 나아 원래대로 회복했다. 이웃 마을에서 서로 얘기하는 소리가 들려왔다.

"왕씨의 딸이 시집갈 때 갑자기 죽어서 미처 염도 하지 않았는데, 어젯밤 벼락이 치는 사이에 시신이 사라져 버렸다는군."

이에 유생이 왕씨에게 자초지종을 알렸더니, 왕씨는 슬퍼하면서도 기뻐하며 결국 딸을 유생에게 시집보냈다. 사람들은 모두 그들의 저승에서의 혼약에 감탄했으며, 또한 유생의 담력에 탄복했다.

劉氏子者, 少任俠, 有膽氣. 常客遊楚州淮陰縣, 交遊多市井惡少. 鄰人王氏有女, 求聘之, 王氏不許. 後數歲, 因饑, 遂從戎. 數年後, 役罷, 再遊楚鄕, 與舊友相遇, 甚歡. 常恣遊騁, 晝事弋獵, 夕會狹邪. 因出郭十餘里, 見一壞墓, 棺柩暴露. 歸而聚飮, 時將夏夜, 暴雨初止, 衆人戲曰:"誰能以物送至壞塚棺上者?" 劉秉酒恃氣曰:"我能之." 衆曰:"若審能, 明日衆置一筵, 以賞其事." 乃取一磚, 同會人列名於上, 令生持去, 餘人飮而待之. 生獨行, 夜半至墓. 月初上, 如有物蹲踞棺上, 諦視之, 乃一死婦人也. 生捨磚於棺, 背負此尸而歸. 衆方歡語, 忽聞生推門, 如負重之聲. 門開, 直入燈前, 置尸於地, 卓然而立, 面施粉黛, 髻髮半披. 一座絶倒, 亦有奔走藏伏者. 生曰: "此我妻也." 遂擁尸至床同寢. 衆人驚懼. 至四更, 忽覺口鼻微微有氣, 診視之, 卽已甦矣. 問所以, 乃王氏之女, 因暴疾亡, 不知何由至此. 未明, 生取水, 與之洗面濯手, 整釵髻, 疾已平復. 乃聞鄰里相謂曰: "王氏女將嫁暴卒, 未殮, 昨夜因雷, 遂失其尸." 生乃以告王氏, 王氏悲喜, 乃嫁生焉. 衆咸嘆其冥契, 亦伏生之不懼也.

* 이 고사는 《태평광기》 권386 〈재생·유씨자처〉에 실려 있다.

61-19(1804) 이강명의 처

이강명처(李强名妻)

출《기문(記聞)》

    농서(隴西) 사람 이강명의 부인은 청하(淸河) 사람 최씨(崔氏)로 매우 아름다웠으며, 아들 한 명을 낳아 이미 일곱 살이 되었다. [당나라] 개원(開元) 22년(734)에 이강명은 남해현승(南海縣丞)으로 있었는데, 한창 날씨가 더울 때 그의 부인이 갑자기 병들어 죽었다. 광주(廣州)는 찌는 듯이 무더웠기 때문에 이강명은 부인이 죽은 후에 관을 땅에 묻고 그 바깥을 날벽돌로 빙 둘러 봉해 놓았다. 이강명은 부인이 요절한 것을 몹시 애통해했으며, 또한 고향에서 멀리 떨어져 벼슬살이하고 있었으므로 심하게 통곡했는데, 밤낮으로 그 소리가 끊이지 않았다. 며칠 뒤에 그의 부인이 꿈에 나타나 말했다.

    "제가 아직 죽을 때가 되지 않아서 오늘 천제께서 저를 살려 주기로 허락하셨습니다. 그러나 제 시신이 이미 썩어 버린지라 천제께서 천서(天鼠)에게 명해 제 피부를 만들어 내게 하셨습니다. 열흘 뒤에 커다란 쥐가 날벽돌 아래의 관 속으로 들어갈 것인데, 그러면 틀림없이 제가 살아날 것입니다. 하지만 반드시 무덤 문을 꼭 잠그고 49일을 기다려야

하며, 그리고 나서 관을 열고 저를 꺼내면 제가 바로 살아날 것입니다."

날이 밝은 뒤에 이강명은 꿈 이야기를 해 주었는데, 그 집의 하인과 첩도 모두 같은 꿈을 꾸었다. 10여 일이 지난 어느 날 갑자기 돼지 새끼만 한 흰 쥐 몇 마리가 관을 드나들었다. 이강명은 이를 이상히 여겨 시험 삼아 부인의 관을 열고 보았더니 부인의 뼈에 살이 생겨나기 시작했는데, 온몸이 모두 그러했다. 이강명은 다시 관을 덮었다. 48일째 되던 날 부인이 다시 꿈에 나타나 말했다.

"저는 내일 새벽에 틀림없이 살아날 것이니, 그때 저를 꺼내 주시지 않겠습니까?"

날이 밝은 뒤에 이강명이 관을 열고 보았더니 부인이 소생해 있자 부축해서 꺼낸 뒤 목욕시켰다. 부인은 본래 미인이었는데, 다시 살아난 뒤에는 이전보다 갑절로 아름다웠다. 그녀의 살갗과 몸은 옥처럼 희었고, 예쁜 눈빛과 아름다운 자태에 고운 옷을 입고 단장한 모습은 인간 세상에서는 거의 보기 드문 것이었다. 이를 본 이강명은 희색이 만면했다. 당시 광주도독(廣州都督) 당소(唐昭)가 그 소문을 듣고 자신의 부인을 시켜 살펴보게 했는데, 별가(別駕) 이하의 부인들이 모두 그녀를 따라갔다. 이강명의 부인은 한껏 차려 입고 동등한 예로써 도독의 부인을 만났으며 여러 부인들의 절을 받았다. 가까이 다가가서 살펴보았더니 그녀는 신선

세계의 사람 같았다. 그녀는 말하고 먹는 것은 보통 사람들과 같았지만, 차분하고 말수가 적었다. 사람들이 이것저것을 물어도 그녀는 한참 뒤에 한 번 대답할 뿐이었다. 그러다가 저승의 일을 물으면 즉시 입을 다물었는데, 비록 남편이 물어도 대답하지 않았다. 이튿날 당 도독(唐都督 : 당소)의 부인은 음식을 마련해 그녀를 자신의 집으로 초대했는데, 다른 여러 관리의 부인들도 함께 와서 그녀를 구경하면서 그 온화한 자태와 아름다운 모습을 좋아하며 모두 말했다.

"여태껏 본 적이 없는 미인입니다."

얼마 후에 별가와 장사(長史)의 부인들이 차례대로 날마다 잔치를 열어 그녀를 초대했는데, 그때마다 도독의 부인도 갔다. 이렇게 20일이 지났다. 얼마 후에 이강명은 계주부(桂州府)에 사자로 갔는데, 그의 부인은 여러 집의 초대를 받아 왕래하면서 아무 탈 없이 지냈다. 이강명은 떠난 지 70일 만에 돌아왔는데, 그가 돌아온 지 며칠 지나서 부인이 다시 병이 들었다고 말하더니 하루 만에 죽었다. 그녀가 다시 살아난 날을 계산해 보았더니 겨우 100일이었다. 어떤 사람은 요물이 그녀의 몸에 붙은 것이라고 말하기도 했다.

隴西李強名, 妻淸河崔氏, 甚美, 其一子, 生七年矣. 開元二十二年, 強名爲南海丞, 方暑月, 妻因暴疾卒. 廣州囂熱, 死後埋棺於土, 其外以墼¹圍而封之. 強名痛其妻夭年, 而且遠官, 哭之甚慟, 日夜不絶聲. 數日, 妻見夢曰 : "吾命未合絶,今帝許我活矣. 然吾形已敗, 帝命天鼠爲吾生肌膚. 更十日後, 當有大鼠出入塹棺中, 卽吾當生也. 然當封閉門戶, 待七七日, 當開吾門, 出吾身, 吾卽生矣." 及旦, 強名言之, 而其家僕妾夢皆協. 十餘日, 忽有白鼠數頭, 出入殯所, 其大如狐. 強名異之, 試發其柩, 見妻骨有肉生焉, 遍體皆爾. 強名復閉之. 積四十八日, 其妻又見夢曰 : "吾明晨當活, 盍出吾身?" 旣曉, 強名發之, 妻則甦矣, 扶出浴之. 妻素美麗, 及再生, 則美倍於舊. 膚體玉色, 倩盼多姿, 袨服靚妝, 人間殊絶矣. 強名喜形於色. 時廣州都督唐昭聞之, 令其夫人觀焉, 於是別駕已下夫人皆從. 強名妻盛服見都督夫人, 與抗禮, 頗受諸夫人拜. 薄而觀之, 神仙中人也. 言語飲食如常, 而沉靜少言. 衆人訪之, 久而一對. 若問冥間事, 卽杜口, 雖夫子亦不答. 明日, 唐都督夫人置饌, 請至家, 諸官夫人皆同觀之, 悅其柔姿艷美, 皆曰 : "目所未睹." 旣而別駕長史夫人等次其日列筵請之, 而都督夫人亦往. 如是已二十日矣. 旣強名使於桂府, 其妻爲諸家所迎, 往來無恙. 強名去七旬乃還, 還數日, 妻復言病, 一日遂亡. 計其再生, 纔百日爾. 或曰有物憑焉.

* 이 고사는《태평광기》권386〈재생・이강명처〉에 실려 있다.

1 참(塹) :《태평광기》에는 "격(墼)"이라 되어 있는데, 문맥상 보다 타당하다. 이하도 마찬가지다.

61-20(1805) 정결의 처

정결처(鄭潔妻)

출《박이기(博異記)》

정결은 본래 형양(滎陽) 사람이었는데 수춘군(壽春郡)에 임시로 기거했다. 그는 이씨(李氏)와 결혼했는데, 그녀는 이선약(李善約)의 조카였다. [당나라] 개성(開成) 5년(840) 4월 중순의 어느 날 황혼 녘에 이씨가 갑자기 심장병을 앓더니 마치 미친 사람처럼 말하면서 공중에 절하며 말했다.

"한 번만 살려 주십시오!"

잠시 후에 이씨가 죽었는데 심장만은 여전히 따뜻했다. 온 가족이 통곡하며 의원과 무당을 불러왔지만 결국 아무런 효험이 없었다. 오경(五更)이 되었을 때 닭이 한 번 울자 갑자기 이씨가 살아 돌아왔다. 사람들이 모두 놀라며 그녀를 부축하자 한참 뒤에 입과 코에서 숨 쉬는 것이 느껴졌다. 이씨는 아침이 되어서야 비로소 다음과 같은 말을 했다.

"두 귀신이 첩지를 가지고 와서 저를 잡아갔는데, 처음에 주현(州縣) 사이를 지나갈 때만 해도 별일 없기를 바랐지만 잠시 후에 사자들에게 끌려갔습니다. 성곽으로 들어가서 사자들에게 이끌려 한 관리를 만났는데, 속관의 무리 같았습니다. 그는 다시 저를 데리고 관서로 들어가서 저를 잡아 온 이유를 낭독하길, '아무개는 전생에 유씨(劉氏)로 사내였고 마씨(馬氏)라는 아내가 있었다. 마씨의 성격이 포악했기에 유씨는 그녀를 죽이고 배를 갈라 오장을 들어내 마씨가 다음 세상에 태어날 수 없게 만들었다. 고소한 사람은 마씨의 어미다'라고 했습니다. 제가 곧장 해당 관리에게 고하길, '마씨를 다음 세상에 태어나게 하고 싶다면 저를 돌려보내 주십시오. 제가 평생 모든 것을 다 바쳐 마씨를 위해 공덕을 쌓는다면 마씨는 다음 세상에 태어날 수 있을 것입니다. 만약 지금 저를 붙잡아 그냥 무간옥(無間獄: 아비지옥)에 둔다면 또한 마씨에게 무슨 도움이 되겠습니까?'라고 하자, 해당 관리가 말하길, '그렇다면 스스로 해명해 보아라'라고 했습니다. 잠시 후에 마씨가 오자 제가 그녀에게 그 말을 자세히 해 주었더니 관리가 마씨에게 묻길, '어떠하냐?'라고 했습니다. 마씨가 대답하길, '저는 억울하게 여러 해를 보내면서 다른 죄에 대한 벌은 모두 받았습니다만, 다음 세상에 태어날 방법이 없습니다. 삼가 판결을 받아들이겠습니다'라고 했습니다. 제가 또 말하길, '저의 수명이 얼마나 되는지 살펴 주십시오. 만약 아직 죽을 때가 아니라면 앞서 말한 대로 행하겠지만, 만약 수명이 다 되었다면 처분을 바랄 뿐입니다'라고 하자, 관리가 말하길, '분명 이치 있는 말이다'라고 했습니다. 그러고는 사명관(司命官 : 사람의 수명을 담당하는 관리)을 불렀는데, 사명관이 문서를 검사하고 말하길, '인간 세상에서 18년은 더 살아야 합니다'라고 하자, 해당 관리가 말하길, '관아에서 언제든지 죄를 따져 묻되 밤에는 돌려보내 주도록 하라'라고 했습니다. 그곳이 밤이 되려고 하자 미: 저승의 낮과 밤은 이승과 반대다. 담당 관리가 저를 놓아주었는데, 마치 꿈을 꾸듯이 돌아왔습니다."

그때부터 인간 세상에서 해가 지면 그녀를 잡아간 사자가 왔다가 닭이 울면 그녀를 돌려보내 주었는데 그런 일이 일상화했다. 정결은 비록 가난했지만 온갖 방법으로 사자를 공손히 대접했다. 3~5일 후에 사자가 정결에게 미안해하고 감사하며 말했다.

"차나 술은 미음을 주시는 것만 못합니다. 또한 그것은 가난한 집에서 쉽게 마련할 수 있습니다."

그때부터 정결은 매일 저녁에 미음과 죽과 3~5장의 지전을 준비했다. 사자는 얘기를 나누면서 함께 이씨를 빼낼 방법을 상의했다. 이씨는 처음 돌아왔을 때는 감히 저승의 일을 말하지 않았지만, 사자와 친해진 뒤부터는 조금씩 저승의 일을 얘기했다. 이씨는 늘 말하길, 사람의 죄 중에서 무거운 것은 법을 왜곡해 사람을 죽이고 재물을 빼앗는 것만 한 것이 없다고 했다. 이씨는 또 말했다.

"보시라는 것은 반드시 절을 지을 필요는 없으니, 이는 친족 중에서 굶주리고 추위에 떠는 사람을 먼저 도와주는 것만 못합니다. 만약 여력이 있다면 사람들에게 선행을 베풀고, 다시 여력이 있다면 길거리의 불쌍한 사람들을 구제해 주는 것이 가장 큰 복덕입니다." 미 : 이것이 실제 공덕이다.

이씨는 또 말했다.

"매번 귀신을 위해 지전을 태울 때, 예를 들어 내일 아침에 어떤 신령에게 돈을 보내 주려고 할 경우, 먼저 지전 32장을 태워 오도신(五道神)[4]에게 부탁하면 그 신령이 와서 반드시 받습니다. 만약 봄과 가을에 제사를 지낼 때는 오도신에게 알릴 필요가 없습니다. 미 : 봄과 가을에 제사를 지낼 때는 오도신에게 알릴 필요가 없다면, 그 밖의 기도는 모두 인간 세상에서의 사적인 청탁과 같음을 알 수 있다. 그렇다면 오도신은 거간꾼인가? 지전을 태울 때는 땅에 닿게 하지 말고 반드시 땔나무나 짚자리를 깐 후에 한쪽 끝부터 불을 붙이면 부서지지 않고 한 장 한 장 모두 잘 전달할 수 있습니다."

8월이 되었을 때 이씨가 돌아와서 갑자기 기뻐하며 말했다.

"이미 벗어날 방법이 생겼습니다. 하지만 지전 3만~5만

---

4) 오도신(五道神) : 중국의 민간 신으로, 본래는 불교의 오도, 즉 천도·인도·아귀도·축생도·지옥도를 수호하는 신이었는데, 나중에는 중국화해서 천하를 순방하면서 사람들의 선악을 조사하거나 망자의 혼을 성황묘에 호송하는 신으로 바뀌었다.

장이 필요합니다."

이에 정결은 왕래하던 사람들에게 도움을 청했는데, 온 현읍의 관리들이 그의 말대로 도와주었다. 며칠 후에 이씨가 비로소 말했다.

"명부(冥府)에 또 오장을 도려내 사람을 죽인 자가 있는데, 명부의 심문이 아직 끝나지 않았습니다. 사자가 그 오장을 가져다 마씨의 배에 넣어 마씨가 다음 세상에서 태어날 수 있게 했습니다." 미 : 지옥에 장기를 도려내는 형벌이 있다면, 어찌 오장이 부족하겠는가! 정말 의심스럽다. 하물며 지금 도려낸 오장을 가져다 쓸 수 있다면, 마씨의 원래 도려낸 오장은 어디에 있는가?

그때부터 이씨는 불려 가는 횟수가 점점 줄어들어 열흘에 한 번쯤 갔는데, 안건에 대한 마무리 조사가 아직 끝나지 않았다고만 말했다. 이씨가 또 정결에게 말했다.

"당신은 마땅히 안풍현위(安豐縣尉)를 대리하게 될 것입니다."

이듬해 정월 3일에 과연 최 중승(崔中丞)이 그를 불러 안풍현위를 대리하게 했는데, 이런 일은 모두 그의 아내가 평소 알고 있었다. 정월 이후부터 그의 아내는 더 이상 불려 가지 않았다. 정 군(鄭君 : 정결)이 직접 이 일을 기록한 것이 40여 장인데, 여기에서는 간략하게 기술했다.

평 : 《광이기(廣異記)》에 따르면, 배영(裵齡)이 죽었다

가 나중에 살아나서 저승 관리의 말을 기술하길, "세상에서는 도시에서 지전을 만드는데, 그 지전은 대부분 명부에서 거둬 갑니다. 반드시 지전 오리는 사람을 불러와서 집안의 밀실에서 만들되, 다 만들고 나서 자루에 담아 물가에서 태워야 합니다. 지전을 받을 때 난데없는 바람이 불어와 재를 움직이면 해당 귀신이 가져가는 것이고, 그냥 바람이 재를 날리면 명부와 다른 귀신들이 받아 가는 것입니다. 또한 귀신은 늘 굶주림에 고통받으니, 지전을 태워 줄 때 아울러 술과 음식을 조금 차리고 짚 두 다발을 자리 위에 세워 놓으면, 귀신이 그 짚 다발 뒤에 숨어 앉아 먹을 수 있습니다"라고 했다.

鄭潔, 本滎陽人, 寓壽春郡. 婚李氏, 則善約之猶子也. 開成五年四月中旬, 日向暮, 李氏忽得心痛疾, 乃如狂言, 拜於空云: "且乞!" 須臾遂卒, 唯心尙暖耳. 一家號慟, 呼醫命巫, 竟無效者. 至五更, 鷄鳴一聲, 忽然回轉. 衆皆驚捧, 良久, 口鼻間覺有噓吸. 至明, 方語云: "鬼兩人把帖來追, 初將謂州縣間, 猶冀從容, 而俄被使人曳行. 入城郭, 引見一官人, 似曹官之輩. 又領入曹司, 讀元追之由云: '某前生姓劉, 是丈夫, 有妻曰馬氏. 馬氏悍戾, 劉乃殺而剔其腹, 令馬氏無五臟, 不可託生. 所訴者馬母.' 某便告本司云: '若欲得馬氏託生, 卽放某回. 盡平生所有, 與作功德, 可也. 若今追某, 徒實於無間獄, 亦何裨於馬氏哉?' 本司云: '此則自辨之.' 須臾, 馬氏到, 某具言之, 官人問馬氏: '何如?' 馬氏曰: '冤係多年, 別罪受畢, 合歸生路無計. 伏取裁斷.' 某又云: '且請檢某算壽幾何．若未合來，卽請依前說，若合命盡，伏聽處分．'官人云：'灼然有理．'遂召司命，檢案云：'更有十八年合在人間．'本司云：'且令隨衙勘責，夜則放歸耳．'彼處欲夜，眉：地下晝夜相反．所司放出，似夢而歸也．"自是人間日暮，追使卽來，雞鳴卽放回，如常矣．鄭雖貧苦，百計祗待來使．三五日後，使人慚謝曰："茶酒不如賜漿水，又貧居易辨．"自是每晚則備漿水及粥，紙錢三五張． 凡語言皆商議出拔李氏．李氏初歸，並不敢言冥間事，自使人同和，兼許微說．常言人罪之重者，無如枉法殺人而取金帛．又曰："布施者不必造佛寺，不如先救骨肉間饑寒．如有餘，卽分錫類，更有餘，則救街衢間也，其福最大．"眉：實在功德．又云："每燒錢財，如明旦欲送錢與某神祇，卽先燒三十二張紙錢，以求五道，其神祇到必獲矣．如春秋祭祀者，卽不假告報也．眉：春秋祭祀，不假告報，乃知此外祈禱，皆如人間私謁耳．五道別居間之人乎？其燒時，輒不得就地，須以柴或草薦之，從一頭以火蓺，不得破碎，一一可達也．"至八月中，李却回，忽喜曰："已有計可脫矣．然須致紙錢三五萬．"鄭乃求於還往，一邑官吏依言致之．後數日，方說云："冥司又有剔五藏而殺人者，冥司勘覆未畢．且取彼五藏，置馬氏腹，令託生矣．"眉：地獄有剖腸之刑，豈少一副五臟哉！可疑可疑．況今所剔五臟，旣可取用，馬氏原剔者何在？自是追呼稍稀，或十日方一去，但云磨勘文案未畢．又謂鄭云："君卽合得攝安豐尉．"至明年正月三日，果爲崔中丞邀攝安豐縣尉，皆其妻素知之．自正月已後，更免其追呼矣．鄭君自有記錄四十餘紙，此略而言也．

評：《廣異記》：裴齡死而後生，述冥吏語云："世作錢於都市，其錢多爲地府所收．宜呼鑿錢人於家中密室作之，畢，可以袋盛，當於水際焚之．受錢之時，若橫風動灰，卽本鬼得，若有風揚灰，卽爲地府及他鬼神所受．又鬼神常苦饑，燒錢時, 兼設少酒飯, 以兩束草立席上, 鬼神映草而坐, 卽得食."

* 이 고사는 《태평광기》 권380 〈재생·정결〉과 권381 〈재생·배영(裴齡)〉에 실려 있다.

61-21(1806) 하남부의 소리

하남부사(河南府史)

출《광이기》

낙양(洛陽)의 곽대낭(郭大娘)은 육재리(毓財里)에 살면서 주막을 차려 생계를 꾸렸는데, [당나라] 천보(天寶) 연간(742~756) 초에 죽었다. 그녀의 남편 왕씨(王氏)는 하남부사로 있었는데, 그로부터 1년 뒤에 갑자기 죽었다가 며칠 만에 다시 살아나 스스로 얘기했다.

"처음 잡혀가서 염라왕을 알현했는데 염라왕이 말하길, '이 사람은 비록 술은 좋아하지만 함부로 미쳐 날뛰지 않았고 다른 사람을 저버리지도 않았으며 수명 또한 아직 다하지 않았으니 돌려보내는 것이 마땅하다'라고 했다. 염라왕은 처분을 마치고 나를 잡아 왔던 사람을 시켜 나를 데리고 지옥으로 들어가서 죄의 응보를 보여 주게 했다. 처음에 도착한 곳은 분지옥(糞池獄)이었는데, 길이와 너비가 몇 경(頃)이나 되었으며 모두 인분이었다. 보았더니 내 부인이 분지에서 오물을 뒤집어쓰고 있었는데, 여러 번 빠졌다 나왔다 했다. 내가 한참 동안 슬퍼하며 눈물을 흘리고 있을 때 문득 보았더니, 사람 머리 하나가 공중에서 날아와 분지 옆에 떨어졌는데, 피가 흘러 흥건했다. 내가 묻길, '이것은 어떤 사람의 머리입니까?'라고 하자, 사자가 말하길, '진(秦)나라 장군 백기(白起)의 머리요'라고 했다. 내가 말하길, '백기는 죽은 지 이미 1000년이 넘었거늘, 어째서 다시 새롭게 해를 당합니까?'라고 하자, 사자가 대답하길, '백기는 속임수를 써서 장평(長平)에서 [조(趙)나라의 항복한] 병사 40만 명을 생매장했기에 천제께서 벌을 내려 30년에 한 번씩 그의 머리를 자르게 하셨는데, 일겁(一劫 : 천지가 한 번 생겨났다 사라지는 긴 시간)이 지나야 그 형벌이 비로소 끝날 것이오'라고 했다. 미 : 백기에게는 몇 개의 머리가 있는가? 아니면 귀신은 머리를 다시 생겨나게 할 수 있는가? 혹은 환생한 지 30년이 되면 또 붙잡아서 참수하는가? 지옥을 다 보고 나서 염라왕에게 작별 인사를 하자 염라왕이 말하길, '너는 술 마시길 좋아하는데 그것 역시 죄가 되니, 미 : 술 마시길 좋아하는 것이 무슨 죄란 말인가? 어쨌거나 너에게 병 하나를 주어야 한다. 협 : 술 마시길 좋아하는 것이 바로 하나의 병이다. 그렇게 하지 않으면 훗날 사람들을 타이를 수 없다'라고 했다. 염라왕은 좌우에 명해 죽장(竹杖)을 물에 적셔 내 발 위에 점을 찍게 한 뒤에 나를 구덩이 안으로 밀어 넣었는데, 나는 마침내 살아났다."

왕씨의 발 위에 점이 찍힌 곳에서 종기 하나가 생겨나 참을 수 없을 정도로 아팠다. 왕씨는 그로부터 7년 뒤에 죽었다.

洛陽郭大娘者, 居毓財里, 以當壚爲業, 天寶初物故. 其夫姓王, 作河南府史, 經一年暴卒, 數日復活, 自說: "初被追見王, 王云: '此人雖好酒, 且無狂亂, 亦不辜負他人, 算又未盡, 宜放之去.' 處分訖, 令所追人引入地獄, 示以罪報. 初至糞池獄, 從廣數頃, 悉是糞. 見其妻糞池中受穢惡, 出沒數四. 某悲涕良久, 忽見一人頭從空中落, 墮池側, 流血滂沱. 某問: '此是何人頭也?' 使者云: '是秦將白起頭.' 某曰: '白起死來已千餘載, 那得復新遇害?' 答曰: '白起以詐坑長平卒四十萬衆, 天帝罰之, 每三十年一斬其頭, 迨一劫方已.' 眉: 白起有幾頭乎? 抑鬼能復生頭乎? 或受生三十年又錄而斬之乎? 事了別王, 王言: '汝好飲酒, 亦是罪, 眉: 好飲何罪? 終須與一疾. 夾: 好飲便是一疾了. 不然, 無誠將來.' 令左右以竹杖染水, 點其足上, 因推坑中, 遂活." 脚上點處, 成一瘡, 痛不可忍. 却後七年方死.

* 이 고사는 《태평광기》 권382 〈재생·하남부사〉에 실려 있다.

61-22(1807) 최함

최함(崔涵)

출《탑사기(塔寺記)》미 : 이하는 이미 장사 지냈다가 다시 살아난 이야기다(以下已葬再生).

후위(後魏 : 북위)의 보리사(菩提寺)는 서역 사람이 지은 것이다. 사문(沙門) 달다(達多)는 벽돌을 얻으려고 무덤을 팠다가 한 사람을 발견해 궁궐로 보냈다. 그때 태후(太后)와 효무제(孝武帝)는 화림당(華林堂)에 있었는데, 그 사람을 요괴라 생각하고 황문랑(黃門郎) 서흘(徐紇)에게 말했다.

"상고 이래로 이런 일이 있었소?"

서흘이 말했다.

"옛날 위(魏)나라 때에 무덤을 팠다가 곽광(霍光)의 사위인 범명우(范明友) 집안의 노비를 발견했는데, 그 노비가 말한 한(漢)나라 때의 황제 옹립과 폐위에 관한 일들이 사서(史書)와 부합했으니, 이 일은 이상하게 여기기에 부족합니다."

태후가 서흘을 시켜 그 사람의 성명과 죽은 지 몇 년 되었는지와 무덤 속에서 무얼 먹었는지를 물어보게 했더니 그 사람이 대답했다.

"신은 성명이 최함이고 자가 자홍(子洪)이며 박릉(博陵) 안평(安平) 사람입니다. 부친의 이름은 창(暢)이고 모친의 성은 위씨(魏氏)이며, 집은 성 서쪽의 부재리(阜財里)에 있습니다. 죽었을 때 열다섯 살이었는데, 지금은 스물일곱 살이니 무덤 속에서 12년간 있었습니다. 무덤 속에서 늘 마치 술에 취한 듯 누워 있었으며 먹은 것은 없었습니다. 가끔씩 돌아다니기도 했는데, 그러다가 음식을 발견하면 먹고 마시기도 했으나 마치 꿈속인 듯 아득해 제대로 분간할 수 없습니다."

태후는 즉시 문하녹사(門下錄事) 장준(張儁)을 보내 부재리로 가서 최함의 부모를 찾아보게 했는데, 과연 최창이라는 사람이 있었고 그 처의 성은 위씨였다. 장준이 최창에게 물었다.

"그대에게 죽은 아들이 있소?"

최창이 말했다.

"함이라는 아들이 있었는데 열다섯 살에 죽었습니다."

장준이 말했다.

"어떤 사람이 그대 아들의 무덤을 팠는데, 오늘 다시 살아났소. 주상께서 화림원에 계시는데, 나를 보내 물어보라 하셨소."

그 말을 들은 최창은 놀라고 두려워하며 말했다.

"사실은 그런 아들이 없으니 아까 했던 말은 거짓말입니다."

장준이 돌아와 사실대로 아뢰자 태후는 최함을 집으로

보내 주게 했다. 최창은 최함이 왔다는 말을 듣자, 문 앞에 불을 피우고 손에 칼을 들었고 위씨는 복숭아나무 지팡이를 들고서 최함을 막았다. 최창이 말했다.

"너는 와서는 안 된다. 나는 네 아비가 아니고 너는 내 아들이 아니다. 속히 떠나야 탈이 없을 것이다." 미 : 일이 조금 비정상이면 아비와 자식도 서로 믿지 못하니, 세상천지에 어찌 비정상적인 사람을 용납하겠는가!

그래서 최함은 결국 집을 떠나 도성을 떠돌면서 늘 절 문 아래에서 기숙했다. 여남왕(汝南王)은 그에게 황의(黃衣) 한 벌을 하사했다. 최함은 해를 두려워해서 하늘을 쳐다보지 못했고, 또 물불과 병기 따위도 무서워했다. 그는 늘 길을 달려 다녔는데, 그러다가 지치면 멈췄으며 천천히 걸어 다니지 않았다. 당시 사람들은 여전히 그를 귀신이라 여겼다. 낙양(洛陽)의 큰 시장 북쪽에 봉종리(奉終里)가 있었는데, 그 마을 사람들은 대부분 장례 도구와 여러 관들을 팔았다. 최함이 마을 사람들에게 말했다.

"측백나무 관은 뽕나무로 안을 덧대지 마시오."

사람들이 그 이유를 묻자 최함이 말했다.

"내가 지하에 있을 때 귀병(鬼兵)을 징집하는 것을 보았는데, 한 귀신이 말하길, '내 관은 측백나무 관이니 마땅히 귀병을 면제받아야 합니다'라고 하자, 관리가 말하길, '네 관이 비록 측백나무 관이기는 하지만 뽕나무로 안을 덧댔다'라고 해서 결국 귀병을 면치 못했소."

도성에 이 소문이 퍼져 측백나무 값이 폭등했다. 사람들은 관을 파는 자가 최함을 시켜 일부러 이런 말을 하게 한 것이라고 의심했다. 협 : 어쩌면 일리가 있겠다.

後魏菩提寺, 西域人所立也. 沙門達多, 發墓取磚, 得一人以送. 時太后與孝武帝在華林堂, 以爲妖異, 謂黃門郞徐紇曰: "上古以來, 頗有此事不?" 紇曰: "昔魏時發塚, 得霍光女婿范明友家奴, 說漢朝廢立, 於史書相符, 此不足爲異也." 后令紇問其姓名, 死來幾年, 何所飮食, 答曰: "臣姓崔名涵, 字子洪, 博陵安平人. 父名暢, 母姓魏, 家在城西阜財里. 死時年十五, 今乃二十七, 在地下十二年. 常似醉臥, 無所食. 時復遊行, 或遇飮食, 如夢中, 不甚辨了." 后卽遣門下錄事張雋, 詣阜財里, 訪涵父母, 果有崔暢, 其妻魏. 雋問暢曰: "卿有兒死不?" 暢曰: "有息子涵, 年十五而亡." 雋曰: "爲人所發, 今日甦活. 主上在華林園, 遣我來問." 暢聞驚怖, 曰: "實無此兒, 向者謬言." 雋具以實聞, 后遣送涵家. 暢聞涵至, 門前起火, 手持刀, 魏氏把桃杖, 拒之. 曰: "汝不須來. 吾非汝父, 汝非我子. 急速去, 可得無殃." 眉 : 事稍非常, 父子且不相信矣, 宇宙豈容非常之人哉! 涵遂捨去, 遊於京師, 常宿寺門下. 汝南王賜黃衣一通. 性畏日, 不仰視天, 又畏水火及兵刃之屬. 常走於路, 疲則止, 不徐行也. 時人猶謂是鬼. 洛陽大市北有奉終里, 里內之人, 多賣送死之具及諸棺槨. 涵謂曰: "柏棺勿以桑木爲欀." 人問其故, 涵曰: "吾在地下, 見發鬼兵, 有一鬼稱: '是柏棺, 應免兵.' 吏曰: '爾雖柏棺, 桑木爲欀.' 遂不免兵." 京師聞此, 柏木涌貴. 人疑賣棺者敎涵, 故發此言. 夾 : 理或有之.

* 이 고사는 《태평광기》 권375 〈재생·최함〉에 실려 있다.

61-23(1808) **최민각**

최민각(崔敏殼)

출《광이기》

　　박릉(博陵)의 최민각은 성품이 곧고 강직해 귀신을 두려워하지 않았다. 그는 열 살 때 갑자기 죽었다가 18년 뒤에 다시 살아났다. 그는 자신이 억울하게 저승에 붙잡혀 갔다고 말하면서, 염라왕에게 사실을 밝혀 달라고 한사코 탄원해 1년여 뒤에 풀려날 수 있었다고 했다. 저승에서 염라왕이 최민각에게 말했다.

　　"너는 되돌아가는 것이 마땅하지만 깃들일 집인 육신이 이미 파괴되었으니 어쩌면 좋겠느냐?"

　　최민각이 한사코 돌려보내 달라고 간청하자 염라왕이 말했다.

　　"다시 환생하는 것이 좋으니, 그렇게 한다면 너에게 관록(官祿)을 배로 주겠다."

　　그러나 최민각이 수긍하지 않자 염라왕은 이치로 그를 설득하지 못해 난처해하면서 한참 동안 배회했다. 최민각이 계속해서 억울하다고 하소연하자, 염라왕은 하는 수 없이 사람을 서쪽 나라로 보내 다시 살아나게 할 수 있는 중생약(重生藥)을 구해 오게 했는데, 그 사람은 몇 년이 지나서야 비로소 돌아왔다. 그 약을 그의 **뼈**에 발랐더니 모두 살이 돋아났는데, 오직 족심(足心 : 발바닥의 한가운데)만 살이 생기지 않아 **뼈**가 그대로 드러났다. 그 후 최민각의 가족들 꿈에 자주 그가 나타나 말했다.

"나는 이미 살아났습니다."

마침내 관을 열었더니 숨이 붙어 있었고 한 달 남짓 보양시켰더니 비로소 회복되었다. 최민각은 저승에 있을 때 자신이 응당 10번의 자사(刺史)를 맡게 될 것이라고 판명받았다. 그 후에 최민각은 서주자사(徐州刺史)가 되었는데, 이전의 자사들은 모두 감히 정청(正廳)에 거하지 못했다. 전하는 말에 따르면, 그곳이 항우(項羽)의 옛 궁전이기 때문이라고 했다. 최민각은 서주에 부임하자 곧바로 정청을 청소하라고 명한 뒤 며칠 동안 업무를 처리했는데, 난데없이 공중에서 큰 소리가 들렸다.

"나는 서초패왕(西楚霸王 : 항우)이다! 최민각 너는 어떤 놈이기에 감히 내 거처를 빼앗느냐!"

최민각이 천천히 말했다.

"졸렬하구나, 항우여! 살아서는 한고조(漢高祖 : 유방)와 서쪽을 향해 천하를 다투지 못하더니, 죽어서도 나 최민각과 허물어진 집 하나를 다투다니! 또한 항왕(項王 : 항우) 너는 오강(烏江)에서 죽어 잘린 머리가 만 리까지 보내졌으니, 설령 남은 영혼이 있다 한들 무엇이 두렵겠느냐!" 미 : 항 공

(項公:항우)은 도처에서 곤욕을 당했으니, 자신을 알아준 사람은 오직 두묵(杜嘿) 한 사람뿐이다.

그러자 쥐 죽은 듯이 아무 소리도 들리지 않았으며, 그 정청은 마침내 편안해졌다. 그 후 최민각이 화주자사(華州刺史)로 있을 때, 화악묘(華岳廟) 옆에서 어떤 사람이 초저녁에 사당 안에서 시끄럽게 부르는 소리를 들었다. 살펴보았더니 사당 뜰에 횃불을 환하게 밝힌 가운데 수백 명의 병사들이 늘어서서 명을 받고 있었다.

"마땅히 [화산부군의] 삼랑(三郞)을 위해 신부를 맞이해 와야 하느니라."

또 말했다.

"최 사군(崔使君:최민각)이 주부(州府)에 있으니 함부로 폭풍과 폭우를 일으키지 마라."

병사들이 모두 말했다.

"감히 그러지 않겠습니다."

그들이 나가고 난 뒤에 아무것도 보이지 않았다.

博陵崔敏殼, 性耿直, 不懼神鬼. 年十歲時, 嘗暴死, 死十八年而後活. 自說被枉追, 敏殼苦自申理, 歲餘獲放. 王謂敏殼曰: "汝合却還, 然屋舍已壞, 如何?" 敏殼固求還, 王曰: "宜更託生, 倍與官祿." 敏殼不肯, 王難以理屈, 徘徊久之. 敏殼陳訴稱冤, 王不得已, 使人至西國, 求重生藥, 數載方還. 藥至布骨, 悉皆生肉, 唯脚心不生, 骨遂露焉. 其後家頻夢敏殼云: "吾已活." 遂開棺, 初有氣, 養之月餘方愈. 敏殼在冥中, 檢身當得十政刺史. 其後爲徐州刺史, 皆不敢居正廳. 相傳云項羽故殿也. 敏殻到州, 卽敕灑掃, 視事數日, 忽聞空中大叫曰:"我西楚霸王也! 崔敏殻何人, 敢奪吾所居!" 敏殻徐云:"鄙哉項羽! 生不能與漢高祖西向爭天下, 死乃與崔敏殻競一敗屋乎! 且王死烏江, 頭行萬里, 縱有餘靈, 何足畏也!" 眉:項公到處受虧, 知己惟杜嘿一人耳. 乃帖然無聲, 其廳遂安. 後爲華州刺史, 華岳祠旁, 有人初夜聞廟中喧呼. 及視庭燎甚盛, 兵數百人陳列, 受敕云:"當與三郎迎婦." 又曰:"崔使君在州, 勿妄飄風暴雨." 皆云:"不敢." 旣出, 遂無所見.

* 이 고사는 《태평광기》 권301 〈신(神)·최민각〉에 실려 있다.

61-24(1809) 이아

이아(李娥)

출《궁신비원(窮神秘苑)》

한(漢)나라 말에 무릉(武陵)에 사는 부인 이아는 60세에 병들어 죽어 성 밖에 묻힌 지 이미 반달이 되었다. 이아의 이웃에 채중(蔡仲)이라는 사람이 있었는데, 이아가 부유했다는 소문을 듣고 금을 얻으려고 무덤을 팠다. 채중이 도끼로 관을 쪼개려는 순간 관 속에서 이아가 갑자기 소리쳤다.

"채중! 내 머리를 조심해라!"

채중은 질겁해 달아났으나 현리(縣吏)에게 붙잡혀 기시형(棄市刑)에 처해지게 되었다. 이아의 아들은 어머니가 살아났다는 말을 듣고 무덤에서 어머니를 꺼내 모셔 왔다. 태수(太守)가 이아를 불러 어찌 된 상황인지 묻자 이아가 대답했다.

"사명관(司命官)에게 잘못 불려 갔기에 도착했을 때 저를 돌려보내 주었습니다. 문밖으로 나왔을 때 외사촌 오라버니인 유문백(劉文伯)과 마주쳤는데, 너무 놀라 서로 마주 보며 울었습니다. 제가 생각해 보니, 그곳에서 열흘도 넘게 있었기 때문에 가족들이 이미 저를 묻어 버렸을 테니 어떻게 혼자 돌아갈 수 있겠습니까? 그래서 동행할 사람 한 명을 구해 달라고 하자, 유문백이 즉시 문졸(門卒)을 보내 호조(戶曹)에 알리게 했더니, 호조에서 답하길, '지금 무릉의 서쪽 경계에 살고 있던 이흑(李黑)이라는 남자도 풀려나 돌아가게 되었으니 그와 함께 가면 된다'라고 했습니다. 유문백은 또 이흑에게 명해 저의 이웃을 찾아가 채중에게 저를 꺼내 주도록 했습니다. 그러고 나서 유문백은 아들에게 보내는 편지를 써 주었습니다. 그래서 저는 마침내 이흑과 함께 돌아왔습니다."

태수는 그 말을 듣고 곧바로 채중을 풀어 주었다. 아울러 말 탄 관리를 보내 무릉의 서쪽 경계에서 이흑을 수소문해서 물어보게 했더니, 이아가 진술한 대로였다. 유문백이 보낸 편지를 아들에게 주었더니 아들이 그 편지지를 알아보았는데, 그것은 바로 부친이 돌아가셨을 때 상자 안에 넣어 관속에 넣어 주었던 종이였다.

漢末, 武陵婦人李娥, 年六十歲, 病卒, 埋於城外, 已半月. 娥鄰舍有蔡仲, 聞娥富, 乃發塚求金. 以斧剖棺, 娥忽棺中呼曰: "蔡仲! 護我頭!" 仲驚走, 爲縣吏所收, 當棄市. 娥兒聞母活, 來迎出之. 太守召娥問狀, 娥對曰: "誤爲司命所召, 到時得遣. 出門外, 見內兄劉文伯, 驚相對泣. 我思在此已十餘日, 已爲家人所葬, 那得自歸? 因求一伴, 文伯卽遣門卒與戶曹相聞, 答曰: '今武陵西界, 有男子李黑, 亦得還, 便可爲伴.' 兼敕黑過娥鄰舍, 令蔡仲發出. 於是文伯作書與兒. 娥遂與黑同歸." 太守聞之, 卽赦蔡仲, 仍遣馬吏, 於西界推問李黑, 如娥所述. 文伯所寄書與子, 子識其紙, 是父亡時所送箱中之書矣.

* 이 고사는《태평광기》권375〈재생·이아(李娥)〉에 실려 있다.

61-25(1810) 업중의 부인

업중부인(鄴中婦人)

출《궁신비원》

두건덕(竇建德)5)이 한번은 업중에서 한 무덤을 팠는데, 별다른 물건은 없었다. 관을 열었더니 한 부인이 보였는데, 얼굴빛이 마치 살아 있는 사람 같았고 용모가 매우 아름다웠으며 나이는 스무 살가량 되어 보였다. 옷이나 물건들의 모양새는 근세의 것이 아니었다. 잠시 기다려 보았더니 부인이 마치 숨을 쉬는 것 같았기에 그녀를 데리고 군영으로 돌아와 간호했다. 사흘 뒤에 그녀는 살아나 말을 할 수 있게 되자 이렇게 말했다.

"저는 위(魏)나라 문제(文帝)의 궁녀로 견 황후(甄皇后)를 따라 업중에 있다가 죽어서 이곳에 묻혔습니다. 저는 다시 살아날 운명이었으나 저를 위해 호소해 줄 가족이 없어서 결국 저승에 갇혀 있었습니다. 지금이 어느 때인지 모르겠습니다."

그녀는 견 황후가 피살당할 당시의 이야기를 매우 분명

---

5) 두건덕(竇建德) : 수(隋)나라 말에 하북(河北) 지역에서 농민 봉기를 주도한 인물. 나중에 당나라 태종(太宗)에게 진압되었다.

하게 해 주었다. 두건덕은 그녀를 몹시 총애했다. 그 후에 두건덕이 [당나라] 태종(太宗)에게 멸망당하자 태종이 그녀를 첩으로 들이려 했는데, 그녀가 사양하며 말했다.

"신첩은 저승에 갇힌 채 땅속에서 지낸 지 이미 300년이나 되었습니다. 두 공(竇公:두건덕)이 아니었다면 어찌 오늘이 있었겠습니까? 죽는 것이 바로 신첩의 본분입니다."

그러고는 마침내 한을 삼킨 채 죽자 태종은 몹시 마음 아파했다.

竇建德, 常發鄴中一墓, 無他物. 開棺, 見婦人, 顏色如生, 姿容絶麗, 可年二十餘. 衣物形制, 非近世者. 候之, 似有氣息, 乃收還軍養之. 三日而生, 能言, 云:"我魏文帝宮人, 隨甄皇后在鄴, 死葬於此. 命當更生, 而我無家屬可以申訴, 遂至幽隔. 不知今乃何時也." 說甄后見害, 了了分明. 建德甚寵愛之. 其後建德爲太宗所滅, 帝將納之, 辭曰:"妾幽閉黃壤, 已三百年. 非竇公何以得見今日? 死乃妾之分也." 遂飮恨而卒, 帝甚傷之.

* 이 고사는 《태평광기》 권375 〈재생・업중부인〉에 실려 있는데, 출전이 "《신이록(神異錄)》"이라 되어 있다.

61-26(1811) 서현방의 딸

서현방녀(徐玄方女)

출《법원주림(法苑珠林)》

동진(東晉) 때 풍효장(馮孝將)은 광주태수(廣州太守)를 지냈다. 그에게는 풍마자(馮馬子)라는 아들이 있었는데 나이는 스무 살 남짓 되었다. 어느 날 풍마자는 혼자 마구간에 누워 있다가 밤에 꿈에서 열여덟아홉 살쯤 되어 보이는 여자를 보았는데 여자가 말했다.

"저는 북해태수(北海太守) 서현방의 딸로 불행히도 일찍 죽어 이미 4년이 되었는데, 사실 귀신에게 억울하게 죽임을 당했습니다. 생명부(生名簿)를 살펴보면 저는 마땅히 80여 세까지 살아야 합니다. 제가 다시 살아날 수 있도록 들어주신다면 마땅히 당신의 아내가 될 것이니, 저를 구해 주실 수 있겠습니까?"

풍마자가 대답했다.

"그렇게 하겠소."

그러고는 그녀와 날짜를 약속했다. 약속한 날이 되었을 때 평상 앞에 머리카락이 보였는데, 땅바닥과 같은 높이에 있었다. 사람을 시켜 머리카락을 쓸어 버리게 했으나 쓸어낼수록 더욱 분명해지자 마침내 땅을 파서 꺼내게 했다. 그녀를 붙들어 맞은편 평상 위에 앉혔는데, 그녀는 말하는 것이 기묘했다. 풍마자는 결국 그녀와 함께 잠자리에 들었는데, 그녀가 풍마자에게 당부했다.

"저는 아직 허약하니, 잠시 기다렸다가 제가 본래 살아나게 될 날이 되면 꺼내 주십시오."

그래서 마구간 안으로 갔는데, 여자가 하는 말소리를 사람들이 모두 들었다. 여자는 살아나게 될 날이 다가오자 풍마자에게 자신을 꺼내는 방법을 자세히 가르쳐 주었으며, 아울러 보양하는 방법도 말해 주었다. 풍마자는 그녀의 말에 따라 붉은 닭 한 마리, 기장밥 한 그릇, 청주(淸酒) 한 되를 그녀의 관 앞에 차려 놓고 마구간에서 10여 보 떨어져 제사를 지내고 나서, 관을 파내고 열어 보았더니 여자의 몸이 예전처럼 완전해져 있었다. 풍마자는 그녀를 천천히 안아 꺼내서 융단 휘장 안에 뉘었는데, 오직 심장 아래만 약간 따듯했고 입으로 숨을 쉬고 있었다. 풍마자는 하녀 네 명에게 그녀를 간호하게 했는데, 푸른 양의 젖을 그녀의 두 눈에 떨어뜨리자 그녀는 비로소 입을 열고 죽을 삼킬 수 있었으며 점차 말도 할 수 있게 되었다. 200일이 지나자 그녀는 지팡이를 짚고 일어나 걸었으며, 1년 후에는 안색과 피부와 기력이 모두 평상시처럼 회복되었다. 이에 풍마자가 사람을 보내 서씨(徐氏 : 서현방)에게 그 사실을 알리자, 서씨 집안의 위아래 사람이 모두 왔다. 마침내 길일을 택해 예를 올리고 두 사람은 부부가 되었다. 그들은 두 아들을 낳았는데, 장남은 자가 원경(元慶)이고 영가(永嘉) 연간(307~313) 초에 비서랑(秘書郎)이 되었으며, 작은아들 경경(敬慶)은 태부연(太傅掾)을 지냈다.

東晉馮孝將, 廣州太守. 兒名馬子, 年二十歲餘. 獨臥廐中, 夜夢女子, 年十八九, 言: "我是太守北海徐玄方女, 不幸早亡, 亡來四年, 爲鬼所枉殺. 案生錄, 當年八十餘. 聽我更生, 應爲君妻, 能見救不?" 馬子答曰: "可." 與之剋期. 至期日, 床前有頭髮, 正與地平. 令人掃去, 愈明, 遂掘出. 扶令坐對榻上, 語言奇妙, 遂與寢息, 每戒云: "我尙虛, 借待本生日至, 方出耳." 遂往廐中, 言語聲音, 人皆聞之. 女計生日至, 具教馬子出己, 並言調養之方. 馬子從其言, 以丹鷄一隻, 黍飯一盤, 淸酒一升, 醊其喪前, 去廐十餘步祭訖, 掘棺出, 開視, 女身體完全如故. 徐徐抱出, 著氈帳中, 唯心下微暖, 口有氣. 令四婢守護之, 常以靑羊乳汁瀝其兩眼, 始開口, 能咽粥, 積漸能語. 二百日持杖起行, 一期之後, 顏色肌膚氣力悉復如常. 乃遣報徐氏, 上下盡來. 選吉日下禮, 聘爲夫婦. 生二男, 長男字元慶, 嘉和[1]初爲秘書郎, 小男敬慶, 作太傅掾.

* 이 고사는 《태평광기》 권375 〈재생·서현방녀〉에 실려 있다.

1 가화(嘉和): 《법원주림(法苑珠林)》 권75에는 "영가(永嘉)"라 되어 있는데, 문맥상 타당하다. '가화'라는 연호는 중국에서 사용한 적이 없다.

61-27(1812) 간보의 가노

간보가노(干寶家奴)

출《오행기(五行記)》미 : 이하는 생매장되었다가 다시 살아난 이야기다(以下生埋再生).

간보(干寶)는 자가 영승(令升)이다. 그의 부친 간형(干瑩)은 단양현승(丹陽縣丞)을 지냈으며 한 여종을 총애했는데, 간보의 모친이 그 여종을 몹시 질투했다. 간형이 죽자 장례를 치르면서 그 여종을 무덤에 생매장했다. 그때 간보의 형제들은 아직 어려서 그 사실을 잘 몰랐다. 10여 년 뒤에 모친이 죽자 [부친과 합장하려고] 무덤을 열었는데, 그 여종이 마치 살아 있는 듯이 관에 엎드려 있었다. 그녀를 싣고 돌아와서 며칠이 지나자 소생했는데, 그의 부친의 은정이 예전과 같았기에 땅속에서도 나쁘다고 느끼지 않았다고 말했다. 얼마 후에 그 여종은 시집가서 아들을 낳았다.

평 : 여종을 생매장한 것은 본래 생전의 투기를 부린 것이었지만, 오히려 지하의 인연을 맺어 주게 할 줄을 어찌 알았겠는가? 그렇지만 노부인은 [남편과 함께 무덤에] 묻히고 여종은 나왔으니, 노부인의 투기가 결국 이루어진 것이다. 기이하도다!

干寶字令升. 父瑩爲丹陽丞, 有寵婢, 母甚妒之. 及瑩亡, 葬之, 遂生埋婢於墓. 干寶兄弟尙幼, 不之審也. 後十餘年, 母喪開墓, 而婢伏棺如生. 載還, 經日乃甦, 言其父恩情如舊, 地中亦不覺爲惡. 旣而嫁之, 生子.

評 : 生埋婢, 本舒其生前之妒也, 豈知反結地下之緣耶? 雖然嫗葬而婢出, 則嫗之妒終遂矣. 異哉!

* 이 고사는 《태평광기》 권375 〈재생·간보가녀〉에 실려 있다.

61-28(1813) 위풍 집안의 하녀

위풍여노(韋諷女奴)

출《통유기》

　　당(唐)나라의 위풍은 여영(汝潁)에서 살았는데, 늘 허정하고 과묵했으며 친구와 교유하는 일에 힘쓰지 않았다. 그는 공부하다가 가끔씩 한가할 때면 원림을 가꾸거나 직접 농사를 짓기도 했다. 하루는 시동이 풀을 베고 호미질을 하다가 사람의 머리카락을 발견했는데, 호미질을 깊이 할수록 머리카락이 점점 많아졌으나 마치 막 빗질을 한 듯이 헝클어져 있지 않았다. 위풍이 이상히 여겨 1척 남짓 깊이까지 팠더니 부인의 머리가 보였는데, 피부색이 완연히 살아 있는 사람 같았다. 다시 가래와 삽으로 팠더니 몸과 등까지 온전했으나, 오직 옷만은 손이 닿는 대로 가루처럼 부서졌다. 그 부인은 기운이 점차 생겨나더니 잠시 후에는 일어날 수 있었으며, 위풍 앞으로 와서 재배하며 말했다.

　　"저는 낭군의 할아버지의 하녀로 이름은 여용(麗容)입니다. 처음에 제가 잘못을 저질렀는데, 마님이 질투가 많아서 나리가 안 계신 틈을 타 저를 동산 안에 생매장하고는, 제가 다른 일로 도망갔다고 둘러대서 결국 다른 사람이 그 사실을 알지 못했습니다. 저는 처음 죽었을 때 검은 옷을 입은 두 사람에게 끌려가 한 곳에 이르렀는데, 그곳에는 커다란 궁궐과 넓은 대전이 있었습니다. 제가 염라왕에게 절을 올리자 염라왕이 어떻게 된 사정인지 대략 물었는데, 검은 옷을 입은 사람이 사건의 본말을 자세히 아뢰었으나 저는 감히 마님을 고소하지 못했습니다. 잠시 후에 저는 다시 한 관서로 끌려갔는데, 거기에는 문서가 청사에 가득 쌓여 있었고, 관리들이 둘씩 혹은 다섯씩 짝을 지어 문건을 검사하고 찾느라 매우 시끄러웠습니다. 한 관리가 제 안건을 검사해 보더니, 제가 아직 죽을 운명이 아닌데 마님이 어처구니없이 강제로 살해했으므로 마님의 수명에서 11년을 깎아 저에게 주겠다고 했습니다. 미 : 염라왕은 마땅히 논할 게 없다.[6] 또 한 판관(判官)의 심문을 받게 되었는데, 그 판관에게 다른 변고가 생겨 벌을 받고 파직당하는 바람에 제 안건은 파묻혀 90여 년이 지났습니다. 그래서 거의 포기하고 있었는데, 어저께 갑자기 한 천관(天官)이 와서 저승에 적체되어 묶여 있는 자들을 찾아내 모두 판결해 준 덕분에 저도 비로소 처분을 받을 수 있었습니다. 저와 같은 처지에 있는 자들이 매우 많

---

6) 염라왕은 마땅히 논할 게 없다 : 이 미비(眉批)의 원문은 "명왕의이불□론(冥王宜以不□論)"이라 되어 있어 한 글자가 판독 불가한데, 문맥을 고려해 추정해서 번역했다. 쑨다펑(孫大鵬)의 교점본에서는 "명왕의이불급론(冥王宜以不及論)"으로 추정했다.

은데, 이는 대개 우리가 미천한 까닭에 저승의 관리들이 서두르지 않기 때문입니다. 미 : 저승의 관리도 권세를 추종하니 하물며 인간 세상임에랴! 천관은 지금의 도사(道士)와 똑같아서 진홍색 옷을 입고 붉은 관을 쓰며, 수레와 말을 타고 시종이 뒤따릅니다. 천관이 저승에 적체되어 있던 안건을 판결하고 저를 다시 살아나게 해 주었으며, 11년의 수명도 잃지 않게 되었습니다."

위풍이 물었다.

"혼은 갈 곳이 있지만 형체는 어떻게 망가지지 않았는가?"

하녀가 대답했다.

"무릇 사안이 아직 종결되지 않은 사람들에게는 저승의 담당관이 약을 발라 주기 때문에 형체가 망가지지 않은 것입니다."

위풍은 놀라고 기이해했다. 그녀를 목욕시키고 옷을 갈아입게 했더니 그 모습이 스무 살쯤 된 사람 같았다. 그때는 무덕(武德) 2년(619) 8월이었다.

唐韋諷家於汝潁, 常虛默, 不務交朋. 誦習時暇, 緝園林, 親稼植. 小童薙草鋤地, 見人髮, 鋤漸深, 漸多而不亂, 若新梳理之狀. 諷異之, 卽掘深尺餘, 見婦人頭, 其膚色儼然如生. 更加鍬鋂, 連身背全, 唯衣服隨手如粉. 其形氣漸盛, 頃能起, 便前再拜, 言:"是郞君祖之女奴也, 名麗容. 初有過, 娘子多妒, 郞不在, 便生埋於園中, 託以他事亡去, 更無外人知. 某初死, 被二黑衣人引去, 至一處, 大闕廣殿. 拜其王, 略問事故, 黑衣人具述端倪, 某亦不敢訴娘子. 須臾, 引至一曹司, 見文案積屋, 吏人或二或五, 檢尋甚鬧. 一吏檢案, 言某命未合死, 以娘子非理强殺, 斷減娘子十一年祿以與某. 眉 : 冥王宜以不□論. 又經一判官按問, 判官尋別有故, 被罰去職, 某案便被寢絶, 九十餘年矣. 彼此散行, 昨忽有天官來搜求幽繫冥司積滯者, 皆決遣, 某方得處分. 如某之流, 亦甚多數, 蓋以下賤之人, 冥官不急故也. 眉 : 冥官亦趨勢, 況人乎! 天官一如今之道士, 絳服朱冠, 輿騎隨從. 方決幽滯, 令某重生, 亦不失十一年祿." 諷問曰 : "魂旣有所詣, 形何不壞?" 答曰 : "凡事未了之人, 皆地界主者以藥傅之, 遂不至壞." 諷驚異之. 乃爲沐浴易衣, 貌如二十許人. 時武德二年八月也.

* 이 고사는 《태평광기》 권375 〈재생・위풍여노〉에 실려 있다.

61-29(1814) 정회

정회(鄭會)

출《광이기》 미 : 이하는 피살된 후에 살아난 이야기다(以下被殺後生).

형양(滎陽) 사람 정회는 집이 위수(渭水) 남쪽에 있었는데, 젊어서부터 힘이 세기로 유명했다. 당(唐)나라 천보(天寶) 연간(742~756) 말에 안녹산(安祿山)이 반란을 일으켜 도처에서 도적들이 들끓어 일어났기 때문에 사람들은 대부분 주현(州縣)으로 몰려들었다. 그러나 정회는 자기의 힘을 믿고 여전히 장원에 머물렀는데, 그의 친척들 중에 그를 의지하는 사람이 매우 많았다. 정회는 항상 혼자 말을 타고 사방으로 멀리 도적을 정탐하러 갔는데 그렇게 여러 달이 지났다. 후에 정회가 갑자기 닷새 동안 돌아오지 않자 집안사람들은 매우 걱정했지만, 도적에게 해를 당할까 봐 감히 그를 찾으러 나서는 사람이 없었다. 어느 날 그의 집 나무 위에서 갑자기 혼령의 말소리가 들리더니 아내(阿奶)를 불렀는데, 아내는 바로 정회 부인의 유모였다. 집안사람들이 두려워하며 숨어 피하자 또 말소리가 들렸다.

"아내는 나를 알아보지 못하는가? 나는 이전에 도적을 살피러 갔다가 도적을 만났는데, 그 수가 많아 도저히 당해 낼 수가 없어서 결국 죽임을 당했네. 나는 내가 아직 죽을 때가 아니라고 여러 번 저승 관리에게 하소연한 끝에 지금 허락을 받아 다시 살아날 수 있도록 판결을 받았네. 내 시체는 이 장원에서 북쪽으로 5리 떨어진 길옆 도랑 속에 있으니 횃불을 들고 가서 옷을 입히고 데려오게."

집안사람들은 정회의 말대로 도랑에 가서 그의 시체를 찾았는데, 그의 머리가 어디에 있는지 알 수 없었다. 또 말소리가 들렸다.

"머리는 북쪽으로 100보 남짓 가면 뽕나무 뿌리 아래에 있네. 집에 도착하면 닥나무 껍질로 실을 만들어 머리와 시체를 잘 붙여서 꿰매되 어긋남이 없도록 하게."

말을 마치고는 귀신의 스산한 소리를 내며 떠났다. 집안사람들이 집에 도착해 그의 말대로 머리와 시체를 이어서 붙여 놓았더니, 며칠 뒤에 눈으로 사물을 볼 수 있었다. 계속해서 미음을 그에게 먹여 주었더니 100일 만에 원래대로 돌아왔다.

滎陽鄭會, 家在渭南, 少以力聞. 唐天寶末, 祿山作逆, 所在賊盜蜂起, 人多群聚州縣. 會恃其力, 尙在莊居, 親族依之者甚衆. 會恒乘一馬, 四遠覘賊, 如是累月. 後忽五日不還, 家人憂愁, 然以賊劫之故, 無敢尋者. 其家樹上, 忽有靈語, 呼阿奶, 卽會妻乳母也. 家人惶懼藏避, 又語云 : "阿奶不識會耶? 前者我往探賊, 便與賊遇, 衆寡不敵, 遂爲所殺. 我以命未合死, 頻訴於冥官, 今蒙見允, 已判重生. 我尸在此莊北五里道旁溝中, 可持火來, 及衣服往取." 家人如言, 於溝中得其尸, 失頭所在. 又聞語云: "頭北行百餘步, 桑樹根下是也. 到舍, 可以縠樹皮作綫攣之, 勿令參差." 言訖, 作鬼嘯而去. 家人至舍, 依其攣湊畢, 目數日乃能視. 恒以米飮灌之, 百日如常.

* 이 고사는 《태평광기》 권376 〈재생・정회〉에 실려 있다.

61-30(1815) 왕목

왕목(王穆)

출《광이기》

 태원(太原) 사람 왕목은 당(唐)나라 지덕(至德) 연간(756~758) 초에 노민(魯旻)의 부장(部將)으로 있다가 남양(南陽)의 전투에서 패해 병마가 도망쳤다. 왕목은 모습이 건장했고 말 또한 특이하게 컸는데, 적의 기병이 그를 쫓아와서 검으로 뒤에서 왕목의 목을 베자 왕목은 쓰러져 땅에 떨어졌다. 목의 힘줄과 뼈가 모두 끊어졌지만 목구멍만은 여전히 이어져 있었다. 왕목은 처음에 정신이 몽롱해 죽은 줄을 느끼지 못했는데, 한 식경쯤 지나 깨어나 보니 머리가 배꼽 위에 있어서 그제야 처량한 마음이 들었다. 얼마 후 왕목은 음식물이 새는 것을 느끼고 손으로 머리를 들어 다시 목에 올려놓았다. 그러나 잠시 후에 다시 머리가 떨어지자 왕목은 처음처럼 혼미해 기절했다가 한참 후에 다시 깨어났다. 왕목이 목에 머리를 똑바로 맞춘 후에 머리카락으로 양 끝을 묶었더니, 일어나 앉을 수는 있었지만 마음은 여전히 아득해 그 상황을 어떻게 벗어나야 할지 알 수 없었다. 왕목이 타고 있던 말은 처음부터 그의 곁을 떠나지 않고 있었다. 왕목은 겨우 한쪽 발로 등자를 밟았지만 왼쪽 어깨에 묶었던 머리카락이 풀려 머리가 가슴 앞으로 떨어졌다. 왕목은 밤이 지난 후에야 깨어나서 다시 머리카락으로 묶어 머리를 똑바로 맞췄다. 그러면서 마음속으로 말이 누워 있으면 올라탈 수 있을 것이라고 생각했는데, 말이 갑자기 왕목 앞에서 옆으로 엎드린 덕분에 미 : 말이 사람과 마음이 통했다. 말에 올라탈 수 있었다. 말은 또한 그를 따라 일어나더니 왕목을 태우고 동남쪽으로 갔다. 왕목은 두 손으로 양쪽 뺨을 붙잡은 채 말을 타고 40리를 갔다. 왕목 휘하의 흩어진 병사 10여 명이 무리를 지어 다니면서 길을 따라 왕목을 찾고 있다가 그를 보고 부축해 한 시골집에 묵게 했다. 그곳은 적의 경계에서 40여 리 떨어져 있었기에 사람들은 마음속으로 걱정하고 두려워하다가 마침내 왕목을 싣고 노민의 군영으로 돌아갔다. 군성(軍城)은 얼마 후 적에게 포위당했는데, 왕목은 성안에서 병을 치료해 200여 일 만에 비로소 나았다. 그의 목둘레에는 손가락 같은 살덩이가 남았고 머리는 결국 약간 삐뚤어졌다.

太原王穆, 唐至德初, 爲魯炅部將, 於南陽戰敗, 軍馬奔走. 穆形貌雄壯, 馬又奇大, 賊騎追及, 以劍自後斫穆頭, 殪而隕地. 胁骨俱斷, 唯喉尚連. 初冥然不自覺死, 至食頃乃悟, 而頭在臍上, 方始心惋. 旋覺食漏, 遂以手力扶頭, 還附頸. 須臾復落, 悶絶如初, 久之方甦. 正頸之後, 以髮分繫兩畔, 乃能起坐, 心亦茫然, 不知自免. 而所乘馬, 初不離穆. 穆方一足踐鐙, 而左膊髮解, 頭墜懷中. 夜後方甦, 復繫髮正首. 心念馬臥方可得上, 馬忽橫伏穆前, 眉:馬通人性. 因得上馬. 馬亦隨之起, 載穆東南行. 穆兩手附兩頰, 馬行四十里. 穆麾下散卒十餘人群行, 亦便路求穆, 見之, 扶寄村舍. 其地去賊界四十餘里, 衆心惱懼, 遂載還旻軍. 軍城尋爲賊所圍, 穆於城中養病, 二百餘日方愈. 繞頸有肉如指, 頭竟小偏.

*   이 고사는《태평광기》권376〈재생・왕목〉에 실려 있다.

61-31(1816) 경호

경호(耿皓)

출《정명록(定命錄)》

　　주차(朱泚)가 반란을 일으켰을 때 이 태위[李太尉 : 이성(李晟)]의 군대에 한 병졸이 있었는데, 반란군에게 칼을 맞아 몸과 목이 따로 놓이게 되었다. 7일이 지나서 그가 갑자기 어찌 된 일인지 모르겠지만 스스로 일어났는데, 몸과 목이 이미 붙어 있었고 단지 두개골이 뻣뻣하고 목이 메었으며 칼을 맞았던 곳이 매우 간지럽게 느껴졌다. 그는 걸어가면서 아무런 고통도 없었으며 지팡이를 짚고 자기 집으로 돌아왔다. 처자식이 이상해하며 어찌 된 일인지 묻자 그가 그 연유를 자세히 설명했다. 그는 몸과 목이 분리될 때 죽었다는 생각이 전혀 들지 않았고 고향집으로 돌아가야겠다는 생각도 하지 않았다. 갑자기 어떤 사람에게 내몰려 성문으로 들어갔는데, 함께 내몰려 온 사람이 수천 명이었다. 동쪽으로 갔더니 큰 관서가 있었는데, 보았더니 녹색 옷을 입은 고관이 안석에 기대어 명부에 적힌 이름을 점호하면 사람들이 지나갔다. 고관이 차례에 따라 그를 부르더니 곧 말했다.

　　"아직 와서는 안 된다."

　　그러고는 아주 호되게 꾸짖자, 좌우 사람들이 그를 쫓아

내며 돌아가라고 했다. 그가 보았더니 명부(冥府)의 한 사람이 팔뚝만 한 크기의 뽕나무를 깎고 있었는데, 그 모양이 부구정(浮漚釘 : 장식 못)[7] 같았다. 그 사람이 그의 머리와 몸이 끊어진 곳을 붙이더니 뽕나무 못으로 정수리에서 목구멍까지 박았는데, 잠시 후에 그는 바로 깨어나서 다시 해와 달을 보았으며 그다지 고통스럽지 않았다. 그의 처자식이 그의 정수리의 머리카락을 헤치고 살펴보았더니 불룩 튀어나온 곳이 1촌 이상이나 되었는데, 평소에는 전혀 없었던 것이었으며 피부 속에 뽕나무의 누런 무늬가 남아 있었다. 협 : 황당함을 면치 못한다. [당나라] 원화(元和) 연간(806~820)에 온회(溫會)의 종친 온수청(溫守淸)이 빈진(邠鎭)의 권장(權將 : 수장)으로 있을 때 문득 그 일을 얘기하더니, 곧장 그를 불러 앞으로 나오게 해서 말했다.

"이 사람은 휘하의 병사 경호입니다. 지금 이미 70세가 넘었지만 그 힘은 여전히 몇 명의 장부를 당해 낼 만합니다."

朱泚亂時, 李太尉軍中有一卒, 爲亂兵所刃, 身頸異處. 凡七日, 忽不知其然而自起, 身頸已屬, 但覺臚骨哽咽, 而受刃處癢甚. 行步無所苦, 扶杖歸本家. 妻兒異之, 訊其事, 具說所

---

7) 부구정(浮漚釘) : 문 위에 장식용으로 박아 놓은 못으로, 그 모양이 물거품처럼 생겨서 '부구정'이라 부른다.

以. 體與頸分之時, 全不悟其害, 亦無心記憶家鄉. 忽爲人驅入城門, 同驅者數千人. 至東面, 有大局署, 見綠衣長吏憑几, 點籍姓名而過. 次呼其人, 便云 : "不合來." 乃呵責極切, 左右逐出令還. 見冥司一人, 髽桑木如臂大, 其狀若浮漚釘. 將頭身斷處勘合, 以桑木釘自腦釘入喉, 俄而便覺, 再見日月, 不甚痛楚. 妻兒披頂髮而觀, 則見隆高處一寸已上, 都非尋常, 皮裏桑木黃文存焉. 夾 : 未免荒唐矣. 元和中, 溫會有宗人守淸, 爲邠鎭之權將, 忽話此事. 守淸便呼之前出, 乃云 : "是其麾下甲士耿皓. 今已七十餘, 膂力猶可支數夫."

* 이 고사는 《태평광기》 권376 〈재생 · 이태위군사(李太尉軍士)〉에 실려 있다.

61-32(1817) 탕씨의 아들
탕씨자(湯氏子)

출《광이기》

    탕씨의 아들 아무개는 그 아버지가 낙평현위(樂平縣尉)였다. 현령(縣令) 이씨(李氏)는 농서(隴西)의 명문 귀족이었는데, 평소에 경박하고 제멋대로였으며 항상 오(吳) 땅 사람이라고 현위를 업신여겼기에 현위는 감내할 수 없었다. 아무개는 그의 형과 함께 현령을 찾아가 따졌으나, 현령은 욕을 퍼부으며 좌우 사람들에게 그들을 끌어내게 했다. 장차 매질하려 할 때 아무개는 품속에 있던 검을 들고 곧장 나아가 현령을 찔렀다. 현령은 가슴을 깊지 않게 찔렸지만 며칠 후에 죽었다. 현령의 가족이 또한 아무개를 때리고 감옥에 가두었는데, 주(州)에서 형벌을 판단하길, 현령이 보고(保辜)[8] 기한 내에 죽었으므로 마땅히 사형에 처해야 한다

---

8) 보고(保辜) : 타인을 구타해 상해를 입힌 경우에 상처가 나을 때까지 죄명의 결정을 보류하는 것을 말한다. '보고'는 범인에게 피해자의 상처 치료를 책임지도록 하는 것인데, 이러한 치료 기간 내에 피해자가 사망한 경우에는 사람을 죽인 죄로 처벌하게 했다. 또한 보고 기한이 지나거나 보고 기한 내라도 다른 원인으로 사망한 경우에는, 처음에 피해자가 입은 상해의 정도에 따라서 처벌하게 했다.

고 판결했다. 그러나 아무개는 형장인 저잣거리로 들어가면서 걱정이 없는 얼굴이었다. 관상을 잘 보는 사람이 말했다.

미 : 관상을 잘 보는 일이 덧붙어 나온다.

"이 젊은이는 5품관이 될 상이니 반드시 죽지 않을 것이오. 만약 죽는다면 나는 사람들의 관상을 보지 않겠소."

형을 집행하는 사람이 밧줄로 아무개의 목을 졸라 숨이 끊기자 그를 끌고 감옥으로 갔는데, 아무개는 저녁에 이르러 다시 살아났다. 옥졸이 옥관에게 아뢰자 옥관이 말했다.

"이놈은 사람을 죽였으니 살려 둬서는 안 된다."

그러고는 옥졸에게 밧줄로 그를 목매달아 죽이게 했는데, 그날 밤 삼경(三更)에 다시 살아났다. 옥졸이 또 그를 목매달아 죽였지만 날이 밝자 그는 다시 살아났다. 옥관이 자사(刺史)에게 그 사실을 아뢰자 온 주(州)에서 그 기이함에 감탄했다. 그러나 정해진 법을 어길 수 없었기에 그의 아버지를 불러와 직접 그를 죽이게 했다. 그의 아버지는 주의 성문에서 군중 앞에서 그를 목 졸라 죽였다. 자사는 그 일의 자초지종을 딱하게 여겨 그의 가족에게 시신을 거둬 가게 했다. 가족이 시신을 거두어 집에 도착하자 그는 다시 살아났다. 그래서 가족은 빈 관으로 장사 지내고 그를 암실에서 지내게 했는데, 오랫동안 아무 탈이 없었다. [당나라] 건원(乾元) 연간(758~760)에 아무개는 전초현령(全椒縣令)으로 있다가 죽었다.

湯氏子某, 其父爲樂平尉. 令李氏, 隴西望族, 素輕易, 恒以吳人狎侮尉, 尉不能堪. 某與其兄, 詣令紛爭, 令格罵, 叱左右曳下. 將加捶楚, 某懷中有劍, 直前刺令. 中胸不深, 後數日死. 令家人亦擊某繫獄, 州斷刑, 令辜內死, 當決殺. 將入市, 無悴容. 有善相者 眉:善相附見. 云:"少年有五品相, 必當不死. 若死, 吾不相人矣." 施刑之人, 加之以繩, 決畢氣絶, 牽曳就獄, 至夕乃甦. 獄卒白官, 官云:"此手殺人, 義無活理." 令卒以繩縊絶, 其夕三更, 復甦. 卒又縊之, 及明復甦. 獄官以白刺史, 擧州嘆異. 而限法不可, 呼其父, 令自斃之. 及於州門, 對衆縊絶. 刺史哀其終始, 命家收之. 及將歸第, 復活. 因葬空棺, 養之暗室, 久之無恙. 乾元中, 爲全椒令卒.

* 이 고사는《태평광기》권376〈재생·탕씨자〉에 실려 있다.

61-33(1818) 선비 아무개
사인갑(士人甲)

출《유명록(幽明錄)》미 : 이하는 형체를 바꾸어 다시 살아난 이야기다(以下易形再生).

진(晉)나라 원제(元帝) 때 아무개는 명문세족이었는데 갑자기 병으로 죽었다. 그는 어떤 사람에게 이끌려 하늘로 올라가 사명관(司命官 : 수명을 주관하는 관리)을 배알했는데, 사명관은 그의 수명을 다시 조사해 보더니 수명이 다하지 않았으므로 억울하게 불러와서는 안 된다고 했다. 그래서 담당 관리가 그를 돌려보내려 했는데, 아무개가 다리가 너무 아파서 걸을 수 없었기에 돌아갈 방법이 없었다. 담당 관리 몇 명이 함께 걱정하면서 말했다.

"아무개가 만약 돌아갈 수 없다면 우리는 사람을 억울하게 잡아 온 죄를 받을 것이오."

결국 몰려가서 사명관에게 아뢰었더니 사명관이 한참 동안 생각하고 나서 말했다.

"때마침 강(康) 아무개라는 호인(胡人)이 새로 불려 와 서문(西門) 밖에 있는데, 그 사람은 결국 죽어야 하고 그 다리가 매우 튼튼하니 그것으로 바꾸면 서로 손해가 없을 것이다."

담당 관리가 명을 받고 나와서 두 사람의 다리를 바꾸려 했는데, 호인의 모습이 너무 못생겼고 다리도 유난히 흉측해서 아무개는 끝내 바꾸려 하지 않았다. 담당 관리가 말했다.

"그대가 만약 바꾸지 않는다면 이곳에 오랫동안 머물러야만 하오."

아무개는 어쩔 수 없이 결국 허락했다. 담당 관리는 두 사람에게 눈을 감게 했는데, 순식간에 두 사람의 다리가 이미 바뀌어 있었다. 담당 관리가 즉시 아무개를 돌려보내자 그는 갑자기 다시 살아나 가족들에게 그간 겪은 일을 자세히 말해 주었다. 그래서 들춰 보았더니 과연 호인의 다리였는데, 협 : 기이하도다! 무성한 털이 덮여 있었고 노린내도 났다. 아무개는 본디 선비로 손발을 몹시 아꼈는데, 갑자기 이렇게 되자 전혀 보고 싶지 않았다. 그는 비록 다시 살아나게 되었지만 매일 슬픔에 잠겨 거의 죽을 것만 같았다. 그의 주변 사람 중에 그 호인을 아는 자가 있었는데, 호인이 죽었지만 아직 염하지 않았고 그 집이 가자포(茄子浦) 근처에 있다고 알려 주었다. 아무개가 직접 가서 호인의 시신을 살펴보았더니, 과연 자신이 다리가 호인의 몸에 붙어 있었다. 미 : 기이한 일이로다! 시신을 염하는 동안 아무개는 자신의 다리를 마주하고 울었다. 호인의 아들들은 모두 효심이 지극했는데, 매번 명절이 되면 슬픔에 잠겨 달려가서 아무개의 다리를 끌어안고 소리쳐 울었다. 아무개가 길을 가다가 갑자기 호인의 아들들과 마주치면, 그들은 아무개를 부여잡고 통곡했다. 이 때문에 아무개는 매번 출입할 때마다 항상 사람에게 문을 지키게 해 호인의 아들을 막았다. 아무개는 종신토록 발이 더럽다고 싫어해서 바라본 적이 없었고, 삼복의 무더운 날씨일지라도 반드시 겹옷을 덮어 잠시도 다리를 드러내지 않았다.

晉元帝世, 有甲者, 衣冠族姓, 暴病亡. 見人將上天, 詣司命. 司命更推校, 算曆未盡, 不應枉召. 主者發遣令還, 甲尤脚痛, 不能行, 無緣得歸. 主者數人共愁, 相謂曰 : "甲若不能歸, 我等坐枉人之罪." 遂相率具白司命, 司命思之良久, 曰 : "適新召胡人康乙者, 在西門外, 此人當遂死, 其脚甚健, 易之, 彼此無損." 主者承敕出, 將易之, 胡形體甚醜, 脚殊可惡, 甲終不肯. 主者曰 : "君若不易, 便長決留此耳." 不獲已, 遂聽之. 主者令二人閉目, 候忽二人脚已各易矣. 仍卽遣之, 豁然復生, 具爲家人說. 發視, 果是胡脚, 夾 : 奇! 叢毛連結, 且胡臭. 甲本士, 愛玩手足, 而忽得此, 了不欲見. 雖獲更活, 每惆悵, 殆欲如死. 旁人見識此胡者, 死猶未殯, 家近在茄子浦. 甲親往視胡尸, 果見其脚著胡體. 眉 : 奇事! 正當殯斂, 對之泣. 胡兒並有至性, 每節朔, 兒並悲思, 馳往抱甲脚號啕. 忽行路相逢, 便攀援啼哭. 爲此每出入時, 恒令人守門, 以防胡子. 終身憎穢, 未嘗悞視, 雖三伏盛暑, 必覆重衣, 無暫露也.

* 이 고사는 《태평광기》 권376 〈재생・사인갑〉에 실려 있다.

61-34(1819) 이간

이간(李簡)

출《유양잡조》

당(唐)나라 개원(開元) 연간(713~741) 말에 채주(蔡州) 상채현(上蔡縣) 남리촌(南李村)의 백성 이간은 간질병으로 죽어 장사를 지낸 지 10여 일이 되었다. 여양현(汝陽縣)의 백성 장홍의(張弘義)는 평소에 이간과 면식이 없었고 사는 곳도 10여 사(舍 : 1사는 30리)나 떨어져 있었는데, 그 또한 병에 걸려 죽었다가 하룻밤이 지나서 다시 살아났지만 부모와 처자식도 알아보지 못했다. 그가 말했다.

"나는 이간이고 집은 상채현 남리촌에 있으며 부친의 성함은 이양(李亮)입니다."

그러고는 곧장 남리촌으로 가서 이양의 집으로 들어갔다. 이양이 놀라며 그가 온 까닭을 묻자 그가 말했다.

"막 병에 걸렸을 때 꿈속에서 누런 옷을 입은 두 사람이 나타나 첩지를 가져와서 저를 잡아갔습니다. 몇십 리를 가서 큰 성에 도착했는데 '왕성(王城)'이라고 쓰여 있었습니다. 두 사람에게 이끌려 한 곳으로 들어갔더니 마치 인간 세상의 육사원(六司院)9) 같았습니다. 그곳에서 며칠 동안 머무르면서 여러 일들을 심문당했는데, 저는 모두 대답할 수 없었습니다. 갑자기 한 사람이 밖에서 들어오더니 저를 잘못 잡아 왔으니 즉시 돌려보내야 한다고 말했습니다. 그러자 한 관리가 말하길, '이간의 몸은 부패했으니 따로 환생하게 해야 한다'라고 했습니다. 저는 일시에 부모님과 친척들이 생각나면서 다른 곳에서 환생하고 싶지 않아 본래의 몸으로 돌려보내 달라고 청했습니다. 잠시 후에 보았더니 한 사람을 데리고 와서 통보하며 말하길, '여양현의 잡직(雜職) 장홍의를 잡아 왔습니다'라고 하자, 관리가 또 말하길, '장홍의의 몸은 다행히 아직 부패하지 않았으니 속히 이간을 그의 몸에 기탁하게 해서 남은 생을 살게 하라'고 했습니다. 마침내 저는 두 관리의 부축을 받고 성을 빠져나왔는데, 아주 빨리 걷다 보니 점점 아무것도 알 수 없다가 갑자기 마치 꿈에서 깨어난 것 같았습니다. 깨어나서 보았더니 사람들이 저를 둘러싸고 울고 있었는데, 집의 건물도 전혀 알아볼 수 없었습니다."

이양이 그의 친척 이름과 평소의 세세한 일들을 물어보았는데, 모르는 것이 없었다. 그는 이전에 죽세공품을 만들 줄 알았는데, 방에 들어가 쉬다가 공구를 찾아내 대나무 껍

---

9) 육사원(六司院) : 사공(司功)·사창(司倉)·사호(司戶)·사병(司兵)·사법(司法)·사사(司士)의 여섯 관리가 집무하는 곳.

질을 벗겨 그릇을 만들었다. 그의 말소리와 행동거지는 정말로 이간이었다. 결국 그는 여양현으로 돌아가지 않았다.

평 : 옛날에 편작(扁鵲)이 노공호(魯公扈)와 조영제(趙嬰齊)의 심장을 바꾸었는데, 두 사람이 깨어나서 각자의 집으로 돌아가자 두 집에서 서로 어찌 된 일인지 물어보았다. 이로써 생각해 보면 이간의 일은 꾸며 낸 말이 아니다.

唐開元末, 蔡州上蔡縣南李村百姓李簡, 癇病卒, 瘞後十餘日. 有汝陽縣百姓張弘義, 素不與李簡相識, 所居相去十餘舍, 亦因病, 經宿却活, 不復識父母妻子. 且言:"我是李簡, 家住上蔡縣南李村, 父名亮." 遂徑往南李村, 入亮家. 亮驚問其故, 言:"方病時, 夢二人著黃, 齎帖見追. 行數十里, 至大城, 署曰'王城'. 引入一處, 如人間六司院. 留居數日, 所勘責事, 委不能對. 忽有一人自外來, 稱錯追李簡, 可卽放還. 有一吏曰:'李身壞, 別令託生.' 一時憶念父母親族, 不欲別處受生, 因請却復本身. 少頃, 見領一人至, 通曰:'追到雜職汝陽張弘義.' 吏又曰:'張弘義身幸未壞, 速令李簡託其身, 以盡餘年.' 遂被兩吏扶却出城, 但行甚速, 漸無所知, 忽若夢覺. 見人環泣, 及屋宇, 都不復認." 亮問其親族名氏, 及平生細事, 無不知也. 先解竹作, 因息入房, 索刀具, 破蔑盛器. 語音擧止, 信李簡也. 竟不返汝陽.
評 : 昔扁鵲易魯公扈·趙嬰齊之心, 及寤, 互返其室, 二室相諉. 以是稽之, 非寓言也.

* 이 고사는 《태평광기》 권376 〈재생·이간〉에 실려 있다.

5933

오재생(悟再生) 부(附)

61-35(1820) 양호

양호(羊祜)

출《독이기(獨異記)》

진(晉)나라의 양호가 세 살 때 유모가 그를 안고 걸어가고 있었는데, 양호가 유모에게 동쪽 이웃집 나무 구멍 속에서 금팔찌를 꺼내라고 했다. 그러자 동쪽 이웃 사람이 말했다.

"내 아들은 일곱 살 때 우물에 빠져 죽었는데, 일찍이 금팔찌를 가지고 놀다가 잃어버렸소."

그래서 양호의 전생을 점쳐 보게 했더니 바로 동쪽 이웃의 아들이었다.

晉羊祜三歲時, 乳母抱行, 乃令於東鄰樹孔中探得金環. 東鄰之人云: "吾兒七歲墮井死, 曾弄金環, 失其處所." 乃驗祜前身, 東鄰子也.

* 이 고사는《태평광기》권387〈오전생 · 양호〉에 실려 있다.

61-36(1821) **왕연**

왕연(王練)

출《독이기》

　　왕연은 자가 현명(玄明)이고 낭야(瑯琊) 사람이며, 송(宋)나라 때 시중(侍中)을 지냈다. 그의 부친 왕민(王珉)은 자가 계염(季琰)이고, 진(晉)나라 때 중서령(中書令)을 지냈다. 왕민은 한 호인(胡人) 스님과 알고 지냈는데, 그 스님은 왕민의 풍채를 볼 때마다 매우 존경하고 좋아해 같이 수학하는 동료들에게 말하곤 했다.

　"만약 내가 후생에 다시 태어나 그 사람의 아들이 될 수만 있다면 소원은 그것으로 족하네."

　왕민이 그 말을 듣고 스님을 놀리며 말했다.

　"법사의 재주와 품행으로 볼 때 내 아들이 되면 딱 맞겠소."

　얼마 후에 스님은 병이 들어 죽었다. 스님이 죽고 나서 1년 남짓 후에 왕연이 태어났는데, 막 말을 할 수 있을 때부터 외국어를 할 줄 알았으며, 멀리 떨어져 있는 나라의 진기한 물건이나 동기(銅器)와 진주조개 등 생전에 본 적도 없고 그 명칭을 들은 적도 없는 것들을 다 알았고 산지(産地)까지도 알고 있었다. 또 천성적으로 한인(漢人)보다는 여러 호인들에게 친밀감을 느꼈다. 사람들이 모두 왕연을 보고 그 스님의 후신(後身)이라고 여기자, 왕민은 아들의 자를 "아련(阿練 : 스님을 친근하게 부르는 호칭)"이라고 지었는데 결국 큰 명성을 얻었다.

王練, 字玄明, 琅琊人也, 宋侍中. 父珉, 字季琰, 晉中書令. 相識有一胡沙門, 每瞻珉風采, 甚敬悅之, 輒語同學云 : "若我後生, 得爲此人作子, 願亦足矣." 珉聞而戲之曰 : "法師才行, 正可爲吾子耳." 頃之, 沙門病亡. 亡後歲餘而練生焉, 始能言, 便解外國語, 及絶國奇珍, 銅器珠貝, 生所不見, 未聞其名, 卽能名之, 識其產出. 又自然親愛諸胡, 過於漢人. 咸謂沙門後身, 故珉字之曰"阿練", 遂爲大名云.

* 이 고사는 《태평광기》 권387 〈오전생 · 왕연〉에 실려 있는데, 출전이 "《명상기(冥祥記)》"라 되어 있다.

61-37(1822) 최사팔

최사팔(崔四八)

출《옥당한화(玉堂閑話)》

　　최신유(崔愼由)는 처음에 자식이 없어서 매우 근심했다. 어떤 스님이 늘 최씨 집을 방문했는데, 최신유가 그에게 걱정거리를 말하며 방법이 있냐고 묻자 스님이 말했다.

　　"부인을 잘 차려 입히고 장안(長安)의 큰 절들을 돌아다니면서 노스님이 있는 곳을 찾아가십시오. 만약 그 절에서 잘 대해 주지 않으면 다른 절을 찾아가십시오. 만약 당신을 환대하는 절이 있으면 그 절의 스님과 두터운 교분을 맺으십시오. 당신이 그의 마음을 감동시킬 수 있다면 그의 후신(後身)이 당신의 아들로 태어날 것입니다."

　　최신유는 스님의 말대로 처음에 세 곳을 찾아갔지만 그를 대접해 주지 않았다. 나중에 한 절에 갔는데, 거의 60세 된 스님이 그를 매우 환대해 주자 최신유 또한 후한 재물로 보시했다. 그때부터 최신유가 끊이지 않고 공양하고 보시하자 스님이 말했다.

　　"제가 몸이 늙어서 스스로 생각해 봐도 당신께 보답할 방법이 없으니, 후생에 당신의 아들로 태어나길 원합니다."

　　몇 년 되지 않아 스님이 죽고 최사팔이 태어났다. 어떤 사람이 이르길, 최사팔의 손금에 "강승(綱僧)"이란 두 글자가 있다고 했다.

崔愼由, 初以未有兒息, 頗以爲念. 有僧常遊崔氏之門者, 崔因告之, 且問其計, 僧曰: "請夫人盛飾而遊長安大寺, 有老僧院, 卽詣之. 彼若不顧, 更之他所. 若顧我厚, 宜厚結之. 俾感動其心, 則其後身爲公子矣." 如其言, 初適三處, 不顧. 後至一院, 僧年近六十矣, 接待甚勤至, 崔亦厚施之. 自是供施不絶, 僧乃曰: "身老矣, 自度無以報公, 願以後身爲公之子." 不數年, 僧卒, 而四八生焉. 或云手文有"綱僧"二字.

* 이 고사는《태평광기》권388〈오전생·최사팔〉에 실려 있다.

61-38(1823) 채낭

채낭(采娘)

출《사유(史遺)》

정간(鄭偘)에게 채낭이라고 하는 열여섯 살 된 딸이 있었는데, 행동거지가 조신하고 용모가 단정했다. 칠석날 밤에 채낭은 향탁(香卓)을 차려 놓고 직녀(織女)에게 기도했다. 그날 밤에 채낭은 꿈을 꾸었는데, 구름 수레의 깃털 장식 덮개가 하늘을 가득 메우고 나타나더니 수레가 멈춘 뒤 채낭에게 말했다.

"나는 직녀인데 너는 무슨 복을 빌었느냐?"

채낭이 말했다.

"바느질을 잘하게 해 달라고 빌었습니다."

그러자 직녀는 길이가 1촌 남짓 되고 종이 위에 꿰어져 있는 금바늘 하나를 채낭의 치마끈 속에 넣어 주며 말했다.

"사흘 동안 아무에게도 말하지 않으면 너는 틀림없이 바느질 솜씨가 뛰어나게 될 것이다. 그렇지 않으면 너는 남자가 될 것이다."

이틀이 지났을 때 채낭이 그 사실을 어머니 장씨(張氏)에게 말했더니 어머니가 이상해하며 살펴보았는데, 빈 종이였지만 바늘 자국은 여전히 남아 있었다. 그 후에 채낭은 갑자기 병이 들어 말을 못하게 되었다. 그때 장씨는 임신하고 있었는데 탄식하며 말했다.

"아들딸이 다섯이나 있었건만 모두 요절했으니, 다시 회임을 해서 무얼 한단 말인가?"

그러고는 약을 먹고 낙태시키려 했다. 약이 도착해 막 먹으려 할 때 채낭이 혼미한 가운데 갑자기 "사람 죽이네!"라고 소리쳤다. 미 : 약을 먹고 낙태시키는 자는 이것을 보고 경계할 만하다. 어머니가 놀라서 물으니 채낭이 말했다.

"저는 죽은 뒤에 남자가 될 것인데, 지금 어머니께서 회임한 그 아이가 바로 저입니다. 약이 도착했다는 소리를 듣고 마음이 급해져서 소리를 질렀습니다."

어머니는 이를 기이하게 여겨 결국 약을 먹지 않았다. 얼마 후에 채낭이 죽자 장례를 치르고 나서 어머니는 슬퍼하며 그리워하다가 채낭이 늘 가지고 놀던 물건들을 거두어 감춰 놓았다. 그 후로 한 달이 안 되어 장씨는 마침내 아들 하나를 낳았는데, 누군가가 장씨가 감춰 놓은 물건을 건드리기라도 하면 아이가 울어 댔다. 또 장씨가 딸을 그리워하며 울면 협 : 울지 않는 게 좋다. 그 아이 역시 울었고, 협 : 더욱 짠하다. 장씨가 울음을 그치면 그 아이도 즉시 그쳤다. 말을 할 수 있게 되자 그 아이는 늘 채낭이 가지고 놀던 물건들을 꺼냈다. 그 아이는 나중에 관직이 주사(柱史 : 어사)에 이르렀다.

鄭侃有女年十六, 名采娘, 淑愼有儀. 七夕夜, 陳香筵, 祈於織女. 是夜, 夢雲輿羽蓋蔽空, 駐車命采娘曰:"吾織女, 汝求何福?" 曰:"願工巧耳." 乃遺一金針, 長寸餘, 綴於紙上, 置裙帶中, 令:"三日勿語, 汝當奇巧. 不爾, 化成男子." 經二日, 以告其母張氏, 母異而觀之, 則空紙而針迹猶在. 其後采娘忽病而不言. 張氏有娠, 嘆曰:"男女五人矣, 皆夭, 復懷何爲?" 將服藥以損之. 藥至將服, 采娘昏奄之內, 忽稱"殺人!" 眉:用藥墜胎者, 視此可戒. 母驚問之, 曰:"某身終當爲男子, 母之所懷是也. 聞藥至情急, 是以呼耳." 母異之, 乃不服藥. 采娘尋卒, 旣葬, 母悲念, 乃收常所戲之物而匿之. 未逾月, 遂生一男, 人有動所匿之物, 兒啼哭. 張氏哭女, 夾:可無哭. 其兒亦哭, 夾:更淡. 罷卽止. 及能言, 常收戲弄之物. 官至柱史.

* 이 고사는《태평광기》권387〈오전생 · 채낭〉에 실려 있다.

61-39(1824) 유삼복

유삼복(劉三復)

출《북몽쇄언(北夢瑣言)》

　유삼복은 문장으로 이덕유(李德裕)의 인정을 받았다. 이덕유는 절서(浙西)에 있을 때 그를 도성으로 보내 시험을 보게 했는데, 그는 과거에 급제해 대각(臺閣 : 상서성)의 관직을 지냈다. 유삼복은 세 번의 전생에 있었던 일을 기억할 수 있었는데 이런 말을 했다.

　"나는 전생에 말이었는데, 말은 늘 목이 말라 고생하기 때문에 역참을 바라보면 웁니다. 또 말굽을 다치면 심장까지 아픕니다."

　그 후로 유삼복은 말을 타고 자갈밭을 지날 때면 반드시 고삐를 느슨하게 쥐었고 앞에 돌이 있으면 반드시 그것을 치우고 갔다. 그 집에는 대문턱이 없었는데, 이는 말굽을 다치게 할까 걱정해서였다. 그의 아들 유업(劉鄴)은 황제의 칙명으로 급제했는데, 조정에서 벼슬하게 되자 표문(表文)을 올려 이덕유의 억울함을 씻어 주고 주애(朱崖)에 있던 영구를 낙중(洛中 : 낙양)으로 모시고 돌아와 이장함으로써 선대의 은혜를 갚았다. 사대부들은 이를 미담으로 여겼다. 미 : 부친을 위해 보은한 일이 덧붙어 나온다.

劉三復者, 以文章見知於李德裕. 德裕在浙西, 遣詣闕求試, 及登第, 歷任臺閣. 三復能記三生事, 云 : "曾爲馬, 馬常患渴, 望驛而嘶. 傷其蹄, 則連心痛." 後三復乘馬, 磽确之地, 必爲緩轡, 有石必去之. 其家不施門限, 慮傷馬蹄也. 其子鄴, 敕賜及第, 登廊廟, 上表雪德裕, 以朱崖靈柩, 歸葬洛中, 報先恩也. 士大夫美之. 眉 : 爲父報恩附見.

* 이 고사는《태평광기》권387〈오전생・유삼복〉에 실려 있다.

61-40(1825) 원관

원관(圓觀)

출《감택요(甘澤謠)》

　　원관은 [당나라] 대력(大曆) 연간(766~779) 말에 낙양(洛陽) 혜림사(惠林寺)의 스님이었다. 간의대부(諫議大夫) 이원(李源)은 천보(天寶) 연간(742~756)에는 즐겁게 노닐면서 음주가무에 빠져 있었다. 그러나 부친 이징(李憕)이 낙양유수(洛陽留守)로 있다가 적군에게 함락당하자, 그는 현미밥을 먹고 베옷을 입고 혜림사에 머물면서 가산을 모두 절의 공공 재산으로 희사했다. 절의 사람들은 그에게 매일 밥 한 그릇과 물 한 잔을 주었을 뿐이었다. 그는 부리는 노복도 두지 않고 알고 지내던 사람들도 모두 끊은 채 오직 원관과 더불어 깊은 교분을 나누었는데, 무릎을 맞대고 이른 아침부터 저녁까지 조용히 대화를 나누면서 그렇게 30년을 지냈다. 두 사람은 어느 날 함께 촉주(蜀州)를 유람하자고 약속했는데, 청성산(靑城山)과 아미산(峨嵋山)에 도착해서 도사를 찾아가 약재를 구하자고 했다. 그런데 원관은 장안(長安)을 유람하고 싶다며 사곡도(斜谷道)로 해서 나가자고 했으나, 이 공(李公 : 이원)은 형주(荊州)로 올라가고 싶다며 삼협(三峽)으로 해서 나가자고 했다. 두 사람은 이 두 갈래

길을 놓고 쟁론하면서 반년 동안 결정하지 못했다. 이 공이 말했다.

"나는 이미 세상일을 끊었는데, 어떻게 양경(兩京 : 장안과 낙양)으로 가는 길을 가겠소?"

그러자 원관이 말했다.

"길을 가는 것이 정말로 사람 뜻대로 되는 게 아니로군요."

마침내 형강(荊江) 상협(上峽)에서 출발해 남계(南洎)까지 간 다음 배를 산 밑에 묶어 놓았다. 그때 부인 몇 명이 말고삐에 아름다운 고리를 단 수레를 타고 물동이를 지고 와서 물을 길었는데, 원관은 그녀들을 바라보고 눈물을 흘리면서 말했다.

"내가 이곳에 오고 싶지 않았던 것은 바로 저 부인을 만나게 될까 두려워서였소."

이 공이 놀라며 그 연유를 물었더니 원관이 말했다.

"저들 중에 왕씨(王氏) 성을 가진 임신한 부인이 바로 내가 환생할 곳이오. 저 부인이 임신한 지 3년이 넘도록 아직 출산하지 못하고 있는 것은 내가 오지 않았기 때문이오. 지금 이미 만나게 되어 곧 돌아가야 할 운명이니, 불가에서 이른바 순환(循環 : 윤회)이라는 것이오."

그러면서 이 공에게 또 말했다.

"부적과 주술의 힘을 빌려 내가 빨리 환생할 수 있도록 도와주시오. 잠시 가던 배를 멈추고 나를 산 아래에 묻어 주시오. 아이가 태어나고 사흘 뒤에 아이를 찾아가면, 아이가 한 번 웃으며 알아볼 것이오. 또 12년 후 중추절 달밤에 항주(杭州) 천축사(天竺寺) 밖에서 다시 만나기로 기약합시다."
미 : 후생에 다시 만날 것도 오히려 기약할 수 있는데, 오랫동안 출산이 지체되도록 어찌하여 부인에게 가지 않았는가?

    이 공은 그 길로 온 것을 후회하며 원관을 위해 통곡했다. 이 공이 마침내 그 부인을 불러 방서(方書 : 방술을 적은 글)를 알려 주자, 그 부인은 뛸 듯이 기뻐하며 집으로 돌아갔다. 그날 밤에 원관은 죽고 임신한 부인은 아이를 낳았다. 이 공은 사흘 뒤에 가서 갓 태어난 아이를 보았는데, 과연 아이가 이 공을 보고 한차례 웃음을 지었다. 이 공이 눈물을 흘리며 그 사실을 왕씨에게 알렸더니, 왕씨는 많은 가산을 내어 원관을 후하게 장사 지내 주었다. 이튿날 이 공은 혜림사로 돌아가겠다고 말하며 뱃머리를 돌렸다. 이 공은 원관의 집을 찾아가서 물어보고 나서야 비로소 원관이 이미 유언을 남겨 놓았음을 알았다. 그 후로 12년이 지난 가을 8월에 이 공은 곧장 여항(餘杭 : 항주)을 찾아가 원관과 만나기로 약속한 장소로 갔다. 그때 천축사는 산에 내리던 비가 막 갠 뒤라 달빛이 냇물에 가득했다. 이 공은 원관을 찾을 길이 없었는데, 홀연히 갈홍천(葛洪川) 가에서 어떤 목동이 〈죽지사(竹枝詞)〉를 노래하는 소리가 들려왔다. 그 목동은 소를 타고 뿔을 두드렸으며 양쪽으로 머리를 묶고 짧은 옷을 입고 있었는데, 잠시 후 절 앞에 도착했기에 보았더니 영락없이 원관이었다. 이 공이 다가가서 인사하며 말했다.

"관 공(觀公 : 원관)은 건강하셨소?"

원관이 이 공에게 되물으며 말했다.

"공은 진정 믿을 만한 선비요. 하지만 나와 공은 서로 길이 다르니 부디 가까이하지 마시오. 속세의 인연이 아직 다하지 않았으니 단지 부지런히 수행하길 바라오. 부지런히 수행하며 게으르지 않으면 결국 만나게 될 것이오."

이 공은 얘기를 나눌 방법이 없어서 그저 바라보며 눈물을 줄줄 흘렸다. 원관은 다시 〈죽지사〉를 부르며 한 걸음 한 걸음 앞을 향해 떠나갔다. 산 넘고 물 건너 멀리 갔으나 여전히 노랫소리가 들려왔는데, 애절한 가사와 청아한 곡조는 뭐라 형용할 길이 없었다. 원관이 처음 절 앞에 도착했을 때 불렀던 노래는 이러했다.

"삼생석(三生石) 위의 옛 혼령, 달빛 바라보고 바람 읊조릴 뿐 세상일은 논하지 않네. 부끄럽게도 그리운 사람이 멀리서 찾아왔나니, 이 몸은 비록 달라졌어도 마음만은 늘 간직하고 있다네."

또 이렇게 노래했다.

"전생의 일과 후생의 일 아득하기만 하니, 인연을 얘기하고 싶지만 애간장 끊어질까 두렵네. 오월(吳越)의 산천은 이미 두루 찾아다녔으니, 안개 속에 뱃머리 돌려 구당(瞿塘)으로 되돌아가려네."

3년 뒤에 이 공은 간의대부에 제수되었으며, 2년 만에 죽었다.

圓觀者, 大曆末, 洛陽惠林寺僧也. 李諫議源, 當天寶之際, 以遊宴歌酒爲務. 父憕居守, 陷於賊中, 乃脫粟布衣, 止於惠林寺, 悉將家業爲寺公財. 寺人日給一器食一杯飮而已. 不置僕使, 絶其知聞, 唯與圓觀爲忘言交, 促膝靜話, 自旦及昏, 如此三十年. 二公一旦約遊蜀州, 抵靑城・峨嵋, 同訪道求藥. 圓觀欲遊長安, 出斜谷, 李公欲上荊州, 出三峽, 爭此兩途, 半年未決. 李公曰:"吾已絶世事, 豈取途兩京?" 圓觀曰:"行固不由人." 遂自荊江上峽, 行次南泊, 維舟山下. 見婦女數人, 儀達錦鐺, 負甕而汲, 圓觀望而泣下, 曰:"某不欲至此, 恐見其婦人也." 李公驚問其故, 圓觀曰:"其中孕婦姓王者, 是某託身之所. 逾三載, 尙未娩懷, 以某未來之故也. 今旣見矣, 卽命有所歸, 釋氏所謂循環也." 謂公曰:"請假以符呪, 遣某速生. 少駐行舟, 葬某山下. 浴兒三日, 亦望訪臨, 以一笑爲認. 更後十二年, 中秋月夜, 杭州天竺寺外, 乃再見之期也." 眉:後世再見, 尙可刻期, 而久脫分娩, 何不達也? 李公遂悔此行, 爲之一慟. 遂召婦人, 告以方書, 其婦喜躍還家. 是夕, 圓觀亡而孕婦産矣. 李公三日往觀新兒, 果致一笑. 李公泣下, 具告於王, 王乃多出家財, 厚葬圓觀. 明日, 李公回棹, 言歸惠林. 詢問觀家, 方知已有理命. 後十二年秋八月, 直詣餘杭, 赴其所約. 時天竺寺, 山雨初晴, 月色滿川. 無處尋訪, 忽聞葛洪川畔, 有牧竪歌〈竹枝詞〉者, 乘牛叩角,雙髻短衣, 俄至寺前, 儼然圓觀也. 李公就謁曰 : "觀公健否?" 却問李公曰 : "眞信士矣. 與公殊途, 愼勿相近. 俗緣未盡, 但願勤修. 勤修不墮, 卽遂相見." 李公以無由叙話, 望之潸然. 圓觀又唱〈竹枝〉, 步步前去. 山長水遠, 尙聞歌聲, 詞切韻高, 莫知所謂. 初到寺前, 歌曰 : "三生石上舊精魂, 賞月吟風不要論. 慚愧情人遠相訪, 此身雖異性長存." 又歌曰 : "身前身後事茫茫, 欲話因緣恐斷腸. 吳越溪山尋已遍, 却回烟棹上瞿塘." 後三年, 李公拜諫議大夫, 二年亡.

* 이 고사는 《태평광기》 권387 〈오전생·원관〉에 실려 있다.

61-41(1826) 고비웅

고비웅(顧非熊)

출《유양잡조》

고황(顧況)에게 아들이 있었는데 몇 살 만에 죽었다. 고황은 슬픔을 이기지 못해 울면서 시를 지어 읊었다.

"늙은이가 사랑하는 아들을 눈물로 보내고, 아침저녁으로 수천 줄기 피눈물 흘리네. 마음은 [새끼 잃고] 애간장 끊어지는 원숭이를 좇아 놀라고, 자취는 날아가는 새를 따라 사라진다네. 늙은이 나이 일흔에, 오랜 이별을 참을 수 없구나."

그의 아들은 비록 죽었지만 영혼은 항상 그의 집에 있었는데, 매번 아버지의 울음소리를 들을 때마다 매우 가슴 아파했다. 그래서 스스로 맹세했다.

"만약 사람이 된다면 반드시 고씨 집안의 자식으로 다시 태어나겠다."

어느 날 그는 어떤 사람에게 붙잡혀 한 곳으로 갔는데, 마치 현의 관리 같은 사람이 그에게 고씨 집안에 환생하도록 판결했다. 그 후로 그는 더 이상 아무것도 알지 못했는데, 갑자기 마음이 확 트이며 눈을 떴더니 집과 형제들을 알아볼 수 있었고 친척들이 그의 곁에 가득 있었으나 말만 할 수 없었다. 그가 일곱 살이 되었을 때 그의 형이 장난으로 그를 때리자 그가 갑자기 말했다.

"내가 너의 형인데 어찌하여 나를 때리느냐?"

온 식구가 놀라며 기이해했다. 그가 비로소 전생의 일을 말했는데, 조금도 틀리지 않았고 남동생과 여동생의 아명도 하나하나 모두 불렀다. 그가 바로 고비웅이다.

顧況有子, 數歲而卒. 況悲傷不已, 爲詩哭之云:"老人哭愛子, 日暮千行血. 心逐斷猿驚, 跡隨飛鳥滅. 老人年七十, 不作多時別." 其子雖卒, 魂神常在其家, 每聞父哭聲, 聽之感慟. 因自誓:"若作人, 當再爲顧家子." 一日, 如被人執至一處, 若縣吏者, 斷令託生顧家. 復都無所知, 忽覺心醒開目, 認其屋宇兄弟, 親愛滿側, 唯語不得. 至年七歲, 其兄戲批之, 忽曰:"我是爾兄, 何故批我?" 一家驚異. 方叙前生事, 歷歷不誤, 弟妹小名, 悉遍呼之. 卽顧非熊也.

* 이 고사는 《태평광기》 권388 〈오전생·고비웅〉에 실려 있다.

61-42(1827) 제군방

제군방(齊君房)

출《찬이기(纂異記)》

　제군방은 오(吳) 지방에서 살았는데, 어려서부터 몹시 가난했다. 비록 학업에 힘썼으나 기억력이 좋지 않았으며, 장년이 되어 시를 지었지만 그다지 청신하지 못했다. 늘 추위와 굶주림에 시달리면서 오초(吳楚) 사이를 돌아다니며 권세가에게 청탁했지만 대부분 예우를 받지 못했다. 비록 때때로 재물을 얻기도 했지만 한 푼도 쌓인 적이 없었다. 만약 돈이 한 꿰미에 가득 차면 반드시 병이 났다가 그 돈이 다 떨어지면 다시 병이 나았다. [당나라] 원화(元和) 연간(806~820) 초에 그는 전당(錢塘 : 항주)을 돌아다녔는데, 당시 흉년이 든 데다 관에서 가혹하게 세금을 거둬 가는 바람에 열에 하나도 그를 도와주는 사람이 없어서 절에서 아침밥을 구하기로 했다. 고산사(孤山寺)의 서쪽에 이르렀을 때 너무 배가 고파 앞으로 갈 수 없자, 강가에서 눈물을 흘리며 슬프게 몇 마디 신음 소리를 냈다. 잠시 후에 한 호승(胡僧)이 서쪽에서 오더니 강가에 앉아 제군방을 돌아보고 웃으며 말했다.

　"법사(法師)는 수재(秀才)가 유람하는 재미를 아시오?"

제군방이 말했다.

"유람하는 재미는 충분하지만, 나를 법사라고 부르다니 이 무슨 황당한 일이오?"

호승이 말했다.

"당신은 낙중(洛中 : 낙양)의 동덕사(同德寺)에서 《법화경(法華經)》을 강설했던 것을 기억하지 못하시오?"

제군방이 말했다.

"나는 45년을 살아오면서 오초 사이만 배회했을 뿐 이제껏 경강(京江 : 장강)을 건너 본 적이 없는데, 어찌하여 낙중에 있었다는 말을 하시오?"

호승이 말했다.

"당신은 분명 심한 배고픔에 괴로워서 전생의 일을 기억할 겨를이 없었던 것이오."

그러고는 바리때 보따리를 뒤져 주먹만 한 대추 하나를 꺼내며 말했다.

"이것은 우리 나라에서 나는 것으로 먹으면 과거와 미래의 일을 알 수 있으니, 어찌 전생의 일뿐이겠소?"

제군방은 그 대추를 먹고 나서 몹시 목이 말라 손으로 샘물을 떠서 마셨는데, 갑자기 하품을 하고 기지개를 켜더니 돌을 베고 잠을 잤다. 잠시 후에 깨어나 동덕사에서 《법화경》을 강설했던 일을 생각해 냈는데, 바로 어제 있었던 일 같았다. 제군방은 눈물을 흘리며 호승에게 예를 행하고 말했다.

"진 화상(震和尙)은 어디에 있소?"

호승이 말했다.

"아직 불법의 정묘한 경지에 이르지 못해 다시 촉(蜀) 땅의 스님이 되었는데, 지금은 인연이 끊어졌소."

제군방이 말했다.

"신 상인(神上人)은 어디에 있소?"

호승이 말했다.

"숙원이 아직 이루어지지 않아 다시 법사가 되었다고 들었소."

제군방이 말했다.

"오 법사(悟法師)는 어디에 있소?"

호승이 말했다.

"향산사(香山寺)의 석상 앞에서 장난삼아 크게 발원한 것을 어찌 기억하지 못하시오? 만약 무상보리(無上菩提 : 가장 높은 깨달음의 경지)를 깨닫지 못하면 반드시 용맹스러운 귀한 신하가 되게 해 달라고 발원했는데, 예전에 듣기로 그는 이미 대장군이 되었다고 하오. 당시 우리 운수(雲水 : 스님)10) 다섯 사람 중에 오직 나만 해탈했고 당신 혼자만 굶

---

10) 운수(雲水) : 스님. 운수납자(雲水衲子)의 줄임말로, 떠돌아다니는

주림과 추위에 떠는 선비가 되었소."

제군방이 흐느끼며 말했다.

"나는 40여 년 동안 하루에 한 끼만 먹고 30여 년 동안 베옷 한 벌만 걸치고 살면서 부질없고 속된 일에 대해서는 그 근원을 끊었는데, 복업을 두루 닦지 않아서 오늘날 이런 곤궁한 지경에 이를 줄을 어찌 알았단 말인가!"

호승이 말했다.

"잘못은 사자좌(獅子座 : 불법을 강론하는 자리)에서 비롯했으니, 당신은 널리 이단을 강설함으로써 불법을 배우고자 하는 사람들의 마음속에 의혹이 생기게 했소. 그래서 진주 같은 계율에 흠이 생겼고 선정(禪定)의 맛에 비린내가 나게 되었으며 탁한 소리와 맑은 소리가 뒤섞여 끝내 해탈의 경지에 이를 수 없었소. 몸을 구부리면 그림자가 굽듯이 보응은 당연한 것이오." 미 : 삼교(三敎)는 모두 함부로 얘기해서는 안 된다.

제군방이 말했다.

"어찌하면 좋겠소?"

호승이 말했다.

"현생은 이미 끝났지만 후생에 대해서는 아마도 경계할

승려를 무상한 구름과 물에 비유하는 말이다.

수 있을 것이오."

그러고는 바리때 보따리 속을 더듬어 거울 하나를 꺼냈는데, 거울의 앞뒷면이 모두 투명하게 비쳤다. 호승이 제군방에게 말했다.

"귀천의 분수와 수명의 기한, 그리고 불법의 흥망과 불교의 성쇠를 알려면 이 거울을 한번 보시오."

제군방은 한참 동안 거울을 보고 나서 마음속으로 분명하게 알게 되었다. 호승은 거울을 보따리에 집어넣고 마침내 그것을 들고 떠났는데, 10여 보쯤 가더니 순식간에 사라졌다. 그날 밤에 제군방은 영은사(靈隱寺)로 가서 머리를 깎고 구족계(具足戒)를 받았으며 법명을 "경공(鏡空)"이라 했다. 대화(大和) 원년(827)에 이매(李玫:《찬이기》의 찬자)가 용문(龍門)의 천축사(天竺寺)에서 과거 공부를 하고 있었는데, 경공이 향산(香山) 경선사(敬善寺)에서 그를 찾아왔기에 마침내 그 이야기를 들었다. 경공이 이매에게 말했다.

"나는 57년을 살았고 승랍(僧臘:승려가 된 햇수)은 12년이 되었는데, 바리때를 들고 탁발할 날이 아직 9년이 남았소. 내가 세상을 떠나는 날에 불법이 쇠할 것이오![11]"

---

11) 불법이 쇠할 것이오!: 당나라 무종(武宗)의 훼불정책(毁佛政策)을

이매가 그 이유를 캐물었지만 경공은 묵묵히 대답하지 않았다. 그러고는 붓과 벼루를 달라고 하더니 장경각(藏經閣)의 북쪽 담에 다음과 같은 몇 줄의 글을 쓰고 떠났다.

"흥성은 한순간이지만, 쇠락은 영원하다. 토끼를 잡으려고 그물을 쳐 놓았지만, 개가 그것을 낚아채 간다. 소와 호랑이가 싸우면 뿔과 이빨을 잃지만, 보단(寶檀 : 단향목)은 끝내 그 빛을 잃지 않는다."

齊君房者, 家於吳, 自幼苦貧. 雖勤於學, 而寡記性, 及壯有篇咏, 不甚淸新. 常爲凍餒所驅, 役役於吳楚間, 干謁, 多不遇. 雖時所獲, 未嘗積一金. 脫錢滿一繩, 則必病, 罄而復愈. 元和初, 遊錢塘, 時屬凶年箕斂, 投人十不遇一, 乃求朝飱於天竺. 至孤山寺西, 餒甚, 不能前去, 因臨流零涕, 悲吟數聲. 俄有胡僧自西而來, 亦臨流而坐, 顧君房笑曰 : "法師, 諳秀才旅遊滋味否?" 君房曰 : "旅遊滋味卽足矣, 法師之呼, 一何謬哉?" 僧曰 : "子不憶講《法華經》於洛中同德寺乎?" 君房曰 : "某生四十五矣, 盤桓吳楚間, 未嘗涉京江, 又何有洛中之說乎?" 僧曰 : "子應爲饑火所惱, 不暇憶前事也." 乃探鉢囊, 出一棗, 大如拳, 曰 : "此吾國所産, 食之知過去未來事, 豈止

말한 것이다. 무종은 도교를 신봉하고, 불교를 비롯한 경교(景敎)·마니교(摩尼敎)·배화교(拜火敎 : 조로아스터교)를 탄압했는데, 이를 '회창폐불(會昌廢佛)'이라 한다. 4600여 개의 사찰을 헐고 26만여 명의 승려와 여승을 환속시켰다.

於前生爾?"君房食訖, 甚渴, 掬泉水飲之, 忽欠伸枕石而寢. 頃刻乃寤, 因思講《法華》於同德寺, 如昨日焉. 因泣涕禮僧曰:"震和尚安在?"曰:"專精未至, 再爲蜀僧, 今則斷攀緣矣.""神上人安在?"曰:"前願未滿, 又聞爲法師矣.""悟法師焉在?"曰:"豈不憶香山寺石像前, 戲發大願? 若不證無上菩提, 必願爲趙趙貴臣, 昨聞已得大將軍. 當時雲水五人, 唯吾得解脫, 獨爾爲凍餒之士耳." 君房泣曰:"某四十餘年食一餐, 三十餘年擁一褐, 浮俗之事, 決斷根源, 何期福不圓修, 困於今日!" 僧曰:"過由獅子座上, 廣說異端, 使學空之人, 心生疑惑. 戒珠曾缺, 禪味曾饘, 聲渾響淸, 終不可致. 質僞影曲, 報應宜然." 眉:三敎皆不可輕談. 君房曰:"爲之奈何?" 僧曰:"今日已矣, 他生庶有警焉." 乃探鉢囊中, 出一鏡, 背面皆瑩徹. 謂君房曰:"要知貴賤之分, 修短之限, 佛法興替, 吾道盛衰, 宜一覽焉." 君房覽鏡久之, 胸中了了. 僧收鏡入囊, 遂挈之而去, 行十餘步, 旋失所在. 是夕, 君房至靈隱寺, 乃剪髮具戒, 法名"鏡空". 大和元年, 李玫習業在龍門天竺寺, 鏡空自香山敬善寺訪之, 遂聞斯說. 因語玫曰:"我生五十有七矣, 僧臘方十二. 持鉢乞食, 尚九年在, 捨世之日, 佛法其衰乎!" 詰之, 默然無答. 乃請筆硯, 題數行於經藏北垣而去, 曰:"興一沙, 衰恒沙. 兔而置, 犬而拏. 牛虎相交亡角牙, 寶檀終不滅其華."

* 이 고사는《태평광기》권388〈오전생·제군방〉에 실려 있다.

61-43(1828) 유입

유입(劉立)

출《회창해이(會昌解頤)》

　　유입은 장갈현위(長葛縣尉)를 지냈으며, 부인 양씨(楊氏)와 금슬이 아주 좋았다. 어느 날 갑자기 부인은 병이 들이 위중해지자 스스로 낫지 못하리라 생각해 막내딸 미미(美美)를 유입에게 부탁하면서 말했다.

　　"훗날 미미가 성장하거든 당신이 2~3년 더 거두어 주시길 바랍니다."

　　그날 밤에 양씨가 죽었다. 유입은 관직을 그만두고 장갈현에서 거주한 지 이미 10년이 되었다. 당시 정수(鄭帥 : 정주절도사) 최 공(崔公)은 유입의 외숙부뻘이었기에 유입이 그를 찾아갔다. 최 공은 그가 가난한 것을 염려해 막료에게 여러 현에 편지를 보내게 해서 그를 도와주길 바랐다. 한 현령이 유입을 초대해 성곽 밖으로 가서 꽃을 구경하자고 했는데, 약속한 날에 현령에게 일이 생겨 함께 갈 수 없자, 유입에게 먼저 가서 조 장관(趙長官)의 장원에 머물도록 했다. 유입이 2~3리 갔을 때 살구나무 정원이 보였는데, 꽃이 만발한 속에 10여 명의 부녀자들이 있었다. 유입이 말을 멈추고 보았더니 열대여섯 살쯤 된 한 여자가 정원 담장으로 다가와 밖을 엿보았다. 유입은 또 100여 보를 가서 조 장관의 댁에 도착했다. 유입이 문으로 들어가서 보았더니 사람들이 황급히 움직였는데, 마치 급한 일이 있는 것 같았다. 한참 뒤에야 주인이 나오더니 말했다.

"마침 딸이 친척들과 꽃을 구경하러 갔다가 갑자기 급병에 걸리는 바람에 제때에 맞이하러 나오지 못했습니다."

유입이 미처 자리에 앉지도 않았을 때 한 하녀가 조 장관에게 귓속말을 하자 조 장관이 일어나 안으로 들어갔는데, 이렇게 서너 번을 계속했다. 또 조 공(趙公 : 조 장관)이 탄식하는 소리가 들리더니, 이윽고 그가 유입에게 물었다.

"당신은 아무 해 아무 달에 장갈현위를 지냈소?"

유입이 말했다.

"그렇습니다."

조 공이 물었다.

"양씨와 결혼했소?"

유입이 말했다.

"그렇습니다."

조 공이 물었다.

"미미라는 딸과 추순(秋笋)이란 하인이 있소?"

유입이 말했다.

"그렇습니다. 지금 말을 끄는 하인이 바로 추순입니다."

조 장관은 탄식하며 놀라고 기이해했다. 잠시 후 어떤 사람이 추순을 불러 집 안으로 들어오게 했다. 추순이 보았더니 열대여섯 살 된 한 여자가 눈물을 흘리면서 말했다.

"미미는 잘 있느냐?"

추순이 대답했다.

"아무 탈 없습니다."

추순은 절을 하고 나갔으나 [그녀가 자신에게 미미의 안부를 물은] 까닭을 알 수 없었다. 유입도 의아해하며 천천히 조 장관에게 물었다.

"저는 당신과 서로 알고 지낸 적이 없는데 어떻게 저의 행적을 아십니까?"

그러자 조 장관이 사실대로 일러 주었다.

"딸이 마침 꽃을 구경하다가 갑자기 죽은 것 같더니 다시 살아나 전생에 당신의 아내였다고 스스로 말했소. 지금 비록 세상을 달리해 환생했지만 당신과의 애정이 아직 끊어지지 않았기에 때마침 당신을 훔쳐보고 자기도 모르게 기절했다고 하오."

유입은 한참 동안 흐느꼈다. 잠시 후에 현령이 도착했고 손님들도 모두 모였다. 조 장관이 그 일을 자세히 말했더니 사람들이 모두 기이하게 여겼다. 유입이 조 장관에게 말했다.

"저는 지금 나이가 그리 많지 않고 관직도 있으니, 당신의 딸과 격세(隔世)의 좋은 인연을 맺길 원합니다."

사람들이 모두 혼사를 주선해 유입은 그녀의 남편이 되었다. 미미는 그녀의 어머니보다 세 살이 많았다.

劉立者, 爲長葛尉, 妻楊氏, 琴瑟甚和. 忽一日, 妻病沉困, 自度不濟, 乃以小女美美爲託, 且曰:"他日美美成長, 望君留之三二年." 其夕, 楊氏卒. 及立罷官, 寓居長葛, 已十年矣. 時鄭帥崔公, 立表丈也, 往詣之. 崔念其貧, 令賓幕致書於諸縣, 冀有濟之. 一縣令邀立往郭外看花, 及期而令有故, 不克同行, 令立先去, 舍趙長官莊. 行三二里, 見一杏園, 花盛發, 中有婦女十數人. 立駐馬觀之, 有一女, 年可十五六, 亦近垣中窺. 立又行百許步, 乃至趙長官宅. 入門, 見人物匆遽, 若有驚急. 主人移時方出, 曰:"適女子與親族看花, 忽中暴疾, 所以不果奉迎." 坐未定, 有一靑衣與趙耳語, 趙起入內, 如是數四. 又聞趙公嗟嘆之聲, 乃問立曰:"君某年某月爲長葛尉乎?" 曰:"然." "婚楊氏乎?" 曰:"然." "有女名美美, 有僕名秋笋乎?" 曰:"然. 僕今控馬者是矣." 趙嘆息驚異. 旋有人喚秋笋入宅中. 見一女, 可十五六, 涕泣謂曰:"美美安否?" 對曰:"無恙也." 僕拜而出, 莫知其由. 立亦訝之, 徐問趙曰:"某未省與君相識, 何故知其行止也?" 趙乃以實告曰:"女適看花, 忽若暴卒, 旣甦, 自言前身乃公之妻也. 今雖隔生, 而情愛未斷, 適窺見公, 不覺悶絶." 立歔欷久之. 須臾, 縣令亦至, 衆客具集. 趙具白其事, 衆咸異之. 立曰:"某今年尙未高, 亦有名官, 願與小娘子尋隔生之好." 衆共成之, 於是成婿. 而美美長於母三歲矣.

* 이 고사는 《태평광기》 권388 〈오전생·유입〉에 실려 있다.

권62 천부(天部) 지부(地部)

뇌(雷)

62-1(1829) 진의

진의(陳義)

출《투황잡록(投荒雜錄)》

당(唐)나라 때 나주(羅州)의 남쪽 200리에 뇌주(雷州)가 있었는데, 대개 천둥이 자주 치기 때문에 붙은 이름으로, 그 소리가 항상 처마 위에서 나는 것 같았다. 아문장(牙門將) 진의가 전해 오는 얘기를 해 주었다.

"내가 바로 뇌공(雷公)의 후손입니다. 옛날에 진씨(陳氏)가 천둥이 치고 비가 내리던 어두컴컴한 대낮에 정원에서 커다란 알 하나를 주웠는데, 이것을 몇 개월 동안 품고 있자 알이 깨지면서 어린아이가 밖으로 나왔습니다. 그 후로 날마다 천둥이 집 마당을 치며 방 안으로 들어가 아이가 있는 곳으로 다가갔는데, 마치 아이에게 젖을 먹이는 것 같았습니다. 1년 남짓 뒤에 아이가 음식을 먹을 수 있게 되자 천둥은 더 이상 오지 않았습니다. 진씨는 마침내 그 아이를 자신의 아들로 삼았는데, 내가 바로 그 알에서 나온 아이입니다."

진의는 또 이런 얘기를 했다.

"일찍이 뇌주에 사냥개를 기르는 백성이 있었는데, 그 개는 귀가 12개였습니다. 매번 사냥을 나갈 때면 반드시 개를 때려 움직이는 귀의 개수로 사냥감의 포획량을 알 수 있었는데, 귀가 모두 움직인 적은 없었습니다. 하루는 12개의 귀가 다 움직였는데, 이미 사냥을 나갔지만 개가 더 이상 사냥감을 쫓지 않고 바닷가로 가서 울었습니다. 고을 사람들이 살펴보았더니 그곳에 커다란 알 12개가 있자 가지고 돌아와서 미 : 천둥의 알이라니 기이한 얘기다. 방 안에 두었습니다. 나중에 갑자기 비바람이 몰아쳤는데, 마치 방 안에서 나오는 것 같았습니다. 날이 갠 뒤에 가서 보았더니 알이 깨진 채 껍데기만 남아 있었습니다. 나중에 고을 사람들이 그 알껍데기를 나누어 가지고 세시 때마다 제사를 지냈는데, 지금까지 그 껍데기를 얻은 사람은 호족이 되었습니다. 간혹 날이 어둡고 운무가 끼는 저녁이면 고을 사람들은 천둥이 밭을 간다고 하는데, 날이 밝은 뒤에 들에 가서 보면 정말로 밭을 간 흔적이 있습니다. 그런 일이 있으면 좋은 징조로 여깁니다. 사람들 가운데 간혹 병이 나면 곧장 빈방을 청소하고 술과 음식을 차린 뒤, 북을 치고 피리를 불며 깃발과 산개(傘蓋)를 준비해 40리 밖에서 뇌공을 맞이합니다. 돌아와서는 소와 돼지를 잡아 제사를 지내고 그것을 문 앞에 둡니다. 이웃 마을 사람들은 감히 그 집으로 들어가지 못하는데, 실수로 이를 어기는 자가 있으면 크게 불경하다고 여겨 돼지와 양을 내어 사죄합니다. 사흘 뒤에 다시 뇌공을 전송할 때도 처음처럼 예를 갖춥니다."

뇌주의 백성은 뇌공을 그려 놓고 제사를 지내는데, 그 모습은 모두 돼지 머리에 비늘 달린 몸이다.

唐羅州之南二百里, 爲雷州, 蓋因多雷而名焉, 其聲恒如在檐宇上. 牙門將陳義傳云: "義卽雷之諸孫. 昔陳氏因雷雨晝冥, 庭中得大卵, 覆之數月, 卵破, 有嬰兒出焉. 自後日有雷扣擊戶庭, 入其室中, 就於兒所, 似若乳哺者. 歲餘, 兒能食, 乃不復至. 遂以爲己子, 義卽卵中兒也." 又云: "嘗有雷民, 畜畋犬, 其耳十二. 每將獵, 必筮犬, 以耳動爲獲數, 未嘗偕動. 一日, 諸耳畢動, 旣獵, 不復逐獸, 至海傍測中嗥鳴. 郡人視之, 得十二大卵以歸, 眉: 雷卵, 奇聞. 置於室中. 後忽風雨, 若出自室. 旣霽就視, 卵破而遺甲存焉. 後郡人分其卵甲, 歲時祀奠, 至今以獲得遺甲爲豪族. 或陰冥雲霧之夕, 郡人呼爲雷耕, 曉視野中, 果有墾跡. 有是乃爲嘉祥. 人或有疾, 卽掃虛室, 設酒食, 鼓吹幡蓋, 迎雷於四十里外. 旣歸, 屠牛彘以祭, 因置其門. 鄰里不敢輒入, 有誤犯者, 爲大不敬, 出猪羊以謝之. 三日又送, 如初禮." 雷民圖雷以祀者, 皆豕首鱗身.

* 이 고사는 《태평광기》 권394 〈뇌·진의〉에 실려 있다.

62-2(1830) 뇌공묘

뇌공묘(雷公廟)

출《영표녹이(嶺表錄異)》

    뇌주(雷州)의 서쪽에 뇌공의 사당이 있는데, 그곳 백성은 매년 연고(連鼓)[12]와 뇌거(雷車)를 배향하고 술과 음식을 차려 제사 지낸다. 물고기와 돼지고기를 함께 먹는 자가 있으면 즉시 벼락을 맞기 때문에 사람들은 모두 뇌공을 공경하면서 두려워한다. 매번 크게 천둥이 치고 비가 내린 후에는 대부분 들판에서 검은 돌을 줍는데, 그것을 "뇌공묵(雷公墨)"이라 부른다. 그것을 두드리면 쟁그랑! 하고 소리가 나며 마치 옻칠을 한 것처럼 광채가 난다. 소송을 거는 사람들은 고소장을 작성할 때 반드시 뇌공묵을 일반 먹에 섞어서 쓰면 길하다고 여긴다. 또 간혹 벼락을 맞은 곳의 나무와 땅속에서 도끼처럼 생긴 쐐기를 얻기도 하는데, 그것을 "벽력설(霹靂楔)"이라 부른다. 아이가 그것을 허리에 차면 모두 경기와 사악한 기운을 물리칠 수 있으며, 임산부가 그것을 갈아 최생약(催生藥 : 출산 촉진제)으로 삼아 복용하면

---

12) 연고(連鼓) : 서로 연결된 북으로, 전설에 따르면 뇌공이 이 북을 쳐서 천둥소리를 낸다고 한다.

반드시 효험을 본다.

雷州之西雷公廟, 百姓每歲配連鼓雷車, 具酒餚奠焉. 有以魚彘肉同食者, 立爲霆震, 皆敬而憚之. 每大雷雨後, 多於野中得黶石, 謂之"雷公墨". 叩之鎗然, 光瑩如漆. 凡訟者投牒, 必以雷墨雜常墨書之爲利. 又如霹靂處, 或土木中, 得楔如斧者, 謂之"霹靂楔". 小兒佩帶, 皆辟驚邪, 孕婦磨服, 爲催生藥, 必驗.

* 이 고사는《태평광기》권394〈뇌·뇌공묘〉에 실려 있다.

62-3(1831) 남해

남해(南海)

출《영표녹이》

　남해에 여름과 가을 사이에 간혹 먹구름이 짙게 깔리면, 무지개 같은 빛무리가 6~7척 길이로 생겨난다. 이 징후가 나타나면 폭풍이 반드시 일어나므로 그것을 "구모(颶母)"라 부른다. 그러나 그때 갑자기 벼락이 치면 폭풍이 일어나지 않는다. 뱃사공들은 늘 이것을 징후로 삼아 폭풍에 미리 대비한다.

南海秋夏間, 或雲物慘然, 則見其暈如虹, 長六七尺. 此候則颶風必發, 呼爲"颶母". 忽有震雷, 則颶風不作矣. 舟人常以爲候, 預爲備之.

*　이 고사는《태평광기》권394〈뇌·남해〉에 실려 있다.

62-4(1832) 서지통

서지통(徐智通)

출《집이기(集異記)》

당(唐)나라의 서지통은 초주(楚州)의 의원이었다. 그는 여름날 저녁에 달빛을 밟으며 버드나무 늘어진 제방을 한가로이 걷다가 문득 다리에서 웃으며 얘기하는 두 사람을 보았는데, 그들은 서지통이 그늘에 있는 줄 알지 못했다. 두 사람이 서로 말했다.

"내일 새벽에 뭐 하면서 즐겁게 놀지?"

다른 한 사람이 말했다.

"남해(南海)의 적암산(赤巖山)에서 농주(弄珠)[13]하는 것만 한 게 없지."

앞의 사람이 대답했다.

"적암산의 주인은 술을 좋아하니 필시 손님을 붙잡아 놓고 취하게 만들 것이네. 나는 내일 미시(未時: 오후 2시경) 이후에 서해(西海)에서 일이 있는데, 그곳에 갔다가 또 붙들릴까 두렵네. 그냥 이 고을의 용흥사(龍興寺) 앞에서 자네와

---

13) 농주(弄珠): 옛 잡희(雜戲) 가운데 하나로, 여러 개의 공을 던지고 받는 놀이를 말한다.

재주를 겨루는 것이 낫겠네."

다른 사람이 말했다.

"자네는 무슨 놀이를 하려는가?"

앞의 사람이 말했다.

"용흥사 앞에 오래된 홰나무 100그루가 있는데, 내가 한 번 벼락을 쳐서 그것을 가느다란 가지로 쪼개 그 길이와 굵기를 모두 젓가락처럼 만들 것이네. 자네는 무엇으로 대적하겠는가?"

다른 사람이 대답했다.

"용흥사 앞은 평소에 이 고을의 연희 장소로 사용되는데, 매번 한낮에 모여든 구경꾼이 모두 3만 명 이상이네. 내가 한 번 벼락을 쳐서 그들의 머리카락을 모두 풀어 헤쳐 놓고 아울러 각각의 머리 가닥에 일곱 개의 매듭을 만들어 놓겠네."

두 사람은 크게 웃으면서 약속하고 떠났다. 서지통은 이상해하며 곧장 친구 예닐곱 명에게 그 사실을 알리고, 날이 밝을 무렵에 먼저 가서 기다렸다. 그때는 날이 쾌청했는데, 사시(巳時 : 오전 10시경)와 오시(午時 : 정오) 사이에 갑자기 수레바퀴만 한 크기의 구름 두 개가 용흥사 위에서 엉기더니 순식간에 어두컴컴해지면서 지척도 분간할 수 없었다. 잠시 뒤에 두 번의 벼락 치는 소리가 나자 사람들과 가축들이 넘어지고 쓰러졌다. 날이 갠 뒤에 보았더니 용흥사 앞의 홰나무 숲이 산산조각 나서 땅에 흩어져 있었는데, 모두 산(算)가지처럼 크기와 굵기가 서로 비슷하지 않은 것이 없었다. 또한 용흥사 앞에서 장사하던 사람과 연희하던 사람, 구경꾼 등 수만 명의 머리카락이 모두 풀어 헤쳐져 있었으며, 각각의 머리 가닥에 모두 일곱 개의 매듭이 지어져 있었다.

唐徐智通, 楚州醫士也. 夏夜乘月, 於柳堤閑步, 忽有二客, 笑語於河橋, 不虞智通之在陰翳也. 相謂曰:"明晨何以爲樂?"一曰:"無如南海赤巖山弄珠耳."答曰:"赤巖主人嗜酒, 留客必醉. 僕來日未後, 有事於西海, 去恐復爲縈滯也. 不如祇於此郡龍興寺前, 與吾子較技耳."曰:"君將何戲?"曰:"寺前古槐僅百株, 我霆震一聲, 剖爲纖莛, 長短粗細, 悉如食箸. 君何以敵?"答曰:"寺前素爲郡之戲場, 每日中, 聚觀之徒, 通計不下三萬人. 我霆震一聲, 盡散其髮, 每縷仍爲七結."二人因大笑, 約諾而去. 智通異之, 卽告交友六七人, 遲明, 先俟之. 是時晴朗, 巳午間, 忽有二雲, 大如車輪, 凝於寺上, 須臾昏黑, 咫尺莫辨. 俄而霆震兩聲, 人畜頓踣. 及開霽, 寺前槐林劈碎分散, 布之於地, 皆如算子, 小大洪纖, 無不相肖. 而寺前負販・戲弄・觀看人數萬衆, 髮悉解散, 每縷皆爲七結.

* 이 고사는 《태평광기》 권394 〈뇌・서지통〉에 실려 있다.

62-5(1833) 왕충정

왕충정(王忠政)

출《당년소록(唐年小錄)》

　당(唐)나라의 사주문감(泗州門監) 왕충정이 다음과 같은 애기를 했다.

　개성(開成) 연간(836~840)에 그는 죽었다가 12일 만에 도로 살아났다. 그가 처음에 보았더니 푸른 옷에 붉은 두건을 쓴 한 사람이 그의 팔을 잡아끌고 구름 위로 올라가서 말했다.

　"하늘에서 너를 불러 비를 내리게 하셨으니 너는 좌낙대(左落隊)에 예속될 것이다."

　그곳의 좌우 낙대에는 각각 5만 마리의 갑마(甲馬 : 갑옷을 두른 말)가 구름 끝에 모여 있었다. 몸을 숙여 아래를 향하자 중층 누각과 깊숙한 방이 보였는데, 보따리나 궤짝 안의 물건까지도 낱낱이 모두 보였다. 더욱 기이한 것은 쌀이 몇 척 높이로 쌓여 있는 것까지 보인다는 점이었다. 미 : 오곡을 어찌 낭비할 수 있단 말인가! 두 부대 중에서 한 부대는 입구가 작은 병에 인간 세상의 물을 담아 들고 있었고, 다른 한 부대는 마아초(馬牙硝 : 망초)14)와 같은 것을 담아 들고 있었는데 그것을 "건우(乾雨 : 마른 비)"라고 불렀다. 미 : 건우

라니 정말 신기하다! 두 부대가 앞장을 서고 풍거(風車 : 바람을 타고 달린다는 전설 속 수레)가 뒤를 지켰다. 매번 천둥이 치는 것은 대부분 용을 잡아 오기 때문인데, 그중 잘못이 있는 용은 뱀이나 물고기로 폄적시켰다. 잡아들인 용의 수가 1000마리가 되면 산을 잠기게 할 수 있었다. 비를 내릴 때는 먼저 누런 깃발 하나를 내려보내고 다음으로 사방(四方)의 깃발을 내려보냈는데, 용이 있는 곳에 따라 벼락을 치거나 천둥을 치기도 하며 비를 내리거나 우박을 내리기도 했다. 만약 잘못해서 한 생물이라도 다치게 하면 그 벌로 쇠 곤장을 맞았다. 왕충정은 11일 동안 일했는데, 처음에 세 사발의 탕을 마셨더니 더 이상 배고프지 않았다. 그는 모친이 연로하다며 애걸한 끝에 겨우 돌아올 수 있었다.

唐泗州門監王忠政云 : 開城中, 曾死十二日却活. 始見一人, 碧衣赤幘, 引臂登雲, 曰 : "天召汝行, 汝隷於左落隊." 其左右落隊, 各有五萬甲馬, 簇於雲頭. 俯向下, 重樓深室, 囊櫃之內, 纖細悉見. 更異者, 見米粒長數尺. 眉 : 五穀豈可作賤! 凡兩隊, 一隊於小項瓶子, 貯人間水, 一隊所貯如馬牙硝, 謂之"乾雨". 眉 : 乾雨, 甚奇! 皆在前, 風車爲殿. 每雷震, 多爲捉

---

14) 마아초(馬牙硝) : 망초(芒硝). 수정처럼 맑고 광택이 흐르는 육각형 모양의 초석으로, 가죽 가공과 유리 제조 등에 쓰이고 정제한 것은 약으로도 사용한다.

龍, 龍有過者, 謫作蛇魚. 數滿千, 則能淪山. 行雨時, 先下一黃旗, 次下四方旗, 乃隨龍所在, 或霆或雷, 或雨或雹. 若誤傷一物, 則刑以鐵杖. 忠政役十一日, 始服湯三甌, 不復饑困. 以母老哀求, 得歸.

* 이 고사는《태평광기》권395〈뇌·왕충정〉에 실려 있다.

62-6(1834) 번우촌의 여자

번우촌녀(番禺村女)

출《계신록(稽神錄)》

[오대 후주(後周)] 경신년(庚申年 : 960)에 번우촌의 한 노모가 딸과 함께 밭에 새참을 가져가고 있었는데, 갑자기 구름이 끼고 비가 내리면서 어두워졌다가 이내 다시 개었으나 딸이 사라져 버렸다. 노모가 소리쳐 울며 딸을 찾아다니자 이웃들도 함께 찾아보았지만 끝내 찾을 수 없었다. 달포쯤 뒤에 또 구름이 끼고 비가 내리면서 대낮이 어두워졌는데, 날이 갠 뒤에 보았더니 마당에 자리가 펼쳐져 있고 사슴 육포와 말린 생선, 과일과 술이 풍성하고도 정갈하게 차려져 있었다. 그때 딸이 옷을 성대히 차려입고 도착하자, 노모는 놀라 기뻐하면서 딸을 부둥켜안았다. 딸이 스스로 말했다.

"뇌사(雷師)가 저를 아내로 맞이해 데려갔는데, 협 : 기이하다. 한 석실(石室)에 이르러 보았더니 친족들이 아주 많았으며 혼례 절차는 인간 세상과 똑같았습니다. 지금 잠시 저를 돌려보내 부모님을 뵙게 해 주었는데, 이후에는 다시 올 수 없을 것입니다."

노모가 물었다.

"뇌랑(雷郞) 미 : 못생긴 사위를 조롱할 때 '뇌랑'이라 하면 된다.
을 만나 볼 수 있느냐?"

딸이 말했다.

"안 됩니다."

딸은 며칠 밤을 머물렀는데, 어느 날 저녁에 다시 비바람이 몰아치면서 어두워지더니 마침내 사라져 더 이상 나타나지 않았다.

庚申歲, 番禺村中有老姥, 與其女餉田, 忽雲雨晦冥, 及霽, 乃失其女. 姥號哭求訪, 鄰里相與尋之, 不能得. 後月餘, 復雲雨晝晦, 及霽, 而庭中陳列筵席, 有鹿脯乾魚, 果實酒醴, 甚豐潔. 其女盛服而至, 姥驚喜持之. 女自言 : "爲雷師所娶, 夾 : 奇. 將至一石室中, 親族甚衆, 婚姻之禮, 一同人間. 今暫使歸寧, 他日不可再歸矣." 姥問 : "雷郞 眉 : 嘲醜婿可用雷郞. 可得見耶?" 曰 : "不可." 留數宿, 一夕復風雨晦冥, 遂不復見.

* 이 고사는《태평광기》권395〈뇌・번우촌녀〉에 실려 있다.

62-7(1835) 강서촌의 노부인

강서촌구(江西村嫗)

출《계신록》

　강서의 어떤 마을에 벼락이 쳤는데, 한 노부인이 번갯불에 화상을 입어 한쪽 팔을 모두 다쳤다. 그런데 얼마 후에 공중에서 소리치며 말했다.

　"실수였다!"

　그러고는 기름 같은 약이 담긴 병 하나를 떨어뜨리면서 말했다.

　"이걸 바르면 즉시 나을 것이다."

　노부인이 그 말대로 했더니 바르자마자 상처가 나았다. 그러자 노부인의 식구들이 함께 상의했다.

　"이것은 신약(神藥)이니 가져가 감춰 두자."

　그러고는 몇 사람이 함께 그 병을 들었으나 움직일 수 없었다. 잠시 후에 다시 천둥이 치고 비가 내리더니 그 병을 거두어 가 버렸다. 또 다른 마을 사람이 벼락에 맞아 죽었는데, 공중에서 또 소리치며 말했다.

　"실수였다! 지렁이를 잡아 으깨서 배꼽에 붙이면 틀림없이 나을 것이다."

　그 말대로 지렁이 으깬 것을 붙였더니 그 사람이 다시 살아났다. 미 : 하늘의 의원도 지렁이를 사용하는데, 도홍경(陶弘景)과 손사막(孫思邈)15) 두 공은 어찌하여 선방(仙方 : 신선의 처방)을 만들어 과오를 저질렀는가?

江西村中霆震, 一老婦爲電火所燒, 一臂盡傷. 旣而空中呼曰:"誤矣!" 卽墜一甁, 甁有藥如膏, 曰:"以此傅之, 卽差." 如其言, 隨傅而愈. 家人共議:"此神藥也, 將取藏之." 數人共擧其甁, 不能動. 頃之, 復有雷雨, 收之而去. 又有村人震死, 空中亦呼曰:"誤! 可取蚯蚓爛搗, 覆臍中, 當差." 如言傅之, 遂甦. 眉 : 天醫亦用蚯蚓, 陶・孫二公何以製方獲過?

* 이 고사는 《태평광기》 권395 〈뇌・강서촌구〉에 실려 있다.

15) 도홍경(陶弘景)과 손사막(孫思邈) : 두 사람에 관한 고사는 《태평광기》 권21 〈신선・손사막〉에 나온다.

62-8(1836) 채희민

채희민(蔡希閔)

출《광이기》

　당(唐)나라의 채희민은 동도(東都 : 낙양)에서 살았다. 어느 여름날 밤에 갑자기 큰비가 내리면서 어둠 속에서 천둥과 번개가 치더니, 어떤 물체 하나가 마당에 떨어져 사악! 하는 소리를 냈다. 불을 가져오게 해서 살펴보았더니 다름 아닌 여자였는데, 누런 명주 치마에 베적삼을 입고 있었으며 말이 통하지 않았다. 그래서 그녀를 천녀(天女 : 선녀)라고 생각했다. 5~6년 후에 그녀가 한어(漢語)를 할 줄 알게 되자 고향을 물었더니, 그녀는 알지 못한다고 하면서 이렇게만 말했다.

　"고향에서는 멥쌀밥을 먹었는데, 그릇은 없었고 버드나무 상자에 밥을 담아 먹었습니다."

　결국 그녀가 어느 나라 사람인지 알 수 없었다. 처음 그녀는 자기 나라에 있을 때 밤에 나갔다가 천둥에게 붙들려 공중으로 올라갔는데, 미 : 이 여자를 잘 붙잡지 못해 떨어뜨린 것이다. 얼마 후에 채희민의 마당에 떨어진 것이었다.

唐蔡希閔, 家在東都. 暑夜, 忽大雨, 雷電晦暝, 墮一物於庭, 作颯颯聲. 命火視之, 乃婦人也, 衣黃紬裙布衫, 言語不通.

遂目爲天女. 使¹五六年, 能漢語, 問其鄕國, 不之知, 但云 : "本鄕食粳米, 無碗器, 用柳箱貯而食之." 竟不知是何國人. 初在本國, 夜出, 爲雷取上, 眉 : 不着此婦下落. 俄墮希閡庭中.

* 이 고사는 《태평광기》 권393 〈뇌·채희민〉에 실려 있다.

1 사(使) : 《태평광기》 명초본에는 "후(後)"라 되어 있는데, 문맥상 보다 타당하다.

62-9(1837) 벼락에 맞은 사람
뇌격인(雷擊人)

출《회창해이록(會昌解頤錄)》·《계신록》

당(唐)나라의 사무외(史無畏)는 조주(曹州) 사람으로 장종진(張從眞)과 친구 사이였다. 사무외는 농사만 지었기 때문에 사는 형편이 곤궁했다. 장종진은 집이 부유했는데 사무외에게 말했다.

"동생이 열심히 밭에서 고생하지만 조석으로 구차하게 지내니, 내가 빌려주는 돈 1000민(緡)으로 장사를 하고 훗날 내게 본전만 돌려주게."

사무외는 기뻐하며 1000민을 가지고 부자(父子)가 함께 강회(江淮)에서 이윤을 남긴 끝에 몇 해 되지 않아 부자가 되었다. 그러나 장종진은 잇달아 화적 떼에게 당해 빈털터리가 되었기에 결국 사무외를 찾아가서 말했다.

"내가 지금 곤궁하지만 그렇다고 동생에게 1000민을 돌려받을 생각은 없으니, 다만 200~300민만 도와줄 수 있겠나?"

사무외가 말했다.

"만약 빚진 게 있다고 한다면 문서를 가져오게."

장종진은 원한을 가슴에 안고 돌아온 후 마당에서 향을

사르고 눈물을 흘리며 사무외를 저주했다. 그날 오후에 동쪽과 서쪽에서 검은 구름 조각이 갑자기 일어나더니 잠시 후 장대비가 내리면서 천둥 번개가 함께 쳤다. 한 번 벼락이 치자 사무외는 즉시 소로 변했는데, 그 배에 붉은 글씨로 이렇게 적혀 있었다.

"양심을 저버린 사무외."

그는 열흘 뒤에 죽었다. 자사(刺史)는 그 일을 그림으로 그려 조정에 상주했다.

광릉(廣陵)의 공목리(孔目吏 : 문서 담당 관리) 구양(歐陽) 아무개는 결정사(決定寺) 앞에서 살았다. 그의 아내는 어려서 난리를 만나 부모를 여의었는데, 그때 어떤 노인이 그의 집을 찾아와서 그의 아내에게 말해 달라고 했다.

"나는 네 아비다."

그의 아내는 노인의 행색이 비루한 것을 보고 달가워하지 않으면서 만나기를 거절했다. 노인이 또 자신의 이름과 내외 친족까지 빠짐없이 다 말했으나 그의 아내는 끝내 듣지 않았다. 노인이 또 말했다.

"나는 멀리서 왔기 때문에 지금 돌아갈 곳이 없다. 만약 네 뜻이 그렇다면 네 집 문 아래에서 잠시 하룻밤 묵어도 되겠느냐?"

그러나 그의 아내는 이 또한 허락하지 않았으며, 남편이 권해도 듣지 않았다. 미 : 죄악이 바야흐로 차고 넘친다. 노인은 결국 떠나면서 말했다.

"내가 너를 고소하겠다."

주위 사람들은 노인이 관가에 고소하려는 것이라고 여기며 그다지 개의치 않았다. 이튿날 정오에 폭풍우가 남쪽에서 몰아쳐 오더니 벼락과 천둥이 구양씨의 집으로 들어와 그의 아내를 끌고 마당으로 가서 쳐 죽였으며, 평지에 고인 물이 몇 척이나 되었다. 며칠 후에 구양씨의 식구들이 후토묘(后土廟)에 갔다가 신좌(神座) 앞에서 편지 한 통을 발견했는데, 그건 바로 노인이 딸을 고소한 글이었다.

唐史無畏, 曹州人也, 與張從眞爲友. 無畏止耕壟畝, 衣食窘困. 從眞家富, 乃謂曰: "弟勤苦田園, 日夕區區, 奉假千緡貨易, 他日但歸吾本." 無畏忻然賫緡, 父子江淮射利, 不數歲, 已富. 從眞繼遭火盜, 生計一空, 遂詣無畏曰: "今日之困, 不思弟千緡之報, 可相濟三二百乎?" 無畏曰: "若言有負, 但執券來." 從眞恨怨塡臆, 乃歸, 庭中焚香, 泣淚詛之. 午後, 東西有片黑雲驟起, 須臾, 霍雨雷電兼至. 霹靂一震, 無畏遽變爲牛, 朱書腹下云: "負心人史無畏." 經旬而卒. 刺史圖其事而奏焉.

廣陵孔目吏歐陽某者, 居決定寺之前. 其妻少遇亂, 失其父母, 至是有老父詣門, 使白其妻: "我汝父也." 妻見其貧陋, 不悅, 拒絶之. 父又言其名字, 及中外親族甚悉, 妻竟不聽. 又曰: "吾自遠來, 今無所歸矣. 若爾, 權寄門下信宿, 可乎?" 妻又不從, 其夫勸之, 又不可. 眉: 惡貫方滿. 父乃去曰: "吾將訟爾矣." 左右以爲公訟耳, 亦不介意. 明日午, 暴風雨從南方來, 有震霆入歐陽氏之居, 牽其妻至中庭, 擊殺之, 大水平地數尺. 後數日, 歐陽之人至后土廟, 神座前得一書, 卽老父訟女文也.

* 이 고사는 《태평광기》 권395 〈뇌·사무외(史無畏)〉와 〈구양씨(歐陽氏)〉에 실려 있다.

62-10(1838) 장주와 천주의 경계

장천계(漳泉界)

출《녹이기(錄異記)》

당(唐)나라 개원(開元) 연간(713~741)에 장주(漳州)와 천주(泉州)는 경계가 분명하지 않아 서로 소송을 걸었지만 판결하지 못했다. 그래서 두 주의 관리가 향을 사르고 천지 산천에 고해 신의 응답을 빌었다. 그랬더니 얼마 후 크게 천둥이 치고 비가 내리면서 벼락이 한 번 치더니 절벽 중간이 갈라졌다. 그 결과 분쟁이 일어났던 곳에 작은 길 하나가 생겼는데, 양옆의 절벽 높이가 1000척이나 되었고 그 사이로 난 길이 5리에 달했기에 그 길을 관도(官道)로 삼았다. 절벽 중간에는 옛 전서(篆書)로 여섯 줄에 24자가 새겨져 있었고 글자마다 너비가 수척이나 되었는데, 사람들은 그 글자를 알 수 없었다. 정원(貞元) 연간(785~805) 초에 그곳으로 유배 온 이협(李協)이라는 사람이 그 글자를 판별해 말했다.

"장주와 천주 두 주는 경계 지역이 태평하다. 영안(永安)과 용계(龍溪)는 산이 높고 날씨가 맑다. 천년 동안 혼란 없이 만고토록 이정표로 삼는다."

위에서 말한 "영안과 용계"는 두 군 경계의 첫 번째 고을 이름이다.

唐開元中, 漳泉二州疆界不明, 互訟莫決. 於是州官焚香, 告於天地山川, 以祈神應. 俄而雷雨大至, 霹靂一聲, 崖壁中裂. 所競之地, 拓爲一徑, 高千尺, 深僅五里, 因爲官道. 壁中有古篆六行, 二十四字, 皆廣數尺, 人莫能識. 貞元初, 流人李協辨之曰 : "漳泉兩州, 分地太平. 永安龍溪, 山高氣淸. 千年不惑, 萬古作程." 所云 "永安龍溪" 者, 兩郡界首鄕名也.

* 이 고사는 《태평광기》 권393 〈뇌·장천계〉에 실려 있다.

62-11(1839) 장구

장구(章苟)

출《수신기》

오흥(吳興) 사람 장구는 밭에서 경작할 때 밥을 줄풀 속에 두었다가 매번 저녁에 꺼내서 먹으려고 하면 밥이 이미 없어졌는데, 이런 일이 한두 번이 아니었다. 나중에 지켜보았더니 큰 뱀 한 마리가 밥을 훔쳐 먹기에 작은 창으로 뱀을 찔렀다. 뱀이 도망가자 장구가 쫓아갔는데, 뱀이 한 굴에 이르더니 울면서 말하는 소리가 들렸다.

"나를 찔러 상처를 입히다니!"

또 뇌공(雷公)에게 부탁해 벼락을 쳐서 죽이게 하겠다고도 말했다. 잠시 뒤에 천둥이 치고 비가 내리더니 벼락이 장구의 위에서 맴돌았다. 이에 장구는 펄쩍 뛰며 마구 욕했다.

"하늘이 나를 빈궁하게 해서 나는 힘을 다해 밭을 갈았다. 뱀이 와서 밥을 훔쳐 먹어 그 죄가 뱀에게 있는데, 어찌하여 오히려 나에게 벼락을 치느냐? 정말 무지한 뇌공이로다! 뇌공이 만약 온다면 내가 작은 창으로 너의 배를 찌르겠다!"

잠시 후에 비구름이 점차 걷히더니 벼락이 뱀 굴 안으로 옮겨 갔는데, 죽은 뱀이 수십 마리나 되었다. 미 : 뇌신(雷神)도선에 감복한다. 오직 선에 감복하기 때문에 신이라 칭하는 것이다.

吳興章苟於田中耕, 以飯置菰裏, 每晚取食, 飯亦已盡, 如此非一. 後伺之, 見一大蛇偸食, 苟逐以鍛叉之. 蛇走, 苟逐之, 至一穴, 但聞啼聲云 : "斫傷我矣!" 或言付雷公, 令霹靂殺. 須臾, 雷雨, 霹靂覆苟上. 苟乃跳梁大罵曰 : "天使我貧窮, 展力耕墾. 蛇來偸食, 罪當在蛇, 反更霹靂我耶? 乃是無知雷公! 雷公若來, 吾當以鍛斫汝腹!" 須臾, 雲雨漸散, 轉霹靂於蛇穴中, 蛇死者數十. 眉 : 雷神亦服善. 惟服善, 故稱神也.

* 이 고사는 《태평광기》 권456 〈사(蛇)·장구〉에 실려 있다.

62-12(1840) 모산의 소
모산우(茅山牛)
출《계신록》

 [오대 후당(後唐)] 경인년(庚寅年 : 930)에 한 시골 아이가 모산에서 소에게 풀을 먹이고 있었다. 아이는 입고 있던 적삼을 빨아 풀 위에서 말리다가 얼핏 잠이 들었는데, 깨어나서 보니 적삼은 온데간데없고 이웃 아이 혼자만 옆에 있었다. 소 치던 아이는 그 이웃 아이가 훔쳐 갔다고 생각해 서로 시끄럽게 다투었는데, 이웃 아이의 아버지가 그 광경을 보고 화를 내며 말했다.

 "도둑질하는 자식을 낳았으니 장차 어디에 쓴단 말인가!"

 그러고는 자기 자식을 물에 던졌다. 이웃 아이는 기어서 물에서 나온 뒤 하늘을 부르며 여러 차례 억울하다고 소리쳤다. 아버지가 다시 그 아이를 물에 던지려 하자 잠시 후 갑자기 천둥이 치고 비가 내리더니 그 소가 벼락에 맞아 죽었는데, 적삼이 소의 입 속에서 토해 나왔다. 이웃 아이는 마침내 화를 면할 수 있었다.

庚寅歲, 茅山有村中兒牧牛. 洗所著汗衫, 暴於草上而假寐, 及寤失之, 唯一鄰兒在傍. 以爲竊去, 因相喧競, 鄰兒父見之, 怒曰:"生兒爲盜, 將安用之!" 卽投水中. 鄰兒匍匐出水,呼天稱冤者數四. 復欲投之, 俄而雷雨暴至, 震死其牛, 汗衫自牛口中嘔出. 兒乃得免.

* 이 고사는 《태평광기》 권395 〈뇌·모산우〉에 실려 있다.

62-13(1841) 이용

이용(李鄘)

출《유양잡조》

　　당(唐)나라의 이용은 북도[北都 : 태원(太原)] 개휴현(介休縣)의 백성이었다. 그가 해첩(解牒)16)을 송달하다가 밤에 진사(晉祠)17) 아래에서 묵었는데, 한밤중에 어떤 사람이 문을 두드리며 말하는 소리가 들렸다.

　　"개휴왕(介休王)께서 잠시 벽력거(霹靂車)를 빌려 아무 날에 개휴현에 와서 보리를 거두겠다고 하십니다."

　　한참 있다가 다른 어떤 사람이 응답했다.

　　"대왕께서 말씀을 전하시길, 벽력거가 지금 한창 바빠서 빌려드릴 수 없다고 하십니다."

　　개산사자(介山使者)가 재삼 빌려 달라고 청하자, 이윽고 대여섯 명이 등불을 들고 사당 뒤에서 나오는 것이 보였으며, 개산사자도 문으로 말을 타고 들어갔다. 몇 사람이 함께

---

16) 해첩(解牒) : 해시(解試)의 상황을 설명한 공문서.
17) 진사(晉祠) : 주(周)나라 무왕의 아들이자 성왕(成王)의 동생인 당숙우(唐叔虞)를 모신 사당으로, 당나라 고조(高祖)가 기병할 때 일찍이 이 사당에서 제사 지낸 적이 있었다.

의장용 깃발 같은 물건 하나를 들고 있었는데, 그 깃대 위에 깃발들이 빙 둘러 매달려 있었다. 그들이 그것을 말 탄 개산 사자에게 주며 말했다.

"잘 세어서 가져가시오."

말 탄 사자가 즉시 그 깃발들을 세어 보았더니 모두 18장이었으며, 각 장마다 번갯불 같은 빛이 일어났다. 백성 이용은 마침내 이웃 마을에 그 사실을 두루 알리고 속히 보리를 수확하라고 하면서 장차 큰 비바람이 닥칠 것이라고 했다. 그러나 사람들이 모두 믿지 않자 이용은 혼자 보리를 수확했다. 그날이 되자 이용은 친척들을 데리고 높은 언덕으로 올라가서 하늘빛을 살폈다. 정오가 되자 개산 위에 기와 굽는 가마의 연기 같은 구름이 생겨나 순식간에 하늘을 덮더니, 두레박줄처럼 굵은 빗줄기가 쏟아지면서 거센 바람과 함께 천둥과 벼락이 내리쳐 1000여 경(頃)이나 되는 보리를 망쳐 놓았다. 여러 마을에서는 이용이 요술을 부린 것이라고 생각해 그를 관가에 고발했다. 공부원외랑(工部員外郞) 장주봉(張周封)이 직접 그 사건의 기록을 보았다.

唐李廓, 北都介休縣民. 送解牒, 夜止晉祠宇下, 夜半, 聞人叩門云: "介休王暫借霹靂車, 某日至介休收麥." 良久, 有人應曰: "大王傳語, 霹靂車正忙, 不及借." 其人再三借之, 遂見五六人秉燭, 自廟後出, 介山使者亦自門騎而入. 數人共持一物, 如幢, 扛[1]上環綴旗旛. 授與騎者曰: "可點領." 騎卽數其旛, 凡十八葉, 每葉有光如電起. 民遂遍報鄰村, 令速收麥, 將有大風雨. 悉不之信, 乃自收刈. 至日, 民率親戚, 據高阜, 候天色. 乃午, 介山上有雲氣, 如窰烟, 須臾蔽天, 注雨如綆, 風吼雷震, 凡損麥千餘頃. 數村以民爲妖, 訟之. 工部員外郎張周封親睹其推案.

* 이 고사는 《태평광기》 권393 〈뇌·이용〉에 실려 있다.
1 강(扛) : 문맥상 "강(杠)"의 오기로 보인다.

62-14(1842) 서점

서점(徐誀)

출《녹이기》

당(唐)나라 윤주(潤州) 연릉현(延陵縣)의 모산(茅山) 경계에서 원화(元和) 연간(806~820)의 어느 봄날에 폭풍우가 몰아치면서 귀신 하나가 떨어졌다. 그 귀신은 신장이 2장(丈)이 넘고 검은색이었으며 얼굴이 돼지 머리처럼 생겼는데, 5~6척쯤 되는 뿔에 1장 남짓한 날갯죽지가 달렸고 표범 꼬리를 하고 있었다. 또 진홍색 잠방이를 입고 표범 가죽으로 허리를 동여맸다. 손톱과 발톱은 모두 황금색이었고, 붉은 뱀을 잡아 발로 밟고서 눈을 부라리며 잡아먹으려고 했는데, 그 소리가 천둥 치는 것 같았다. 미 : 뇌신(雷神)의 모습이 여기에 상세하다. 농부 서점은 갑자기 그것을 보고 놀라 달려가서 현에 알렸는데, 현령이 직접 가서 보고는 그 모습을 그림으로 그리게 했다. 잠시 후 다시 천둥이 치고 비가 내리자 그 귀신은 날개를 퍼덕이며 날아갔다.

唐潤州延陵縣茅山界, 元和春, 大風雨, 墮一鬼. 身二丈餘, 黑色, 面如猪首, 角五六尺, 肉翅丈餘, 豹尾. 服絳褌, 豹皮纏腰. 手足兩爪皆金色, 執赤蛇, 足踏之, 瞪目欲食, 其聲如雷. 眉 : 雷神狀詳此. 田人徐誀忽見驚走, 聞縣, 邑令親往睹焉, 因令圖寫. 尋復雷雨, 翼之而去.

* 이 고사는《태평광기》권393〈뇌·서점〉에 실려 있다.

62-15(1843) 뇌공의 격투

뇌투(雷鬭)

출《광이기》

[당나라] 개원(開元) 연간(713~741) 말에 뇌주(雷州)에서 뇌공(雷公)과 고래가 싸웠는데, 고래의 몸은 물 위로 나왔고 수십 명의 뇌공들은 공중에서 오르락내리락하면서 불을 쏘기도 하고 욕하며 치기도 하다가 이레 만에야 끝났다. 바닷가에 사는 사람들이 가서 보았더니, 둘 중에 누가 이겼는지는 알 수 없었고 바닷물이 온통 붉은 것만 보였다.

開元末, 雷州有雷公與鯨鬭, 鯨身出水上, 雷公數十在空中上下, 或縱火, 或詬擊, 七日方罷. 海邊居人往看, 不知二者何勝, 但見海水正赤.

* 이 고사는 《태평광기》 권464 〈수족(水族)·경어(鯨魚)〉에 실려 있다.

62-16(1844) 적인걸

적인걸(狄仁傑)

당(唐)나라 때 대주(代州)에서 서쪽으로 10여 리 떨어진 곳에 커다란 홰나무가 있었는데, 벼락에 맞아 가운데가 몇 장(丈) 길이로 갈라졌다. 그런데 뇌공(雷公)이 그 나무 사이에 끼어서 천둥 치듯이 울부짖었다. 당시 도독(都督)으로 있던 적인걸이 시종관을 거느리고 살펴보러 갔는데, 그곳에 거의 도착할 즈음에 사람들이 모두 흩어져 달아나면서 감히 나아가는 자가 없었다. 그러나 적인걸은 혼자 말을 타고 힘차게 나아가 다가가서 물었다. 그러자 뇌공이 말했다.

"이 나무에 괴룡(乖龍)[18]이 있어서 담당 관리가 나에게 그놈을 추격하게 했는데, 떨어질 때 자세가 적당치 못해 그만 나무 사이에 끼고 말았소. 만약 날 구해 준다면 틀림없이 후한 보답을 해 드리겠소."

적인걸은 톱 쓰는 장인에게 그 나무를 자르라고 명해 뇌공을 꺼내 주었다. 그 후로 뇌공은 길흉이 있을 때마다 반드

---

18) 괴룡(乖龍) : 전설 속 얼룡(蘖龍)으로, 비를 내리는 일이 너무 고되어 도망 다니면서 사람의 몸속이나 오래된 나무나 기왓장 속에 숨었다가 뇌신에게 잡혀간다고 한다.

시 적인걸에게 미리 운수를 알려 주었다.

唐代州西十餘里, 有大槐, 震雷所擊, 中裂數丈. 雷公夾於樹間, 吼如霆震. 時狄仁傑爲都督, 賓從往觀, 欲至其所, 衆皆披靡, 無敢進者. 仁傑單騎勁進, 迫而問之. 乃云 : "樹有乖龍, 所由令我逐之, 落勢不堪, 爲樹所夾. 若相救者, 當厚報德." 仁傑命鋸匠破樹, 方得出. 其後吉凶必先報命.

* 이 고사는 《태평광기》 권393 〈뇌·적인걸〉에 실려 있다.

62-17(1845) 진난봉

진난봉(陳鸞鳳)

출《전기(傳奇)》

당(唐)나라 원화(元和) 연간(806~820)에 진난봉이라는 사람이 있었는데, 그는 해강(海康) 사람이었다. 그는 의협심이 있고 귀신을 두려워하지 않았기 때문에 고을에서는 모두 그를 "후래주처(後來周處: 주처의 후신)"[19]라고 불렀다. 해강군에 뇌공묘(雷公廟)의 사당이 있어서 군읍 사람들이 경건하게 제사를 지냈는데, 나중에 기도하는 것이 지나쳐서 요망한 일이 일어나기도 했다. 군읍 사람들은 매년 첫 천둥소리를 들으면 그날의 갑자(甲子)를 기억해 두었다가, 열흘 뒤에 다시 그날이 되면 모든 일꾼들이 감히 움직이려 하지 않았다. 이를 어기는 자는 마치 소리에 메아리가 생기듯 이틀도 지나지 않아 반드시 벼락을 맞아 죽었다. 당시 해강군

---

19) 후래주처(後來周處): 주처의 후신. 주처는 진(晉)나라 사람으로, 젊었을 때 품행이 좋지 않았기 때문에 마을에서는 그를 남산(南山)의 백액호(白額虎)와 장교(長橋) 물가의 교룡과 함께 마을의 삼해(三害)라 불렀는데, 주처는 호랑이와 교룡을 죽이고 나서 자신이 마을의 삼해 가운데 하나였다는 사실을 알고 개과천선해 학문에 정진한 끝에 훗날 어사중승(御史中丞)이 되었다.

에 큰 가뭄이 들자 군읍 사람들이 뇌공에게 빌었지만 아무런 응답이 없었다. 이에 진난봉이 대노해 말했다.

"우리 고을이 바로 뇌향(雷鄕)[20]이거늘, 신령이 되어서 복을 주지는 않고 하물며 사람들이 지내는 제사는 이처럼 받아먹다니! 곡식은 타들어 가고 못은 이미 말랐는데도 제사 희생은 다 바쳤으니, 이런 사당이 무슨 소용 있단 말인가!"

그러고는 마침내 횃불을 들고 가서 사당을 태워 버렸다. 그곳 풍속에서는 황어(黃魚)와 돼지고기를 함께 먹어서는 안 되었는데, 만약 그렇게 하면 반드시 벼락을 맞아 죽었다. 그날 진난봉은 죽탄도(竹炭刀 : 죽탄을 자르는 칼)를 들고 들판에서 금기하는 음식을 함께 먹고는 장차 지켜보기로 했다. 과연 괴이한 구름이 생겨나고 세찬 바람이 일어나더니, 맹렬한 천둥이 치고 폭우가 쏟아지면서 벼락이 쳤다. 진난봉은 곧장 칼을 위로 휘둘렀는데 과연 뇌공의 왼쪽 넓적다리를 찔러 부러뜨렸다. 뇌공이 땅에 떨어졌는데, 그 모습이 웅저(熊猪 : 돼지처럼 생긴 전설 속 맹수)와 비슷했고 뿔에 털이 나 있었으며 푸른색 날갯죽지가 달려 있었다. 뇌공은

---

20) 뇌향(雷鄕) : 해강군(海康郡)은 일명 뇌주(雷州)라고도 불렸으며, 또 해강군의 서북쪽에 뇌공산(雷公山)이 있기 때문에 진난봉이 이렇게 말한 것이다.

손에 짧은 자루가 달린 금강석 도끼를 든 채 피를 줄줄 흘리고 있었다. 구름과 비가 모두 사라지자 진난봉은 뇌공에게 신통력이 없음을 알고 곧장 집으로 달려가서 친족들에게 말했다.

"내가 뇌공의 넓적다리를 부러뜨렸으니 가서 구경하세요."

친족들이 경악하며 함께 가서 보았더니, 정말 뇌공의 넓적다리가 부러져 있었다. 진난봉이 다시 칼을 들어 뇌공의 목을 자르려 하자 사람들이 웅성거리며 말했다.

"뇌공은 천상의 영물이고 자네는 하계의 보통 사람이니, 자네가 뇌공을 해친다면 틀림없이 우리 온 고을이 화를 입을 것이네."

사람들은 진난봉의 옷소매를 붙잡으면서 뇌공을 치지 못하게 했다. 잠시 후에 천둥 구름이 몰려오더니 상처 입은 뇌공을 감싸고 부러진 넓적다리를 가지고 떠났다. 그때 비구름이 자욱이 일어나더니 오시(午時 : 정오경)부터 유시(酉時 : 오후 6시경)까지 비가 쏟아져 말라 버린 모가 모두 섰다. 결국 사람들은 함께 진난봉을 내치며 집으로 돌아오지 못하게 했다. 그리하여 진난봉은 칼을 들고 20리를 가서 손위 처남의 집으로 갔는데, 밤에 또 천둥 벼락이 내리쳐 천화(天火 : 번갯불)가 그 집을 불태웠다. 진난봉이 다시 칼을 들고 마당에 서 있었지만 뇌공은 끝내 그를 해칠 수 없었다. 잠시 후에 어떤 사람이 그 처남에게 이전의 일을 알려 주어 진난봉은 또 그 집에서 쫓겨났다. 진난봉은 다시 승방으로 갔지만, 그곳도 천둥 벼락을 맞아 전처럼 불타 버렸다. 진난봉은 자신을 받아 줄 곳이 없음을 알고 밤이 되자 횃불을 들고 종유석 동굴의 구멍 난 곳으로 들어갔다. 그 후로 뇌공은 더 이상 벼락을 치지 않았다. 진난봉은 그곳에서 사흘 밤을 보내고 나서 집으로 돌아왔다. 그 후로 해강군에 가뭄이 들 때마다 군읍 사람들은 돈을 거두어 진난봉에게 주면서 이전처럼 두 가지 음식을 조리해 먹은 뒤에 칼을 들고 있게 했는데, 그때마다 모두 큰비가 퍼부었지만 뇌공은 끝내 벼락을 치지 못했다. 이렇게 20여 년이 흐르자, 고을에서는 진난봉을 "우사(雨師)"라고 불렀다. 대화(大和) 연간(827~835)에 자사(刺史) 임서(林緒)가 그 사실을 알고 진난봉을 주부(州府)로 불러 자초지종을 캐물었더니 진난봉이 말했다.

"젊은 시절에는 심지가 돌과 쇠처럼 굳었기 때문에 귀신과 천둥 번개조차도 저를 당해 낼 수 없을 것이라 생각했습니다. 그래서 이 한 몸이 죽더라도 만백성을 살려 내길 원했습니다. 그러니 하늘이 어찌 뇌귀(雷鬼)가 감히 제멋대로 횡포를 부리도록 놔둘 수 있었겠습니까?"

진난봉이 마침내 그 칼을 임서에게 바치자, 임서는 그 값을 후하게 치러 주었다.

唐元和中, 有陳鸞鳳者, 海康人也. 負氣義, 不畏鬼神, 鄉黨咸呼爲"後來周處". 海康有雷公廟, 邑人虔祀, 禱祝旣淫, 妖妄亦作. 邑人每歲聞新雷日, 記某甲子, 一旬復値斯日, 百工不敢動作. 犯者不信宿必震死, 其應如響. 時海康大旱, 邑人禱而無應. 鸞鳳大怒曰:"我之鄉, 乃雷鄉也, 爲神不福, 況受人奠酹如斯! 稼穡旣焦, 陂池已涸, 牲牢饗盡, 焉用廟爲!"遂秉炬爇之. 其風俗, 不得以黃魚彘肉相和食之, 亦必震死. 是日, 鸞鳳持竹炭刀, 於野田中, 以所忌物相和啖之, 將有所伺. 果怪雲生, 惡風起, 迅雷急雨震之. 鸞鳳乃以刃上揮, 果中雷左股而斷. 雷墮地, 狀類熊猪, 毛角, 肉翼靑色. 手執短柄剛石斧, 流血注然. 雲雨盡滅, 鸞鳳知雷無神, 遂馳赴家, 告其血屬曰:"吾斷雷之股矣, 請觀之."親愛愕駭, 共往視之, 果見雷股折. 鸞鳳又持刀欲斷其頸, 衆諫曰:"霆是天上靈物, 爾爲下界庸人, 輒害雷公, 必我一鄉受禍."衆捉衣袂, 使鸞鳳奮擊不得. 逡巡, 復有雲雷, 裹其傷者, 和斷股而去. 沛然雲雨, 自午及酉, 涸苗皆立矣. 遂被長幼共斥之, 不許還舍. 於是持刀行二十里, 過諸舅兄家, 及夜, 又遭霆震, 天火焚其室. 復持刀立於庭, 雷終不能害. 旋有人告其舅兄向來事, 又爲逐出. 復往僧室, 亦爲霆震, 焚爇如前. 知無容身處, 乃夜秉炬, 入於乳穴嵌孔之處, 後雷不復能震矣. 三瞑然後返舍. 自後海康每有旱, 邑人卽釀金與鸞鳳, 請依前調二物食之, 持刀如前, 皆有雲雨滂沱, 終不能震. 如此二十餘年, 俗號鸞鳳爲"雨師". 至大和中, 刺史林緒知其事, 召至州, 詰其端倪, 鸞鳳云:"少壯之時, 心如鐵石, 鬼神雷電, 視之若無當者. 願殺一身, 請甦萬姓. 卽上玄焉能使雷鬼敢騁其凶臆也?"遂獻其刀於緒, 厚酬其直.

* 이 고사는《태평광기》권394〈뇌·진난봉〉에 실려 있다.

62-18(1846) 구양홀뢰

구양홀뢰(歐陽忽雷)

출《광이기》

　당(唐)나라의 구양홀뢰는 본명이 소(紹)이고 계양(桂陽) 사람으로, 강건하고 용감하게 싸웠다. 일찍이 군장(郡將)이 되었다가 이름이 알려져 뇌주장사(雷州長史)에 임명되었다. 그는 주성(州城)의 서쪽에서 살았는데, 집 앞의 커다란 연못에서 늘 구름이 피어올랐으며 그곳에 살았던 사람 중에 죽은 자가 많았다. 구양소는 그곳에 도착해 거처하면서 의심하지 않았다. 그는 사람을 시켜 그 연못 물의 깊이를 재게 한 뒤, 그 연못과 비슷한 깊이와 넓이의 커다란 웅덩이를 따로 파게 했다. 웅덩이가 완성된 후 연못 물을 터서 웅덩이로 빼냈더니, 구름이 일어나 천지가 어두워지면서 천둥 번개가 마구 치고 번갯불이 땅에 꽂혔다. 구양소는 부하 20여 명을 이끌고 가서 활과 창을 들고 뇌사(雷師)와 싸웠다. 그들은 옷이 모두 그을렸고 몸에 상처가 났지만 그래도 싸움을 멈추지 않았다. 진시(辰時 : 오전 8시경)에 시작해서 유시(酉時 : 오후 6시경)에 이르러서야 천둥 번개가 흩어지면서 연못 물도 고갈되었다. 연못 안에서 누에처럼 생긴 뱀 한 마리를 잡았는데, 길이는 4~5척쯤 되었고 머리와 눈이 없었다.

칼로 베고 찔렀으나 그것은 상처가 나지 않았으며 꿈틀거리기만 했다. 미:이것에 근거하면 뇌신도 몇 종류가 있다. 커다란 가마솥을 준비해 기름에 지졌으나 역시 죽지 않았다. 다시 뜨거운 쇳물에 넣었더니 그제야 타 죽었다. 구양소는 그것을 절구질해 가루로 만들어 하나도 남김없이 먹어 버렸다. 이로 인해 남방 사람들은 구양소를 "홀뢰"라고 불렀다.

唐歐陽忽雷, 本名紹, 桂陽人, 勁健勇鬬. 嘗爲郡將, 有名, 任雷州長史. 館於州城西偏, 前臨大池, 嘗出雲氣, 居者多死. 紹至, 處之不疑. 令人以度測水深淺, 別穿巨壑, 深廣類是. 旣成, 引決水, 於是雲興, 天地晦冥, 雷電大至, 火光屬地. 紹率其徒二十餘人, 持弓矢排鎗, 與雷師戰. 衣並焦捲, 形體傷腐, 亦不之止. 自辰至酉, 雷電飛散, 池亦涸竭. 中獲一蛇, 狀如蠶, 長四五尺, 無頭目. 斫刺不傷, 蠕蠕然. 眉:據此, 則雷神亦有幾種. 具大鑊油煎, 亦不死. 洋鐵汁, 方焦灼. 仍杵爲粉, 而服之至盡. 南人因呼紹爲"忽雷".

* 이 고사는 《태평광기》 권393 〈뇌·구양홀뢰〉에 실려 있다.

62-19(1847) 섭천소

섭천소(葉遷韶)

출《신선감우전(神仙感遇傳)》

당(唐)나라의 섭천소는 신주(信州) 사람이었다. 그는 어렸을 때 땔나무를 하고 소를 치다가 커다란 나무 아래에서 비를 피했는데, 나무가 벼락을 맞아 쪼개졌다가 잠시 뒤에 도로 붙는 바람에 뇌공(雷公)이 나무에 끼어 날아가려고 용을 썼지만 그럴 수 없었다. 섭천소가 돌 쐐기를 가져와 가지를 치고 나서야 뇌공은 떠날 수 있었는데, 뇌공이 그에게 고마워하면서 약속했다.

"내일 다시 이곳으로 오면 된다." 미 : 뇌신이 보은한 일이 덧붙어 나온다.

섭천소가 그 말대로 그곳에 갔더니 뇌공도 왔는데, 검은 전서(篆書)로 쓴 책 한 권을 그에게 주며 말했다.

"이 책에 따라 행하면 천둥과 비를 내리고 질병을 제거해 공을 세워 남을 구제할 수 있다. 우리 형제는 다섯인데, 천둥소리를 듣고 싶으면 그저 뇌대(雷大)나 뇌이(雷二)를 부르기만 하면 바로 응답할 것이다. 그러나 뇌오(雷五)는 성격이 강직하고 조급하기 때문에 위급한 일이 아니면 그를 불러서는 안 된다."

이때부터 섭천소는 부적을 써서 비를 오게 했는데, 모두 남다른 효험이 있었다. 그가 한번은 길주(吉州)의 저잣거리에서 술에 크게 취했는데, 태수가 그를 사로잡아 꾸짖으며 문초하려 했더니 섭천소가 관아 마당에서 큰 소리로 뇌오를 불렀다. 당시 군(郡)에 한창 가뭄이 들어 햇볕이 몹시 뜨겁게 내리쬐었는데, 갑자기 벼락이 한 번 치자 사람들이 모두 놀라 넘어졌다. 태수는 계단을 내려와 예를 갖춰 섭천소를 접대하며 비를 내려 달라고 청했다. 이틀 뒤에 큰비가 쏟아져 밭과 들이 마침내 충분히 젖자 그 소문이 원근에 전해졌다. 섭천소가 활주(滑州)에 갔을 때 마침 그곳에 오랫동안 비가 와서 황하(黃河)가 범람했는데, 관리들은 물을 막느라 침식도 잊은 채 고생하고 있었다. 섭천소가 2척 길이의 쇳조각에 부적을 그려 강 언덕 위에 세웠더니, 물이 토산 모양으로 솟아오르면서 물줄기를 따라 아래로 흘러갔는데, 감히 부적 밖으로 흘러넘치지 못했다. 그리하여 사람들은 익사를 면할 수 있었다. 간혹 병에 걸린 사람이 부적을 청하면 섭천소는 필묵을 가리지 않고 부적을 써 주었는데, 그때마다 모두 효험이 있었다. 섭천소는 대부분 강절(江浙 : 지금의 장쑤성과 저장성) 일대를 돌아다니면서 비린내 나는 음식을 즐겨 먹었고 도행을 닦지 않았는데, 나중에 어디로 갔는지는 알 수 없었다.

唐葉遷韶, 信州人也. 幼歲樵牧, 避雨於大樹下, 樹爲雷霹, 俄而却合, 雷公爲樹所夾, 奮飛不得. 遷韶取石楔開枝, 然後得去, 仍愧謝之, 約曰:"來日復至此, 可也." 眉:雷神報恩附見. 如其言至彼, 雷公亦來, 以墨篆一卷與之, 曰:"依此行之, 可以致雷雨, 袪疾苦, 立功救人. 我兄弟五人, 要聞雷聲, 但喚雷大·雷二, 卽相應. 然雷五性剛躁, 無危急之事, 不可喚之." 自是行符致雨, 咸有殊效. 嘗於吉州市大醉, 太守擒而責之, 欲加楚辱, 遷韶於庭下大呼雷五. 時郡中方旱, 日光猛熾, 霹震一聲, 人皆顚沛. 太守下階禮接之, 請爲致雨. 信宿大霪, 田原遂足, 因爲遠近所傳. 遊滑州, 時方久雨, 黃河泛溢, 官吏備水爲勞, 忘其寢食. 遷韶以鐵札, 長二尺, 立一符於河岸上, 水涌溢堆阜之形, 而沿河流下, 不敢出其符外. 人免墊溺. 或有疾請符, 不擇筆墨, 書而授之, 皆得其效. 多在江浙間周遊, 好啗葷腥, 不修道行, 後不知所之.

* 이 고사는 《태평광기》 권394 〈뇌·섭천소〉에 실려 있다.

62-20(1848) 천공단

천공단(天公壇)

출《북몽쇄언》

파촉(巴蜀) 일대에서는 높은 산꼭대기나 깨끗한 곳에 천공단을 지어 수해(水害)나 한해(旱害) 때마다 기도했다. 이는 대개 [당나라] 개원(開元) 연간(713~741)에 상제(上帝)가 내려 준 의법(儀法)을 사람들에게 보여 주었던 것이었다. 그 제단을 양이나 소가 침범하거나 제사에 참여한 자가 술을 마시고 고기를 먹으면 대부분 벼락을 맞아 죽었다. 신번(新繁) 사람 왕요(王蕘)가 별장으로 갔는데, 마을 사람들이 돼지를 삶아 그를 대접했다. 그런데 어떤 사람이 천공단에서 제사를 지내고 돌아오더니 곧장 자리에 앉아 고기를 먹자 왕요가 말했다.

"당신은 천둥이 두렵지 않소?"

그러자 그 사람이 말했다.

"내가 천둥과 형제지간인데, 무슨 두려워할 게 있겠소?"

왕요가 이상히 여기며 그가 한 말의 뜻을 캐묻자 그 사람이 말했다.

"나는 뇌공(雷公)의 도록(圖籙)을 받아 뇌공과 같은 일을 하고 있소."

그러고는 그 도록을 꺼내 확인시켜 주었는데, 과연 그가 말한 대로였다. 또 두루마리 몇 개가 더 있었는데, 어떤 것은 장부가 주먹으로 땅을 내리쳐 우물을 만들고 있는 그림으로 "권차정(拳扠井)"이라 부르고, 어떤 것은 한 선비가 땔나무를 짊어지고 있는 그림으로 "일곡시(一谷柴)"라 부르며, 어떤 것은 일곱 개의 손으로 산을 쓸어 모아 키질하는 그림으로 "칠산파(七山簸)"라 불렀다. 강릉(江陵)의 동쪽 마을에 이 도사(李道士)의 집이 있었는데, 거기에도 그 도록이 있었다. 어떤 사람이 말했다.

"삼동법록(三洞法籙)[21] 외에 일백이법(一百二法)이 있는데, 이는 천사(天師 : 장능)[22]의 아들 사사(嗣師 : 장형)가 엄하게 관리하는 것으로 오직 사람을 구제할 때만 쓰도록 허락되었다. 만약 사악한 일에 사용하면 반드시 상제가 그 책임을 추궁해 남모르게 주살한다."

---

[21] 삼동법록(三洞法籙) : '삼동'은 도교 경전을 동진(洞眞)·동현(洞玄)·동신(洞神)의 3부(部)로 나눈 것을 말한다.

[22] 천사(天師) : 장능(張陵). 후한 말에 도교의 일파인 오두미도(五斗米道), 즉 천사도(天師道)를 창시했다. 천사도에서는 장능을 천사, 그의 아들인 장형(張衡)을 사사(嗣師), 그의 손자인 장노(張魯)를 계사(係師)라 칭한다.

巴蜀間, 於高山頂或潔地, 建天公壇, 祈水旱. 蓋開元中上帝所降儀法, 以示人也. 其壇或羊牛所犯, 及預齋者飮酒食肉, 多爲震死. 新繁人王蘬, 因往別業, 村民烹豚待之. 有一自天公齋回, 乃卽席食肉, 王謂曰: "爾不懼雷霆耶?" 曰: "我與雷爲兄弟, 何懼之有?" 王異之, 乃詰其所謂, 曰: "我受雷公籙, 與雷同職." 因取其籙驗之, 果如其說. 仍有數卷, 或畫壯夫以拳扠地爲井, 號"拳扠井", 或畫一士負薪栿, 號"一谷柴", 或以七手撮山籤之, 號"七山籤". 江陵東村李道士舍, 亦有此籙. 或云: "三洞法籙外, 有一百二法, 爲天師子嗣師所禁, 唯許救物. 苟邪用, 必上帝考責陰誅也."

* 이 고사는 《태평광기》 권395 〈뇌・천공단〉에 실려 있다.

62-21(1849) 스님 문정

승문정(僧文淨)

출《문기록(聞奇錄)》

　　당(唐)나라 때 금주(金州) 수륙원(水陸院)의 스님 문정은 여름에 지붕이 새는 바람에 비 몇 방울을 머리에 맞았는데, 그 자리에 작은 종기가 생겨나더니 1년이 지나자 커다란 복숭아만큼 커졌다. 이듬해 5월 이후에 천둥이 치고 비가 내리면서 벼락이 치자 그 혹에 구멍이 났다. 문정은 잠결에 느끼지 못했는데, 깨어나니 혹이 매우 아팠다. 사람을 시켜 혹을 살펴보게 했더니, 마치 칼로 자른 듯했으며 그 안에 똬리를 틀고 있는 용처럼 생긴 물체가 숨어 있었다.

唐金州水陸院僧文淨, 因夏屋漏, 滴於腦, 遂作小瘡, 經年, 若一大桃. 來歲五月後, 因雷雨霆震, 穴其贅. 文淨睡中不覺, 寤後唯贅痛. 遣人視之, 如刀割, 有物隱處, 乃蟠龍之狀也.

* 이 고사는 《태평광기》 권394 〈뇌 · 승문정〉에 실려 있다.

62-22(1850) 스님 도선

승도선(僧道宣)

출《가화록(嘉話錄)》

스님 도선은 계율을 지키는 데 으뜸이었다. 어느 날 갑자기 벼락이 문밖을 에워싸면서 끊임없이 내리치자 도선이 말했다.

"나는 계율을 지키면서 한 번도 어긴 적이 없다. 만약 전생의 죄업이 있다면 그건 모르겠다."

그리하여 도선은 문밖에 옷 세 벌을 벗어 놓으면서 교룡이 그곳에 숨을 것이라고 생각했는데, 옷을 내놓았지만 뇌성은 그치지 않았다. 그래서 도선이 자신의 손톱 10개를 살펴보았더니, 참깨알처럼 작은 점 하나가 오른손 새끼손톱 위에 있었다. 도선이 의아해하면서 창의 격자 구멍으로 손가락을 내밀었더니, 한차례 벼락이 치고 점이 사라졌다. 그 검은 점은 바로 교룡이 숨어 있던 곳이었다. 당(唐)나라의 유우석(劉禹錫)이 말했다.

"용은 또한 몸을 숨길 곳을 찾아내는 데 뛰어나지만 끝내 화를 면하지 못한다. 모든 것은 이미 정해진 운명이 있으니 어찌 피할 수 있겠는가?"

道宣持律第一. 忽一旦, 霹靂遶戶外不絶, 宣曰:"我持律更無所犯. 若有宿業, 則不知之." 於是褫三衣於戶外, 謂有蛟螭憑焉, 衣出而聲不已. 宣乃視其十指甲, 有一點如油麻者, 在右手小指上. 疑之, 乃出於隔子孔中, 一震而失. 黑點是蛟龍之藏處也. 唐劉禹錫曰 : "龍亦善求避地之所矣, 而終且不免. 則一切分定, 豈可逃乎?"

* 이 고사는 《태평광기》 권393 〈뇌·승도선〉에 실려 있다.

우(雨)

62-23(1851) 방현령

방현령(房玄齡)

출《대당신어(大唐新語)》

당(唐)나라 정관(貞觀) 연간(627~649) 말에 방현령은 사직하고 집으로 돌아왔다. 그때는 가뭄이 심해 태종(太宗)이 부용원(芙蓉園)으로 행차해 풍속을 살폈다. 방현령은 그 소식을 듣고 그의 아들에게 주의를 주며 말했다.

"난여(鑾輿: 천자의 수레)가 반드시 우리 집으로 행차할 것이니, 속히 깨끗이 청소하고 아울러 음식도 준비해라."

잠시 후에 태종이 과연 그의 집으로 먼저 행차했다가 곧장 방현령을 데리고 입궐했다. 그날 저녁 큰비가 내렸는데, 사람들은 모두 황제가 현신(賢臣)을 예우한 응험이라 여겼다.

唐貞觀末, 房玄齡避位歸第. 時天旱, 太宗將幸芙蓉園, 以觀風俗. 玄齡聞之, 戒其子曰: "鑾輿必當見幸, 亟使灑掃, 兼備饌具." 有頃, 太宗果先幸其第, 便載入宮. 其夕大雨, 咸以爲優賢之應.

* 이 고사는 《태평광기》 권396 〈우·방현령〉에 실려 있다.

62-24(1852) 어사우

어사우(御史雨)

출《전재(傳載)》

　　안진경(顔眞卿)이 감찰어사(監察御史)로 있을 때, 오원(五原)에 오랫동안 해결하지 못한 억울한 옥사가 있었다. 안진경이 그곳에 가서 이를 판결했더니, 당시 날이 가물었는데 갑자기 비가 쏟아져서 고을 사람들이 "어사우"라고 불렀다.

顔眞卿爲監察御史, 五原有冤獄, 久不決, 眞卿至, 辯之. 時天旱急雨, 郡人呼爲"御史雨".

* 이 고사는 《태평광기》 권172 〈정찰(精察)·안진경(顔眞卿)〉에 실려 있다.

62-25(1853) 스님 자낭

승낭(僧朗)

왕씨[王氏 : 왕건(王建)]가 세운 [오대십국] 위촉(僞蜀 : 전촉) 때 양주(梁州)에 가뭄이 들었는데, 기우제를 지냈지만 효험이 없었다. 스님 자낭(子朗)이 양주로 가서 자신이 비를 내리게 할 수 있다고 말했다. 그리고는 10섬이 들어가는 항아리에 물을 채우고 그 안에 앉아 정수리까지 물속에 담근 채 사흘이 지났더니 비가 충분히 내렸다. 주장(州將) 왕종주(王宗儔)가 기이하게 여겨 그를 예우하자 단월(檀越 : 시주)들이 구름같이 모여들었다. 자낭은 나중에 어디로 갔는지 알 수 없었다. 스님 영애(令藹)가 훗날 흥주(興州)에서 자낭을 만나 그 법술을 물었더니 자낭이 말했다.

"그것은 폐기술(閉氣術 : 도가의 호흡법)로 한 달만 배우면 할 수 있습니다. 그 법술은 깊은 연못 속에서 관지(觀止)하며 용과 서로 연계되어야 합니다. 그러면 용은 일정한 힘에 의해 제어되어 반드시 놀라 움직이게 되는데, 이 때문에 비가 내리는 것입니다. 그러나 이는 항아리 속에서 하는 것만 못하니, 그렇게 하면 다른 피해가 발생하지 않습니다."

僞蜀王氏, 梁州天旱, 祈禱無驗. 僧子朗詣州, 云能致雨. 乃具十石甕貯水, 僧坐其中, 水滅於頂者, 凡三日, 雨足. 州將王宗儔異禮之, 檀越雲集. 後莫知所適. 僧令謁, 他日於興州見之, 因問其術, 曰 : "此閉氣耳, 習之一月就. 本法於湫潭中作觀, 與龍相繫. 龍爲定力所制, 必致驚動, 因而致雨. 然不如甕中爲之, 保無他害."

* 이 고사는 《태평광기》 권396 〈우·자낭(子朗)〉에 실려 있는데, 출전이 "《북몽쇄언(北夢瑣言)》"이라 되어 있다.

62-26(1854) 기이한 비

우이(雨異)

출《신이경(神異經)》·《계신록》·《유양잡조》·《술이기(述異記)》

한(漢)나라 때 옹중유(翁仲孺)는 집이 가난했지만 힘써 일하면서 위천(渭川)에 살고 있었다. 그런데 어느 날 하늘에서 황금 10곡(斛:1곡은 10말)이 비처럼 그의 집에 쏟아져 왕후(王侯)와 비길 만큼 부유해졌다. 지금 진중(秦中)에 우금옹(雨金翁:황금 비를 맞은 노인)이 있는데 대대로 부유하다.

정주(汀州)의 임씨(林氏)는 그의 선친이 일찍이 군수를 지냈는데, 관직을 그만두고 집에서 기거했다. 하루는 하늘에서 난데없이 돈이 비처럼 쏟아져 그의 집에 가득 쌓였다. 그러자 임씨는 의관을 정제하고 하늘을 우러르며 기도했다.

"이는 심상치 않은 일이니 필시 장차 화가 될 것이지만, 지금 속히 멈춘다면 임씨의 복이 될 것입니다!"

그 말이 끝나자마자 돈 비가 그쳤다. 그가 거둔 돈은 이미 수만 냥이나 되었는데, 지금까지도 부자로 살고 있다고 한다.

양(梁)나라 대동(大同) 연간(535~546)에 갑자기 비가 내렸는데, 대전 앞에 여러 빛깔의 보석이 있었다. 양나라 무제(武帝)가 기뻐하자, 신하 우기(虞寄)가 〈서우송(瑞雨頌)〉을 바쳤다.

하(夏)나라 우왕(禹王) 때 하늘에서 벼가 비처럼 내렸는데, 이 일을 고시(古詩)에서 이렇게 읊었다.

"어찌하여 하늘에서 벼가 비처럼 내리는가? 천하의 우리 백성을 먹이려는 것이라네."

오(吳)나라 환왕(桓王 : 손책) 때 금릉(金陵)에서 가난한 백성의 집에 오곡이 비처럼 내렸는데, 부잣집에는 내리지 않았다.

[한나라] 여후(呂后) 3년(BC 185)에 진중(秦中)에 하늘에서 좁쌀이 비처럼 내렸다.

한나라 무제(武帝) 때 광양현(廣陽縣)에 보리가 비처럼 내렸다.

한나라 선제(宣帝) 때 강회(江淮)에 기근이 들어 사람들이 서로 잡아먹었다. 하늘에서 사흘 동안 곡식이 비처럼 내렸는데, 얼마 후 위(魏) 땅에서 2000이랑의 곡식을 잃어버렸다고 상주했다.

노인들이 말하길, 주(周)나라와 진(秦)나라 때 하남(河南)에 산조(酸棗 : 멧대추)가 비처럼 내리더니 마침내 야생 산조가 자라났다고 하는데, 지금의 산조현(酸棗縣)이 그곳이다. 산조 중에서 아주 작은 것이 야생 산조다.

위(魏)나라 때 하간(河間) 사람 왕자충(王子充)의 집에 어린아이 여덟아홉 명이 내리는 비와 함께 정원에 떨어졌는데, 키가 5~6촌쯤 되었다. 미: 사람이 비처럼 내린 것은 더욱 기이하다. 그들이 스스로 말했다.

"집은 바다의 동남쪽에 있는데, 비바람에 날려 이곳까지 오게 되었습니다."

그들과 얘기해 보았더니 아는 것이 아주 많았는데, 모두 역사책에 기술된 내용과 같았다.

漢時, 翁仲孺家貧力作, 居渭川. 一旦, 天雨金十斛於其家, 於是與王侯爭富. 今秦中有雨翁[1], 世世富.
汀州林氏, 其先嘗守郡, 罷任家居. 一日, 天忽雨錢, 充積其家. 林氏乃整衣冠, 仰天而祝曰: "非常之事, 必將爲禍, 於此速止, 林氏之福也!" 應聲則止. 所收已巨萬, 至今爲富人云.
梁大同中, 驟雨, 殿前有雜色寶珠. 梁武有喜色, 虞寄上〈瑞雨頌〉.
夏禹時, 天雨稻, 古詩云: "安得天雨稻? 飼我天下民."
吳桓王時, 金陵雨五穀于貧民家, 富民家則不雨.
呂后三年, 秦中天雨粟.
漢武帝時, 廣陽縣雨麥.
漢宣帝時, 江淮饑饉, 人相食. 天雨穀三日, 尋魏地奏亡穀二千頃.
耆舊說, 周秦時, 河南雨酸棗, 遂生野酸棗, 今酸棗縣是也. 酸棗之甚小者, 爲野酸棗.
魏時, 河間王子充家, 雨中有小兒八九枚, 墮於庭, 長五六寸許. 眉: 雨人更異. 自云: "家在海東南, 因有風雨, 所飄至此."

與之言, 甚有所知, 皆如史傳所述.

* 이 고사는 《태평광기》 권400 〈보(寶)·옹중유(翁仲孺)〉, 권405 〈보·임씨(林氏)〉, 권402 〈보·양무제(梁武帝)〉, 권412 〈초목(草木)·우도(雨稻)〉·〈오곡우(五穀雨)〉·〈우속(雨粟)〉·〈우맥(雨麥)〉·〈우곡(雨穀)〉, 권411 〈초목·산조(酸棗)〉, 권482 〈만이(蠻夷)·타우아(墮雨兒)〉에 실려 있다.
1 우옹(雨翁):《태평광기》 명초본에는 "우금옹(雨金翁)"이라 되어 있는데, 문맥상 보다 타당하다.

풍(風)

62-27(1855) 기이한 바람
풍이(風異)

출《광오행기(廣五行記)》미 : 구징이 덧붙어 나온다(咎徵附見).

　　서진(西晉) 8년(272) 6월에 회오리바람이 불어 가밀(賈謐)의 조복(朝服)이 수백 장(丈)이나 날아갔다. 다음 해 가밀이 주살되었다. 영강(永康) 원년(300)에 장화(張華)의 집에 회오리바람이 불어 나무가 부러지고 비단 짜는 베틀 바디 예닐곱 개가 날아갔다. 그달에 조왕(趙王) 사마윤(司馬倫)이 장화를 살해했다.

　　[남조] 송(宋)나라 때 최혜경(崔惠景)이 대성(臺城)을 포위하고 있었는데, 오색 깃발이 바람에 날려 구름 속으로 날아갔다가 반나절 만에야 떨어졌다. 어떤 사람이 말했다.

　　"깃발[幡]은 일이 엎어진다[翻覆]는 뜻이다."

　　며칠 후에 최혜경은 패했다.

西晉八年六月, 飄風吹賈謐朝衣, 飛數百丈. 明年, 謐誅. 永康元年, 張華舍, 風飄起折木, 飛繒軸六七枚. 是月, 趙王倫殺華.
宋崔惠景圍臺城, 有五色幡, 風吹飛在雲中, 半日乃下. 或曰 : "幡者事當翻覆." 數日而崔敗.

* 이 고사는 《태평광기》 권396 〈풍·가밀(賈謐)〉·〈장화(張華)〉·〈최혜경(崔惠景)〉에 실려 있다.

홍(虹)

62-28(1856) 무지개 장부

홍장부(虹丈夫)

출《신이전(神異傳)》

여릉(廬陵) 사람 진제(陳濟)는 주(州)의 관리로 있었는데, 그의 부인 진씨(秦氏)가 집에 있을 때 키가 크고 단정한 한 장부가 진홍색 도포를 입고 와서 그녀를 따랐다. 나중에 두 사람은 늘 산 계곡에서 만나기로 했는데, 마을 사람이 그들이 가는 곳을 살펴보았더니 번번이 무지개가 보였다. 진씨는 나중에 마침내 임신했는데, 그녀가 낳은 아이는 사람처럼 생겼고 살이 많았다. 미 : 무지개로 살찐 사람을 조롱할 수 있다. 진제가 휴가를 얻어 집으로 돌아오자, 진씨는 그가 아이를 볼까 두려워서 아이를 동이 안에 숨겨 놓았다. 얼마 지나지 않아 장부가 와서 아이를 데려갔는데, 사람들은 두 무지개가 그 집에서 나가는 것을 보았다. 몇 년이 지나 아이가 어머니를 보러 왔다. 나중에 진씨가 밭에 갔는데, 계곡에 두 무지개가 보이자 두려워했다. 잠시 후에 장부가 나타나 말했다.

"나이니 두려워하지 마시오."

그 후로 장부는 나타나지 않았다.

廬陵陳濟爲州吏, 其婦秦在家, 一丈夫長大端正, 著絳袍, 從之. 後常相期於一山澗, 村人觀其所至, 輒有虹見. 秦後遂有娠, 生而如人, 多肉. 眉 : 虹種可嘲肥人. 濟假還, 秦懼見之, 內於盆中. 丈夫少時來, 將兒去, 人見二虹出其家. 數年而來省母. 後秦適田, 見二虹於澗, 畏之. 須臾, 見丈夫云 : "是我, 無畏." 從此絶.

* 이 고사는《태평광기》권396〈홍・진제처(陳濟妻)〉에 실려 있다.

62-29(1857) 설원

설원(薛願)

출《문추경요(文樞鏡要)》

　　동진(東晉) 의희(義熙) 연간(405~418) 초에 진릉(晉陵) 사람 설원의 집에 무지개가 나타나 솥의 물을 마셨는데, 꿀꺽꿀꺽 소리를 내며 금세 다 마셔 버렸다. 설원이 술을 가져다 솥에 붓자 붓는 대로 다 마시더니 솥 가득히 황금을 토해 냈다. 이에 설원은 날이 갈수록 부유해졌다.

東晉義熙初, 晉陵薛願, 有虹飮其釜鬲, 噏響便竭. 願輦酒灌之, 隨投隨竭, 乃吐金滿器. 於是日益隆富.

* 　이 고사는 《태평광기》 권396 〈홍·설원〉에 실려 있다.

62-30(1858) 무지개 여자

홍녀(虹女)

출《팔조궁괴록(八朝窮怪錄)》

후위(後魏 : 북위) 명제(明帝) 정광(正光) 2년(521) 여름 6월에 수양산(首陽山)에서 저녁 무렵 무지개가 내려와 계곡의 물을 마셨다. 양만(陽萬)이라는 나무꾼이 산봉우리 아래에서 그 모습을 보았는데, 한참 후에 무지개는 열예닐곱 살쯤으로 보이는 여자로 변했다. 양만이 이상하다고 여겨 그녀에게 물어보았지만 그녀는 대답하지 않았다. 이에 양만이 포진수장(蒲津戍將) 우문현(宇文顯)에게 그 사실을 알리자, 우문현은 그녀를 데려가서 명제에게 알렸다. 명제는 그녀를 궁궐로 불러들였는데, 그 용모가 아름다운 것을 보고 물었더니 그녀가 말했다.

"저는 천녀(天女)인데 잠깐 인간 세상에 내려왔습니다."

명제가 억지로 그녀를 품에 안으려 하자 그녀는 매우 싫은 기색을 지었다. 명제가 다시 좌우 신하들에게 그녀를 껴안으라고 하자, 그녀는 종과 경쇠 같은 소리를 내며 무지개로 변해 하늘로 올라갔다.

後魏明帝正光二年夏六月, 首陽山中, 有晚虹下飮於溪泉. 有樵人陽萬, 於嶺下見之, 良久, 化爲女子, 年如十六七. 異之, 問不言. 乃告蒲津戍將宇文顯, 取之以聞. 明帝召入宮, 見其容貌姝美, 問, 云: "我天女也, 暫降人間." 帝欲逼幸, 而色甚難. 復令左右擁抱, 聲如鐘磬, 化爲虹而上天.

* 이 고사는《태평광기》권396〈홍·수양산(首陽山)〉에 실려 있다.

62-31(1859) 위고

위고(韋皐)

출《상험집(祥驗集)》

    당(唐)나라의 위고가 촉(蜀)을 진수할 때, 한번은 빈객과 종사(從事) 10여 명과 함께 군(郡)의 서쪽 정자에서 연회를 즐겼는데, 갑자기 폭풍우가 몰아치더니 잠시 후에 날이 개었다. 그들이 막 음식을 먹으려고 할 때 갑자기 무지개가 공중에서 내려와 곧장 뜰로 들어오더니 머리를 연회석에 드리웠다. 위고와 빈객들이 모두 두려워하며 물러나자, 무지개는 음식과 술을 모두 빨아 먹었다. 무지개의 머리는 나귀와 비슷했고 찬란한 노을이 짙게 낀 모양처럼 붉은색과 푸른색이 섞여 있었는데, 허공에 오색을 반짝이며 좌우를 둘러보더니 한참 후에야 떠나갔다. 위 공(韋公 : 위고)은 그 일이 두렵고 꺼림칙해서 결국 연회를 그만두었다. 당시 옛 하남 소윤(河南少尹) 두노서(豆盧署)가 촉에 머물고 있었는데, 그 또한 그 자리에 있다가 일어나 말했다.

  "공은 어찌하여 우울한 안색을 하고 계십니까?"

  위 공이 말했다.

  "내가 듣기에 무지개는 요망한 기운이라고 하는데 그것이 나의 연회석에 머물다 갔으니, 몹시 괴이한 일이므로 그래서 두려워하고 있소."

두노서가 말했다.

"그렇지 않습니다. 대저 무지개는 하늘의 사신으로, 그릇된 사람에게 내려오면 나쁜 일이 생기지만 올바른 사람에게 내려오면 상서로운 일이 생깁니다. 공은 올바른 사람이시니 마땅히 상서로운 일이 생길 것입니다." 미 : 무릇 재앙과 상서로움은 모두 그릇됨과 올바름을 따라 나뉘니 무지개뿐만이 아니다.

열흘 남짓 뒤에 위 공을 중서령(中書令)에 임명한다는 조서가 내려왔다.

唐韋皐鎭蜀, 嘗與賓客從事十餘人宴郡西亭, 暴風雨, 俄頃而霽. 方就食, 忽虹蜺自空而下, 直入庭, 垂首於筵. 韋與賓偕悸而退, 吸其食飮且盡. 首似驢, 霏然若晴霞狀, 紅碧相襲, 虛空五色, 四視左右, 久而方去. 公懼且惡之, 遂罷宴. 時故河南少尹豆盧署客於蜀, 亦列坐, 因起曰 : "公何爲色憂乎?" 曰 : "吾聞虹蜺者沴氣, 而止吾筵, 怪甚矣, 是以懼." 署曰 : "不然. 夫虹蜺天使也, 降於邪則爲戾, 降於正則爲祥. 公正人, 是宜爲祥." 미 : 凡殃祥皆從邪正而分, 不獨虹也. 後旬餘, 有詔就拜中書令.

* 이 고사는 《태평광기》 권396 〈홍·위고〉에 실려 있다.

토(土)

62-32(1860) 태세신

태세(太歲)

출《광이기》·《유양잡조》

    조양정(晁良貞)은 판결을 잘 내리기로 이름이 알려졌다. 그는 성격이 강직하고 용맹해서 귀신을 두려워하지 않았기 때문에 매년 늘 태세신(太歲神)23) 방위의 땅을 팠다. 나중에 땅을 파다가 문득 밥 덩이보다 큰 고깃덩이 하나가 나왔다. 조양정은 채찍으로 그것을 수백 대 때린 뒤에 큰길에 던져두었다. 그날 밤에 조양정은 사람을 시켜 그것을 몰래 살펴보게 했는데, 삼경(三更) 이후에 수레와 기병들이 고깃덩이가 있는 곳으로 와서 태세신에게 물었다.

    "형님은 무슨 까닭에 이런 굴욕을 당하고도 복수하지 않습니까?"

    그러자 태세신이 말했다.

    "그는 한창 왕성한 영화를 누리고 있으니, 내가 어찌할

---

23) 태세신(太歲神) : 전설 속 신명(神名). 옛날 민간에서는 땅에 있는 태세신이 하늘의 태세[목성]와 상응해 움직인다고 여겼는데, 이 방향을 나쁜 방향이라 생각해 태세신의 방위로 흙을 파고 건축 공사하는 것을 금기했다.

수 있겠는가?"

이튿날 고깃덩이는 사라지고 없었다.

영주(寧州)에 어떤 사람이 있었는데, 역시 땅을 파다가 방상시(方相氏)의 머리만큼 큰 태세신이 나왔는데, 그 모양은 붉은 버섯과 비슷했고 수천 개의 눈이 달려 있었다. 그 집에서는 아무도 태세신을 알아보지 못해 큰길에 옮겨다 놓고 아는 사람이 있는지 두루 물어보았는데, 한 호승(胡僧)이 깜짝 놀라며 말했다.

"이것은 태세신이니 마땅히 속히 묻어야 하오."

그 사람은 급히 태세신을 본래 있던 곳에 가져다 두었다. 1년 안에 그 집 사람들은 거의 모두 죽었다.

공부원외랑(工部員外郎) 장주봉(張周封)이 이런 얘기를 했다.

그의 옛 장원이 성 동쪽의 구가취(狗架嘴) 서쪽에 있었는데, 한번은 태세신의 방위에 담을 쌓았지만 어느 날 저녁에 모두 무너져 버렸다. 그는 기초가 허약하고 공사가 제대로 되지 않았다고 생각해서 장원의 소작인들을 데리고 가서 직접 지휘하며 다시 담을 쌓았다. 그런데 채 몇 척도 쌓기 전에 밥 짓는 사람이 놀라 소리쳤다.

"괴이한 일이 일어났어요!"

장주봉이 급히 가서 보았더니, 몇 말[斗]이나 되는 밥이 모두 땅으로 뛰어나와 담에 붙었는데, 마치 누에처럼 가지런하게 퍼져 한 톨도 포개진 것이 없었다. 밥은 담의 절반 정도에 퍼져 있었는데, 마치 경계선을 그어 놓은 듯했다. 그래서 장주봉은 무당을 찾아가서 땅에 술을 뿌리고 태세신에게 사죄했는데, 또한 별탈이 없었다.

내주(萊州) 즉묵현(卽墨縣)에 백성 왕풍과 형제 세 명이 있었다. 왕풍은 방위의 금기를 믿지 않았는데, 한번은 태세신의 방위에 구덩이를 파다가 보았더니 말[斗]만 한 크기의 고깃덩이 하나가 꿈틀대며 움직이고 있었다. 그래서 그 구덩이를 메웠으나 메우는 대로 고깃덩이가 밖으로 나왔다. 왕풍은 두려워서 그것을 버려두었는데, 하룻밤이 지나고 났더니 고깃덩이가 자라서 뜰을 꽉 메웠다. 왕풍의 형제와 노비들은 며칠 안에 모두 갑자기 죽었고 딸 하나만 살아남았다. 미 : 구징(咎徵 : 불길한 징조)이 덧붙어 나온다.

晁良貞能判知名. 性剛鷙, 不懼鬼, 每年恒掘太歲地. 後忽掘得一肉, 大於食魁. 良貞鞭之數百, 送通衢. 其夜, 使人陰影聽之, 三更後, 車騎衆來至肉所, 問太歲 : "兄何故受此屈辱, 不仇報之?" 太歲云 : "彼正榮盛, 如之奈何?" 明失所在. 寧州有人, 亦掘得太歲, 大如方相頭, 狀類赤菌, 有數千眼. 其家不識, 移至大路, 遍問識者, 有胡僧驚曰 : "此太歲也, 宜速埋之." 其人遽送舊處. 一年, 人死略盡.
工部員外張周封言 : 舊莊在城東狗架嘴西, 嘗築牆於太歲上, 一夕盡崩. 且意其基虛, 工不至, 率莊客, 指揮復築之. 高未數尺, 炊者驚叫曰 : "怪作矣!" 遽視之, 飯數斗, 悉躍出地著牆, 勻若蠶子, 無一粒重者. 甗牆之牛, 若界焉. 因謁巫, 酹地謝之, 亦無他.

萊州卽墨縣有百姓王豐, 兄弟三人. 豐不信方位所忌, 嘗於太歲上掘坑, 見一肉塊, 大如斗, 蠕蠕而動. 遂塡其坑, 肉隨塡而出. 豐懼棄之, 經宿肉長, 塞於庭. 兄弟奴婢, 數日內悉暴卒, 惟一女子存焉. 眉: 咎徵附見.

* 이 고사는《태평광기》권362〈요괴(妖怪)·조양정(晁良貞)〉·〈이씨(李氏)〉·〈장주봉(張周封)〉·〈왕풍(王豐)〉에 실려 있다.

62-33(1861) 서견

서견(犀犬)

출《수신기》

진(晉)나라 원강(元康) 연간(291~299)에 오군(吳郡) 누현(婁縣)에 있는 회요(懷瑤)의 집에서 땅속으로부터 개 짖는 소리가 희미하게 들렸다. 그 소리가 나는 위쪽으로 작은 구멍이 있었는데, 크기가 지렁이 구멍만 했다. 회요가 막대기로 그 구멍을 찔러 몇 척을 들어갔더니 어떤 물체가 있는 것같이 느껴졌다. 그래서 땅을 파고 보았더니 개가 나왔는데, 덩치는 보통 개보다 크지만 아직 눈도 뜨지 못한 암수 각 한 마리씩이었다. 마을의 장로가 말했다.

"이것은 서견이라고 하는데, 이것을 얻는 자는 집이 부유해지고 번창하니 마땅히 길러야 하오."

회요는 개들이 아직 눈도 뜨지 못했으므로 다시 구멍 속에 넣어 주고 맷돌로 덮어 주었다. 하룻밤이 지난 뒤에 열어 보았더니 주변에 구멍이 없었는데도 어디론가 사라지고 없었다. 회요의 집에는 여러 해 동안 별다른 복과 화가 없었다.

晉元康中, 吳郡婁縣懷瑤家, 聞地中有犬子聲隱隱. 其聲上有小穿, 大如蚓穴. 以杖刺之, 入數尺, 覺如有物. 及掘視之, 得犬, 雌雄各一, 目猶未開, 形大於常犬. 長老或云:"此名犀犬, 得之者家富昌, 宜當養活." 以爲目未開, 還置穴中, 覆以磨礱. 宿昔發視, 左右無孔, 而失所在. 瑤家積年無他福禍也.

* 이 고사는《태평광기》권359〈요괴·회요(懷瑤)〉에 실려 있다.

62-34(1862) 마희범

마희범(馬希範)

출《계신록》

　[오대십국의] 초왕(楚王) 마희범이 장사성(長沙城)을 축조하고 해자(垓字)를 다 파고 났을 때, 갑자기 길이가 10장도 넘는 한 물체가 나타났는데, 머리와 꼬리와 손발이 없었으며 그 모습이 흙산과 같았다. 그것은 북쪽 강기슭에서 나와 강물 위를 헤엄치다가 한참 후에 남쪽 강기슭으로 들어가 사라졌는데, 출몰할 때 모두 아무런 종적이 없었다. 어떤 사람은 그것을 토룡(土龍)이라고 하기도 했다. 그 후 얼마 되지 않아서 마씨(馬氏 : 마희범)가 죽었다. 미 : 구징(咎徵 : 불길한 징조)이 덧붙어 나온다.

楚王馬希範修長沙城, 開濠畢, 忽有一物, 長十丈餘, 無頭尾手足, 狀若土山. 自北岸出, 游泳水上, 久之, 入南岸而沒, 出入俱無踪迹. 或謂之土龍. 無幾何而馬氏亡. 眉 : 咎徵附見.

* 　이 고사는《태평광기》권373〈정괴(精怪)·마희범〉에 실려 있다.

62-35(1863) 회주의 백성

회주민(懷州民)

출《기문》

　[당나라] 개원(開元) 28년(740) 봄 2월에 회주의 무덕현(武德縣) · 무척현(武陟縣) · 수무현(修武縣) 세 현의 사람들이 이유 없이 흙을 먹으면서 다른 흙과 달리 맛이 아주 좋다고 말했다. 그 전에 무덕현 기성촌(期城村)의 부인들이 나무를 하고 열매를 줍다가 모여서 말했다.

　"지금 쌀값이 비싸서 사람들이 굶주리니 어떻게 살란 말인가?"

　그때 자색 옷에 백마를 탄 노인이 10명의 사람을 거느리고 지나가면서 부인들에게 말했다.

　"어째서 먹을 것이 없다고 걱정하시오? 여기 도랑 옆의 흙은 토질이 아주 좋아 먹을 수 있소. 당신들이 시험 삼아 한 번 먹어 보시오."

　부인들이 흙을 가져다 먹어 보았더니 맛이 아주 특이했다. 노인은 이미 사라지고 없었다. 그리하여 부인들은 그 흙을 가지고 집으로 돌아와 밀가루와 섞어서 떡을 만들었는데, 떡이 매우 향기로웠다. 이로 인해 원근의 사람들이 다투어 그 흙을 가져가는 바람에 그 도랑의 동서로 5리와 남북으로 10여 보에 있는 흙이 모두 없어졌다. 당시 우숙(牛肅)이 회주에 있다가 직접 그 일을 목격했다.

開元二十八年春二月, 懷州武德·武陟·修武三縣人, 無故食土, 云味美異於他土. 先是武德期城村婦人, 相與採拾, 聚而言曰: "今米貴人饑, 若爲生活?" 有老父, 紫衣白馬, 從十人來過之, 謂婦人曰: "何憂無食? 此渠水傍土甚佳, 可食. 汝試嘗之." 婦人取食, 味頗異. 遽失老父. 乃取其土至家, 拌麵爲餠, 餠甚香. 由是遠近競取之, 渠東西五里, 南北十餘步, 土並盡. 牛肅時在懷州, 親遇之.

* 이 고사는 《태평광기》 권362〈요괴·회주민〉에 실려 있다.

62-36(1864) 도황

도황(陶璜)

출《감응경(感應經)》

도황은 땅을 파다가 땅 구멍 속에서 흰색의 한 물체를 발견했는데, 모습은 누에 같았으나 길이가 몇 장(丈)이나 되었고 굵기가 10아름을 넘었으며 꿈틀꿈틀하면서 움직였다. 그것의 배를 갈랐더니 속이 마치 돼지비계 같았기에 마침내 그것으로 국을 끓였는데 아주 향기롭고 맛있었다. 《임해이물지(臨海異物志)》에서 이렇게 말했다.

"토육(土肉)은 새까맣고 어린아이 팔뚝만 한 굵기에 길이는 5촌이며 속에 내장이 있는데, 눈은 없고 비녀 꽂이처럼 생긴 30개의 다리가 있다. 큰 것은 한 마리의 길이가 1척이 넘고 고기가 맛있다. 또 양수충(陽遂蟲)이라는 것은 그 등이 검푸르고 창자 아래가 희며 다섯 가지 색깔이 있는데, 그 길이와 크기가 모두 같으며 머리와 꼬리가 어디에 있는지 분간을 할 수 없다. 살아 있을 때는 몸이 연하지만 죽으면 바삭바삭해진다."

陶璜掘地, 於土穴中得一物, 白色, 形似蠶, 長數丈, 大十圍餘, 蠕蠕動. 剖腹, 內如猪肪, 遂以爲臛, 甚香美. 《臨海異物志》云: "土肉正黑, 如小兒臂大, 長五寸, 中有腸, 無目, 有三十足, 如釵股. 大者一頭長尺餘, 中肉味. 又有陽遂蟲, 其背靑黑, 腸下白, 有五色, 長短大小皆等, 不知首尾所在. 生時體軟, 死則乾脆."

* 이 고사는 《태평광기》 권359 〈요괴·도황〉에 실려 있다.

산(山)

62-37(1865) 과보산

과보산(夸父山)

출《조야첨재(朝野僉載)》

진주(辰州) 동쪽에 있는 세 산은 세발솥의 다리처럼 곧장 위로 솟아 있는데, 그 높이가 각각 수천 장(丈)이나 된다. 옛 노인들이 전하는 말에 따르면, 등과보(鄧夸父)가 태양과 경주하다 이곳에 이르러 밥을 해 먹었는데 이 세 산은 그때 등과보가 솥을 걸어 놓았던 바위라고 한다.

辰州東有三山, 鼎足直上, 各數千丈. 古老傳曰, 鄧夸父與日競走, 至此煮飯, 此三山者, 夸父支鼎之石也.

* 이 고사는 《태평광기》 권397 〈산·과보산〉에 실려 있다.

62-38(1866) 꽂혀 있는 부뚜막

삽조(挿竈)

출《흡문기(洽聞記)》

형주(荊州)에 공령협(空舲峽)이 있는데, 깎아지른 절벽이 수백 척이나 되어서 나는 새들도 그곳에 깃들이지 못한다. 타다 남은 나무가 그 절벽 중간에 꽂혀 있는데, 멀리서 보아도 몇 척 길이는 되어 보였다. 전하는 말에 따르면, 옛날 홍수가 났을 때 배를 타고 가던 사람이 그곳에 정박해 불을 지펴 밥을 짓고 나서 타다 남은 나무를 꽂아 놓았다고 한다. 지금도 그 절벽을 "삽조[꽂혀 있는 부뚜막]"라고 부른다.

荊州有空舲峽, 絶崖壁立數百尺, 飛鳥不棲. 有一火爐, 挿在崖間, 望見可長數尺. 傳云, 洪水時, 行舟者泊爨於此, 餘燼挿之. 至今猶曰"挿竈".

* 이 고사는 《태평광기》 권397 〈산·삽조〉에 실려 있다.

62-39(1867) 상소봉

상소봉(上霄峰)

출《옥당한화》

　　여산(廬山)에 있는 상소봉은 평지에서 7000인(仞 : 1인은 8척) 떨어져 있다. 산 위에는 옛 흔적이 남아 있는데, 전하는 말에 따르면, 그것은 하우(夏禹)가 홍수를 다스릴 때 배를 정박한 곳으로 하우가 바위에 구멍을 뚫어 닻줄을 매어 놓았다고 한다. 또 벼랑을 갈아 비석을 만들어 온통 과두문자(科斗文字 : 올챙이 모양의 옛 글자)를 새겨 놓았는데, 지금도 희미하게 알아볼 수 있다. 이로써 대우(大禹)의 공이 천지와 더불어 영원히 없어지지 않는 것을 알 수 있겠다.

廬山有上霄峰者, 去平地七千仞. 上有古迹, 云是夏禹治水之時, 泊船之所, 鑿石爲竅, 以繫纜焉. 磨崖爲碑, 皆科斗文字, 隱隱可見. 則知大禹之功, 與天地不朽矣.

* 이 고사는《태평광기》권397〈산·상소봉〉에 실려 있다.

62-40(1868) 옹봉

옹봉(甕峰)

출《개천전신기(開天傳信記)》

　화악(華嶽 : 화산) 운대관(雲臺觀)의 한가운데 위로 반쪽 항아리 같은 모습의 산이 솟아나 있는데, 그것을 "옹두봉(甕肚峰)"이라 부른다. [당나라] 현종(玄宗)이 일찍이 그 봉우리를 멀리서 감상하다가 그 높이 솟아 있는 것이 마음에 들어, 봉우리 중턱에 "개원(開元)"이란 두 글자를 크게 파고 그 속을 흰 돌로 메워 100여 리 밖에서도 바라볼 수 있게 하려고 했다. 그러나 간관(諫官)이 상주해 말리는 바람에 그만두었다.

華嶽雲臺觀, 中方之上, 有山崛起, 如半甕之狀, 名曰"甕肚峰". 玄宗嘗賞望, 嘉其高逈, 欲於峰腹大鑿"開元"二字, 塡以白石, 令百餘里外望見之. 諫官上言, 乃止.

* 　이 고사는《태평광기》권397〈산 · 옹봉〉에 실려 있다.

62-41(1869) 종남산의 종유동

종남유동(終南乳洞)

출《유양잡조》

    어떤 사람이 종남산(終南山)에 있는 한 종유동(鐘乳洞)을 유람했는데, 그 동굴은 깊이가 몇 리나 되었다. 여러 종유석이 차례대로 물방울을 떨어뜨려 비상하는 선녀 모양을 이루었는데, 동굴 속에는 그런 모양이 이미 수십 개나 있었다. 용모와 의복 등 그 만들어진 형태가 매우 정교했다. 어느 한 곳은 물방울이 떨어져 선녀의 허리 위까지 만들어져 있었는데, 그 사람은 손으로 물방울을 받아 입을 헹구었다. 1년 뒤에 그 사람이 다시 그곳을 찾아가서 보았더니, 자신이 물방울을 받았던 곳의 선녀상이 이미 완성되어 있었다. 물방울은 더 이상 떨어지지 않았는데, 자신이 손으로 물방울을 받았던 그 위치만 선녀의 옷이 2촌 정도 비어 있었다.

有人遊終南山一乳洞, 洞深數里. 乳旋滴瀝, 成飛仙狀, 洞中已有數十. 眉目衣服, 形製精巧. 一處滴至腰已上, 其人因手承漱之. 經年再往, 見所承滴像已成矣. 乳不復滴, 當手承處, 衣缺二寸不就.

* 이 고사는 《태평광기》 권397 〈산·종남유동〉에 실려 있다.

62-42(1870) 오래된 쇠사슬

고철쇄(古鐵鎖)

출《유양잡조》

　제군(齊郡)에 인접한 역산(曆山) 위에는 사람 팔뚝만 한 굵기의 오래된 쇠사슬이 산봉우리를 두 바퀴나 휘감고 있다. 전하는 말에 따르면, 그 산은 본래 바닷속에 있었는데 그곳 산신(山神)이 옮겨 다니길 좋아하자 해신(海神)이 산신을 쇠사슬로 묶어 놓았다가 쇠사슬이 끊어져 이곳으로 날아왔다고 한다.

齊郡接曆山上有古鐵鎖, 大如臂, 繞其峰再浹. 相傳, 本海中山, 山神好移, 故海神鎖之, 鎖斷飛於此.

* 이 고사는 《태평광기》 권397 〈산·고철쇄〉에 실려 있다.

62-43(1871) 애산

애산(崖山)

출《유양잡조》

　　태원군(太原郡) 동쪽에 애산이 있는데, 날이 가물면 그곳 사람들은 늘 이 산에 불을 질러 비를 내려 달라고 빈다. 민간에 전하는 말에 따르면, 애산신이 하백(河伯 : 황하의 신)의 딸을 아내로 맞이했기 때문에 하백이 애산에 불난 것을 보면 반드시 비를 내려 그들을 구해 준다고 한다. 미 : 귀신도 인척을 구호해 준다니 기이하도다! 지금 애산 위에는 수초가 많이 자라고 있다.

太原郡東有崖山, 天旱, 土人常燒此山以求雨. 俗傳, 崖山神娶河伯女, 故河伯見火, 必降雨救之. 眉 : 鬼神亦救護親家, 異哉! 今山上多生水草.

* 이 고사는 《태평광기》 권397 〈산·애산〉에 실려 있다.

62-44(1872) 성종산

성종산(聖鐘山)

출《여주도경(黎州圖經)》

 여주(黎州)의 성종산에 대해 옛 노인들이 전하는 말에 따르면, 이 산에는 종이 있는데 그 소리만 들리고 그 모습은 보이지 않는다고 한다. 남조(南詔)가 국경을 침략했을 때 그 종이 미리 울렸다. 당(唐)나라 천보(天寶 : 742~756)·대화(大和 : 827~835)·함통(咸通 : 860~874)·건부(乾符 : 874~879) 연간에 여러 만족(蠻族)들이 침범했을 때도 모두 그런 징조를 보였다. 옛날에 어떤 명승(名僧)이 대승경론(大乘經論)을 강론했을 때도 그 종이 울렸다. 건녕(乾寧) 연간(894~898)에 자사(刺史) 장혜안(張惠安)이 도성 정중사(淨衆寺)의 혜유(惠維) 스님에게 청해《묘법연화경(妙法蓮花經)》을 한차례 강론했을 때 그 종이 빈번히 울렸는데 마치 사람이 치는 것 같았다. 따라서 전해 오는 말이 거짓이 아님을 알겠다.

黎州聖鐘山, 古老傳, 此山有鐘, 聞其聲而形不見. 南詔犯境, 鐘則預鳴. 唐天寶·大和·咸通·乾符之載, 群蠻來寇, 皆有徵也. 昔有名僧講大乘經論, 鐘亦震焉. 乾寧中, 刺史張惠安請京師淨衆寺惠維講《妙法蓮花經》一遍, 此鐘頻鳴,如人扣擊. 知所傳不謬矣.

* 이 고사는 《태평광기》 권397 〈산·성종산〉에 실려 있다.

62-45(1873) **숭량산**

숭량산(嵩梁山)

출《십도기(十道記)》

예주(澧州)의 숭량산은 지금은 석문(石門)이라 부른다. [삼국 시대 오나라] 영안(永安) 6년(263)에 이 산에서 저절로 동굴이 열렸는데, 대문처럼 깊숙하고 밝으며 높이가 300장(丈)이나 된다. 또 그 모서리 위에서 대나무가 자라나 거꾸로 드리워서 아래를 쓸고 있기에 그것을 "천추(天箒 : 하늘 빗자루)"라고 부른다.

澧州嵩梁山, 今名石門. 永安六年, 自然洞開, 玄朗如門, 高三百丈. 角上生竹, 倒垂下拂, 謂之"天箒".

* 이 고사는《태평광기》권397〈산·숭량산〉에 실려 있다.

62-46(1874) 석고산

석고산(石鼓山)

출《흡주도경(歙州圖經)》

흡주(歙州)의 석고산에는 북처럼 생긴 돌이 있고, 또 돌로 된 사람과 나귀가 있다. 민간에 전하는 말에 따르면, 돌북이 울리면 그 나귀와 사람도 울었으며 현관(縣官)에게 좋지 않은 일이 생겼는데, 나중에 그 북을 쪼아 깨뜨렸더니 더 이상 울리지 않았다고 한다.

歙州石皷山有石如鼓形, 又有石人·石驢. 俗傳, 石鼓鳴, 則驢鳴人哭, 而縣官不利, 後鑿破其鼓, 遂不復鳴.

* 이 고사는 《태평광기》 권397 〈산·석고산〉에 실려 있다.

62-47(1875) 사적산

사적산(射的山)

출《흡문기》

    회계(會稽)의 사적산은 멀리서 바라보면 분명하게 과녁처럼 생겼기 때문에 "사적"이라 부른다. 남쪽에는 사방 1장(丈)쯤 되는 석실이 있는데 그것을 "사실(射室)"이라 부른다. 전하는 말에 따르면, 그 산은 우인(羽人 : 선인)이 놀며 쉬는 곳이라고 한다. 그곳 사람들은 늘 그것을 가지고 곡식 가격을 점치는데, 민간에 이런 말이 떠돈다.

    "사적이 희면 쌀 1곡(斛 : 10말)에 100전이고, 사적이 검으면 쌀 1곡에 1000전이다."

    또 《회계록(會稽錄)》에서 이렇게 말했다.

    "선인이 일찍이 이곳에서 활을 쏘고 백학에게 화살을 주워 오게 했다."

    그 북쪽에는 배의 돛과 같은 석벽이 서 있다.

會稽射的山, 遠望的的, 有如射侯, 故曰"射的". 南有石室, 可方丈, 謂之"射室". 傳云, 羽人所遊憩. 土人常以此占穀貴賤, 諺云 : "射的白, 米斛百, 射的玄, 米斛千." 又《會稽錄》云 : "仙人嘗射於此, 使白鶴取箭." 北有石帆壁立.

*   이 고사는 《태평광기》 권397 〈산·사적산〉에 실려 있다.

62-48(1876) 괴산

괴산(怪山)

출《광오행기》

　　회계군(會稽郡) 산음현(山陰縣)의 성곽 안에 괴산이 있다. 세상에 전하는 말에 따르면, 이 산은 본래 낭야군(琅琊郡) 동무현(東武縣)에 있던 산인데 어느 날 밤에 비가 오면서 캄캄해지고 나서 아침에 보았더니 이곳에 있었다고 한다. 그래서 그곳 백성이 괴이하게 여겨 그 산을 "괴산"이라 불렀다. 미 : 괴산으로 초대받지 않고 찾아온 손님을 조롱할 수 있다.

會稽山陰郭中有怪山. 世傳, 本琅琊東武山, 時天夜雨晦冥, 旦而見在此焉. 百姓怪之, 因名曰"怪山". 眉 : 怪山可嘲不速之客.

* 이 고사는 《태평광기》 권397 〈산·괴산〉에 실려 있다.

62-49(1877) 맥적산

맥적산(麥積山)

출《옥당한화》

　　맥적산은 북쪽으로는 청주(淸州)와 위주(渭州)에 걸쳐 있고 남쪽으로는 양당현(兩當縣)에 가까우며, 500리에 걸쳐 이어진 산등성이에서 맥적산이 그 중간에 자리 잡고 있다. 높이가 백만 심(尋 : 1심은 8척)이나 되는 바윗덩이 하나가 우뚝 솟아 있는데, 그것을 멀리서 바라보면 둥글둥글해 민간에서 보리를 쌓아 놓은 형상과 같다고 해서 그런 이름이 생겨났다. 푸른 구름이 걸려 있는 산중턱의 가파른 절벽 사이에 바위를 쪼아 불상을 만들고 천만 개의 감실(龕室)을 만들어 놓았는데, 비록 사람의 힘으로 만든 것이긴 하지만 아마도 귀신의 도움이 있었을 것이다. 수(隋)나라 문제(文帝)는 신니(神尼 : 석가모니)의 사리함(舍利函)을 동쪽 누각 아래의 석실 안에 나누어 묻었고, 또 [북조] 유신(庾信)의 명기(銘記)가 바위에 새겨져 있다. 옛 기록은 다음과 같다.

　"여섯 나라가 함께 축조했다. 평지에서부터 땔나무를 쌓아 바위 꼭대기까지 이른 뒤에 위에서부터 그 감실과 불상을 조각했다. 조각이 끝나면 땔나무를 치우면서 내려왔으며, 그런 연후에 높고 위험한 곳에 사다리를 설치해 올라갔다. 그 위에는 산화루(散花樓)와 수천수만 개의 방이 허공에 있는데, 이곳에 올라온 사람은 감히 뒤돌아보지 못한다. 거의 맨 꼭대기에 이르는 곳에 바위를 뚫어 만보살당(萬菩薩堂)을 만들어 놓았다. 그 아로새긴 들보와 화려한 두공(枓栱), 수놓은 기둥과 구름 문양의 처마까지 모두 바위를 조각해 만들었다. 만 개의 보살상이 하나의 당(堂)에 가득 늘어서 있다. 이 만보살당 위로 감실 하나가 또 있는데 이를 '천당(天堂)'이라 한다. 그곳에 가려면 허공에 놓여 있는 외사다리를 부여잡고 올라가야 하며, 여기에서 아래를 내려다보면 뭇 산들이 모두 작은 흙 언덕처럼 보이는데, 감히 이곳에 오른 사람은 만 명 중에 한 명도 없다."

당(唐)나라 말에 왕인유(王仁裕 : 《옥당한화》의 찬자)가 혼자 그곳에 올라가 천당의 서쪽 벽 위에 다음과 같은 시를 적어 놓았다.

"허공에 걸려 있는 만 길 사다리 끝까지 올라가니, 평범한 이 몸이 흰 구름과 나란하구나. 처마 앞에서 내려다보니 뭇 산들 조그맣고, 천당 위에서 둘러보니 지는 해가 나지막하네. 꼭대기 길은 위험해 도착한 사람 드물고, 해묵은 바위 틈 소나무는 튼튼해 둥지 트는 학이 많네. 하늘가에 이름 석 자 남기려고, 바위 어루만지며 정성스레 손수 시를 적네."

麥積山者, 北跨淸渭, 南漸兩當, 五百里岡巒, 麥積處其半. 崛起一石塊, 高百萬尋, 望之團團, 如民間積麥之狀, 故有此名. 其靑雲之半, 峭壁之間, 鐫石成佛, 萬龕千室, 雖自人力, 疑其鬼功. 隋文帝分葬神尼舍利函於東閣之下石室之中, 有庾信銘記刊於巖中. 古記云:"六國共修. 自平地積薪, 至於巖巓, 從上鐫鑿其龕室佛像. 功畢, 折薪而下, 然後梯空架險而上. 其上有散花樓, 千房萬屋, 緣空躡虛, 登之者不敢回顧. 將及絶頂, 有萬菩薩堂, 鑿石而成. 其雕梁畫栱, 繡棟雲楣, 並就石而成. 萬軀菩薩, 列於一堂. 自此室之上, 更有一龕, 謂之'天堂'. 空中倚一獨梯, 攀緣而上, 至此下顧, 則群山皆如培塿, 萬中無一人敢登者." 唐末, 王仁裕獨能登之, 仍題詩於天堂西壁上, 曰:"躡盡懸空萬仞梯, 等閑身共白雲齊. 檻前下視群山小, 堂上平分落日低. 絶頂路危人少到, 古巖松健鶴頻棲. 天邊爲要留名姓, 拂石殷勤手自題."

* 이 고사는 《태평광기》 권397 〈산·맥적산〉에 실려 있다.

62-50(1878) 대죽로

대죽로(大竹路)

출《옥당한화》

　　홍원부(興元府)의 남쪽에 있는 대죽로는 파주(巴州)로 통해 있다. 그 길은 깊은 계곡과 가파른 바위에 나 있기에 나무 덩굴을 붙잡고 바위를 더듬으며 가야 하므로, 한 번 오르려면 사흘이 걸려야 산 정상에 도착한다. 길 가던 사람이 머물러 묵으려면 굵은 나무 덩굴을 허리에 매고 나무에 칭칭 감은 뒤에 자야 한다. 그렇지 않으면 황천에 빠진 것처럼 깊은 계곡으로 떨어진다. 다시 가서 조대령(措大嶺)에 오르면 약간 평평한 듯한 곳이 있는데, 그곳에서 행인들은 유생(儒生)의 걸음걸이처럼 천천히 걸어서 나아간다. 그 꼭대기는 "고운양각(孤雲兩角)"이라 부르는데, 그것에 관해 이러한 말이 민간에 떠돈다.

　　"고운양각은 하늘에서 한 주먹 떨어져 있다네."

　　그곳에 [한나라] 회음후[淮陰侯 : 한신(漢信)]의 사당이 있다. 옛날 한(漢)나라 고조(高祖 : 유방)가 한신을 중용하지 않자 한신이 서초(西楚)로 달아나 돌아갔는데, 소 상국[蕭相國 : 소하(蕭何)]이 그를 뒤쫓아 가서 이 산에 이르렀다. 그래서 [나중에 한신을 위한] 사당을 세웠다. 왕인유(王

仁裕 : 《옥당한화》의 찬자)가 일찍이 포량절도사(襃梁節度使) 왕사동(王思同)을 보좌해 남쪽으로 [오대십국] 파촉(巴蜀 : 전촉)을 정벌하러 갔을 때, 이 산을 왕복해서 등반했으며 또한 회음후의 사당에 시를 적어 놓았는데, 그 시는 다음과 같다.

"한 주먹이면 닿을 듯한 차가운 하늘에 고목은 무성한데, 길 가는 사람은 아직도 한나라의 회음후 애기를 하네. '외로운 구름[孤雲]'은 [한신의] 국가 흥망의 계책을 덮어 버리지 못했고, '두 뿔[兩角]'엔 [한신의] 떠나려거나 머무르려는 두 마음이 걸려 있었네. 면류관 쓴 이[유방을 말함]가 흰 베옷 입은 이[한신을 말함]를 홀대하지 않았다면, 어찌하여 수고롭게 승상(丞相 : 상국 소하)이 멀리까지 그를 찾으러 뒤쫓아 갔겠는가? 당시에 만약 [한신이] 서초로 돌아가도록 내버려두었다면, 한 자 한 치의 중원 땅도 점령하지 못했으리."

興元之南, 有大竹路, 通於巴州. 其路則深溪峭巖, 捫蘿摸石, 一上三日, 而達於山頂. 行人止宿, 則以緪蔓繫腰, 縈樹而寢. 不然, 則墮於深澗, 若沉黃泉也. 復登措大嶺, 蓋有稍似平處, 路人徐步而進, 若儒之布武也. 其絶頂, 謂之"孤雲兩角", 彼中諺云 : "孤雲兩角, 去天一握." 淮陰侯廟在焉. 昔漢祖不用韓信, 信遁歸西楚, 蕭相國追之, 及於茲山. 故立廟貌. 王仁裕嘗佐襃梁帥王思同, 南伐巴人, 往返登陟, 亦留題於淮陰祠, 詩曰 : "一握寒天古木深, 路人猶說漢淮陰. '孤雲'不掩興亡策, '兩角'曾懸去住心. 不是冕旒輕布素, 豈勞丞相遠追尋? 當時若放還西楚, 尺寸中華未可侵."

* 이 고사는 《태평광기》 권397 〈산・대죽로〉에 실려 있다.

62-51(1879) 석계산

석계산(石鷄山)

출《유명록》

    진(晉)나라 영가(永嘉)의 난 때, 도적들이 횡행했다. 의양현(宜陽縣)의 여자 팽아(彭娥)는 물동이를 짊어지고 나가 물을 길어 가지고 돌아왔는데, 온 가족이 이미 도적의 손에 죽임을 당했기에 슬픔을 이기지 못해 도적들과 맞서 싸웠다. 협 : 훌륭하다. 도적들은 팽아를 계곡 가로 내몰아 죽이려고 했다. 그 계곡 사이에는 바위 절벽의 높이가 수십 장(丈)이나 되는 커다란 산이 있었는데, 팽아가 하늘을 우러르며 소리쳤다.

    "하늘에 설마 신이 없는 건가요? 내가 무슨 죄를 지었기에 이런 일을 당해야 합니까?"

    그러고는 머리를 바위에 부딪쳤더니 산이 갑자기 몇 장 넓이로 갈라져 팽아는 즉시 달려 들어갔다. 도적들이 급히 팽아를 뒤쫓아 들어갔는데, 산이 다시 합쳐지는 바람에 도적들은 모두 깔려 죽었다. 팽아는 마침내 그 산에 숨어 지내면서 다시는 나오지 않았다. 팽아가 두고 간 물동이가 돌로 변했는데, 그 모양이 닭과 비슷했다. 그래서 그곳 사람들은 그 산을 "석계산"이라 부르고, 그 계곡을 "아담(娥潭)"이라 불렸다.

晉永嘉之亂, 賊寇橫行. 宜陽女子彭娥, 負器出汲還, 擧家已死賊手, 不勝其哀, 與賊相格. 夾:便奇. 賊驅娥出溪邊, 將殺之. 溪際有大山, 石壁高數十丈, 仰呼曰:"皇天寧有神否? 我有何罪, 而當如此?" 因以頭觸石, 山忽開數丈, 娥卽趨入. 賊急逐之, 山復合, 賊皆壓死. 娥遂隱不復出. 娥所捨汲器, 化爲石, 形似鷄. 土人因號曰"石鷄山", 溪爲"娥潭".

* 이 고사는 《태평광기》 권161 〈감응(感應)·의양여자(宜陽女子)〉에 실려 있다.

석(石)

62-52(1880) 황석

황석(黃石)

출《녹이기》

요(堯)임금 때 다섯 개의 별이 하늘에서 떨어졌다. 그중 하나는 토성의 정기로 곡성산(穀城山) 아래에 떨어졌는데, 그 정기가 이교 노인(圯橋老人)으로 변해 [한나라] 장자방[張子房 : 장양(張良)]에게 병서를 주며 말했다.

"이 책을 읽으면 틀림없이 제왕의 스승이 될 것이다. 나중에 곡성산 아래에서 나를 찾아라. 황석이 바로 나다."

장자방은 한(漢)나라 고조(高祖)를 도와 공을 이룬 뒤에 곡성산 아래에서 노인을 찾았는데, 과연 그곳에서 황석을 얻었다. 장자방은 상산(商山)에 은거하면서 사호(四皓)[24]에게서 도를 배웠다. [장자방이 죽자] 가족들은 그의 의관을 황석과 함께 묻어 주었다. 미 : 새로운 이야기다. 길 가던 사람들은 늘 장자방의 무덤 위로 누런 기운이 수십 장(丈) 높이

---

[24] 사호(四皓) : 한나라 때 네 명의 은자인 기리계(綺里季)·동원공(東園公)·녹리선생(甪里先生)·하황공(夏黃公)을 말하는데, 모두 수염과 눈썹이 희고 상산(商山)에서 함께 도를 닦았기 때문에 '상산사호'라고 불렸다.

로 피어오르는 것을 보았다. 나중에 장자방의 무덤은 적미[赤眉 : 왕망(王莽)의 신(新)나라 말에 일어난 농민 반군]에 의해 도굴되었는데, 장자방의 시신은 찾을 수 없었고 황석도 사라졌다. 누런 기운도 마침내 끊어졌다.

帝堯時, 有五星自天而隕. 一是土之精, 墜於穀城山下, 其精化爲圯橋老人, 以兵書授張子房, 云 : "讀此當爲帝王師. 後求我於穀城山下. 黃石是也." 子房佐漢功成, 求於穀城山下, 果得黃石焉. 子房隱於商山, 從四皓學道. 其家葬其衣冠於黃石焉. 眉 : 新聞. 行者嘗見墓上黃氣高數十丈. 後爲赤眉所發, 不得其尸, 黃石亦失. 其氣遂絶.

* 이 고사는 《태평광기》 권398 〈석·황석〉에 실려 있다.

62-53(1881) 마간석

마간석(馬肝石)

출《동명기(洞冥記)》

[한나라] 원정(元鼎) 5년(BC 112)에 질지국(郅支國 : 흉노국)에서 마간석 100근을 진상했는데, 그것을 옥함(玉函) 속에서 수은으로 오랫동안 배양하고 금니(金泥)로 그 위를 봉해 두었다. 질지국의 사람들은 키가 4척인데 오직 마간석만 먹었다. 마간석은 반은 푸르고 반은 희었는데, 그것을 부숴 구전단(九轉丹 : 아홉 번 정련한 영단)과 섞어서 한 알만 먹으면 1년 내내 배가 고프거나 갈증이 나지 않았다. 그것으로 머리카락을 문지르면 흰 머리카락이 모두 검게 변했다. 한번은 무제(武帝)가 감천전(甘泉殿)에서 신하들과 앉아 있었는데, 머리카락이 허연 신하가 있어 마간석으로 문지르게 했더니, 머리에 닿자마자 머리카락이 모두 검게 변했다. 당시에 공경 대신들이 말했다.

"방백(方伯)이 되지 않아도 되니, 오직 마간석으로 문질러 보길 원한다."

마간석은 성분이 매우 강했기 때문에 단사(丹砂)와 섞지 않으면 오직 머리카락에만 가까이 댈 수 있었다.

元鼎五年, 郅支國貢馬肝石百斤, 長以水銀養於玉函中, 金泥封其上. 其國人長四尺, 唯餌馬肝石. 此石半靑半白, 碎之以和九轉丹, 吞之一丸, 彌年不饑渴. 以之拭髮, 白者皆黑. 帝嘗坐群臣於甘泉殿, 有髮白者, 以此拭之, 應手皆黑. 是時公卿語曰:"不用作方伯, 唯願拭馬肝石." 此石酷烈, 不雜丹砂, 唯可近髮.

* 이 고사는《태평광기》권398〈석·마간석〉에 실려 있다.

62-54(1882) 석교

석교(石橋)

출《조야첨재》

　　조주(趙州)의 석교는 아주 정교한데, 정밀하게 갈아 놓은 것이 마치 칼로 깎은 듯하다. 멀리서 바라보면 마치 달이 막 구름에서 나오고 긴 무지개가 계곡의 물을 마시고 있는 듯하다. 석교 위에는 난간이 있는데, 모두 돌로 만들었으며, 난간마다 돌사자가 조각되어 있다. [당나라] 용삭(龍朔) 연간(661~663)에 고려(高麗 : 고구려)의 첩자가 돌사자 두 개를 훔쳐 달아났는데, 후에 다시 장인을 모집해 수리했지만 똑같이 만들 수는 없었다. 천후(天后 : 측천무후) 대족년(大足年 : 701)에 이르러 묵철(默啜 : 동돌궐의 칸)이 조주와 정주(定州)를 격파하고 남쪽으로 넘어가려 했는데, 석교에 이르렀을 때 그가 타고 있던 말이 땅에 무릎을 꿇은 채 나아가지 않았다. 묵철이 보았더니 청룡 한 마리가 석교 위에 누워서 몸을 빠르게 흔들며 격노하자, 결국 묵철은 달아났다.

趙州石橋甚工, 磨礱[1]密緻如削焉. 望之如初月出雲, 長虹飮澗. 上有勾欄, 皆石也, 勾欄並爲石獅子. 龍朔年中, 高麗諜者盜二獅子去, 後復募匠修之, 莫能相類者. 至天后大足年, 默啜破趙·定州, 賊欲南過, 至石橋, 馬跪地不進. 但見一靑龍臥橋上, 奮迅而怒, 賊乃遁去.

* 이 고사는 《태평광기》 권398 〈석·석교〉에 실려 있다.
1 농(壟) : 금본 《조야첨재(朝野僉載)》 권5에는 "농(礱)"이라 되어 있는데, 문맥상 타당하다.

62-55(1883) 석주

석주(石柱)

출《흡문기》

겁비타국(劫比他國)은 중천축국(中天竺國)의 속국이다. 그 나라에 70척 높이의 돌기둥이 있는데, 검푸른 빛이 난다. 간혹 돌기둥에 몸을 비춰 보면 죄와 복이 모두 그림자 속에 드러나 보인다.

劫比他國, 中天竺之屬國也. 有石柱, 高七十尺, 紺色有光. 或觀其身, 隨其罪福, 悉見影中見之.

* 이 고사는 《태평광기》 권398 〈석·석주〉에 실려 있다.

62-56(1884) 소리 나는 돌

향석(響石)

출《흡문기》

    남악(南嶽 : 형산)의 구루봉(岣嶁峯)에 소리 나는 돌이 있는데, 돌을 부르면 응답한다. 남주(南州) 남하현(南河縣)에서 동남쪽으로 30리 떨어진 단계(丹溪)의 굽이에도 소리 나는 돌이 있는데, 높이는 3장(丈) 5척이고 너비는 2장이며 모양은 마치 누워 있는 짐승 같다. 사람들이 그것을 부르면 응답하고 사람들이 웃으면 돌도 따라 웃는다. 그 돌은 외로이 혼자 있기 때문에 "독석(獨石)"이라고도 부른다.

    평 : 막돌도 이러하거늘 사람 중에 불러도 응답하지 않는 자가 있는 것은 어째서인가? 나는 이 돌의 명칭을 "정석(情石)"이라 바꾸고 싶다.

南嶽岣嶁峯, 有響石, 呼喚則應. 南州南河縣東南三十里, 丹溪之曲, 有響石, 高三丈五尺, 闊二丈, 狀如臥獸. 人呼之應, 笑亦應之. 塊然獨處, 亦號曰"獨石".
評 : 頑石且然, 人乃有呼之不應者, 何哉? 吾欲更其名曰"情石".

*   이 고사는《태평광기》권398 〈석·석향(石響)〉에 실려 있다.

62-57(1885) 화석

화석(化石)

출《녹이기》

　　회계(會稽) 사람인 진사(進士) 이조(李眺)는 우연히 검푸르고 네모반듯한 작은 돌을 주웠는데, 따뜻하고 반질반질해서 마음에 들었기에 그것을 서진(書鎭: 문진)으로 사용했다. 우연히 파리가 서진 위에 내려앉았는데, 쫓아내도 떠나지 않기에 살펴보았더니 이미 돌로 변해 있었다. 다른 곤충을 찾아 시험해 보았더니 역시 즉시 돌로 변했다. 곤충에서 떨어진 껍질은 단단하고 무거워서 보통 돌과 다름이 없었다.

會稽進士李眺, 偶拾得小石, 靑黑平正, 溫滑可玩, 用爲書鎭焉. 偶有蠅集其上, 驅之不去, 視已化爲石. 求他蟲試之, 隨亦化焉. 殼落堅重, 與石無異.

* 이 고사는 《태평광기》 권398 〈석·화석〉에 실려 있다.

62-58(1886) 돌 연리수

석연리(石連理)

출《흡문기》

　　[당나라] 영창년(永昌年 : 689)에 대주사마(臺州司馬) 맹선(孟詵)이 아뢰었다.

　　"임해군(臨海郡)의 물 밑에서 돌로 된 연리수(連理樹)25) 세 그루를 발견했는데, 돌이 모두 흰색이었습니다."

永昌中, 臺州司馬孟詵奏:"臨海水下得石連理樹三株, 皆白石."

*　이 고사는《태평광기》권398〈석·석연리〉에 실려 있다.

---

25) 연리수(連理樹) : 줄기와 가지가 다른 두 나무의 나뭇결이 서로 연결되어 하나가 된 것으로, 왕자(王者)의 덕이 천하에 미치면 세상에 나온다고 한다.

62-59(1887) 뜨거운 돌
열석(熱石)

출《녹이기》

  신북(新北)의 저잣거리는 경운관(景雲觀)의 옛터였는데, 그곳에 주춧돌만 한 크기의 커다란 돌이 하나 있다. 사람들이 간혹 그것에 앉거나 밟기라도 하면, 잠시 후 불에 타는 것처럼 가슴이 답답하고 열이 나면서 곧바로 병이 들어 종종 죽는 경우도 있다. 전하는 말에 따르면, 만약 불을 피워 그 돌을 태우면 돌이 울부짖는 소리를 내는데, 그러면 구당협(瞿塘峽)의 산이 울부짖으면서 물이 끓는다고 한다. 또 촉주(蜀州) 진원현(晉原縣)의 산속 정자에 각각 직경이 2척 남짓 되는 커다란 돌 두 개가 있는데, 땅밖으로 7~8촌가량 나와 있다. 사람들이 간혹 그것에 앉으면 심장에 통증을 느껴 종종 구하지 못하는 경우도 있다.

  평: 동산(銅山)이 무너지니 홍종(洪鐘)이 울리고, 열석이 불타니 구당협이 울부짖는다.

新北市是景雲觀舊基, 有一巨石, 大如柱礎. 人或坐之蹈之, 逡巡如火燒, 應心煩熱, 因便成疾, 往往致死. 相傳, 若聚火燒此石吼, 卽瞿塘山吼而水沸. 又蜀州晉原縣山亭中, 有二大石, 各徑二尺已來, 出地七八寸. 人或坐之, 心痛往往不救.

評:銅山覆而洪鐘鳴, 熱石焚而瞿塘吼.

* 이 고사는 《태평광기》 권398 〈석·열석〉에 실려 있다.

62-60(1888) 황금 누에
금잠(金蠶)
출《계신록》

 우천우병조(右千牛兵曹) 왕문병(王文秉)은 단양(丹陽) 사람으로, 집안 대대로 비석에 글자를 새기는 데 뛰어났다. 그의 할아버지가 일찍이 절서염찰사(浙西廉察使) 배거(裵璩)를 위해 돌 더미 속에서 비석을 찾다가 자연 상태의 둥근 돌 하나를 발견했는데, 공 모양처럼 생겼고 마치 사람이 깎아 놓은 듯했으며 껍질이 둘러싸고 있는 것처럼 여러 겹으로 되어 있었다. 그래서 껍질을 모두 깎아 내자 사람 주먹만 한 크기가 되었다. 다시 그것을 깨뜨리자 그 속에서 굼벵이 같은 누에 한 마리가 꿈틀거리며 움직였다. 그것이 무엇인지 아는 사람이 없자 그것을 내다 버렸다. 몇 년 뒤에 절서 지방이 어지러워지자 왕문병은 도망쳐 나와 촉(蜀) 지방으로 내려갔는데, 마을 사람들과 밤에 모여 청부환전(靑蚨還錢)26)의 일에 대해 얘기하던 중에 어떤 보좌 관리가 말했다.

---

26) 청부환전(靑蚨還錢) : 파랑강충이로 돈을 돌아오게 하다. '청부'는 파랑강충이라는 곤충인데, 전설에 따르면 그 어미와 새끼는 서로 마음이 연결되어 있어서 떨어지더라도 반드시 다시 만난다고 한다. 그래서

"사람이 부자가 되고 싶으면, 돌 속의 황금 누에를 얻어 기르는 것만 한 게 없습니다. 그러면 보화가 저절로 들어옵니다."

왕문병이 그것의 모양을 물어보았더니 바로 돌 속의 굼벵이였다. 미 : 애석하도다!

右千牛兵曹王文秉, 丹陽人, 世善刻石. 其祖嘗爲浙西廉使 裴璩采碑於積石之下, 得一自然員石, 如球形, 式如礧䃣, 乃 重疊如殼相包. 䃣之至盡, 其大如拳. 復破之, 中有一蠶, 如 蠕蠕, 蠕蠕能動. 人不能識, 因棄之. 數年, 浙西亂, 王出奔, 至下蜀, 與鄕人夜會, 語及靑蚨還錢事, 佐中或云 : "人欲求 富, 莫如得石中金蠶畜之. 則寶貨自致矣." 問其形狀, 則石 中蠕蠕也. 眉 : 可惜!

* 이 고사는《태평광기》권398〈석・금잠〉에 실려 있다.

그 어미와 새끼의 피를 각각 돈에 발라 두면, 사용한 한쪽 돈이 나중에 돌아온다고 한다.

파사(坡沙)

62-61(1889) 날아가는 비탈

비파(飛坡)

출《조야첨재》

　[당나라] 영창년(永昌年 : 689)에 태주(太州) 부수점(敷水店)의 남서쪽에 있던 비탈이 대낮에 4~5리를 날아가서 곧장 적수(赤水)를 메웠다. 그러나 그 비탈 위에 있던 뽕나무밭과 보리밭은 이전 모습 그대로였다.

永昌年, 太州敷水店南西坡, 白日飛四五里, 直塞赤水. 坡上桑畦麥壟依然仍舊.

* 　이 고사는《태평광기》권398〈파사 · 비파〉에 실려 있다.

62-62(1890) 소리 나는 모래

명사(鳴沙)

출《국사이찬(國史異纂)》

　　영주(靈州) 명사현(鳴沙縣)에 모래가 있는데, 사람과 말이 그 모래를 밟을 때마다 쟁그랑! 하는 소리가 난다. 그 모래를 가지고 다른 곳에 가서 이틀만 지나면 더 이상 소리가 나지 않는다. 미 : 이처럼 성명을 드러내지 않고 시정(市井)에 묻혀 지내는 자는[27] 모두 명사의 흙과 같다.

靈州鳴沙縣有沙, 人馬踐之, 輒鎗然有聲. 持至他處, 信宿之後, 無復有聲. 眉 : 此姓名不出□圜圜者, 皆鳴沙之土也.

* 　이 고사는《태평광기》권398 〈파사 · 명사〉에 실려 있다.

27) 이처럼 성명을 드러내지 않고 시정(市井)에 묻혀 지내는 자는 : 이 미비(眉批)의 원문은 "차성명불출□환궤자(此姓名不出□圜圜者)"라 되어 있어 한 글자가 판독 불가한데, 문맥을 고려해 추정해서 번역했다. 쑨다펑의 교점본에서는 "차성명불출어환궤자(此姓名不出於圜圜者)"로 추정했다.

수(水)

62-63(1891) 용문

용문(龍門)

출《국사보(國史補)》

    용문 사람들은 모두 헤엄치는 데 뛰어나서 폭포에서 물살을 타고 오르내리는 것이 귀신같다. 그렇지만 한식날에 성묘할 때는 반드시 물가에서 하니, 결국 물에 빠져 죽은 사람이 있기 때문이다.

龍門人皆言善游, 於懸水接木[1]上下, 如神. 然寒食拜掃, 必於河濱, 終爲水溺死也.

*   이 고사는《태평광기》권399 〈수·용문〉에 실려 있다.
1 목(木) :《당국사보(唐國史補)》권하에는 "수(水)"라 되어 있는데, 문맥상 보다 타당하다.

62-64(1892) 단수

단수(丹水)

출《국사이찬》

회주(懷州) 북쪽에 단수가 있는데, 그 수원이 장평산(長平山)에서 흘러나온다. 전해 오는 말에 따르면, 진(秦)나라가 조(趙)나라의 병졸을 죽이자 그 물이 붉게 변했기 때문에 단수라고 이름 지었다고 한다. 황상당나라 태종이 태원(太原)에 있을 때 그 유래를 알고 조서를 내려 회수(懷水)로 이름을 바꾸게 했다.

懷州北有丹水, 其源出長平山. 傳云, 秦殺趙卒, 其水變赤, 因以爲名. 上在太原知其故, 詔改爲懷水.

* 이 고사는 《태평광기》 권399 〈수·단수〉에 실려 있다.

62-65(1893) 육홍점

육홍점(陸鴻漸)

출《수경(水經)》

　[당나라] 태종(太宗) 때 이계경(李季卿)이 호주자사(湖州刺史)로 있을 때, 유양(維揚 : 양주)에 갔다가 처사(處士) 육홍점을 만났다. 이계경은 평소 육홍점의 명성을 잘 알고 있었으므로 기쁜 마음으로 그와 더불어 즐겁게 담소를 나누었다. 군(郡)으로 가는 길에 양자역(揚子驛)에 도착했는데, 식사 때가 되자 이계경이 말했다.

　"육 군(陸君 : 육홍점)은 차(茶)에 조예가 깊고 양자강의 남령수(南零水) 또한 매우 뛰어나니, 두 가지의 절묘함이 천재일우로 만나게 되었소."

　그러고는 믿을 만하고 신중한 군사에게 명해 병을 가지고 배를 타고 남령의 깊은 곳까지 가서 물을 떠 오게 했다. 육홍점은 다기(茶器)를 깨끗이 닦아 놓고 기다렸는데, 잠시 후 물이 도착하자 국자로 물을 뜨면서 말했다.

　"양자강의 물이 맞긴 하지만 남령의 물이 아니고 강기슭에서 떠 온 듯합니다."

　심부름했던 군사가 대답했다.

　"제가 배를 저어 깊숙이 들어간 것을 수백 명이 보았는데, 어찌 감히 속이겠습니까?”

육홍점은 아무 말도 하지 않았다. 이윽고 그 물을 동이에 붓다가 물이 반쯤 남았을 때 갑자기 멈추더니 다시 국자로 물을 뜨면서 말했다.

“여기부터가 남령의 물입니다.”

그러자 심부름했던 군사가 화들짝 놀라 달려 내려와서 말했다.

“제가 남령에서 물을 떠서 강기슭에 도착했을 때 배가 요동치는 바람에 물을 반쯤 흘렸습니다. 그래서 물이 적을까 봐 걱정해 강기슭의 물을 떠서 채웠습니다. 처사의 감별력은 신과도 같으니 어찌 감히 감추거나 속이겠습니까!” 미: 군자와 소인이 서로 섞이지 않는 것은 또한 다른 물이 같은 동이에서 서로 섞이지 않는 것과 같다.

이계경은 크게 놀라면서 감탄했고, 시종관 수십 명도 모두 크게 놀랐다. 이계경이 육홍점에게 물었다.

“그렇다면 그대가 다녀 본 곳의 물의 우열을 판별할 수 있겠소?”

육홍점이 말했다.

“초수(楚水)가 제일이고 진수(晉水)가 최하입니다.”

이계경은 육홍점에게 그 우열을 구술하게 해서 등급을 매겼다.

太宗朝, 李季卿刺湖州, 至維揚, 遇陸處士鴻漸. 李素熟陸名, 有傾蓋之歡. 因赴郡, 抵揚子驛中, 將食, 李曰:"陸君善茶, 揚子江南零水又殊絶, 二妙千載一遇也." 命軍士信謹者, 挈瓶操舟, 深詣南零取水. 陸潔器以俟, 俄水至, 陸以杓揚水曰:"江則江矣, 非南零, 乃似臨岸者." 使曰:"某棹舟深入, 見者累百人, 敢紿乎?" 陸不言. 既而傾諸盆, 至半, 陸遽止, 又以杓揚之曰:"自此南零者矣." 使蹶然大駭, 馳下曰:"某自南零賚至岸, 舟蕩半. 懼其尠, 挹岸水以增之. 處士之鑒, 神鑒也, 其敢隱欺乎!" 眉:君子小人不相入, 亦猶異水同盆不相入也. 李大驚賞, 從者數十輩, 皆大駭愕. 李因問陸:"既如此, 所經歷之處, 水之優劣可判矣?" 陸曰:"楚水第一, 晉水最下." 李因命口占而次第之.

* 이 고사는 《태평광기》 권399 〈수·육홍점〉에 실려 있다.

62-66(1894) 이덕유

이덕유(李德裕)

출《중조고사(中朝故事)》·《지전록(芝田錄)》

[당나라] 찬황공(贊皇公) 이덕유는 박학다식한 선비였다. 그가 조정에 있을 때 어떤 친지가 명을 받들어 경구(京口)에 사신으로 가게 되자 이덕유가 말했다.

"돌아올 때 금산(金山) 아래 양자강(揚子江)의 영수(零水)에서 물 한 병을 담아 가져오게."

그러나 그 사람은 배가 출발하던 날 술에 취해 잊어버렸다가 배가 석성(石城) 아래에 멈추었을 때 비로소 기억이 나서 강에서 물 한 병을 담아 가지고 도성으로 돌아와 이덕유에게 바쳤다. 이 공(李公 : 이덕유)은 그 물을 마신 후에 매우 의아해하며 말했다.

"강표(江表 : 장강 이남 지역)의 물맛이 옛날과 달라졌구나! 이 물은 건업(建業 : 남경)의 석성 아래의 물맛과 아주 비슷하군."

그러자 그 사람은 더 이상 감추지 못하고 사과했다.

이덕유는 중서성(中書省)에 있을 때 늘 상주(常州) 혜산사(惠山寺)의 샘물을 마셨다. 물은 비릉(毗陵)에서 도성으로 운송되었는데, 중간중간에 역참을 두어 도성까지 배달되었다. 어느 날 어떤 스님이 이덕유를 찾아와 배알했는데, 이덕유는 호기심이 많았기 때문에 그의 집을 찾아오는 사람이면 비록 평범한 자라 할지라도 모두 맞아들여 접견했다. 스님이 말했다.

"상공(相公 : 이덕유)께서 재상으로 계시니 벌레들도 목숨을 보존할 수 있고 만물들도 적당한 곳에 깃들이게 되었습니다. 그러나 물을 배달해 오는 일은 또한 일식(日蝕)이나 월식(月蝕)과 같습니다."

이덕유가 머리를 끄덕이며 말했다.

"무릇 사람이라면 기호가 없는 사람이 없으며, 하물며 삼혹(三惑 : 술·여색·재물에 현혹되는 것)이나 도박·사냥의 일에 제자는 일절 물들지 않았소. 그런데도 화상(和尙)이 제자에게 물 마시는 것조차 허락지 않는다면 너무 가혹하지 않소?"

스님이 말했다.

"도성의 한 우물이 혜산사 샘물의 수맥과 서로 통해 있습니다."

이덕유가 크게 웃으며 말했다.

"정말로 황당하구려! 우물이 어느 마을에 있소?"

스님이 말했다.

"호천관(昊天觀)의 상주고(常住庫 : 사원이나 도관의 기물을 보관하는 창고) 뒤에 있습니다."

그러자 이덕유는 혜산사의 샘물 한 단지와 호천관의 우물물 한 단지에 다른 물 여덟 단지를 섞어서 모두 10단지에 몰래 그 출처를 표시해 놓은 다음 스님에게 판별하게 했다. 스님은 혜산사의 물과 호천관의 물을 찾아냈으며, 나머지 여덟 단지의 물은 같은 맛이라고 했다. 이덕유는 크게 기이해하며 당장에 물 배달해 오는 일을 그만두게 했다.

贊皇公李德裕, 博達士. 居廊廟日, 有親知奉使於京口, 李曰: "還日, 金山下揚子江中零水, 與取一壺來." 其人擧棹日, 醉而忘之, 泛舟止石城下, 方憶, 乃汲一甁於江中, 歸京獻之. 李公飮後, 嘆訝非常, 曰: "江表水味, 有異於往歲矣! 此水頗似建業石城下水." 其人謝過不隱.
李德裕在中書, 常飮常州惠山井泉. 自毗陵至京, 致遞鋪. 有僧人詣謁, 德裕好奇, 凡有遊其門, 雖布素皆引接. 僧曰: "相公在位, 昆蟲遂性, 萬彙得所. 水遞事亦日月之薄蝕." 德裕領之曰: "凡人未有無嗜欲者, 況三惑·博賽·弋奕之事, 弟子悉無所染. 而和尙不許弟子飮水, 無乃虐乎?" 僧曰: "京都一眼井, 與惠山寺泉脈相通." 德裕大笑: "眞荒唐也! 井在何坊曲?" 曰: "在昊天觀常住庫後是也." 乃以惠山一甖, 昊天一甖, 雜以八甀一類, 都十甀, 暗記出處, 遣僧辨析. 僧取惠山寺與昊天, 餘八乃同味. 德裕大奇之, 當時停其水遞.

* 이 고사는 《태평광기》 권399 〈수·영수(零水)〉와 〈이덕유〉에 실려 있다.

62-67(1895) 유자광

유자광(劉子光)

출《녹이기》

 한(漢)나라의 유자광이 서쪽을 정벌할 때 산길로 접어들어 목이 말랐으나 물이 없었다. 유자광은 산의 남쪽에서 한 석인(石人)을 보고 물었다.

 "어디에 물이 있는가?"

 석인이 말하지 않자 유자광이 검을 뽑아 석인을 베었더니 금세 깊은 산에서 물이 나왔다.

漢劉子光西征, 遇山而渴, 無水. 子光在山南, 見一石人, 問之曰: "何處有水?" 石人不言, 乃拔劍斬石人, 須臾, 窮山水出.

* 이 고사는 《태평광기》 권399 〈수·유자광〉에 실려 있는데, 출전이 "《독이기(獨異記)》"라 되어 있다.

62-68(1896) 익수

익수(益水)

출《녹이기》

　　익양현(益陽縣)은 장사군(長沙郡)의 경계에 있고 그 남쪽에 익수가 흐른다. 현의 치소(治所)에서 동쪽을 바라보면 가끔 장사성(長沙城)의 해자가 보이는데, 사람과 말의 형색까지 모두 분간할 수 있다. 간혹 멈춰서 자세히 바라보고 있으면 그 형상은 한참이 지난 뒤에 점차 흩어져 사라진다. 익양현은 장사에서 300리는 족히 떨어져 있고 산이 겹겹이 싸여 있어 길이 막혀 있는데도 먼 곳의 모습이 명확하게 드러나 보이니, 이는 산악의 신령한 빛이 가상의 형상을 투시해 준 것일까? 옛날 한(漢)나라 광무제(光武帝) 중원(中元) 원년(56)에 태산(太山)에서 봉선제(封禪祭)를 지내고, 양보산(梁父山)에서 천지신명께 제사를 드렸는데, 그날 산의 신령한 빛이 궁실 모양을 만들어 냈다. 또 옛날 한나라 무제(武帝)가 방사(方士) 서선(徐宣)을 보내 바다를 건너가 선약(仙藥)을 캐 오게 했을 때, 파도 속에서 높고 낮은 한나라 황실의 누각이 나타났는데, 그 모습이 명확해서 똑똑히 볼 수 있었으며 공후(公侯)의 저택들도 모두 눈앞에 가득 나타났다. 반초(班超)가 혼야국(渾耶國 : 흉노국)에 있을 때, 새벽 무렵에 오색구름이 선명하게 떠오르면서 하늘가에 궁궐이며 집들이 가지런하게 나타났는데, 좌우에 신하들이 늘어선 모습이 완연한 한나라 황실이었다. 이와 같은 종류의 현상은 이치를 따져 논하기 어렵다.

益陽縣在長沙郡界, 益水在其陽. 縣治東望, 時見長沙城隍, 人馬形色, 悉可審辨. 或停覽矚, 移晷乃漸散滅. 縣去長沙尙三百里, 跨越重山, 裏絶表顯, 將是山嶽炳靈, 冥像所傳者乎? 昔漢光武中元元年, 封太山, 禪梁父, 是日, 山靈炳象, 搆成宮室. 昔漢武帝遣方士徐宣浮海採藥, 於波中, 見漢家樓觀參差, 宛然備矚, 公侯第宅皆滿目. 班超在渾耶國, 平旦, 雲霞鮮朗, 見天際宮闕, 舘宇嚴列, 侍臣左右, 悉漢家也. 如斯之類, 難可審論.

* 이 고사는 《태평광기》 권399 〈수 · 익수〉에 실려 있다.

62-69(1897) **양천**

양천(釀川)

출《박물지(博物志)》

　　침양천(沈釀川)의 유래에 대해 이런 이야기가 전한다. 한(漢)나라의 정홍(鄭弘)은 영제(靈帝) 때 고을의 색부(嗇夫)[28]로 있었는데, 벼슬을 얻으러 도성으로 들어가다가 아직 도착하지 못했을 때 밤에 그곳에서 묵었다. 그는 거기서 친구를 만났는데, 사방을 둘러봐도 황량한 들판이고 촌락은 아주 멀어서 술을 받아 올 곳이 없었기에 친구와 회포를 풀 방법이 없었다. 그래서 돈을 냇물 속에 던지고 친구와 함께 그 냇물을 마셨는데, 저녁 내내 기분 좋게 마시고 둘 다 잔뜩 취할 수 있었다. 그래서 그 냇물을 "침양천"이라 이름 지었다. 이튿날 아침에 두 사람은 작별하고 떠났다. 정홍은 벼슬이 상서(尙書)에 이르렀다.

沈釀川者. 漢鄭弘, 靈帝時爲鄉嗇夫, 從宦入京, 未至, 夜宿於此. 逢故人, 四顧荒郊, 村落絶遠, 沽酒無處, 情抱不申.

---

[28] 색부(嗇夫) : 한나라 때 고을에서 소송과 조세 등을 담당하던 하급 관리.

乃投錢於水中而共飮, 盡夕酣暢, 皆得大醉. 因便名爲"沈釀川". 明旦分首而去. 弘仕至尙書.

* 이 고사는《태평광기》권399〈수·양천〉에 실려 있다.

62-70(1898) 석지수

석지수(石脂水)

출《유양잡조》

고노현(高奴縣)의 석지수는 물이 기름져서 옻칠 같은 것이 물 위로 떠오른다. 그것을 가져다가 수레에 기름칠하거나 등잔에 불을 붙이면 아주 밝다.

高奴縣石脂水, 水膩, 浮水上如漆. 採以膏車及燃燈, 極明.

* 이 고사는《태평광기》권399〈수·석지수〉에 실려 있다.

62-71(1899) 물이 빠져나가는 못

누피(漏陂)

출《옥당한화》

연주(兗州)의 동남쪽으로 기주(沂州)와의 접경지대에 못이 있는데, 그 둘레가 거의 100리 가까이 된다. 항상 여름에 비가 내리면 근방 산골짜기의 물이 그곳으로 흘러들어 모이는데, 그러면 못의 깊이가 1장(丈)까지 불어난다. 봄비가 내릴 때면 물고기와 자라가 그곳에 산다. 하지만 맑게 갠 가을이 되면 하룻저녁 사이에 그 물이 모두 밑으로 빠져 버리고 조금도 남지 않는다. 그래서 그곳 마을에서는 그 못을 "누피(漏陂)"라고 부르고 또는 "함택(陷澤)"이라 부르기도 한다. 미 : 누피와 함택이란 말은 누치(漏卮 : 새는 술잔)나 옥초(沃焦)29)를 대신해 사용할 수 있다. 《수경주(水經注)》에 누택(漏澤)30)

---

29) 옥초(沃焦) : 동해의 남쪽에 있다고 하는 전설 속 불타는 거대한 바위산. 사방 둘레가 4만 리이고 두께가 4만 리인데, 늘 불타고 있어서 그곳의 바닷물이 모두 말라 버린다고 한다.

30) 누택(漏澤) : 본래는 '물이 새어 나가는 못'이란 뜻으로, '누피(漏陂)'나 '함택(陷澤)'과 같은 의미이지만, 옛날에 연고가 없는 시신이나 가난해서 장지를 마련하지 못한 자들을 위해 관에서 마련해 준 공동묘지를 가리키는 말로 사용되었다.

이 있는데, 또한 같은 명칭이지만 이는 어울리지 않는다. 그 물이 빠져나가려 할 때는 소리가 나는데, 멀리 사방 수십 리 밖에서도 분명히 들리며 마치 비바람이 몰아치는 소리 같다. 물이 빠져나갈 때는 먼저 소용돌이치듯 맴돌고 나서 구멍으로 빨려 들어간다. 그 소리가 들리는 날에 마을 사람들은 반드시 수레나 나귀와 낙타를 준비해 물고기와 자라를 앞다퉈 주워서 가득 싣고 돌아간다. 이 못은 1~2년에 한 번씩 물이 빠지는데, 그 물이 어디로 빠져나가는지, 그리고 구멍이 얼마나 깊은지 알 수 없다.

兗州東南接沂州界, 有陂, 周圍百里而近. 恒值夏雨, 側近山谷間流注所聚也, 深可丈丈. 屬春雨, 卽魚鱉生焉. 或至秋晴, 其水一夕悉陷其下而無餘. 故彼之鄕里, 或目之爲"漏陂", 亦謂之"陷澤". 眉:漏陂·陷澤可代漏卮·沃焦用.《水經注》有漏澤, 亦同名, 斯不雅矣. 其水將漏, 卽有聲, 聞四遠數十里分, 若風雨之聚也. 先廻旋若渦勢, 然後淪入於穴. 村人聞之日, 必具車乘及驢駝, 競拾其魚鱉, 輦載而歸. 率一二歲陷, 莫知其趨向, 及穴之深淺焉.

* 이 고사는《태평광기》권399〈수·누택(漏澤)〉에 실려 있다.

정(井)

62-72(1900) 녹주의 우물
녹주정(綠珠井)
출《영표녹이》

녹주정은 백주(白州) 쌍각산(雙角山) 아래에 있다. 옛날에 양씨(梁氏)의 딸은 용모가 빼어났는데, [진(晉)나라] 석계륜[石季倫 : 석숭(石崇)]은 교지채방사(交趾採訪使)로 있을 때 구슬 30말을 주고 그녀를 샀다. 양씨 집에는 오래된 우물이 있었는데, 마을 노인들이 전하는 말에 따르면, 그 물을 길어 마신 사람이 딸을 낳으면 반드시 대부분 아름답다고 했다. 마을에 유식한 사람이 있었는데, 여자의 미색은 시국에 아무런 보탬이 되지 않는다면서 커다란 돌로 우물을 막아버렸다. 협 : 안타깝도다! 그 후로 비록 때때로 용모가 단정한 딸을 낳더라도 눈·코·입·귀와 사지가 온전하지 못한 경우가 많았으니, 미 : 못생긴 여자가 또한 어찌 보탬이 된 적이 있겠는가? 기이하도다! 백주의 경계에 쌍각산에서 흘러나오는 강물 한 줄기가 있는데, 그 강물이 용주(容州) 경계에서 합쳐져 녹주강(綠珠江)이 된다. 이는 귀주(歸州)에 소군촌(昭君村)31)이 있는 것과 같은데, 대개 그곳에서 미인이 태어났다고 해서 붙은 명칭이다.

綠珠井在白州雙角山下. 昔梁氏女有容貌, 石季倫爲交趾採訪使, 以圓珠三斛買之. 梁氏之居, 舊井存焉, 耆老傳云, 汲飮此水者, 誕女必多美麗. 里閭有識者, 以美色無益於時, 遂以巨石塡之. 夾: 可恨! 邇後雖時有産女端嚴, 則七竅四肢多不完全, 眉: 醜婦亦何嘗有益? 異哉! 州界有一流水, 出自雙角山, 合容州畔爲綠珠江. 亦猶歸州有昭君村, 蓋取美人生當名矣.

* 이 고사는 《태평광기》 권399 〈정·녹주정〉에 실려 있다.

31) 소군촌(昭君村) : '소군'은 한나라 원제(元帝)의 후궁인 왕소군(王昭君)을 말한다. 중국 4대 미인으로 꼽힌다.

62-73(1901) 임원현의 우물

임원정(臨沅井)

출《포박자(抱朴子)》

갈치천[葛稚川 : 갈홍(葛洪)]이 말했다.

"나의 조부이신 홍려경(鴻臚卿)께서 젊었을 때 일찍이 임원현령(臨沅縣令)을 지내셨는데, 이런 말씀을 하셨다. '임원현에 명문가가 있었는데, 대대로 장수해서 100살을 넘게 살기도 하고 80~90세까지 살기도 했다. 후에 그 집은 이사했는데, 그 뒤로는 자손들이 대부분 요절했다. 다른 사람이 그 옛집에 살았더니 역시 대대로 장수했다. 따라서 이는 그 집터로 인해 생긴 것이라 생각했지만 그 영문을 알 수 없었다. 그런데 그 집 우물물이 붉은 것이 의심쩍어 시험 삼아 우물 주변을 파 보았더니, 옛사람이 묻어 놓은 단사(丹砂) 수십 곡(斛 : 1곡은 10말)이 나왔다. 그 단사의 액이 샘으로 스며들어 우물로 흘러들어 갔는데, 그 물을 마셨기 때문에 장수할 수 있었던 것이었다.'" 미 : 단사를 복용하는 자를 위한 설법이다.

葛稚川云:"余祖鴻臚少時, 嘗爲臨沅令, 云:'此縣有名家, 世壽考, 或出百歲, 或八九十. 後徙去, 子孫轉多夭折. 他人居其故宅, 亦累世壽考. 乃覺是宅所爲, 而不知其故. 疑其井水赤, 試掘井左右, 得古人埋丹砂數十斛. 此丹砂汁因泉漸入井, 是以飮其水而得壽.'" 眉 : 爲服丹砂者說法.

* 이 고사는 《태평광기》 권399 〈정·임원정〉에 실려 있다.

62-74(1902) 불타는 우물
화정(火井)

출《박물지》

화정은 촉도(蜀都)에 있는데, 가로와 세로가 5척이고 깊이가 2~3장(丈)이다. 당시에는 대나무를 그 안에 집어넣어서 불을 얻었다. 제갈 승상[諸葛丞相 : 제갈량(諸葛亮)]이 가서 살펴본 후로 불길이 더욱 거세졌는데, 대야를 우물 위에 놓고 소금물을 끓여 소금을 얻었다. 나중에 사람들이 집에서 쓰는 촛불을 우물 속에 던져 넣자 즉시 불길이 꺼지더니 지금까지도 다시 타오르지 않고 있다.

火井在蜀都, 縱廣五尺, 深二三丈. 時以竹木投之以取火. 諸葛丞相往觀視後, 火轉盛熱, 以盆著井上煮鹽, 得鹽. 後人以家燭火投井中, 卽滅息, 至今不復然.

* 이 고사는 《태평광기》 권399 〈정·화정〉에 실려 있다.

62-75(1903) 소금 우물
염정(鹽井)

  능주(陵州)의 염정은 후한(後漢) 때 장도릉(張道陵)이 뚫은 것으로, 둘레가 4장(丈)이고 깊이가 540척이었다. 사람들은 이곳에 아궁이를 설치하고 소금을 끓였는데, 3분의 1은 관가로 들여보내고 3분의 2는 백성이 가졌다. 이윤 때문에 사람들이 몰려들었고 몰려든 사람들 때문에 읍(邑)이 생겼다. [당나라] 만세통천(萬歲通天) 2년(697)에 우보궐(右補闕) 곽문간(郭文簡)이 조정에 상주해 이 우물물을 팔았는데, 하루 만에 45만 관(貫 : 1관은 1000냥)을 벌었다. 백성이 그 이익을 탐하자 일꾼들은 일자리를 잃었다. 우물가에는 또 옥녀묘(玉女廟)가 있는데, 예로부터 전해 오는 말에 따르면, 12명의 옥녀가 일찍이 장도릉에게 우물 팔 땅을 가리켜 주었기 때문에 마침내 신으로 모셨다고 한다. 또 민간의 말에 따르면, 우물 밑에 신령이 있으므로 우물에 불을 던지거나 더럽혀서는 안 된다고 한다. 한번은 어떤 사람이 물을 긷다가 잘못해서 불을 떨어뜨렸는데, 그 즉시 우물이 크게 소리치면서 끓어오르더니 연기가 위로 솟구쳤으며 흙탕물이 튀고 돌이 떠다니는 것이 몹시 두려웠다. 혹자는 우물의 수맥이 동해(東海)로 통해 있어서 때때로 부서진 배의 나뭇조각이 떠오르기도 한다고 말했다.

陵州鹽井, 後漢張道陵所鑿, 周廻四丈, 深五百四十尺. 置竈煮鹽, 一分入官, 二分入百姓家. 因利聚人, 因人成邑. 萬歲通天二年, 右補闕郭文簡奏賣水, 一日一夜, 得四十五萬貫. 百姓貪其利, 人用失業. 井上又有玉女廟, 古老傳云, 十二玉女嘗與張道陵指地開井, 遂奉以爲神. 又俗稱, 井底有靈, 不得以火投及汚穢. 曾有汲水, 誤以火墜, 卽大吼沸湧, 烟氣冲上, 濺泥漂石, 甚爲可畏. 或云, 泉脈通東海, 時有敗船木浮出.

* 이 고사는 《태평광기》 권399 〈정・염정〉에 실려 있는데, 출전이 "《능주도경(陵州圖經)》"이라 되어 있다.

62-76(1904) 시도

시도(柴都)

출《현중기(玄中記)》

　동방에 시도라는 우물이 있는데, 제국(齊國)의 산에 있다. 산에는 그 깊이를 헤아릴 수 없는 우물 모양의 샘물이 있다. 봄과 여름이 되면 우물 속에서 우박이 나오는데, 나왔다 하면 오곡을 망쳐 놓는다. 그래서 사람들은 늘 땔나무로 그 우물을 막는데, 막지 않으면 우박이 근심거리가 된다. 그래서 그곳을 "시도"라고 부른다.

東方有柴都焉, 在齊國之山. 山有泉水, 如井狀, 深不測. 至春夏時, 雹從井中出, 出則敗五穀. 人常以柴塞之, 不塞則雹爲患. 故號"柴都".

* 이 고사는 《태평광기》 권399 〈정・시도〉에 실려 있다.

62-77(1905) 닭 우물
계정(鷄井)

출《계신록》

　강하(江夏)에 임 주부(林主簿)라는 사람이 있었는데, 성격이 잔인하고 도박을 좋아했다. 그가 사랑하는 딸이 닭을 즐겨 먹었기 때문에 이장이 매일 그에게 닭 두 마리를 바쳤다. 하루는 닭을 죽이려 할 때 닭이 도망치자 그 딸이 직접 쫓아갔는데, 닭이 집 북쪽에 있는 말라 버린 우물 속으로 들어가자 딸도 우물 속으로 들어가더니 결국 사라졌다. 임 주부도 직접 가서 또한 우물 속으로 들어가더니 나오지 않았다. 잠시 후 우물 속에서 검은 연기가 마치 불을 땐 것처럼 위로 솟아올랐다. 집안사람들은 우물가에서 울기만 할 뿐 감히 들어가지 못했다. 미 : 닭의 보복이 덧붙어 나온다. 한 백정이 우물 속으로 들어가서 살펴보겠다고 청했는데, 막 들어가면서 보았더니 커다란 솥에 물이 펄펄 끓고 불이 활활 타고 있었다. 그때 어떤 사람이 백정의 발을 막으며 말했다.

　"네가 상관할 일이 아니다."

　그래서 그는 들어가지 못하고 나왔다. 한참 뒤에 연기가 점차 사라지더니 우물 속에 닭 한 마리의 뼈와 두 사람의 뼈만 있었다.

江夏有林主簿, 虐而好賭. 所愛一女, 好食鷄, 里胥日供雙鷄. 一日, 將殺鷄, 鷄走, 其女自逐之, 鷄入舍北枯井中, 女亦入井, 遂不見. 林自往, 亦入井不出. 俄井中黑氣騰上如炊. 其家但臨井而哭, 無敢入. 眉: 鷄報附見. 有屠者請入視之, 但見大釜, 湯沸火熾. 有人拒其足曰: "事不干汝." 不得入而出. 久之, 氣稍息, 井中唯鷄骨一具, 人骨二具.

* 이 고사는 《태평광기》 권399 〈정·계정〉에 실려 있다.

62-78(1906) 군영의 우물
군정(軍井)

출《계신록》

건주(建州)에 위 사군(魏使君)의 저택이 있었는데, 병란 후에 불타 허물어져 군영(軍營)으로 사용되었으며, 커다란 우물은 메워져 있었다. [오대십국] 임자년(壬子年 : 952)에 군사들이 그 우물을 파냈는데, 들어간 두 사람은 모두 죽었고 시신도 찾지 못했다. 한 사람이 다시 들어가겠다고 청하며 말했다.

"밧줄로 나를 묶어 주십시오. 내가 급히 밧줄을 잡아당기면 빨리 꺼내 주십시오."

그 사람이 들어갔다가 한참 뒤에 갑자기 아주 급하게 밧줄을 잡아당기자 즉시 꺼냈는데, 이미 정신이 나가 있는 것 같았다. 그 사람은 한참 뒤에 말을 할 수 있게 되자 이렇게 말했다.

"우물 안으로 들어갔더니 성곽과 고을이 보였고 사람들이 아주 많았습니다. 그 성주는 이 장군(李將軍)이라고 했는데, 업무가 많아 몹시 바빴고 관서가 매우 성대했습니다. 두려워서 황급히 나오느라 결국 두 사람의 시신은 찾지 못했습니다."

건주유후(建州留後) 주척업(朱斥業)이 그 우물을 다시 메우게 했다.

建州有魏使君宅, 兵後焚毀, 以爲軍營, 有大井湮塞. 壬子歲, 軍士浚之, 入者二人皆卒, 屍亦不獲. 有一人請復入, 曰: "以繩縋我. 我急引繩, 卽亟出之." 旣入久之, 忽引繩甚急, 卽出之, 已如癡矣. 良久乃能言, 云: "旣入井, 但見城郭井邑, 人物甚衆. 其主曰李將軍, 機務鞅掌, 府署甚盛. 懼而遽出, 竟不獲二屍." 建州留後朱斥業使塡此井.

* 이 고사는 《태평광기》 권399 〈정・군정〉에 실려 있다.

62-79(1907) 영흥방의 백성

영흥방백성(永興坊百姓)

출《유양잡조》

당(唐)나라 개성(開成) 연간(836~840) 말에 영흥방의 백성 왕(王) 아무개가 우물을 팠는데, 보통 우물보다 1장(丈) 남짓 더 팠으나 물이 나오지 않았다. 그때 갑자기 밑에서 사람의 말소리와 닭 우는 소리가 매우 시끄럽게 들렸는데, 마치 벽 너머에 있는 것처럼 가까이 들렸다. 우물 파던 장인은 두려워서 감히 건드리지 못했다. 가사[街司 : 가리(街吏)]가 금오장군(金吾將軍) 위처인(韋處仁)에게 보고했지만, 위처인은 괴이한 일이라 여겨 더 이상 상주하지 않고 급히 우물을 막아 버리게 했다. 주(周)나라와 진(秦)나라의 옛일에 따르면, 이사(李斯)가 죄수 72만 명을 이끌고 여산(驪山)에서 진시황릉을 만들면서 상주하길, "아주 깊고 끝까지 팠지만 더 이상 파들어 갈 수 없고 불태워도 타지 않으며, 두드리면 속이 텅 비어 있어서 마치 그 밑에 다른 세상이 있는 듯합니다"라고 했다고 한다. 미 : 문장이 매우 예스럽다. 이사는 두꺼운 땅 밑에 혹시 별천지가 있음을 알았던 것일까?

唐開成末, 永興坊百姓王乙掘井, 過常井一丈餘, 無水. 忽聽向下有人語及鷄聲, 甚喧鬧, 近似隔壁. 井匠懼, 不敢擾. 街司申金吾韋處仁, 韋以事涉怪異, 不復奏, 遽令塞之. 據周秦故事, 李斯領徒七十二萬人, 於驪山作陵, 奏曰 : "已深已極, 鑿之不入, 燒之不燃, 叩之空空, 如下天狀." 眉 : 文古甚. 抑知厚地之下或別有天地也?

* 이 고사는 《태평광기》 권399 〈정・영흥방백성〉에 실려 있다.

권63 보부(寶部)

보(寶)

63-1(1908) 금으로 된 사람
금인(金人)

출《신이경》미 : 이하는 금전에 관한 것이다(以下金錢之屬).

서방의 일궁(日宮) 밖에 산이 있는데, 길이는 10여 리이고 너비는 2~3리이며 높이는 100여 장(丈)이다. 그 산은 모두 황금으로 되어 있어서 빛깔이 매우 아름다우며, 흙과 돌이 섞여 있지 않아 초목이 자라지 않는다. 산 위에는 금으로 된 사람이 있는데, 키는 5장 남짓 되고 모두 순금으로 되어 있으며 "금서(金犀)"라고 불린다. 산 아래로 1장을 파 들어가면 은이 있고, 또 1장을 파 들어가면 주석이 있으며, 또 1장을 파 들어가면 납이 있고, 또 1장을 파 들어가면 단양동(丹陽銅 : 적금)32)이 있다. 단양동은 금과 비슷하며 제련해서 상감(象嵌) 칠기 그릇을 만들 수 있다.

西方日官[1]之外有山, 長十餘里, 廣二三里, 高百餘丈. 其山皆黃金, 色殊美, 不雜土石, 不生草木. 上有金人, 高五丈餘, 皆純金, 名曰"金犀". 入山下一丈, 有銀, 又入一丈, 有錫, 又

---

32) 단양동(丹陽銅) : 적금(赤金). 금에는 황금・백금・적금의 세 가지 등급이 있는데 '단양동'이 바로 적금이다.

入一丈, 有鉛, 又入一丈, 有丹陽銅. 丹陽銅似金, 可鍛以作錯塗之器也.

* 이 고사는《태평광기》권400 〈보·금(金)〉에 실려 있다.
1 관(官) :《신이경(神異經)》에는 "궁(宮)"이라 되어 있는데, 문맥상 보다 타당하다.

63-2(1909) 성필

성필(成弼)

출《광이기》

　수(隋)나라 말에 한 도사가 태백산(太白山)에 살면서 단사(丹砂)를 정련해 대환단(大還丹 : 최상의 단약)을 만들어 득도했다. 성필이라는 자가 10여 년 동안 도사의 시중을 들었으나 도사는 그에게 득도하는 방법을 알려 주지 않았다. 성필이 나중에 친상(親喪)을 당해 떠나게 되자 도사가 그에게 대환단 10알을 주면서, 한 알의 대환단으로 10근의 적동(赤銅)을 변화시키면 황금이 되니 그것으로 장례를 치르기에 충분할 것이라고 했다. 성필은 집으로 돌아가서 도사의 말대로 황금을 만들어 장례를 치렀다. 성필은 다른 마음이 생겨 다시 산으로 들어가서 도사를 만나 대환단을 더 달라고 했는데, 도사가 주지 않자 성필은 곧장 시퍼런 칼날을 들이대며 도사를 위협했다. 하지만 대환단을 얻지 못하자 도사의 두 손을 잘랐고, 그래도 얻지 못하자 도사의 발을 잘랐다. 도사가 안색도 변하지 않자 성필은 더욱 화가 나서 도사의 머리를 베었다. 성필이 도사의 옷을 벗기자 팔꿈치 뒤에 붉은 주머니가 있었는데, 열어 보니 대환단이 들어 있었다. 성필이 기뻐하며 대환단을 가지고 산을 내려갔는데, 갑자기 성필을 부르는 소리가 들려서 고개를 돌려 보았더니 바로 도사였다. 도사가 성필에게 말했다.

"너는 결국 나처럼 될 것이다."

성필이 크게 놀라는 사이에 도사는 사라졌다. 성필은 대환단을 얻고 나서 황금을 많이 만들어 마침내 집이 부유해졌는데, 그가 부정한 짓을 했다고 사람들에게 고발당해 체포되었다. 성필은 황금을 만들 수 있다고 직접 해명하면서 다른 이유 때문이 아니라고 했다. 당(唐)나라 태종(太宗)이 그 일을 듣고 성필을 불러 황금을 만들게 했다. 성필이 황금을 만들자 태종은 기뻐하며 그에게 5품의 관직을 제수하고, 칙령을 내려 황금을 만들게 하면서 천하의 구리를 모두 황금으로 만들도록 했다. 성필이 수만 근의 황금을 만들고 나자 대환단도 바닥났다. 그 금이 이른바 대당금(大唐金)인데, 100번 제련해 더욱 순수했기에 매우 귀하게 여겼다. 성필이 재주가 다하자 돌아갈 것을 청했더니, 태종이 그에게 그 비법을 밝히라고 했지만 성필은 정말로 알지 못했다. 태종은 그가 속인다고 생각해 화가 나서 무기로 위협했다. 성필이 여전히 모른다고 해명하자 결국 무사에게 그의 손을 자르게 했으며, 그래도 말하지 않자 그의 발을 자르게 했다. 성필은 다급해지자 그 일의 자초지종을 말했지만, 태종은 역시 그 말을 믿지 않고 결국 그를 참수했다. 대당금은 마침내 유통되었다.

隋末, 有道者居於太白山, 煉丹砂, 合大還成, 因得道. 有成弼者, 給侍十餘歲, 而不告以道. 弼後以家艱辭去, 道者遺之丹十粒, 一粒丹化十斤赤銅, 則黃金矣, 足以辦葬事. 弼乃還, 如言辦葬訖. 弼有異志, 復入山見之, 更求還丹, 道者不與, 弼乃持白刃劫之. 旣不得丹, 則斷道者兩手, 又不得, 則刖其足. 道者顔色不變, 弼滋怒, 則斬其頭. 及解衣, 肘後有赤囊, 開之則丹也. 弼喜, 持丹下山, 忽聞呼弼聲, 回顧, 乃道者也. 謂弼曰 : "汝終如吾矣." 弼大驚, 因不見. 弼旣得丹, 多變黃金, 家遂殷富, 則爲人所告, 云弼有奸, 捕得. 弼自列能成黃金, 非有他故也. 唐太宗問之, 召令造黃金. 金成, 帝悅, 授以五品官, 敕令造金, 要盡天下之銅乃已. 弼造金, 凡數萬斤而丹盡. 其金所謂大唐金也, 百煉益精, 甚貴之. 弼旣藝窮而請去, 太宗令列其方, 弼實不知. 帝謂其詐, 怒, 脅之以兵. 弼猶自列, 遂爲武士斷其手, 又不言, 則刖其足. 弼窘急, 且述其本末, 亦不信, 遂斬之. 而大唐金遂流用矣.

* 이 고사는《태평광기》권400 〈보·성필〉에 실려 있다.

63-3(1910) 배담

배담(裴談)

출《기문》

　　배담이 회주자사(懷州刺史)로 있을 때 어떤 나무꾼이 태항산(太行山)에 들어갔다가 열려 있는 산굴을 보았는데, 몇 칸의 집을 채울 만한 황금이 있었다. 나무꾼은 기뻐하며 동굴로 들어가서 다섯 덩어리의 황금을 챙겼는데, 모두 길이가 1척 남짓 되었다. 나무꾼은 돌로 동굴을 막아 놓고 표시를 해 두었다. 또 며칠 뒤에 나무꾼이 가서 찾아보았지만 그 장소를 알 수 없었다. 나무꾼은 산골짜기를 잘 알고 있었기 때문에 즉시 낙성(洛城)의 회주(懷州)로 가서 석굴을 뚫기 위한 망치와 끌을 몇 수레나 만들었다. 회주의 최 사호(崔司戶 : 사호참군 최씨)가 그 일을 알고 나무꾼을 도왔다. 그들이 산으로 가서 동굴을 열려고 할 때 배담의 아내가 병이 났는데, 배담이 도사에게 상장(上章)[33]해 아내의 목숨을 살려

---

33) 상장(上章) : 도교의 재액 구제법의 일종. 음양오행의 술수(術數)에 따라 사람의 목숨을 계산해 장표(章表)의 의례에 의거해서 공물을 바치고 향을 태워 자기 죄를 고백하면서 천신에게 제사 지냄으로써 재액을 없애 주기를 기원하는 의식을 말한다.

달라고 청하게 했더니, 도사가 갑자기 천제의 조서를 전하며 말했다.

"내가 조서를 내려 배담에게 알린다. 태항산의 천장(天藏 : 하늘 창고)을 열었을 때 한 나무꾼이 그것을 보았기에, 내가 이미 그에게 황금 다섯 덩어리를 주고 창고를 막아 버리게 했다. 그런데 그 어리석은 인간이 탐욕스러워 장차 망치와 끌로 창고를 열려고 하니, 만약 그만두지 않는다면 백해무익할 것이다. 미 : 천제가 사사로운 창고를 가진 것으로 보아 천제도 금전을 좋아하니 하물며 사람은 어떻겠는가? 이 주의 최 사호가 나무꾼과 합심했으니 네가 급히 그 일을 멈추게 한다면 네 아내의 병이 저절로 낫게 될 것이다."

배담이 크게 기이해하며 즉시 최 사호를 불러 물어보았더니 과연 조서에서 말한 것과 같았다. 이에 석굴을 뚫기 위한 도구를 몰수했더니 아내의 병이 곧 나았다.

평 : 《계신록(稽神錄)》에 따르면, 건안(建安)의 땔감 파는 사람이 돈이 들어 있는 항아리를 똑바로 세워 주었는데,34) 그 일과 서로 비슷하다. 또 《왕씨기문(王氏紀聞)》에

---

34) 건안(建安)의 땔감 파는 사람이 돈이 들어 있는 항아리를 똑바로 세워 주었는데 : 《태평광기》 권405 〈보(寶)·건안촌인(建安村人)〉에 이 고사가 나온다.

따르면, 당(唐)나라 선천(先天) 연간(712~713)에 한 농부가 숭산(嵩山)에서 소를 치다가 그 소를 잃어버렸는데, 아무리 찾아도 찾을 수 없었다. 문득 보았더니 산굴이 열리면서 그 속에 돈이 가득 들어 있었다. 농부는 동굴로 들어가서 10민(緡 : 1민은 1000냥)의 돈을 짊어지고 집으로 돌아갔다. 나중에 다시 그곳에 갔지만 길을 잃어버렸다. 길에서 만난 한 사람이 농부에게 말하길, "그대의 소는 값이 얼마나 되오?"라고 하자, 농부가 말하길, "10민이오"라고 했다. 그러자 그 사람이 말하길, "그대의 소는 산신이 가져갔고 이미 그 값을 치렀거늘, 뭘 더 찾는 것이오?"라고 했다. 그 사람은 말을 마치고 홀연히 사라졌다. 농부는 그제야 깨닫고서 돌아갔다.

裴談爲懷州刺史, 有樵者入太行山, 見山穴開, 有黃金焉, 可數間屋. 樵者喜, 入穴取金, 得五鋌, 皆長尺餘. 因以石窒穴, 且志之. 又數日往, 則迷其處. 樵者頗諳山谷, 卽於洛城懷州, 造開石物錘鑿數車. 州有崔司戶, 知而助之. 將往開, 而談妻有疾, 請道家奏章請命. 道士忽傳天帝詔曰 : "帝詔裴談. 太行山天藏開, 比有樵夫見之, 吾已遺金五鋌, 命其閉塞. 而愚人貪得, 將加錘鑿, 若開不休, 有禍無益. 眉 : 天有私藏, 天亦愛錢矣, 何況於人? 此州崔司戶, 與之同心, 汝急止之, 妻疾自瘳矣." 談大異之, 卽召崔子問故, 果符所言. 乃沒其開石之具, 妻尋有間.

評 : 《稽神錄》: 建安賣薪人正錢甕, 事相類. 又《王氏紀聞》:

唐先天中, 有田父牧牛嵩山, 而失其牛, 求之不得. 忽見山穴開, 錢盈其中. 田父入穴, 負十千而歸. 再往, 迷其道. 逢一人謂曰:"汝牛値幾何?"曰:"十千." 人曰:"汝牛爲山神所得, 已嘗爾價, 何爲復尋?"言訖, 忽不見. 田父悟, 乃歸.

* 이 고사는《태평광기》권400〈보・배담〉, 권405〈보・건안촌인(建安村人)〉, 권434〈축수(畜獸)・우(牛)〉에 실려 있다.

63-4(1911) 추낙타

추낙타(騶駱駝)

출《조야첨재》

  추낙타(鄒駱駝)35)는 장안(長安) 사람인데, 예전에는 가난해 작은 수레를 밀며 찐 떡을 팔았다. 승업방(勝業坊)의 모퉁이에는 벽돌이 깔려 있었는데, 수레가 벽돌에 걸리면 뒤집어져서 흙먼지가 떡을 더럽혔다. 추낙타는 그것을 고민하다가 마침내 괭이를 들고 가서 10여 개의 벽돌을 들어냈는데, 그 아래에 5곡(斛)가량을 담을 수 있는 자기 항아리가 있었다. 열어 보았더니 몇 말의 황금이 들어 있어서 그는 큰 부자가 되었다. 그의 아들 추방(鄒昉)은 부마(駙馬)인 소전(蕭佺)과 가까이 지냈는데, 당시 사람들이 말했다.

  "소전은 부마(駙馬), 추방은 낙타의 아들. 이들은 도덕으로 만난 게 아니라, 단지 돈 때문에 친해졌다네."

鄒駱駝, 長安人, 先貧, 嘗以小車推蒸餠賣之. 每勝業坊角有

---

35) 추낙타(鄒駱駝) : 당나라 고종 때의 부호. 본명은 추봉치(鄒鳳熾)였는데, 낙타 등처럼 등이 굽었기에 사람들이 '추낙타'라고 불렀다. 엄청난 금은과 비단을 소유해 나라에 맞먹을 정도로 부자였다고 한다.

伏磚, 車觸之卽翻, 塵土涴其餠. 駝苦之, 乃將钁斫去十餘磚, 下有瓷甕, 容五斛許. 開看, 有金數斗, 於是巨富. 其子昉, 與蕭佺駙馬善, 時人語曰:"蕭佺駙馬子, 鄒昉駱駝兒. 非關道德合, 祇爲錢相知."

* 이 고사는《태평광기》권400〈보·추낙타〉에 실려 있다.

63-5(1912) 조회정

조회정(趙懷正)

출《유양잡조》

    변주(汴州)의 백성 조회정은 광덕방(光德坊)에서 살았다. [당나라] 대화(大和) 3년(829)에 하루는 어떤 사람이 돌베개를 가지고 와서 팔자, 조회정의 아내 하씨(賀氏)는 팔찌 하나를 주고 그것을 샀다. 조회정이 밤에 돌베개를 베고 잤는데, 베개 안에서 비바람 소리가 들리는 것 같았다. 그래서 아내와 아들에게 각각 하룻밤씩 베고 자게 했는데, 그들은 아무런 소리도 듣지 못했다. 조회정이 베개를 벨 때마다 다시 이전과 같은 소리가 들렸는데, 어떤 때는 시끄럽고 두려워서 잠을 잘 수 없었다. 그의 아들이 베개를 깨뜨려서 살펴보자고 하자 조회정이 말했다.

    "베개를 깨뜨렸을 때 아무것도 없다면 100냥의 돈만 버리는 것이니, 기다렸다가 내가 죽은 뒤에 네가 반드시 깨뜨려 보도록 해라."

    1년여 후에 조회정이 병들어 죽자 그의 아내가 돌베개를 깨뜨려 보게 했는데, 그 안에는 마치 주조한 듯한 금과 은이 각각 한 덩어리씩 들어 있었다. 금과 은이 있던 곳은 마치 미리 따져 모양을 만들어 넣은 것 같았는데, 돌베개에는 머리카락만 한 틈도 없어서 어떻게 안에 넣었는지 알 수 없었다. 금은 덩어리는 각각 3촌 남짓의 길이에 엄지손가락만 한 굵기였다. 결국 아내가 그것을 팔아 장사 지내고 빚을 갚았더니 한 푼도 남지 않았다.

汴州百姓趙懷正, 住光德坊. 大和三年, 一日, 有人携石枕求售, 趙妻賈一環獲焉. 趙夜枕之, 覺枕中如風雨聲. 因令妻及子各枕一夕, 則無所覺. 趙枕, 輒復舊, 或喧悸不得眠. 其子請碎視之, 趙言:"脫碎之無所見, 是棄一百之利也, 待我死後, 爾必破之." 經歲餘, 趙病死, 妻令毀視之, 中有金銀各一鋌, 如模鑄者. 所函鋌處, 其模似預曾勘入, 枕無絲髮隙, 不知從何而入也. 鋌各長三寸餘, 瀾如巨指. 遂貨之, 辦其殮及償債, 不餘一錢.

* 이 고사는 《태평광기》 권400 〈보・조회정〉에 실려 있다.

63-6(1913) 유적

유적(柳積)

출《독이지(獨異志)》

유적은 자가 덕봉(德封)이다. 그는 각고의 노력을 기울여 공부했는데, 밤에는 나뭇잎을 태워 등불을 대신했다. 어느 날 밤중에 유적은 창밖에서 부르는 소리를 듣고 나가 보았더니, 대여섯 사람이 각자 보따리 하나씩을 메고 와서 처마 밑에 쏟아부었는데 느릅나무 열매[36] 같았다. 그들이 유적에게 말했다.

"당신을 위해 글공부 비용을 가져왔으니 학업을 이루지 못할까 걱정하지 마시오."

다음 날 아침에 유적이 그것을 살펴보았더니 모두 한(漢)나라 때의 옛 동전이었는데, 세어 보니 120민(緡)이었다. 그리하여 유적은 마침내 학업을 끝마쳤다. [남조] 송(宋)나라 명제(明帝) 때 유적은 벼슬이 태자사인(太子舍人)에 이르렀다.

---

[36] 느릅나무 열매 : 둥글고 납작하며 동전 비슷하게 생겼다.

柳積, 字德封. 勤苦爲學, 夜燃木葉以代燈. 中夕, 聞窓外有呼者, 積出見之, 有五六人, 各負一囊, 傾於屋下, 如楡莢. 語曰:"與君爲書糧, 勿憂業不成." 明旦視之, 皆漢古錢, 計得百二十千. 乃終其業. 宋明帝時, 官至太子舍人.

* 이 고사는《태평광기》권295〈신(神)·유적〉에 실려 있다.

63-7(1914) 문덕 황후

문덕황후(文德皇后)

출《담빈록(談賓錄)》

동전 가운데 손톱자국 같은 무늬가 있는 것은 문덕 황후 때문에 생긴 것이다. [당나라] 무덕(武德) 연간(618~626)에 오수전(五銖錢)37)을 폐지하고 개원통보전(開元通寶錢)38)을 통행시켰는데, 미 : 개원통보는 또한 개통원보(開通元寶)라고도 한다. 이 네 글자를 짓고 쓴 것은 모두 구양순(歐陽詢)이 했다. 처음에 구양순이 동전 견본을 바쳤을 때 문덕 황후가 그 위에 손톱자국 하나를 냈는데 그로 인해 그런 동전이 생겨났다.

錢有文如甲跡者, 因文德皇后也. 武德中, 廢五銖錢, 行開元通寶錢, 眉 : 開元通寶, 亦云開通元寶. 此四字及書, 皆歐陽詢所爲也. 初進樣日, 后掐一甲迹, 因是有之.

37) 오수전(五銖錢) : 한나라 무제 때 처음 주조한 동전. '오수'는 동전의 무게를 말하는데 1수는 1냥의 24분의 1이다.

38) 개원통보전(開元通寶錢) : '개원'은 연호가 아니라 신기원(新紀元)을 연다는 의미다.

* 이 고사는 《태평광기》 권405 〈보·문덕황후〉에 실려 있다.

63-8(1915) 왕청
왕청(王淸)
출《유양잡조》

[당나라] 원화(元和) 연간(806~820) 초에 낙양촌(洛陽村)의 백성 왕청은 품팔이를 해 5환(鍰: 1환은 6냥)의 돈을 벌었는데, 그 돈으로 밭가의 말라 죽은 밤나무 한 그루를 사서 그것으로 땔감을 만들어 이득을 얻고자 했다. 그런데 밤 사이에 이웃 사람이 몰래 그 나무를 베면서 중간 부분을 잘랐더니, 홀연히 검은 뱀이 나타나 팔뚝만 한 머리를 쳐들며 그 사람에게 말했다.

"나는 왕청의 밑천이니[王淸本] 너는 베지 마라!"

그 사람은 혼비백산해 도끼를 내던지고 도망쳤다. 날이 밝자 왕청은 자손들을 데리고 가서 그 나무를 베었는데, 다시 뿌리 밑을 파 보았더니 동전이 담겨 있는 커다란 항아리 두 개가 나왔다. 왕청은 이로 인해 이득을 얻어 돌아왔으며 10여 년 후에 거부가 되었다. 왕청은 마침내 그 동전으로 꾸며 용 모양을 만들고 그것을 "왕청본(王淸本)"이라 불렀다.

元和初, 洛陽村百姓王淸, 傭力得錢五鍰, 因買田畔一枯栗樹, 將爲薪以求利. 經宿, 爲鄰人盜斫, 創及腹, 忽有黑蛇, 擧首如臂, 語人曰:"我王淸本也, 汝勿斫!" 其人驚懼, 失斤而走. 及明, 王淸率子孫薪之, 復掘其根下, 得大甕二, 散錢實之. 王淸因是獲利而歸, 十餘年巨富. 遂鎣錢成形龍, 號 "王淸本".

* 이 고사는《태평광기》권405 〈보 · 왕청〉에 실려 있다.

63-9(1916) 연 소왕

연소왕(燕昭王)

출'왕자년(王子年)《습유(拾遺)》' 미 : 이하는 진주다(以下珠).

연나라 소왕이 악일대(握日臺)에 앉아 있으면 때때로 목이 흰 검은 새가 소왕이 있는 곳에 내려앉았는데, 직경이 1척쯤 되는 투명하고 빛나는 진주를 입에 물고 있었다. 그 진주는 색깔이 옻칠한 것처럼 까맸는데, 새가 그 진주를 물고 하늘 높은 곳에서 비추면 온갖 신들이 본래 정령을 감출 수 없었다. 그 진주는 음천(陰泉)의 밑에서 나는데, 음천은 한산(寒山)의 북쪽, 원수(圓水)의 중앙에 있다. 원수에는 날아다니는 검은 조개가 있고, 이 조개가 1000년에 한 번 진주를 만들어 내는데, 진주는 점점 가볍고 가늘어진다.

소왕은 늘 이 진주를 품에 지니고 있었는데, 아주 무더운 날에도 몸이 절로 가볍고 시원해졌기에 그것을 "소서초량주(銷暑招涼珠 : 더위를 없애고 서늘함을 불러오는 진주)"라 불렀다.

燕昭王坐握日臺, 時有黑鳥白頭, 集王之所, 銜洞光之珠, 圓徑一尺. 此珠色黑如漆, 而懸照於雲日, 百神不能隱其精靈. 此珠出陰泉之底, 泉在寒山之北, 圓水之中. 有黑蚌飛翔, 此蚌千歲一生, 珠漸輕細. 昭王常懷握此珠, 當盛暑之月, 體自輕涼, 號曰"銷暑招凉珠".

* 이 고사는《태평광기》권402〈보·연소왕〉에 실려 있다.

63-10(1917) 한고조의 황후

한고후(漢高后)

출《극담록(劇談錄)》

　[한나라] 고후[高后 : 여후(呂后)]가 직경 3촌짜리 진주를 구하자, 회계(會稽)의 시장에서 진주를 팔고 있던 선인(仙人) 주중(朱仲)이 곧바로 바쳤더니, 고후는 그에게 황금 100근을 하사했다. 노원 공주(魯元公主)가 사적으로 황금 700근을 내놓으며 주중에게 진주를 부탁하자, 주중은 다시 직경 4촌짜리 진주를 바쳤다.

高后求三寸珠, 仙人朱仲在會稽市販珠, 乃獻之, 賜金百觔. 魯元公主私以金七百觔, 從仲求珠, 復獻四寸者.

* 이 고사는 《태평광기》 권402 〈보 · 한고후〉에 실려 있는데, 출전이 "《열선전(列仙傳)》"이라 되어 있다.

63-11(1918) 고래의 눈동자
경어목(鯨魚目)
출《술이기》

남해(南海)에 진주가 있는데, 그것은 바로 고래의 눈동자다. 밤에도 사물을 비춰 볼 수 있기에 그것을 "야광주(夜光珠)"라 부른다. 또 용주(龍珠)는 용이 토해 낸 것이고, 사주(蛇珠)는 뱀이 토해 낸 것이다. 남해의 민간에서는 "사주 1000개가 매괴(玫瑰) 하나만 못하다"라고 말하는데, 이는 사주가 흔하다는 말이다. 매괴 또한 진주의 명칭이다. 월(越) 땅의 민간에서는 "1000이랑에 심은 목노(木奴 : 감귤)가 용주 하나만 못하다"라고 말한다. 월 땅의 민간에서는 진주를 최상의 보물로 여기기 때문에 딸을 낳으면 "주낭(珠娘)"이라 부르고 아들을 낳으면 "주아(珠兒)"라고 부른다. 합포(合浦)에는 진주 시장이 있다.

南海有珠, 卽鯨目瞳. 夜可以鑒, 謂之"夜光". 又龍珠, 龍所吐也, 蛇珠, 蛇所吐也. 南海俗云 : "蛇珠千枚, 不及一玫瑰." 言蛇珠賤也. 玫瑰, 亦珠名. 越人俗云 : "種千畝木奴, 不如一龍珠." 越俗以珠爲上寶, 生女名"珠娘", 生男名"珠兒". 合浦有珠市.

* 이 고사는《태평광기》권402〈보·경어목〉에 실려 있다.

63-12(1919) 진주 못

주지(珠池)

출《영표녹이》

　염주(廉州)에 커다란 연못이 있는데 "주지"라고 부른다. 매년 자사(刺史)는 조정에 공물을 진상할 때면, 주호(珠戶 : 진주 캐는 백성)가 주지로 들어가 오래된 조개를 캐서 그것을 갈라 진주를 얻는 것을 직접 감독한다. 주지는 바닷가에 있는데, 사람들은 주지의 바닥이 바다와 통해 있어서 헤아릴 수 없을 만큼 굉장히 깊다고 생각한다. 또 어린 조개의 속살을 꺼내 대꼬챙이에 끼워 햇볕에 말리는데, 이것을 "주모(珠母)"라고 하며, 이것을 포로 만들어 술안주로 올린다. 조갯살 안에 좁쌀만 한 작은 진주가 들어 있는데, 이것으로 보아 주지의 조개는 그 크기에 따라 모두 속에 진주를 품고 있음을 알 수 있다.

廉州有大池, 謂之"珠池". 每年刺史修貢, 自監珠戶入池, 採老蚌, 剖而取珠. 池在海上, 疑其底與海通, 極深莫測. 又取小蚌肉, 貫之以籤, 曝乾, 謂之"珠母", 脯之以薦酒. 肉中有細珠如粟, 乃知珠池之蚌, 隨其大小, 悉胎中有珠矣.

* 　이 고사는 《태평광기》 권402 〈보・주지〉에 실려 있다.

63-13(1920) 소성의 진주

소성주(少城珠)

출《유양잡조》

촉(蜀)의 석순가(石笋街)에서는 여름에 큰비가 내리면 종종 여러 빛깔의 작은 진주가 발견된다. 민간에서는 이곳을 해안(海眼 : 바다로 통하는 끝이 없는 구멍)이라고 하는데, 그 연유는 알 수 없다. 촉의 스님 혜억(惠嶷)이 말했다.

"전대의 역사에 따르면, 촉의 소성은 황금과 벽옥, 진주와 비취로 장식했는데, [진(晉)나라] 환온(桓溫)이 그것이 너무 사치스러움을 싫어해 불태웠다."

이곳에서 주운 작은 진주에 때때로 구멍이 나 있는 것이 있는데, 혹시 옛날에 소성을 장식할 때 사용한 것이 아닐까?" 미 : 또한 흔히 볼 수 없는 일이다.

蜀石笋街, 夏中大雨, 往往得雜色小珠. 俗謂地當海眼, 莫知其故. 蜀僧惠嶷曰 : "前史說, 蜀少城飾以金璧珠翠, 桓溫惡其太侈, 焚之." 所拾小珠, 時有孔者, 得非是乎? 眉 : 事亦僻.

* 이 고사는《태평광기》권402〈보 · 소성주〉에 실려 있다.

63-14(1921) 청니주

청니주(靑泥珠)

출《광이기》

[당나라] 측천무후(則天武后) 때 서역 나라에서 비루박의천왕(毗婁博義天王)39)의 아래턱뼈와 벽지불(辟支佛)40)의 혀와 청니주 하나를 바쳤다. 측천무후는 턱뼈와 혀를 내걸어서 백성에게 보여 주었는데, 턱뼈는 크기가 걸상만 했고 혀는 푸른색으로 크기가 소의 혀만 했다. 청니주는 엄지손가락처럼 생겼고 옅은 푸른색이었는데, 측천무후는 그 귀함을 알지 못해 서명사(西明寺)의 스님에게 보시해서 금강불(金剛佛)의 이마에 박아 넣게 했다. 나중에 스님이 불경을 강설하는 자리에 한 호인이 와서 들었는데, 청니주를 뚫어지게 쳐다보면서 잠시도 눈을 떼지 못했다. 그렇게 10여 일

---

39) 비루박의천왕(毗婁博義天王) : 비루박차(毗婁博叉). 범어(梵語) '비루파크샤(Virūpākṣa)'의 음역으로, 서방 천왕(西方天王)의 이름이다. 사천왕(四天王) 가운데 서방 광목천왕(廣目天王)을 가리킨다.

40) 벽지불(辟支佛) : 범어 '프라톄카(pratyeka)'의 음역으로, 독각(獨覺)·연각(緣覺)이라 의역한다. 불타의 가르침에 기대지 않고 스승도 없이 스스로 깨달아 고독을 즐기며 설법도 하지 않는 불교의 성자를 말한다.

동안 호인은 청니주 아래에서 자세히 살펴보았으며 불경 강설에는 뜻이 없었다. 스님은 무슨 까닭이 있음을 알고 물었다.

"청니주를 사고 싶소?"

그러자 호인이 말했다.

"만약 파시겠다면 틀림없이 좋은 값을 쳐드리겠습니다."

스님은 처음에 1000관(貫)을 불렀다가 점점 올려서 1만 관까지 이르렀지만, 호인이 모두 깎아 달라고 하지 않자 마침내 10만 관으로 정하고 나서 팔았다. 호인은 청니주를 구입한 뒤에 그것을 허벅지 살 속에 박아 넣고 서역 나라로 돌아갔다. 얼마 후에 스님이 조정에 상주해 그 사실을 알리자, 측천무후가 칙령을 내려 그 호인을 찾아오게 했다. 며칠 만에 호인을 찾은 사자가 물었다.

"청니주는 어디에 있는가?"

호인이 말했다.

"삼켜서 배 속에 있습니다."

사자가 호인의 배를 가르려 하자 호인은 하는 수 없이 허벅지 속에서 청니주를 꺼냈다. 측천무후가 호인을 불러 물었다.

"그렇게 비싼 값에 그것을 사서 어디에 쓰려고 하느냐?"

호인이 말했다.

"서역 나라에 청니박(靑泥泊)이라는 곳이 있는데, 진귀

한 보석이 많습니다. 하지만 그곳의 진흙이 너무 두꺼워서 보석을 찾을 수 없습니다. 만약 이 청니주를 청니박 안에 던지면 진흙이 모두 물로 변하기 때문에 보석을 찾을 수 있습니다."

그제야 측천무후는 청니주를 보물로 여기며 보관했는데, 현종(玄宗) 때까지도 남아 있었다. 미 : 나에게는 쓸모가 없지만 저들에게는 쓸모가 있는데 어찌하여 남겨 둔단 말인가?

則天時, 西國獻毗婁博義天王下頷骨及辟支佛舌, 幷青泥珠一枚. 則天懸額[1]及舌, 以示百姓, 額大如胡牀, 舌青色, 大如牛舌. 珠類拇指, 微青, 后不知貴, 以施西明寺僧, 布金剛額中. 後有講席, 胡人來聽講, 見珠縱視, 目不暫捨. 如是積十餘日, 但於珠下諦視, 而意不在講. 僧知其故, 因問 : "欲買珠耶?" 胡云 : "若見賣, 當致重價." 僧初索千貫, 漸至萬貫, 胡悉不酬, 遂定至十萬貫, 賣之. 胡得珠, 納腿肉中, 還西國. 僧尋奏聞, 則天敕求此胡. 數日得之, 使者問 : "珠所在?" 胡云 : "以吞入腹." 使者欲剖其腹, 胡不得已, 於腿中取出. 則天召問 : "貴價市此, 焉所用之?" 胡云 : "西國有青泥泊, 多珍寶. 但苦泥深不可得. 若以此珠投泊中, 泥悉成水, 其寶可得." 則天因寶持之, 至玄宗時猶在. 眉 : 我之無用, 彼之有用, 何爲留之?

* 이 고사는《태평광기》권402〈보·청니주〉에 실려 있다.

1 액(額) : 《광이기(廣異記)》에는 "함(頷)"이라 되어 있는데, 문맥상 타당하다. 이하도 마찬가지다.

63-15(1922) 수주

수주(水珠)

출《기문》

대안국사(大安國寺)는 [당나라] 예종(睿宗)이 상왕(相王)으로 있을 때 살았던 옛 저택이었는데, 상왕이 지존의 자리에 오른 뒤에 그곳에 도량(道場)을 세웠다. 상왕은 일찍이 보주(寶珠) 하나를 보시해 절의 상주고(常住庫 : 사원이나 도관의 기물을 보관하는 창고)에 보관하게 했는데, 절의 스님은 그것을 궤짝 속에 넣어 두고 그다지 귀하게 여기지 않았다. [현종(玄宗)] 개원(開元) 10년(722)에 스님이 공덕을 세우려고 궤짝을 열어 보물을 훑어보면서 팔려고 하다가 보았더니, 봉함된 상자에 이렇게 적혀 있었다.

"이 보주는 가치가 억만 냥이다."

스님들이 함께 열어 보았더니 돌 조각처럼 생긴 붉은색 구슬이 있었는데, 밤이면 희미한 빛이 몇 촌 높이까지 빛났다. 한 스님에게 그것을 가지고 시장으로 가서 팔게 하면서 한번 그 값을 흥정해 보게 했다. 시장에 있는 며칠 동안 간혹 와서 물어보는 귀인(貴人)이 있기도 했지만, 구슬을 보고 나서는 말했다.

"이것은 평범한 돌일 뿐인데 어찌하여 이렇게 터무니없

는 값을 요구한단 말인가?"

그러고는 모두 코웃음을 치면서 가 버리자 스님도 부끄러워했다. 10일 뒤에 또 어떤 사람은 그것이 밤에 빛난다는 것을 알고 수천 냥의 값을 제시하기도 했다. 달포 뒤에 서역의 호인(胡人)이 시장을 둘러보면서 보물을 구했는데, 그 구슬을 보더니 크게 기뻐하면서 머리에 올려 보기도 했다. 호인은 귀인이었다. 호인이 통역을 시켜 값을 묻자, 스님이 말했다.

"억만 관(貫)이오!"

호인은 한참을 머뭇거린 후에 돌아갔다가 이튿날 다시 와서 통역을 시켜 스님에게 말했다.

"이 구슬의 가치는 진실로 억만 관이 나가지만, 내가 객지 생활을 한 지가 오래되어 지금 4천만 관밖에 없는데, 이 돈으로 살 수 있겠소?"

스님이 기뻐하며 호인과 함께 주지 스님을 찾아갔더니, 주지 스님이 그렇게 하라고 허락했다. 이튿날 호인은 4천만 관의 돈을 지불하고 그 구슬을 사서 떠나면서 스님에게 말했다.

"구슬값을 너무 많이 깎았다고 탓하지 마시오."

스님이 호인에게 물었다.

"어디에서 오셨소? 또 이 구슬은 어떤 능력을 가지고 있소?"

호인이 말했다.

"나는 대식국(大食國 : 사라센 제국) 사람인데, 우리 국왕께서 [태종] 정관(貞觀) 연간(627~649) 초에 귀국과 수교하면서 이 구슬을 바쳤소. 나중에 우리 나라에서는 늘 이 구슬을 생각했기에 방을 내걸어 이것을 찾아오는 자를 반드시 재상의 자리에 제수하겠다고 했소. 이 구슬을 찾아다닌 지 70~80년이 되었는데, 운 좋게도 오늘 이것을 얻게 되었소. 이것은 수주요. 매번 군대가 행군하다가 쉴 때 땅을 2척 깊이로 파서 이 구슬을 속에 묻어 두면, 곧바로 샘물이 솟아 나와 수천 명이 마실 수 있기 때문에 행군할 때 늘 물이 부족하지 않았소. 미 : 중국에서 보물인 줄 반드시 알았던 것은 아니니, 이 구슬은 바치지 않았어도 된다. 하지만 이 구슬을 잃어버린 후로는 행군할 때마다 갈증으로 고생하고 있소."

스님이 믿지 않자 호인이 땅을 파서 수주를 묻게 했더니, 잠시 후에 맑고 차가운 샘물이 솟아 흘러나왔다. 스님은 그 물을 떠서 마시고 나서야 비로소 수주의 신령함을 깨달았다. 호인은 마침내 수주를 가지고 떠났다.

大安寺, 睿宗爲相王時舊邸也, 卽尊位, 乃建道場焉. 王嘗施一寶珠, 令鎭常住庫, 寺僧納之櫃中, 殊不爲貴也. 開元十年, 寺僧造功德, 開櫃閱寶物, 將貨之, 見函封曰 : "此珠直億萬." 僧共開之, 狀如片石, 赤色, 夜則微光, 光高數寸. 持之市中, 令一僧監賣, 試其酬直. 居數日, 貴人或有問者, 及觀之, 則曰 : "此凡石耳, 何妄索直?" 皆嗤笑而去, 僧亦恥之. 十日後, 知其夜光, 或酬價數千矣. 月餘, 有西域胡人, 閱寺[1] 求寶, 見珠大喜, 頂戴於首. 胡人, 貴者也. 使譯問價, 僧曰 : "億萬!" 胡人因是遲回而去, 明日又至, 譯謂僧曰 : "珠價誠直億萬, 然胡客久, 今有四千萬求市, 可乎?" 僧喜, 與之謁寺主, 寺主許諾. 明日, 納錢四千萬貫, 市之而去, 仍謂僧曰 : "有虧珠價誠多, 不貽責也." 僧問胡 : "從何而來? 此珠復何能?" 胡人曰 : "吾大食國人, 王貞觀初通好, 來貢此珠. 後吾國常念之, 募有得之者, 當授相位. 求之七八十歲, 今幸得之. 此水珠也. 每軍行休時, 掘地二尺, 埋珠於其中, 水泉立出, 可給數千人, 故軍行常不乏水. 眉 : 中國未必知寶, 此珠可以無貢. 自亡珠後, 行軍每苦渴乏." 僧不信, 胡人命掘土藏珠, 有頃泉湧, 其色淸冷, 流泛而出. 僧取飮之, 方悟靈異. 胡人乃持珠去.

* 이 고사는 《태평광기》 권402 〈보·수주〉에 실려 있다.
1 사(寺) : 《태평광기》 명초본에는 "시(市)"라 되어 있는데, 문맥상 보다 타당하다.

63-16(1923) 상청주

상청주(上淸珠)

출《유양잡조》

[당나라] 숙종(肅宗)은 아이였을 때 늘 현종(玄宗)의 사랑을 받았다. 현종은 늘 숙종을 앞에 앉혀 놓고 그 모습을 자세히 보면서 무 혜비(武惠妃)에게 말했다.

"이 아이는 아주 남다른 상을 가지고 있으니, 훗날 우리 집안의 유복한 천자가 될 것이오."

그러면서 상청옥주(上淸玉珠)를 가져오라고 명해 붉은 비단으로 싸서 숙종의 목에 걸어 주었다. 상청옥주는 개원(開元) 연간(713~741)에 계빈국(罽賓國 : 지금의 카슈미르 지역)에서 바친 것으로, 아주 깨끗하고 빛이 나서 방 하나를 환히 비출 정도였다. 그것을 자세히 들여다보면 신선과 선녀, 구름과 학, 붉은 깃발의 모습이 그 속에서 움직이고 있었다. 숙종이 즉위했을 때 황실의 보물 창고에서 종종 신령스러운 빛이 찬란히 빛났다. 창고를 관리하던 자가 그 사실을 아뢰자 숙종이 말했다.

"혹시 상청주가 아닐까?"

마침내 그것을 꺼내 오게 했는데, 여전히 붉은 비단에 싸여 있었다. 숙종은 눈물을 흘리면서 근신들에게 두루 보여 주며 말했다.

"이 구슬은 내가 아이였을 때 명황(明皇 : 현종)께서 하사하신 것이오."

그러고는 그것을 비취옥 상자 안에 넣어서 침실에 두게 했다. 사방에서 갑자기 홍수와 가뭄이 들거나 병란 등의 재해가 있을 때, 경건한 마음으로 그것에 빌면 응험하지 않은 적이 없었다.

肅宗爲兒時, 常爲玄宗所器. 每坐於前, 熟視其貌, 謂武惠妃曰 : "此兒甚有異相, 他日亦吾家一有福天子." 因命取上淸玉珠, 以絳紗裹之, 繫於頸. 是開元中罽賓國所貢, 光明潔白, 可照一室. 視之則仙人玉女・雲鶴絳節之形, 搖動於其中. 及卽位, 寶庫中往往有神光耀日. 掌庫者具以事告, 帝曰 : "豈非上淸珠耶?" 遂令出之, 絳紗猶在. 因流泣, 遍示近臣曰 : "此我爲兒時, 明皇所賜也." 遂令貯之以翠玉函, 置之於臥內. 四方忽有水旱兵革之災, 則虔懇祝之, 無不應也.

* 이 고사는 《태평광기》 권402 〈보・상청주〉에 실려 있다.

63-17(1924) 오색 옥

오색옥(五色玉)

출《유양잡조》 미 : 이하는 무소뿔과 옥에 관한 것이다(以下犀玉之屬).

[당나라] 천보(天寶) 연간(742~756) 초에 안사순(安思順)이 오색 옥대(玉帶)를 진상했으며, 또 좌장고(左藏庫 : 황실의 보물 창고) 안에는 오색 옥이 수장되어 있었다. 황상(皇上 : 현종)은 근자에 서번국(西蕃國)의 진상품 중에 오색 옥이 없는 것을 이상해하면서 안서(安西)의 여러 번국을 질책하라는 명을 내렸다. 번국에서는 오색 옥을 늘 진상했지만 모두 소발률국(小勃律國)[41]에게 빼앗겼기 때문에 전달하지 못했다고 아뢰었다. 이에 황상이 진노해 소발률국을 정벌하려 하자 많은 신하들이 간언했지만, 오직 이임보(李林甫)만 황상의 뜻에 찬성했으며 아울러 무신 왕천운(王天運)이 지략이 있고 용맹하기 때문에 장군으로 삼을 만하다고 아뢰었다. 그래서 황상은 왕천운에게 명해 병사 4만 명을 거느리고 아울러 여러 번국의 군대를 통솔해 소발률국을 정

---

41) 소발률국(小勃律國) : '발률'은 당나라 때 서역의 나라로, 대발률과 소발률로 나뉘어 있었다.

벌하게 했다. 왕천운이 발률국의 성 아래까지 진격하자, 발률국의 군주는 두려워서 죄를 청했으며 보옥을 모두 내놓으면서 해마다 진상하겠다고 자원했다. 하지만 왕천운은 허락하지 않고, 협: 왜? 즉시 성을 도륙해 2000명의 포로와 주옥을 포획해 돌아갔다. 발률국의 어떤 술사(術士)는 장군 왕천운에게 도의심이 없어서 상서롭지 못하므로 하늘이 장차 큰 바람을 일으킬 것이라고 말했다. 왕천운의 군대가 수백 리를 갔을 때, 갑자기 광풍이 사방에서 일어나고 눈꽃이 새 날개처럼 날렸으며, 광풍이 바닷물을 쳐서 얼어붙게 하는 바람에 4만 명이 일시에 얼어 죽었다. 오직 번국 사람 한 명과 한족 한 명만이 살아 돌아가서 황상에게 그 일을 상주했다. 현종(玄宗)은 크게 놀라고 이상해하면서 즉시 중사(中使: 궁중에서 파견한 칙사)에게 두 사람을 따라가서 사실을 확인하라고 명했다. 그들이 바닷가에 도착해서 보았더니 얼음이 여전히 산처럼 우뚝 솟아 있었다. 얼어붙은 바닷물 너머로 병사들의 시체가 보였는데, 서 있는 자와 앉아 있는 자가 훤히 들여다보여서 셀 수 있을 정도였다. 중사가 돌아가려 할 때 얼음이 홀연히 녹아내렸으며 병사들의 시체도 더 이상 보이지 않았다.

天寶初, 安思順進五色玉帶, 又於左藏庫中得五色玉. 上怪近日西貢無五色玉, 令責安西諸蕃. 蕃言此常進, 皆爲小勃律所刼, 不達. 上怒, 欲征之, 群臣多諫, 獨李林甫贊成上意,且言武臣王天運謀勇可將. 乃命天運將四萬人, 兼統諸蕃兵伐之. 及逼勃律城下, 勃律君長恐懼請罪, 悉出寶玉, 願歲貢獻. 天運不許, 夾: 何意? 卽屠城, 虜二千人及其珠璣而還. 勃律中有術者, 言將軍無義不祥, 天將大風矣. 行數百里, 忽驚風四起, 雪花如翼, 風激海水成冰, 四萬人一時凍死. 唯蕃漢各一得還, 具奏. 玄宗大驚異, 卽命中使隨二人驗之. 至海側, 冰猶崢嶸如山. 隔水見兵士屍, 立者坐者, 瑩徹可數. 中使將返, 冰忽消釋, 衆屍亦不復見.

* 이 고사는《태평광기》권401〈보·오색옥〉에 실려 있다.

63-18(1925) 산호

산호(珊瑚)

출전 《서경잡기(西京雜記)》·《술이기》·《흡문기》

한(漢)나라 때 상원궁(上苑宮)의 적초지(積草池) 속에 1장 2척 높이의 산호가 있었다. 한 그루에 세 개의 줄기가 나 있었고, 그 줄기 위에 463개의 가지가 뻗어 있었다. 이것은 남월왕(南越王) 조타(趙佗)가 바친 것으로 "봉화수(烽火樹)"라고 불렀다. 협 : 이름이 좋지 않다. 밤이면 빛이 나서 늘 타오르는 듯했다.

또 울림군(鬱林郡)에 산호 시장이 있는데, 그곳은 바다 상인들이 산호를 사고파는 곳이다. 산호는 푸른색이고 한 그루에 수십 개의 가지가 달려 있는데, 가지 사이에는 잎이 없다. 큰 것은 높이가 5~6척이고 가장 작은 것은 1척 남짓이다. 교인(蛟人 : 전설 속 인어)은 바다에 산호궁이 있다고 말했다. 한나라 원봉(元封) 2년(BC 109)에 울림군에서 산호로 만든 부인상을 바치자, 무제(武帝)가 대전 앞에 그것을 심게 하고 "여산호(女珊瑚)"라 불렀는데, 갑자기 가지에서 잎이 매우 무성하게 자랐다. 영제(靈帝) 때에 이르러 산호나무가 죽자, 사람들은 모두 한나라 황실이 장차 쇠할 징조라 여겼다. 미 : 나라의 구징(咎徵 : 불길한 징조)이 덧붙어 나온다.

또 불림국(拂箖國 : 비잔틴 제국)의 바다는 도성에서 2000리 떨어져 있는데, 공중에 다리가 놓여 있다. 그 바다를 건너 서쪽으로 가면 차란국(且蘭國)에 이른다. 차란국에 적석산(積石山)이 있고, 적석산의 남쪽에 커다란 바다가 있으며, 바닷속에 산호가 해저에서 자란다. 그곳 사람들은 큰 배에 쇠 그물을 싣고 가서 바닷속에 내린다. 산호가 처음 자라날 때는 점차 버섯 모양처럼 되는데, 1년이 지나면 쇠 그물코 사이로 뻗어 나오면서 누런색으로 변해 가지가 서로 교차한다. 작은 것은 3척쯤 되고 큰 것은 1장이 넘는다. 3년이 지나면 푸른색이 된다. 그때 철사로 그 뿌리를 들어내고 배 위에 교거(絞車 : 권양기. 밧줄 따위를 말아 들어 올리는 기구)를 준비한 다음 쇠 그물을 들어 올려 산호를 꺼낸다. 그래서 그곳을 "산호주(珊瑚洲)"라 부른다. 오래 지나도록 산호를 캐내지 않으면 도리어 좀이 슬어 썩어 버린다. 미 : 썩은 재목의 바위 동굴도 똑같이 아깝다.

漢宮積草池中有珊瑚, 高一丈二尺. 一本三柯, 上有四百六十三條. 是南越王趙佗所獻, 號曰"烽火樹". 夾 : 名不佳. 夜有光, 常欲然.
又鬱林郡有珊瑚市, 海客市珊瑚處也. 珊瑚碧色, 一株株數十枝, 枝間無葉. 大者高五六尺, 尤小者尺餘. 蛟人云海上有珊瑚宮. 漢元封二年, 鬱林郡獻珊瑚婦人, 帝命植於殿前, 謂之"女珊瑚", 忽柯葉甚茂. 至靈帝時樹死, 咸以爲漢室將衰之徵也. 眉 : 國家咎徵附見.

又拂箖國海, 去都城二千里, 有飛橋. 渡海而西, 至且蘭國. 自且蘭有積石, 積石南有大海, 海中珊瑚生於水底. 大船載鐵網下海中. 初生之時, 漸漸似菌, 經一年, 挺出網目間, 變作黃色, 支格交錯. 高¹者三尺, 大者丈餘. 三年色靑. 以鐵鈔發其根, 於舶上爲絞車, 擧鐵網以出之. 故名其所爲 "珊瑚洲". 久而不採, 却蠹爛糜朽. 眉 : 腐材巖穴, 同一可惜.

* 이 고사는 《태평광기》권403 〈보·산호〉에 실려 있다.

1 고(高):《태평광기》명초본에는 "소(小)"라 되어 있는데, 문맥상 보다 타당하다.

63-19(1926) 무소뿔

서각(犀角)

출《영표녹이》·《유양잡조》

무소는 하나의 모공(毛孔)에서 세 가닥의 털이 난다. 무소는 대략 소와 비슷하지만 돼지 머리를 하고 있으며, 다리는 코끼리 같고 발굽에는 발톱이 세 개 있다. 머리에는 뿔이 두 개 나 있는데, 하나는 시서(兕犀)라 부르는 것으로 이마 위에 있으며, 다른 하나는 호모서(胡帽犀)라 부르는 것으로 코 위에 있고 비교적 작다. 코 위에 있는 뿔은 모두 뭉툭하고 점박이 무늬가 적으며 특이한 무늬가 많이 있다. 암무소 중에도 뿔이 두 개 있는 것이 있는데, 이것들은 모두 모서(毛犀: 코뿔소)다. 암무소의 뿔에는 모두 좁쌀 무늬가 있는데, 이것으로 허리띠를 만들 수 있다. 천백 개의 무소뿔 중에 간혹 위와 아래가 뚫려 있는 것이 있는데, 점박이 무늬의 크기나 기이함은 본래 일정하게 정해져 있지 않다. 한쪽에만 점박이 무늬가 길게 있는 것도 있고, 위쪽의 무늬는 크고 아래쪽의 무늬는 작은 것도 있는데, 이것을 "도삽통(倒挿通)"이라 부른다. 이 두 종류의 무소뿔 역시 색깔이 일정치 않다. 만약 위아래가 뚫려 있는 뿔 중에 흰색과 검은색이 분명하고 점박이 무늬까지 기이한 것이라면, 수만금의 값이 나가는 세상에서 보기 드문 보배다. 또 타라서(墮羅犀)라는 것이 있는데, 무소뿔 중에서 가장 크고 뿔 하나가 일고여덟 근 나가는 것도 있다. 그 뿔은 암무소의 이마 위에 난 것이라고 하는데, 반드시 무늬가 있고 콩을 뿌려 놓은 모양의 점박이 무늬가 대부분이다. 색이 짙은 것은 대구(帶鉤)로 만들 수 있고, 무늬가 흩어져 있고 색깔이 옅은 것은 두들겨서 납작한 접시나 그릇 따위로 만들 수 있다. 또 해계서(駭鷄犀) 협:닭들이 이것을 보면 놀라 달아난다. ·벽진서(辟塵犀) 협:부인들의 비녀나 빗으로 만들어 사용하면 먼지가 전혀 달라붙지 않는다. ·벽수서(辟水犀) 협:이것을 가지고 바다를 지나가면 바닷물이 갈라지고, 비와 안개 속에 있어도 젖지 않는다. ·명서(明犀) 협:어두운 곳에 두면 빛이 난다. 등도 있다. 이 몇 가지 무소뿔은 이야기만 들었을 뿐 볼 수는 없었다.

무소 중에서 통천(通天)이라는 것은 반드시 그림자를 싫어하며 늘 탁한 물을 마신다. 그것이 오줌을 누고 있을 때는 사람들이 쫓아가도 더 이상 발을 옮기지 못한다. 그 뿔의 무늬 결은 온갖 물상의 형상과 비슷한데, 혹 무늬 결이 물상의 형상을 이루지 못한 것은 결함이 있는 것이다. 그러나 그 무늬 결에는 도삽(倒挿)·정삽(正挿)·요고삽(腰鼓挿)의 구분이 있다. 도삽은 뿔의 중간 이하가 뚫려 있는 것이고, 정삽은 중간 이상이 뚫려 있는 것이며, 요고삽은 중간이 막혀서 뚫려 있지 않은 것이다. 그래서 파사(波斯:페르시아)에서는 상아를 "백암(白暗)"이라 부르고, 무소뿔을 "흑암(黑暗)"이라 부른다. 남해군(南海郡)의 선박 주인이 말했다.

"우리 나라에서 무소를 잡을 때는 먼저 산길에 많은 나무 막대를 목책처럼 꽂아 놓소."

그러면 무소는 앞다리를 곧게 편 채로 늘 나무 막대에 기대어 쉬는데, 나무 막대가 썩어서 부러지면 넘어진 무소가 일어날 수 없다고 했다. 무소뿔은 일명 "노각(奴角)"이라고도 한다. [남조 양나라의] 유효표(劉孝標)가 말했다.

"무소가 [뿔 갈이를 할 때] 떨어진 뿔을 파묻으면 사람들이 가짜 뿔로 그것과 바꿔치기한다."

犀三毛一孔, 大約似牛而猪頭, 脚似象, 蹄有三甲. 首有二角, 一在額上, 爲兕犀, 一在鼻上較小, 爲胡帽犀. 鼻上者皆窘束而花點少, 多有奇文. 牯犀亦有二角, 皆爲毛犀. 俱粟文, 堪爲腰帶. 千百犀中, 或偶有通者, 花點大小奇異, 固無常定. 有偏花路通者, 有項花大而根花小者, 謂之"倒вперед通". 此二種亦五色無常矣. 若通白黑分明, 花點奇差, 則價計巨萬, 乃希世之寶也. 又有墮羅犀, 犀中最大, 一株或重七八斤. 云是牯牛額上者, 必花多是撒頭豆點. 色深者堪爲銙, 散而淺, 卽拍爲盤碟器皿之類. 又有駭鷄犀 夾：群鷄見之驚散. ・辟塵犀 夾：爲婦人簪梳, 一塵不着. ・辟水犀 夾：此犀行於海, 水爲之開, 在雨霧中不濕. ・明犀. 夾：處暗有光 此數犀, 但聞其說, 不可得而見也.
犀之通天者必惡影, 常飮濁水. 當其溺時, 人趕不復移足. 角之理, 形似百物, 或理不通者, 是其病. 然其理有倒挿・正挿·腰鼓. 倒挿者一半已下通, 正者一半已上通, 腰鼓者中斷不通. 故波斯謂牙爲"白暗", 犀爲"黑暗". 南海郡舶主說: "本國取犀, 先於山路多植木如徂杙." 云犀前脚直, 常椅木而息, 木爛折, 則不能起. 犀角一名"奴角". 劉孝標言: "犀墮角埋之, 人以假角易之."

* 이 고사는《태평광기》권403〈보·서(犀)〉, 권441〈축수(畜獸)·잡설(雜說)〉에 실려 있다.

63-20(1927) 통천서로 만든 머리 장식

서도(犀導)

출《속제해기(續齊諧記)》

진(晉)나라 동해군(東海郡)의 장잠(蔣潛)이 한번은 불기현(不其縣)에 갔다가 숲속에 엎어져 있는 시체 하나를 보았는데, 이미 썩어서 악취가 났고 까마귀가 와서 쪼아 먹었다. 그때 문득 보았더니 키가 3척 남짓한 작은 아이가 와서 까마귀를 쫓아내자 까마귀가 날아갔는데, 그렇게 한 것이 한두 번이 아니었다. 장잠이 이상해하며 다가가서 살펴보았더니 죽은 사람의 머리 위에 통천서도(通天犀導)[42]가 꽂혀 있어 그것을 뽑아서 가졌다. 장잠이 떠난 후에 까마귀 떼가 다투어 모여들었는데, 이제는 더 이상 쫓아내는 사람이 없었다. 장잠은 나중에 그 서도를 진나라의 무릉왕[武陵王 : 사마희(司馬晞)]에게 바쳤는데, 무릉왕이 죽자 그것은 다시 여러 스님들에게 시주되었다. 왕무강(王武剛)이 9만 전을 주고 그것을 샀으나 그것은 나중에 저 태재[褚太宰 : 저연(褚淵)]의 손에 들어갔으며, 저 태재는 그것을 다시 제(齊)나라의

---

[42] 통천서도(通天犀導) : 통천서(通天犀)로 만든 머리 장식품. 통천서는 위아래가 뚫린 무소뿔을 말한다.

옛 승상(丞相) 예장왕[豫章王 : 소억(蕭嶷)]에게 선물했다. 예장왕이 죽은 후에 그의 부인인 강 부인(江夫人)이 그것을 잘라서 비녀로 만들었는데, 매일 밤마다 한 아이가 나타나 침상 머리를 맴돌면서 울부짖으며 말했다.

"어째서 날 잘랐나요? 반드시 복수해서 절대로 혼자 이 억울한 잔혹함을 당하지 않겠어요!"

강 부인은 이를 꺼림칙해하다가 달포 만에 결국 죽었다.

晉東海蔣潛, 嘗至不其縣, 見林下踣一屍, 已臭爛, 烏來食之. 輒見 小兒, 長三尺許, 來驅烏, 烏乃起, 如此非一. 潛異之, 乃就看之, 見死人頭上著通天犀導, 乃拔取之. 旣去, 衆烏爭集, 無復驅者. 潛後以此導上晉武陵王, 王薨, 以襯衆僧. 王武剛以九萬錢買之, 後落褚太宰處, 褚以餉齊故丞相豫章王. 王薨後, 內人江夫人遂斷以爲釵, 每夜, 輒見一兒繞牀頭啼叫云 : "何爲見屠割? 必當相報, 終不獨受枉酷!" 江夫人惡之, 月餘遂薨.

* 이 고사는 《태평광기》 권403 〈보・서도〉에 실려 있다.

63-21(1928) 위생
위생(魏生)
출《원화기》

당나라 때 안사(安史)의 난이 평정된 후에 위생이라는 사람은 젊어서 훈척(勳戚)으로서 왕우[王友 : 관명으로 왕의 사우(師友)]에 올라 수만금의 재산을 모았다. 그러나 불량한 무리와 어울린 탓에 궁핍해져 선비들에게 배척당했다. 그는 난을 피해 아내를 데리고 영남(嶺南)으로 들어갔다가 몇 년 뒤 세상이 안정된 후에 고향으로 돌아가게 되었다. 배가 건주(虔州) 경계 부근에 이르렀을 때 폭우가 쏟아지다 그치자 그는 강 언덕에 올라 사방을 둘러보았다. 그때 갑자기 모래톱 사이의 한 곳에서 연기가 곧장 위로 수십 장이나 치솟는 것을 보았다. 그것을 따라 찾아갔더니 손바닥만 한 크기의 돌 조각이 보였는데, 그 모양이 항아리 조각 같았고 반은 파랗고 반은 붉었다. 그는 그것을 가지고 돌아와서 책 상자 안에 넣어 두었다. 집에 도착해서 보니 예전에 있던 것은 모조리 없어지고 관직을 구하기 위해 손쓸 돈도 한 푼 없었기에 남의 집을 빌려 기거했다. 그곳의 시장 점포에는 호상(胡商)들이 많았다. 예전에 알고 지내던 사람들이 그의 신세를 불쌍히 여겨 모두 재물을 나누어 주었다. 한번은 호상들이 스스로 보회(寶會)를 열었다. 호상들은 관례상 매년 한 번씩 마을 사람들과 함께 각자 보물을 견주었는데, 보물이 가장 많은 사람이 모자를 쓰고 맨 윗자리에 앉았고 나머지 사람들은 [보물이 많은] 차례대로 줄지어 앉았다. 미 : 재물로 서열을 정하는 것이 또한 오랑캐의 법임을 알겠다. 호상들이 위생을 초청해 관람하도록 하자, 위생은 문득 지난번에 주워 온 그 물건이 생각나 그것을 품에 넣고 집을 나섰다. 그러나 감히 먼저 말을 꺼내지 못하고 말석에 자리를 잡고 앉았다. 식사를 마친 뒤에 여러 호상들이 보물을 꺼냈다. 가장 윗자리에 앉은 사람이 명주(明珠) 네 개를 꺼냈는데, 그 크기가 직경 1촌을 넘었다. 그러자 나머지 호상들이 모두 일어나 머리를 조아리며 예를 갖춰 절을 올렸다. 그다음 자리에 앉아 있던 사람들이 꺼낸 것은 세 개 혹은 두 개씩이었는데, 역시 모두 보물이었다. 순서가 말석에 이르자 여러 호상들이 모두 웃으면서 위생을 놀리며 말했다.

"당신도 보물이 있소?"

위생이 말했다.

"있습니다."

그러고는 품고 있던 것을 꺼내 보이며 스스로 웃었다. 그러자 30여 명의 호상들이 모두 일어나 위생을 부축해 맨 윗자리에 앉히더니 예를 갖춰 절을 올렸다. 위생은 처음에 자기가 놀림을 당하고 있다고 생각해 부끄러움과 무안함을 이

길 수 없었으나, 나중에 그들이 진심인 것을 알고 크게 놀랐다. 늙은 호상 중에는 그 돌을 보고 우는 사람도 있었다. 사람들은 위생에게 값은 달라는 대로 줄 테니 그 보물을 팔라고 청했다. 마침내 위생이 큰맘 먹고 백만 냥을 달라고 했더니, 사람들이 모두 화를 내며 말했다.

"무슨 연유로 우리의 보물을 모욕하시오?"

값이 천만 냥까지 이르러서야 비로소 멈추었다. 위생이 은밀히 호상에게 물었다.

"이 보물은 이름이 무엇입니까?"

호상이 말했다.

"이것은 본디 우리 나라의 보물인데, 전란으로 인해 잃어버린 지 이미 30여 년이 지났습니다. 우리 왕께서 이것을 찾으시며 '이것을 얻는 자는 재상에 임명할 것이다'라고 말씀하셨습니다. 이제 돌아가면 우리는 모두 후한 상을 받게 될 것이니, 어찌 그 값이 수백만 냥에 그치겠습니까?"

위생이 어디에 쓰는 물건이냐고 물었더니 말해 주었다.

"이것은 보모(寶母)입니다. 매월 보름에 왕께서 친히 바닷가로 나가 제단을 차려 놓고 제사를 지내시는데, 이것을 제단 위에 올려놓으면 하룻밤 사이에 명주와 보배 등이 모두 저절로 모여듭니다. 그래서 이름을 '보모'라고 합니다."

위생은 이전의 재산보다 갑절이나 많은 재물을 얻었다.

唐安史定後, 有魏生者, 少以勳戚, 歷任王友, 家財累萬. 然交結不軌之徒, 由是窮匱, 爲士旅所擯. 因避亂, 將妻入嶺南, 數年, 方寧後歸. 舟行至虔州界, 因暴雨息後, 登岸肆目. 忽於砂磧問見一地, 氣直上衝數十丈. 從而尋之, 見石片如手掌大, 狀如甕片, 半靑半赤. 試取以歸, 致之書篋. 及至家, 故舊蕩盡, 無財賄以求叙錄, 假屋以居. 市肆多賈客胡人等. 舊相識者哀之, 皆分以財帛. 嘗因胡客自爲寶會. 胡客法, 每年一度與鄕人大會, 各閱寶物, 寶物多者, 戴帽居於坐上, 其餘以次分列. 眉: 乃知以財列亦夷狄之法. 召生觀焉, 生忽憶所拾得物, 懷之而去. 亦不敢先言之, 坐於席末. 食訖, 諸胡出寶. 上坐者出明珠四, 其大逾徑寸. 餘胡皆起, 稽首禮拜其次以下所出者, 或三或二, 悉是寶. 至坐末, 諸胡咸笑, 戲謂生: "君亦有寶否?" 生曰: "有之." 遂出所懷以示之, 而自笑. 三十餘胡皆起, 扶生於座首, 禮拜. 生初爲見謔, 不勝慙悚, 後知誠意, 大驚異. 其老胡見此石, 亦有泣者. 衆遂求生, 請市此寶, 恣其所索. 生遂大言, 索百萬, 衆皆怒之: "何故辱吾此寶?" 加至千萬乃已. 潛問胡: "此寶名何?" 胡云: "此是某本國之寶, 因亂遂失之, 已經三十餘年. 我王求募之, 云: '獲者拜國相.' 此歸皆獲厚賞, 豈止數百萬哉?" 問其所用, 云: "此寶母也. 但每月望, 王自出海岸, 設壇致祭之, 以此置壇上, 一夕, 明珠寶貝等皆自聚. 故名'寶母'也." 生得財倍其先資.

* 이 고사는 《태평광기》 권403 〈보 · 위생〉에 실려 있다.

진완(珍玩)

63-22(1929) 옥배

옥배(玉杯)

출《십주기(十洲記)》미 : 이하는 옥기물이다(以下玉器).

주(周)나라 목왕(穆王) 때 서융(西戎)에서 옥배를 바쳤는데, 그 빛이 온 방 안을 비추었다. 그 옥배를 정원 한가운데 놓으면 다음 날 옥배에 물이 가득 찼는데, 향기롭고 달콤했다. 이것은 신선의 그릇이었다.

周穆王時, 西戎獻玉杯, 光照一室. 置杯於中庭, 明日水滿杯, 香而甘美. 斯仙人之器也.

* 이 고사는 《태평광기》 권229 〈기완(器玩)·주목왕(周穆王)〉에 실려 있다.

63-23(1930) 고리 사슬 모양의 말고삐

연환기(連環羈)

출《서경잡기》

    한(漢)나라 무제(武帝) 때 서독국(西毒國 : 인도)에서 연환기[고리 사슬 모양의 말고삐]를 바쳤는데, 모두 백옥으로 만든 것이었다. 또 마노석(瑪瑙石)으로 재갈을 만들고 흰빛 나는 유리(琉璃)로 안장을 만들었다. 이것들을 어두운 방 안에 두면 10여 장(丈)까지 비추어서 그 빛이 마치 대낮 같았다.

漢武帝時, 西毒國獻連環羈, 皆以白玉作之. 瑪瑙石爲勒, 白光琉璃爲鞍. 安在暗室中, 嘗照十餘丈, 其光如晝.

* 이 고사는《태평광기》권229〈기완 · 서독국(西毒國)〉에 실려 있다.

63-24(1931) 옥룡자

옥룡자(玉龍子)

출《명황잡록(明皇雜錄)》 미 : 이하는 옥이다(以下玉).

천후(天后 : 측천무후)가 일찍이 여러 황손(皇孫)들을 불러 놓고 대전 위에 앉아 그들이 장난하며 노는 것을 지켜보았다. 그러면서 서역에서 진상한 옥가락지와 팔찌, 술잔과 쟁반 등을 앞뒤에 늘어놓고 그들에게 마음대로 골라 가지게 해서 그들의 뜻을 관찰했다. 다른 황손들은 모두 다투어 달려가서 차지한 것이 많았지만, 현종(玄宗) 혼자만 단정히 앉아 조금도 움직이지 않았다. 그러자 천후가 크게 기특해하면서 현종의 등을 토닥거리며 말했다.

"이 아이는 틀림없이 태평천자(太平天子)가 될 것이다!"

그러고는 옥룡자를 가져오라고 명해 현종에게 하사했다. 미 : 천후는 당나라의 자손들을 두려워해서 거의 남김없이 죽였지만, 현종에게는 심경의 변화를 일으켜 결국 해를 끼치지 못했다. 제왕의 흥성은 천명에 이미 정해져 있기 때문에 비록 천후라 하더라도 어찌할 수 없었다! 옥룡자는 태종(太宗)이 진양궁(晉陽宮)에서 얻은 것으로 문덕 황후(文德皇后)가 일찍이 옷상자 속에 넣어 두었는데, 대제(大帝 : 고종)가 탄생하고 사흘 뒤에 황후가 구슬끈이 달린 강보와 함께 옥룡자를 대제에게 하사했다. 그 후로는 내부(內府 : 황실 창고)에 보관했다. 옥룡자는 비록 몇 촌밖에 되지 않았지만, 따뜻하고 윤이 나며 정교한 것이 인간 세상에 있는 것이 아니었다. 현종이 즉위했을 때 도성에서 비를 걱정할 때마다 반드시 경건하게 옥룡자에게 기도했는데, 장차 비가 쏟아지려 할 때 가까이 가서 옥룡자를 보면 마치 비늘과 갈기를 떨치는 것 같았다. 개원(開元) 연간(713~741)에 삼보(三輔) 지역에 큰 가뭄이 들자, 현종이 또 옥룡자에게 기도했으나 열흘이 지나도록 비가 내리지 않았다. 이에 현종이 몰래 남내[南內 : 흥경궁(興慶宮)]의 용지(龍池)에 옥룡자를 던졌더니, 잠시 후 구름이 갑자기 일어나면서 비바람이 몰아쳤다. 현종이 서촉(西蜀)으로 행차할 때 어가가 위수(渭水)에 이르렀는데, 위수를 건너기 전에 물가에서 머물렀다. 좌우 시종들 중에 물가에서 물장구치며 놀던 자가 모래 속에서 옥룡자를 발견하자, 현종은 놀라 기뻐하며 눈물을 흘렸다. 그 후로 매일 밤마다 옥룡자의 광채가 온 방을 밝게 비췄다. 현종이 도성으로 돌아온 뒤에 어린 황문(黃門 : 환관)이 몰래 옥룡자를 훔쳐 이보국(李輔國)에게 바쳤는데, 이보국은 항상 함 속에 그것을 보관했다. 이보국이 장차 패망하려 할 때 밤에 함 속에서 소리가 들리기에 열고 보았더니 옥룡자가 이미 사라지고 없었다. 미 : 한 물건이 떠나고 머물면서 길흉을 일러 주는 것 같으니 또한 영험하도다!

天后嘗召諸皇孫, 坐殿上, 觀其嬉戲. 因出西國所貢玉環釧杯盤, 列於前後, 縱令爭取, 以觀其志. 莫不奔競, 厚有所獲, 獨玄宗端坐, 略不爲動. 后大奇之, 撫其背曰: "此兒當爲太平天子!" 因命取玉龍子賜. 眉: 后恐唐子孫, 殺之殆盡, 旣心異玄宗, 竟不加害. 帝王之興, 天命已定, 雖天后亦如之何! 玉龍子, 太宗於晉陽宮得之, 文德皇后嘗置衣箱中, 及大帝載誕之三日, 后以珠絡衣裸並玉龍子賜焉. 其後嘗藏之內府. 雖廣不數寸, 而溫潤精巧, 非人間所有. 及玄宗卽位, 每京師閔雨, 必虔誠祈禱, 將有霖注, 逼而視之, 若奮鱗鬣. 開元中, 三輔大旱, 玄宗復祈禱, 而涉旬無雨. 帝密投南內之龍池, 俄而雲物暴起, 風雨隨作. 及幸西蜀, 車駕次渭水, 將渡, 駐蹕於水濱. 左右侍御或有臨流灌弄者, 於沙中得之, 上驚喜流泣. 自後每夜中, 光彩輝燭一室. 上旣還京, 爲小黃門私竊, 以遺李輔國, 常致櫃中. 輔國將敗, 夜聞櫃中有聲, 開而視之, 已亡其所. 眉: 一物去留而休咎若告, 亦靈矣哉!

* 이 고사는 《태평광기》 권396 〈우(雨)·옥룡자〉에 실려 있는데, 출전이 "《신이록(神異錄)》"이라 되어 있다.

63-25(1932) 옥으로 만든 벽사

옥벽사(玉辟邪)

출《두양편(杜陽編)》

　[당나라] 숙종(肅宗)이 이보국(李輔國)에게 향옥(香玉)으로 만든 벽사(辟邪)43) 두 개를 하사했는데, 각각의 높이는 1척 5촌이었고 그 정교함은 거의 사람의 솜씨가 아니었다. 그 향옥의 향기는 수백 보 떨어진 곳에서도 맡을 수 있었는데, 미·향옥이나. 금함이나 놀함 속에 그것을 넣고 잠가 놓더라도 그 향기를 막을 수 없었다. 어쩌다 옷자락으로 그것을 잘못 털기라도 하면 진한 향기가 1년 넘게 났으며, 설령 서너 번 빨더라도 향기가 사라지지 않았다. 이보국은 늘 그것을 자리 옆에 놓아두었다. 하루는 이보국이 한창 머리를 빗고 있을 때 보았더니, 벽사 중에서 하나는 활짝 웃고 있었고 다른 하나는 슬피 울고 있었다. 이보국은 그 괴이한 일이 꺼림칙해서 마침내 그것을 부숴서 가루로 만들어 측간에 던져 버렸는데, 그 후로 원통함을 호소하는 소리가 늘 들렸다. 이보국이 살던 안읍리(安邑里)에는 진한 향기가 한 달 내내 계

---

43) 벽사(辟邪) : 사기(邪氣)를 물리친다는 전설 속 짐승으로, 조각 장식에 많이 쓰인다.

속 풍겼는데, 아마도 그것을 빻아 가루로 만든 탓에 향기가 더욱 진해졌기 때문인 것 같았다. 그 후로 1년도 안 되어 이보국이 죽었다. 처음 벽사를 부쉈을 때 이보국이 총애하던 노복 모용궁(慕容宮)은 그것이 특이한 물건임을 알고 가루 2홉을 몰래 숨겨 두었다. 어조은(魚朝恩)은 이보국이 화를 당한 것을 꺼리지 않고 돈 30만 냥을 주고 그 가루를 샀다. 나중에 어조은이 주살당하게 되었을 때 그 향 가루가 흰 나비로 변해 하늘 높이 날아갔다. 미 : 구징(咎徵 : 불길한 징조)이 덧붙어 나온다.

肅宗賜李輔國香玉辟邪二, 各高一尺五寸, 工巧殆非人工. 其玉之香, 可聞數百步, 眉 : 香玉. 鎖之於金函石櫃中, 不能掩其氣. 或以衣裾悇拂, 芬馥經年, 縱浣濯數四, 亦不消歇. 輔國常置之坐側. 一日, 方巾櫛, 而辟邪一則大笑, 一則悲號. 輔國惡其怪, 遂碎之爲粉, 投於廁中, 自後常聞寃痛之聲. 其輔國所居安邑里, 芬馥彌月猶在, 蓋舂之爲粉, 愈香故也. 不周歲而輔國死焉. 始碎辟邪, 輔國嬖奴慕容宮, 知異常物, 隱屑二合. 魚朝恩不惡輔國之禍, 以錢三十萬買之. 而朝恩將伏誅, 其香化爲白蝶, 冲天而去. 眉 : 咎徵附見.

* 이 고사는 《태평광기》 권401 〈보・옥벽사〉에 실려 있다.

63-26(1933) 부드러운 옥채찍

연옥편(軟玉鞭)

출《두양편》

[당나라] 덕종(德宗)이 한번은 흥경궁(興慶宮)에 행차해 복벽(複壁)44) 사이에서 보물 상자를 찾아냈는데, 그 속에서 옥채찍이 나왔다. 옥채찍의 끝에는 "연옥편"이라는 글씨가 있었는데, 바로 천보(天寶) 연간(742~756)에 외국에서 바친 것이었다. 그것은 결이 곱고 무늬가 아름다우며 거울로 쓸 수 있을 정도로 밝게 빛났는데, 비록 남전(藍田 : 미옥의 산지)의 옥일지라도 그것을 능가할 수 없었다. 그것을 구부리면 처음과 끝이 서로 맞닿고, 펴면 직경이 밧줄 굵기만 했다. 또 그것은 도끼로 찍고 모루로 내리친다 하더라도 전혀 흠집이 나지 않았다. 덕종은 그것을 신묘한 보물이라고 감탄하며 [그것을 보관하기 위해 장인에게] 연선수(聯蟬繡 : 끝없이 이어진 생초)로 주머니를 만들고 벽잠사(碧蠶絲 : 푸른 고치실)로 채찍 끝을 만들게 했다. 벽잠사는 바로 영태(永泰) 원년(765)에 동해의 미라국(彌羅國)에서 진상한 것

---

44) 복벽(複壁) : 겹벽. 벽 속을 비우고 그 속에 물건을 넣기 위해 두 겹으로 둘러쌓은 벽.

이었다. 벽잠사에 관해 다음과 같은 말이 전한다. 그 나라에는 뽕나무가 있는데 가지와 줄기가 휘감겨서 온 땅을 덮으며 자란다. 큰 나무는 10여 리까지 뻗어 나가고 작은 나무도 100이랑의 그늘을 드리운다. 그 위에 누에가 있는데 길이가 4촌쯤 되고 색깔이 황금색이며 뽑아낸 실이 푸른색이므로 "금잠사(金蠶絲)"라고도 부른다. 그것을 그냥 놓아두면 길이가 1척이지만 잡아당기면 1장(丈)까지 늘어난다. 그것을 꼬아서 채찍 끝을 만들면 꿴 구슬처럼 안팎이 훤히 비쳐 보이는데, 비록 10명의 장정이 힘을 합쳐 잡아당기더라도 끊어지지 않는다. 그것으로 금(琴)의 현을 만들어 연주하면 귀신도 근심에 젖고, 쇠뇌의 시위를 만들어 쏘면 화살이 1000보(步)까지 나가며, 활의 시위를 만들어 쏘면 화살이 500보까지 나간다. 미 : 화살을 멀리 나가게 하는 것은 힘이 그렇게 하는 것이니, 어찌 시위가 할 수 있단 말인가? 황상(皇上 : 덕종)은 그 연옥 채찍을 내부(內府 : 황실 창고)에 보관하게 했다. 나중에 주차(朱泚)가 궁궐을 침범했을 때 그 채찍은 어디로 갔는지 알 수 없었다.

德宗嘗幸興慶宮, 於複壁間得寶匣, 中獲玉鞭. 其末有文, 曰 "軟玉鞭", 卽天寶中異國所獻也. 瑞姸節文, 光明可鑒, 雖藍田之美, 不能過也. 屈之則首尾相就, 舒之則徑直如繩. 雖以斧鑕鍛斫, 終不傷缺. 德宗嘆爲神物, 遂命聯蟬繡爲囊, 碧蠶絲爲鞘. 碧蠶絲, 卽永泰元年東海彌羅國所貢也. 云 : 其國有桑, 枝幹盤屈, 覆地而生. 大者連延十數里, 小者亦蔭百畝. 其上有蠶, 可長四寸, 其色金, 其絲碧, 亦謂之"金蠶絲". 縱之一尺, 引之一丈. 反捻爲鞘, 表裏通瑩如貫瑟, 雖倂十夫之力, 挽之不斷. 爲琴弦, 鬼神愁, 爲弩弦, 則箭出一千步, 爲弓弦, 則箭出五百步. 眉：箭出遠近, 力使之也, 弦能乎? 上令藏於內府. 至朱泚犯禁闕, 其鞭不知所在.

* 이 고사는 《태평광기》 권401 〈보·연옥편〉에 실려 있다.

63-27(1934) 중명침과 신금금

중명침·신금금(重明枕·神錦衾)

출《두양편》

[당나라] 원화(元和) 8년(813)에 대진국(大軫國)에서 중명침과 신금금을 바쳤다. 그 나라는 해동(海東)에서 남쪽으로 3만 리 떨어진, 진수(軫宿 : 28수 가운데 하나)의 별자리에 위치해 있기 때문에 "대진국"이라 한다고 했다. 중명침은 길이가 1척 2촌이고 높이가 6촌이며 수정보다 훨씬 깨끗하고 희었다. 중명침 속에는 누대 모양이 있고, 누대의 사방으로 10명의 도사가 향과 홀(笏)을 들고 그 주위를 계속해서 돌고 있었는데, 그것을 일러 "행도진인(行道眞人)"이라 불렀다. 누대의 기와와 나무와 단청, 그리고 진인들의 비녀와 하피(霞帔) 등이 모두 갖추어져 있었는데, 마치 물에 비친 물건처럼 투명하게 보였다.

신금금은 수잠사(水蠶絲)로 짠 것인데, 사방 2척 너비에 두께가 1촌이었다. 그 위의 용과 봉황 무늬는 거의 사람의 솜씨가 아니었다. 대진국에서는 오색 돌로 연못을 쌓고, 큰 산뽕나무 잎을 뜯어 연못 안에서 누에를 쳤다. 누에가 갓 생겨났을 때는 마치 모기의 속눈썹처럼 작았고 연못 안에서 떠다녔는데, 다 자라면 5~6촌쯤 되었다. 연못 안에는 위로 쭉 뻗은 연꽃이 자라나 있었는데, 매서운 바람이 불어닥쳐도 꼼짝하지 않았으며, 큰 것은 너비가 3~4척 정도 되었다. 누에는 15일이 지나면 바로 연꽃 속으로 뛰어들어 가 고치를 자았는데, 그 모양이 네모난 말[斗] 같았으며 천연 오색빛을 띠었다. 그러면 대진국 사람들이 고치를 켜서 그것으로 신금을 짰는데, 그것을 "영천사(靈泉絲)"라고도 불렀다. 황상(皇上 : 헌종)은 처음 신금금을 보고 비빈들과 함께 크게 웃으며 말했다.

"이것은 갓난아기 포대기로 쓰기도 부족한데, 어떻게 내가 넢을 수 있단 말인가?"

그러자 대진국의 사자가 말했다.

"이 신금의 실은 수잠사이므로 물을 만나면 늘어나지만, 물과 불은 상극이니 불을 만나면 줄어듭니다."

사자가 황상 앞에서 네 명의 관리에게 그것을 펼쳐 들게 하고 물을 한 모금 뿜었더니, 곧바로 사방 2장(丈)으로 늘어났으며 아까보다 훨씬 오색찬란하게 빛났다. 황상이 그 기이함에 감탄하면서 다시 불을 갖다 대게 했더니 금세 이전처럼 되었다.

元和八年, 大軫國貢重明枕·神錦衾. 云其國在海東南三萬里, 當軫宿之位, 故曰"大軫國". 重明枕, 長一尺二寸, 高六寸, 潔白逾於水精. 中有樓臺之狀, 四方有十道士, 持香執簡, 循環無已, 謂之"行道眞人". 其樓臺瓦木丹靑, 眞人簪帔,無不悉具, 通瑩焉如水睹物.

神錦衾, 水蠶絲所織, 方二尺, 厚一寸. 其上龍文鳳彩, 殆非人工. 其國以五色石甃池塘, 採大柘葉, 飼蠶於池中. 始生如蚊睫, 游泳其間, 及長, 可五六寸. 池中有挺荷, 雖驚風疾吹不能動, 大者可濶三四尺. 而蠶經十五日, 卽跳入荷中, 以成其繭, 形如方斗, 自然五色. 國人繰之, 以織神錦, 亦謂之"靈泉絲". 上始覽錦衾, 與嬪御大笑曰 : "此不足以爲嬰兒繃席, 曷能爲我被耶?" 使者曰 : "此錦之絲, 水蠶也, 得水卽舒, 水火相返, 遇火則縮." 遂於上前, 令四官張之, 以水一噴, 卽方二丈, 五色煥爛, 逾於向時. 上嘆異, 却令以火逼之, 須臾如故.

* 이 고사는 《태평광기》 권227 〈기교(伎巧)·중명침〉에 실려 있다.

63-28(1935) 한나라 태상황의 검

한태상황검(漢太上皇劍)

출'왕자년《습유기(拾遺記)》' 미 : 이하는 검이다(以下劍).

한(漢)나라 태상황[고조 유방의 부친]은 미천했을 때 늘 3척 길이의 칼 한 자루를 차고 다녔다. 칼 위에는 명문(銘文)이 새겨져 있었는데, 그 글자는 비록 알아보기 어려웠지만 아마도 은(殷)나라 고종(高宗)이 귀방(鬼方)45)을 정벌할 때 그 칼을 만든 것 같았다. 태상황이 풍패(豊沛)의 산택을 떠돌아다닐 적에 어떤 사람이 검을 주조하고 있었는데, 태상황이 그 옆에서 쉬다가 무슨 기물을 주조하느냐고 물었더니, 장인이 웃으며 말했다.

"천자를 위해 검을 주조하고 있으니 발설하지 마십시오."

태상황이 농담이라 여기며 의심하는 기색을 전혀 보이지 않자 장인이 말했다.

"지금 주조하고 있는 철은 단단하게 만들기가 어렵습니다. 만약 노인장의 허리에 차고 있는 칼을 얻어서 함께 섞어

---

45) 귀방(鬼方) : 옛날 적인(狄人)이 거주하던 지역으로, 지금의 산시성(陝西省) 서북쪽 일대에 해당한다. 적인의 성이 '외(隗)' 곧 '귀(鬼)'였기 때문에 그렇게 불렸다.

주조한다면, 신기(神器)를 만들어 천하를 평정할 수 있고, 별의 정령이 보좌해 주어 세 명의 교활한 자를 섬멸할 수 있을 것입니다.[46] 수덕(水德)이 쇠하고 화덕(火德)이 성하니, 이는 특이한 징조입니다."

태상황이 말했다.

"내게 있는 이 물건은 비수(匕首)라고 하는데, 그 날카로움은 견주기가 어렵소. 진(秦)나라 소양왕(昭襄王) 때 내가 길을 가다가 한 야인(野人)을 만났는데, 그가 나에게 이것을 주며 말하길, '은(殷)나라 때의 영물(靈物)로 대대로 전해 온 것이오'라고 했소. 그 위에는 고문(古文)으로 연월이 적혀 있소."

그러자 공인이 말했다.

"만약 이 비수를 넣어 함께 주조하지 않는다면 결국 보잘것없는 물건이 될 것입니다."

태상황은 즉시 허리에 차고 있던 비수를 풀어 화로 속에 던졌는데, 잠시 후에 불꽃이 하늘로 솟구치더니 대낮이 어두워졌다. 검이 완성되자 장인이 자세히 보았더니 그 명문

---

46) 별의 정령이 보좌해 주어 세 명의 교활한 자를 섬멸할 수 있을 것입니다 : 《구명결(鉤命決)》에 따르면, "별의 정령"은 묘성(昴星)의 정령이라고 하는 소하(蕭何)를 말하고, "세 명의 교활한 자"는 항우(項羽)・진승(陳勝)・호해(胡亥)를 말한다.

이 남아 있었는데, 이전의 어렴풋했던 흔적과 일치했다. 장인은 그 검을 태상황에게 주었고, 태상황은 다시 고조(高祖)에게 물려주었다. 고조는 늘 그것을 몸에 차고 다니면서 세 명의 교활한 자를 죽였다. 고조가 천하를 평정한 후 그 검을 여후(呂后)에게 주자, 여후는 보고(寶庫) 속에 넣어 두었다. 창고를 지키던 자는 구름 같은 흰 기운이 문밖으로 나가는 것을 보았는데, 그 모습이 용이나 뱀 같았기에 창고의 이름을 바꿔서 "영금장(靈金藏)"이라 했다. 여씨(呂氏)들이 권력을 전횡하자 그 흰 기운도 사라졌다.

평 : 《이원(異苑)》에 따르면, 진(晉)나라 원강(元康) 3년(293)에 무기고에서 불이 나 한나라 고조의 참사검(斬蛇劍)과 공자(孔子)의 신발이 불탔는데, 사람들이 모두 보았더니 그 검이 무기고의 지붕을 뚫고 날아가 어디로 갔는지 알 수 없었다고 한다. 참사검은 바로 태상황이 주조한 것인지도 모르겠다.

漢太上皇微時, 常佩一刀, 長三尺. 上有銘, 其字雖難識, 疑是殷高宗伐鬼方時作此物也. 太上皇遊豐沛澤中, 有人歐冶鑄, 上皇息其傍, 問鑄何器, 工人笑曰 : "爲天子鑄劒, 勿泄." 上皇謂爲戲言, 了無疑色, 工曰 : "今所鑄鐵, 鋼礪難成. 若得翁腰間佩刀, 雜而治之, 卽成神器, 可以克定天下, 星精爲輔佐, 以殲三猾. 水衰火盛, 此爲異兆也." 上皇曰 : "余有此物, 名爲匕首, 其利難儔. 秦昭襄王之時, 余行, 逢一野人於路, 授余云:'殷時靈物, 世世相傳.' 上有古書, 記其年月."
工人曰:"若不得此匕首和鑄, 終爲鄙器." 上皇卽解腰間匕
首, 投鑪中, 俄而烟焰冲天, 日爲晝暗. 及劍成, 工人規之,
其銘面存, 叶前疑也. 工人卽持劍授上皇, 上皇以賜高祖.
高祖長佩於身, 以殲三猾. 及天下已定, 授呂后, 藏於寶庫之
中. 守藏者見白氣如雲, 出於戶外, 如龍蛇, 改其庫名曰"靈
金藏". 及諸呂擅權, 白氣亦滅.

評: 按《異苑》, 晉元康三年, 武庫火, 燒漢高祖斬蛇劍·孔
子履, 咸見此劍穿屋飛去, 莫知所向. 不知斬蛇劍卽上皇所
鑄否.

* 이 고사는 《태평광기》 권229 〈기완·한태상황〉, 권231 〈기완·진
  혜제(晉惠帝)〉에 실려 있다.

63-29(1936) 송청춘

송청춘(宋青春)

출《유양잡조》

　당(唐)나라 개원(開元) 연간(713~741)에 하서기장(河西騎將) 송청춘은 용맹하고 사나웠기에 부하들로부터 추앙을 받았다. 당시 서융(西戎)이 해마다 변경을 침범하자, 송청춘은 전쟁에 임할 때마다 반드시 혼자 검을 휘두르면서 직군의 목을 들고 돌진했는데, 한 번도 칼이나 화살에 맞은 적이 없었다. 서융은 그를 두려워했으며, 당군(唐軍)은 모두 그를 신뢰했다. 나중에 토번(吐蕃)을 대패시키고 포로 수천 명을 사로잡았는데, 군수(軍帥)가 통역을 시켜 호랑이 가죽을 걸치고 있는 자에게 물었다.

　"너희는 어찌하여 그[송청춘]를 해칠 수 없었느냐?"

　그 사람이 대답했다.

　"단지 청룡이 군진으로 돌진해 오는 것만 보였고, 병기로 그를 찔러도 마치 구리나 쇠를 두드리는 것 같았기에 신령이 그를 도와주고 있다고 여겼습니다."

　송청춘은 그제야 그 검의 영험함을 알게 되었다. 송청춘이 죽은 뒤에 그 검은 과주자사(瓜州刺史) 계광침(季廣琛)의 소유가 되었는데, 간혹 비바람이 몰아치고 나면 검에서 뿜어 나오는 빛이 방을 뚫고 나가 사방 1장(丈)을 둥글게 비추었다. 가서한(哥舒翰)이 서량(西凉)을 진수할 때, 그러한 사실을 알고서 그 검을 다른 보물과 바꾸자고 했는데, 계광침은 바꿔 주지 않으면서 대신 그에게 다음과 같은 시를 주었다.

"배에 표시해 잃어버린 검 찾지만[47] 검은 이미 변화해 사라졌고, 장검을 두드리지만[48] 아직 보은(報恩)하지 않았다네."

唐開元中, 河西騎將宋靑春驍果暴戾, 爲衆所推. 西戎嘗歲犯邊境, 靑春每臨陣, 必獨運劍大揮, 執馘而前, 未嘗中鋒鏑. 西戎憚之, 一軍咸賴焉. 後吐蕃大北, 獲生口數千, 軍帥令譯問衣大蟲皮者:"爾何不能害之?" 答曰:"但見靑龍突陣而來, 兵刃所及, 若叩銅鐵, 以爲神助也." 靑春乃知劍之靈.

---

47) 배에 표시해 잃어버린 검 찾지만 : 원문은 "각주심(刻舟尋)". 옛날 초(楚)나라 사람이 배에서 검을 강물에 떨어뜨리고 배에 그곳을 표시해 두었다가 배가 정박한 뒤에 검을 찾으려 했다는 각주구검(刻舟求劍) 고사를 활용한 것이다.

48) 장검을 두드리지만 : 원문은 "탄협(彈鋏)". 전국 시대 제(齊)나라 맹상군(孟嘗君)의 식객이었던 풍환(馮驩)이 자신을 알아주지 않자 장검을 두드리고 노래를 부르면서 한탄했더니, 맹상군이 이를 듣고 그의 요구를 들어주었으며, 이후에 풍환은 자신의 재주와 정성을 다해 맹상군을 보좌해 보답했다.

青春死後, 劍爲瓜州刺史季廣琛所得, 或風雨後, 迸光出室, 環燭方丈. 哥舒翰鎭西凉, 知之, 求易以他寶, 廣琛不與, 因贈之詩曰:"刻舟尋已化, 彈鋏未酬恩."

* 이 고사는《태평광기》권231 〈기완·송청춘〉에 실려 있다.

63-30(1937) 장조택

장조택(張祖宅)

출《조야첨재》

당나라 건봉(乾封) 연간(666~668)에 어떤 사람이 진주(鎭州) 동쪽 교외에서 흰 토끼 두 마리를 보고 잡으려고 했는데, 갑자기 토끼가 땅속으로 들어가더니 흔적도 없이 사라졌다. 그래서 그 사람은 토끼가 들어간 곳을 파서 겨우 3척 정도 깊이에서 동검(銅劍) 한 쌍을 얻었는데, 그 동검은 옛날에 제작된 것으로 매우 정묘했다. 미 : 백토(白兔)와 청룡(青龍)은 짝이 된다. 당시 장사(長史)로 있던 장조택이 이 일을 들었다.

唐乾封中, 有人於鎭州東野外見二白兔, 捕之, 忽卻入池[1], 絶跡不見. 乃於入處掘之, 纔三尺許, 獲銅劍一雙, 古制殊妙. 眉 : 白兔青龍的對. 於時長史張祖宅以聞.

* 이 고사는《태평광기》권231〈기완・장조택〉에 실려 있다.
1 지(池) :《태평광기》에는 "지(地)"라 되어 있는데, 문맥상 보다 타당하다.

63-31(1938) 부재

부재(符載)

출《지전록》

 당(唐)나라의 부재는 문학과 무예에 모두 뛰어났다. 그는 늘 검 한 자루를 가지고 있었는데, 그 검의 신비한 빛이 밤을 대낮처럼 비추었다. 한번은 유람하다가 회수(淮水)와 절강(浙江) 일대에 이르러 한 거상(巨商)의 배를 만났는데, 교룡에게 가로막혀 앞으로 나아가지 못하는 상황이었다. 부재가 검을 뽑아 한 번 휘둘렀더니 교룡이 비 오듯 피를 흘렸고, 그 덕분에 거상의 배는 물길을 따라 순조롭게 나아갈 수 있었다.

 후에 한식날에 어떤 집에서 찰기장으로 종자(粽子)를 만들었는데, 통처럼 굵어서 식칼로는 자를 수 없었다. 그래서 부재는 자신의 검으로 잘랐는데, 그 후로 검은 광채가 없어졌으며 마치 무딘 쇠처럼 변해 쓸모가 없어졌다. 미 : 비유하자면 군자가 치욕을 피해 은거한 것과 같다.

唐符載, 文學武藝雙絶. 常畜一劍, 神光照夜爲晝. 客遊至淮浙, 遇巨商舟艦, 遭蛟作梗, 不克前進. 擲劍一揮, 血灑如雨, 舟舸安流而逝. 後遇寒食, 於人家裹秬粽, 粗如桶, 食刀不可用. 以此劍斷之訖, 其劍無光, 若頑鐵, 無所用矣. 眉 : 譬之君子避辱而隱.

* 이 고사는 《태평광기》 권232 〈기완·부재〉에 실려 있다.

63-32(1939) 산을 가르는 검

파산검(破山劍)

출《광이기》

    어떤 선비가 밭을 갈다가 검을 주웠는데, 그것을 잘 닦고 갈아서 시장으로 갔다. 그 검을 사겠다는 호인(胡人)을 만났는데, 처음에는 1관(貫)을 준다고 하더니 거듭 올려서 100관까지 이르렀지만 선비는 팔 수 없다고 했다. 그러자 호인은 선비의 집까지 따라와서 검을 만지작거리며 놓지 못하다가 결국에는 100만 관까지 주겠다고 했다. 그러고는 다음 날 돈을 들고 와서 검을 가져가기로 약속했는데, 마침 그날 밤에 달빛이 아름다웠기에 선비는 부인과 함께 검을 들고 함께 보면서 웃으며 말했다.

  "이것이 얼마나 뛰어나기에 그렇게 비싼 값이 나간단 말인가!"

    그러면서 뜰에 있던 다듬잇돌에 검을 겨누었더니 돌이 즉시 동강 났다. 날이 밝자 호인이 돈을 싣고 와서 검을 보더니 탄식했다.

  "검의 광채가 이미 사라졌으니 어떻게 이럴 수 있단 말인가!"

    그러고는 그 검을 사지 않겠다고 했다. 선비가 그 이유를 캐물었더니 호인이 말했다.

"이것은 파산검으로 딱 한 번만 사용할 수 있소. 나는 이것을 가지고 보산(寶山)을 가르려고 했는데, 지금 광채가 갑자기 사라졌으니 아마도 무언가에 부딪친 것 같소."

선비 부부는 한탄하면서 호인에게 전날 밤에 있었던 일을 말해 주었다. 호인은 10관으로 그 검을 사서 떠났다.

有士人耕地得劍, 磨洗詣市. 遇胡人求買, 初還一千, 累上至百貫, 士人不可. 胡隨至其家, 愛玩不捨, 遂至百萬. 已剋明日持直取劍, 會夜佳月, 士人與其妻持劍共視, 笑云: "此亦何堪, 至是貴價!" 庭中有搗帛石, 以劍指之, 石卽中斷. 及明, 胡載錢至, 取劍視之, 嘆曰: "劍光已盡, 何得如此!" 不復買. 士人詰之, 胡曰: "此是破山劍, 唯可一用. 吾欲持之, 以破寶山, 今光鋩頓盡, 疑有所觸." 士人夫妻悔恨, 向胡說其事. 胡以十千買之而去.

* 이 고사는 《태평광기》 권232 〈기완·파산검〉에 실려 있다.

63-33(1940) 한 선제

한선제(漢宣帝)

출《서경잡기》미 : 이하는 거울이다(以下鏡).

한(漢)나라 때 궁녀들은 7월 7일 밤에 개금루(開襟樓)에서 일곱 귀 달린 바늘에 실을 꿰었는데, 나중에 모두 이를 따라 해 풍속이 되었다. 선제가 체포되어[49] 군저(郡邸)의 감옥에 구금되었을 때, [할머니] 사 양제(史良娣)가 만들어 준 채색 명주 끈을 팔에 띠고 있었고, 그 끈에는 연독국(身毒國 : 인도)의 보경(寶鏡) 하나가 달려 있었는데, 보경의 크기는

---

[49] 선제가 체포되어 : 선제 유순(劉詢)은 무제의 증손이자 무제의 태자인 여태자(戾太子) 유거(劉據)의 손자다. 여태자가 사 양제(史良娣)를 맞이해 사황손(史皇孫)을 낳았고, 사황손이 왕 부인(王夫人)을 맞이해 선제를 낳았는데, 그를 황증손(皇曾孫)이라 했다. 무제 말년에 무제가 병이 들었을 때, 태자 유거와 사이가 좋지 않았던 측근 대신 강충(江充)이 유거가 궁중에 나무 인형을 묻어 놓고 병든 무제를 빨리 죽으라고 저주했다고 무고했다. 유거는 두려워서 군대를 일으켜 강충을 죽이고 조정에 항거했으나 결국 패해 자살했으며, 그 일족도 박해를 받았고 출생한 지 몇 개월밖에 안 된 손자 유순도 감금되었다. 이 사건을 '무고옥(巫蠱獄)'이라 한다. 그 뒤 유순은 정위감(廷尉監) 병길(邴吉)의 도움으로 감옥에서 구출되어 증외조모 집에 머물다가 나중에 궁중에서 양육되었는데, 소제(昭帝)가 죽은 뒤 후사가 없자 대장군 곽광(霍光)에 의해 황제로 옹립되었다.

팔수전(八銖錢)만 했다. 예로부터 전하는 말에 따르면, 이 거울은 요괴를 비춰 보이고 그것을 차고 있는 사람은 천신의 가호를 받는다고 했다. 그래서 선제는 위험에서 벗어날 수 있었다.

漢彩女常以七月七日夜, 穿七針於開襟樓, 俱以習之. 宣帝被收, 繫郡邸獄, 臂上猶帶史良娣合采婉轉絲繩, 繫身毒國寶鏡一枚, 大如八銖錢. 舊傳此鏡照見妖魅, 得佩之者, 爲天神所福. 故宣帝從危獲濟.

* 이 고사는《태평광기》권229〈기완·한선제〉에 실려 있다.

63-34(1941) 왕도

왕도(王度)

출《이문집(異聞集)》

    수(隋)나라 분음(汾陰)의 후생(侯生)은 천하의 뛰어난 선비였는데, 왕도는 늘 스승의 예로써 그를 섬겼다. 대업(大業) 7년(611) 5월에 왕도가 어사(御史)로 있다가 그만두고 하동(河東)으로 돌아갔는데, 때마침 후생의 병이 깊어졌다. 후생은 임종 때 왕도에게 오래된 거울을 주면서 말했다.

    "이것을 가지고 있으면 온갖 사악한 것들이 그대를 멀리할 것이네."

    왕도는 그것을 받아 보배로 여겼다. 그 거울은 직경이 8촌이고, 경비(鏡鼻)50)는 기린이 웅크리고 엎드려 있는 형상으로 만들었으며, 경비를 에워싸고 사방으로 거북·용·봉황·호랑이가 방위별로 늘어서 있었다. 사방의 바깥쪽에는 또 팔괘(八卦)가 있었고, 팔괘 바깥에는 12진(辰)의 위치별로 각 동물들을 갖추어 놓았다. 12지신(支神)의 바깥에는 또 거울을 빙 둘러싸고 24글자가 있었는데, 서체는 예서(隸

---

50) 경비(鏡鼻) : 거울 코. 거울의 등에 튀어나와 있는 고리 부분으로 여기에 끈을 매달아 차고 다녔다.

書)와 비슷하고 점과 획에 이지러진 것이 없었으나 자서(字書)에 있는 글자는 아니었다. 후생이 말했다.

"이 글자들은 24절기의 상형인데, 이것을 들어 해에 비춰 보면 뒷면에 있는 글자와 그림이 모두 뚜렷이 투영되어 가는 털 하나도 빠짐없이 보이네."

그 거울을 들어 두드려 보니 맑은 음이 서서히 울렸는데, 여음이 하루가 지나서야 비로소 그쳤다. 후생은 일찍이 말했다.

"황제(黃帝)가 15개의 거울을 주조했다고 들었는데, 그 첫째 거울은 직경이 1척 5촌으로 보름달의 수를 따른 것이네. 다른 거울들은 직경이 각각 1촌씩 서로 차이가 나는데, 이것은 여덟째 거울이라네."

그해 6월에 왕도는 장안(長安)으로 돌아갔는데, 장락파(長樂坡)에 이르러 정웅(程雄)의 집에 머물렀다. 정웅은 새로 한 여종을 맡아 두고 있었는데, 그녀는 매우 단아하고 아름다웠으며 이름을 앵무(鸚鵡)라고 했다. 왕도가 말을 풀어 놓고 의관을 정제하려고 그 거울을 끌어다 비추었는데, 앵무가 멀리서 그 광경을 보더니 곧장 머리를 땅에 찧어 피를 흘리며 말했다.

"감히 더 이상 머물지 않겠습니다!" 미 : 살쾡이 요괴가 덧붙어 나온다.

왕도가 주인을 불러 그 이유를 물었더니 정웅이 말했다.

"두 달 전에 한 과객이 이 여종을 데리고 동쪽에서 왔습니다. 당시 여종의 병이 심했기에 과객이 그녀를 맡기면서 돌아올 때 반드시 데려가겠다고 했는데, 지금까지 돌아오지 않고 있습니다. 저도 여종의 내력에 대해서는 모릅니다."

왕도는 그녀를 요괴라고 의심해 거울을 가져와 가까이 들이댔더니, 그녀가 살려 달라고 애걸하면서 즉시 본래 모습으로 바꾸겠다고 했다. 그러자 왕도가 곧 거울을 가리고 말했다.

"네가 먼저 자초지종을 털어놓고 나서 본래 모습으로 바꾼다면 마땅히 너의 목숨을 살려 주겠다."

여종은 재배(再拜)하고 스스로 말했다.

"저는 화산부군묘(華山府君廟) 앞의 오래된 소나무 아래에 살던 천년 묵은 늙은 살쾡이인데, 자주 둔갑해 사람들을 현혹했으므로 그 죄는 죽어 마땅합니다. 결국 화산부군이 체포하려고 뒤쫓자 저는 황하(黃河)와 위수(渭水) 일대로 도망쳤다가, 하규현(下邽縣)의 진사공(陳思恭)의 수양딸이 되어 두터운 은혜를 입고 양육되어 같은 마을의 시화(柴華)라는 사람에게 시집갔습니다. 그러나 시화와 서로 마음이 맞지 않았기에 달아나 한성현(韓城縣)을 나갔다가 행인 이무오(李無傲)에게 붙잡혔습니다. 이무오는 거칠고 포악한 남자였습니다. 그는 저를 데리고 여러 해 동안 여행하다가 일전에 이곳에 이르러 갑자기 머물게 되었습니다. 뜻밖에도 지금 천경(天鏡)을 만나니 본래 모습을 숨길 길이 없습니다."

왕도가 또 말했다.

"너는 본래 늙은 살쾡이였다가 둔갑해 사람이 되었는데, 어찌하여 사람을 해치지 않았느냐?"

여종이 말했다.

"저는 둔갑해 사람을 섬겼을 뿐 해치는 일은 하지 않았습니다. 단지 도망쳐 숨고 둔갑해 현혹했지만, 이는 신도(神道)에서 싫어하는 바이므로 죽어 마땅할 따름입니다." 미 : 이 거울은 진짜 살쾡이를 비추면 죽지 않고, 사람으로 둔갑한 살쾡이를 비추면 죽는다. 그러니 사람으로 둔갑하기보다는 차라리 진짜 살쾡이가 되는 게 낫겠다!

왕도가 또 말했다.

"너를 놓아주고자 하는데 괜찮겠느냐?"

앵무가 말했다.

"외람되이 공(公)의 두터운 은덕을 입게 된다면 어찌 감히 그 은혜를 잊겠습니까? 그러나 천경에 한번 비춰지면 죽음을 피할 수 없습니다. 다만 오랫동안 사람의 모습을 하고 있었기에 다시 예전의 몸으로 돌아가는 것이 부끄러우니, 원컨대 천경을 상자에 넣어 봉하고 제가 술에 만취해 생을 끝마치도록 허락해 주십시오."

왕도는 즉시 거울을 상자에 넣고 또 그녀를 위해 술자리를 마련해 주었으며, 정웅의 이웃들을 모두 불러 함께 연회를 즐겼다. 여종은 잠시 후 크게 취하더니 옷자락을 떨치고 일어나 춤을 추며 노래를 불렀다.

"보경이여! 보경이여! 슬프구나, 나의 운명이여! 나 스스로 본래 모습을 탈피한 후로, 지금까지 몇 개의 조대(朝代)가 바뀌었던가? 산다는 건 즐겁긴 하지만, 죽는다고 해도 상심할 필요는 없네. 어찌하여 연연하며, 이 한 곳을 지키랴?"
미 : 이 살쾡이는 이치에 깊이 통달했다.

그녀가 노래를 마치고 재배한 뒤 늙은 살쾡이로 변해 죽자 온 좌중이 놀라 탄식했다. 대업 8년(612) 4월 1일에 일식이 일어났다. 왕도는 당시 어사대(御史臺)에서 당직을 서고 있다가 낮에 관청 누각에 드러누워 있었는데, 해가 점차 어두워지는가 싶더니 여러 관리들이 그에게 심한 일식이 일어났다고 보고했다. 왕도가 의관을 정제하면서 거울을 꺼내 보았더니 거울 역시 컴컴하니 빛이 나지 않았다. 왕도는 보경이 햇빛과 달빛의 오묘함에 부합하도록 만들어졌다고 생각하면서 그 기이함에 감탄해 마지않았다. 잠시 후에 보경에서 빛이 나자 태양도 점차 밝아졌으며, 태양이 본래대로 돌아오자 보경 역시 예전처럼 환히 빛났다. 그 후로 매번 일식과 월식 때마다 보경도 어두워졌다. 그해 8월 15일에 친구 설협(薛俠)이 4척 길이의 동검(銅劍) 한 자루를 얻었는데, 검신(劍身)이 자루까지 이어져 있었고 자루에는 용과 봉황의 형상이 빙 둘러 있었으며, 왼쪽 무늬는 불꽃 모양이고 오른쪽 무늬는 물결 모양이었다. 광채가 번쩍이는 것이 비상한 물건이었다. 설협이 그 검을 가지고 왕도를 찾아와서 말했다.

"내가 이 검을 늘 시험해 보았는데, 매월 15일에 천지가 맑을 때 이것을 어두운 방에 두면 저절로 광채가 나서 주위를 몇 장(丈)까지 비춘다네. 그대가 기이한 것을 좋아하고 옛 물건을 아끼니, 그대와 함께 오늘 저녁에 한번 시험해 보고 싶네."

왕도는 매우 기뻐했다. 그날 밤에 과연 천지가 맑게 개자 왕도는 밀폐된 방에서 설협과 함께 묵었다. 왕도도 보경을 꺼내 자리 옆에 두었다. 잠시 후에 거울이 빛을 토해 온 방을 밝게 비추자 마치 대낮처럼 잘 보였다. 검은 그 옆에 가로놓여 있었는데 더 이상 빛이 나지 않자 설협이 크게 놀라며 말했다.

"거울을 상자 안에 넣어 보게."

왕도가 그의 말대로 했더니 그제야 검이 빛을 토했는데 겨우 1~2척에 불과했다. 설협이 검을 어루만지며 한탄했다.

"역시 천하의 신물(神物)에게는 굴복하는 이치가 있군!"

그 후에 왕도는 매번 보름이 되면 암실에서 거울을 꺼냈는데 그 빛이 늘 몇 장을 비추었다. 그러나 만약 달빛이 방

안으로 들어오면 거울의 빛이 없어졌으니, 신물이라 할지라도 어찌 태양과 태음(太陰 : 달)의 빛남에 필적할 수 있겠는가? 미 : 오직 굴복하는 것은 신물이기 때문이다. 그해 겨울에 왕도는 저작랑(著作郎)을 겸직하게 되자 조서를 받들어 국사(國史)를 수찬하면서 소작(蘇綽)의 열전(列傳)을 쓰려고 했다. 왕도의 집에는 표생(豹生)이라고 하는 70세 된 노복이 있었는데, 그는 본래 소씨(蘇氏 : 소작)의 노복으로 사전(史傳)을 꽤 섭렵했고 대략 문장을 지을 수 있었다. 표생은 왕도가 쓴 열전의 초고를 보고 슬픔을 이기지 못했다. 왕도가 그 이유를 묻자 표생이 왕도에게 말했다.

"저는 늘 소 공(蘇公 : 소작)에게서 후한 대우를 받았는데, 지금 소 공의 말씀이 사실로 징험되었기에 슬펐을 뿐입니다. 나리께서 가지고 계신 보경은 소 공의 친구인 하남(河南)의 묘계자(苗季子)가 소 공에게 준 것으로 소 공이 몹시 애지중지하셨는데, 돌아가시는 해에 몹시 슬퍼하면서 묘생(苗生 : 묘계자)을 불러 말씀하시길, '내가 헤아려 보니 죽을 날이 멀지 않았는데 이 거울이 누구의 손에 들어가게 될지 모르겠네. 그래서 시초점(蓍草占)을 쳐서 한번 알아보려 하니 선생이 봐 주길 바라네'라고 하셨습니다. 그러고는 소 공이 저를 돌아보며 점대를 가져오게 하시더니 직접 시초를 세어 괘를 늘어놓으셨습니다. 점괘를 다 보시고 나서 소 공이 말씀하시길, '내가 죽고 나서 10여 년 후에 우리 집에서 틀림없이 이 거울을 잃어버려 어디에 있는지 모르게 될 것이네. 그러나 천지의 신물은 움직이건 가만히 있건 간에 징조가 있는 법이네. 지금 황하와 분수(汾水) 사이에서 종종 점괘와 서로 합치하는 보물의 기운이 나타나니 거울은 아마도 그곳으로 갈 것 같네'라고 하셨습니다. 묘계자가 말씀하시길, '역시 다른 사람이 얻게 되겠는가?'라고 하시자, 소 공이 다시 점괘를 자세히 살펴보고 말씀하시길, '먼저 후씨(侯氏)에게 들어갔다가 다시 왕씨(王氏)에게 돌아가겠네. 그러나 그 이후로는 어디로 갈지 알 수 없네'라고 하셨습니다."

표생은 말을 마치고 눈물을 흘렸다. 왕도가 소씨 집안의 사람에게 물어보았더니, 과연 표생이 말한 대로였다. 그래서 왕도는 〈소공전(蘇公傳)〉을 지으면서 편말에 그 일을 자세히 적었는데, 소 공을 논평하며 "시초점을 치는 데 탁월했다"라고 한 것이 이것을 말한 것이다. 미: 소작이 시초점에 뛰어난 일이 덧붙어 나온다. 대업 9년(613) 정월 초하루에 한 호승(胡僧)이 탁발하다가 왕도의 집에 왔다. 왕도의 동생 왕적(王勣)이 나가서 호승을 보고는 그의 풍채가 범속치 않다고 여겨 내실로 맞아들여 그를 위해 식사를 마련했다. 앉아서 오랫동안 얘기를 나누다가 호승이 왕적에게 말했다.

"시주님의 댁에 절세의 보경이 있는 것 같은데 볼 수 있겠습니까?"

왕적이 말했다.

"법사는 어떻게 그것을 아십니까?"

호승이 말했다.

"빈도는 명록비술(明錄秘術)을 전수받아 보물의 기운을 잘 식별합니다. 시주님의 댁 위로 매일 푸른 광채가 햇빛과 잇닿아 있고 진홍빛 기운이 달빛에 닿아 있는데, 이는 보경의 기운입니다. 빈도는 그것을 2년 동안 보아 왔습니다. 그래서 오늘 길일을 택해 일부러 한번 보려고 왔습니다."

왕적이 거울을 꺼내 오자, 호승은 무릎을 꿇고 그것을 받들고 뛸 듯이 기뻐하며 왕적에게 말했다.

"이 거울은 여러 가지 영험한 모습을 지니고 있는데 아직 아무것도 드러나지 않았습니다. 금고(金膏 : 선약)를 거울에 바르고 주분(珠紛)으로 닦은 후에 거울을 들어 해를 비추면 틀림없이 빛이 담벼락을 뚫고 나갈 것입니다."

호승이 또 탄식하며 말했다.

"또 다른 방법으로 시험해 보면 틀림없이 사람의 오장육부가 비쳐 보일 텐데, 그 약들이 없는 것이 정녕 안타깝습니다. 하지만 금연(金烟)을 거울에 쐬고 옥수(玉水)로 씻은 다음 다시 금고와 주분으로 아까의 방법대로 거울을 닦으면, 진흙 속에 넣더라도 어두워지지 않을 것입니다."

호승은 마침내 금연과 옥수 등을 사용하는 방법을 남겨주었는데, 그대로 해 보니 영험이 드러나지 않은 적이 없었다. 호승은 결국 더 이상 나타나지 않았다. 그해 가을에 왕도는 지방으로 나가 예성현령(芮城縣令)을 겸임하게 되었다. 현령의 청사 앞에는 둘레가 몇 장이나 되는 대추나무 한 그루가 있었는데, 몇백 년이나 되었는지 알 수 없었다. 이전의 현령들은 부임해 오면 모두 그 나무에 제사를 올렸는데, 그렇게 하지 않으면 곧바로 재앙이 닥쳤다. 왕도는 요사스러운 일이란 사람에 의해 일어나는 것이므로 부정한 제사를 당연히 근절해야 한다고 생각했다. 하지만 현의 관리들이 모두 머리를 조아리면서 왕도에게 청하자, 왕도는 어쩔 수 없이 따르기로 했다. 그러나 왕도는 그 나무에 정괴가 깃들여 있는데 사람들이 제거할 수 없어서 그 기세만 길러 놓은 것이 분명하다고 속으로 생각해, 몰래 그 거울을 나무 사이에 걸어 두었다. 그날 밤 2경(更) 무렵에 청사 앞에서 천둥 치는 듯이 우르릉 쾅! 하는 소리가 나기에 일어나서 살펴보았더니, 비바람이 어두컴컴하게 그 나무를 휘감고 있었으며 번갯불이 번쩍이면서 오르락내리락했다. 날이 밝자 자주색 비늘에 붉은색 꼬리를 하고, 초록빛 머리에 흰 뿔이 나고, 이마 위에 임금 왕(王) 자가 새겨진 커다란 뱀 한 마리가 몸에 여러 상처를 입고 나무 아래에 죽어 있었다. 왕도는 곧바로 나무에서 거울을 수습한 뒤 관리에게 뱀을 내가서 현문(縣門) 밖에서 불태우게 했다. 그러고는 나무를 파 보았더니 나무 가운데에 구멍 하나가 있었는데, 땅속으로 들어갈수록 점점 커졌으며 거대한 뱀이 똬리를 틀고 살았던 흔적이 있었다. 그 후로는 마침내 요괴가 사라졌다. 그해 겨울에 왕도는 어사로서 예성현령을 겸임했으며, 하북도지절(河北道持節)로서 창고를 열고 식량을 풀어 섬동(陝東) 지방의 백성을 구휼했다. 당시는 천하에 크게 기근이 들고 백성이 질병에 걸렸는데, 포주(蒲州)와 섬주(陝州) 일대에서는 돌림병이 특히 심했다. 장용구(張龍駒)라는 하북(河北) 사람이 왕도의 밑에서 말단 관리로 있었는데, 그 집의 주인과 하인 수십 명이 한꺼번에 돌림병에 걸렸다. 왕도는 그들을 가엾게 여겨 거울을 가지고 그 집으로 들어가서 장용구에게 밤에 병자들을 거울로 비춰 보도록 했다. 병자들은 거울을 보더니 모두 놀라 일어나며 말했다.

"용구가 달을 가져와서 비추자, 빛이 닿는 곳마다 마치 얼음을 몸에 댄 듯 오장육부까지 차갑다!"

병자들은 즉시 열이 내려 안정되었고 저녁이 되자 모두 나았다. 왕도는 거울에는 아무런 피해도 없이 사람들을 구제할 수 있다고 생각해서, 장용구에게 몰래 그 거울을 가지고 백성 사이를 돌아다니게 했다. 그날 밤에 보경이 상자 안에서 처량하게 울었는데, 소리가 아주 멀리까지 퍼졌으며 한참 만에야 멈췄다. 왕도는 마음속으로 매우 괴이해했다. 다음 날 아침에 장용구가 와서 왕도에게 말했다.

"제가 어젯밤에 문득 꿈을 꾸었는데, 용 머리에 뱀의 몸을 하고 붉은 관에 자주색 옷을 입은 한 사람이 나타나 저에게 말하길, '나는 거울의 정령으로 자진(紫珍)이라 하오. 일찍이 당신의 집안에 덕을 베푼 적이 있으므로 이렇게 부탁하려고 왔소. 당신은 나를 위해 왕 공(王公 : 왕도)에게 말해 주시오. 백성에게 죄가 있어서 하늘이 그들에게 병을 내렸는데 어찌하여 나에게 하늘을 거역하면서 사람을 구원하게 한단 말이오? 또한 병은 다음 달이면 점점 나을 것이니 나를 괴롭게 하지 말라고 이르시오'라고 했습니다."

왕도는 그 정령의 기이함에 감복해 이를 잘 기억해 두었다. 다음 달이 되자 그 말대로 과연 병이 점점 나았다. 대업 10년(614)에 왕도의 동생 왕적이 육합현승(六合縣丞)으로 있다가 관직을 버리고 돌아오더니, 장차 산천을 두루 유람하면서 세상을 피해 은거하려고 했다. 왕도가 울면서 말렸지만 왕적이 이미 마음을 결정해 붙잡을 수 없었기에 왕도는 어쩔 수 없이 그와 작별했다. 왕적이 떠나면서 왕도가 가지고 있는 거울을 달라고 하자 왕도가 말했다.

"내가 어찌 네게 물건을 아끼겠느냐?"

그러고는 곧장 거울을 왕적에게 주었다. 왕적은 거울을 얻고 나서 마침내 떠났는데 가는 곳을 말하지 않았다. 대업 13년(617) 여름 6월에 이르러 왕적이 비로소 장안으로 돌아와 거울을 돌려주며 왕도에게 말했다.

"이 거울은 진정 보물입니다. 저는 형님과 작별한 후에 먼저 숭산(嵩山)의 소실봉(少室峰)을 유람하다가 돌다리를 내려와 옥단(玉壇)에 앉았습니다. 마침 날이 저물었을 때 한 바위굴을 만났는데, 서너댓 명이 들어갈 만한 크기의 석실이 있기에 그곳에서 쉬었습니다. 달 밝은 밤에 이경이 지났을 때 두 사람이 나타났습니다. 한 사람은 호인(胡人)의 모습으로 수염과 눈썹이 새하얗고 몸이 말랐으며 자칭 산공(山公)이라고 했고, 또 한 명은 얼굴이 넓적하고 흰 수염에 눈썹이 길었으며 검고 왜소한 몸집에 자칭 모생(毛生)이라고 했습니다. 그들이 제게 말하길, '뭐 하는 사람이기에 이곳에 있소?'라고 하기에, 제가 말하길, '깊은 산속을 다니며 기인(奇人)을 찾고 있습니다'라고 했습니다. 두 사람은 앉아서 저와 얘기를 나누었는데, 종종 언외로 이상한 뜻을 내보였습니다. 저는 그들이 정령이나 요괴일 것이라고 의심하면서 몰래 손을 뒤로 뻗어 상자를 열고 거울을 꺼냈습니다. 거울에서 빛이 나오자 두 사람은 비명을 지르며 엎드렸는데, 왜소한 사람은 거북으로 변했고 호인 차림의 사람은 원숭이로 변했습니다. 새벽까지 거울을 걸어 놓았더니 두 요괴는 모두 죽었습니다. 거북의 몸에는 초록색 털이 나 있었고 원숭이의 몸에는 흰색 털이 나 있었습니다. 미 : 거북과 원숭이의 요괴가 덧붙어 나온다. 저는 곧 기산(箕山)으로 들어가서 영수(潁水)를 건넜고, 태화현(太和縣)을 지나다가 옥정(玉井)을 보았는데, 옥정 옆으로 맑고 푸른 연못이 있었습니다. 나무꾼에게 연못에 대해 물었더니 나무꾼이 말하길, '이것은 신령스러운 연못인데, 마을에서 매번 8절기[51]마다 제사를 지내 복을 빕니다. 만약 한 번의 제사라도 빠뜨리면 연못에서 검은 구름과 큰 우박이 나와서 제방과 언덕을 무너뜨립니다'라고 했습니다. 그래서 제가 거울을 꺼내 비추자, 연못 물이 마치 천둥이라도 치는 듯이 끓어오르더니 갑자기 연못 속에서 한 방울도 남김없이 솟아올라 200여 보쯤 가서 땅바닥에 떨어졌습니다. 연못 속에는 물고기 한 마리가 있었는데, 길이는 한 장이 넘고 굵기는 팔뚝만 했으며 붉은 머리와 흰 이마에 몸은 청색과 황색의 중간색이었고 비늘은 없이 점액으로 뒤덮여 있었습니다. 또 용의 모습에 뱀의 뿔을 가지고 있었고 뾰족한 주둥이는 마치 철갑상어처럼 생겼으며 움직일 때면 빛이 났습니다. 그것은 진흙탕 속에서 힘겨워하면서 멀리 가지 못했습니다. 제 생각에 그것은 교룡인데 물을 잃자 아무것도 할 수 없는 것 같았습니다. 그것을 잘라 구웠더니 매우 기름지고 맛있어서 그것으로 며칠간 배를 채웠습니다. 그 후에 저는 송주(宋州)와 변주(汴州) 지역으로 나갔습니다. 변주에서 머물렀던 장기(張琦)의 집에는 딸이 있었는데, 매번 밤이 되면 애통해하는 소리를 견딜 수 없었습니다.

---

51) 8절기 : 입춘 · 춘분 · 입하 · 하지 · 입추 · 추분 · 입동 · 동지를 말한다.

제가 그 까닭을 물었더니, 장기는 딸이 병든 지 이미 한 해가 지났다고 했습니다. 제가 하룻밤을 묵다가 그 딸의 소리를 듣고 마침내 거울을 꺼내 비추었더니 병든 딸이 말하길, '대관랑(戴冠郎)이 피살되었다!'라고 했습니다. 병자의 침상 아래에 큰 수탉이 죽어 있었는데, 그것은 바로 집주인이 7~8년간 길러 온 늙은 닭이었습니다. 미：닭의 요괴가 덧붙어 나온다. 제가 강남을 유람하다가 장차 광릉(廣陵)에서 양자강(揚子江)을 건너려고 했는데, 갑자기 어두운 구름이 강을 뒤덮더니 검은 바람에 파도가 용솟음치자, 뱃사공은 안색이 변하며 배가 침몰할까 걱정했습니다. 그래서 제가 거울을 들고 배에 올라 비추었더니, 빛이 강 속으로 몇 보를 비춰 바닥까지 훤히 보였으며, 순간 바람과 구름이 사방에서 걷히고 파도도 마침내 그쳐서, 순식간에 천참(天塹：천혜의 요새)을 건넜습니다. 저는 섭산(攝山)의 봉우리에 올라 꼭대기까지 기어올라 가기도 하고 깊은 동굴에 들어가기도 했는데, 도중에 새들이 저를 둘러싸고 지저귀거나 곰이 길을 막고 웅크리고 있었지만, 거울을 꺼내 휘두르면 곰이나 새들이 놀라 도망갔습니다. 이때에 저는 순조롭게 절강(浙江)을 건너서 조수를 타고 바다로 나갔는데, 파도 소리가 거세게 울려 퍼져 수백 리 밖에서도 들렸습니다. 뱃사공이 말하길, '파도가 이미 가깝게 몰려와서 남쪽으로 건너갈 수 없습니다. 만약 배를 돌리지 않는다면 우리는 필시 물고기의 배 속에 장사 지내게 될 것입니다'라고 했습니다. 그래서 제가 거울을 꺼내 비추었더니, 파도가 더 이상 밀려오지 못하고 구름처럼 우뚝 서 있었으며, 사면의 강물은 50여 보까지 훤히 열리면서 물이 점점 맑고 얕아졌으며 자라와 거북이 흩어져 도망갔습니다. 우리는 돛을 올려 펄럭이며 곧장 남포(南浦)로 들어갔습니다. 그리고 나서 뒤돌아보니 높이가 수십 장이나 되는 거대한 파도가 일어나 방금 우리가 건넜던 곳에까지 이르러 있었습니다. 마침내 저는 천태산(天台山)에 올라 동굴과 골짜기들을 두루 유람했는데, 밤에 거울을 차고 산골짜기를 걸으면 몸에서 100보 떨어진 곳까지 사방으로 빛이 훤히 비쳐서 가는 터럭도 모두 보였으며, 숲속에서 자던 새들도 놀라 어지러이 날았습니다. 회계산(會稽山)으로 발길을 돌렸다가 도중에 장시란(張始鸞)이라는 이인(異人)을 만나서 《주비산경(周髀算經)》·《구장산술(九章算術)》과 명당(明堂)·육갑(六甲)52)의 일을 전수받은 뒤에 진영(陳永)과 함께 돌아갔습니다. 또 예장(豫章)을 유람하다가 도사 허장비(許藏秘)를 만났는데, 그는 허정양(許旌陽 : 허손)53)의 7대손으로 주문을 걸어 칼날에 오르고 불을 밟는

---

52) 명당(明堂)·육갑(六甲) : 모두 중국 고대 천문 용어로 원래는 별 이름이었으나, 나중에는 점성(占星)·참위(讖緯)에 관한 도교의 방술이 되었다.

도술을 가지고 있다고 했습니다. 그는 요괴에 대해 말하던 차에 풍성현(豊城縣)의 창독(倉督 : 창고 관리) 이경신(李敬愼)의 집에 세 딸이 귀신에 홀려 병들었는데 무슨 병인지 알 수 있는 사람이 없고 자신이 치료했지만 효험이 없었다고 했습니다. 마침 재주와 기량을 갖춘 조단(趙丹)이라는 제 친구가 풍성현위로 부임해 있었기에 저는 그를 찾아갔습니다. 조단이 하인에게 명해 제가 머물 곳을 가리키자 제가 말하길, '창독 이경신의 집에서 묵고 싶네'라고 했습니다. 그러자 조단은 급히 이경신에게 주인의 예를 차리라고 했습니다. 제가 이경신에게 세 딸이 병에 걸린 까닭을 묻자 이경신이 말하길, '세 딸이 안채의 방에서 함께 거처하고 있는데, 매번 저녁때가 되면 예쁘게 단장하고 화려하게 차려입고는 황혼이 지나면 즉시 거처하는 방으로 돌아가서 등촉을 끕니다. 하지만 들어 보면 몰래 다른 사람과 얘기하고 웃는 소리가 나는데, 새벽이 되어서야 잠이 들고 부르지 않으면 깨어나지 못합니다. 딸들은 날이 갈수록 점점 몸이 야위어 가고 밥도 넘기지 못합니다. 딸들을 단장하지 못하게 제지하면 목을 매거나 우물에 몸을 던지겠다고 하니 어쩔 수가 없습니

---

53) 허정양(許旌陽) : 허손(許遜). 진(晉)나라 때 일찍이 정양현령을 지냈는데, 세상이 어지러워지자 홍주(洪州) 서산(西山)에서 온 가족과 함께 신선이 되어 떠났다고 전해진다.

다'라고 하기에, 제가 이경신에게 딸들이 자는 방을 보여 달라고 했습니다. 그 방은 동쪽으로 창이 있었고, 방문은 굳게 닫혀서 열기 어려울 것 같았습니다. 그래서 낮에 먼저 격자 창살 네 개를 끊고 다른 물건으로 원래처럼 받쳐 놓았습니다. 저녁 무렵이 되자 이경신이 제게 알리길, '딸들이 단장하고 방으로 들어갔습니다'라고 했습니다. 일경이 되자 딸들이 말하고 웃는 소리가 들렸습니다. 제가 격자 창살을 빼내고 거울을 들고 방으로 들어가서 비추었더니 세 딸들이 소리 지르길, '우리 서방님을 죽이네!'라고 했습니다. 처음에는 아무것도 보이지 않았으나 날이 밝을 때까지 거울을 걸어 두었더니, 머리에서 꼬리까지의 길이가 1척 3~4촌이고 몸에 털이나 이빨이 없는 족제비 한 마리, 역시 털과 이빨이 없고 무게가 5근쯤 되는 매우 살찐 쥐 한 마리, 그리고 사람 손바닥만 한 크기에 몸이 비늘로 덮여서 오색찬란하게 빛나고 머리에 반 촌 길이의 뿔이 두 개 나 있으며 꼬리 길이가 5촌 이상이고 꼬리 끝 1촌이 흰색인 도마뱀 한 마리가 나타났습니다. 그것들은 모두 벽의 구멍 앞에 죽어 있었습니다. 미 : 족제비·쥐·도마뱀의 요괴가 덧붙어 나온다. 그 후로 딸들의 병이 나았습니다. 그 후에 저는 진인(眞人)을 찾아 여산(廬山)으로 가서 몇 달을 돌아다니며 깊은 숲에서 지내기도 하고 풀밭에서 노숙하기도 했습니다. 호랑이와 표범이 잇달아 나타나고 승냥이와 이리가 연달아 쫓아와도 거울을 들어 비추면, 달아나거나 엎드리지 않은 적이 없었습니다. 여산의 처사(處士) 소빈(蘇賓)은 뛰어난 식견을 지닌 선비로, 《역경(易經)》의 이치에 통달해 과거와 미래를 두루 알고 있었습니다. 그가 제게 말하길, '천하의 신물은 반드시 인간 세상에서 오랫동안 머무르지 않습니다. 지금은 우주가 도를 잃고 어지러우니 타향에 머물러서는 안 됩니다. 그대는 아직 이 거울을 가지고 있기 때문에 자신을 보호할 수 있지만, 속히 고향으로 돌아가기 바랍니다'라고 했습니다. 저는 그 말이 맞는다고 여겨 즉시 북쪽으로 돌아왔습니다. 오는 길에 하락(河洛)을 유람했는데, 밤에 꿈속에 거울이 나타나 제게 말하길, '나는 당신 형님에게서 두터운 예우를 받았는데, 이제 인간 세상을 버리고 멀리 떠나게 되었으니 작별 인사를 하고 싶습니다. 청컨대 당신은 빨리 장안으로 돌아가 주십시오'라고 했습니다. 미 : 거울도 친구를 잊지 않는다. 저는 꿈속에서 그렇게 하겠다고 했습니다. 새벽녘에 혼자 앉아 꿈을 생각해 보니, 정신이 혼란스럽고 두려워져서 즉시 서쪽으로 진(秦) 땅을 향해 왔습니다. 지금 형님을 만났으니 제가 거울에게 한 약속을 저버리지 않았습니다. 결국 아마도 이 신령스러운 물건은 또한 형님의 소유가 아닌가 봅니다."

  몇 달 뒤에 왕적은 하동으로 돌아갔다. 대업 13년(617) 7월 15일에 거울이 상자 속에서 슬피 울었는데, 그 소리가 가늘게 멀리 퍼지다가 잠시 후 점점 커져서 마치 용이나 호랑이가 포효하는 것 같더니 한참 만에 진정되었다. 상자를 열고 살펴보니 거울은 이미 사라지고 없었다.

隋汾陰侯生,天下奇士也,王度常以師禮事之. 大業七年五月,度自御史罷歸河東,適遇侯生病革. 臨終,贈度以古鏡,曰:"持此則百邪遠人." 度受而寶之. 鏡橫徑八寸,鼻作麒麟蹲伏之象,繞鼻列四方,龜龍鳳虎依方陳布. 四方外,又設八卦,卦外,置十二辰位而具畜焉. 辰畜之外,又置二十四字,周繞輪廓,文體似隷,點畫無闕,而非字畫[1]所有也. 侯生云:"二十四氣之象形,承日照之,則背上文畫,墨入影內,纖毫無失." 舉而扣之,淸音徐引,竟月[2]方絶. 侯生常云:"聞黃帝鑄十五鏡,其第一橫徑一尺五寸,法滿月之數也. 以其相差,各校一寸,此第八鏡也." 其年六月,度歸長安,至長樂坡,宿於主人程雄家. 雄新受寄一婢,甚端麗,名曰鸚鵡. 度旣稅駕,將整冠履,引鏡自照,鸚鵡遙見,卽便叩首流血云:"不敢住." 眉:狸妖附見. 度因召主人問其故,雄云:"兩月前,有一客攜此婢從東來. 時婢病甚,客便寄留,云還日當取,比不復來. 不知其婢由也." 度疑精魅,引鏡逼之,便云乞命,卽變形. 度卽掩鏡曰:"汝先自敍,然後變形,當捨汝命." 婢再拜自陳云:"某是華山府君廟前長松下千歲老狸,大行變惑,罪合至死. 遂爲府君捕逐,逃於河渭之間,爲下邽陳思恭義女,蒙養甚厚,嫁與同鄕人柴華. 與華意不相愜,逃出韓城,爲行人李無傲所執. 無傲,粗暴丈夫也. 遂將鸚鵡遊行數歲,昨隨至此,忽爾見留. 不意遭逢天鏡,隱形無路." 度又謂曰:"汝本老狐[3],變形爲人,豈不害人也?" 婢曰:"變形事人,非有害也. 但逃匿幻惑,神道所惡,自當至死耳." 眉:此鏡照眞狸不死,照僞人之狸則死. 然則與其爲僞人,寧眞狸耳! 度又謂曰:

"欲捨汝可乎?"鸚鵡曰:"辱公厚賜,豈敢忘德?然天鏡一照,不可逃死. 但久為人形,羞復故體,願緘於匣,許盡醉而終." 度登時為匣鏡,又為致酒,悉召雄家鄰里,與宴謔. 婢頃大醉,奮衣起舞而歌曰:"寶鏡! 寶鏡! 哀哉予命! 自我離形,於今幾姓? 生雖可樂,死必不傷. 何為眷戀,守此一方?"眉: 此狸甚達. 歌訖再拜,化為老狸而死,一座驚嘆. 大業八年四月一日,太陽虧. 度時在臺直,晝臥廳閣,覺日漸昏,諸吏告度以日蝕甚. 整衣出鏡,覺鏡亦昏昧無光. 度以寶鏡之作,合於陰陽光景之妙,嘆怪未已. 俄而光彩出,日亦漸明,比及日復,鏡朗如故. 自此之後,每日月薄蝕,鏡亦昏昧. 其年八月十五日,友人薛俠者獲一銅劍,長四尺,劍連於靶,靶盤龍鳳之狀,左文如火焰,右文如水波. 光彩灼爍,非常物也. 俠持過度曰:"此劍俠常試之,每月十五日,天地清朗,置之暗室,自然有光,傍照數丈. 明公好奇愛古,願與君今夕一試." 度喜甚. 其夜果遇天地清霽,密閉一室,與俠同宿. 度亦出寶鏡,置於座側. 俄而鏡上吐光,明照一室,相視如畫. 劍橫其側,無復光彩,俠大驚曰:"請內鏡於匣." 度從其言,然後劍乃吐光,不過一二尺耳. 俠撫劍嘆曰:"天下神物,亦有相伏之理也!" 是後每至月望,則出鏡於暗室,光嘗照數丈. 若月影入室,則無光也,豈太陽太陰之耀,不可敵也乎? 眉: 惟相伏,所以為神物. 其年冬,兼著作郎,奉詔撰國史,欲為蘇綽立傳. 度家有奴曰豹生,年七十矣,本蘇氏部曲,頗涉史傳,略解屬文. 見度傳草,因悲不自勝. 度問其故,謂度曰:"豹生常受蘇公厚遇,今見蘇公言驗,是以悲耳. 郎君所有寶鏡,是蘇公友人河南苗季子所遺於公者. 蘇公愛之甚, 臨亡之歲,戚戚不樂,召苗生謂曰: '自度死日不久,不知此鏡當入誰手. 今欲以著筮一卦,先生幸觀之也.' 便顧豹生取蓍,蘇公自揲布卦. 卦訖,蘇公曰:'我死十餘年,我家當失此鏡,不知所在．然天地神物，動靜有徵．今河汾之間，往往有寶氣，與卦兆相合，鏡其往彼乎？'季子曰：'亦爲人所得乎？'蘇公又詳其卦云：'先入侯家，復歸王氏．過此以往，莫知所之也．'"豹生言訖涕泣．度問蘇氏，果如豹生之言．故度爲〈蘇公傳〉，亦具言其事於末篇．論蘇公"蓍筮絶倫"，謂此也．眉：蘇綽善筮附見．大業九年正月朔旦，有一胡僧行乞而至度家．弟勣出見之，覺其神彩不俗，更邀入室，而爲具食．坐語良久，胡僧謂勣曰："檀越家似有絶世寶鏡也，可得見耶？"勣曰："法師何以知之？"僧曰："貧道受明錄祕術，頗識寶氣．檀越宅上，每日常有碧光連日，絳氣屬月，此寶鏡氣也．貧道見之兩年矣．今擇良日，故欲一觀．"勣出之，僧跪捧欣躍，又謂勣曰："此鏡有數種靈相，皆當未見．但以金膏塗之，珠粉拭之，擧以照日，必影徹牆壁．"僧又嘆息曰："更作法試，應照見腑臟，所恨卒無藥耳．但以金烟薰之，玉水洗之，復以金膏珠粉，如法拭之，藏之泥中，亦不晦矣．"遂留金烟玉水等法，行之無不獲驗．而胡僧遂不復見．其年秋，度出兼芮城令．令廳前有一棗樹，圍可數丈，不知幾百年矣．前後令至，皆祠謁此樹，否則殃禍立及也．度以爲妖由人興，淫祀宜絶．縣吏皆叩頭請度，度不得已，從之．然陰念此樹當有精魅所託，人不能除，養成其勢，乃密懸此鏡於樹間．其夜二鼓許，聞廳前磊落有聲，若雷霆者，遂起視之，則風雨晦暝，纏繞此樹，雷光晃耀，忽上忽下．至明，有一大蛇，紫鱗赤尾，綠頭白角，額上有王字，身被數創，死於樹．度便下收鏡，命吏出蛇，焚於縣門外．仍掘樹，樹心有一穴，於地漸大，有巨蛇蟠泊之迹．旣而妖怪遂絶．其年冬．度以御史帶芮城令，持節河北道，開倉糧，賑給陝東．時天下大饑，百姓疾病，蒲陝之間，癘疫尤甚．有河北人張龍駒，爲度下小吏，其家良賤數十口，一時遇疾．度憫之，齎此入其家，使龍駒持鏡夜照．諸病者見鏡，皆驚起云："見龍駒持一月來相照，光陰所及，如冰著體，冷徹腑臟！"卽時熱定，至晚並愈．以爲無害於鏡，而有濟於衆，令密持此鏡，遍巡百姓．其夜，鏡於匣中冷然自鳴，聲甚徹遠，良久乃止．度心獨怪．明早，龍駒來謂度曰："龍駒昨忽夢一人，龍頭蛇身，朱冠紫服，謂龍駒：'我卽鏡精也，名曰紫珍．常有德於君家，故來相託．爲我謝王公．百姓有罪，天與之疾，奈何使我反天救物？且病至後月，當漸愈，無爲我苦．'"度感其靈怪，因此誌之．至後月，病果漸愈，如其言也．大業十年，度弟勣自六合丞棄官歸，將遍遊山水，爲長往之策．度涕泣止之，勣意已決，必不可留，不得已，與之決別．勣求所寶鏡爲贈，度曰："吾何惜於汝？"卽以與之．勣得鏡，遂行，不言所適．至大業十三年夏六月，始歸長安，以鏡歸，謂度曰："此鏡眞寶物也．辭兄之後，先遊嵩山少室，降石梁，坐玉壇．屬日暮，遇一嵌巖，有一石堂，可容三五人，勣棲息止焉．月夜二更後，有兩人．一貌胡，鬚眉皓而瘦，稱山公，一面濶，白鬚眉長，黑而矮，稱毛生．謂勣曰：'何人斯居也？'勣曰：'尋幽探穴訪奇者．'二人坐，與勣談久，往往有異義出於言外．勣疑其精怪，引手潛後，開匣取鏡．鏡光出而二人失聲俯伏，矮者化爲龜，胡者化爲猿．懸鏡至曉，二身俱殞．龜身帶綠毛，猿身帶白毛．眉：龜猿怪附見．入於箕山，渡潁水，歷太和，視玉井，井傍有池，水湛然綠色．問樵夫，曰：'此靈湫耳，村閭每八節祭之，以祈福祐．若一祭有闕，卽池水出黑雲大雹，浸堤壞阜．'勣引鏡照之，池水沸涌，有雷如震，忽爾池水騰出，池中不遺涓滴，可行二百餘步，水落於地．有一魚，可長丈餘，粗細大於臂，首紅額白，身作青黃間色，無鱗有涎，龍形蛇角，嘴尖，狀如鱘魚，動而有光．在於泥水，困而不能遠去．勣謂蛟也，失水而無能爲耳．刃而爲炙，甚膏有味，以充數朝口腹．遂出於宋汴．汴主人張琦家有女子，每入夜，哀痛之聲不堪．勛問其故，病來已經年歲．勛停一宿，及聞女子聲，遂開鏡照之，痛者曰：'戴冠郎被殺！'其病者床下有大雄雞死矣，乃是主人七八歲老雞也．眉：雞怪附見．遊江南，將渡廣陵揚子江，忽暗雲覆水，黑風波涌，舟子失容，慮有覆沒．勛攜鏡上舟，照江中數步，明朗徹底，風雲四斂，波濤遂息，須臾之間，達濟天塹．躋攝山嶺，或攀絶頂，或入深洞，逢其鳥環人而噪，熊當路而蹲，以鏡揮之，熊鳥奔駭．是時利涉浙江，遇潮出海，濤聲振吼，數百里而聞．舟人曰：'濤既近，未可渡南．若不回舟，吾輩必葬魚腹．'勛出鏡照，江波不進，屹如雲立，四面江水豁開五十餘步，水漸清淺，黿龜散走．舉帆翩翩，直入南浦．然後却視，濤波洪湧，高數十丈，而至所渡之所也．遂登天台，周覽洞壑，夜行佩之山谷，去身百步，四面光徹，纖微皆見，林間宿鳥，驚而亂飛．還履會稽，逢異人張始鸞，授勛《周髀》·《九章》及明堂·六甲之事，與陳永同歸．更遊豫章，見道士許藏秘，云是旌陽七代孫，有呪登刀履火之術．說妖怪之次，更言豐城縣倉督李慎家有三女遭魅病，人莫能識，藏秘療之無效．勛故人曰趙丹，有才器，任豐城縣尉，勛因過之．丹命祇承人指勛停處，勛謂曰：'欲得倉督李敬慎家居止．'丹遽命爲主禮．勛因問其故，李曰：'三女同居堂內閤子，每至日晚，卽靚妝炫服，黃昏後，卽歸所居閤子，滅燈燭．聽之，竊與人言笑聲，及至曉眠，非喚不覺．日日漸瘦，不能下咽．制之不令妝梳，卽欲自縊投井，無奈之何．'勛令引示閤子之處．其閤東有窗，恐其門閉難啓．畫日先刻斷窗櫺四條，却以物支拄之如舊．至日暮，李報勛曰：'妝梳入閤矣．'至一更，聽其言笑．勛拔窗櫺子，持鏡入閤照之，三女叫云：'殺我婿也！'初不見一物，懸鏡至明，有一鼠狼，首尾長一尺三四寸，身無毛齒．有一老鼠，亦無毛齒，其肥大可重五斤．又有守宮，大如人手，身披鱗甲, 煥爛五色, 頭上有兩角, 長可半寸, 尾長五寸已上, 尾頭一寸, 色白. 並於壁孔前死矣. 眉：狼·鼠·守宮怪附見. 從此疾愈. 其後尋眞至廬山, 婆娑數月, 或棲息長林, 或露宿草莽. 虎豹接尾, 豺狼連跡, 擧鏡視之, 莫不竄伏. 廬山處士蘇賓, 奇識之士也, 洞明《易》道, 藏往知來. 謂勣曰 : '天下神物, 必不久居人間. 今宇宙喪亂, 他鄕未必可止. 吾子此鏡尙在, 足下衛, 幸速歸家鄕也.' 勣然其言, 卽時北歸. 便遊河洛, 夜夢鏡謂勣曰 : '我蒙卿兄厚禮, 今當捨人間遠去, 欲得一別. 卿請早歸長安也.' 眉：鏡亦不忘故人. 勣夢中許之. 及曉, 獨居思之, 恍恍發悸, 卽時西首秦路. 今旣見兄, 勣不負諾矣. 終恐此靈物亦非兄所有." 數月, 勣還河東. 大業十三年七月十五日, 匣中悲鳴, 其聲纖遠, 俄而漸大, 若龍咆虎吼, 良久乃定. 開匣視之, 卽失鏡矣.

* 이 고사는 《태평광기》 권230 〈기완·왕도〉에 실려 있다.

1 획(畫) : 《태평광기》에는 "서(書)"라 되어 있는데, 문맥상 보다 타당하다.

2 월(月) : 《태평광기》에는 "일(日)"이라 되어 있는데, 문맥상 보다 타당하다.

3 호(狐) : 《태평광기》 명초본에는 "이(狸)"라 되어 있는데, 문맥상 보다 타당하다.

63-35(1942) 당 중종

당중종(唐中宗)

출《조야첨재》

당(唐)나라 중종(中宗)은 양주(揚州)에 명을 내려 사방 1장(丈)이나 되는 커다란 거울을 만들게 했는데, 거울 장식으로 구리를 주조해 계수나무를 만들고 거기에 금꽃과 은잎을 달았다. 중종은 늘 말을 타고 스스로 비춰 보곤 했는데, 그러면 사람과 말이 한꺼번에 거울 속에 보였다.

唐中宗令揚州造方丈鏡, 鑄銅爲桂樹, 金花銀葉. 帝每常騎馬自照, 人馬並在鏡中.

* 이 고사는 《태평광기》 권231 〈기완·당중종〉에 실려 있다.

63-36(1943) 이수태

이수태(李守泰)

출《이문록(異聞錄)》

    당(唐)나라 천보(天寶) 3년(744) 5월 15일에 양주(揚州)에서 수심경(水心鏡) 하나를 바쳤는데, 길이와 너비는 각각 9촌이었고 푸른빛이 햇빛에 반짝였다. 거울의 등에는 반룡(盤龍: 몸을 서리고 있는 용)이 붙어 있었는데, 길이는 3척 4촌 5푼이었고 모습이 마치 살아 움직이는 듯했다. 현종(玄宗)은 그것을 살펴보고 기이하다고 여겼다. 그 거울을 바친 관리인 양주참군(揚州參軍) 이수태가 말했다.

    "거울을 주조할 때 한 노인이 자신의 성명을 용호(龍護)라고 했는데, 수염과 머리카락이 새하얗고 실 같은 눈썹이 어깨까지 내려왔으며 흰 적삼을 입고 있었습니다. 또 검은 옷을 입고 열 살쯤 된 어린아이가 따라왔는데, 용호는 그를 '현명(玄冥)'이라 불렀습니다. 노인은 5월 초하루에 갑자기 찾아왔는데 풍채가 특이했으며, 사람들은 그가 누군지 알지 못했습니다. 노인이 거울 만드는 장인 여휘(呂暉)에게 말하길, '이 노인은 근처에서 살고 있는데, 젊은이가 거울을 주조한다는 말을 듣고 잠시 구경하러 왔소이다. 이 노인은 진룡(眞龍)을 주조할 줄 아니 젊은이를 위해 만들어 주고자 하오'라고 했습니다. 노인은 마침내 현명에게 화로를 안치한 방으로 들어가게 한 뒤, 방문과 창문을 모두 잠그고 사람들을 접근하지 못하게 했습니다. 사흘 밤낮이 지나서 방문 왼쪽에 구멍이 뚫려 있자, 여휘 등 20명이 정원 안을 샅샅이 뒤졌으나 용호와 현명은 온데간데없었습니다. 대신 거울을 주조하는 화로 앞에서 서찰 한 장을 발견했는데, 작은 예서(隷書)로 '경룡(鏡龍)은 길이가 3척 4촌 5푼으로, 삼재(三才 : 천지인)를 본받고 사기(四氣 : 춘하추동)를 상징하며 오행(五行 : 화수목금토)을 부여받았다. 거울의 길이와 너비는 9촌인데 이는 구주(九州)의 구획을 본뜬 것이며, 경비(鏡鼻 : 거울 코)는 명월주(明月珠 : 야광주)와 같다. 개원황제(開元皇帝 : 현종)는 성명(聖明)해 신령과 통하기에 내가 하늘의 복을 내려 준 것이다. 이 거울은 요사한 것을 물리치고 만물을 비춰 볼 수 있으니, 진시황(秦始皇)의 거울[54]도 이보다는 못하다'라고 적혀 있었으며, 또 '반룡, 반룡, 거울 안에 숨어 있네. 구획을 정함에 상징이 있으며, 변화가 무궁하네. 구름 일으키고 안개 토해 내며, 비 내리게 하고 바람 불게 하네. 상청(上淸)[55]의 신선이, 와서 성총(聖聰 : 현종)께 바치네'

---

54) 진시황(秦始皇)의 거울 : 진시황이 궁녀들을 비춰 보아 사심(邪心)이 있는 자를 가려냈다고 하는 거울.

55) 상청(上淸) : 옥청(玉淸)·태청(太淸)과 함께 도교의 삼청(三淸) 가

라는 노래가 적혀 있었습니다. 여휘 등은 마침내 거울 주조 화로를 옮겨 배 안에 안치하고, 5월 5일 오시(午時)에 양자강(揚子江)에서 거울을 주조했습니다. 거울을 주조하기 전에는 천지가 맑고 고요했으나, 막상 주조할 때는 좌우의 강물이 갑자기 30여 척의 높이로 솟구쳐 올라 마치 설산(雪山)이 강에 떠 있는 듯했습니다. 또 생황 소리 같은 용 울음이 수십 리까지 들렸습니다. 그곳 노인에게 물어보았더니, 거울을 주조한 이래로 이처럼 기이한 일은 일찍이 없었다고 했습니다."

현종은 담당 관리에게 조서를 내려 그 수심경을 따로 관리하도록 했다. 천보 7년(748)에 진중(秦中)에 큰 가뭄이 들어 3월부터 6월까지 비가 오지 않았다. 현종은 친히 용당(龍堂)에 행차해 기우제를 올렸으나 응답이 없었다. 그래서 호천관(昊天觀)의 도사 섭법선(葉法善) 미:섭법선의 일화다. 에게 물었다.

"짐은 신령을 공경히 섬겨 백성을 편안케 했다. 지금 심한 가뭄이 이와 같으니 짐은 몹시 걱정스러워서 친히 행차해 기우제를 올렸는데도 비가 내리지 않는 것은 어째서인가? 경은 진룡을 본 적이 있는가?"

운데 하나.

섭법선이 대답했다.

"신은 일찍이 진룡을 보았습니다. 신이 듣기에 용의 사지와 골절을 그려서 한 곳이라도 진룡과 흡사하면 곧바로 감응이 있다고 하니, 그것으로 기우제를 올리면 즉시 비가 내릴 것입니다. 지금 영험함을 보지 못한 것은 아마도 [용당에 그려진 용이] 진룡과 비슷하지 않기 때문일 것입니다."

현종은 곧장 중사(中使 : 황궁 칙사) 손지고(孫知古)에게 조서를 내려 섭법선을 데리고 가서 궁중 창고를 두루 뒤져보게 했다. 섭법선은 문득 그 수심경을 발견하고 마침내 돌아와서 상주했다.

"이 경룡이 진룡입니다."

그래서 현종은 응음전(凝陰殿)으로 행차했으며, 아울러 섭법선을 불러 경룡에게 기도하게 했다. 순식간에 응음전의 용마루에서 두 줄기 흰 기운이 경룡 가까이로 내려오는 것이 보였으며, 동시에 경룡의 코에서도 흰 기운이 나와 대들보와 용마루 가까이로 올라갔다. 금세 흰 기운이 온 전정(殿庭)에 가득 차고 성안에 두루 퍼졌다. 그리하여 단비가 크게 내려 7일 만에 그쳤으며, 진중에 대풍이 들었다. 현종은 집현대조(集賢待詔) 오도자(吳道子)에게 조서를 내려 경룡을 그리게 해서 그것을 섭법선에게 하사했다.

唐天寶三載五月十五日, 揚州進水心鏡一面, 縱橫九寸, 青瑩耀日. 背有盤龍, 長三尺四寸五分, 勢如生動. 玄宗覽而異之. 進鏡官揚州參軍李守泰曰: "鑄鏡時, 有一老人, 自稱姓龍名護, 鬚髮皓白, 眉如絲, 垂下至肩, 衣白衫. 有小童相隨, 年十歲, 衣黑衣, 龍護呼爲'玄冥'. 以五月朔忽來, 神采有異, 人莫之識. 謂鏡匠呂暉曰: '老人家住近, 聞少年鑄鏡, 暫來寓目. 老人解造眞龍, 欲爲少年制之.' 遂令玄冥入鑪所, 扃閉戶牖, 不令人到. 經三日三夜, 門左洞開, 呂暉等二十人於院內搜覓, 失龍護及玄冥所在. 鏡爐前獲素書一紙, 文字小隷云: '鏡龍長三尺四寸五分, 法三才, 象四氣, 稟五行也. 縱橫九寸, 類九州分野, 鏡鼻如明月珠焉. 開元皇帝聖通神靈, 吾遂降祉. 斯鏡可以辟邪, 鑒萬物, 秦始皇之鏡, 無以加焉.' 歌曰: '盤龍盤龍, 隱於鏡中. 分野有象, 變化無窮. 興雲吐霧, 行雨生風. 上淸仙子, 來獻聖聰.' 呂暉等遂移鏡爐置船中, 以五月五日午時, 乃於揚子江鑄之. 未鑄前, 天地淸謐, 興造之際, 左右江水忽高三十餘尺, 如雪山浮江. 又聞龍吟, 如笙簧之聲, 達於數十里. 稽諸古老, 自鑄鏡以來, 未有如斯之異也." 帝詔有司, 別掌此鏡. 至天寶七載, 秦中大旱, 自三月不雨至六月. 帝親幸龍堂祈之, 不應. 問昊天觀道士葉法善 眉：葉法善逸事. 曰: "朕敬事神靈, 以安百姓. 今亢陽如此, 朕甚憂之, 親臨祈禱, 不雨何也? 卿見眞龍乎?" 對曰: "臣亦曾見眞龍. 臣聞畫龍四肢骨節, 一處得似眞龍, 卽便有感應, 用以祈禱, 則雨立降. 所以未靈驗者, 或不類眞龍耳." 帝卽詔中使孫知古, 引法善於內庫遍視之. 忽見此鏡, 遂還奏曰: "此鏡龍, 眞龍也." 帝幸凝陰殿, 並召法善祈鏡龍. 頃刻間, 見殿棟有白氣兩道, 下近鏡龍, 龍鼻亦有白氣, 上近梁棟. 須臾充滿殿庭, 遍散城內. 甘雨大澍, 凡七日而止. 秦中大熟. 帝詔集賢待詔吳道子, 圖寫鏡龍, 以賜法善.

* 이 고사는《태평광기》권231〈기완·이수태〉에 실려 있다.

63-37(1944) 진중궁

진중궁(陳仲躬)

출《집이기》

 당(唐)나라 천보(天寶) 연간(742~756)에 진중궁이 금릉(金陵)에서 살았는데, 황금과 비단 등 재물이 많았다. 진중궁은 학문을 좋아했지만 학업을 이루지 못해, 수천 금을 가지고 낙양(洛陽)의 청화리(淸化里)에서 집 한 채를 빌려 기거했다. 그 집에 있는 우물은 굉장히 커서 사람들이 자주 빠져 죽었는데, 진중궁도 그러한 사실을 알고 있었지만 식구가 없었기 때문에 두려워하지 않았다. 진중궁은 늘 공부하면서 밖을 나가지 않았다. 그렇게 한 달 남짓 지났을 때, 10여 세쯤 되어 보이는 이웃집의 물 긷는 여자가 이상하게도 매일 그 우물가에 와서 한참 동안 떠나지 않더니 갑자기 우물에 빠져 죽었다. 우물물이 깊었기에 하룻밤이 지난 뒤에야 비로소 그녀의 시체를 찾았다. 진중궁은 이를 이상하게 생각했다. 진중궁이 한가한 날에 우물 위에서 들여다보았더니, 홀연히 물속에서 한 여자가 나타났는데 젊고 아름다운 모습에 당시 유행하던 치장을 한 채 진중궁을 쳐다보고 있었다. 진중궁이 그녀를 응시하자 그녀는 붉은 옷소매로 얼굴을 반쯤 가린 채 미소를 지었는데, 그 요염한 자태는 이 세상 사람이 아닌 듯싶었다. 진중궁은 정신이 흐릿해지면서 마치 몸을 가누지 못할 것 같았는데, 곧 탄식하며 말했다.

"이것이 사람을 빠져 죽게 하는 원인이로다!"

그러고는 뒤도 돌아보지 않고 그 자리를 떠났다. 그 후 몇 달 동안 무더위로 가뭄이 들었지만 그 우물의 물은 줄어들지 않았는데, 어느 날 갑자기 물이 말라 버렸다. 첫새벽에 어떤 사람이 문을 두드리며 말했다.

"경원영(敬元潁)이 뵙기를 청합니다."

진중궁이 들어오라고 한 뒤에 보았더니 바로 우물 속에서 본 그 여자였다. 진중궁은 그녀와 함께 앉아 캐물었다.

"그대는 어찌하여 사람을 죽였소?"

경원영이 말했다.

"소첩이 사람을 죽인 게 아닙니다. 이 우물에는 독룡(毒龍)이 있습니다. 한(漢)나라 때 강후[絳侯 : 주발(周勃)]가 여기에서 산 이후로 이 우물을 팠습니다. 낙양의 성내에는 모두 다섯 마리의 독룡이 있는데 이것이 그중 하나입니다. 이 독룡은 태일신(太一神)을 곁에서 모시는 용과 서로 사이가 좋기 때문에 매번 태일신을 기만했으며, 미 : 좌우 사람에게 속임을 당했다면 어찌 태을신(太乙神 : 태일신)을 귀히 여기겠는가? 나는 감히 믿지 못하겠다. 태일신이 불러오라고 명해도 여러 핑계를 대면서 나아가지 않았습니다. 이 독룡은 사람의 피를 먹길 좋아해 한나라 이후로 3700명을 살해했지만, 우물물은 마른 적이 없습니다. 저는 본조(本朝 : 당나라) 개국 초에 이 우물에 빠졌다가 결국 독룡의 부림을 받으면서, 요염한 자태로 사람들을 유혹해 독룡에게 먹잇감을 바쳤습니다. 이 일은 너무 고통스러운 것이며 진정 원하는 바가 아닙니다. 어제는 태일신의 사자가 교체되는 때이므로 천하의 용신(龍神)들이 모두 집합해야만 했습니다. 그래서 이 독룡도 어젯밤 자시(子時)에 이미 태일신을 알현하러 떠났는데, 게다가 하남(河南) 지방에 가뭄이 들어서 심문과 질책을 받아야 하기 때문에 사나흘 뒤에야 돌아올 것입니다. 지금 우물 안에 이미 물이 없으니 당신이 일꾼에게 우물 바닥을 쳐내게 하신다면, 이 재난에서 벗어날 수 있을 것입니다. 만약 그렇게 된다면 저는 당신을 평생토록 봉양하면서 세상의 어떠한 일도 이루지 못하는 것이 없도록 해 드리고자 합니다."

그녀는 말을 마친 뒤 곧바로 사라졌다. 진중궁은 즉시 믿을 만한 사람 한 명에게 일꾼과 함께 우물 속으로 들어가게 하면서 당부했다.

"이상한 물건을 보면 즉시 가져오게."

우물 바닥에는 다른 물건은 없었고 오직 오래된 동경(銅鏡) 하나만 발견했는데, 그 너비가 7촌 7푼이었다. 진중궁은 그것을 깨끗이 씻게 해서 함 속에 넣어 두고 향을 피워 모셨는데, 그것은 바로 경원영의 화신이었다. 일경(一更) 후에 경원영이 홀연히 문으로 들어와서 곧장 촛불 앞으로 나아가

절을 올린 뒤 진중궁에게 말했다.

"만물을 살려 내는 은혜로 더러운 진흙 밑에 있는 저를 비춰 주심에 감사드립니다. 저는 본디 옛날 사광(師曠 : 춘추 시대 진(晉)나라의 악사)이 주조한 12개의 거울 가운데 일곱째 거울입니다. 사광은 거울을 주조할 때 모두 월일(月日)로 거울의 크기에 차등을 두었는데, 저는 바로 7월 7일 오시(午時)에 주조된 것입니다. 정관(貞觀) 연간(627~649)에 허경종(許敬宗)의 하녀 난초(蘭苕)가 저를 이 우물에 떨어뜨렸는데, 우물의 수심이 깊고 게다가 독룡의 독기를 쐬어서 우물 속으로 들어간 사람이 기절했기 때문에 저를 건져 낼 수 없어서, 결국 저는 독룡의 부림을 당하게 되었습니다. 그런데 다행히 정직하신 당신을 만나 다시금 인간 세상에 나오게 되었습니다. 그러나 내일 아침 안으로 당신은 이 집에서 이사하시길 바랍니다."

진중궁이 말했다.

"나는 이미 돈을 내고 이 집을 빌려 살고 있는데, 지금 이사한다면 어디에서 몸 둘 곳을 찾는단 말이오?"

경원영이 말했다.

"단지 당신은 옷만 차려입으시고 다른 일은 조금도 걱정하지 마세요."

경원영이 떠나려 할 때 진중궁이 다시 그녀를 붙잡으며 물었다.

"그대는 어떻게 알록달록한 옷을 입고 연지와 분을 바른 화장을 할 수 있소?"

경원영이 대답했다.

"저는 변화가 일정치 않으니 자세히 말씀드릴 수가 없습니다."

경원영은 말을 마친 뒤 즉시 보이지 않았다. 다음 날 아침에 갑자기 아인(牙人 : 중개인)이 문을 두드리면서 집주인을 데리고 진중궁을 찾아와서 당장 이사해 달라고 청했으며, 아울러 짐을 옮길 일꾼들도 모두 충분했다. 재시(齋時 : 정오)56)에 이르기 전에 진중궁은 입덕방(立德坊)의 한 집에 도착했는데, 그 집의 크기와 임대료가 청화리의 집과 똑같았다. 미 : 거울이 신력(神力)을 내서 사람을 위해 집을 마련해 줄 수 있다니 더욱 기이하도다! 그 아인이 말했다.

"임대료와 계약 문서는 조금도 빠진 것이 없습니다."

그러면서 거래와 수속을 모두 끝마쳤다. 사흘 뒤에 청화리 집의 우물이 아무런 이유 없이 저절로 무너졌는데, 그 바람에 본채 곁의 동쪽 행랑채까지 한꺼번에 무너져 내렸다. 그 후에 진중궁은 과거 시험에서 연달아 급제해 고관이 되

---

56) 재시(齋時) : 불교에서 재식(齋食)을 하는 때로, 해 뜰 때부터 정오까지를 말하는데, 여기서는 정오를 말한다.

었으며, 필요한 일마다 집을 옮길 때처럼 순조롭게 되지 않은 적이 없었다. 그 거울의 등에는 과두서(科蚪書 : 올챙이 모양의 옛 글자)로 모두 28자가 새겨져 있었는데, 지금 글자로 옮겨서 적어 보면 다음과 같았다.

"유세차 진신공(晉新公)57) 2년 7월 7일 오시에 수양산(首陽山) 앞 백룡담(白龍潭)에서 이 거울을 주조해 만드니 천년토록 세상에 전해지리라."

거울의 등에 이 28자가 빙 둘러 새겨져 있었으며 한 글자마다 28수(宿) 중 한 별자리와 연계되어 일정한 방위에 따라 배열되어 있었는데, 왼쪽에는 해가 있고 오른쪽에는 달이 있었으며 거북[현무]·청룡·백호·주작이 모두 각 방위대로 동서남북으로 배열되어 있었다. 또한 경비(鏡鼻 : 거울 코) 주변의 네 곳에 "이칙지경(夷則之鏡)"58)이라 새겨져 있었다.

唐天寶中, 有陳仲躬家居金陵, 多金帛. 仲躬好學, 修詞未成, 携數千金, 於洛陽淸化里假居一宅. 其井甚大, 常溺人,

---

57) 진신공(晉新公) : 진(晉)나라의 새로 즉위한 군주라는 뜻.
58) 이칙지경(夷則之鏡) : 초가을인 음력 7월에 만든 거울이란 뜻. '이칙'은 옛 12악률(樂律) 가운데 하나로 12달에 대응시키면 7월에 해당한다. 이 거울이 7월 7일에 주조되었기 때문에 그렇게 부른 것이다.

仲躬亦知之，以靡有家室，無所懼．仲躬常習學不出．月餘日，有鄰家取水女，可十數歲，怪每日來於井上，則逾時不去，忽墜井而死．井水深，經宿，方索得屍．仲躬異之．閑日窺於井上，忽見水中一女子，其形狀少麗，依時樣狀飾，以目仲躬．凝睇之際，以紅袂半掩其面微笑，妖冶之姿，出於世表．仲躬神魂恍惚，若不支持，乃嘆曰："斯爲溺人之由也！"遂不顧而退．後數月炎旱，此井水不減，忽一日水竭．清旦，有人叩門云："敬元穎請謁．"仲躬命入，乃井中所見女子也．仲躬與坐，訊曰："卿何以殺人？"元穎曰："妾非殺人者．此井有毒龍．自漢朝絳侯居於茲，遂穿此井．洛城內有五毒龍，斯其一也．緣與太一左右侍龍相得，每爲蒙蔽，眉：受左右蒙蔽，何貴太乙？吾未敢信．天命追徵，多託故不赴集．好食人血，自漢以來，殺三千七百人矣，而水不耗涸．某乃國初方墜於井，遂爲龍所驅使，爲妖惑以誘人，用供龍食．甚於辛苦，情所非願．昨爲太一使者交替，天下龍神盡須集駕，昨夜子時，已朝太一矣，兼爲河南旱，勘責，三數日方回．今井內已無水，君子誠能命匠淘之，則獲脫斯難矣．若然，願終君子一生奉養，世間之事無不致．"言訖，便失所在．仲躬當時即命一親信，與匠同入井，囑曰："但見異物即收．"至底無別物，唯獲古銅鏡一枚，闊七寸七分．仲躬令洗淨，貯匣內，焚香以奉之，斯所謂敬元穎也．一更後，元穎忽自門而入，直造燭前設拜，謂仲躬曰："謝生成之恩，照濁泥之下．某昔本師曠所鑄十二鏡之第七者也．其鑄時，皆以日月爲大小之差，元穎則七月七日午時鑄者也．貞觀中，爲許敬宗婢蘭苕所墮，以此井水深，兼毒龍氣所苦，人入者悶絕，故不可取，遂爲毒龍所役．幸遇君子正直者，乃獲重見人間耳．然明晨內，望君子移出此宅．"仲躬曰："某已用錢僦居，今移出，何以取措足之所？"元穎曰："但請君子飾裝，一無憂也．"將辭去，仲躬復留之,問曰:"汝安得有紅綠脂粉狀乎?" 對曰:"某變化無常,非可具述." 言訖,卽無所見. 明旦,忽有牙人叩戶,兼領宅主來謁仲躬,便請移居,並夫役並足. 未到齋時前,至立德坊一宅中,其大小價數,一如淸化者. 眉:鏡能出神,爲人立宅,更奇! 其牙人云:"價直契本,一無遺缺." 並交割訖. 後三日,其淸化宅井,無故自崩,兼延及堂隅東廂,一時陷地. 仲躬後文戰累勝,爲大官,有所要事,未嘗不如移宅之效也. 其鏡背有二十八字,皆科斗書,以今文推而寫之曰:"維晉新公二年七月七日午時,於首陽山前白龍潭鑄成此鏡,千年在世." 於背上環書,一字管天文列宿,依方列之,則左有日而右有月,龜龍虎雀,並如其位. 於鼻四旁題云"夷則之鏡".

* 이 고사는 《태평광기》 권231 〈기완·진중궁〉에 실려 있는데, 출전이 "《박이지(博異志)》"라 되어 있다.

63-38(1945) 원진

원진(元稹)

출《삼수소독(三水小牘)》

당(唐)나라의 승상 원진이 강하(江夏)를 진수하고 있을 때, 한번은 어떤 사람이 황학루(黃鶴樓)에 올라 멀리 장강(長江)의 물가를 바라보았는데, 새벽별처럼 반짝이는 빛이 있었다. 그래서 그는 다른 사람에게 작은 배를 젓게 해서 곧장 빛이 나는 곳으로 갔는데, 다름 아닌 낚싯배 안에서 빛이 나오고 있었다. 그 사람이 어부에게 물었더니 어부가 말했다.

"방금 잉어 한 마리를 잡았는데, 빛이라곤 없었습니다."

그 사람이 잉어를 가지고 오자 원 공(元公: 원진)이 요리사에게 잉어의 배를 갈라 보게 했더니, 배 속에서 동전만 한 크기의 거울 두 개가 나왔는데, 거울 면이 서로 딱 들어맞았다. 거울의 등에 용 두 마리가 희미하게 도드라져 있었는데, 비록 크기는 작았지만 비늘과 갈기, 발톱과 뿔이 모두 정교하게 갖추어져 있었으며, 또한 늘 빛이 났다. 원 공은 그것을 보배로 여겨 방 안의 상자 안에 넣어 두었다. 상국(相國: 원진)이 죽자 거울도 사라져 버렸다.

唐丞相元稹[1]之鎭江夏也, 常有人登黃鶴樓, 遙望其江之湄,有光若殘星焉. 遂令人棹小舟, 直詣光所, 乃釣船中也. 詢彼漁者, 云:"適獲一鯉, 光則無之." 其人乃携鯉而來, 公命庖人剖之, 腹中得鏡二, 如錢大, 而面相合. 背則隱起雙龍, 雖小而鱗鬣爪角悉具, 精巧, 且常有光耀. 公寶之, 置臥內箱之中. 及相國薨, 鏡亦亡去.

* 이 고사는《태평광기》권232〈기완·원정(元禎)〉에 실려 있다.

1 진(稹):《태평광기》에는 "정(禎)"이라 되어 있는데 착오로 보인다.

63-39(1946) **어부**

어인(漁人)

출《원화기》

당나라 정원(貞元) 연간(785~805)에 소주(蘇州)의 태호(太湖)가 송강(松江)으로 들어가는 어귀에서 어선 10여 척이 그물을 던져 고기를 잡았지만 한 마리도 잡지 못했고, 대신 그물에 걸린 물건은 그다지 크지 않은 거울이었다. 어부들은 고기가 없는 것에 화가 나서 거울을 물속에 던져 버렸다. 그러고는 배를 옮겨 다시 그물을 던졌지만 또 그 거울이 걸려 올라왔다. 어부들은 이상해하면서 마침내 그 거울을 가져다 살펴보았더니, 크기가 겨우 7~8촌에 불과했다. 어떤 어부가 몸을 비춰 보았더니 자신의 힘줄과 뼈와 오장육부가 모두 보였는데, 그 모습이 너무나 역겨웠다. 그 사람이 기절하고 쓰러지자 사람들이 크게 놀랐다. 그 거울을 가져다 몸을 비춰 본 사람은 즉시 모두 쓰러져 어지럽게 구토했다. 남은 한 사람은 감히 거울을 가져다 비춰 보지 못한 채 곧장 거울을 물속에 던져 버렸다. 한참 있다가 그는 쓰러져 구토한 자들을 부축해 정신을 차리게 한 뒤 함께 집으로 돌아갔으며, 그것을 요괴라고 생각했다. 다음 날 어부들은 다시 그물을 손질해 던졌는데, 잡은 고기가 평상시의 몇 배나 많았다. 그중에서 이전부터 질병이 있던 자는 그 이후로 모두 나았다. 마을의 노인에게 물어보았더니, 그 거울은 강과 호수에 있으면서 수백 년마다 한 번씩 나타나고 사람들도 늘 그것을 보지만 어떤 정령이 쓴 것인지는 모른다고 했다.

蘇州太湖入松江口, 唐貞元中, 有漁船十餘, 下網取魚, 一無所獲, 網中得物, 乃是鏡而不甚大. 漁者忿其無魚, 棄鏡於水. 移船下網, 又得此鏡. 漁人異之, 遂取其鏡視之, 纔七八寸. 照形悉見其筋骨臟腑, 潰然可惡. 其人悶絶而倒, 衆人大驚. 其取鏡鑒形者, 卽時皆倒, 嘔吐狼藉. 其餘一人, 不敢取照, 卽以鏡投之水中. 良久, 扶持倒吐者旣醒, 遂相與歸家, 以爲妖怪. 明日方理網罟, 則所得魚多於常時數倍. 其人先有疾者, 自此皆愈. 詢於故老, 此鏡在江湖, 每數百年一出, 人亦常見, 但不知何精靈之所爲也.

* 이 고사는 《태평광기》 권231 〈기완·어인〉에 실려 있다.

63-40(1947) 진양관의 상서로운 향로
진양관서로(眞陽觀瑞爐)

출《옥당한화》 미 : 화로다(爐).

　신절현(新浙縣)에 진양관이 있는데, 다름 아닌 허 진군[許眞君 : 허손(許遜)]의 제자인 증 진인(曾眞人)이 득도한 곳이다. 그곳에 진양관 소유의 장원이 있었는데, 자주 마을 사람들이 침범해 차지했다. 당(唐)나라 희종(僖宗) 때 남평군왕(南平郡王) 종전(鍾傳)이 강서(江西) 8주(州)의 땅을 점거했다. 당시 진양관 내의 본당을 수리하고 있었는데, 갑자기 향로 하나가 하늘에서 내려왔다. 그 향로는 높이가 3척이었고 밑에 받침 하나가 있었으며, 밑받침 안에 연꽃 가지 하나가 나와 있었고 연꽃은 잎이 12장이었으며, 연꽃잎 사이마다 물체가 하나씩 숨겨진 듯 나와 있었는데, 바로 십이속(十二屬 : 십이지에 해당하는 동물)이었다. 향로 꼭대기에는 한 선인(仙人)이 원유관(遠遊冠)을 쓰고 운하의(雲霞衣)을 입고 있었는데, 그 모습이 단정하고 아리따웠다. 그 선인은 왼손으로 턱을 괴고 오른손을 무릎에 얹은 채 작은 반석에 앉아 있었다. 반석 위에는 꽃과 대나무, 흐르는 물과 노송이 기묘하게 조각되어 있었는데, 사람의 솜씨가 미칠 수 있는 바가 아니었다. 처음 향로가 내려왔을 때, 마을 사람들이 진양관의 장원을 점거한 곳이 있으면, 향로가 곧장 그리로 날아가서 커다란 광채를 뿜어냈다. 마을 사람들은 놀라고 두려워하면서 즉시 그 장원을 진양관에 돌려주고 감히 그곳에 머물지 못했다. 남평군왕은 그 신령하고 기이한 일을 듣고 사자를 보내 향로를 강서로 가져오게 해서 공양했다. 그러던 어느 날 저녁에 그 향로가 사라졌는데, 찾아보았더니 도로 예전의 진양관에 가 있었다. 도사와 속인들은 그 향로를 "서로(瑞爐 : 상서로운 향로)"라고 불렀다. 옛 승상(丞相)인 낙안공(樂安公) 손악(孫偓)은 남쪽으로 갈 때 이 진양관을 지나면서 시를 지어 남겼는데, 그 마지막 구는 이러했다.

"구름 타고 노닐기 좋은 달 밝은 밤에, 상서로운 향로가 제단 앞으로 날아 내려왔네."

그 향로는 황금색 같았고 무게는 일정하지 않았다. 보통 때에 들면 6~7근밖에 안 나갔지만, 도둑이 훔쳐 가려고 할 때는 여러 사람이 함께 들어도 들 수 없었다. 향로는 지금도 여전히 진양관에 있는데, 더 이상 날 수는 없다.

新浙縣有眞陽觀者, 卽許眞君弟子曾眞人得道之所. 其常住有莊田, 頗爲邑民侵據. 唐僖宗朝, 南平王鍾傳據江西八州之地. 時觀內因修元齋, 忽有一香爐自天而下. 其爐高三尺, 下有一盤, 盤內出蓮花一枝, 花有十二葉, 葉間隱出一物, 卽十二屬也. 爐頂上有一仙人, 戴遠遊之冠, 着雲霞之衣, 相儀端妙. 左手搘頤, 右手垂膝, 坐一小磐石. 石上有花竹流水松檜之狀, 雕刊奇怪, 非人工所及. 其初降時, 凡有邑民侵據本觀莊田, 此爐卽蜚於田所, 放大光明. 邑民驚懼, 亟以其田還觀, 莫敢逗留. 南平王聞其靈異, 遣使取爐, 至江西供養. 忽一夕失爐, 尋之却至舊觀. 道俗目之爲"瑞爐". 故丞相樂安公孫偓南遷, 路經此觀, 留題, 末句云: "好是步虛明月夜, 瑞爐蜚下醮壇前." 其爐如金色, 輕重不定. 尋常擧之, 祇可及六七斤, 曾有盜竊之, 雖數人亦不能擧. 至今猶在本觀, 而不能復蜚矣.

* 이 고사는 《태평광기》 권232 〈기완·진양관〉에 실려 있다.

63-41(1948) 물총새 깃털을 모아 만든 갖옷
집취구(集翠裘)

출《집이기》 미 : 갖옷이다(裘).

[당나라] 측천무후(則天武后) 때 남해군(南海郡)에서 물총새 깃털을 모아 만든 갖옷을 바쳤는데, 정말로 진귀하고 화려했다. 당시 장창종(張昌宗)이 옆에서 측천무후를 모시고 있었는데, 측천무후가 그것을 장창종에게 하사하면서 그것을 입고 함께 쌍륙(雙陸)59)을 두자고 명했다. 재상 적인걸(狄仁傑)이 때마침 국사를 아뢰려고 들어오자, 측천무후는 적인걸에게 장창종과 쌍륙을 두라고 명하면서 말했다.

"경들 두 사람은 무슨 물건을 걸겠소?"

적인걸이 대답했다.

"세 판을 겨뤄서 장창종이 입고 있는 깃털 갖옷을 따겠습니다."

측천무후가 적인걸에게 말했다.

---

59) 쌍륙(雙陸) : 고대 박희(博戲)의 일종으로 '쌍륙(雙六)'이라고도 한다. 판의 좌우에 6로(路)가 있기 때문에 '쌍륙'이라 한다. 주사위를 던져서 나온 점수에 따라 두 사람이 흑과 백 각 15개의 말을 움직여 먼저 상대편 진영을 모두 차지하면 이기는 놀이다.

"경은 무슨 물건으로 대응하겠소?"

그러자 적인걸은 자신이 입고 있던 자주색 비단 도포를 가리키며 말했다.

"신은 이것으로 대적하겠습니다."

측천무후가 웃으며 말했다.

"경이 아직 모르는 모양인데 이 갖옷은 가격이 천금도 넘소. 경이 가리키는 옷은 이것과는 비교도 안 되오."

그러자 적인걸이 일어나 말했다.

"신의 이 도포는 바로 대신이 조정에서 천자를 알현하고 물음에 대답할 때 입는 옷이지만, 장창종이 입고 있는 옷은 그저 총애받는 신하가 입는 옷일 뿐입니다. 그러니 신의 도포와 그 갖옷을 비교하신다면 신은 오히려 불만스럽습니다."

측천무후는 이미 분부를 내렸기 때문에 결국 그의 말에 따르기로 했는데, 장창종은 무안하고 풀이 죽어 기세가 꺾이는 바람에 대국에서 연거푸 패했다. 그러자 적인걸은 어전에서 곧장 장창종의 갖옷을 벗겨 챙긴 뒤에 성은에 감사드리고 나갔다. 적인걸은 광범문(光範門)에 이르러 그 갖옷을 집안 노복에게 주어 입으라고 하고는 말을 재촉해 떠났다. 미 : 아주 호쾌하다.

則天時, 南海郡獻集翠裘, 珍麗異常. 張昌宗侍側, 則天因以賜之, 遂命披裘, 供奉雙陸. 宰相狄仁傑, 時入奏事, 則天因命仁傑與昌宗雙陸, 曰:"卿二人賭何物?" 狄對曰:"爭三籌, 賭昌宗所衣毛裘." 則天謂曰:"卿以何物爲對?" 狄指所衣紫 紬袍曰:"臣以此敵." 則天笑曰:"卿未知此裘價逾千金. 卿 之所指, 爲不等矣." 狄起曰:"臣此袍, 乃大臣朝見奏對之 衣, 昌宗所衣, 乃嬖幸寵遇之服. 對臣之袍, 臣猶怏怏." 則天 業已處分, 遂依其說, 而昌宗心恧神沮, 氣勢索寞, 累局連 北. 狄對御, 就脫其裘, 拜恩而出. 至光範門, 遂付家奴衣之, 促馬而去. 眉:豪甚.

* 이 고사는《태평광기》권405〈보・집취구〉에 실려 있다.

63-42(1949) 보물 나무

보목(寶木)

출《광이기》 미 : 비파 몸통이다(琵琶槽).

[당나라] 위국공(衛國公) 이덕유(李德裕)는 일찍이 한 노인의 방문을 받은 적이 있었는데, 노인이 커다란 뽕나무를 둘러멘 대여섯 사람을 데리고 와서 배알을 청하기에, 이덕유가 기이해하며 나와서 만났더니 노인이 말했다.

"이 나무는 저희 집에서 3대째 보물로 여기는 물건입니다. 저는 이제 늙었고 공(公)의 어진 덕에 감복하고 있는데, 공께서 기이한 것을 좋아하신다고 하기에 이렇게 바치는 것입니다. 이 나무 속에 진기한 보물이 들어 있으니, 만약 재주 있는 자가 이것을 자를 수만 있다면 틀림없이 얻는 것이 있을 것입니다. 낙읍(洛邑 : 낙양)에 한 장인이 있는데, 그 나이를 따져 보니 이미 늙었거나 어쩌면 벌써 죽었을지도 모르겠지만, 자손이 있다면 또한 틀림없이 그 재주를 터득했을 것입니다. 만약 낙읍의 그 장인이 아니라면 이것을 자를 수 있는 사람은 없을 것입니다." 미 : 이 노인은 이미 낙읍의 장인을 알고 있는데, 어찌하여 그 나무를 자르지 않았는가?

위국공은 그 노인의 말대로 낙하(洛下 : 낙양)에서 그 장인을 찾게 했지만 장인은 이미 죽은 뒤였다. 장인의 아들이 사자를 따라와서 그 나무를 한참 동안 주시하더니 말했다.

"천천히 자르면 가능합니다."

그러고는 그 나무를 잘라 비파 몸통 두 개를 만들었는데, 그 위에 자연적으로 생긴 흰 비둘기가 새겨져 있었고, 날개·부리·발톱 등 크고 작은 것이 다 갖추어져 있었다. 그런데 장인이 자르다가 약간 실수해 두께를 제대로 맞추지 못하는 바람에 한 비둘기의 날개가 떨어졌다. 위국공은 비둘기의 형체가 완전한 것은 황제에게 바치고, 날개가 떨어진 것은 자기가 가졌다.

衛公李德裕, 常有老叟詣門, 引五六輩舁巨桑木請謁焉, 德裕異而出見, 叟曰 : "此木某家寶之三世矣. 某今年耄, 感公仁德, 且好奇異, 是以獻耳. 木中有奇寶, 若能者斷之, 必有所得. 洛邑有匠, 計其年齒已老, 或身已歿, 子孫亦當得其旨. 設非洛匠, 無能有斷之者." 眉 : 此叟旣知洛匠, 何不剖木? 公如其言, 訪於洛下, 匠已殂矣. 子隨使而至, 注視良久, 曰 : "可徐而斷之." 因解爲二琵琶槽, 自然有白鴿, 羽翼嘴足, 巨細畢備. 匠料之微失, 厚薄不中, 一鴿少其翼. 公以形全者進之, 自留其一.

* 이 고사는 《태평광기》 권232 〈기완·이덕유(李德裕)〉에 실려 있는데, 출전이 "《녹이기(錄異記)》"라 되어 있다.

63-43(1950) 철통과 필관

철통 · 필관(鐵筩 · 筆管)

병(並)《두양편》미 : 통과 붓이다(筩 · 筆).

당(唐)나라 승상 영호도(令狐綯)가 기이한 물건에 대해 이야기하다가 직접 직경이 1촌도 되지 않고 길이가 4촌 정도 되는 철통 하나를 꺼냈다. 그 속에서 작은 두루마리 책 한 권을 꺼내 태양을 향해 비추었는데, 구경(九經)이 모두 들어 있었다. 그 종이는 납포단(蠟蒲團)이었고 글자는 작고 균일했으며 처음과 끝이 같았는데, 그 정교함은 말로 다 표현하기 어려웠다. 또 철통을 기울이자 다시 가벼운 비단 한 필이 펼쳐졌는데, 길이는 4장(丈)에 모자라지 않았으나 무게는 겨우 반 냥 정도 되었다. 그것은 인간 세상에 있는 물건이 아닌 것 같았다.

옛 덕주사군(德州使君 : 덕주자사) 왕의(王檹)의 집에 붓대 하나가 있었는데, 두께가 약 1촌 정도 되었으며 일반 붓대보다 두꺼웠다. 붓대의 양쪽 끝에서 반 촌 남짓 들어간 중간쯤에 〈종군행(從軍行)〉 그림 한 폭이 새겨져 있었는데, 사람과 말, 털과 머리카락, 집과 나무, 정자와 누대, 그리고 멀리 보이는 물까지 절묘하지 않은 것이 없었다. 매 장면마다 〈종군행〉의 두 구절씩을 새겨 놓았는데, 예를 들어 "마당 앞의 옥수(玉樹)는 이미 붙잡고 오를 만큼 자랐는데, 변방으로 떠난 병사는 아직 돌아오지 않네"와 같은 것이 그러했다. 이는 사람의 솜씨가 아닌 것 같았다. 그 그림의 필적은 분묘법(粉描法 : 소묘법)을 쓴 것 같았는데, 밝은 곳을 향해 비춰 보면 구별할 수 있었다. 혹자는 쥐 이빨로 새겼다고 했다. 옛 낭중(郎中) 최연문(崔鋋文)에게 〈왕씨필관기(王氏筆管記)〉가 있다.

唐丞相令狐綯因話奇異之物, 自出鐵䈰, 徑不及寸, 長四寸. 內取小卷書於日中視之, 乃九經並足. 其紙卽蠟蒲團, 其文勻小, 首尾相似, 其精妙難以言述. 又傾其中, 復展看輕絹一匹, 度之四丈無少, 秤之纔及半兩. 似非人世所有.
故德州王使君椅家有筆一管, 約一寸, 粗於常用筆管. 兩頭各出半寸以來, 中間刻〈從軍行〉一幅, 人馬・毛髮・屋木・亭臺・遠水, 無不精絶. 每一事, 刻〈從軍行〉兩句, 若"庭前琪樹已堪攀, 塞外征人殊未還"是也. 似非人功. 其畫跡若粉描, 向明方可辨之. 云用鼠牙刻. 故崔郞中鋋文有〈王氏筆管記〉.

* 이 고사는 《태평광기》 권232 〈기완・영호도(令狐綯)〉, 권214 〈화(畫)・잡편(雜編)〉에 실려 있다.

63-44(1951) 네모난 대나무 지팡이
방죽장(方竹杖)

출《계원총담(桂苑叢談)》 미 : 지팡이다(杖).

　　당(唐)나라 때 윤주(潤州) 감로사(甘露寺)의 스님 아무개는 도행(道行)이 높고 고결해 강좌(江左 : 강동)에서 명성이 높았다. 위국공(衛國公) 이덕유(李德裕)가 그곳의 염찰사(廉察使)로 있을 때 늘 그 스님과 교유했다. 위국공은 임기를 마치고 돌아갈 때 방죽장 하나를 스님에게 선물로 주었다. 방죽은 대완국(大宛國)에서 나는 것으로, 아주 단단하고 네모반듯했으며 마디마다 수염뿌리가 사면에 대칭으로 나 있었는데, 그것은 이덕유가 아끼던 보물이었다. 이덕유가 다시 절우(浙右)60) 지방을 진수하게 되었을 때 그 스님은 여전히 감로사에 있었다. 위국공이 물었다.

"방죽장은 별 탈 없습니까?"

스님이 대답했다.

"이미 둥글게 깎아서 옻칠까지 했습니다."

그 말을 들은 위국공은 온종일 탄식했다.

---

60) 절우(浙右) : 절강(浙江)의 오른쪽으로, 양자강(揚子江) 동쪽에서 회계산(會稽山) 남쪽에 이르는 지역을 말한다.

唐潤州甘露寺僧某者道行孤高, 名重江左. 李衛公德裕廉問日, 常與之遊. 及罷任, 以方竹杖一枝留贈焉. 方竹出大宛國, 堅實而正方, 節眼鬚牙, 四面對出, 李所寶也. 及再鎮浙右, 其僧尚在. 公問: "竹杖無恙否?" 僧對曰: "已規圓而漆之矣." 公嗟惋彌日.

* 이 고사는 《태평광기》 권232 〈기완·감로승(甘露僧)〉에 실려 있다.

63-45(1952) 사보궁
사보궁(四寶宮)

출《서경잡기》 미 : 이하는 여러 보물이다(以下雜寶).

    한(漢)나라 무제(武帝)가 칠보로 장식한 침상, 여러 보석으로 장식한 탁자, 여러 보석으로 꾸민 병풍, 여러 보석으로 치장한 휘장을 만들어 계궁(桂宮)에 설치했는데, 당시 사람들이 그곳을 "사보궁"이라 불렀다.

漢武帝爲七寶牀·雜寶案·雜寶屛風·雜寶帳, 設於桂宮, 時人謂之"四寶宮".

* 이 고사는 《태평광기》 권229 〈기완·계궁(桂宮)〉에 실려 있다.

63-46(1953) 이보국

이보국(李輔國)

출《두양편》

    이보국의 집에서 수장하고 있던 진기한 보물들은 모두 세상 사람들이 알아볼 수 있는 것이 아니었다. 이보국은 여름이면 당(堂) 안에 영량초(迎凉草: 서늘함을 맞이하는 풀)를 두었는데, 그 색은 벽옥과 유사하고 줄기는 참대와 비슷했으며 그 잎은 가늘지만 시들지 않았다. 무더운 여름에 그것을 창문 사이에 꽂아 두면 서늘한 바람이 저절로 불어왔다. 또 봉수목(鳳首木)은 높이가 1척이고 난새와 봉황새 같은 형상을 조각해 놓은 듯했는데, 비록 엄동설한의 추운 때일지라도 고대광실 안에 그것을 놓아두면 이삼월과 같은 따스한 기운이 감돌기 때문에 따로 "상춘목(常春木)"이라 불렀다. 설령 뜨거운 불로 그것을 태우더라도 끝내 그을음조차 생기지 않았다. 이 두 초목은 아마도 설왕[薛王: 이업(李業). 현종의 동생]의 저택에서 나온 것 같다. 《십주기(十洲記)》에서는 화림국(火林國)에서 나온다고 했다.

李輔國家藏珍玩, 皆非世人所識. 夏卽於堂中設迎涼草, 其色類碧, 而幹似苦竹, 葉細而不凋. 盛暑刺之窗戶間, 涼自至. 鳳首木, 高一尺, 而凋刻如鸞鳳之形. 雖嚴凝之時, 置於高堂大厦中, 而和煦之氣如二三月, 故別名曰"常春木". 縱以烈火焚之, 終不焦黑. 二物或出於薛王宅. 《十洲記》云火林國出也.

* 이 고사는《태평광기》권401〈보・옥벽사(玉辟邪)〉에 실려 있다.

63-47(1954) 월경

월경(月鏡)

출'왕자년《습유》'

주(周)나라 영왕(靈王)의 측근 신하 장홍(萇弘)은 청산유수처럼 말주변이 뛰어나고 지혜로웠기 때문에 영왕을 옆에서 모실 수 있었다. 그들이 밤새껏 연회를 즐기고 있을 때 어떤 사람이 이방의 진귀한 보물을 바쳤는데, 그중에 옥인형과 돌 거울이 있었다. 돌 거울은 색깔이 달처럼 희어서 얼굴을 비춰 보는 눈과 같았기에 "월경"이라 불렀다. 옥인형은 모두 기계 장치가 되어 있어서 스스로 움직일 수 있었기에 "기연(機姸 : 기계 미인)"이라 불렀다. 장홍이 영왕에게 말했다.

"폐하의 성덕이 불러온 것입니다."

그래서 주나라 사람들은 장홍이 아첨했다고 여겨 결국 그를 죽였다.

周靈王侍臣萇弘, 巧智如流, 因而得侍. 長夜宴樂, 或獻異方珍寶, 有玉人鏡石. 此石色白如月, 照面如雪, 謂之"月鏡". 玉人皆有機, 自能轉動, 謂之"機姸". 萇弘言於王曰 : "聖德所招也." 故周人以弘媚諂而卒殺之.

* 이 고사는《태평광기》권403〈보·월경〉에 실려 있다.

63-48(1955) 진나라의 보물
진보(秦寶)
출《서경잡기》

한(漢)나라 고조(高祖)가 처음 함양궁(咸陽宮)에 들어가 궁중의 창고를 둘러보았더니, 금옥과 진귀한 보물이 말로 다 일컬을 수 없을 정도였다. 그중에서 경이로운 것으로 옥오지등(玉五枝燈)이 있었는데, 높이는 7척 5촌이고 아래에 휘감아 서리고 있는 용을 만들어 입으로 등을 물고 있게 했다. 등불이 타오르면 용의 비늘이 모두 움직였으며, 마치 늘어선 별들이 방에 가득한 것처럼 환하게 빛났다. 또 12명의 동상을 주조해 놓았는데, 높이가 모두 3척이었고 한 연회석에 늘어서 있었다. 동상들은 금(琴)·축(筑)·생황·피리를 각각 하나씩 들고 있었는데, 모두 화려하게 채색되어 있었고 살아 있는 사람 같았다. 연회석 아래에는 두 개의 동관이 있었는데, 위쪽 입구는 높이가 몇 척이나 되고 연회석 뒤로 나와 있었다. 한 관은 비어 있었고, 다른 한 관 안에는 손가락 굵기만 한 줄이 들어 있었다. 한 사람이 빈 관을 불고 또 한 사람이 줄을 잡아당기면, 금·축·생황·피리가 모두 연주되었는데, 진짜 악기와 다름이 없었다. 미 : 살아 있는 사람 중에도 음악에 뛰어난 자는 드문데, 하물며 숨이 없는 동상이 어떻게 곡조를 이룰 수 있겠는가? 전해진 이야기가 터무니없다. 옥금(玉琴)은 길이가 6척이고 13줄의 현과 26개의 기러기발이 달려 있었으며 모두 칠보로 장식했는데, "여번지악(璵璠之樂)"이라는 명문(銘文)이 새겨져 있었다. 옥적(玉笛)은 길이가 2척 3촌이고 26개의 구멍이 있었으며, 그것을 불면 거마가 산림에서 나타나면서 덜커덩거리며 차례로 이어지다가 불기를 그치면 더 이상 나타나지 않았는데, "소화지관(昭華之管)"이라는 명문이 새겨져 있었다. 또 네모난 거울이 있었는데, 너비가 4척이고 높이가 5척 9촌이었으며 안팎으로 투명했다. 사람이 정면에서 그것에 비추면 모습이 거꾸로 보였다. 손으로 가슴을 가리고 다가가면 곧 장위(腸胃)와 오장이 보였는데, 가려진 것 없이 선명했다. 몸속에 질병이 있는 사람이 가슴을 가리고 비춰 보면, 반드시 병이 있는 곳을 알 수 있었다. 또한 여자가 사악한 마음을 가지고 있으면, 쓸개가 부풀고 심장이 요동쳤다. 진시황(秦始皇)은 늘 그 거울로 궁녀들을 비춰 봐서 쓸개가 부풀고 심장이 요동치면 죽였다. 미 : 수궁(守宮 : 도마뱀)보다 훨씬 낫다.[61] 고조는 이러한 보물들을 모두 봉인해 놓고서 항우(項羽)를 기다렸는데, 항우가 한

---

61) 수궁(守宮 : 도마뱀)보다 훨씬 낫다 : 옛날 부남국(扶南國)에 사람의 죄를 알아내는 도마뱀처럼 생긴 악어가 있었다고 한다. 《태평광기》 권464 〈수족(水族)·골뢰(骨雷)〉에 그 고사가 나온다.

꺼번에 동쪽으로 가져갔다. 그 후로는 어디에 있는지 알 수 없었다.

漢高祖初入咸陽宮, 周行府庫, 金玉珍寶, 不可稱言. 其所驚異者, 有玉五支燈, 高七尺五寸, 下作蟠螭, 以口銜燈. 燈燃則鱗甲皆動, 煥炳若列星而盈室焉. 復鑄銅人十二枚, 皆高三尺, 列在一筵上. 琴筑笙竽, 各有所執, 皆結華彩, 若生人. 筵下有二銅管, 上口高數尺, 出筵後. 其一管空, 一管內有繩, 大如指. 使一人吹空管, 一人紐繩, 則琴筑笙竽皆作, 與眞樂不異焉. 眉: 生人能樂者尙少, 況銅人無氣, 安得成調乎? 所傳妄矣. 玉琴長六尺, 安十三弦, 二十六徽, 皆七寶飾之, 銘曰"璵璠之樂". 玉笛長二尺三寸, 二十六孔, 吹之則見車馬山林, 隱隱相次, 息亦不復見, 銘曰"昭華之管". 有方鏡, 廣四尺, 高五尺九寸, 表裏洞明. 人直來照之, 影則倒見. 以手掩心而來, 卽見腸胃五臟, 歷歷無礙. 人有疾病在內者, 則掩心而照之, 必知病之所在. 又女子有邪心, 則膽張心動. 秦始皇帝常以照宮人, 膽張心動, 則殺之也. 眉: 更勝守宮. 高祖悉封閉, 以待項羽, 羽並將以東. 後不知所在.

* 이 고사는 《태평광기》 권403 〈보·진보〉에 실려 있다.

63-49(1956) 연청실

연청실(延淸室)

출《습유기》

동언(董偃)은 늘 연청실(62)에서 화석(畵石)으로 만든 침상에 누웠는데, 화석은 대개 돌의 무늬가 그림 같다는 뜻이었다. 그 돌은 몸체가 크고 가벼웠으며 질지국(郅支國)에서 나왔다. 또 침상 위에 자주색 유리 휘장과 화제주(火齊珠)(63) 병풍을 쳐 놓았으며, 참기름으로 피우는 등촉과 자옥(紫玉)으로 만든 쟁반을 늘어놓았는데, 침상은 몸을 굽힌 용 같았고 모두 여러 보석들로 꾸며져 있었다. 시종이 창문 밖에서 동언에게 부채질을 하자 동언이 말했다.

"옥석(玉石)이 어찌 부채질을 하고 난 후에 시원해지겠느냐?"

시종은 부채를 치우고 손으로 더듬어 보고 나서야 그곳에 병풍이 있음을 알았다. 동언은 또 옥정(玉精)으로 쟁반을

---

62) 연청실 : 한나라 때 시원한 여름 궁전인 청량전(淸凉殿)을 말한다. 반대로 따뜻한 겨울 궁전은 온조전(溫調殿)이라 했다.
63) 화제주(火齊珠) : 보주(寶珠)의 일종. 매괴주(玫瑰珠)라고도 하는데, 운모(雲母)와 비슷하게 생겼고 보랏빛을 띠고 있으며 광택이 난다.

만들어 얼음을 담아 무릎 앞에 두었는데, 옥정과 얼음이 똑같이 깨끗하고 투명했기 때문에 시종은 얼음이 쟁반에 담겨 있지 않다고 생각해 자리를 적시게 될 것이라고 걱정했다. 그래서 얼음을 치우다가 옥쟁반까지 들어 올려 계단 아래로 떨어뜨리는 바람에 얼음과 옥이 모두 부서졌지만, 동언은 이를 보고 더욱 즐거워했다. 이 옥정은 천도국(千塗國)에서 바친 것인데, 무제(武帝)가 동언에게 하사했다.

董偃常臥延淸之室, 以畫石爲牀, 蓋石文如畫也. 石體盛輕, 出郅支國. 上設紫瑠璃帳, 火齊屛風, 列靈麻之燭, 以紫玉爲盤, 如屈龍, 皆雜寶飾之. 視[1]者於戶外扇偃, 偃曰: "玉石豈須扇而後淸凉耶?" 侍者屛扇, 以手摹之, 方知有屛風也. 偃又以玉精爲盤, 貯冰於膝前, 玉精與冰同潔澈, 侍者以冰無盤, 恐濕席. 乃和玉盤拂之, 落階下, 冰玉俱碎, 偃更以爲樂. 此玉精, 千塗國所貢也, 武帝以此賜偃.

* 이 고사는 《태평광기》 권403 〈보·연청실〉에 실려 있다.

1 시(視):《습유기(拾遺記)》권5에는 "시(侍)"라 되어 있는데, 문맥상 타당하다.

63-50(1957) 장화

장화(張華)

출《습유기》

    진(晉)나라 장화가《박물지(博物志)》400권을 지어 무제(武帝)에게 아뢰자 무제가 말했다.

    "경의 박식함은 비길 자가 없지만 기록한 일과 채록한 말이 대부분 허망하오. 옛날에 중니(仲尼 : 공자)는 괴이한 일, 무력적인 일, 법도를 어지럽히는 일, 귀신의 일을 말하지 않았으니, 지금 허황하고 의심스러운 것을 삭제해 10권으로 나누는 것이 좋겠소."

    그러고는 어전에서 장화에게 청철연(青鐵硯)을 하사했는데, 그 쇠는 우전국(于闐國)에서 바친 것이었으며 그것을 주조해 벼루를 만들었다. 또 인각관(麟角管 : 기린 뿔 붓대)을 하사했는데, 그것은 요서국(遼西國)에서 바친 것이었다. 또 측리지(側理紙) 만 장을 하사했는데, 그것은 남월(南越)에서 바친 것이었다. 중국말로는 그것을 "척리(陟釐)"라고 했는데, "척리"와 "측리"는 [발음이 비슷해서] 서로 혼동되었다. 남월 사람들은 해태(海苔 : 김)로 종이를 만들었는데, 그 결이 종횡으로 비스듬히 기울어져 있었기에 그런 명칭을 붙였다.

晉張華撰《博物志》四百卷, 奏武帝, 帝曰: "卿博識無倫, 然記事探言, 多所浮妄. 昔仲尼不言怪力亂神, 今可芟截浮疑, 分爲十卷." 卽於御前賜青鐵硯, 此鐵是于闐國所獻, 鑄爲硯. 又賜麟角管, 此遼西國所獻也. 側理紙萬番, 南越所獻也. 漢言"陟釐", "陟釐"與"側理"相亂. 南人以海苔爲紙, 其理縱橫斜側, 因爲名焉.

* 이 고사는 《태평광기》 권231 〈기완·장화〉에 실려 있다.

63-51(1958) 부여국의 삼보

부여국삼보(扶餘國三寶)

출《선실지》

[당나라] 회창(會昌) 원년(841)에 부여국에서 세 가지 보물을 진상했는데, 화옥(火玉)·징명주(澄明酒)·풍송석(風松石)이었다. 화옥은 색이 붉고 길이가 반 촌이며 위가 뾰족하고 아래가 둥글었는데, 빛이 수십 보까지 비추었고 그것을 쌓아 놓으면 솥을 끓일 수 있었다. 화옥을 방 안에 두면 겨울에도 솜옷을 껴입을 필요가 없었다. 징명주는 자주색의 기름 같았는데, 그것을 마시면 사람의 뼛속까지 향기롭게 했다. 풍송석은 사방 1장(丈)이고 옥처럼 영롱했으며 그 속에 나무가 있었는데, 그 나무는 일산을 드리운 것 같은 오래된 소나무처럼 생겼고 그 사이에서 서늘한 바람이 생겨났다. 그래서 한여름이 되면 황상은 대전 안에 그것을 놓아두게 했다가, 가을바람이 솨솨 불어오기 시작하면 곧 치우게 했다.

會昌元年, 扶餘國貢三寶, 曰火玉, 曰澄明酒, 及風松石. 火玉, 色赤, 長半寸, 上尖下圓, 光照數十步, 積之可以燃鼎. 置之室內, 冬則不復亦挾纊. 澄明酒, 色紫如膏, 飲之令人骨香. 風松石, 方一丈, 瑩徹如玉, 其中有樹, 形若古松偃蓋,涼颼生於其間. 至盛夏, 上令置於殿內, 稍秋氣颼颼, 卽命引去.

* 이 고사는《태평광기》권404〈보·화옥(火玉)〉에 실려 있다.

63-52(1959) 마노 함과 자옥 동이

마뇌궤 · 자괴분(馬腦櫃 · 紫瑰盆)

출《두양편》

[당나라] 무종(武宗)은 망선대(望仙臺)를 세우고 또 융진실(隆眞室)을 지었는데, 온갖 보석 가루를 빻아 바닥에 발랐고, 옥기둥과 황금 두공, 은난간과 옥섬돌이 영롱하게 빛나서 아무리 보아도 질리지 않았다. 방 안에는 대모장(玳瑁帳: 대모로 장식한 휘장)을 치고 화제상(火齊牀: 화제주로 치장한 침상)을 놓았으며 용광향(龍光香)을 사르고 무우주(無憂酒)를 차려 놓았는데, 이것들은 모두 다른 나라에서 바친 것이었다. 발해(渤海)에서 진상한 마뇌궤[마노로 만든 함]는 사방 3척에 꼭두서니 같은 진홍색으로 정교하게 만들어 비할 것이 없었다. 무종은 거기에 신선서(神仙書)를 넣어 대모장 옆에 두었다.

자괴분[자색 옥으로 만든 동이]은 반 곡(斛)이 들어갈 용량에 안팎이 투명했다. 그 색은 순수한 자줏빛이고 1촌 정도의 두께였는데, 그것을 들면 기러기 깃털처럼 가벼웠다. 무종은 그 밝고 깨끗함을 좋아해 선실(仙室)에 두고 거기에서 선약을 개었다.

武宗起望仙臺, 更修隆眞室, 舂百寶屑以塗地, 瑤楹金栱, 銀檻玉砌, 晶熒炫耀, 看之不足. 內設玳瑁之帳, 火齊之牀, 焚龍光之香, 薦無憂之酒, 此皆他國所獻也. 渤海貢馬腦櫃, 方三尺, 深色如茜, 所作工巧, 無以爲比. 帝用貯神仙之書, 置之帳側.

紫瑰盆, 量容半斛, 內外通瑩, 其色純紫, 厚可一寸, 擧之則若鴻毛. 帝嘉其光潔, 遂處於仙室, 以和藥餌.

* 이 고사는 《태평광기》 권404 〈보·마뇌궤〉에 실려 있다.

63-53(1960) 만불산

만불산(萬佛山)

출《두양편》

　　황상은 불교를 숭상해서 온갖 향을 빻아 은가루와 섞어서 불실(佛室)에 바르게 했다. 그때 신라국(新羅國)에서 오색 구유(氍毹 : 양탄자)와 만불산을 진상했는데, 만불산은 높이가 1장(丈)쯤 되었다. 황상은 그것을 불실에 두게 하고 구유를 그 바닥에 깔게 했다. 구유의 섬세하고 아름다움은 또한 한 시대의 으뜸이었는데, 사방 1촌 안마다 음악에 맞춰 노래하고 춤추는 기녀들과 여러 나라의 산천 형상들이 들어 있었다. 간혹 미풍이 불실로 들어오면 구유 위의 벌과 나비들이 움직이고 제비와 참새가 춤을 추었는데, 몸을 숙여 자세히 보아도 진짜인지 가짜인지 구분할 수 없었다. 만불산은 침단목(沉檀木)과 주옥을 조각해서 만들었는데, 그 불상의 모습이 큰 것은 1촌이 넘었고 작은 것은 8~9푼에 불과했다. 불상의 머리는 기장알만 한 것도 있고 콩만 한 것도 있었는데, 이목구비와 나계(螺髻 : 부처의 소라 껍데기 형태의 머리)·호상(毫相 : 부처의 미간 사이에 있는 흰 털)이 모두 갖추어져 있었다. 그리고 땋은 실로 금옥(金玉)과 수정(水精)을 엮어 번개(幡蓋 : 깃발과 수레 덮개)와 유소(流蘇 : 수레나 휘장에 다는 장식 술), 암라(菴羅 : 감람나무)와 담복(薝蔔 : 치자나무) 등의 나무를 만들었고, 온갖 보석으로 누각과 대전(臺殿)을 만들었는데, 그 모양은 비록 작았지만 날아 움직이는 듯한 형상이었다. 그 앞에는 1000명이 넘는 수도승들이 있었고 아래에는 3촌 너비의 자금종(紫金鐘)이 있었는데, 포뢰(蒲牢)64)가 종을 머금고 있었고, 종을 칠 때마다 수도승들이 땅에 엎드려 예배를 드렸다. 그 종 안에서 들려오는 은은한 소리를 "범성(梵聲 : 염불하거나 불경을 염송하는 소리)"이라 불렀는데, 아마도 어떤 장치가 종과 연결되어 있는 것 같았다. 그 산은 비록 만불이라고 이름 붙였지만 불상의 수는 셀 수 없을 정도로 많았다. 황상은 만불산의 암벽 사이에 구광선(九光扇)을 두게 했다. 4월 초파일에 양가(兩街)65)의 스님들을 불러 내도량(內道場)66)으로 들어오게 해서 만불산에 예배를 올리게 했는데, 당시 만불산을 본 사람들은 사람의 솜씨가 아니라고 감탄했다. 때마침 대전에서

---

64) 포뢰(蒲牢) : 전설에 나오는 바닷가에 사는 동물로, 그 울음소리가 매우 맑아 종에 그 형상을 주조했다.
65) 양가(兩街) : 당시 장안(長安)의 횡가(橫街)와 주작대가(朱雀大街)를 말하는데, 여기서는 장안을 지칭한다.
66) 내도량(內道場) : 궁궐에서 불사(佛事)를 거행하던 도량으로, 궁궐 안에 있다고 해서 '내도량'이라 불렀다.

빛이 나오는 것을 보고 모두들 "불광(佛光)"이라고 불렀지만 사실은 구광선에서 나오는 빛이었다.

上崇釋氏敎, 乃舂百品香, 和銀粉以塗佛室. 遇新羅國獻五色氍毹, 及萬佛山, 可高一丈. 上置於佛室, 以氍毹籍其地. 氍毹之巧麗, 亦冠絶於一時, 每方寸之內, 卽有歌舞之¹樂, 列國山川之狀. 或微風入室, 其上復有蜂蝶動搖, 燕雀飛舞, 俯而視之, 莫辨其眞假. 萬佛山, 雕沉檀珠玉以成之, 其佛形, 大者或逾寸, 小者八九分. 其佛之首, 有如黍米者, 有如菽者, 其眉目口耳螺髻毫相悉具. 而辮縷金玉水精, 爲幡蓋流蘇, 庵贍蔔羅²等樹, 搆百寶爲樓閣臺殿, 其狀雖微, 勢若飛動. 前有行道僧, 不啻千數, 下有紫金鐘, 闊三寸, 以蒲牢銜之, 每擊鐘, 行道僧禮拜至地. 其中隱隱, 謂之"梵聲", 蓋關綍在乎鐘也. 其山雖以萬佛爲名, 其數則不可勝計. 上置九光扇於巖巚間. 四月八日, 召兩街僧徒入內道場, 禮萬佛山, 是時觀者嘆非人工. 及見有光出於殿中, 咸謂之"佛光", 卽九光扇也.

* 이 고사는 《태평광기》 권404 〈보・만불산〉에 실려 있다.

1 지(之) : 《태평광기》 명초본에는 "기(妓)"라 되어 있는데, 문맥상 보다 타당하다.

2 암섬복라(庵贍蔔羅) : 《두양잡편(杜陽雜編)》 권상에는 "암라담복(庵羅薝蔔)"이라 되어 있는데, 문맥상 보다 타당하다.

63-54(1961) 대모 동이
대모분(玳瑁盆)
출《두양편》

[당나라] 보력(寶曆) 원년(825)에 남창국(南昌國)에서 대모분(玳瑁盆 : 대모로 만든 동이)과 부광구(浮光裘 : 빛이 반짝거리는 갖옷)와 야명서(夜明犀 : 야광 무소뿔)를 바쳤는데, 이런 말이 전한다.

그 나라에는 주산(酒山)과 자해(紫海)가 있다. 주산에는 샘물이 있는데, 그 물맛이 술과 같아서 많이 마시면 취해서 하루 종일 깨어나지 못한다. 자해는 물빛이 푹 익은 오디 같고 옷을 염색할 수 있다. 그곳에 사는 물고기·용·거북·자라와 모래·돌·풀·나무들은 자색이 아닌 것이 없다. 대모분은 10곡(斛)을 담을 수 있고 밖은 금과 옥으로 장식되어 있었다. 한여름이 되면 황상은 대전 안에 대모분을 두고 물을 가득 담게 한 뒤 비빈들에게 금은 국자를 들고 물을 떠서 서로 뿌리게 하는 것을 오락으로 즐겼다. 부광구는 바로 자해의 물로 그 바탕천을 염색했고 오색실로 각각 1300마리의 용과 봉황을 수놓았으며 아홉 빛깔의 진주를 꿰어 놓았다. 황상이 부광구를 입고 북원(北苑)에서 사냥할 때 아침 햇살이 비치면 부광구의 광채가 반짝거려 보는 사람들이 모두 눈이 어지러웠다. 그런데도 황상은 그것을 귀하게 여기지 않았는데, 하루는 말을 달려 날짐승을 쫓다가 갑자기 폭우를 만났지만 부광구가 한 터럭도 젖지 않자, 황상은 그제야 기이한 물건이라고 감탄했다. 야명서는 그 모양이 통천서(通天犀 : 아래위가 뚫려 있는 무소뿔)와 비슷하고 밤이 되면 그 빛이 100보까지 비추었는데, 비단을 10겹으로 덮어도 끝내 그 환한 빛을 가릴 수 없었다. 황상은 마침내 야명서를 잘라 허리띠를 만들게 했는데, 매번 그것을 차고 사냥을 나가면 밤이 되어도 낮처럼 밝아 등촉을 쓰지 않았다.

寶曆元年, 南昌國獻玟瑁盆·浮光裘·夜明犀. 云 : 其國有酒山·紫海. 山有泉, 其味如酒, 飮之甚醉, 則經日不醒. 紫海, 水色如爛椹, 可以染衣. 其魚龍龜鱉, 砂石草木, 無不紫焉. 玟瑁盆, 可容十斛, 外以金玉飾之. 及盛夏, 上置於殿內, 貯水令滿, 遣嬪御持金銀杓, 酌水相沃, 以爲嬉戲. 浮光裘, 卽紫海色染其地也, 以五彩絲氈成龍鳳, 各一千三百, 仍綴以九色眞珠. 上衣之以獵於北苑, 爲朝日所照, 而光彩動搖, 觀者皆眩其目. 上亦不爲之貴, 一日, 馳馬從禽, 忽際暴雨, 而裘無纖毫霑濡, 方嘆爲異物. 夜明犀, 其狀類通天犀, 夜則光明, 可照百步, 覆繒十重, 終不能掩其耀煥. 上遂命解爲腰帶, 每遊獵, 夜則不施蠟燭, 有如晝日.

* 이 고사는 《태평광기》 권404 〈보·대모분〉에 실려 있다.

기물(奇物)

63-55(1962) 사영운의 수염

사영운수(謝靈運鬚)

출《국사이찬》

진(晉)나라의 사영운은 수염이 멋있었는데, 처형당할 때 남해군(南海郡)의 기원사(祇洹寺)에 보시해 유마힐(維摩詰)상의 수염으로 쓰도록 했다. 기원사의 스님들은 그 수염을 보물처럼 아껴서 조금도 훼손하지 않았다. [훗날 당나라] 중종(中宗)의 딸인 낙안 공주(樂安公主)가 5월에 풀싸움 놀이[鬪百草]67)를 하면서 그 물품을 넓히고자 급히 그 수염을 가져오게 했다. 그러면서 다른 사람이 그것을 손에 넣을까 봐 걱정해 나머지 수염을 모두 잘라서 버리게 했다. 그래서 지금은 사영운의 수염이 전하지 않는다. 미 : 죄업을 지었다.

晉謝靈運鬚美, 臨刑, 施於南海祇洹寺, 爲維摩詰鬚. 寺人寶惜, 初不虧損. 中宗樂安公主, 五月鬪百草, 欲廣其物色, 令馳取之. 又恐他人所得, 因剪棄其餘. 今遂絶. 眉 : 作業.

* 이 고사는《태평광기》권405〈보·사영운수〉에 실려 있다.

67) 풀싸움 놀이[鬪百草] : 단옷날에 행하던 풀싸움 놀이로 투초(鬪草)라고도 했다.

63-56(1963) 양귀비의 버선

양비말(楊妃襪)

출《국사보》

[당나라] 현종(玄宗)이 [안녹산의 난을 피해] 마외역(馬嵬驛)에 이르렀을 때, 고역사(高力士)에게 불당의 배나무 앞에서 양귀비(楊貴妃)를 목매달게 했다. 당시 마외역의 어떤 노파가 양귀비의 버선 한 짝을 주웠는데, 지나가는 길손들이 그것을 구경하자고 요구하면 한 번 보여 주는 데 100냥씩을 받아 수많은 돈을 벌었다. 미 : 버선도 이와 같거늘 사람이라면 어떠하겠는가?

玄宗至馬嵬驛, 令高力士縊貴妃於佛堂梨樹之前. 馬嵬媼得襪一隻, 過客求而翫之, 百錢一觀, 獲錢無數. 眉 : 襪猶如此, 人將若何?

* 이 고사는 《태평광기》 권405 〈보·양비말〉에 실려 있다.

63-57(1964) 금형수 뿌리로 만든 베개
형근침(荊根枕)
출《문기록》

상인 장홍(張弘)은 길을 가다가 화악묘(華嶽廟) 앞에 이르렀을 때, 갑자기 정신이 혼미해져서 더 이상 앞으로 갈 수 없었다. 그래서 말을 한 그루의 금형수(金荊樹)에 매어 놓고 달게 잠을 잤는데, 갑자기 말이 놀라 나무뿌리를 뽑아 끌며 달아났다. 장홍이 잠에서 깨어나 말을 쫓아가서 보았더니 나무뿌리가 마치 사자처럼 생겼는데, 털·발톱·눈·귀·발·꼬리까지 모두 다 갖추고 있었다. 장홍은 화음현(華陰縣)에서 목공에게 부탁해 그 뿌리를 다듬어 베개 하나를 만들어서 화악묘에 바쳤다. 사당지기는 늘 그 베개를 궤짝 안에 넣고 잠가 놓았는데, 행인 중에 그 얘기를 들은 사람은 사당지기에게 돈 100냥을 주어야 겨우 한 번 구경할 수 있었다.

賈人張弘者, 行至華嶽廟前, 忽昏憒, 前進不可. 繫馬於一金荊樹而酣睡, 馬驚, 拽出樹根而走. 寤, 逐而及之. 樹根形如獅子, 毛爪眼耳足尾, 無不悉具. 乃於華陰縣求木工修之爲一枕, 獻於廟. 守廟者常爲櫃鎖之, 行人聞者, 賂守廟者百錢, 始獲一見.

* 이 고사는 《태평광기》 권407 〈초목(草木)·형근침〉에 실려 있다.

권64 화목부(花木部)

목(木)

64-1(1965) 곡부 무덤의 나무

곡부묘목(曲阜墓木)

출《술이기》

노(魯) 지방의 곡부(曲阜)에 있는 공자(孔子)의 무덤 위에는 해목(楷木)[68]이 많이 자란다. 또 곡부성(曲阜城)에 안회(顔回)의 무덤이 있는데, 그 위에 둘레가 30~40아름이나 되는 석남(石枏)나무[69] 두 그루가 있다. 그곳 사람들의 말에 따르면, 안회가 손수 심은 나무라고 한다.

魯曲阜孔子墓上多楷木. 又曲阜城有顔回墓, 上石枏二株, 可三四十圍. 土人云顔回手植之木.

* 이 고사는《태평광기》권406〈초목·부자묘목(夫子墓木)〉에 실려 있다.

---

[68] 해목(楷木) : 황련목(黃連木). 옻나뭇과에 속하는 낙엽 교목이다. 공자가 좋아한 나무라고 해서 공목(孔木)이라고도 한다.

[69] 석남(石枏)나무 : 석남과에 속하는 상록 관목으로, 꽃은 관상용으로 제공되고 잎은 약재로 쓰인다. 석남(石南)이라고도 한다.

64-2(1966) 소나무

송(松)

출《문기록》·《유양잡조》

[당나라] 위국공(衛國公) 이덕유(李德裕)가 말했다.

"삼렵송(三鬣松)은 공작송(孔雀松)과 다르다."

또 말했다.

"소나무를 자라지 못하게 하려고 하면 곧장 아래로 뻗은 뿌리를 돌로 막으면 되니, 소나무 뿌리가 돌을 만나면 누워서 자라므로 천년을 기다릴 필요가 없다."

낙중(洛中 : 낙양)에 어갑송(魚甲松)이 있다.

衛公李德裕言: "三鬣松與孔雀松別." 又云: "欲松不長, 以石抵其直下根, 遇石則偃, 不必千年."
洛中有魚甲松.

* 이 고사는《태평광기》권406〈초목·삼렵송(三鬣松)〉과〈어갑송(魚甲松)〉에 실려 있다.

64-3(1967) 황양과 청양

황양청양(黃楊靑楊)

구(俱)《신이경》

황양목(黃楊木)은 본래 잘 자라지 않는다. 세상에서 황양목을 중시하는 것은 불이 붙지 않기 때문이다. 어떤 사람이 말했다.

"황양목을 물에 넣어 보아서 가라앉으면 불이 붙지 않는다."

이 나무는 어두운 밤에 베어야 하는데, 별빛 하나 없는 밤에 베어서 베개로 만들면 갈라지지 않는다.

청양목(靑楊木)은 협중(峽中)에서 난다. 그것으로 침상을 만들어 누우면 벼룩이 생기지 않는다.

黃楊木性難長. 世重黃楊, 以無火. 或曰 : "以水試之, 沉則無火." 取此木以陰晦, 夜無一星則伐之, 爲枕不裂.
靑楊木, 出峽中. 爲牀, 臥之無蚤.

* 이 고사는 《태평광기》 권406 〈초목·황양목〉과 〈청양목〉에 실려 있는데, 출전이 "《유양잡조(酉陽雜俎)》"라 되어 있다.

64-4(1968) 초심수

초심수(醋心樹)

출《유양잡조》

두사인(杜師仁)이 일찍이 남의 집을 세내어 산 적이 있었는데, 마당에 커다란 살구나무가 있었다. 그런데 이웃 노인이 물을 짊어지고 그 나무 옆에 이를 때마다 반드시 탄식했다.

"이 나무가 아깝구나!"

두사인이 그 이유를 캐물었더니 노인이 말했다.

"나는 나무의 병을 잘 아는데, 이 나무에 병이 있으니 내가 고쳐 보겠소."

그러고는 나무의 한 곳을 진찰하며 말했다.

"이 나무는 초심병(醋心病 : 산이 과다 분비되는 병)에 걸렸소."

두사인이 손가락으로 나무의 좀먹은 곳을 찍어 맛보았더니 옅은 식초 같은 맛이 났다. 노인은 작은 갈고리를 가지고 좀먹은 곳을 벗겨 냈는데, 두세 번 긁어내자 박쥐처럼 생긴 흰 벌레 한 마리가 나왔다. 노인은 나무의 상처에 약을 발라 주면서 두사인에게 거듭 주의를 주며 말했다.

"열매가 열리거든 껍질이 파랄 때부터 반드시 따 버려야 하니, 열에 여덟아홉을 제거하면 나무는 살아날 것이오."

 두 사인이 노인의 말대로 했더니 나무가 더욱 무성해졌다.

杜師仁嘗賃居, 庭有巨杏樹. 鄰居老人每擔水至樹側, 必嘆曰 : "此樹可惜!" 杜詰之, 老人云 : "某善知木病, 此樹有疾, 某請治." 乃診樹一處, 曰 : "樹病醋心." 杜染指於蠹處嘗之, 味若薄醋. 老人持小鉤披蠹, 再三鉤之, 得一白蟲如蝠. 乃傅藥於瘡中, 復戒曰 : "有實, 自靑皮時必摽之, 十去八九, 則樹活." 如其言, 樹益茂盛矣.

* 이 고사는 《태평광기》 권407 〈초목·초심수〉에 실려 있다.

64-5(1969) 예장과 언상

예장 · 언상(豫章 · 偃桑)

구출(俱出)《신이경》미 : 이하는 기이한 나무다(以下異木).

    동방의 황야 밖에 예장수(豫章樹)가 있는데, 그 높이는 1000장(丈)이나 되고 둘레도 100장이나 된다. 뿌리에서 위로 300장 올라간 곳에서부터 가지가 뻗어 나기 시작해 마치 휘장을 두른 듯 가지를 드리우며, 위에는 검은 여우와 검은 원숭이가 살고 있다. 이 나무는 한 주의 길흉화복을 주관하는데, 남북으로 나란히 자라며 정면은 서남쪽을 향하고 있다. 아홉 명의 역사(力士)가 도끼로 그 나무를 베어서 9주(州)의 길흉을 점치는데, 나무를 베어 낸 뒤에 다시 원 상태로 회복되면 그 주는 복을 받고, 나무에 난 상처가 그대로 있으면 그 주의 방백(方伯)이 병에 걸리며, 그 상처가 몇 년이 지나도록 회복되지 않으면 그 주는 멸망한다.

    동방에 나무가 있는데, 높이는 80장이나 되며 나뭇가지가 펼쳐져 스스로를 덮는다. 그 잎은 길이가 1장이나 되고 너비는 6~7척이나 되는데, "언상"이라 부른다. 나무 위에는 누에가 저절로 자라나 3척 길이의 고치를 만드는데, 고치 하나를 켜면 한 근의 실을 얻을 수 있다. 또 오디가 열리는데, 길이가 3척 5촌이나 되고 둘레 또한 길이와 같다.

東方荒外有豫章焉, 其高千丈, 圍百丈. 本上三百丈, 始有枝條, 敷張如帳, 上有玄狐黑猿. 樹主一州, 南北並列, 面向西南. 有九力士, 操斧伐之, 以占九州吉凶, 斫復, 其州有福, 創者, 州伯有病, 積歲不復者, 其州滅亡.

東方有樹焉, 高八十丈, 敷張自輔. 其葉長一丈, 廣六七尺, 名曰"偃桑". 其上自有蠶作繭, 長三尺, 繰一繭, 得絲一斤. 有椹焉, 長三尺五寸, 圍如長.

* 이 고사는 《태평광기》 권407 〈초목·주일주수(主一州樹)〉와 〈언상〉에 실려 있다.

64-6(1970) 무환목

무환목(無患木)

출《유양잡조》

무환목은 태우면 굉장히 향기롭고 나쁜 기운을 쫓을 수 있다. 이 나무는 일명 "긤루(噤婁)"라고도 하고 "환(桓)"이라고도 한다. 옛날 요모(瑤眊)라는 신령한 무당이 부적으로 온갖 귀신을 제압하고 요괴를 잡을 수 있었는데, 이 무환목으로 그것들을 때려잡았다. 그래서 세상 사람들이 다투어 이 나무를 가져다 기물을 만들어 씀으로써 귀신을 물리쳤기에 "무환목"이라 부르게 되었다.

無患木, 燒之極香, 辟惡氣. 一名"噤婁", 一名"桓". 昔有神巫曰瑤眊, 能符劾百鬼, 擒魑魅, 以無患木擊殺之. 世人競取此木爲器, 用却鬼, 因曰"無患木".

* 이 고사는 《태평광기》 권407 〈초목·무환목〉에 실려 있다.

64-7(1971) 부주목

부주목(不畫木)

출《신이경》

   황야 밖에 화산(火山)이 있고 그 안에서 부주목이 자란다. 이 나무는 밤낮으로 불타는데, 폭풍이 불어도 불길이 거세지지 않고 폭우가 내려도 꺼지지 않는다.

荒外有火山, 其中生不畫之木. 晝夜火燃, 得曝風不猛, 猛雨不滅.

* 이 고사는 《태평광기》 권407 〈초목·부주목〉에 실려 있다.

64-8(1972) 주수와 면수

주수 · 면수(酒樹 · 麵樹)

출《부남기(扶南記)》 출《유양잡조》

돈손국(頓遜國 : 지금의 미얀마에 있던 옛 나라)에 주수가 있는데, 안석류(安石榴 : 안식국에서 나는 석류)와 같다. 그 꽃과 즙을 잔에 넣어 두면 며칠 후에 술이 되는데, 맛이 좋고 사람을 취하게 만든다. 《박물지(博物志)》에서 "주수는 전손국(典遜國)에서 나는데, 그 술을 '전주(椾酒)'라고 한다"라고 했다.

옛 남해현(南海縣)에 광랑수(桄榔樹)가 있는데, 꼭대기에서 자라난 잎에 밀가루가 있다. 커다란 광랑수에서 나오는 밀가루는 100곡(斛)이나 된다. 이것을 우유에 섞어 먹으면 아주 맛있다.

頓遜國有酒樹, 如安石榴. 華汁停杯中, 數日成酒, 美而醉人.《博物志》: "酒樹出典遜國, 名'椾酒'."
古南海縣有桄榔樹, 峰頭生葉, 有麵. 大者出麵, 乃至百斛. 以牛乳啖之, 甚美.

* 이 고사는《태평광기》권406〈초목 · 주수〉, 권407〈초목 · 광랑수(桄榔樹)〉에 실려 있다.

64-9(1973) 교양목

교양목(交讓木)

출전:《유양잡조》

《무릉군기(武陵郡記)》에서 이렇게 말했다.

"백치산(白雉山)에 '교양'이라고 하는 나무가 있는데, 다른 나무들이 무성해진 후에야 비로소 싹이 나며, 한 해씩 걸러서 번갈아 무성해진다."

《武陵郡記》: "白雉山有木, 名'交讓', 眾木敷榮後, 方萌芽, 亦更歲迭榮也."

* 이 고사는《태평광기》권407〈초목·교양목〉에 실려 있다.

64-10(1974) 괴송

괴송(怪松)

출《유양잡조》

남강(南康)에 괴송이 있었는데, 이전의 자사(刺史)들이 매번 화공에게 그 소나무를 그리게 하면 반드시 가지 몇 개가 시들고 메말랐다. 후에 한 빈객이 기녀들과 함께 그 소나무 밑에 둘러앉아 술을 마셨는데, 하루 만에 소나무가 죽었다.

평 : 나는 그 소나무의 이름을 "속송(俗松)"으로 바꾸고 싶다.

南康有怪松, 以前刺史, 每令畫工寫松, 必數枝衰悴. 後因一客與妓環飲其下, 經日松死.
評 : 吾欲更其名曰"俗松".

* 이 고사는《태평광기》권407〈초목·괴송〉에 실려 있다.

64-11(1975) 합장백

합장백(合掌柏)

여주(汝州)의 서쪽에 연계(練溪)가 있는데, 그곳에는 기이한 측백나무가 많이 자란다. 늦가을이 되면 측백나무의 잎이 오므라들기 때문에 그곳 사람들은 이 나무를 "합장백"이라 부른다.

汝西有練溪, 多異柏. 及暮秋, 葉斂, 俗呼"合掌柏".

* 이 고사는《태평광기》권406〈초목·합장백〉에 실려 있는데, 출전이 "《유양잡조(酉陽雜俎)》"라 되어 있다.

64-12(1976) 바라수

바라수(婆羅樹)

파릉(巴陵)에 있는 한 절의 승방 침상 아래에서 갑자기 나무 한 그루가 자라났는데, 베어 내는 족족 다시 자랐다. 외국 스님이 그 나무를 보고 말했다.

"이것은 바라수입니다."

[남조 송나라] 원가(元嘉) 연간(424~453) 초에 바라수에서 연꽃 같은 꽃 한 송이가 피어났다. 당(唐)나라 천보(天寶) 연간(742~756) 초에 안서(安西)에서 바라수 가지를 바치면서 다음과 같은 표문을 올렸다.

"신이 관할하고 있는 네 개의 진(鎭) 가운데 발한나(拔汗那 : 대완, 페르가나)라는 곳이 있는데, 가장 가까이에 있습니다. 그곳에 바라수라는 나무가 있는데 특별히 기이합니다. 그 나무 아래에는 잡풀이 자라지 않고 나쁜 날짐승도 깃들이지 않습니다. 높이 솟은 줄기는 소나무나 전나무에 손색이 없고, 드리운 그늘은 복숭아나무나 오얏나무에 못지않습니다. 근자에 관리를 발한나에 파견해 바라수 가지 200개를 꺾어 오게 했습니다. 만약 장락궁(長樂宮)에 뿌리를 내리고 건장궁(建章宮)에서 싹을 틔울 수 있다면, 잎이 펼쳐져 드리운 그늘은 달 속의 단계(丹桂)에 견줄 수 있고, 가지가 맞닿아 생긴 그림자는 천상의 백유(白楡 : 별의 별칭)와 대적할 수 있을 것입니다." 미 : 표문이 아주 훌륭하다.

巴陵有寺, 僧房牀下忽生一木, 隨伐隨長. 外國僧見曰 : "此婆羅也." 元嘉初, 出一花如蓮. 唐天寶初, 安西進婆羅枝, 狀言 : "臣所管四鎭, 有拔汗那, 最爲密近. 木有婆羅樹, 特爲奇絶. 不庇凡草, 不止惡禽. 聳榦無慚於松栝, 成陰不媿於桃李. 近差官拔汗那, 使令採得前件樹枝二百莖. 如得托根長樂, 擢穎建章, 布葉垂陰, 鄰月中之丹桂, 連枝接影, 對天上之白楡." 眉 : 表盡工.

* 이 고사는 《태평광기》 권406 〈초목·바라수〉에 실려 있는데, 출전이 "《유양잡조(酉陽雜俎)》"라 되어 있다.

64-13(1977) 목룡수

목룡수(木龍樹)

　서주(徐州)의 고총성(高冢城) 남쪽에 목룡사(木龍寺)가 있다. 절 안에 3층 전탑(塼塔)이 있는데, 높이가 1장 남짓 되며 탑 옆으로 커다란 나무 한 그루가 자라나 탑 꼭대기까지 감고 있다. 가지와 줄기가 서로 옆으로 엉켜 있어서 위가 평평한데, 거기에 10여 명의 사람이 앉을 수 있을 정도다. 가지 끝이 사방으로 아래로 드리워 마치 백자장(百子帳 : 옛날 혼례 때 사용하던 장막) 같다. 당시 이 나무에 대해 아는 사람이 없었기 때문에 스님들은 "목룡"이라 불렀다. 양(梁)나라 무제(武帝)가 일찍이 사람을 보내 그 나무의 모습을 그리게 했다.

徐之高冢城南有木龍寺. 寺有三層磚塔, 高丈餘, 塔側生一大樹, 縈繞至塔頂. 枝榦交橫, 上平, 容十餘人坐. 枝杪四向下垂, 如百子帳. 莫有識此木者, 僧呼爲"木龍". 梁武曾遣人圖寫焉.

* 이 고사는 《태평광기》 권406 〈초목 · 목룡수〉에 실려 있는데, 출전이 《유양잡조(酉陽雜俎)》라 되어 있다.

64-14(1978) 녹목

녹목(鹿木)

출《유양잡조》

무릉군(武陵郡)의 북쪽에 녹목 두 그루가 있는데, [한나라 때] 복파장군(伏波將軍) 마원(馬援)이 심은 것이다. 이 나무에는 마디가 많다.

武陵郡北有鹿木二株, 馬伏波所種. 木多節.

* 이 고사는 《태평광기》 권407 〈초목・녹목〉에 실려 있다.

64-15(1979) **거꾸로 자라는 나무**

도생목(倒生木)

출《유양잡조》

  거꾸로 자라는 나무. 이 나무는 산에서 자라는데 뿌리가 위에 있다. 사람이 건드리면 잎이 오므라들고, 사람이 떠나가면 잎이 펴진다. 동해(東海)에서 난다.

倒生木. 此木依山生, 根在上. 有人觸則葉翕, 人去則葉舒. 出東海.

* 이 고사는《태평광기》권407〈초목·도생목〉에 실려 있다.

64-16(1980) 단풍나무

풍(楓)

출《영표녹이》·《조야첨재》

    영중(嶺中 : 영남)의 여러 산에는 단풍나무가 많은데, 오래된 나무에는 사람의 모습과 비슷한 옹이가 많다. 갑자기 천둥이 치고 폭우가 내리면, 그 나무옹이는 아무도 모르게 3~4척이나 자란다. 남방 사람들은 이것을 "풍인(楓人)"이라고 부르고, 또 "풍귀(楓鬼)"라고도 한다. 일설에 따르면, 풍인은 천둥이 치고 비가 내리면 키가 나무만큼 자라는데, 사람을 보면 이전처럼 줄어든다. 한번은 어떤 사람이 풍인에 삿갓을 씌워 놓았는데, 이튿날 보았더니 삿갓이 나무 꼭대기에 걸려 있었다. 가뭄이 들었을 때 비를 내리게 하고 싶으면, 대나무로 풍인의 머리를 묶고 제를 올리면 즉시 비가 내린다. 월(越) 지방의 무당이 말했다.

    "그것을 가져다 귀신을 조각하면 영험함이 남다르다."

嶺中諸山多楓樹, 樹老多有瘤癭, 似人形. 遇暴雷驟雨, 其樹贅則暗長三數尺. 南人謂之"楓人", 亦曰"楓鬼". 一云 : 見雷雨卽長與樹齊, 見人卽縮依舊. 曾有人合笠, 於明日看, 笠子掛在樹頭上. 旱時欲雨, 以竹束其頭禷之, 卽雨. 越巫云 : "取之雕刻神鬼, 異致靈驗."

* 이 고사는 《태평광기》 권407 〈초목・풍인(楓人)〉과 〈풍생인(楓生人)〉에 실려 있다.

64-17(1981) 모기나무

문자수(蚊子樹)

출《영남이물지(嶺南異物志)》

　동청수(冬靑樹 : 감탕나무)와 비슷한 나무가 있다. 그 나무의 열매는 가지 사이에 열리는데, 모양은 비파(枇杷) 열매처럼 생겼다. 그 열매는 다 익으면 터지는데, 그러면 모기떼가 날아와 속을 다 파먹고 껍질만 남는다. 그래서 그곳 사람들은 이 나무를 "문자수[모기나무]"라고 부른다.

有樹如冬靑. 實生枝間, 形如枇杷子. 每熟卽坼裂, 蚊子群飛, 唯皮殼而已. 土人謂之"蚊子樹".

* 　이 고사는 《태평광기》 권407 〈초목·문자수〉에 실려 있다.

64-18(1982) 열매가 나비로 변한 나무

화접수(化蝶樹)

출《소상록(瀟湘錄)》

　　장안성(長安城)의 금원(禁苑 : 어원) 안에 커다란 나무 한 그루가 있었는데, 한겨울 눈 속에서 홀연히 꽃과 잎이 무성하게 자라났다. 그 꽃과 잎이 떨어지자 열매가 맺혔는데, 열매에서 불빛처럼 밝고 찬란한 빛이 났다. 그러더니 며칠 후에 모두 붉은 나비가 되어 날아갔다. 이듬해 당(唐)나라 고조(高祖)가 당국(唐國)에서 장안으로 입성했는데, 이것은 필시 그 징조였던 것 같다. 미 : 휴징(休徵 : 길한 징조)이 덧붙어 나온다.

長安城禁苑內一大樹, 冬月雪中, 忽花葉茂盛. 及凋落結實, 其子光明燦爛, 如火之明焉. 數日, 皆化爲紅蛺蝶飛去. 至明年, 唐高祖自唐國入長安, 此必前兆也. 眉 : 休徵附見.

* 　이 고사는《태평광기》권407〈초목・화접수〉에 실려 있다.

64-19(1983) 급제를 알리는 쥐엄나무

등제조협(登第皂莢)

출《계신록》

    천주(泉州)의 문선왕(文宣王 : 공자)의 사당은 건물이 높고 웅장했으며, 그곳 학교의 성대함은 번부(藩府)에서 으뜸이었다. 마당 가운데에 조협수(皂莢樹 : 쥐엄나무)가 있었는데, 천주 사람이 장차 과거에 급제할 때마다 조협 열매 한 꼬투리가 열렸으며, 이는 일상적인 일로 여겨졌다. 그런데 [오대] 양(梁 : 후량)나라 정명(貞明) 연간(915~921)에 난데없이 조협 열매 한 꼬투리 반이 열리자 사람들은 그 영문을 알 수 없었다. 그해에 천주 사람 진적(陳逖)은 진사과(進士科)에 급제했고 황인영(黃仁穎)은 학구과(學究科)에 급제했다. 황인영은 이를 수치로 여겨 다시 진사과에 응시했다. [오대 후당] 동광(同光) 연간(923~926)에 이르러 이전에 조협 열매 반 꼬투리가 열렸던 곳에서 다시 온전한 한 꼬투리가 열렸고, 그해에 황인영은 진사과에 급제했다. 몇 년 뒤에 사당이 불타 버렸다. 그해에 [오대십국] 민(閩)이 스스로 존호(尊號 : 황제)를 칭하며 더 이상 선비를 천거하지 않았는데, 결국 지금까지 이어지고 있다.

泉州文宣王廟, 庭宇嚴峻, 學校之盛, 冠於藩府. 庭中有皂莢樹, 每州人將登第, 則生一莢, 以爲常矣. 梁眞[1]明中, 忽然生一莢有半, 人莫諭其意. 及其年, 州人陳逖進士及第, 黃仁穎學究及第. 仁穎恥之, 復應進士擧. 至同光中, 舊生半莢之所, 復生全莢, 其年仁穎及第. 數年, 廟爲火焚. 其年閩自稱尊號, 不復貢士, 遂至於今.

* 이 고사는 《태평광기》 권407 〈초목·등제조협〉에 실려 있다.
1 진(眞): "정(貞)"의 오기다.

64-20(1984) 나뭇결이 글자를 이룬 나무

문목(文木)

출《문기록》

[남조] 제(齊)나라 영명(永明) 9년(491)에 말릉(秣陵)의 안시사(安時寺)에 고목이 있었는데, 땔나무로 삼으려고 그것을 베었더니 자연스런 나뭇결에 "법천덕(法天德 : 하늘의 덕을 본받는다)"이라는 세 글자가 있었다.

당(唐)나라 대력(大曆) 연간(766~779)에 성도(成都)의 백성 곽원(郭遠)이 땔나무를 하다가 서목(瑞木) 가지 하나를 주웠는데, 나뭇결이 "천하태평(天下太平)"이라는 글자를 이루고 있었다. 황제는 조서를 내려 그 가지를 비각(秘閣)에 보관하게 했다.

봉상현(鳳翔縣)의 지객(知客 : 빈객 접대를 맡은 관리) 곽거(郭璩)의 부친은 일찍이 작방(作坊)[70]을 관리했다. 한번은 그가 한 나무를 자르려 했는데, 나무 사이에 돌이나 쇳조각이 있는 것처럼 톱이 들어가지 않았다. 그래서 톱을 새로 바꾸고 향을 사르며 빌었더니 톱이 움직였다. 마침내 나

---

70) 작방(作坊) : 기물을 제작하는 공방. 옛날에는 관부 소속 작방과 민간 작방의 구분이 있었다.

무를 잘랐더니 나뭇결에 검은 말 한 마리와 붉은 말 한 마리가 서로 물고 있는 모습이 들어 있었는데, 그 말의 입·코·갈기·꼬리와 발굽·다리·힘줄·뼈가 살아 있는 말과 다름이 없었다.

齊永明九年, 秣陵安時寺有古樹, 伐以爲薪, 木理自然, 有"法天德"三字.
唐大曆中, 成都百姓郭遠, 因樵獲瑞木一莖, 理成字曰"天下太平". 詔藏於秘閣.
鳳翔知客郭璩, 其父曾主作坊. 將解一木, 其間疑有鐵石, 鋸不可入. 遂以新鋸, 兼焚香祝之, 其鋸乃行. 及破, 木文有二馬形, 一黑一赤, 相嚙, 其口鼻鬃尾, 蹄脚筋骨, 與生無異.

* 이 고사는 《태평광기》 권406 〈초목·삼자신(三字薪)〉·〈태평목(太平木)〉·〈마문목(馬文木)〉에 실려 있다.

화(花)

64-21(1985) 모란

모란(牡丹)

출《상서고실(尙書故實)》·《유양잡조》

　모란꽃은 세간에서 근래에 보게 되었다고 말한다. 대개 수(隋)나라 말 문인들의 문집 중에는 모란을 노래한 시가 없지만, 양자화(楊子華)가 모란을 그렸다는 사실은 매우 분명하다. 양자화는 북제(北齊) 사람이니 모란꽃이 또한 이미 오래전에 있었다는 것을 알 수 있다.

　또《사강락집(謝康樂集)》에서도 "대나무 사이와 물가에 모란이 많다"라고 했다. 하지만 수나라의《종식법(種植法)》70여 권 중에서는 모란에 대해 언급하지 않았으니, 수나라 때의 화훼와 약용 식물 중에는 모란이 없었던 것으로 보인다.

牡丹花, 世謂近有. 蓋以隋末文士集中, 無牡丹歌詩, 則楊子華有畫牡丹處極分明. 子華北齊人, 則知牡丹花亦已久矣. 又《謝康樂集》亦言 "竹間水際多牡丹". 而隋朝《種植法》七十餘卷中, 不說牡丹者, 則隋朝花藥中所無也.

* 이 고사는《태평광기》권409 〈초목·서모란(叙牡丹)〉에 실려 있다.

64-22(1986) 모란을 베다

촉모란(劚牡丹)

출《국사보》

장안(長安)의 귀족 자제들이 모란을 좋아한 지 30여 년이 되었는데, 한 그루에 수만 냥이나 나가는 것도 있었다. [당나라] 원화(元和) 연간(806~820) 말에 한홍(韓弘)은 장안에 도착해서 사저에 모란이 있는 것을 보고 황급히 그것을 베어 버리라고 명하면서 말했다.

"내가 어찌 아녀자들이나 하는 짓을 따라 하겠느냐?" 미 : 과연 장부라면 꽃을 좋아하더라도 무슨 해가 되겠는가? 장부가 아니라면 꽃을 베더라도 무슨 보탬이 되겠는가?

長安貴遊尙牡丹, 三十餘年矣, 一本有數萬者. 元和末, 韓弘至長安, 私第有之, 遽命劚去, 曰 : "吾豈效兒女子也?" 眉 : 果丈夫雖愛花何害? 非丈夫雖劚花何益?

* 이 고사는 《태평광기》 권409 〈초목 · 촉모란〉에 실려 있다.

64-23(1987) 비려화
비려화(比閭花)

백주(白州)의 비려화는 그 꽃이 새의 깃털처럼 생겼다. 그 나무를 베어서 땔감으로 사용하면 온종일 불이 꺼지지 않는다.

白州比閭華, 其華若羽. 伐其木爲薪, 終日火不敗.

* 이 고사는 《태평광기》 권409 〈초목·비려화〉에 실려 있는데, 출전이 "《유양잡조(酉陽雜俎)》"라 되어 있다.

64-24(1988) 감곡수

감곡수(甘谷水)

출《포박자》

　남양군(南陽郡) 역현(酈縣)의 산중에 감곡수가 있다. 감곡수의 물이 단 것은 감곡의 좌우에 감국(甘菊)이 자라는데, 감국이 감곡에 떨어져 세월이 오래 지나면서 물맛이 변했기 때문이다. 이 계곡 가까이에 사는 주민들은 우물을 파지 않고 모두 감곡수를 마신다. 감곡수를 마신 사람은 장수하지 않은 사람이 없는데, 오래 산 사람들은 140~150세까지 살고 못 살아도 80~90세까지는 살며 요절한 사람은 없으니, 이는 모두 이 감국의 힘이다. 옛 [후한의] 사공(司空) 왕창(王暢), 태위(太尉) 유관(劉寬), 태부(太傅) 원외(袁隗)는 모두 남양태수(南陽太守)를 지냈는데, 이들은 이곳에 부임할 때마다 늘 역현에 매달 감곡수 40곡(斛)을 보내오게 해서 음료수로 마셨다.

南陽酈縣山中有甘谷水. 所以甘者, 谷上左右皆生甘菊, 菊花墮其中, 歷世彌久, 故水味爲變. 其臨此谷中居民, 皆不穿井, 悉飮甘谷水. 飮者無不考壽, 高者百四五十歲, 下者不失八九十, 無夭年人, 得此菊力也. 故司空王暢·太尉劉寬·太傅袁隗, 皆爲南陽太守, 每到官, 常使酈縣月送甘谷水四十斛, 以爲飮食.

* 이 고사는 《태평광기》 권414 〈초목·음감국곡수(飮甘菊谷水)〉에 실려 있다.

64-25(1989) 금등화

금등화(金燈花)

　금등[산자고]은 "구형(九形)"이라고도 하며, 꽃과 잎이 서로 만나지 못한다. 일명 "무의초(無義草)"라고도 한다.

金燈, 一曰'九形', 花葉不相見. 一名"無義草".

* 이 고사는 《태평광기》 권409 〈초목·금등화〉에 실려 있는데, 출전이 "《유양잡조(酉陽雜俎)》"라 되어 있다.

64-26(1990) 금전화

금전화(金錢花)

금전화. [남조] 양(梁)나라 때 형주(荊州)의 어떤 아전이 쌍륙(雙六)을 하면서 돈내기를 했는데, 돈이 떨어지자 금전화로 대신했다. 어홍(魚弘)은 꽃을 따는 것이 돈을 따는 것보다 낫다고 생각했다.

金錢花. 梁時荊州掾屬, 雙六賭金錢, 錢盡, 以金錢花相足. 魚弘謂得花勝得錢.

* 이 고사는 《태평광기》 권409 〈초목·금전화〉에 실려 있는데, 출전이 "《유양잡조(酉陽雜俎)》"라 되어 있다.

64-27(1991) 능소화

능소화(凌霄花)

출《유양잡조》

능소화 속에 맺힌 이슬은 사람의 눈을 상하게 한다.

凌霄花中露水, 損人目.

* 이 고사는 《태평광기》 권409 〈초목·능소화〉에 실려 있다.

64-28(1992) 야서하

야서하(夜舒荷)

출《유양잡조》

　[한나라] 영제(靈帝) 때 야서하가 있었는데, 한 줄기에서 네 송이의 연꽃이 피며 그 잎은 밤에 펴졌다가 낮에 오므라들었다.

靈帝時, 有夜舒荷, 一莖四蓮, 其葉夜舒晝卷.

* 이 고사는 《태평광기》 권409 〈초목·야서하〉에 실려 있다.

64-29(1993) 저광하

저광하(低光荷)

출《습유록(拾遺錄)》

한(漢)나라 소제(昭帝) 시원(始元) 연간(BC 86~BC 80)에 임지(淋池)를 팠는데, 그 넓이가 1000보(步)에 달했다. 그 안에는 가지가 여럿 달린 연꽃을 심었는데, 줄기 하나에 넉 장의 잎이 달린 모습이 마치 나란히 늘어선 수레 덮개와 같았다. 해가 비치면 잎이 아래로 드리워 뿌리를 그늘지게 하는 것이 마치 해바라기가 뿌리를 보호하는 것과 같았기에 "저광하"라 불렀다. 그것의 열매는 검은 진주와 같아서 장식으로 찰 수 있었으며, 꽃과 잎은 무성해 그 향기가 10여 리까지 퍼졌다. 그것을 먹으면 사람의 입을 늘 향긋하게 했으며 사람의 살결을 더욱 곱게 했다. 궁인들은 그것을 귀하게 여겨 연회에 나갈 때마다 모두 입에 머금고 씹었으며, 그것을 재단해 옷을 만들기도 하고 그것을 꺾어 햇빛을 가리기도 하면서 서로 놀이로 삼았다. 《초사(楚詞)》[〈이소(離騷)〉]에서 이르길, "마름과 연잎 꺾어 저고리 만드네"라고 했다.

漢昭帝始元年, 穿淋池, 廣千步. 中植分枝荷, 一莖四葉, 狀如騈蓋. 日照則葉低蔭根, 若葵之衛足也, 名曰"低光荷". 實如玄珠, 可以飾珮, 花葉雜萎, 芬芳之氣徹十餘里. 食之, 令人口氣常香, 益人肌理. 宮人貴之, 每遊宴出入, 皆含咀. 或剪以爲衣, 或折以蔽日, 相爲戲. 《楚詞》云: "折芰荷以爲衣."

* 이 고사는《태평광기》권236 〈사치(奢侈)·임지(淋池)〉에 실려 있다.

64-30(1994) 수련화
수련화(睡蓮花)

　남해(南海)에 수련이 있는데, 밤이 되면 꽃이 고개를 숙여 물속으로 들어간다.

南海有睡蓮, 夜則花低入水.

* 　이 고사는《태평광기》권409〈초목·수련화〉에 실려 있다.

64-31(1995) 염색한 푸른 연꽃
염청련화(染靑蓮花)

호주(湖州)에 염색집이 있었는데, 그 집의 연못에서 청련화가 자랐다. 자사(刺史)가 그 청련화의 열매를 거둬 오게 해 도성으로 돌아가서 연못에 심었는데, 간혹 홍련화로 변했다. 이를 이상히 여긴 자사가 편지를 보내 염색공에게 물었더니 염색공이 답장했다.

"저희 집은 대대로 쪽빛 염료를 만들 때 사용하는 항아리가 있는데, 늘 연꽃 열매를 그 항아리 바닥에 담가 놓았다가 1년이 지난 뒤에 심습니다. 그런데 만약 이미 심은 청련화의 열매를 심으면 다시 홍색으로 변합니다. 이는 대개 그 본질로 돌아가는 것이니 또한 어찌 이상하다 하겠습니까?"

그러고는 염색 항아리에 담가 놓았던 연꽃 열매를 자사에게 보내 주었다. 도사 신광도(申匡圖)가 보았더니, 어떤 사람이 닭똥을 흙과 섞어서 작약꽃 더미에 거름으로 주었는데, 담홍색의 꽃이 모두 진홍색으로 변했다.

湖州有染戶家, 池生靑蓮花. 刺史命收蓮子歸京, 種於池沼, 或變爲紅蓮. 因異之, 乃致書問染工, 染工曰:"我家世治靛甕, 嘗以蓮子浸於甕底, 俟經歲年, 然後種之. 若以所種靑蓮花子爲種, 卽其紅矣. 蓋還本質, 又何足怪?"乃以所浸蓮子寄之. 道士申匡圖, 又見人以鷄矢和土, 培芍藥花叢, 其淡紅者 悉成深紅.

* 이 고사는 《태평광기》 권409 〈초목·염청련화〉에 실려 있다.

과(果)

64-32(1996) **여하**

여하(如何)

출《신이경》

 남방의 아득히 먼 곳에 나무가 있는데 "여하"라고 한다. 높이는 50장(丈)이고 가지가 덮개처럼 펼쳐져 있으며, 잎은 길이가 1장이고 너비가 2척 남짓이다. 300년에 한 번 꽃을 피우고 900년에 한 번 열매를 맺는다. 꽃의 색깔은 붉고 그 열매는 순황색인데, 열매는 엿처럼 달고 씨가 있고 대추처럼 생겼으며, 길이는 5척이고 둘레는 길이와 같다. 쇠칼로 자르면 맛이 시고, 갈대 칼로 자르면 맛이 맵다. 이것을 먹은 사람은 지선(地仙)이 되어 물과 불을 두려워하지 않고 시퍼런 칼날을 두려워하지 않는다.

南方大荒有樹焉, 名曰"如何". 高五十丈, 敷張如蓋, 葉長一丈, 廣二尺餘. 三百歲作花, 九百歲作實. 花色朱, 其實正黃, 味如飴, 有核, 形如棗子, 長五尺, 圍如長. 金刀剖之則酸, 蘆刀剖之則辛. 食之者地仙, 不畏水火, 不畏白刃.

* 이 고사는 《태평광기》 권410 〈초목・여하수실(如何樹實)〉에 실려 있다.

64-33(1997) 중사조

중사조(仲思棗)

출《대업습유(大業拾遺)》

  신도현(信都縣)에서 중사조 가지 400개를 바쳤는데, 그 대추는 길이가 4~5촌이고 자색이며 씨가 가늘고 맛이 청주조(青州棗)보다 낫다. 북제(北齊) 때 선인(仙人) 중사(仲思)가 이 대추를 얻어 심었기 때문에 "선조(仙棗)"라고도 부른다. 당시 나라 안에 단지 몇 그루만 있었다.

信都獻仲思棗四百枝, 棗長四五寸, 紫色, 細核, 有味賢於青州棗. 北齊時, 有仙人仲思得此棗, 種之, 亦名"仙棗". 時海內唯有數樹.

* 이 고사는《태평광기》권410〈초목·중사조〉에 실려 있다.

64-34(1998) 누조

누조(檽棗)

진(晉)나라 때 조형(趙瑩)의 집 마당에 누조나무가 있었는데, 특이하게 나부껴서 사방 멀리서도 모두 볼 수 있었다. 기운을 점치는 사람이 말했다.

"이 집에서 분명 재상 자리에 오를 사람이 나올 것이오."

그 후에 조형은 태원판관(太原判官)으로 있다가 재상에 임명되었다. 미 : 휴징(休徵 : 길한 징조)이 덧붙어 나온다.

晉趙瑩家庭有檽棗樹, 婆娑異常, 四遠俱見. 有望氣者云 : "此家合有登宰輔者." 其後瑩由太原判官大拜. 眉 : 休徵附見.

* 이 고사는《태평광기》권411〈초목·누조〉에 실려 있다.

64-35(1999) 감나무
시(柿)
출《유양잡조》

민간에서는 감나무에 일곱 가지의 덕이 있다고 말한다. 첫째는 수명이 긴 것이고, 둘째는 그늘을 많이 드리우는 것이며, 셋째는 새가 둥지를 틀지 않는 것이고, 넷째는 벌레가 생기지 않는 것이며, 다섯째는 서리 맞은 잎을 감상할 수 있는 것이고, 여섯째는 좋은 열매가 열리는 것이며, 일곱째는 낙엽이 크고 두툼한 것이다.

俗謂柿樹有七德. 一壽, 二多陰, 三無鳥窠, 四無蟲, 五霜葉可玩, 六嘉實, 七落葉肥大.

* 이 고사는 《태평광기》 권411 〈초목 · 시〉에 실려 있다.

64-36(2000) 자색 꽃이 피는 배나무

자화리(紫花梨)

출《이목기(耳目記)》

[당나라] 회창(會昌) 5년(845)에 무종(武宗)은 심장이 뜨거워지는 병을 앓았는데, 명의들이 치료했지만 효험이 없었다. 그때 어떤 사람이 청성산(靑城山)의 형 도사(邢道士)가 약방(藥方)에 아주 뛰어나다고 말하자, 황제는 즉시 형 도사를 불러 접견했다. 형 도사는 팔꿈치 뒤에 차고 있던 녹색 주머니 안에서 청단(靑丹) 두 알과 배 몇 개를 꺼내 즙을 짜서 올렸는데, 황제의 병이 금세 나았다. 황제는 열흘 안에 형 도사에게 황금 만 냥을 하사하고 아울러 "광제선생(廣濟先生)"이라는 칭호까지 내렸다. 황제가 그 알약이 어떤 것이냐고 조용히 묻자 형 선생이 말했다.

"적성산(赤城山)의 꼭대기에 청지(靑芝 : 푸른 영지) 두 그루가 있고, 태백산(太白山)의 남쪽 계곡에 자화리[자색 꽃이 피는 배나무] 한 그루가 있습니다. 신은 옛날에 두 산을 유람한 적이 있었는데, 그때 우연히 그 두 보물을 얻어 정련해 단약을 만들었습니다. 지난 50년 동안 거의 다 먹어 버리고 단 두 알만 남았는데, 다행히 지금 폐하께서 그것을 드셨습니다. 그 단약을 다시 만들려면 그 두 가지 물건이 꼭 필요합니다."

　몇 달이 지나서 형 선생은 황제에게 작별을 고하고 산으로 돌아갔다. 후에 황제는 병이 다시 도지자 조서를 내려 청성산에서 형 선생을 다시 불러오게 했으나 어디로 갔는지 알 수 없었다. 이에 황제는 온 나라에 조서를 내려 자화리를 가진 자는 즉시 상주하도록 했다. 당시 항주절도사(恒州節度使)로 있던 태위공(太尉公) 왕달(王達)은 수춘 공주(壽春公主)에게 장가들었는데, 그녀는 바로 회창제(會昌帝 : 무종)의 여동생이었다. 왕달은 진정현(眞定縣)의 이 현령(李縣令)이 기르고 있는 배나무 몇 그루 중에 자색 꽃이 피는 한 그루가 있다는 소식을 듣고, 즉시 시인(寺人 : 시종 환관)을 보내 그곳을 봉쇄하고 옆에 있는 나무들을 모두 베어 버린 다음 자화리를 붉은 난간으로 에워싸게 했다. 그 나무의 가느다란 가지를 마치 월계수를 다루듯이 보물처럼 아꼈으며, 꽃이 필 때는 벌이나 나비가 날아와 손상하는 것을 막기 위해 가벼운 비단을 멀리 떨어진 곳에 씌워 놓았다. 이 때문에 그 나무를 지키는 사람은 고생이 이만저만이 아니었다. 가을이 되어 열매가 열리면 수춘 공주가 반드시 손수 골라 바쳤다. 그중에서 황궁으로 들어간 것은 10개 중에 예닐곱 개쯤 되었는데, 황제는 그 배를 많이 먹고 비록 형씨(邢氏 : 형도사)의 단약만큼은 아니었지만, 그래도 어느 정도는 조급증을 해소할 수 있었다. 그때 시어(侍御) 이준래(李遵來)가

항주기실(恒州記室)로 있었는데, 〈진리표(進梨表)〉를 지어 이렇게 아뢰었다.

"자색 꽃이 피어 있는 곳, 봄 숲의 아름다움을 한껏 뽐냅니다. 옥색 꼭지가 매달려 있을 때, 가을 풍경은 멀리 빛을 발합니다. 주렁주렁 옥처럼 매끄럽고, 알알이 구슬처럼 둥급니다. 그 단맛은 먹어 볼 필요도 없으며, 그 아삭거림은 입이 감당해 내기조차 어렵습니다."

표문이 대궐로 전달되자 공경대부들 가운데 그 표문을 본 사람들이 크게 웃으며 말했다.

"상산공(常山公 : 왕달)이 어찌하여 뭉그러진 배를 천부(天府 : 궁중)에 진상했단 말인가?"

아마도 표문에 "취난승구(脆難勝口)"[71]라는 구절이 있었기 때문인 것 같았다. 이듬해에 무종이 붕어하고 공주도 뒤이어 세상을 떠났다. 그 배는 그때 이후로 일상적인 공물(貢物)이 되었다. 현관(縣官)은 세월이 흐르자 그 나무를 보물처럼 지키는 일에 점차 태만해졌다. 천우(天祐) 연간(904~907) 말에 조왕(趙王 : 왕용)[72]이 왕덕명(王德明)[73]에 의

---

71) 취난승구(脆難勝口) : 왕달은 그 배가 너무 아삭거려[脆] 입이 감당해 내기 힘들 정도라는 뜻으로 말했으나, 공경대부들은 물러 터져서 [脆] 먹을 수 없다는 뜻으로 이해한 것이다.

72) 조왕(趙王) : 왕용(王鎔). 당말 오대 때 사람으로, 당나라 말에 주전

해 시해되자, 그 후로 현읍의 관서들이 대부분 전란을 겪었다. 자화리도 이미 말라 죽었고, 더 이상 심는 사람이 없었다. 무종 때 진정현령을 지낸 이상(李尙)은 일찍이 그 나무를 신중하게 지키지 못해 바람에 가지 하나가 꺾인 탓에 기주전오(冀州典午)로 폄적되었다.

會昌五年, 武宗患心熱之疾, 名醫不效. 時有言靑城山邢道士者, 妙於方藥, 帝卽召見之. 道士以肘後綠囊中靑丹兩粒, 及取梨數枚, 絞汁而進之, 帝疾尋愈. 旬日之內, 所賜萬金, 仍加"廣濟先生"之號. 帝從容問其粒爲何物, 先生曰: "赤城山頂有靑芝兩株, 太白南溪有紫花梨一樹. 臣之昔歲, 曾遊二山, 偶獲兩寶, 煉成丹. 五十年來, 服食殆盡, 唯餘二粒, 幸陛下服之. 更欲此丹, 須求二物也." 經數月, 邢生辭帝歸山. 後疾復作, 再詔邢先生於靑城, 則不知何適也. 帝遂詔示天下, 有紫花梨, 卽時奏上. 時恒州節度太尉公王達, 尙壽春公主, 卽會昌之女弟. 聞眞定李令種梨數株, 其一紫花梨, 卽遣寺人, 就加封檢, 剪其旁樹, 匝以朱欄. 寶惜纖枝, 有同月桂. 當花發之時, 防蜂蝶之窺耗, 每以輕綃紗縠, 遠加籠罩

충(朱全忠: 주온)을 섬겼으며, 나중에 주전충이 후량(後梁)을 세우자 조왕에 봉해졌다.

73) 왕덕명(王德明): 본명은 장문례(張文禮)였으나, 왕용의 양자가 되어 성명을 왕덕명으로 바꾸었다. 나중에 난을 일으켜 조왕 왕용을 시해했다.

焉. 守樹者不勝艱苦. 洎及秋實, 公主必手選而進之. 此達帝庭, 十得其六七, 帝多食此梨, 雖不及邢氏者, 亦粗解其煩躁耳. 是時有李遵來侍御, 任恒州記室, 作〈進梨表〉云 : "紫花開處, 擅美春林. 縹蒂懸時, 迥光秋景. 離離玉潤, 落落珠圓. 甘不待嘗, 脆難勝口." 表達闕下, 公卿見者大笑之曰 : "常山公何用進殘梨於天府也?" 蓋以其表有"脆難勝口"之句. 明年, 武宗崩, 公主亦相次逝. 此梨自後以爲貢賦之常物. 縣官歲久, 亦漸怠於寶守焉. 至天祐末年, 趙王爲明德[1]所簒, 其後縣邑公署, 多歷兵戎. 紫花之梨, 亦已枯朽, 無復種焉. 當武宗時, 縣宰李尙, 嘗以守樹不謹, 曾風折一枝, 降爲冀州典午.

* 이 고사는《태평광기》권411〈초목·자화리〉에 실려 있다.
1 명덕(明德) :《태평광기》명초본에는 "덕명(德明)"이라 되어 있는데 타당하다.

64-37(2001) 선인의 살구나무

선인행(仙人杏)

출《술이기》

　행포주(杏圃洲)는 남해(南海)에 있고 살구나무가 많은데, 바닷가에 사는 사람들의 말에 따르면, 그곳은 신선이 살구나무를 심은 곳이라고 한다. 한(漢)나라 때 한번은 어떤 사람이 배를 타고 가다가 풍랑을 만나 이 섬에서 5~6일을 정박하는 동안 날마다 살구를 먹었기 때문에 죽음을 면할 수 있었는데, 섬 안에 동행(冬杏)이 있었다고 했다. [한나라] 왕충(王充)의 〈과부(果賦)〉에서는 "겨울에 열매를 맺는 살구는 봄에 아주 달게 익는다"라고 했으며, 진(晉)나라 곽태의(郭太儀)의 〈과부(果賦)〉에서는 "살구는 간혹 겨울에 열매가 열린다"라고 했다.

杏圃洲, 南海中多杏, 海上人云仙人種杏處. 漢時, 嘗有人舟行遇風, 泊此洲五六日, 日食杏, 故免死, 云洲中有冬杏. 王充〈果賦〉云 : "冬實之杏, 春熟之甘." 晉郭太儀〈果賦〉云 : "杏或冬而實".

* 　이 고사는 《태평광기》 권410 〈초목·선인행〉에 실려 있다.

64-38(2002) 한나라 황제의 살구나무
한제행(漢帝杏)

출《유양잡조》

제남군(濟南郡)의 동남쪽에 분류산(分流山)이 있고 그 산 위에 살구나무가 많은데, 살구는 크기가 배만 하고 색깔이 귤처럼 노랗다. 그곳 사람들은 그것을 "한제행"이라 부르며, "금행(金杏)"이라고도 한다.

濟南郡之東南有分流山, 山上多杏, 大如梨, 色黃如橘. 土人謂之"漢帝杏", 亦曰"金杏".

* 이 고사는 《태평광기》 권410 〈초목·한제행〉에 실려 있다.

64-39(2003) 마창

마창(馬暢)

출《국사보》

[당나라] 마수(馬燧)의 아들 마창이 집에 있던 큰 살구를 두문장(竇文場)에게 보내 덕종(德宗)에게 진상했다. 덕종은 일찍이 그런 살구를 본 적이 없었기에 매우 특이하게 여겨, 중사(中使: 황궁 사자)를 시켜 살구나무에 봉호를 내리게 했다. 마창은 두려워서 집을 바쳤으며, 나중에 그 집을 허물어 봉성원(奉誠園)으로 만들고 집의 목재는 모두 해체해서 궁궐로 들여보냈다.

馬燧之子暢, 以第中大杏餉竇文場, 以進德宗. 德宗未嘗見, 頗怪之, 令中使就封杏樹. 暢懼進宅, 廢爲奉誠園, 屋木皆拆入內.

* 이 고사는 《태평광기》 권496 〈잡록(雜錄)·마창〉에 실려 있다.

64-40(2004) 금리와 주리

금리 · 주리(金李 · 朱李)

구출(俱出) 《술이기》

두릉(杜陵)에 금리가 있는데, 오얏 가운데 큰 것은 "하리(夏李)"라 부르고, 특히 작은 것은 "서리(鼠李)"라 부른다.

위(魏)나라 문제(文帝) 때 안양전(安陽殿) 앞으로 하늘에서 주리 여덟 개를 내려 주었는데, 하나만 먹어도 며칠 동안 식사하지 않았다. 오늘날 오얏의 품종 중에 안양리(安陽李)가 있는데, 크고 단 것이 바로 그 품종이다.

방릉(防陵)의 초산(楚山)에 주신(朱神 : 주중)74)의 오얏밭 36곳이 있다. 반악(潘岳)의 〈한거부(閑居賦)〉에서 "방릉 주신의 오얏"이라 했고, 또 이우(李尤)의 〈과부(果賦)〉에서 "36곳의 주리"라고 했다. 대개 선리(仙李)는 옥색이고 신리(神李)는 홍색이다. 육사형[陸士衡 : 육기(陸機)]의 〈과부(果賦)〉에서 "중산(中山)의 표리(縹李 : 옥색 오얏)"라고 한 것이 바로 이것이다.

---

74) 주신(朱神) : 주중(朱仲). 전설 속 신선으로, 일찍이 방릉(房陵)의 정산(定山)에서 과일을 재배했다고 한다.

杜陵有金李, 李之大者, 謂之"夏李", 尤小者謂之"鼠李".
魏文帝安陽殿前, 天降朱李八枚, 唊一枚, 數日不食. 今李種有安陽李, 大而甘者, 卽其種也.
防陵楚山有朱神李圃三十六所. 潘岳〈閑居賦〉云 : "房陵朱神之李", 又李尤〈果賦〉云 : "三十六之朱李". 蓋仙李縹而神李紅. 陸士衡〈果賦〉云"中山之縹李"是也.

* 이 고사는 《태평광기》 권410 〈초목・금리〉・〈주리〉・〈신선리(神仙李)〉에 실려 있다.

64-41(2005) 신성한 능금

성내(聖柰)

출《흡문기》

　하주(河州)의 봉림관(鳳林關)에 영암사(靈巖寺)가 있는데, 매년 7월 15일에 계곡의 동굴에서 술잔만 한 크기의 성내[신성한 능금]가 떠내려왔다. 사람들은 늘 있는 일이라 여겼다.

河州鳳林關有靈巖寺, 每七月十五日, 溪穴流出聖柰, 大如盞. 以爲常.

* 이 고사는 《태평광기》 권410 〈초목·성내〉에 실려 있다.

64-42(2006) 목도

목도(木桃)

출《술이기》

　　복숭아 가운데 큰 것을 "목도(木桃)"라고 하는데, 《시경(詩經)》[〈국풍(國風)・위풍(衛風)〉]에서 "내게 목도를 던지네"라고 한 것이 바로 이것이다.

桃之大者"木桃", 《詩》云"投我以木桃"是也.

*　이 고사는 《태평광기》 권410 〈초목・목도〉에 실려 있다.

64-43(2007) 서왕모의 복숭아

왕모도(王母桃)

출《유양잡조》

왕모도는 낙양(洛陽)의 화림원(華林園) 안에 있다. 10월이면 익기 시작하는데, 마치 괄루(括簍 : 하늘타리)[75]처럼 생겼다. 민간에서는 이렇게 말한다.

"왕모의 단 복숭아를 먹으면 피로가 풀린다."

또한 "서왕모도(西王母桃)"라고도 한다.

王母桃, 洛陽華林園內有之. 十月始熟, 形如括簍. 俗語曰 : "王母甘桃, 食之解勞." 亦名"西王母桃".

* 이 고사는 《태평광기》 권410 〈초목 · 왕모도〉에 실려 있다.

---

75) 괄루(括簍) : 하늘타리. 박과에 속하는 다년생 식물로, 괄루(栝樓)라고도 한다.

64-44(2008) 천보 연간의 홍귤나무

천보감자(天寶甘子)

출《유양잡조》

[당나라] 천보(天寶) 10년(751)에 황상이 재상에게 말했다.

"근자에 궁궐 내에 감자나무[홍귤나무] 여러 그루를 심어 올가을에 열매 150개가 열렸는데, 강남(江南)이나 촉도(蜀道)에서 함께 진상한 것과 다르지 않소."

그러자 재상이 이를 축하하는 표문을 올렸다.

"비와 이슬은 균등하게 내려서 천지 사방에 두루 미치고, 초목은 타고난 성질이 있어서 땅의 기운에 의지해 은밀히 통합니다. 그래서 강남의 진귀한 과일이 궁궐 안의 아름다운 열매로 변한 것입니다."

전해 오는 말에 따르면, 현종(玄宗)이 촉(蜀)으로 몽진하던 해에는 나부산(羅浮山)의 감자나무에서 열매가 열리지 않았다고 한다. 영남(嶺南)에 개미가 있는데, 진중(秦中)의 개미보다 크며 감자나무에 집을 짓고 산다. 감자나무에 열매가 달릴 때 개미가 열매를 따라 올라가기 때문에 감자의 껍질이 얇아지면서 미끄러워진다. 종종 감자가 개미집에서 발견되는데, 한겨울에 그것을 가져다 먹으면 일반 감자보다 몇 배나 맛있다.

天寶十年, 上謂幸臣曰: "近於宮內種甘子數株, 今秋結實一百五十顆, 與江南蜀道所進不異." 宰臣賀表曰: "雨露所均, 混天區而齊被, 草木有性, 憑地氣而潛通. 故得資江外之珍果, 爲禁中之華實." 相傳, 玄宗幸蜀年, 羅浮甘子不實. 嶺南有蟻, 大於秦中馬蟻, 結巢於甘樹. 實時, 常循其上, 故甘皮薄而滑. 往往甘實在巢中, 冬深取之, 味數倍於常者.

* 이 고사는 《태평광기》 권410 〈초목·천보감자〉에 실려 있다.

64-45(2009) 앵두

앵도(櫻桃)

출《척언(摭言)》

당(唐)나라 때 새로 급제한 진사들은 앵도연(櫻桃宴)을 매우 중시했다. 건부(乾符) 4년(877)에 유업(劉鄴)의 셋째 아들 유담(劉覃)이 진사에 급제했는데, 당시 옛 재상의 신분으로 회남(淮南)을 진수하고 있던 유업은 저리(邸吏)[76]에게 명해 은 한 덩이로 유담의 연회 추렴 비용을 대게 해서 공경들을 크게 불러 모았다. 그때는 도성에 앵두가 막 나왔기에 비록 고관 귀족이라 할지라도 미처 맛을 보지 못했는데, 유담은 후한 값으로 미리 앵두를 사들여 연회 자리에 산처럼 쌓아 두었으며, 심지어 수레를 모는 마부들까지 풍족하게 먹지 못한 사람이 없었다.

唐時新進士尤重櫻桃宴. 乾符四年, 劉鄴第三子覃及第, 時鄴以故相鎭淮南, 敕邸吏以銀一錠資釀置, 大會公卿. 時京國櫻桃初出, 雖貴達未適口, 而覃厚價預購, 山積鋪席, 下至

---

76) 저리(邸吏) : 경저리(京邸吏). 지방 장관이 도성에 파견해 지방 관청의 업무를 대행하게 하는 관리를 말한다.

參御輩, 靡不霑足.

* 이 고사는 《태평광기》 권411 〈초목·앵도〉에 실려 있다.

64-46(2010) 서왕모의 포도

왕모포도(王母蒲萄)

출《유양잡조》

　패구현(貝丘縣)의 남쪽에 포도곡(蒲萄谷)이 있는데, 그 계곡에 있는 포도는 그곳에 가서 따 먹을 수는 있지만 혹시라도 가지고 돌아가는 자는 곧 길을 잃게 된다. 세상에서는 그것을 "왕모 포도"라고 말한다. [당나라] 천보(天寶) 연간(742~756)에 스님 담소(曇霄)가 여러 산을 유람하다가 이 계곡에 이르러 포도를 발견하고 따 먹었다. 또 지팡이로 쓸 만한 말라 버린 넝쿨을 발견했는데, 손가락만 한 굵기에 길이는 5척 남짓이었다. 담소가 그것을 가지고 원래 절로 돌아와서 심었더니 마침내 살아났다. 몇 길이나 높이 자란 그 포도나무는 폭이 10장(丈)이나 되는 그늘을 드리웠는데, 올려다보면 마치 휘장 덮개 같았다. 그 옆에 주렁주렁 포도송이가 열렸는데, 영롱한 보랏빛 열매가 마치 떨어질 것만 같았기에 당시 사람들이 "초룡주장(草龍珠帳 : 포도의 별칭으로 쓰임)"이라 불렀다.

貝丘之南有蒲萄谷, 谷中蒲萄, 可就其所食之, 或有取歸者, 即失道. 世言"王母蒲萄"也. 天寶中, 沙門曇霄, 因遊諸嶽, 至此谷, 得蒲萄食之. 又見枯蔓堪爲杖, 大如指, 五尺餘. 持還本寺, 植之遂活. 長高數仞, 蔭地幅員十丈, 仰觀若帷蓋焉. 其旁實磊落, 紫瑩如墜, 時人號爲"草龍珠帳".

* 이 고사는《태평광기》권411〈초목·왕모포도〉에 실려 있다.

64-47(2011) 궁륭과

궁륭과(穹窿瓜)

출'왕자년《습유》'

한(漢)나라 명제(明帝)의 음 귀인(陰貴人)이 오이를 먹는 꿈을 꾸었는데 아주 맛있었다. 그때 돈황(敦煌)에서 특이한 오이 품종을 바쳤는데 "궁륭과"라고 했다. 노인들이 말했다.

"옛날에 어떤 도사가 봉래산(蓬萊山)에서 이 품종을 얻었는데, 이것을 먹으면 배고프지 않다."

漢明帝陰貴人, 夢食瓜, 甚美. 時敦煌獻異瓜種, 名"穹窿瓜". 父老云: "昔有道士從蓬萊得此種, 食之不饑."

* 이 고사는《태평광기》권411〈초목·과(瓜)〉에 실려 있다.

64-48(2012) 오색 오이
오색과(五色瓜)
출《술이기》

    오(吳)나라 환왕[桓王 : 손책(孫策)] 때 회계(會稽)에서 오색 오이가 자라났다.

吳桓王時, 會稽生五色瓜.

* 이 고사는 《태평광기》 권411 〈초목·오색과〉에 실려 있다.

64-49(2013) 향기를 싫어하는 오이
과오향(瓜惡香)

    오이는 향을 싫어하는데 특히 사향을 꺼린다. 당(唐)나라의 정주(鄭注)는 대화(大和) 연간(827~835) 초에 하중(河中)으로 부임했다. 그때 그의 희첩 100여 명이 모두 말을 타고 갔는데, 향기가 몇 리까지 퍼져 나가 사람의 코를 찔렀다. 그해에 정주가 도성에서 하중으로 가면서 지나쳤던 길에서는 오이가 모두 죽어서 한 꼭지도 수확하지 못했다.

瓜惡香, 尤忌麝. 唐鄭注, 太和初, 赴職河中. 姬妾百餘盡騎, 香氣數里, 逆於人鼻. 是歲, 自京至河中所過路, 瓜盡死, 一蒂不獲.

*   이 고사는 《태평광기》 권411 〈초목·과오향〉에 실려 있다.

64-50(2014) 마름

기(茋)

출《유양잡조》

　　마름은 일명 "수채(水菜)"라고도 하고 일명 "선태(蘚苔)"라고도 한다. 한(漢)나라 무제(武帝) 때 곤명지(昆明池) 안에 있던 부근릉(浮根菱)은 뿌리가 물 위로 나와 있고 잎이 물 아래에 잠겨 있었는데, 이 역시 "청수기(青水茋)"라고 했다.

　　평 :《습유기(拾遺記)》를 살펴보면, "[한나라] 소제(昭帝) 때 도생릉(倒生菱)이 있었는데, 줄기는 어지러운 실타래 같고 꽃 하나에 꽃잎이 10장이며 뿌리는 물 위에 떠 있었다. 그 열매는 진흙 속에 묻혀 있었는데, 진흙이 자색이므로 그것을 '자니릉(紫泥菱)'이라 불렀다. 그것을 먹으면 사람을 늙지 않게 했다"라고 했으니, 아마도 바로 이 품종인 것 같다.

　　현도(玄都)에 있는 마름은 푸른색이고 닭이 나는 듯한 모양이므로 "번계기(翻鷄茋)"라고 한다. 선인(仙人) 부백자(鳧伯子)가 늘 그것을 딴다.

　　각이 네 개인 것을 "기"라 하고, 각이 두 개인 것을 "능(菱)"이라 한다. 지금 소주(蘇州)에 있는 절요릉(折腰菱 : 중간이 구부러진 모양의 마름)은 대부분 각이 두 개다. 형주(荊州)의 어떤 스님이 단성식(段成式 : 《유양잡조》의 찬자)에게 영성(郢城)에서 나는 능 한 말을 보냈는데, 각이 세 개이고 가시가 없어서 손으로 따서 비빌 수 있다.

芰一名"水菜", 一名"薢茩". 漢武昆明池中有浮根菱, 根出水上, 葉淪波下, 亦曰"靑水芰".
評 : 按《拾遺記》: "昭帝時, 有倒生菱, 莖如亂絲, 一花十葉, 根浮水上. 實沉泥裏, 泥如紫色, 謂之'紫泥菱'. 食之令人不老." 疑卽此種也.
玄都有芰, 碧色, 狀如雞飛, 名"翻雞芰". 仙人鳧伯子常採之. 四角曰"芰", 兩角曰"菱". 今蘇州折腰菱多兩角. 荊州有僧, 遺段成式一斗郢城菱, 三角而無芒, 可以挼莎.

* 이 고사는 《태평광기》 권409 〈초목·기〉, 권236 〈사치(奢侈)·임지(淋池)〉, 권409 〈초목·능(菱)〉에 실려 있다.

죽(竹)

64-51(2015) 대나무 종류
죽류(竹類)
출《유양잡조》

《죽보(竹譜)》에 따르면, 대나무의 종류는 39가지가 있다.

《竹譜》:竹類有三十九.

* 이 고사는《태평광기》권412〈초목·서죽류(敍竹類)〉에 실려 있다.

64-52(2016) 체죽

체죽(涕竹)

출《신이경》

남방의 황야에 있는 체죽은 길이가 수백 장(丈)이고 둘레가 3장 6척이며 두께가 8~9촌인데, 그것으로 배를 만들 수 있다. 그 죽순은 매우 맛있고 그것을 삶아 먹으면 종기를 막을 수 있다.

南方荒中有涕竹, 長數百丈, 圍三丈六尺, 厚八九寸, 可以爲船. 其笋甚美, 煮食之, 可止瘡癘.

* 이 고사는 《태평광기》 권412 〈초목·체죽〉에 실려 있다.

64-53(2017) **나부산의 대나무**

나부죽(羅浮竹)

출《영표녹이》

당(唐)나라 정원(貞元) 연간(785~805)에 한 염호(鹽戶)가 법을 어겨 나부산(羅浮山)으로 도망쳤다. 그가 13번째 고개로 깊이 들어갔을 때 천만 그루의 커다란 대나무가 바위 골짜기까지 곧장 이어져 있는 것을 보았다. 대나무의 둘레는 모두 2장 남짓이었고 39개의 마디가 있었는데, 마디의 길이는 2장쯤 되었다. 도망쳤던 염호는 대나무 하나를 가져다 쪼개서 대그릇을 만들었다. 후에 염호는 죄를 사면받자 그 대그릇을 가지고 집으로 돌아왔다. 어떤 사람이 그 대그릇을 얻고 특이하다고 여겨 태수(太守) 이복(李復)에게 바쳤더니, 이복이 그것을 그림으로 그려 기록했다. 내《영표녹이》의 찬자 유순(劉恂)는 일찍이《죽보(竹譜)》에 다음과 같이 기록된 것을 보았다.

"운구(雲丘)의 제죽(帝竹) 미 : 제죽은 황제의 능 위에서 자라는 대나무다. 은 한 마디로 배를 만든다."

그러니 또한 얼마나 웅대한가! 남해(南海)에서 대나무로 만든 시루는 모두 나부죽이다.

唐貞元中, 有鹽戶犯禁, 逃於羅浮山. 深入第十三嶺, 遇巨竹萬千竿, 連直巖谷. 竹圍皆二丈餘, 有三十九節, 二丈許. 逃者遂取竹一竿, 破以爲筏. 會赦宥, 遂挈以歸. 有人得一筏, 奇之, 獻於太守李復. 乃圖而紀之. 予嘗覽《竹譜》曰:"雲丘帝竹. 眉:帝竹, 帝陵上所生也. 一節爲船." 又何偉哉! 南海以竹爲甑, 皆羅浮之竹也.

* 이 고사는《태평광기》권412〈초목·나부죽〉에 실려 있다.

64-54(2018) 동자사의 대나무
동자사죽(童子寺竹)
출《유양잡조》

당(唐)나라의 이위공[李衛公 : 이덕유(李德裕)]이 말했다.

"북도[北都 : 태원(太原)]에는 동자사에서만 자라는 대나무 한 그루가 있는데, 그 길이가 겨우 몇 척에 불과하다. 전하는 말에 따르면, 그 절의 강유(綱維 : 절을 관리하는 스님)가 매일 대나무에게 문안 인사를 드린다고 한다."

唐李衛公言: "北都唯童子寺有竹一窠, 纔長數尺. 相傳, 其寺綱維, 每日報竹平安."

* 이 고사는 《태평광기》 권412 〈초목·동자사죽〉에 실려 있다.

64-55(2019) 대나무 열매

죽실(竹實)

출《옥당한화》

    당(唐)나라 천복(天復) 갑자년(甲子年 : 904)에 농주(隴州)에서 서쪽으로 포주(褒州)·양주(梁州)의 경계에 이르기까지 수천 리 내에 심한 가뭄이 들어 백성이 대부분 유랑했다. 겨울부터 봄까지 굶주린 백성은 풀과 나무를 씹어 먹었고 심지어는 친족들을 서로 잡아먹는 일도 아주 많았다. 그해에 갑자기 산속의 굵고 가는 대나무들이 모두 꽃을 피우고 열매를 맺었다. 굶주린 백성은 그 열매를 따서 빻아 먹었는데, 멥쌀이나 찹쌀보다 맛있었다. 그 열매는 굵고 엷은 홍색이었으며 지금의 붉은 멥쌀과 다르지 않았는데, 그 맛은 훨씬 향기로웠다. 여러 주의 백성은 모두 손에 손을 잡고 산으로 들어가서 그 열매를 먹었다. 그래서 산 계곡 안에서 사는 사람들이 시장처럼 많았다. 힘이 닿는 자들은 다투어 창고를 만들어 그 열매를 저장했다. 만약 집에 남는 식량이 있는데도 그 열매를 가져가서 고기나 생선 등 비린 음식과 같이 먹은 자들은 마치 중독된 것처럼 구토했는데, 열에 아홉은 죽었다. 미 : 궁핍한 사람은 도와주고 부유한 사람은 보태 주지 않았으니, 대나무를 군자로 여기는 까닭이다.

평 : 대나무는 60년에 한 번 뿌리를 바꾸는데, 반드시 꽃이 피고 열매를 맺고 말라 죽지만, 열매가 떨어져서 다시 자라난다.

唐天復甲子歲, 自隴而西, 迨於褒梁之境, 數千里內亢陽, 民多流散. 自冬經春, 饑民啖食草木, 至有骨肉相食者甚多. 是年, 忽山中竹無巨細, 皆放花結子. 饑民採之, 舂米而食, 珍於粳糯. 其子粗, 顏色紅纖, 與今紅粳不殊, 其味尤更馨香. 數州之民, 皆挈累入山, 就食之. 至於溪山之內, 居人如市. 人力及者, 競置囷廩而貯之. 若家有羨糧, 取與葷茹血肉而同食者, 嘔噦如其中毒, 十死其九. 眉 : 周急不繼富, 竹所以爲君子.
評 : 竹六十年一易根, 必花, 結實而枯死, 實落而復生.

* 이 고사는 《태평광기》 권412 〈초목 · 죽실〉에 실려 있다.

오곡(五穀)

64-56(2020) 요지속과 봉관속

요지속 · 봉관속(搖枝粟 · 鳳冠粟)

구출(俱出)'왕자년《습유》'

[한나라] 선제(宣帝) 지절(地節) 원년(BC 69)에 낙랑군(樂浪郡)의 동쪽에 있는 배명국(背明國) 사람이 와서 그곳의 특산물을 진상했다. 그 사람의 말에 따르면, 그 향토는 부상(扶桑 : 전설 속 해가 뜨는 곳)의 동쪽에 있고 사방 3000리이며 서쪽에서 해가 뜨는 것을 본다. 그 나라는 어둡지만 오곡이 잘 자라는데, 그것을 먹으면 수명을 연장할 수 있고 공복에 한 알을 먹으면 1년 동안 배가 고프지 않다. 또 요지속이 있는데, 줄기가 길고 약해서 바람이 불지 않아도 늘 흔들린다는 뜻이다. 그것을 먹으면 골수를 더해 준다.

봉관속은 봉황의 벼슬처럼 생겼는데, 이것을 먹으면 힘이 세진다. 또 유룡속(遊龍粟)이 있는데, 가지와 잎이 구불구불 휘어져 있어서 노니는 용과 같다. 또 경고(瓊膏)가 있는데, 그 빛깔이 은처럼 희다. 봉관속과 유룡속을 먹으면 사람의 뼈를 가볍게 한다.

宣帝地節元年, 樂浪之東, 有背明之國人至, 貢方物. 言其鄕土在扶桑之東, 方三千里, 見日出於西方. 其國昏昏, 宜五穀, 食者延年, 淸腹一粒, 歷年不饑. 有搖枝粟, 言其枝長而弱, 無風常搖. 食之益髓.

鳳冠粟, 似鳳鳥之冠, 食者多力. 有遊龍粟, 枝葉屈曲, 如遊龍. 有瓊膏, 色白如銀. 食此二粟, 令人骨輕.

* 이 고사는《태평광기》권412〈초목·요지속〉과〈봉관속〉에 실려 있다.

64-57(2021) 연정맥

연정맥(延精麥)

출'왕자년《습유》'

연정맥은 수명을 늘리고 기운을 더해 준다고 한다. 또 곤화맥(昆和麥)이 있는데, 오장육부를 조절해 순조롭게 한다. 또 경심맥(輕心麥)이 있는데, 이것을 먹으면 몸이 가벼워진다. 또 순화맥(淳和麥)이 있는데, 그 가루로 술을 빚어 한 번 마시면 몇 달 동안 취하며, 그것을 먹으면 엄동설한에도 춥지 않다. 또 함로맥(含露麥)이 있는데, 이삭 속에 맺힌 이슬이 엿처럼 달다.

延精麥, 言延壽益氣. 有昆和麥, 調暢六腑. 有輕心麥, 食者體輕. 有淳和麥, 麵以釀酒, 一醉累月, 食之凌冬不寒. 有含露麥, 穖中有露, 甘如飴.

* 이 고사는 《태평광기》 권412 〈초목 · 연정맥〉에 실려 있다.

64-58(2022) 자미와 영광두
자미 · 영광두(紫米 · 靈光豆)
구(俱)《두양편》

[당나라] 원화(元和) 8년(813)에 대진국(大軫國)에서 벽맥(碧麥)과 자미를 진상했다. 벽맥은 알갱이가 중국의 보리보다 크고 겉과 속이 모두 푸르며 멥쌀과 같은 향기가 났다. 그것을 먹으면 사람의 몸을 가볍게 만들어서 오래 지나면 바람을 탈 수 있었다. 자미는 참깨와 비슷한데, 한 되를 끓여 한 말의 밥을 지을 수 있었다. 그것을 먹으면 사람의 수염과 머리카락을 숱이 많고 검게 했으며, 안색을 늙지 않게 했다.

대종(代宗) 대력(大曆) 연간(766~779)에 일림국(日林國)에서 영광두[신령한 빛이 나는 콩]를 바쳤다. 크기는 중국의 녹두와 비슷하고 색깔은 진홍색이었는데, 빛이 몇 척까지 비쳤다. 그 나라에서는 또한 그것을 "힐다주(詰多珠)"라고 불렀다. 돌 위에서 자라는 창포 잎에 싸서 삶으면 크기가 거위알만 해지고 그 속이 순수한 자줏빛으로 변하며, 그것을 달면 무게가 1근 정도 나갔다. 황제는 한 알을 먹고 그 향긋한 맛이 비할 데 없다며 감탄했는데, 며칠이 지나도록 배고프거나 목마르다는 말을 하지 않았다.

元和八年, 大軫國貢碧麥 · 紫米. 碧麥粒大於中華之麥, 表裏皆碧, 香氣如粳米. 食之令人體輕, 久則可以御風. 紫米有類巨勝, 炊一升, 得飯一斗. 食之令人髭髮縝黑, 顔色不老.

代宗大曆中, 日林國獻靈光豆. 大小類中華之綠豆, 其色殷紅, 而光芒可長數尺. 本國亦謂之"詰多珠". 和石上菖蒲葉煮之, 即大如鵝卵, 其中純紫, 稱之可重一斤. 帝啖一丸, 嘆其香美無比, 數日不復言饑渴.

* 이 고사는 《태평광기》 권405 〈보(寶)·자미〉, 권404 〈보·영광두〉에 실려 있다.

64-59(2023) 야속과 석곡

야속 · 석곡(野粟 · 石穀)

출《술이기》

[남조] 송(宋)나라 고조(高祖 : 무제) 초는 진(晉)나라 말의 기근을 겪은 직후였다. 고조가 즉위하자 강남(江南) 일대 2000여 리의 땅에 야속[야생 조]이 자라났다. 또 회남(淮南)의 여러 산에서 석곡이 자라났는데, 그것은 돌 위에서 자라는 곡식이다. 원안(袁安)이 말했다.

"석곡은 약초 이름인데, 이삭 중에 특히 작은 것이 그것이다."

宋高祖之初, 當晉末饑饉之後. 旣卽位, 而江表二千餘里, 野粟生焉. 又淮南諸山石穀生, 石上生穀也. 袁安云 : "石穀, 藥名, 穗之尤小者是也."

* 이 고사는 《태평광기》 권412 〈초목 · 야속석각(石殼)〉에 실려 있다.

64-60(2024) 콩 곡식

두곡(豆穀)

출《전재》

[당나라] 지덕(至德) 연간(756~758) 초에 안사(安史)의 난이 일어나 하동(河東)에 큰 기근이 들었다. 그때 15리에 달하는 황무지에서 콩 곡식이 자라났는데, 사람들이 하룻밤만에 모두 쓸어 가도 다시 자라나서 대략 5000~6000섬을 얻을 수 있었다. 그 열매는 매우 둥글고 가늘며 맛있었는데, 사람들은 모두 그것 덕분에 살아남을 수 있었다.

至德初, 安史之亂, 河東大饑. 荒地十五里生豆穀, 一夕掃而復生, 約得五六千石. 其實甚圓細美, 人皆賴此活焉.

* 이 고사는《태평광기》권495〈잡록·두곡〉에 실려 있다.

소(蔬)

64-61(2025) 순무

만청(蔓菁)

출《가화록》

    제갈량(諸葛亮)은 머무는 곳마다 병사들에게 만청[순무]만을 심게 했는데, 껍질이 막 나오면 바로 날로 먹을 수 있다는 점이 그 첫째 이유였고, 잎이 자라면 삶아 먹을 수 있다는 점이 둘째 이유였으며, 그곳에 오래 머물더라도 만청이 계속 자란다는 점이 셋째 이유였고, 버려도 아깝지 않다는 점이 넷째 이유였으며, 돌아와서 쉽게 찾아내 캐 먹을 수 있다는 점이 다섯째 이유였고, 겨울에도 그 뿌리를 깎아 먹을 수 있다는 점이 여섯째 이유였다. 여러 채소에 비교해서 그 장점이 또한 많지 아니한가! 지금도 만청을 "제갈채(諸葛菜)"라고 부른다.

諸葛所止, 令兵士獨種蔓菁, 取其纔出甲可生啖, 一也, 葉舒可煮食, 二也, 久居則隨以滋長, 三也, 棄不令惜, 四也, 回則易尋而採之, 五也, 冬有根可劚食, 六也. 比諸蔬屬, 其利不亦博乎! 今呼蔓菁爲"諸葛菜".

* 이 고사는 《태평광기》 권411 〈초목·만청〉에 실려 있다.

64-62(2026) 월왕여산채

월산(越蒜)

출《이원》

진(晉)나라 안평현(安平縣)에 월왕여산채(越王餘蒜菜)라는 채소가 있었는데, 길이는 1척쯤 되었으며 흰 것은 뼈처럼 생겼고 검은 것은 뿔처럼 생겼다. 예로부터 이렇게 말했다.

"월왕이 일찍이 배 안에서 산가지로 셈을 했는데, 셈하고 남은 산가지를 물에 버렸더니 거기에서 자라났다." 미 : 사람들은 생선회를 뜨고 남은 물고기가 살아난 것은 알지만, 산가지로 셈하다가 남은 것이 채소가 된 것은 알지 못한다.

晉安平有越王餘蒜菜, 長尺許, 白者似骨, 黑者如角. 古云 : "越王曾於舟中作籌筭, 有餘者棄之水而生焉." 眉 : 人知膾殘魚, 不知籌餘菜.

* 이 고사는 《태평광기》 권411 〈초목·월산〉에 실려 있다.

64-63(2027) 세 가지 품종의 채소
삼소(三蔬)
출《습유기》

    진(晉)나라 함녕(咸寧) 4년(278), 금용성(金墉城) 동쪽에 아름다운 밭을 일구고 여러 가지 기이한 채소를 심었는데, 그중 "운미(雲薇)"라는 채소가 있었다. 그 채소는 품종이 세 가지가 있었는데, 자주색이 가장 번성했다. 그 뿌리는 넓게 퍼졌으며, 봄에 잎이 자라나 여름에 빽빽해졌고 가을에 무성하다가 겨울에 향기를 내뿜었다. 그 열매는 마치 구슬처럼 오색을 띠고 있었으며 철에 따라 왕성히 자랐다. 이것을 일명 "운지(雲芝)"라고도 했다. 자색은 상품으로 맛이 매웠고, 황색은 중품으로 맛이 달았으며, 청색은 하품으로 맛이 짰다. 늘 이 채소를 황제의 수라에 올렸으며, 그 잎에 다른 음식을 담아서 종묘 제사에 올리기도 했다. 이것은 또한 사람의 허기와 갈증을 멈추게도 했다. 궁중에서 그 줄기와 잎을 따는 사람은 몇 달 동안 쉬지 못했다.

晉咸寧四年, 立芳圃於金墉城東, 多種異菜, 名曰"雲薇". 類有三種, 紫色者最繁滋. 其根爛漫, 春敷夏密, 秋榮冬馥. 其實若珠, 五色, 隨時而盛. 一名"雲芝". 其紫色者爲上蔬, 而味辛, 其黃色者爲中蔬, 而味甘, 其靑色者爲下蔬, 而味鹹.

常以此蔬充御, 其葉可以藉飮食, 以供宗廟祭祀. 亦止人饑渴. 宮中掐其莖葉者, 歷月不歇.

* 이 고사는 《태평광기》 권411 〈초목·삼소〉에 실려 있다.

64-64(2028) 파릉

파릉(菠稜)

출《가화록》

  파릉이라고 하는 채소는 본디 서역 나라의 어떤 스님이 그곳에서 씨를 가지고 왔는데, 목숙(苜蓿 : 거여목)과 포도를 장건(張騫)이 가지고 온 것과 같은 경우다. 파릉은 원래 파릉국(頗陵國)에서 전래했는데, 와전되어 "파릉(菠稜)"이 되었다.

菜之菠稜者, 本西國中有僧, 自彼將其子來, 如苜蓿·蒲萄, 因張騫而至也. 菠稜, 本是頗陵國將來, 語訛耳.

* 이 고사는 《태평광기》 권411 〈초목·파릉〉에 실려 있다.

64-65(2029) 가지

가자(茄子)

출《유양잡조》·《영표녹이》

가자(가지)는 일명 "낙소(落蘇)"라고도 하며, 관련 내용이 《식료본초(食料本草)》에 갖춰져 있다. 은후[隱侯 : 심약(沈約)]의 〈행원(行園)〉 시에서 이렇게 읊었다.

"한과(寒瓜 : 동과)는 밭이랑에 누워 있고, 추과(秋瓜)는 비탈에 가득하네. 자주색 가지는 주렁주렁 열렸고, 초록색 토란은 들쭉날쭉 무성하네."

수(隋)나라 대업(大業) 연간(605~618) 말에 "곤륜과(昆侖瓜)"로 명칭을 바꾸었다. 영남(嶺南)의 가지는 뿌리가 오래 묵으면 나무가 되어 5~6척 높이까지 자라므로, 간혹 나무에 사다리를 놓고 올라가서 가지를 딴다. 3년이 지나 나무가 점점 늙어 가지가 드물게 열리면, 나무를 베어 내고 따로 어린 가지를 심는다. 가지를 푹 익혀서 먹으면 위장을 튼튼하게 해 주고 병이 났을 때 기운을 돌게 하며, 그 뿌리는 튼살과 동상을 치료할 수 있다. 열매를 많이 열리게 하려면, 꽃이 필 때를 기다렸다가 잎을 뜯어 사람이 지나다니는 길에 펼쳐 놓고 빙 둘러 재를 뿌린 후에 사람들이 그것을 밟으면 열매가 반드시 많이 열린다.

茄子, 一名"落蘇", 事具《食料本草》. 隱侯〈行園〉詩云 : "寒瓜方臥壟, 秋瓜正滿坡. 紫茄紛爛漫, 綠芋鬱參差." 隋大業末, 改名"昆侖瓜". 嶺南茄子, 宿根成樹, 高五六尺, 或梯樹摘之. 三年後, 樹漸老, 子稀, 卽伐去, 別栽嫩者. 茄子熟食, 厚腸胃, 動氣發疾, 根能理龜瘃. 欲其子繁, 候其花時, 取葉布於過路, 以灰規之, 人踐之, 子必繁也.

* 이 고사는 《태평광기》 권411 〈초목·가자고사(茄子故事)〉와 〈가자수(茄子樹)〉에 실려 있다.

64-66(2030) 손바닥 안에서 자라는 겨자

장중개(掌中芥)

출《유양잡조》

    장중개라는 겨자는 말다국(末多國)에서 난다. 그 씨를 손바닥 안에 놓고 불면 한 번 불 때마다 한 번씩 자라나는데, 3척까지 자라면 바로 땅에 심는다.

掌中芥, 末多國出也. 取子置掌中, 吹之, 一吹一長, 長三尺, 乃植於地.

*   이 고사는《태평광기》권411〈초목・개말(芥末)〉에 실려 있다.

차(茶)

64-67(2031) 차에 대한 기술
서차(叙茶)

출《국사보》

    차의 명칭은 매우 많다. 검남(劍南)에는 몽정(蒙頂)의 석화(石花)가 있는데, 소방(小方)이라고도 하고 산아(散芽)라고도 하며 천하제일이라 칭해진다. 호주(湖州)에는 고저(顧渚)의 자순(紫筍)과 동천(東川)의 신천(神泉)·창명(昌明)이 있다. 협주(硤州)에는 벽간(碧澗)·명월(明月)·방예(芳蕊)·수유료(茱萸簝)가 있다. 복주(福州)에는 방산(方山)의 생아(生芽)가 있다. 기주(夔州)에는 향산(香山)이 있다. 강릉(江陵)에는 남목(楠木)이 있다. 호남(湖南)에는 형산(衡山)이 있다. 악주(岳州)에는 옹호(㳡湖)의 함고(含膏)가 있다. 상주(常州)에는 의흥(義興)의 자순(紫筍)이 있다. 무주(婺州)에는 내백(來白)이 있다. 목주(睦州)에는 구갱(鳩坑)이 있다. 홍주(洪州)에는 서산(西山)의 백로(白露)가 있다. 수주(壽州)에는 곽산(霍山)의 황아(黃芽)가 있다. 기주(蘄州)에는 기문(蘄門)의 단황(團黃)이 있다. 부량(浮梁)의 상점에서 파는 것은 여기에 끼지 못한다.

茶之名益衆. 劍南有蒙頂石花, 或小方, 或散芽, 號爲第一. 湖州有顧渚之紫筍, 東川神泉·昌明. 硤州有碧澗·明月·

芳蕊·茱萸簝. 福州有方山之生芽. 夔州有香山. 江陵有楠木. 湖南有衡山. 岳州有㴩湖之含膏. 常州有義興紫筍. 婺州有來白. 睦州有鳩坑. 洪州有西山白露. 壽州有霍山黃芽. 蘄州有蘄門團黃. 浮梁商賈不在焉.

* 이 고사는 《태평광기》 권412 〈초목·서차〉에 실려 있다.

64-68(2032) 음식의 독을 없애는 차
소식차(消食茶)
출《중조고사》

당(唐)나라 때 어떤 사람이 서주목(舒州牧)에 제수되자 이덕유(李德裕)가 그에게 말했다.

"서주군에 도착하면 천주봉차(天柱峰茶) 서너 봉지를 보내 주시오."

그 사람은 이덕유에게 수십 근의 차를 바쳤지만, 이덕유는 그 차를 받지 않고 돌려보냈다. 이듬해에 그는 관직을 그만두게 되자 정성을 다해 몇 봉지의 차를 구해서 이덕유에게 보냈다. 이덕유는 그것을 살펴보고 나서 받으며 말했다.

"이 차는 술과 음식의 독을 없앨 수 있소."

그러고는 한 사발의 차를 끓이게 한 뒤에 그것을 고기 음식 안에 부어 은합(銀盒)으로 덮게 했다. 다음 날 아침에 은합을 열어 보았더니 고기가 이미 물로 변해 있었다. 사람들은 이덕유의 박학함에 탄복했다.

唐有人授舒州牧, 李德裕謂之曰:"到彼郡日, 天柱峰茶, 可惠三數角." 其人獻之數十斤, 李不受, 退還. 明年罷郡, 用意精求, 獲數角, 投之. 德裕閱之而受, 曰:"此茶可以消酒食毒." 乃命烹一甌, 沃於肉食內, 以銀合閉之. 詰旦開視, 其肉已化爲水矣. 衆伏其廣識也.

* 이 고사는 《태평광기》 권412 〈초목·소식차〉에 실려 있다.

64-69(2033) 상저공

상저공(桑苧公)

출《국사보》

경릉(竟陵)의 한 승려가 물가에서 갓난아이를 발견해 길러서 제자로 삼았다. 그 아이는 조금 자라자 스스로 점을 쳐서 〈건(蹇 : ䷦)〉괘가 〈점(漸 : ䷴)〉괘로 변하는 괘77)를 얻었는데 그 괘사는 다음과 같았다.

"기러기가 땅에서 점점 위로 올라가니, 그 깃털이 의표(儀表)를 갖추는 데 쓸 만하다(鴻漸於陸, 其羽可用爲儀)."

그리하여 성을 육(陸), 자를 홍점(鴻漸), 이름을 우(羽)라고 했다. 육우는 문학에 재주가 있고 생각이 깊어 한 사물을 묘사하면 그 미묘한 곳까지 모두 표현했다. 본디 차를 좋아해 처음으로 차 볶는 법을 만들었으며, 《다경(茶經)》 두 권을 지었다. 오늘날 차 파는 집에서는 그의 형상을 도자기로 만들어 놓고 "다신(茶神)"이라 부른다. 장사할 때는 차를 바쳐 제사를 올리는데, 장사가 잘되지 않으면 뜨거운 물로 다신을 씻어 준다. 육우를 강호에서는 "경릉자(竟陵子)"라 부

---

77) 〈건(蹇 : ䷦)〉괘가 〈점(漸 : ䷴)〉괘로 변하는 괘 : 험준한 데서 고생하다가 상황이 점차 좋아지는 상이다.

르고, 남월(南越)에서는 "상저공"이라 부른다.

竟陵僧有於水邊得嬰兒者, 育爲弟子. 稍長, 自筮得〈蹇〉之〈漸〉, 曰: "鴻漸於陸, 其羽可用爲儀." 乃姓陸, 字鴻漸, 名羽. 羽有文學, 多意思, 狀一物, 莫不盡其妙. 性嗜茶, 始創煎茶法, 撰《茶經》二卷. 至今鬻茶之家, 陶其像, 號爲"茶神". 有交易, 則茶祭之, 不利則以釜湯沃之. 羽於江湖稱"竟陵子", 於南越稱"桑苧公".

* 이 고사는 《태평광기》 권83 〈이인(異人)·육홍점(陸鴻漸)〉, 권201 〈호상(好尙)·육홍점〉에 실려 있다.

초(草)

64-70(2034) 석기초

석기초(席箕草)

출전 《술이기》

    석기는 "새로(塞蘆)"라고도 하며 북호(北胡) 지방에서 난다. 고시(古詩)에서는 다음과 같이 읊었다.
    "천 리에 석기초가 피어 있네."

席箕, 一名"塞蘆", 生北胡地. 古詩云 : "千里席箕草."

* 이 고사는 《태평광기》 권408 〈초목 · 석기초〉에 실려 있다.

64-71(2035) 호문초

호문초(護門草)

출《유양잡조》

상산(常山)의 북쪽에 풀이 있는데 "호문"이라고 한다. 그 풀을 문 위에 놓으면 밤에 사람이 지나갈 때마다 혀 차는 소리를 낸다.

常山北有草, 名"護門". 置諸門上, 夜有人過, 輒叱之.

* 이 고사는 《태평광기》 권408 〈초목·호문초〉에 실려 있다.

64-72(2036) 선인조

선인조(仙人條)

출전 《유양잡조》

형악(衡嶽)에서 선인조가 난다. 뿌리는 없고 대부분 돌 위에서 자라는데, 띠처럼 생겼고 세 가닥에 녹색이다. 또한 흔히 볼 수 있는 것이 아니다.

衡嶽出仙人條[1]. 無根, 多生石上, 狀如帶, 三股, 色綠. 亦不常有.

* 이 고사는 《태평광기》 권408 〈초목·선인조〉에 실려 있다.
1 조(條):《태평광기》와 《유양잡조》 권19에는 "조(絛)"라 되어 있는데, 문맥상 보다 타당하다. 고사 제목에서도 마찬가지다.

64-73(2037) 합리초

합리초(合離草)

출전 《유양잡조》

합리초는 뿌리가 토란 뿌리처럼 생겼고 12개의 작은 뿌리가 둘러 있는데, 서로 연이어 자라는 것 같지만 실제로는 이어져 있지 않고 기운으로 연결되어 있다. 일명 "독요(獨搖)"라고도 하고, 일명 "이모(離母)"라고도 한다.

合離, 根如芋魁, 有游子十二環之, 相須而生, 而實不連, 以氣相屬. 一名"獨搖", 一名"離母".

* 이 고사는 《태평광기》 권408 〈초목·합리초〉에 실려 있다.

64-74(2038) 귀조협

귀조협(鬼皁莢)

출《유양잡조》

    귀조협은 강남(江南) 지방에서 자라는데, 높이가 1~2척이다. 그것으로 머리를 감으면 머리카락을 잘 자라게 하고, 그 잎은 또한 옷의 때를 제거할 수 있다. 미 : 귀조는 인풍(人楓 : 사람 모양의 단풍나무 옹이)[78])과 짝이 될 만하다.

鬼皁莢, 生江南地, 高一二尺. 沐之長髮, 葉亦去衣垢. 眉 : 鬼莢可對人楓.

* 이 고사는 《태평광기》권408 〈초목·귀조협〉에 실려 있다.

---

78) 인풍(人楓 : 사람 모양의 단풍나무 옹이) : 본서 64-16(1980) 〈풍(楓)〉에 관련 고사가 나온다.

64-75(2039) 삼백초

삼백초(三白草)

출《유양잡조》

　　삼백초79)는 처음 잎이 자랄 때는 희지 않다가 여름이 되면 잎 끝부터 하얗게 되는데, 농민들은 그때를 기다렸다가 밭에 옮겨 심는다. 세 잎이 모두 하얗게 되면 꽃이 다 핀다. 그 잎은 서예(署預 : 마)와 비슷하다.

三白草, 初生不白, 入夏, 葉端方白, 農人候之蒔田. 三葉白, 草畢秀矣. 其葉似署預.

* 　이 고사는《태평광기》권408〈초목·삼백초〉에 실려 있다.

79) 삼백초 : 삼백초과의 여러해살이풀. 잎·꽃·뿌리가 모두 희다 해서 '삼백초'라 부르며, 한방에서 이뇨제 등으로 쓰인다.

64-76(2040) 무심초와 무정초

무심초 · 무정초(無心草 · 無情草)

구(俱)《유양잡조》

비부주초(蚍蜉酒草)는 "서이(鼠耳)"라고도 하는데, 쥐 귀처럼 생겼기 때문이다. 또한 "무심초"라고도 한다.

좌행초(左行草)는 사람들을 정이 없게 만든다. 범양(范陽)에서 오랫동안 진상하고 있다. 미 : 좌행초는 금등화(金燈花)[80]와 짝이 될 만하다. 하나는 의가 없고 하나는 정이 없다.

蚍蜉酒草, 一曰"鼠耳", 像形也. 亦曰"無心草".
左行草, 使人無情. 范陽長貢. 眉 : 左行草可對金燈花. 一無義, 一無情.

* 이 고사는 《태평광기》 권408 〈초목 · 무심초〉와 〈무정초〉에 실려 있다.

---

80) 금등화(金燈花) : 본서 64-25(1989) 〈금등화〉에 나온다.

64-77(2041) **여초**

여초(女草)

출《유양잡조》

위유초(葳蕤草 : 둥글레)는 일명 "여초(麗草)"라고도 하고, 또한 "여초(女草)"라고도 부른다. 강호의 사람들은 "와초(娃草)"라고 부르는데, 미인을 "와(娃)"라고 하기 때문에 그렇게 부르는 것이다.

葳蕤草, 一名"麗草", 亦呼爲"女草". 江湖中呼爲"娃草", 美女曰"娃", 故以爲名.

* 이 고사는《태평광기》권408〈초목・여초〉에 실려 있다.

64-78(2042) 미초

미초(媚草)

출《영남녹이(嶺南錄異)》

학자초(鶴子草)는 덩굴로 자란다. 꽃은 녹색이고 잎도 녹색이며 꼭지는 자색이다. 잎은 버드나무와 같으나 짧으며 여름에 꽃이 핀다. 남방 사람들은 이 풀을 "미초"라고 부르는데, 그 꽃잎을 따다 햇볕에 말려 면엽(面靨 : 보조개) 대신 붙인다. 그 모양은 나는 학과 같은데, 날개·꼬리·부리·다리가 모두 갖추어져 있다. 이 덩굴풀에 봄이 되면 쌍충(雙蟲)이 생기는데, 쌍충은 그 잎만을 먹는다. 월(越) 지방의 여인들은 화장 상자 안에 쌍충을 넣어 누에처럼 키우면서 그 풀잎을 따서 먹인다. 쌍충은 오래되면 먹지 않고 허물을 벗은 다음 나비가 되는데, 나비는 적황색이다. 여인들은 나비를 잡아 차고 다니면서 이를 "미접(媚蝶)"이라 부른다.

鶴子草, 蔓生也. 綠花, 綠葉, 紫帶[1]. 葉如柳而短, 當夏開花. 南人云是"媚草", 採之曝乾, 以代面靨. 形如飛鶴, 翅尾嘴足, 無所不具. 此草蔓至春生雙蟲, 祇食其葉. 越女收於妝奩中, 養之如蠶, 摘其草飼之. 蟲老不食, 而蛻爲蝶, 赤黃色. 婦女收而帶之, 謂之"媚蝶".

* 이 고사는《태평광기》권408〈초목·미초〉에 실려 있는데, 출전이 "《영표녹이(嶺表錄異)》"라 되어 있다.

1   대(帶):《태평광기》와《영표녹이》권중(卷中)에는 "체(蔕)"라 되어 있는데, 문맥상 보다 타당하다.

64-79(2043) 취초

취초(醉草)

출《문추경요》

적현주(赤縣洲)는 곤륜산(昆侖山)의 큰 언덕이고 그 동쪽에는 노수도(滷水島)가 있다. 산의 좌우에는 옥홍초(玉紅草)가 자라는데, 그 열매 하나를 먹으면 300년 동안 취해서 잠든다.

赤縣洲爲昆侖之墟, 其東則滷水島. 山左右, 玉紅之草生焉, 食其一實, 醉臥三百歲.

* 이 고사는《태평광기》권408〈초목·취초〉에 실려 있다.

64-80(2044) 무초와 몽초

무초 · 몽초(舞草 · 夢草)

구(俱)《유양잡조》

무초는 아주(雅州)에서 난다. 그 풀은 줄기 하나에 세 잎이 달리는데, 그 잎은 결명자(決明子)와 비슷하다. 잎 하나는 줄기 끝에서 자라고 두 잎은 줄기 중간에서 자라는데, 두 잎이 서로 마주 보고 있다. 사람이 간혹 가까이 가면 그 풀은 옆으로 기울고, 사람이 손바닥을 치면서 노래를 부르면 그 풀은 춤을 추는 것처럼 흔들거린다.

한(漢)나라 무제(武帝) 때 이국(異國)에서 몽초를 바쳤는데 부들과 비슷했다. 몽초는 낮이면 움츠러들어 땅으로 들어갔다가 밤이면 싹을 틔운 것처럼 나왔다. 이 풀을 품으면 꿈의 길흉을 스스로 알 수 있었다. 무제는 이 부인(李夫人)이 그리울 때마다 이 풀을 품고 꿈을 꾸었다.

舞草出雅州. 獨莖三葉, 葉如決明. 一葉在莖端, 兩葉居莖半, 相對. 人或近之則欹, 抵掌謳曲, 則搖動如舞矣.
漢武時, 異國獻夢草, 似蒲. 晝縮入地, 夜若抽萌. 懷其草, 自知夢之善惡. 帝思李夫人, 懷之輒夢.

* 이 고사는 《태평광기》 권408 〈초목 · 무초〉와 〈몽초〉에 실려 있다.

64-81(2045) 상사초와 망우초

상사초 · 망우초(相思草 · 忘憂草)

구(俱)《술이기》

진(秦) 땅과 조(趙) 땅 사이에 상사초가 있는데, 석죽(石竹 : 패랭이)처럼 생겼고 마디마디가 서로 이어져 있다. 상사초는 일명 "단장초(斷腸草)"라고도 하고, 또 "수부초(愁婦草)"라고도 하며, "상초(孀草)"라고도 하고, 또 "과부사(寡婦莎)"라고도 부른다. 이 명칭들은 대개 상사(相思 : 그리움)의 의미를 지니고 있다.

훤초(萱草 : 원추리)는 일명 "자훤(紫萱)"이라고도 하고, 또 "망우초"라고도 한다. 오중(吳中)의 서생들은 이것을 "요수초(療愁草 : 근심을 치료하는 풀)"라고 부른다.

秦趙間有相思草, 狀若石竹, 而節節相續. 一名"斷腸草", 又名"愁婦草", 亦名"孀草", 又呼爲"寡婦莎". 蓋相思之流也. 萱草, 一名"紫萱", 又名"忘憂草". 吳中書生謂之"療愁".

* 이 고사는 《태평광기》 권408 〈초목 · 상사초〉와 〈망우초〉에 실려 있다.

64-82(2046) 수초와 천보향초
수초·천보향초(睡草·千步香草)
출전 《술이기》

계림(桂林)에 수초가 있는데, 이 풀을 보면 사람을 잠들게 한다. 일명 "취초(醉草)"라고도 하고, 또 "난부잠(嬾婦箴: 게으른 부인의 바늘)"이라고도 부른다.

남해(南海)에서 백보향(百步香)이 나는데, 그 향기를 1000보 밖에서도 맡을 수 있다. 지금 바닷가에 있는 천보향은 바로 그 품종이다. 그 잎은 두약(杜若)처럼 생겼고 붉은색과 푸른색이 서로 섞여 있다. 《공적(貢籍)》에 다음과 같이 기록되어 있다.

"일남군(日南郡)에서 천보향을 진상했다."

桂林有睡草, 見之則令人睡. 一名"醉草", 亦呼"嬾婦箴".
南海出百步香, 風聞於千步也. 今海隅有千步香, 是其種也.
葉似杜若, 而紅碧間雜. 《貢籍》云 : "日南郡貢千步香."

* 이 고사는 《태평광기》 권408 〈초목·수초〉와 〈천보향초〉에 실려 있다.

64-83(2047) 중독을 치료하는 풀

치고초(治蠱草)

출《투황록(投荒錄)》

  신주군(新州郡)의 경내에 어떤 약초가 있는데, 그곳 사람들은 그것을 "길재(吉財)"라고 부른다. 그 약초는 여러 독과 독충을 해독하는데 그 신묘한 효과가 비할 데 없다. 옛날에 어떤 사람이 중독되었는데, 그의 노복 길재가 이 약초를 발견해서 그 사람이 먹고 나았기 때문에 그 노복의 이름을 따서 그렇게 부르게 되었다. 사실 이는 그 약초의 뿌리인데 작약(芍藥)과 비슷하다. 중독된 사람은 밤중에 몰래 그 뿌리 2~3촌을 캐서 썰거나 갈아 감초(甘草)를 약간 넣었다가 다음 날 아침에 달여 마시고 토하면 해독된다. 민간에 전하는 말에 따르면, 이 약초를 복용하려는 사람은 드러내 놓고 말하려 하지 않기 때문에 몰래 캔다고 하는데 그 이유는 알 수 없다고 한다. 어떤 사람이 말했다.

  "옛날에 어떤 마을의 노모가 독기에 중독되었는데, 그녀의 아들은 말단 관리로 있었다. 읍재(邑宰 : 현령)가 그에게 길재를 모친에게 마시게 하도록 명하자, 그는 저녁에 약을 준비했다. 아침이 되자 그의 모친이 말하길, '내 꿈에 어떤 사람이 나타나 알려 주면서 이 약을 마시면 죽는다고 했으니 빨리 치워라'라고 했다. 그러고는 곧바로 땅에 쓰러졌다. 그의 아들이 또 현윤(縣尹 : 현령)에게 그 사실을 알렸지만 현윤은 한사코 그 약을 마시게 했는데, 노모는 그 약을 마시고 과연 나았다."

혹시 독기에 중독된 사람에게도 [옛날 경공의 꿈속에 나타난] 두 아이와 같은 신81)이 나타났을까?

新州郡境有藥, 土人呼爲"吉財". 解諸毒及蠱, 神用無比. 昔有人遇毒, 其奴吉財得是藥而愈, 因以奴名名之. 實草根也, 類芍藥. 遇毒者, 夜中潛取二三寸, 或剉或磨, 少加甘草, 詰旦煎飮之, 得吐卽愈. 俗傳, 將服是藥, 不欲顯言, 故云潛取, 而不詳其故. 或云 : "昔有里嫗病蠱, 其子爲小胥. 邑宰命以吉財飮之, 暮乃具藥. 及旦, 其母謂曰 : '吾夢人告我, 若飮是且死, 亟去之.' 卽仆於地. 其子又告縣尹, 縣尹固令飮之, 果愈." 豈中蠱者亦有神, 若二竪哉?

* 이 고사는 《태평광기》 권408 〈초목·치고초〉에 실려 있다.

---

81) 두 아이와 같은 신 : 춘추 시대 진(晉)나라 경공(景公)이 병들었을 때, 병마의 화신인 두 아이가 경공의 꿈속에 나타나 명의가 와도 자신들이 고황(膏肓 : 심장과 횡격막) 사이로 숨으면 어쩔 수 없을 것이라 했다고 한다. 여기에서 두 아이를 뜻하는 '이수(二竪)'는 나중에 병마의 대칭(代稱)으로 쓰인다.

64-84(2048) 뱀이 물고 온 풀

사함초(蛇銜草)

출《감응경》

옛날에 한 농부가 밭을 갈다가 그곳에 상처 난 뱀이 있는 것을 보았는데, 다른 한 뱀이 풀을 물고 와서 상처 위에 붙여 주었다. 다음 날 상처 난 뱀은 상처가 나아 기어갔다. 농부가 그 풀의 남은 잎을 가져다 상처를 치료했더니 모두 효험이 있었다. 본래 그 풀의 이름을 알지 못해서 뱀이 물고 왔다는 뜻으로 "사함"이라고 불렀다. 《포박자(抱朴子)》에서 이렇게 말했다.

"사함초는 이미 끊어진 손가락을 붙일 수 있다."

昔有田父耕地, 見傷蛇在焉, 有一蛇, 銜草著瘡上. 經日, 傷蛇走. 田父取其草餘葉以治瘡, 皆驗. 本不知草名, 因以"蛇銜"爲名. 《抱朴子》云 : "蛇銜能續已斷之指."

* 이 고사는 《태평광기》 권408 〈초목·사함초〉에 실려 있다.

64-85(2049) 녹활초와 목미초

녹활초·목미초(鹿活草·牧靡草)

구(俱)《유양잡조》

    천명정(天名精 : 여우오줌풀)은 "녹활초"라고도 부른다. [남조] 송(宋)나라 원가(元嘉) 연간(424~453)에 청주(靑州)의 유병(劉炳)이 활을 쏘아 사슴 한 마리를 잡아서 오장을 꺼낸 뒤 이 풀로 배 속을 채웠더니 사슴이 벌떡 일어났다. 유병이 몰래 이 풀을 캐서 심었다가 많은 골절상을 치료했기 때문에 민간에서는 "유병초(劉炳草)"라고 부른다.

    건녕군(建寧郡) 오구산(烏句山) 남쪽 500리에서 목미초가 자라는데 해독할 수 있다. 온갖 풀꽃이 무성하게 자랄 때 까마귀들이 대부분 오탁[烏啄 : 바곳. 오두(烏頭)의 별칭]을 잘못 먹고 중독되면, 반드시 급히 목미산(牧靡山)으로 날아가서 목미초를 쪼아 먹고 해독한다.

天名精, 一曰"鹿活草". 靑州劉炳, 宋元嘉中, 射一鹿, 剖五臟, 以此草塞之, 蹶然而起. 炳密錄此草種之, 多愈傷折, 俗呼爲"劉炳草".

建寧郡烏句山南五百里, 生牧靡草, 可以解毒. 百卉方盛, 烏多誤食烏啄, 中毒, 必急飛牧靡山, 啄牧靡以解.

* 이 고사는《태평광기》권408 〈초목·녹활초〉와 〈해독초(解毒草)〉에 실려 있다.

64-86(2050) 독초

독초(毒草)

출《감응경》

초독초(蕉毒草)는 우거(芋巨 : 토란)와 비슷하고 작두(雀頭 : 향부자)처럼 생겼다. 그것을 마른 땅에 놓아두면 축축해지고 습한 땅에 놓아두면 마른다. 밥을 지을 때 부뚜막 위에 심어 두면 밥이 익을 때쯤 꽃이 피고 열매가 열리는데, 사람이 먹으면 즉시 죽는다.

평 : 《유양잡조(酉陽雜俎)》를 살펴보니, 작우(雀芋)라는 독초는 나는 새가 그것에 닿으면 떨어지고 달리던 짐승이 그것을 건드리면 몸이 굳는다.

목마초는 독성이 강하다. 이 풀이 있는 곳에 바람이 불면, 그 독기가 이르는 곳의 몇 리 안에 있는 벼가 모두 즉시 죽는다. 이순풍(李淳風)이 말하길, "목마초의 즙은 본래 맑은데, 물을 섞으면 걸쭉해지고 햇볕을 쬐면 축축해지며 음지에 두면 마른다. 여름에는 차가워지고 겨울에는 따뜻해진다"라고 했다.

蕉毒草如芋巨, 狀如雀頭. 置乾地則潤, 置濕地則乾. 炊飯時種於竈上, 比飯熟, 卽著花結子, 人食之立死.

評:按《酉陽雜俎》, 名雀芋, 飛鳥觸之墮, 走獸遇之僵. 有牧靡草, 大毒. 有此草, 值風吹, 其氣所至, 則數里內稻皆卽死. 李淳風云:"其汁本淸, 得水則稠, 見日則濕, 入臘卽乾. 在夏欲涼, 在冬欲溫."

* 이 고사는 《태평광기》 권408 〈초목·초독초(蕉毒草)〉와 〈목마초(牧靡草)〉, 권412 〈초목·작우(雀芋)〉에 실려 있다.

64-87(2051) 용추

용추(龍芻)

출《술이기》

동해도(東海島)의 용구천(龍駒川)은 목천자(穆天子)가 팔준마(八駿馬)를 기르던 곳이다. 동해도에는 "용추"라는 풀이 있는데, 말이 이 풀을 먹으면 하루에 1000리를 간다. 옛말에 따르면, 용추 한 그루가 용마(龍馬)로 변한다고 한다.

東海島龍駒川, 穆天子養八駿處. 島中有草, 名"龍芻", 馬食之, 日行千里. 古語, 一株龍芻, 化爲龍駒.

* 이 고사는 《태평광기》 권408 〈초목·용추〉에 실려 있다.

64-88(2052) 홍초

홍초(紅草)

출《유양잡조》

산융(山戎)의 북쪽에 풀이 있는데, 줄기는 길이가 1장(丈)이고 잎은 수레바퀴만 하며 색깔은 아침노을과 같다. [춘추 시대] 제(齊)나라 환공(桓公) 때 산융에서 그 종자를 바치자, 환공은 그것을 정원에 심어 놓고 패자가 될 길조로 삼았다.

山戎之北有草, 莖長一丈, 葉如車輪, 色如朝霞. 齊桓時, 山戎獻其種, 乃植於庭, 以表霸者之瑞.

* 이 고사는 《태평광기》 권408 〈초목·홍초〉에 실려 있다.

64-89(2053) 궁인초

궁인초(宮人草)

출《술이기》

 초(楚) 땅에 종종 궁인초가 있는데, 모양은 금등(金燈 : 산자고)처럼 생겼지만 향기가 매우 진하며 꽃은 홍취(紅翠 : 산새의 일종)와 비슷하다. 민간에 이런 말이 전한다.

 "초(楚)나라 영왕(靈王) 때 궁인 수천 명이 대부분 쓸쓸히 지내는 것을 원망했는데, 그러다가 죽은 자를 묻었더니 그 무덤 위에서 모두 이 풀이 자라났다."

楚中往往有宮人草, 狀似金燈, 而甚芬氲, 花似紅翠. 俗說 : "楚靈王時, 宮人數千, 皆多怨曠, 有死者葬之, 墓上悉生此草."

* 이 고사는 《태평광기》 권408 〈초목 · 궁인초〉에 실려 있다.

64-90(2054) 초모 · 소명 · 황거

초모소명황거(焦茅 · 銷明 · 黃渠)

구(俱)'왕자년《습유기》'

초모는 높이가 5장(丈)이다. 그것을 태워 재로 만든 뒤에 물을 부으면 다시 띠풀이 되는데, 이것을 "영모(靈茅)"라고 한다.

소명초는 밤이 되면 무리진 별처럼 보이지만, 낮이 되면 그 빛이 저절로 사라진다.

황거는 햇빛을 받으면 불타는 것 같고, 그 열매는 매우 단단하다. 그것을 먹은 사람은 몸을 불태워도 뜨거워하지 않는다.

焦茅, 高五丈. 燃之成灰, 以水灌, 復成茅, 是謂"靈茅".
銷明草, 夜視如列星, 晝則光自銷滅也.
黃渠, 照日如火, 實甚堅. 食之, 焚身不熱.

* 이 고사는 《태평광기》 권408 〈초목 · 초모〉·〈소명초〉·〈황거초〉에 실려 있다.

64-91(2055) 서대초

서대초(書帶草)

출《삼제기(三齊記)》

    [한나라의] 정 사농[鄭司農 : 정현(鄭玄)]은 늘 불기성(不其城)의 남산에 살면서 제자들을 가르쳤다. 황건적(黃巾賊)이 난을 일으켜 피난 가게 되자, 그는 제자 최염(崔琰)과 왕경(王經) 등의 현자들을 보내면서 그곳에서 눈물을 흘리며 작별했다. 그가 살던 산 아래에는 염교 같은 풀이 있었는데, 그 잎은 길이가 1척 남짓 되었고 보통 풀과는 달리 굉장히 질겼다. 당시 사람들은 그것을 "강성서대(康成書帶)"[82]라고 불렀다.

鄭司農常居不其城南山中, 敎授. 黃巾亂, 乃避, 遣生徒崔琰・王經諸賢, 於此揮涕而散. 所居山下, 草如薤, 葉長尺餘許, 堅韌異常. 時人名作"康成書帶".

* 이 고사는《태평광기》권408〈초목・서대초〉에 실려 있다.

---

82) 강성서대(康成書帶) : '강성'은 정현의 자(字)다. 정현이 일찍이 이 풀로 책을 묶었다고 해서 '서대초'라 한다. 서대초는 맥문동의 별칭이기도 하다.

64-92(2056) 이상한 풀
이초(異草)

 진(晉)나라 무제(武帝)가 무군장군(撫軍將軍)으로 있었을 때, 장군부 후당(後堂)의 섬돌 아래서 갑자기 이상한 풀 세 포기가 자라났다. 그 풀의 줄기는 누렇고 잎은 푸르러 마치 황금에서 비취가 돋아난 것 같았고, 꽃가지는 부드럽고 약해 그 모양이 금등(金燈 : 산자고) 같았다. 당시 사람들은 그것이 얼마나 상서로운지 알지 못했기 때문에 가려 놓고 외부인이 엿보지 못하게 했다. 강족(羌族) 중에 성명이 요복(姚馥)이고 자(字)가 세분(世芬)인 사람이 마구간에서 말을 키우고 있었는데, 그는 음양술(陰陽術)에 뛰어났다. 그가 말했다.

 "이 풀은 금덕(金德)에 응하는 상서로움입니다."

 당시 요복은 90세였는데 [오호 십육국 후진(後秦)의] 요양(姚襄)이 그의 조부였다. 요복은 독서를 좋아하고 술을 즐겨 마셔 매번 취하면 한 달 동안 깨지 않았다. 그는 탁주를 마시고 술지게미 먹는 것을 좋아했는데, 무리는 늘 그를 놀리며 "갈강(渴羌 : 목마른 강족)"이라고 불렀다. 진나라 무제는 등극했을 때 갑자기 요복이 계단 아래에 서 있는 것을 보았다. 무제는 그의 호탕함을 훌륭하게 여겨 조가(朝歌)의 읍재(邑宰 : 현령)로 발탁했는데, 요복이 사양하며 말했다.

"저는 이역의 저강족(氐羌族)으로 황제의 교화와는 멀리 떨어져 있었는데, 중국에 와서 노닐게 된 것만으로도 이미 특별한 행운입니다. 청컨대 조가군을 맡으라는 명을 거두시고 오랫동안 마구간 일을 하게 하시면서, 때때로 맛있는 술을 내려 주어 여생을 즐겁게 보내도록 해 주십시오."

무제가 말했다.

"조가군은 [은나라] 주왕(紂王)의 옛 도읍지로 그곳에는 주지(酒池)가 있으니, 강족 노인을 더 이상 목마르지 않게 해 줄 것이오." 미 : 말이 건무조(建武詔)[83]와 비슷하다.

그러자 요복이 계단 아래에서 큰 소리로 대답했다.

"마구간지기인 이 늙은 강족이 황제의 교화에 점점 물들고, 온 천하의 오랑캐가 모두 왕의 신하가 되었습니다. 지금 제가 주지의 즐거움을 기뻐하며 조가의 땅을 받는다면, 다시 은(殷)나라의 주왕과 같은 무리가 되란 말씀이십니까?" 미 : 훌륭한 대답이다.

무제는 옥탁자를 어루만지며 크게 기뻐하고 그를 즉시 주천태수(酒泉太守)로 옮겨 제수했다. 그곳에는 맑은 샘이

---

83) 건무조(建武詔) : 후한 광무제(光武帝)가 건무 연간(25~56)에 내린 일련의 조칙으로, 이민족을 포함해서 억울하게 노비가 된 자들을 모두 면천해 양민이 되도록 한 조칙이 들어 있었다.

있었는데 그 맛이 술과 같았다. 요복이 선정을 베풀자, 백성은 그를 위해 생사(生祠 : 살아 있는 사람의 공덕을 기리기 위해 세운 사당)를 세웠다. 나중에 그 부지(府地)를 장화(張華)에게 하사했는데, 여전히 그 풀이 있었기 때문에 장무선(張茂先 : 장화)의 〈금등부(金燈賦)〉에서 다음과 같이 읊었다.

"한(漢)나라 궁정에서는 아홉 줄기가 솟았고, 이 관(館)에서는 세 포기가 아름답게 자라났네. 귀하게 금덕의 상서로움을 드러냈지만, 이름이 비슷해 서로 혼동된다네."

혜제(惠帝) 영희(永熙) 원년(290)에 세 포기의 풀이 자라서 나무가 되었는데, 가지와 잎은 버드나무 같았고 높이는 5척이었다. 이 일은 삼양(三楊)이 정권을 전횡한 일에 대한 응험이었다. 당시 양준(楊雋)과 그의 동생 양요(楊瑤)·양제(楊濟)를 "삼양"이라고 불렀으니, 취한 강족[요복]의 말이 맞아떨어졌다.

晉武帝爲撫軍時, 府內後堂砌下, 忽生異草三株. 莖黃葉綠, 若惣金抽翠, 花條苒弱, 狀如金燈. 時人未知何祥也, 故隱蔽, 不聽外人窺視. 有羌人姓姚名馥, 字世芬, 充廐養馬, 妙解陰陽之術. 云 : "此草以應金德之瑞." 馥年九十歲, 姚襄卽其祖也. 馥讀書嗜酒, 每醉, 歷月不醒. 好啜濁嚼糟, 群輩常弄狎之, 呼爲 "渴羌". 及晉武踐位, 忽見馥立於階下. 帝奇其偶儻, 擢爲朝歌邑宰, 馥辭曰 : "氐羌異域, 遠隔風化, 得遊中華, 已爲殊幸. 請辭朝歌之縣, 長充馬圉之役, 時賜美酒, 以樂餘年." 帝曰: "朝歌郡, 紂之故都, 地有酒池, 故使老羌不復呼渴." 眉: 語似建武詔. 馥於階下高聲而應曰: "馬圍老羌, 漸染皇敎, 溥天夷貊, 皆爲王臣. 今者歡酒池之樂, 受朝歌之地, 更爲殷紂之比乎!" 眉: 善對. 帝撫玉几大悅, 卽遷爲酒泉太守. 其地有淸泉, 其味如酒. 馥有善政, 民爲立生祠. 後以府地賜張華, 猶有此草, 故茂先〈金燈賦〉云: "擢九莖於漢庭, 美三株於茲館. 貴表祥乎金德, 名比類而相亂." 至惠帝咸熙[1]元年, 三株草化爲樹, 條葉似楊樹, 高五尺, 以應三楊擅之事. 時有楊雋, 弟瑤, 弟濟, 號曰"三楊", 醉羌之驗也.

* 이 고사는《태평광기》권408〈초목·금등초(金鐙草)〉에 실려 있는데, 출전이 "《습유록(拾遺錄)》"이라 되어 있다.

1 함희(咸熙): "영희(永熙)"의 오기로 보인다. '함희'는 위(魏)나라 진류왕(陳留王) 조환(曹奐)의 연호(264~265)다.

64-93(2057) 신기한 풀

신초(神草)

출《유양잡조》

[삼국 시대] 위(魏)나라 명제(明帝) 때 금원(禁苑)에 합환초(合歡草)가 있었는데, 시초(蓍草)처럼 생겼고 한 포기에서 100개의 줄기가 자랐다. 낮이면 여러 줄기들이 따로 무성히 있다가 밤이면 합쳐져서 하나의 줄기가 되었기에 그것을 "신초"라고 불렀다.

魏明時, 苑中有合歡草, 狀如蓍, 一株百莖. 晝則衆條扶疏, 夜乃合作一莖, 謂之"神草".

* 이 고사는《태평광기》권408〈초목・신초〉에 실려 있다.

64-94(2058) 진시황의 부들

시황포(始皇蒲)

출《은운소설(殷芸小說)》

[남조] 제(齊)나라 남성(南城)의 동쪽에 포대(蒲臺)가 있는데, 진시황(秦始皇)이 머물던 곳이다. 당시 진시황이 포대 아래에서 부들을 엮어 말을 매어 놓았는데, 지금까지도 부들이 여전히 무성하게 자란다. 민간에서는 그것을 "진시황포"라고 부른다.

齊南城東有蒲臺, 秦始皇所頓處. 時始皇在臺下, 縈蒲以繫馬, 至今蒲生猶榮. 俗謂之"秦始皇蒲".

* 이 고사는《태평광기》권408〈초목·시황포〉에 실려 있다.

64-95(2059) 수망조

수망조(水網藻)

출《유양잡조》

한(漢)나라 무제(武帝) 때 곤령지(昆靈池) 안에 수망조가 있었다. 물 위에서 옆으로 거꾸로 뻗어 있는 가지는 길이가 8~9척이고 그물코처럼 생겼는데, 오리들이 그 풀 속으로 들어가면 모두 빠져나오지 못했기 때문에 그렇게 불렀다.

漢武昆靈池中, 有水網藻. 枝橫倒水上, 長八九尺, 有似網目, 鳧鴨入此草中, 皆不得出, 因名之.

* 이 고사는 《태평광기》 권408 〈초목·수망조〉에 실려 있다.

태(苔)

64-96(2060) 동전 모양의 이끼

태전(苔錢)

출《술이기》

태전[동전 모양의 이끼]은 또한 "택규(澤葵)"라고도 부르고, "동전초(董錢草)"라고도 하며, 또 "선선(宣癬)"이라고도 부른다. 남방 사람들은 그것을 "구초(垢草)"라고 부른다.

苔錢亦呼"澤葵", 又名"董錢草", 又呼爲"宣癬". 南人呼爲"垢草".

* 이 고사는 《태평광기》 권413 〈초목 · 서태(叙苔)〉에 실려 있다.

64-97(2061) 만금태

만금태(蔓金苔)

출'왕자년《습유기》'

진리국(晉梨國)에서 만금태를 바쳤는데, 황금 빛깔에 반딧불이 모여 있는 것 같았으며 계란만 한 크기였다. 그것을 물속에 던져 넣으면 물결 위로 덩굴이 퍼져 나갔는데, 햇빛을 받아 반짝이는 모양이 마치 불이 물 위에서 타는 것 같았다. 그래서 궁중에 100보(步) 너비의 연못을 파고 때때로 만금태를 구경함으로써 궁인들을 즐겁게 했다. 궁인 중에서 총애를 받은 자들에게는 만금태를 하사했다. 옻칠한 주발 속에 그것을 담아 두면 온 방을 밝게 비추었으므로 "야명태(夜明苔)"라고 했다. 또 옷깃에 붙이면 불빛처럼 빛났다. 황실이 망했을 때 호인(胡人)들이 그것을 모두 호 땅으로 가져갔다.

晉梨園¹獻蔓金苔, 色如金, 若螢火之聚, 大如鷄卵. 投之水中, 蔓延波瀾之上, 光出照日, 皆如火生水上也. 乃於宮中穿池, 廣百步, 時時觀此苔, 以樂宮人. 宮人有幸者, 則以金苔賜之. 以置漆盌中, 照耀滿室, 名曰"夜明苔". 著衣襟, 則如火光矣. 及皇家喪亂, 此物皆入胡中.

* 이 고사는《태평광기》권413〈초목·만금태〉에 실려 있다.

1 진리원(晉梨園) : 《태평광기》에는 "진리국(晉梨國)"이라 되어 있는데, 문맥상 보다 타당하다. 한편 《습유기(拾遺記)》 권9에는 "조량국(祖梁國)"이라 되어 있다.

64-98(2062) 바위솔

와송(瓦松)

출《유양잡조》

와송[바위솔] 가운데 지붕에 있는 것을 "석야(昔耶)"라 하고, 담장에 있는 것을 "원의(垣衣)"라 한다. 미 : 원의는 아마도 반장초(絆牆草)인 것 같다. [남조 양나라] 간문제(簡文帝)의 〈영미(咏薇)〉에서 이렇게 읊었다.

"계단 가장자리는 푸른 비단[이끼를 비유함]이 덮고, 처마 끝자락은 석야가 가렸네."

어떤 사람이 말했다.

"지붕이 오래되면 흙과 나무의 기운이 빠져나가 기와에서 와송이 자라난다." 미 : 와송은 한 종류가 아니다.

[당나라] 대력(大曆) 연간(766~779)에 함원전(含元殿)을 수리할 때, 한 기와공이 장계를 올려 스스로 말했다.

"저의 조부 때 일찍이 이 궁전에 기와를 놓았는데, 기와를 잘 놓았기에 끝내 와송이 자라지 않았습니다."

또 이아흑(李阿黑)이란 자도 기와를 이빨처럼 가지런하게 잘 놓아서 그 사이로 실 한 오라기조차 들어가지 않았는데, 역시 와송이 자라지 않았다. 《본초(本草)》에서는 "와의(瓦衣)를 일러 '옥유(屋遊)'라고 한다"라고 했다.

在屋曰"昔耶", 在牆曰"垣衣". 眉:垣衣疑是絆牆草者. 簡文帝〈咏薇〉曰:"緣階覆碧綺, 依檐映昔耶." 或言:"屋久, 土木氣洩, 則瓦生松." 眉:瓦松非一種也. 大曆中, 修含元殿, 有一瓦工投狀, 自言:"祖父時嘗瓦此殿, 能瓦畢不生瓦松." 又有李阿黑者, 亦能布瓦如齒, 間不通綖, 亦無瓦松.《本草》:"瓦衣, 謂之'屋遊'."

* 이 고사는《태평광기》권413〈초목 · 와송〉에 실려 있다.

유만(蕌蔓)

64-99(2063) 등나무 열매로 만든 술잔

등실배(藤實杯)

출《자곡자(炙轂子)》

등실배는 서역에서 난다. 덩굴은 팔뚝만큼 굵고 잎은 칡과 비슷하며 열매는 오동처럼 생겼다. 열매가 익으면 매우 딱딱하기 때문에 그것으로 술을 뜰 수 있다. 또 천연의 무늬가 있으며, 속이 훤히 비쳐서 아름답다. 열매의 크기는 술잔만 하고 맛은 두구(豆蔲)와 같으며 달콤한 향은 숙취를 해소한다. 선비들은 술을 들고 그 등나무 아래로 가서 꽃을 따서 술을 따라 마신 다음 그 열매로 숙취를 해소한다. 그 나라 사람들은 그 나무를 보배로 여겨 중국에 전해 주지 않았는데, 장건(張騫)이 대완(大宛)에 들어가서 그것을 얻어 왔다. 이 일은 장건의 《출관지(出關志)》에 보인다.

藤實杯出西域. 藤大如臂, 葉似葛花, 實如梧桐. 實成堅固, 皆可酌酒. 自有文章, 映徹可愛. 實大如杯, 味如豆蔲, 香美消醒. 士人提酒, 來至藤下, 摘花酌酒, 乃以其實消醒. 國人寶之, 不傳於中土, 張騫入宛得之. 事在張騫《出關志》.

* 이 고사는《태평광기》권407〈초목·등실배〉에 실려 있다.

64-100(2064) 종등과 인자등

종등 · 인자등(鍾藤 · 人子藤)

구(俱)《유양잡조》

송정(松楨)은 바로 종등이다. 그중에서 잎이 큰 것을 진안(晉安) 사람들은 접시로 사용한다.

안남(安南 : 베트남의 옛 명칭)에 인자등이라는 나무가 있는데, 붉은색이고 덩굴 끝부분에 가시가 있으며 그 열매는 마치 사람처럼 생겼다. 곤륜(昆侖 : 지금의 베트남 남부와 인도네시아 일부 지역)에서는 이 나무를 태워 코끼리를 불러 모으는데, 남방에서도 얻기 어렵다.

松楨, 卽鍾藤也. 葉大者, 晉安人以爲盤.
安南有人子藤, 紅色, 蔓端有刺, 其子如人狀. 昆侖燒之集象, 南中亦難得.

* 이 고사는《태평광기》권407〈초목 · 종등〉과〈인자등〉에 실려 있다.

64-101(2065) 밀초만

밀초만(蜜草蔓)

출전 《유양잡조》

북천축국(北天竺國)에서 밀초가 나는데, 덩굴로 자라고 잎이 크며 가을과 겨울에도 죽지 않는다. 이것은 거듭 서리와 이슬을 맞으면 속에 꿀이 맺히는데, 변방의 봉염(蓬鹽 : 풀에서 추출한 소금)과 같다.

北天竺國出蜜草, 蔓生大葉, 秋冬不死. 因重霜露, 遂結成蜜, 如塞上蓬鹽.

* 이 고사는 《태평광기》 권407 〈초목·밀초만〉에 실려 있다.

64-102(2066) 호만초

호만초(胡蔓草)

출《유양잡조》

　호만초[단장초(斷腸草)]라는 풀은 옹주[邕州 : 지금의 광시성(廣西省) 지역]에 있으며 무더기로 자란다. 꽃은 꼭 치자처럼 생겼으나 조금 크고 꽃송이를 이루지 않고 황백색이며, 잎은 치자와 약간 다르다. 그것을 잘못 먹으면 며칠 만에 결국 죽는데, 흰 거위나 흰 오리의 피를 마시면 해독된다. 혹은 물건을 호만초에 던지며 이렇게 빈다.

　"내가 너를 샀으니 너를 먹더라도 죽지 않게 해 다오."

　평 : 돈으로 죽음을 대신할 수 있는가? 초목도 오히려 이러하거늘 하물며 사람에게랴!

胡蔓草. 此草在邕間, 叢生. 花偏如梔子, 稍大, 不成朶, 色黃白, 葉稍異. 誤食之, 數日卒死, 飮白鵝·白鴨血則解. 或以物投之, 祝曰 : "我買你, 食之不死."
評 : 錢可贖死乎? 草木猶爾, 何況於人!

* 　이 고사는《태평광기》권407〈초목·호만초〉에 실려 있다.

지균(芝菌)

64-103(2067) 적지

적지(滴芝)

출《포박자》

　소실산(少室山)의 석문(石門) 안에 또 깊은 계곡이 있어서 건너갈 수 없는데, 돌을 그 계곡 속으로 던지면 반나절이 지나서야 겨우 [돌이 바닥에 닿는] 소리가 들린다. 석문 밖으로 10여 장(丈) 떨어진 곳에 돌기둥이 있고 그 돌기둥 위에 언개석(偃蓋石 : 위로 엎어져 있는 수레 덮개 모양의 돌)이 있는데, 그 높이는 1장 남짓 된다. 멀리서 보면 밀지(蜜芝)가 석문 위에서 언개석 안으로 떨어지는데, 한참 있다가 한 방울씩 맺혀서 마치 비 온 뒤에 지붕의 남은 빗방울처럼 때때로 한 방울씩 떨어진다. 밀지는 쉬지 않고 떨어지지만 언개석은 또한 끝내 넘치지 않는다. 석문 위에는 과두문자(科斗文字 : 올챙이 모양의 옛 글자)로 "석밀지(石蜜芝) 한 말을 복용하는 자는 만 세의 수명을 누린다"라고 새겨져 있다. 여러 도사들은 모두 밀지가 있는 곳으로 가고 싶어 했지만 갈 수 없었다. 그래서 주발을 단단한 장대나 나무 끝에 매달아서 밀지를 받으려고 했지만 결국 그렇게 할 수 있는 사람이 없었다.

少室石戶中, 更有深谷, 不可得過, 以石投谷中, 半日猶聞其聲也. 去戶外十餘丈, 有石柱, 柱上有偃蓋石, 南[1]度徑可一丈許. 望之, 蜜芝從石上隨石偃蓋中,[2] 良久, 輒有一滴, 有似雨屋後[3]之餘漏, 時時一落耳. 然蜜芝墮不息, 而偃蓋亦終滴[4]也. 戶上刻石爲科斗字, 曰: "得服石蜜芝一斗者, 壽萬歲." 諸道士共思惟其處, 不可得往. 唯當以盌器置勁竹木端, 以承取之, 然竟未有能爲之者.

* 이 고사는 《태평광기》 권413 〈초목・적지〉에 실려 있다.

1 남(南) : 《포박자(抱朴子)》 권11 〈선약(仙藥)〉에는 "고(高)"라 되어 있는데, 문맥상 보다 타당하다.

2 종석상수석언개중(從石上隨石偃蓋中) : 《포박자》에는 "종석호상타입언개중(從石戶上墮入偃蓋中)"이라 되어 있는데, 문맥상 보다 타당하다.

3 우옥후(雨屋後) : 《포박자》에는 "우후옥(雨後屋)"이라 되어 있는데, 문맥상 보다 타당하다.

4 적(滴) : 《포박자》에는 "불일(不溢)"이라 되어 있는데, 문맥상 보다 타당하다.

64-104(2068) 목지

목지(木芝)

출《포박자》

    목지는 소나무나 잣나무의 진액이 땅속에 묻혀 있다가 1000년이 되면 복령(茯苓)으로 변하며, 만 년이 되면 그 위에서 연꽃처럼 생긴 작은 나무가 자라는데 그것을 "목위희지(木威喜芝)"라고 한다. 밤에 그것을 보면 빛이 나는데, 만지면 매우 매끄럽고 태워도 불에 타지 않으며 몸에 차면 병기(兵器)를 피할 수 있다. 닭에 그것을 채워서 다른 닭 12마리와 섞어 닭장에 넣은 뒤 그곳에서 12걸음 떨어져서 12발의 화살을 쏘면, 다른 닭들은 모두 상처를 입지만 위희지를 차고 있는 닭은 끝까지 상처를 입지 않는다.

木芝者, 松柏脂淪地, 千歲, 化爲茯苓, 萬歲, 其上生小木, 狀似蓮花, 名曰"木威喜芝". 夜視有光, 持之甚滑, 燒之不燋, 帶之辟兵. 以帶鷄 而雜以鷄十二頭籠之, 去其處十二步, 射十二箭, 他鷄皆傷, 帶威喜芝者, 終不傷也.

* 이 고사는《태평광기》권413〈초목·목지〉에 실려 있다.

64-105(2069) **형화지**

형화지(螢火芝)

출처 《유양잡조》

양상산(良常山)에 형화지가 있는데, 그 잎은 풀과 비슷하고 열매는 크기가 콩만 하고 꽃은 자주색이며, 밤에 보면 빛이 난다. 그것을 하나 먹으면 심장 가운데의 한 구멍이 밝아지며, 일곱 개까지 먹으면 심장의 일곱 구멍이 환하게 빛을 발해 밤에도 글씨를 쓸 수 있다.

良常山有螢火芝, 其實是草, 大如豆,[1] 紫花, 夜視有光. 食一枚, 中心一孔明, 食至七, 心七竅洞澈, 可以夜書.

* 이 고사는 《태평광기》 권413 〈초목·형화지〉에 실려 있다.

1 기실시초(其實是草), 대여두(大如豆) : 《유양잡조》 권10에는 "기엽사초(其葉似草), 실대여두(實大如豆)"라 되어 있는데, 문맥상 보다 타당하다.

64-106(2070) 이상한 버섯

이균(異菌)

출《유양잡조》

　　남제(南齊) 오군(吳郡)의 저사장(褚思莊)은 평소 불교를 신봉했다. 하루는 대들보 밑에서 잠을 잤는데, 바닥에서 4척 남짓 떨어진 높이의 남목(枏木 : 녹나무)으로 된 짧은 기둥에 마디가 있었다. 영명(永明) 연간(483~493)에 난데없이 영지처럼 생긴 물체 하나가 그 기둥의 마디 위에서 자라났는데 누런 빛깔이 선명했다. 그것은 점점 자라더니 며칠 후에 1000개의 불상 모습을 이루었으며, 얼굴·눈·손가락·손톱 및 광배(光背)와 의복 등이 모두 완전히 갖추어져 있었는데, 마치 황금 박편이 은은히 도드라진 것처럼 보였지만 만져 보니 매우 부드러웠다. 그것은 늦봄에 자라났다가 늦가을에 시들었는데, 시들 때 불상의 모습은 그대로였고 단지 색깔만 갈색으로 변했다. 그것이 시들 때 저사장의 집에서는 그것을 상자 속에 보관했다. 그렇게 5년이 흐르는 동안 저사장은 더 이상 그 대들보 밑에서 머물지 않았으며, 또한 다른 특별히 성대한 일도 일어나지 않았다. 그렇지만 저사장의 온 집안사람들은 모두 장수해, 미 : "수균(壽菌 : 장수하게 해 주는 버섯)"이라 칭할 만하다. 그의 부친은 97세에 죽었고 형은 70세까지도 장년처럼 건장했다.

南齊吳郡褚思莊, 素奉釋氏. 眠於梁下, 短柱是柟木, 去地四尺餘, 有節. 大明[1]中, 忽有一物如芝, 生於節上, 黃色鮮明. 漸漸長, 數日遂成千佛狀, 面目指爪及光相衣服, 莫不宛具, 如金鏤隱起, 摩之殊軟. 嘗以春末落[2], 落時佛形如故, 但色褐耳. 至落時, 其家貯之箱中. 積五年, 思莊不復住其下, 亦無他顯盛. 闔門壽老, 眉 : 可稱"壽菌". 思莊父終九十七, 兄年七十, 健如壯年.

* 이 고사는 《태평광기》 권413 〈초목·이균〉에 실려 있다.
1 대명(大明) : "영명(永明)"이 오기로 보인다. '대명'은 남조 송(宋)나라 효무제(孝武帝)의 연호(457~464)다.
2 춘말락(春末落) : 《유양잡조》 권19에는 "춘말생(春末生), 추말락(秋末落)"이라 되어 있는데, 문맥상 보다 타당하다.

향(香)

64-107(2071) 차무향

차무향(茶蕪香)

출《독이지》

[전국 시대] 연(燕)나라 소왕(昭王) 때 파익국(波弋國)에서 차무향을 진상했다. 그 향을 피워 옷에 배게 하면 한 달 내내 향기가 사라지지 않았다. 그 향이 닿은 땅은 돌과 흙에서 모두 향기가 났고, 그 향이 썩은 나무와 풀을 스치면 모두 무성해졌다. 그 향을 마른 뼈에 쐬면 피부와 살이 다시 생겨났다.

燕昭王時, 有波弋之國, 貢茶蕪香. 若焚着衣, 彌月不絶. 所遇地, 土石皆香, 經朽木腐草, 皆榮秀. 用薰枯骨, 則肌肉再生.

* 이 고사는 《태평광기》 권414 〈초목·차무향〉에 실려 있다.

64-108(2072) 삼명향

삼명향(三名香)

출《독이지》

 한(漢)나라 때 옹중자(雍仲子)는 남해의 향을 바치고 부양현위(涪陽縣尉)에 임명되었기에 당시 사람들이 그를 "향위(香尉)"라고 불렀다. 일남군(日南郡)에는 향시(香市)가 있는데, 상인들이 갖가지 향을 교역하는 곳이다. 남해군(南海郡)에는 향수(香樹)와 향호(香戶)가 있다. 일남군에는 1000묘(畝 : 1묘는 100보)의 향림(香林)이 있는데, 명향(名香)이 그곳에서 난다. 향주(香洲)는 주애군(朱崖郡)에 있으며 그곳에서 여러 이향(異香)이 나는데, 종종 그 이름을 알지 못한다. 천년송향(千年松香)은 10리까지 향기가 풍기는데, 또한 이것을 "삼명향"이라고도 부른다.

漢雍仲子進南海香物, 拜爲涪陽尉, 時人謂之"香尉". 日南郡有香市, 商人交易諸香處. 南海郡有香樹香戶. 日南郡有千畝香林, 名香出其中. 香洲在朱崖郡, 洲中出諸異香, 往往不知其名. 千年松香聞十里, 亦謂之"三名香"也.

* 이 고사는《태평광기》권414〈초목·삼명향〉에 실려 있다.

권65 금조부(禽鳥部)

금조(禽鳥)

65-1(2073) 오정현의 깃털 거두는 자
오정채포자(烏程採捕者)

출《오행기》

　수(隨)나라 양제(煬帝) 대업(大業) 3년(607) 초에 우의(羽儀 : 깃털로 장식한 깃발의 일종)를 만들었는데, 깃털의 대부분을 강남(江南)에서 가져오는 바람에 그곳의 깃털이 거의 바닥났다. 당시 호주(湖州) 오정현(烏程縣) 사람은 관부에서 깃털을 공납하라고 하자 깃털을 구하려고 산에 들어갔다가 보았더니, 높이가 100척이나 되는 커다란 나무 위에서 학이 둥지를 틀고 새끼를 키우고 있었다. 그 사람은 학을 잡으려 했지만 그 아래에는 나뭇가지가 없었고 너무 높아 올라갈 수 없자, 도끼를 들고 나무를 베려고 했다. 학은 그 사람이 반드시 자신을 잡으려 한다는 것을 알고 새끼들을 죽일까 봐 두려워서 결국 입으로 자신의 깃털을 뽑아 아래로 던졌다. 미 : 들녘의 매도 조세와 부역을 피할 방법이 없음은 견강부회가 아니다. 그 사람은 깃털을 거두고 나서 나무를 베지 않았다.

隋煬帝大業三年初造羽儀, 毛氅多出江南, 爲之略盡. 時湖州烏程縣人身被科毛, 入山捕採, 見一大樹高百尺, 其上有鶴巢養子. 人欲取之, 其下無柯, 高不可上, 因操斧伐樹. 鶴

知人必取, 恐其殺子, 遂以口拔其毛擲下. 眉:野鷹無計避征
徭,非郢書也. 人收得之, 乃不伐樹.

* 이 고사는《태평광기》권460〈금조·오정채포자〉에 실려 있다.

65-2(2074) 배항

배항(裴沆)

출《유양잡조》

동주사마(同州司馬) 배항이 일찍이 이런 얘기를 했다.

그의 재종백(再從伯)이 낙중(洛中 : 낙양)에서 정주(鄭州)로 가다가 길에서 며칠을 보냈는데, 어느 날 새벽에 우연히 말에서 내렸더니 길옆에서 누군가가 신음하는 소리가 들렸다. 그래서 잡초를 헤치고 찾아보았더니 가시나무 덤불 아래에 병든 학 한 마리가 보였다. 그 학은 날개를 늘어뜨리고 주둥이를 숙이고 있었는데, 날갯죽지 아래 상처 난 곳에는 깃털이 없었다. 그때 갑자기 흰옷을 입은 한 노인이 지팡이를 끌며 수십 보를 걸어오더니 말했다.

"이보게 젊은이, 어찌 이 학을 불쌍히 여기지 않는가? 만약 사람의 피를 얻어 한 번만 발라 준다면 날 수 있을 것이네."

배씨(裴氏 : 배항의 재종백)는 자못 도를 알고 성품도 매우 고상했기 때문에 재빨리 말했다.

"저의 팔을 찔러 피를 얻는 것은 어렵지 않습니다."

그러자 노인이 웃으며 말했다.

"자네의 뜻은 매우 고맙지만 반드시 삼세(三世 : 전세·

현세·내세) 모두 사람이어야 그 피가 효험이 있다네. 자네는 전생에 사람이 아니었고, 오직 낙중에 사는 호로생(胡盧生)만이 삼세가 사람이라네. 자네의 일정이 급하지 않다면 낙중으로 가서 호로생에게 부탁할 수 있겠는가?"

배씨는 기쁜 마음으로 길을 되돌아갔는데, 이틀 밤이 안 되어 낙중에 도착한 뒤 미 : 배씨는 학 한 마리 때문에 먼 걸음을 꺼리지 않고 병든 학을 구해 주고자 했는데, 같은 무리를 앉아서 보기만 하고 게다가 곤경에 빠뜨리기까지 하는 자는 대체 어떤 사람인가! 곧장 호로생을 방문해 그 일을 자세히 말하고 절을 하며 부탁했다. 호로생은 조금의 난색도 표하지 않고 보따리를 열어 두 손가락만 한 크기의 돌함을 꺼냈다. 그러고는 바늘로 팔을 찔러 피가 떨어져 돌함에 가득 차자, 돌함을 배씨에게 주며 말했다.

"많은 말은 마시오."

배씨가 학이 있는 곳에 도착했더니, 노인이 이미 와 있다가 기뻐하며 말했다.

"진실로 믿을 만한 선비로다!"

그러고는 피를 학에게 모두 바르게 하고 다시 배씨를 초대하며 말했다.

"내가 사는 곳이 이곳에서 멀지 않으니 잠시 머물다 가게나."

배씨는 노인이 보통 사람이 아님을 알고 어르신이라 부

르며 그를 따라갔다. 겨우 몇 리를 가자 한 장원이 나왔는데, 대나무 울타리가 있는 초가집에 정원에는 잡초만 무성했다. 배씨가 목이 몹시 말라 노인에게 마실 것을 달라고 했더니, 노인이 흙 감실 하나를 가리키며 말했다.

"저 안에 마실 것이 조금 있으니 가서 가져오게."

배씨가 감실 안을 보았더니 삿갓 같은 살구씨 한 쪽이 있었는데, 그 속에 새하얀 음료가 가득했다. 이에 배씨가 그것을 힘껏 들어 마셨더니 더 이상 배고프거나 목마르지 않았는데, 음료의 맛은 살구즙 같았다. 배씨는 노인이 은사(隱士)임을 알고 절을 하며 노복이 되기를 청했는데 노인이 말했다.

"자네는 세상에 약간의 복록이 있기 때문에 나를 따라 여기에 머문다 해도 그 뜻을 끝내 이루지 못할 것이네. 자네의 숙부는 진정 도를 체득한 사람으로 나와 교류한 지 오래되었으나 자네는 알지 못했을 걸세. 지금 편지 한 통을 자네에게 맡기니 꼭 전하도록 하게."

그러고는 크기가 상자만 한 보따리 하나를 싸 주면서 몰래 열어 보지 말라고 주의를 주었다. 노인이 다시 배씨를 데리고 학을 보러 갔는데, 학의 상처에는 이미 털이 나 있었다. 배씨는 낙중으로 다시 돌아가다가 길에서 보따리를 열어 보려고 했는데, 보따리의 네 모퉁이에서 붉은 뱀이 머리를 내밀자 그만두었다. 그의 숙부가 편지를 받고 보따리를 열어 보았더니 마른 보리밥 같은 것이 1되 남짓 있었다. 후에 그의 숙부는 왕옥산(王屋山)을 유람했는데, 어떻게 되었는지 알 수 없었다. 배씨는 97세까지 장수했다. 미 : 살구 음료가 장수를 가져왔다.

평 : 《일사(逸史)》에서 이송(李松)이 숭산(嵩山)을 유람하다가 병든 학을 보았다는 고사와 같다. 다만 《일사》의 고사에서는 학이 이송에게 눈썹 털을 뽑아 동도(東都 : 낙양)로 가다가 눈에 대고 비춰 보면 바로 알게 될 것이라고 말했는데, 이송이 도중에 자신을 비춰 보았더니 바로 말 머리였으며, 동락에 도착해서 만난 자들은 모두 사람이 아니었다고 했다. 이것이 약간 다르다. 미 : 아마도 우언(寓言)인 것 같다.

同州司馬裴沆嘗說 : 再從伯自洛中將往鄭州, 在路數日, 曉程偶下馬, 覺道左有人呻吟聲. 因披蒿萊尋之, 荊叢下見一病鶴. 垂翼俯咮, 翅下瘡壞無毛. 忽有老人, 白衣曳杖, 數十步而至, 謂曰 : "郎君少年, 豈解哀此鶴邪? 若得人血一塗, 則能飛矣." 裴頗知道, 性甚高逸, 遽曰 : "某請刺此臂血, 不難." 老人笑曰 : "君此志甚勁, 然須三世是人, 其血方中. 郎君前生非人, 唯洛中胡盧生三世人矣. 郎君此行, 非有急切, 豈能至洛中干胡盧生乎?" 裴欣然而返, 未信宿至洛. 眉 : 爲一鶴故, 不憚跋跲以拯其患, 乃有坐視同類, 又下石焉, 此何人哉! 乃訪胡盧生, 具陳其事, 且拜祈之. 胡盧生初無難易, 開襟取一石盒, 大若兩指. 授針刺臂, 滴血下滿合, 授裴曰 : "無多言也." 及至鶴處, 老人已至, 喜曰: "固是信士!" 乃令盡塗其鶴, 復邀裴云: "我所居去此不遠, 可少留也." 裴覺非常人, 以丈人呼之, 因隨行. 纔數里, 至一莊, 竹落草舍, 庭蕪狼藉. 裴渴甚, 求漿, 老人指一土龕: "此中有少漿, 可就取." 裴視龕中, 有杏核一扇如笠, 滿中有漿, 漿色正白. 乃力擧飮之, 不復饑渴, 漿味如杏酪. 裴知隱者, 拜請爲奴僕, 老人曰: "君有世間微祿, 縱住亦不終其志. 賢叔眞有所得, 吾久與之遊, 君自不知. 今有一信, 憑君必達." 因裹一襆物, 大如合, 戒無竊開. 復引裴視鶴, 鶴損處毛已生矣. 裴復還洛中, 路閱其所持, 將發之, 襆四角各有赤蛇出頭, 裴乃止. 其叔得信, 卽開之, 有物如乾大麥飯升餘. 其叔後因遊王屋, 不知其終. 裴壽至九十七. 眉: 杏漿致壽.

評:《逸史》: 李松遊嵩山, 見病鶴, 事同. 但云拔眼睫毛, 持往東都, 映眼照之, 便知. 松中路自視, 乃馬頭. 至東洛, 所遇悉非人. 此微異. 眉: 疑寓言.

* 이 고사는《태평광기》권460 〈禽鳥·裴沆〉에 실려 있다.

65-3(2075) 고니

곡(鵠)

출전 《술이기》

고니는 100년을 살면 붉은색이 되고, 500년을 살면 누런색이 되며, 또 500년을 살면 푸른색이 되고, 또 500년을 살면 흰색이 된다. 고니의 수명은 3000년이다.

鵠生百年而紅, 五百年而黃, 又五百年而蒼, 又五百年爲白. 壽三千歲矣.

*　이 고사는 《태평광기》 권460 〈금조·곡〉에 실려 있다.

65-4(2076) 장화

장화(張華)

출《이원》

    장화에게 흰 앵무새가 있었는데, 장화가 외출했다가 돌아오면 앵무새는 하인들의 좋은 점과 나쁜 점을 말하곤 했다. 나중에 앵무새가 조용히 아무 말도 하지 않자, 장화가 그 이유를 물었더니 앵무새가 말했다.

    "항아리 속에 갇혀 있었는데 무슨 수로 알 수 있겠습니까?"

    공(公: 장화)은 때때로 밖에 있으면서 앵무새를 불러오게 했는데, 한번은 앵무새가 말했다.

    "어젯밤에 나쁜 꿈을 꾸었으니 문을 나가서는 안 됩니다."

    하지만 공이 앵무새를 억지로 데려 나와 정원에 이르렀을 때 새매가 앵무새를 낚아챘는데, 앵무새에게 새매의 부리를 쪼게 해서 겨우 화를 면할 수 있었다.

張華有白鸚鵡, 華行還, 鳥輒說僮僕善惡. 後寂無言, 華問其故, 鳥云: "見藏甕中, 何由得知?" 公時在外, 令喚鸚鵡, 鸚鵡曰: "昨夜夢惡, 不宜出戶." 強之至庭, 爲鴟所攫, 教其啄鴟喙, 僅而獲免.

* 이 고사는 《태평광기》 권460 〈금조·장화〉에 실려 있다.

65-5(2077) 불을 끈 앵무새

앵무구화(鸚鵡救火)

출《이원》

　　어떤 앵무새가 다른 산으로 날아가 깃들였는데, 그 산속의 날짐승과 들짐승들이 서로 앵무새를 귀하게 아껴 주었다. 앵무새는 스스로 생각하길, 비록 이곳이 즐겁기는 하지만 오래 머물 수는 없다고 여겨 곧 떠났다. 며칠 뒤에 그 산속에서 큰불이 났는데, 앵무새가 멀리서 그 광경을 보고 곧장 물로 들어가 깃털을 물에 적셔 날아다니며 물을 뿌렸다. 이를 보고 천신(天神)이 말했다.

　　"너는 비록 뜻은 있지만 어찌 그것으로 충분하겠느냐?"

　　앵무새가 대답했다.

　　"비록 불을 끌 수 없다는 사실은 알고 있지만, 일찍이 제가 이 산에서 잠시 기거하는 동안 날짐승과 들짐승들이 모두 형제가 되었기에 차마 그냥 보고 있을 수만은 없기 때문입니다." 미 : 이런 앵무새라면 나는 그것과 벗이 되고 싶다.

　　그러자 천신이 가상히 여기고 감동해 즉시 불을 꺼 주었다.

有鸚鵡飛集他山, 山中禽獸輒相貴重. 鸚鵡自念, 雖樂不可久也, 便去. 後數日, 山中大火, 鸚鵡遙見, 便入水濡羽, 飛而灑之. 天神言: "汝雖有志意, 何足云也?" 對曰: "雖知不能, 然嘗僑居是山, 禽獸皆爲兄弟, 不忍見耳." 眉: 若此鸚鵡, 吾欲與之爲友矣. 天神嘉感, 卽爲滅火.

* 이 고사는 《태평광기》 권460 〈금조·앵무구화〉에 실려 있다.

65-6(2078) 설의녀

설의녀(雪衣女)

출《담빈록》

[당나라] 천보(天寶) 연간(742~756)에 영남(嶺南)에서 흰 앵무새 한 마리를 바치자 궁중에서 그것을 길렀다. 오랜 세월이 지나자 앵무새는 매우 총명해 사람의 말을 훤히 알 수 있었다. 황상과 귀비(貴妃 : 양귀비)는 모두 그 앵무새를 "설의녀"라고 불렀다. 설의녀는 성질이 온순해서 항상 마음대로 먹고 마시며 날아다니고 울게 했지만 가리개와 휘장 사이를 떠나지 않았다. 황상이 설의녀에게 근대 문신(文臣)들의 시를 읽어 주게 하면, 몇 번 읽은 뒤에 바로 암송할 수 있었다. 황상은 매번 비빈이나 여러 왕들과 박희(博戲 : 바둑 놀이의 일종)를 하다가 다소 이기지 못할 것 같으면, 좌우 시종들에게 설의녀를 불러오게 했다. 그러면 설의녀는 반드시 박희 판에 날아들어 날개를 퍼덕거려서 판을 어지럽히거나 비빈과 여러 왕들의 손을 쪼아 수를 놓지 못하게 만들었다. 어느 날 아침에 설의녀가 귀비의 경대 위로 날아와서 말했다.

"제가 어젯밤에 매에게 잡히는 꿈을 꿨는데, 장차 저의 목숨이 여기에서 끝날 것 같습니다."

황상이 귀비를 시켜 설의녀에게 《다심경(多心經)》을 읽어 주게 하자 그 후로 설의녀는 익숙하게 외우면서 밤낮을 쉬지 않았는데, 마치 재난을 두려워해 기도하는 것 같았다. 황상과 귀비가 별전(別殿)으로 놀러 나가게 되자, 귀비는 앵무새를 보련(步輦) 위에 올려놓고 함께 갔다. 별전에 이르자 황상은 시종관들에게 앞에서 사냥을 하게 했다. 앵무새가 별전의 난간 위에서 놀고 있을 때 별안간 매가 날아와서 앵무새를 잡아 죽였다. 황상과 귀비는 한참 동안 탄식하다가 앵무새를 동산에 묻어 주고 앵무총(鸚鵡冢)을 만들게 했다. 개원(開元) 연간(713~741)에 궁중에 오색 앵무새가 있었는데, 말을 잘하고 영리했다. 황상이 좌우 신하들에게 자신의 옷을 잡아당기게 하면, 그때마다 앵무새는 눈을 부릅뜨고 그들을 꾸짖었다.

天寶中, 嶺南獻白鸚鵡, 養之宮中. 歲久, 頗甚聰慧, 洞曉言詞. 上及貴妃皆呼爲"雪衣女". 性旣馴擾, 常縱其飮啄飛鳴, 然不離屛幃間. 上命以近代詞臣篇咏授之, 數遍便可諷誦. 上每與嬪妃及諸王博戲, 上稍不勝, 左右呼雪衣女. 必飛局中, 鼓翼以亂之, 或啄嬪御及諸王手, 使不能爭道. 一旦, 飛於貴妃鏡臺上, 語曰: "雪衣女昨夜夢爲鷙所搏, 將盡於此乎." 上令貴妃授以《多心經》, 自後授記精熟, 晝夜不息, 若懼禍難, 有祈禱者. 上與貴妃出遊別殿, 貴妃置鸚鵡於步輦上, 與之同去. 旣至, 命從官校獵於前. 鸚鵡方嬉戲殿檻上, 瞥有鷹至, 搏之而斃. 上與貴妃嘆息久之, 遂命瘞於苑中, 立鸚鵡冢. 開元中, 宮中有五色鸚鵡, 能言而慧. 上令左右試牽御衣, 輒瞋目叱之.

* 이 고사는《태평광기》권460〈금조 · 설의녀〉에 실려 있다.

65-7(2079) 유잠의 딸

유잠녀(劉潛女)

출《대당기사(大唐奇事)》

농우(隴右)의 백성 유잠은 집이 매우 부유했는데, 갓 성년이 된 매우 아름다운 딸 하나가 있었다. 그래서 딸에게 청혼하는 사람들이 줄을 섰지만 그녀의 아버지는 허락하지 않았다. 그 집에서 앵무새 한 마리를 기르고 있었는데, 비할 데 없이 말을 잘해 딸은 매일 앵무새와 이야기를 나누었다. 후에 불경 한 권을 얻었는데, 앵무새가 불경을 외다가 간혹 틀린 곳이 있으면 딸이 반드시 바로잡아 주었다. 앵무새가 매번 불경을 욀 때마다 딸은 반드시 향을 피웠다. 어느 날 갑자기 앵무새가 딸에게 말했다.

"내 새장을 열고 네가 여기서 살아라. 나는 날아가야겠다."

딸은 괴이하게 여기며 물었다.

"어째서 그런 말을 하느냐?"

앵무새가 말했다.

"너는 본래 나와 같은 몸인데, 우연히 유잠의 집에서 태어나게 된 것이다. 지금 본래의 모습으로 돌아가야만 하니 내 말을 괴이하게 여기지 마라. 사람들은 너를 알지 못하지만 나는 진실로 너를 알고 있다."

딸은 놀라 부모에게 그 사실을 알렸다. 부모는 마침내 새장을 열어 앵무새가 날아가도록 놓아주고 새벽부터 저녁까지 딸을 지켜보았다. 사흘 뒤에 딸이 이유 없이 죽자 부모는 놀라며 울음을 그치지 않았다. 딸을 장사 지내려고 할 때 딸의 시체가 갑자기 흰 앵무새로 변해 날아갔는데, 어디로 갔는지 알 수 없었다. 미 : 죽은 게 아니라 우화(羽化)했을 뿐이다.

隴右百姓劉潛家大富, 唯有一女, 初笄, 美姿質. 繼有求聘者, 其父未許. 家養一鸚鵡, 能言無比, 此女每日與之言話. 後得佛經一卷, 鸚鵡念之, 或有差誤, 女必正之. 每念此經, 女必焚香. 忽一日, 鸚鵡謂女曰 : "開我籠, 爾自居之. 我當飛去." 女怪而問之 : "何此言邪?" 鸚鵡曰 : "爾本與我身同, 偶托化劉潛之家. 今須却復本族, 無怪我言. 人不識爾, 我固識爾." 其女驚, 白其父母. 父母遂開籠, 放鸚鵡飛去, 曉夕監守其女. 後三日, 女無故而死, 父母驚哭不已. 方欲葬之, 其尸忽爲一白鸚鵡飛去, 不知所之. 眉 : 非死也, 乃羽化耳.

* 이 고사는 《태평광기》 권460 〈금조 · 유잠녀〉에 실려 있다.

65-8(2080) 매

응(鷹)

출《열이기(列異記)》

당(唐)나라 영휘(永徽) 연간(650~656)에 내주(萊州) 사람 유율(劉聿)은 본디 매를 좋아했는데, 지부산(之罘山)의 절벽에서 스스로 밧줄을 타고 내려가 매 새끼를 잡으려고 했다. 그가 막 둥지에 이르렀을 때 밧줄이 끊어져 나뭇가지 사이에 떨어졌는데, 위아래가 모두 절벽이어서 올라갈 수도 내려갈 수도 없는 상황이었다. 어미 매는 사람을 보자 고깃덩이를 물고 감히 둥지 있는 곳으로 오지 못한 채 고깃덩이를 멀리 내려놓았다. 유율은 고깃덩이를 가져다 매 새끼를 먹이고 남은 것은 자신이 먹었다. 50~60일이 지나 매 새끼가 날 수 있게 되자 유율은 옷을 찢어 매의 다리에 묶었는데, 팔 하나에 옷을 세 번 감아 묶은 뒤에 몸을 아래로 던졌다. 마침내 매가 날아올라 그의 두 팔을 잡아당겼는데, 계곡 밑에 이를 때까지 조금의 상처도 입지 않았다. 미 : 대단히 기이하다. 유율은 매를 매단 채로 집으로 돌아왔다.

唐永徽中, 萊州人劉聿性好鷹, 遂於之罘山懸崖自縋以取鷹雛. 欲至巢而繩絶, 落於樹岐間, 上下皆壁立, 進退無據. 大鷹見人, 銜肉不敢至巢所, 遙放肉下. 聿接取肉喂鷹雛, 以外卽自食之. 經五六十日, 雛能飛, 乃裂裳而繫鷹足, 一臂繫三聯, 透身而下. 鷹飛, 掣其兩臂, 比至澗底, 一無所傷. 眉: 大奇. 仍繫鷹而歸.

* 이 고사는《태평광기》권460〈금조·유율(劉聿)〉에 실려 있다.

65-9(2081) 새매

요(鷂)

출《열이전(列異傳)》

[전국 시대] 위(魏)나라의 공자 무기[無忌 : 신릉군(信陵君)]가 방 안에서 책을 읽고 있었는데, 비둘기 한 마리가 책상 밑으로 날아 들어오자 새매가 쫓아와 비둘기를 죽였다. 무기는 새매가 비둘기를 잡아 죽인 것에 분노해 나라 안에 명을 내려 새매를 잡아들이게 해서 마침내 200여 마리를 잡았다. 무기가 검을 만지며 새장으로 가서 말했다.

"어제 비둘기를 잡아 죽인 놈은 당장 머리를 숙인 채 죄를 인정하고, 그렇지 않은 놈은 날개를 펼쳐 날아가거라."

그러자 새매 한 마리가 엎드린 채 움직이지 않았다.

魏公子無忌讀書室中, 有一鳩飛入案下, 鷂逐而殺之. 忌忿其擊搏, 因令國內捕鷂, 遂得二百餘頭. 忌按劍至籠曰 : "昨搦鳩者, 當低頭伏罪, 不者奮翼." 有一鷂俯伏不動.

* 이 고사는 《태평광기》 권460 〈금조·위공자(魏公子)〉에 실려 있다.

65-10(2082) 송골매

골(鶻)

출《조야첨재》

창주(滄州) 동광현(東光縣)의 보관사(寶觀寺)에는 항상 푸른 송골매가 중각(重閣)에 날아들었다. 매번 수천 마리의 비둘기가 있었는데, 송골매는 겨울에 밤마다 비둘기 한 마리를 잡아 와 발을 따뜻하게 한 뒤에 새벽이 되면 놓아주고 죽이지 않았다. 나머지 송골매들은 감히 비둘기를 넘보지 못했다.

당(唐)나라 태종(太宗)은 흰 송골매 한 마리를 기르면서 "장군(將軍)"이라 불렀다. 송골매는 새를 잡을 때면 늘 궁전 앞까지 몰고 온 연후에 공격해서 죽였기 때문에 그 궁전 이름을 "낙안전(落雁殿)"이라 지었다. 황상은 항상 송골매 편에 편지를 보냈는데, 도성 장안(長安)에서 동도(東都 : 낙양)까지 가서 위왕[魏王 : 이태(李泰)]에게 전해 주고 다시 답장을 가져왔으며, 하루에도 몇 번씩 오갈 수 있었다. 이는 또한 [진(晉)나라] 육기(陸機)의 황이(黃耳)[84]의 무리로다!

---

[84] 황이(黃耳) : 육기가 기르던 개. 육기가 도성에 있을 때 오랫동안 집에 연락하지 못했는데, 황이의 목에 편지를 걸어 주자 반달 만에 황이

滄州東光縣寶觀寺常有蒼鶻集重閣. 每有鴿數千, 鶻冬中每夕卽取一鴿以暖足, 至曉放之而不殺. 自餘鷹鶻不敢侵之. 唐太宗養一白鶻, 號曰"將軍". 每取鳥, 常驅至殿前, 然後擊殺, 故名"落雁殿". 上恒令送書, 從京至東都與魏王, 仍取報, 日往返數回. 亦陸機黃耳之徒歟!

* 이 고사는 《태평광기》 권460 〈금조・보관사(寶觀寺)〉와 〈낙안전(落雁殿)〉에 실려 있다.

가 그 편지를 집에 전해 주고 답장을 가져왔다고 한다. 나중에 '황이'는 개의 별칭이나 심부름꾼의 대칭(代稱)으로 쓰인다.

65-11(2083) 공작

공작(孔雀)

출《기문》

　　나주(羅州)의 산속에는 공작이 많은데, 수십 마리씩 짝을 지어 떼로 날아다닌다. 암컷은 꽁지가 짧고 황금빛 비취색이 없다. 수컷은 태어난 지 3년이 되면 작은 꽁지가 생겨서 5년이 되면 커다란 꽁지가 되는데, 초봄에 자라났다가 3~4개월 후에 다시 빠져 꽃과 성쇠를 함께한다. 하지만 공작은 본디 자신의 꽁지를 아껴서, 산에 보금자리를 마련하고자 할 때는 반드시 먼저 꽁지를 둘 만한 적당한 곳을 고른 다음에 머문다. 남방 사람들은 공작을 산 채로 잡을 경우 비가 많이 오기를 기다렸다가 가서 사로잡는데, 그때 공작은 꽁지가 비에 젖어 무거워서 높이 날 수 없고 또 꽁지가 손상될까 봐 두려워서 더 이상 날아오르지 않기 때문이다. 또 공작은 본래 질투가 심해서 비록 아주 오랫동안 길들였다 하라도 아름다운 부인의 좋은 의복과 아이의 색동옷을 보면 반드시 쫓아가서 쪼아 댄다. 또 꽃이 피어서 아름다운 경치가 펼쳐질 때 관현악기가 연주하는 노래를 들으면, 반드시 날개와 꽁지를 펼치고 이리저리 돌아보며 춤을 추는데, 마치 흥겨운 감정이 담겨 있는 것 같다. 산골짜기의 백성은 공작을 삶아서 먹는데, 그 맛이 거위 고기와 같으며 온갖 독을 풀어 준다. 사람들이 그 고기를 먹은 후에 약을 먹으면 병을 치료할 수 없다. 공작의 피와 머리는 심한 독을 풀어 준다. 남방 사람들은 공작의 알을 얻으면 닭에게 품게 해 부화시킨다. 공작의 다리는 약간 굽어 있으며, 그 우는 소리는 "도호(都護)!"라고 하는 것 같다. 그곳 사람들은 공작의 꽁지를 얻으려 할 때, 칼을 들고 우거진 대숲에 숨어 있다가 공작이 지나가기를 기다려 재빨리 그 꽁지를 자르는데, 만약 단번에 자르지 못해 공작이 머리를 돌려 한 번 뒤돌아보면 황금빛 비취색 꽁지에 더 이상 광채가 나지 않는다.

羅州山中多孔雀, 群飛者數十爲偶. 雌者尾短, 無金翠. 雄者生三年, 有小尾, 五年成大尾, 始春而生, 三四月後復凋, 與花萼相榮衰. 然自喜其尾, 凡欲山棲, 必先擇有置尾之地, 然後止焉. 南人生捕者, 候甚雨, 往擒之, 尾霑而重, 不能高翔, 且恐傷其尾, 不復騫翔也. 又性妒, 雖馴養頗久, 見美婦人好衣裳與童子絲服者, 必逐而啄之. 芳時媚景, 聞管弦笙歌, 必舒張翅尾, 盼睞而舞, 若有意焉. 山谷夷民烹而食之, 味如鵝, 解百毒. 人食其肉, 飮藥不能愈病. 其血與其首, 解大毒. 南人得其卵, 使鷄伏之卽成. 其脚稍屈, 其鳴若曰"都護!" 土人取其尾者, 持刀隱於叢篁之處, 伺過, 急斷之. 若不卽斷, 回首一顧, 金翠無復光彩.

* 이 고사는 《태평광기》 권461 〈금조·나주(羅州)〉에 실려 있다.

65-12(2084) 왕헌

왕헌(王軒)

출《기문》

노조(盧肇)가 남해(南海)에 있을 때 종사(從事) 왕헌이 공작을 키우고 있는 것을 보았다. 하루는 노복이 왕헌에게 보고했다.

"뱀이 공작을 칭칭 감아 곧 독을 뿜어 죽이려고 합니다."

왕헌이 공작을 구해 내게 했지만 부하는 웃으면서 구하지 않았다. 왕헌이 화를 내자 부하가 말했다.

"뱀과 공작이 짝짓기를 하고 있습니다."

盧肇在南海, 見從事王軒有孔雀. 一日奴告曰 : "蛇盤孔雀, 且毒死矣." 軒令救之, 其走卒笑而不救. 軒怒, 卒云 : "蛇與孔雀偶."

* 이 고사는 《태평광기》 권461 〈금조·왕헌〉에 실려 있다.

65-13(2085) 제비

연(燕)

출《세설(世說)》·《유양잡조》

  자주색 앞가슴에 몸집이 가볍고 작은 것은 월연(越燕)이다. 검은 얼룩무늬 앞가슴에 울음소리가 큰 것은 호연(胡燕)인데, 둥지를 길게 만들길 좋아해 명주 한 필이 들어갈 만한 것도 있다. 월연은 약으로 쓰지 않는다. 한연(漢燕)은 또한 월연과 약간의 차이만 있다. 여우와 흰 담비 같은 동물을 제비가 보면 제비의 털이 빠진다. 간혹 제비가 집으로 들어오지 않을 때 오동나무로 남녀 각 한 명씩을 깎아 우물 속에 던지면 제비가 반드시 온다.

  제(齊)와 노(魯) 지방에서는 제비를 "을(乙)"이라 부른다. 제비는 둥지를 만들 때 무일(戊日)과 기일(己日)을 피한다. 《현중기(玄中記)》에서는 "천 살 된 제비는 북향으로 문을 낸다"라고 했고, 《술이요(述異要)》에서는 "오백 살 된 제비는 수염이 자란다"라고 했다.

紫胸輕小者是越燕. 胸斑黑聲大者是胡燕, 其作巢喜長, 有容匹素者. 越燕不入藥用. 漢燕亦與越少差耳. 凡狐白貂鼠之類, 燕見之則毛脫. 或燕不入室, 取桐爲男女各一, 投井中, 燕必來.

齊魯之間, 謂燕爲"乙". 作巢避戊己.《玄中記》云:"千歲之燕戶北向."《述異要》云:"五百歲燕生胡髥."

* 이 고사는《태평광기》권461〈금조・한연(漢燕)〉・〈호연(胡燕)〉・〈천세연(千歲燕)〉에 실려 있다.

65-14(2086) 투기하는 제비

투연(妒燕)

출《옥당한화》

한(漢)나라 호부시랑(戶部侍郞) 범질(范質)이 말했다.

"일찍이 제비 한 쌍이 그의 집 처마에 둥지를 틀고 새끼 몇 마리를 길러 이미 먹이를 받아먹을 정도가 되었다. 그런데 암컷 제비가 고양이에게 잡아먹히자 수컷 제비가 짹짹거리다가 한참 후에 떠나더니, 곧장 다시 다른 암컷 제비와 짝을 이루어 와서 이전처럼 새끼들에게 먹이를 먹여 주었다.

하지만 며칠 안 되어 새끼 제비들이 차례로 땅에 떨어져 데굴데굴 구르다가 죽었다. 그래서 아이들이 새끼 제비의 배를 가르고 살펴보았더니, 모이주머니 속에 [날카로운 가시가 달린] 남가새 열매가 들어 있었다.

이는 아마도 다시 짝을 이룬 암컷 제비가 해친 것 같았다." 미 : 자식이 있으면서 다시 장가든 자는 이것을 보고 경계로 삼을 만하다.

漢戶部侍郞范質言:"嘗有燕巢於舍下, 育數雛, 已哺食矣. 其雌者爲猫所搏食之, 雄者啁啾, 久之方去, 卽時又與一燕爲匹而至, 哺雛如故. 不數日, 諸雛相次墮地, 宛轉而僵. 兒童剖腹視之, 則有蒺藜子在嗉中. 蓋爲繼偶者所害. 眉 : 有子而再娶者, 視此可戒.

*   이 고사는《태평광기》권461〈금조·범질(范質)〉에 실려 있다.

65-15(2087) 기러기

안(雁)

출《옥당한화》·《계신기(稽神記)》

    기러기는 강이나 호수의 언덕 및 모래톱에서 자는데, 수백수천 마리가 떼 지어 움직인다. 가장 큰 기러기는 중간에 있으면서 안노(雁奴)[85]를 시켜 주위를 에워싸고 경계하게 한다. 기러기를 잡는 남방 사람들은 날이 컴컴하거나 혹은 달이 뜨지 않을 때를 기다렸다가, 질항아리 안에 촛불을 숨겨 놓고 몇몇 사람이 몽둥이를 들고 숨죽인 채 몰래 기러기 떼에게 다가간다. 거의 다 접근했을 때 약간 촛불을 들었다가 다시 숨긴다. 그러면 안노가 놀라 소리치고 큰 기러기 역시 놀란다. 잠시 뒤에 다시 조용해지면 또 이전처럼 촛불을 들어 올리는데, 그러면 안노가 또 놀란다. 이렇게 여러 차례 하다 보면 큰 기러기가 화가 나서 안노를 부리로 쫀다. 그런 다음에 촛불을 든 사람이 천천히 가까이 다가가서 다시 촛불을 들어도 안노는 쪼이는 것이 두려워서 더 이상 움직이지 않는다. 이때 촛불을 높이 들고 몽둥이를 든 사람들이 일

---

[85] 안노(雁奴) : 기러기가 무리 지어 잘 때, 자지 않고 경계하는 기러기를 말한다.

제히 기러기 떼 속으로 들어가 마구 두들기면 아주 많은 기러기를 잡을 수 있다.

해릉현(海陵縣)의 동쪽에 사는 사람들은 대부분 기러기 잡는 것을 생업으로 한다. 이들은 늘 기러기 한 마리를 길러 그것의 깃촉을 잘라 낸 뒤에 미끼로 삼는다. 하루는 기러기 떼가 변새에서 돌아왔을 때, 미끼 기러기가 갑자기 사람의 말로 주인에게 말했다.

"나는 너에게 충분한 돈을 보상했다."

그러고는 하늘로 날아올라 떠나갔다. 그 사람은 마침내 더 이상 기러기를 잡지 않았다.

雁宿於江湖之岸, 沙渚之中, 動計千百. 大者居其中, 令雁奴圍而警察. 南人有採捕, 俟其天色陰暗, 或無月時, 於瓦罐中藏燭, 持棒者數人, 屛氣潛行. 將欲及之, 則略擧燭, 便藏之. 雁奴驚叫, 大者亦驚. 頃之復定, 又如前擧燭, 雁奴又驚. 如是數四, 大者怒, 啄雁奴. 秉燭者徐徐逼之, 更擧燭, 則雁奴懼啄, 不復動矣. 乃高擧其燭, 持棒者齊入群中, 亂擊之, 所獲甚多.
海陵縣東居人, 多以捕雁爲業. 恒養一雁, 去其六翮以爲媒. 一日群雁回塞時, 雁媒忽人語, 謂主人曰 : "我償爾錢足." 因騰空而去. 此人遂不復捕雁.

* 이 고사는《태평광기》권462〈금조・남인포안(南人捕雁)〉과〈해릉인(海陵人)〉에 실려 있다.

65-16(2088) 백로

백로(白鷺)

출《여주도경》

여주(黎州) 통망현(通望縣)에는 매년 초여름이면 백로 한 쌍이 땅에 떨어지곤 했다. 옛 노인들이 전하는 말에 따르면, 새 떼가 풍토병을 피해 다른 곳으로 떠날 때 백로 한 쌍을 남겨 산신(山神)에게 제사 지낸다고 한다. 또 군(郡)의 주장(主將)이 바뀔 때마다 하루 전날 반드시 백로 한 쌍이 대도하(大渡河)에서 주성(州城)으로 날아가 선회하며 머무르다가 3~5일 뒤에 다시 돌아간다. 군주(軍州)에서는 그 새를 "선지조(先至鳥)"라고 부르면서 곧장 신임 주장을 맞이하고 전임 주장을 배웅할 준비를 했는데, 한 번도 어긋난 적이 없었다.

黎州通望縣, 每歲孟夏, 有白鷺鷥一雙墜地. 古老傳云, 衆鳥避瘴, 臨去, 留一鷥祭山神. 又每郡主將有除替, 一日前, 須有白鷺鷥一對, 從大渡河飛往州城, 盤旋棲泊, 三五日却回. 軍州號爲"先至鳥", 便迎新送故, 更無誤焉.

* 이 고사는《태평광기》권462〈금조 · 여주백로(黎州白鷺)〉에 실려 있다.

65-17(2089) **백설**

백설(百舌)

출《조야첨재》

    백설(百舌 : 지빠귀)은 봄이 오면 목청 돋워 지저귀고 하지(夏至) 때는 지렁이만 먹는데, 정월 이후에 얼음이 녹아 지렁이가 밖으로 나오면 왔다가, 10월 이후에 지렁이가 숨으면 떠난다. 대개 만물이 서로 감응하는 것이다.

百舌春囀, 夏至唯食蚯蚓, 正月後凍開, 蚓出而來, 十月後, 蚓藏而往. 蓋物之相感也.

*   이 고사는 《태평광기》 권463 〈금조 · 백설〉에 실려 있다.

65-18(2090) **황새**

관(鸛)

출《유양잡조》

　강회(江淮) 일대에서는 황새가 무리 지어 빙빙 돌며 나는 것을 "관정(鸛井)"이라 부르는데, 그러면 반드시 비바람이 친다. 사람이 둥지에서 황새 새끼를 꺼내면 60리 이내에 가뭄이 든다.

江淮謂群鸛旋飛爲"鸛井", 必有風雨. 人探巢取鸛子, 六十里旱.

* 이 고사는 《태평광기》 권463 〈금조 · 관〉에 실려 있다.

65-19(2091) 까마귀

아(鴉)

출《북몽쇄언》

　[당나라의] 온장(溫璋)은 경조윤(京兆尹)으로 있으면서 살육을 자행했기에 온 경읍(京邑)의 사람들이 그를 두려워했다. 하루는 대문의 종을 잡아당겨 치는 소리가 들렸는데 사람은 보이지 않았다. 이렇게 세 차례나 거듭한 뒤에 보았더니 바로 까마귀 한 마리였다. 온장이 말했다.

　"이는 사람이 그 새끼를 잡아가려 하기에 호소하러 온 것이 분명하다."

　그러고는 관리에게 명해 까마귀가 가는 곳을 따라가서 그 사람을 잡아 오게 했다. 그러자 까마귀는 공중을 맴돌더니 관리를 인도해 성 밖의 나무 사이로 갔다. 과연 어떤 사람이 까마귀 새끼를 잡고 나서 아직 나무 아래에서 쉬고 있었다. 관리가 그 사람을 붙잡아 압송하자, 온장은 이를 평범한 일이 아니라고 여겨 마침내 까마귀 새끼를 잡아간 자를 처형했다. 미:이는 사람을 천히 여기고 까마귀를 귀히 여긴 것이다.

　[춘추 시대] 진(晉)나라 문공(文公)은 숲을 불태워 개자추(介子推)[86]를 나오게 하려 했는데, 그때 흰 까마귀가 연기 주위를 맴돌며 시끄럽게 울어 대서 불태울 수 없었다. 진나

라 사람들은 그것을 가상히 여겨 높은 누대 하나를 세우고 이름을 "사연대(思烟臺)"라 했다. 또 인수목(仁壽木)을 심었는데, 그 나무는 측백나무처럼 생겼으나 가지가 길고 부드러우며 그 꽃을 먹을 수 있었다. 그래서《여씨춘추(呂氏春秋)》에서 "나무 중에 아름다운 것에는 수목화(壽木華)가 있다"라고 했는데, 이것이 바로 인수목이다. 그 까마귀가 있던 개산(介山)의 수백 리에는 사람들이 더 이상 새그물을 치지 않고 그 까마귀를 "인조(仁鳥)"라고 불렀다. 민간에서는 까마귀 가운데 가슴이 흰 것을 "자오(慈烏)"라고 부르는데, 이것이 바로 인조다.

溫璋爲京兆尹, 勇於殺戮, 京邑憚之. 一日, 聞挽鈴而不見有人. 如此者三, 乃一鴉也. 璋曰:"是必有人探其雛而來訴耳." 命吏隨鴉所在而捕之. 其鴉盤旋, 引吏至城外樹間. 果

---

86) 개자추(介子推) : 개지추(介之推)라고도 한다. 춘추 시대 진(晉)나라 문왕(文公)이 왕위에 오르기 전에 부왕인 헌공(獻公)에게 추방되었을 때, 굶주린 문공에게 자신의 넓적다리 살을 떼어 먹이며 같이 망명 생활을 했으나 뒤에 문공이 왕위에 오른 뒤 그의 은혜를 잊자 크게 실망해 면산(綿山)으로 들어가 숨어 살았다. 훗날 문공이 자신의 잘못을 뉘우치고 그를 불렀으나 나오지 않았다. 문공은 그를 나오게 하기 위해 산에 불을 질렀는데, 그는 끝내 나오지 않고 그대로 불타 죽었다. 한식(寒食)은 개자추가 불타 죽은 것을 기리기 위한 날로서, 이날 사람들은 불을 지피지 않고 찬밥을 먹는다.

有人探其雛, 尙憩樹下. 吏執送之, 璋以事異於常, 乃斃捕雛者. 眉 : 是賤人而貴鵶也.

晉文公焚林以求介推, 有白鵶繞烟而噪, 火不能焚. 晉人嘉之, 起一高臺, 名曰"思烟臺". 種仁壽之木, 木似柏而枝長軟, 其花堪食. 故《呂氏春秋》云 : "木之美者, 有壽木之華." 卽此是. 鵶在介山, 數百里不復識羅網, 呼之曰"仁鳥". 俗謂仁鳥[1] 白臆爲"慈烏", 則此鳥也.

* 이 고사는 《태평광기》 권463 〈금조・아〉・〈인조(仁鳥)〉에 실려 있는데, 〈인조〉 고사는 출전이 "왕자년(王子年) 《습유기(拾遺記)》"라 되어 있다.

1 인조(仁鳥) : 《습유기(拾遺記)》 권3에는 "오(烏)"라 되어 있는데, 문맥상 보다 타당하다.

65-20(2092) 서시승 위영의 까마귀

위승오(魏丞烏)

출《조야첨재》

당나라의 위영(魏伶)이 서시승(西市丞)으로 있을 때 부리가 붉은 까마귀 한 마리를 길렀는데, 매번 사람들이 모여 있는 곳에서 돈을 구걸했다. 사람이 동전 한 닢을 꺼내면 그것을 물고 위영이 있는 곳으로 가져왔는데, 날마다 수백 개의 동전을 거두어들였다. 당시 사람들은 그 까마귀를 "위승오"라 불렀다.

唐魏伶爲西市丞, 養一赤嘴烏, 每於人衆中乞錢. 人取一文而銜以送伶處, 日收數百. 時人號爲 "魏丞烏".

* 이 고사는《태평광기》권462〈금조·위영(魏伶)〉에 실려 있다.

65-21(2093) 삼족오

삼족오(三足烏)

출《유양잡조》

[당나라] 천후(天后 : 측천무후) 때 어떤 사람이 삼족오를 바치자, 천후는 주(周 : 측천무후가 세운 국호)나라 왕실의 상서로움이라 여겼다. 좌우 신하 가운데 어떤 사람이 말했다.

"다리 하나는 가짜입니다."

그러자 천후가 웃으며 말했다.

"그저 사책(史冊)에 기록하게 하면 되지 어찌 그 진위를 살필 필요가 있겠소?" 미 : 가짜 주나라의 가짜 군주는 정작 진짜에 대해서는 즐거워하지 않는다.

잠시 후에 삼족오의 다리 하나가 땅에 떨어졌다.

天后時, 有獻三足烏, 以爲周室之瑞. 左右或言 : "一足僞耳." 天后笑曰 : "但令史冊書之, 安用察其眞僞?" 眉 : 僞周僞主正無樂乎其眞也. 須臾, 一足墜地.

* 이 고사는 《태평광기》 권462 〈금조 · 삼족오〉에 실려 있다.

65-22(2094) 까마귀 성

오성(烏城)

출《유양잡조》

　[당나라] 정원(貞元) 14년(798)에 정주(鄭州)와 변주(汴州) 두 주의 까마귀 떼가 [위박절도사(魏博節度使)] 전서(田緒)와 [치청절도사(淄靑節度使)] 이납(李納)의 관할 경내로 날아들어 나무를 입에 물고 와서 성을 쌓았는데, 높이는 2~3척 정도 되었으며 사방 10여 리나 되었다. 전서와 이납은 꺼림칙하게 여겨 그것을 불태우게 했는데, 이틀 뒤에 까마귀가 다시 이전처럼 성을 쌓았으며 그 입에서 모두 피가 흐르고 있었다.

貞元十四年, 鄭汴二州群烏飛入田緒·李納境內, 銜木爲城, 高至二三尺, 方十餘里. 緒·納惡而命焚之, 信宿如舊, 烏口皆流血.

* 이 고사는 《태평광기》 권462 〈금조·이납(李納)〉에 실려 있다.

65-23(2095) 까치

작(鵲)

출《설문(說文)》·《유양잡조》

까치는 태세신(太歲神)[87]이 있는 곳을 안다. 그래서 《박물지(博物志)》에서 "까치집은 태세신을 등지고 있다"라고 했다. 이는 까치가 지혜로워서가 아니라 자연적인 본능에 따른 것일 뿐이다. 《회남자(淮南子)》[〈인간훈(人間訓)〉]에서는 "까치는 이느 해에 바람이 많이 부는지 알고 있으므로, [그해가 되면] 높은 나무를 떠나 곁가지에 둥지를 만든다"라고 했다.

까치는 둥지를 만들 때 나무 끝의 가지를 취하고 땅에 떨어져 있는 가지는 취하지 않는다. 까치 둥지 속에는 반드시 마룻대가 있다. 상공(相公) 최원(崔圓)의 부인이 [시집가기 전에] 집에 있었을 때 자매들과 함께 후원에서 까치가 둥지를 짓는 것을 보았는데, 붓대만큼 굵고 길이가 1척 남짓 되

---

[87] 태세신(太歲神) : 옛사람들은 땅에 있는 태세신이 하늘의 태세인 목성(木星)과 상응해 움직인다고 생각했는데, 태세신의 방위를 나쁜 방향이라 생각해 그곳으로 흙을 파고 나무를 잘라 건축 공사하는 것을 금기로 삼았다.

는 나무 하나를 입에 물고 와서 둥지 속에 놓았다. 하지만 다른 사람들은 모두 그것을 보지 못했다. 민간의 말에 따르면, 까치가 상량(上梁)하는 것을 본 사람은 반드시 귀해진다고 한다.

鵲知太歲之所在. 《博物志》云 : "鵲巢背太歲." 此非才智, 任自然爾. 《淮南子》曰 : "鵲識歲多風, 去喬木, 巢傍枝."
鵲構窠, 取樹梢枝, 不取墮地者. 鵲窠中必有棟. 崔圓相公妻在家時, 與姊妹於後園見一鵲構窠, 口銜一木, 大如筆管, 長尺餘, 安窠中. 衆悉不見. 俗言, 見鵲上梁必貴.

* 이 고사는 《태평광기》 권461 〈금조·지태세(知太歲)〉·〈최원처(崔圓妻)〉에 실려 있다.

65-24(2096) 지작

지작(鴶鵲)

출《습유기》

[후한] 안제(安帝) 영녕(永寧) 원년(120)에 조지국(條支國)[88]에서 특이하게 상서로운 공물을 진상했는데, 그중에서 "지작"이라는 이름의 새는 몸집이 7척이나 되고 사람의 말을 알아들었다. 그 나라가 태평하면 지작이 떼 지어 날아다녔다. 옛날 한(漢)나라 무제(武帝) 때 사방의 이민족이 귀복(歸服)하면서 그 새를 바쳤기에 잘 훈련시켰는데, 길하고 즐거운 일이 있으면 날개를 퍼덕이고 높이 날면서 울었다.

章帝[1]永寧元年, 條支國有來進異瑞, 有鳥名"鴶鵲", 形高七尺, 解人言. 其國太平, 鴶鵲群翔. 昔漢武時, 四夷賓服, 有致此鵲, 馴善, 有吉樂事, 則鼓翼翔鳴.

* 이 고사는 《태평광기》 권461 〈금조·조지국(條支國)〉에 실려 있다.
1 장제(章帝) : "안제(安帝)"의 오기로 보인다. "영녕(永寧)"은 후한 안제의 연호다.

88) 조지국(條支國) : 조지국(條枝國)이라고도 쓴다. 한나라 때 서역에 있던 나라로, 지금의 아라비아 지역에 있었다.

65-25(2097) 소식을 전하는 비둘기

합신(鴿信)

출《유양잡조》

　　대리승(大理丞) 정복례(鄭復禮)가 말했다.

　　"파사국(波斯國 : 페르시아 제국)의 선박에서는 집비둘기를 많이 기르는데, 집비둘기는 수천 리를 비행할 수 있기 때문에 한 마리를 집으로 보내 평안하다는 소식을 전한다."

미 : 집비둘기가 평안함을 알린다.

大理丞鄭復禮言 : "波斯舶上多養鴿, 鴿能飛行數千里, 輒放一隻至家, 以爲平安信." 眉 : 鴿報平安.

* 이 고사는《태평광기》권461〈금조 · 합신〉에 실려 있다.

65-26(2098) 참새

작(雀)

출《감응경》

참새는 저녁이 되면 사물을 보지 못한다. 그래서 날이 저물어 어두워졌을 때 사물을 보지 못하는 사람을 "작맹(雀盲)"이라 부른다. 올빼미는 밤에는 가는 털끝까지도 살펴볼 수 있지만 낮에는 눈이 어두워 언덕이나 산도 보지 못하는데, 이것은 본성이 다르기 때문이다.

雀至夕不見物. 人之目有夕昏者, 謂之"雀盲". 鵂鶹夜察毫末, 晝瞑目不見丘山, 殊性也.

* 이 고사는 《태평광기》 권462 〈금조·작목석혼(雀目夕昏)〉에 실려 있다.

65-27(2099) 두견

두견(杜鵑)

출《유양잡조》

    두견은 춘분(春分)이 다가오면 차례차례 우는데, 가장 먼저 우는 새가 피를 토하고 죽는다. 일찍이 어떤 사람이 길을 가다가 한 무리의 두견이 조용히 있는 것을 보았는데, 두견의 울음소리를 흉내 냈다가 곧바로 죽었다. 두견이 처음 울 때 그 소리를 가장 먼저 듣는 사람은 이별하는 일이 생긴다. 또 측간에서 그 소리를 들으면 상서롭지 못하다. 그 액운을 막는 방법은 개 짖는 소리를 내서 두견의 울음소리에 응하는 것이다.

杜鵑, 始陽相推而鳴, 先鳴者吐血死. 嘗有人出行, 見一群寂然, 聊學其聲, 卽死. 初鳴, 先聽者主離別. 廁上聽其聲, 不祥. 厭之之法, 當爲犬聲應之.

*   이 고사는 《태평광기》 권463 〈금조 · 두견〉에 실려 있다.

65-28(2100) 꾀꼬리

앵(鶯)

출《옥당한화》

근년에 어떤 사람이 누런 꾀꼬리 새끼를 잡아 대나무 조롱 속에서 길렀는데, 어미와 아비 새가 나란히 날아와 새벽부터 밤까지 조롱 밖에서 슬피 울었다. 새끼가 모이와 물을 전혀 먹지 않자, 그 사람이 새끼를 꺼내 조롱 밖에 놓아두었더니, 어미와 아비 새가 다시 날아와 새끼에게 먹이를 먹였다. 사람이 간혹 그 앞에 있어도 전혀 두려워하지 않았다. 그러던 어느 날 갑자기 새끼를 조롱 밖으로 내보내지 않았더니 어미와 아비 새가 조롱 주위를 빙빙 맴돌며 울었는데, 안으로 들어갈 방법이 없자 한 마리는 불 속으로 뛰어들었고 다른 한 마리는 조롱에 부딪쳐 죽었다. 그 두 마리 새의 배를 갈라 보았더니 창자가 마디마디 끊어져 있었다. 미 : 단지 원숭이 울음소리를 듣고도 창자가 끊어질까 걱정인데, 꾀꼬리 울음소리가 더욱 절실하게 들리는 것은 집에서 기르기 때문이다.

頃年, 有人取得黃鶯雛, 養於竹籠中, 其雌雄接翼, 曉夜哀鳴於籠外. 絶不飮喙, 乃取雛置於籠外,[1] 而更來哺之. 人或在前, 略無所畏. 忽一日, 不放出籠, 其雌雄繚繞飛鳴, 無從而入, 一投火中, 一觸籠而死. 剖腹視之, 其膓寸斷. 眉 : 祗恐猿聞也斷腸, 改鴬聞更切, 在家字也.

* 이 고사는 《태평광기》 권463 〈금조·앵〉에 실려 있다.
1 절불음훼(絶不飮喙), 내취추치어롱외(乃取雛置於籠外) : 저본에는 이 2구절이 없지만, 문맥상 필요하므로 《태평광기》 명초본에 의거해 보충했다.

65-29(2101) 구욕

구욕(鸜鴿)

출《유양잡조》·《유명록》

구욕(鸜鴿 : 구관조)은 교미할 때 서로 다리를 꼬고 마치 싸우는 것처럼 아주 급하게 울면서 날개를 퍼덕이는데, 그러다 종종 땅에 떨어지기도 한다. 민간에서는 그 꼬인 다리를 가져다가 미약(媚藥 : 최음제)을 만든다.

옛말에 따르면, 구욕은 불씨를 가져오도록 시킬 수 있으며 사람의 말을 흉내 내는 것이 앵무새보다 뛰어나다고 한다. 구관조의 눈동자를 가져다가 사람의 젖과 함께 갈아서 눈 속에 떨어뜨리면 하늘 밖의 사물도 볼 수 있다.

진(晉)나라의 사공(司空) 환활(桓豁)이 형주(荊州)에 있을 때, 한 참군(參軍)이 5월 5일에 구욕의 혀를 자르고 말을 가르쳤는데, 하지 못하는 말이 없었다. 후에 구욕은 큰 모임에서 다른 사람의 말소리를 모두 흉내 냈는데, 똑같지 않은 바가 없었다. 마침 그 자리에 코맹맹이 소리를 하는 한 참좌(參佐)가 있었는데, 구욕은 머리를 독 안에 처박고 그 소리를 흉내 냈다. 한 주전(主典 : 집사)이 쇠고기를 훔쳤는데, 구욕이 곧바로 참군에게 아뢰었다.

"신선한 연잎으로 싸서 병풍 뒤에 두었습니다."

그래서 쇠고기를 찾아내서 훔친 자를 처벌했다.

鸜鵒交時, 以足相勾, 促鳴鼓翼, 如鬭狀, 往往墜地. 俗取其勾足爲魅藥.
舊言, 鸜鵒可使取火, 效人言勝鸚鵡. 取其目精, 和人乳硏, 滴眼中, 能見烟霄外物.
晉司空桓豁之在荊州也, 有參軍, 五月五日, 剪鸜鵒舌教語, 無所不名. 後於大會, 悉效人語聲, 無不相類. 時有參佐齇鼻, 因內頭甕中效之. 有主典盜牛肉, 乃白參軍: "以新荷裹置屛風後." 搜得, 罰盜者.

* 이 고사는《태평광기》권462〈금조·구족(勾足)〉·〈능언(能言)〉·〈환활(桓豁)〉에 실려 있다.

65-30(2102) 자고

자고(鷓鴣)

출《유양잡조》·《영남녹이》

　자고새가 나는 횟수는 달에 따라 늘어난다. 정월 같으면 한 번 날고는 둥지 속에 머물면서 더 이상 날아오르지 않는다. 12월에는 12번 날아올라 가장 잡기 어렵기 때문에 남방 사람들은 그물을 쳐서 잡는다.

　자고는 암꿩과 비슷하며 오초(吳楚) 지방의 들녘에 모두 있는데 영남(嶺南)에 특히 많다. 이 새는 고기가 희고 연하며 닭이나 꿩 고기보다 훨씬 맛있는데, 야갈(冶葛:독초)과 버섯 독을 해독할 수 있다. 가슴 앞에는 희고 둥근 점이 있고 등 위에는 자색과 적색의 깃털이 섞여 있는데, 큰 것은 꿩만 하고 대부분 짝을 이루어 운다.《남월지(南越志)》에서는 "자고는 동서로 선회하며 날지만, 날개를 펼치고 날기 시작할 때는 반드시 먼저 남쪽을 향해 날아오른다"라고 했다. 미:《광지(曠志)》에서 이르길, "날 때는 남쪽만 향하고 북쪽을 향하지 않는다"라고 했으며, 양부(楊孚)의《구주이물지(九州異物志)》에서도 이르길, "그 뜻은 남쪽을 그리워하며 북쪽으로 가려고 하지 않는다"라고 했다. 그것이 울 때는 스스로 "구주격책(鉤輈格磔)"이라고 부르기에, 이군옥(李群玉)의〈산행문자고(山行聞鷓鴣)〉시에서 "막 구불구불 험한 길 뚫고 나와, 또 '구주격책' 소리 듣네"라고 했다.

鷓鴣飛數逐月. 如正月, 一飛而止於窠中, 不復起矣. 十二月十二起, 最難採, 南人設網取之.
鷓鴣似雌雉, 吳楚之野悉有, 嶺南偏多. 此鳥肉白而脆, 遠勝鷄雉, 能解冶葛並菌毒. 臆前有白圓點, 背上間紫赤毛, 其大如野鷄, 多對啼. 《南越志》云 : "鷓鴣雖東西回翔, 然開翅之始, 必先南翥." 眉 : 《曠志》云 : "飛但向南不向北." 楊孚《九州異物志》亦云 : "其志懷南, 不思北徂." 其鳴自呼 "鉤輈格磔", 李群玉〈山行聞鷓鴣〉詩云 : "方穿詰曲崎嶇路, 又聽'鉤輈格磔'聲."

* 이 고사는 《태평광기》 권461 〈금조·비수(飛數)〉·〈오초자고(吳楚鷓鴣)〉에 실려 있다.

65-31(2103) 봄을 알리는 새

보춘조(報春鳥)

출《고저산기(顧渚山記)》

고저산(顧渚山)에 구관조처럼 생겼으나 몸집이 작은 새가 있는데, 청황색을 띠고 있다. 그 새는 매년 정월과 2월이 되면 "봄이 온다"라고 소리 내고, 3월과 4월이 되면 "봄이 간다"라고 소리 낸다. 찻잎을 뜯는 사람들은 그 새를 "보춘조[봄을 알리는 새]"라고 부른다.

顧渚山中有鳥如鴝鵒而小, 蒼黃色. 每至正二月, 作聲云 : "春起也." 至三月四月, 作聲云 : "春去也." 採茶人呼爲"報春鳥".

* 이 고사는 《태평광기》 권463 〈금조 · 보춘조〉에 실려 있다.

65-32(2104) 볏이 있는 오리

관부(冠鳧)

출《해륙쇄사(海陸碎事)》

  석수어(石首魚 : 민어과에 속하는 물고기)는 가을이 되면 관부[볏이 있는 오리]로 변화한다. 그래서 관부의 머리 속에는 돌이 들어 있다.

石首魚, 至秋化爲冠鳧. 冠鳧頭中有石也.

* 이 고사는 《태평광기》 권463 〈금조 · 관부〉에 실려 있다.

65-33(2105) 진길료

진길료(秦吉了)

출《영표녹이》·《조야첨재》

진길료는 용주(容州)·관주(管州)·염주(廉州)·백주(白州)에서 난다. 대략 앵무새와 비슷하고 부리와 다리가 모두 붉으며, 두 눈 뒤의 뒤통수에 노란색의 볏이 있다. 사람의 말을 잘 흉내 내는데, 말소리가 크고 우렁차서 앵무새보다 분명하다. 삶은 계란을 밥과 섞어 대추처럼 만들어서 먹인다. 혹자는 이르길, 용주에 순적색과 순백색의 진길료가 있다고 한다.

천후(天后 : 측천무후) 때 좌위병조(左衛兵曹) 유경양(劉景陽)은 영남(嶺南)에 사신으로 갔다가 진길료라는 새를 암수 각 한 마리씩 얻었는데, 사람의 말을 할 줄 알았다. 그는 도성에 도착해 그것을 바치면서 암컷을 남겨 두었는데, 수컷이 원망하고 괴로워하면서 모이를 먹지 않자 측천무후(則天武后)가 물었다.

"어째서 즐거워하지 않느냐?"

새가 사람 말로 말했다.

"제 짝이 사자에게 잡혀 있는데, 지금 몹시 보고 싶습니다."

이에 측천무후가 유경양을 불러 말했다.

"경은 무슨 이유로 새 한 마리를 감춰 놓고 바치지 않았소?"

유경양이 머리를 조아리며 사죄하고 나머지 한 마리를 바쳤더니, 측천무후는 그를 처벌하지 않았다.

秦吉了, 容·管·廉·白州產此鳥. 大約似鸚鵡, 嘴脚皆紅, 兩眼後夾腦有黃肉冠. 善效人言, 語音雄大, 分明於鸚鵡. 以熟雞子和飯如棗飼之. 或云, 容州有純赤·純白色者. 天后時, 左衛兵曹劉景陽使嶺南, 得秦吉了鳥雄雌各一, 解人語. 至都進之, 留其雌者, 雄煩怨不食, 則天問曰:"何乃無聊也?" 鳥言曰:"某配爲使者所得, 今頗思之." 乃呼景陽曰:"卿何故藏一鳥不進?" 景陽叩頭謝罪, 乃進之, 則天不罪也.

* 이 고사는 《태평광기》 권463 〈금조·진길료〉·〈유경양(劉景陽)〉에 실려 있다.

65-34(2106) 정위

정위(精衛)

출《박물지》

　　까마귀처럼 생긴 새가 있는데, 머리에는 무늬가 있고 부리는 희며 다리는 붉다. 그 새의 이름은 "정위"다. 옛날 적제(赤帝: 염제)의 딸 여형(女娃)이 동해(東海)로 가서 노닐다가 물에 빠져 죽어 돌아오지 못했는데, 그 영혼이 정위로 변화했다. 그래서 정위는 늘 서산(西山)의 나뭇가지와 돌을 물어다가 동해를 메운다.

有鳥如烏, 文首白喙赤足, 名曰"精衛". 昔赤帝之女女娃, 往遊於東海, 溺死而不返, 其神化爲精衛. 故精衛常取西山之木石, 以塡東海.

* 이 고사는《태평광기》권463〈금조·정위〉에 실려 있다.

65-35(2107) 관단

관단(鸛䳐)

출《유양잡조》

    관단은 일명 "타예(墮羿)"라고 하는데, 생김새는 까치와 비슷하다. 사람이 활을 쏘면 그 화살을 입으로 받아 다시 사람에게 쏜다.

鸛䳐, 一名"墮羿", 形似鵲. 人射之, 則銜矢反射人.

* 이 고사는 《태평광기》 권463 〈금조·관단〉에 실려 있다.

65-36(2108) 문모

문모(蚊母)

출《영표녹이》

문모조는 생김새가 익조(鷁鳥)와 비슷하지만 부리가 크고 길며, 연못에서 물고기를 잡아먹는다. 그 새는 한 번 울 때마다 모기가 입에서 날아 나온다. 민간에서 이르길, 그 깃을 뽑아 부채를 만들면 모기를 물리칠 수 있다고 한다. 또한 "토문조(吐蚊鳥)"라고도 부른다.

蚊母, 形如鷁, 嘴大而長, 池塘捕魚而食. 每叫一聲, 則有蚊蚋飛出其口. 俗云, 採其翎爲扇, 可辟蚊. 亦呼爲"吐蚊鳥".

* 이 고사는 《태평광기》 권463 〈금조·문모조〉에 실려 있다.

65-37(2109) 동화조

동화조(桐花鳥)

출《조야첨재》

　검남(劍南)의 팽주(彭州)와 촉주(蜀州) 사이에 손가락만 한 크기의 새가 있는데, 오색을 모두 갖추고 있으며 봉황 같은 볏이 달려 있다. 그 새는 오동나무 꽃을 먹는데, 매번 오동나무에 꽃이 열리면 왔다가 꽃이 떨어지면 떠나가지만 어디로 가는지는 알 수 없다. 민간에서는 그 새를 "동화조"라 부른다. 그 새는 굉장히 온순하고 착해서 부인의 비녀 위에 올려 두면 자리를 떠날 때까지 날아가지 않는다. 사람들은 그 새를 아껴 해를 입히지 않는다.

劍南彭蜀間, 有鳥大如指, 五色畢具, 有冠似鳳. 食桐花, 每桐結花卽來, 桐花落卽去, 不知何之. 俗謂之"桐花鳥". 極馴善, 止於婦人釵上, 終席不飛. 人愛之, 無所害也.

* 이 고사는 《태평광기》 권463 〈금조·동화조〉에 실려 있다.

65-38(2110) 대승

대승(戴勝)

출《녹이기》

    [오대십국] 왕촉(王蜀 : 전촉)의 형부시랑(刑部侍郎) 이인표(李仁表)는 허주(許州)에 기거하면서 장차 춘관(春官 : 예부)에 들어가 과거 시험에 응시하려 했다. 당시 상서(尚書) 설능(薛能)이 그곳을 진수하고 있었는데, 그는 먼저 자신이 지은 시 50편을 정리해 예물로 드리려고 종이에 적어 두루마리로 만들었다. 그러고는 작은 정자에서 안석에 기대어 두루마리를 읽어 보고 있었는데, 채 서너댓 편도 읽지 않았을 때 대승조(戴勝鳥 : 오디새)가 처마에서 정자 안으로 날아 들어와 안석 위에 서더니 온순하게 굴었다. 한참 뒤에는 목을 길게 빼고 날개를 펼쳐 춤을 추면서 그를 향해 말을 하려는 듯했다. 그러더니 한참 뒤에 다시 빙빙 돌며 춤을 추었는데, 그렇게 세 차례를 한 뒤에 초연히 날아갔다. 이인표는 마음속으로 기이하게 여겼지만 다른 사람에게는 말하지 않았다. 다음 날 그가 설능에게 시를 올리자 설능은 그를 크게 예우했으며, 며칠 뒤에 자기 딸을 그에게 시집보냈다. 미 : 대승조는 혼계(婚啓 : 혼인을 논하는 서신)에 들어갈 만하다.

王蜀刑部侍郎李仁表寓居許州, 將入貢於春官. 時薛能尙書

爲鎭, 先繕所業詩五十篇以爲贄, 濡翰成軸. 於小亭憑几閱
之, 未三五首, 有戴勝自檐飛入, 立於案几之上, 馴狎. 良久,
伸頸奮翼而舞, 向人若將語. 久之, 又轉又舞, 如是者三, 超
然飛去. 心異之, 不以告人. 翌日投詩, 薛大加禮待, 居數日,
以其子妻之. 眉:戴勝可入婚啓.

* 이 고사는《태평광기》권463〈금조·대승〉에 실려 있다.

65-39(2111) 토수

토수(吐綬)

출《유양잡조》

어복현(魚腹縣)의 남산(南山)에 구관조만 한 크기의 새가 있는데, 깃털은 대부분 검은색이고 누런색과 흰색이 섞여 있으며 머리는 꿩과 아주 비슷하다. 그 새는 때때로 몇 촌 길이의 물체를 토해 내는데, 붉은 광채가 찬란히 빛나며 그 모양과 색깔이 인끈과 비슷하므로 "토수조"라 부른다. 또 음식을 반드시 모이주머니에 쌓아 두기 때문에 가슴이 말[斗]만 한 크기로 튀어나와 있다. 그래서 모이주머니를 건드릴까 걱정해 다닐 때면 늘 초목을 멀리하기 때문에 일명 "피주조(避株鳥)"라고도 한다.

魚腹縣南山有鳥大如鴝鵒, 羽色多黑, 雜以黃白, 頭頗似雉. 有時吐物長數寸, 丹采彪炳, 形色類綬, 因名爲"吐綬鳥". 又食必蓄嗉, 臆前大如斗. 慮觸其嗉, 行每遠草木, 故一名"避株鳥".

* 이 고사는 《태평광기》 권463 〈금조·토수조〉에 실려 있다.

65-40(2112) 한붕

한붕(韓朋)

출《영표녹이》

한붕조는 물오리나 갈매기의 일종이다. 이 새는 쌍으로 날아다니며 시냇물에 떠다니기도 한다. 영북(嶺北)에는 비오리·뜸부기·원앙·해오라기 등의 물새가 모두 있는데, 오직 한붕조만 아직 보지 못했다. 살펴보니 간보(干寶)의 《수신기(搜神記)》에 다음과 같은 이야기가 있다.

"대부(大夫) 한붕은 부인이 아름다웠다. 송(宋)나라 강왕(康王)이 그녀를 빼앗자 한붕이 원망했더니, 강왕이 그를 가두었고 그는 결국 자살했다. 한붕의 부인은 몰래 강왕과 함께 누대에 올랐다가 누대 아래로 스스로 몸을 던졌는데, 좌우의 사람들이 그녀의 옷을 붙잡았으나 결국 그녀는 떨어져 죽었다. 그녀의 허리띠에서 유서를 발견했는데, '원컨대 저의 시신을 한씨(韓氏 : 한붕)에게 돌려보내 합장해 주십시오'라고 적혀 있었다. 강왕은 노해 그녀를 묻어 주되 남편의 무덤과 서로 마주 보게 했다. 하룻밤이 지나서 보았더니 갑자기 가래나무가 두 무덤 위에서 자라났는데, 밑에서는 뿌리가 서로 얽히고 위에서는 가지가 서로 맞닿아 있었다. 또 원앙 같은 새가 늘 그 나무에 깃들이면서 아침부터 저녁까지 슬피 울었다."

남방 사람들은 그 새를 바로 한붕 부부의 영혼이라 생각해서 한씨의 이름을 붙여 주었다.

韓朋鳥者, 乃鳧鷖之類. 此鳥雙飛, 泛溪浦. 水禽中䴋鶓・鴛鴦・鵁鶄, 嶺北皆有之, 唯韓朋鳥未之見也. 案干寶《搜神記》云:"大夫韓朋, 其妻美, 宋康王奪之. 朋怨, 王囚之, 朋遂自殺. 妻與王登臺, 自投臺下, 左右提衣. 得遺書於帶曰:'願以屍還韓氏而合葬.' 王怒, 令埋之以冢相望. 經宿, 忽見有梓木生二冢之上, 根交於下, 枝連其上. 又有鳥如鴛鴦, 恒棲其樹, 朝暮悲鳴." 南人謂此禽卽韓朋夫婦之精魂, 故以韓氏名之.

* 이 고사는 《태평광기》 권463 〈금조・한붕〉에 실려 있다.

65-41(2113) 수금조

수금조(漱金鳥)

출《습유록》

   [삼국 시대] 위(魏)나라 때 곤명국(昆明國)에서 수금조를 진상했는데, 생김새는 참새 같았고 색깔은 노랬으며 깃털은 부드럽고 촘촘했다. 그 새는 늘 바닷가를 날아다녔는데, 그것을 잡은 사람이 지극히 길한 조짐이라 여겨 산을 넘고 바다를 건너와서 바쳤다. 황제는 그 새를 얻어 영금포(靈禽圃)에서 기르면서 진주를 먹이고 거북의 뇌수(腦髓)를 마시게 했다. 새는 늘 좁쌀 같은 금가루를 토해 냈는데, 그것을 주조하면 그릇을 만들 수 있었다. 옛날 한(漢)나라 무제(武帝) 때 이국에서 커다란 참새를 바쳤는데, 이것과 같은 종류였다. 그 새는 서리와 눈을 두려워했기 때문에 황제는 작은 방을 지어 그곳에서 살게 했으며, 그 방을 "벽한대(辟寒臺)"라고 불렀다. 그 방은 온통 수정으로 문과 창을 만들어 안팎으로 빛이 통하게 했으며, 늘 비바람이나 먼지와 안개를 막았다. 궁인들은 다투어 그 새가 토해 낸 금을 가지고 비녀나 노리개를 장식했는데, 그 금을 "벽한금(辟寒金)"이라 불렀다. 그래서 궁인들이 서로 조롱하며 말했다.

   "벽한금을 차지 않고서 어떻게 군왕의 마음을 얻을 것이며, 벽한전(辟寒鈿)을 꽂지 않고서 어떻게 군왕의 사랑을 얻을 수 있겠는가?"

위나라가 멸망하자 지대(池臺)엔 무성한 잡초가 자랐으며, 수금조도 스스로 하늘 높이 날아가 버렸다.

魏時, 昆明國貢漱金鳥, 形如雀, 色黃, 毛羽柔密. 常翺翔海上, 羅者得之, 以爲至祥, 乃越山航海來獻. 帝得此鳥, 蓄於靈禽之囿, 飴以眞珠, 飮以龜腦. 鳥常吐金屑如粟, 鑄之可以爲器. 昔漢武時, 有獻大雀, 此之類也. 此鳥畏霜雪, 乃起小室以處之, 名曰"辟寒臺". 皆用水晶爲戶牖, 使內外通光, 而常隔於風雨塵霧. 宮人爭以鳥所吐之金飾釵佩, 謂之"辟寒金". 故宮人相嘲言曰:"不服辟寒金, 那得君王心, 不服辟寒鈿, 那得君王憐?" 魏代喪滅, 池臺鞠爲茂草, 漱金之鳥亦自高翔.

* 이 고사는《태평광기》권463〈금조·수금조〉에 실려 있다.

65-42(2114) 끈끈한 침을 날리는 새

비연조(飛涎鳥)

출《외황기(外荒記)》

남해(南海)는 회계(會稽)에서 3000리 떨어져 있는데, 그곳에 구국(狗國)이 있다. 그 나라에는 쥐처럼 생긴 비연조가 있는데, 양 날개는 새처럼 생겼고 다리는 붉다. 매일 새벽이 되면 둥지에 깃들인 다른 새들이 흩어져 날아가기 전에 비연조는 각각 나무 하나씩을 차지하고 입에 아교 같은 침을 머금은 채 나무를 빙 둘러 날면서 여러 나뭇가지와 잎에 침을 뿌린다. 다른 새들이 마치 그물에 걸리듯 침에 걸려들면 천천히 잡아먹는다. 만일 정오가 되도록 다른 새를 잡지 못하면 공중에서 다른 새를 쫓아가면서 침을 뿌리는데, 그러면 걸려들지 않는 새가 없다. 사람들은 비연조를 잡아 육포로 만들어 소갈증을 치료한다. 그 침은 뿌려지고 나서 반나절이 지나면 말라서 저절로 떨어지는데, 떨어지면 즉시 다시 뿌린다.

南海去會稽三千里, 有狗國. 國中有飛涎鳥似鼠, 兩翼如鳥而脚赤. 每至曉, 諸棲禽未散之前, 各各占一樹, 口中有涎如膠, 繞樹飛, 涎沾灑衆枝葉. 他禽如在網中, 乃徐食之. 如竟午不獲, 卽空中逐而涎惹之, 無不中焉. 人捕得, 脯之治渴.

其涎每布, 後半日卽乾, 自落, 落卽布之.

*   이 고사는 《태평광기》 권463 〈금조・비연조〉에 실려 있다.

65-43(2115) 적

적(鸐)

출《습유록》

유주(幽州)의 벌판과 우산(羽山)의 북쪽에 잘 우는 새가 있는데, 사람 얼굴에 새의 부리를 하고 있으며 날개는 여덟 개이고 다리는 하나다. 털빛은 꿩과 같으며 걸을 때 땅을 밟지 않는데, 이름을 "적"이라 한다. 그 울음소리는 종·경쇠·생황·피리와 비슷하다. 《세어(世語)》에서는 "푸른 적이 울면 시절이 태평하다"라고 했다. 적은 태평성세가 되면 늪지를 높이 날며 우는데, 그 소리가 음률에 들어맞는다. 적은 날기만 할 뿐 걸어 다니지는 않는다. 우(禹)가 치수(治水)할 적에 적이 산천에 둥지를 틀었는데, 적이 모여드는 곳에서는 반드시 성인이 나온다. 상고 시대부터 주조된 여러 정(鼎)이나 기물에는 모두 적의 모습이 그려져 있으며, 명문(銘文)과 찬(贊)은 지금까지도 끊이지 않는다.

幽州之墟, 羽山之北, 有善鳴禽, 人面鳥喙, 八翼一足. 毛色如雉, 行不踐地, 名曰"鸐". 其聲似鐘磬笙竽也.《世語》曰 : "靑鸐鳴, 時太平." 乃盛明之世, 翔鳴藪澤, 音中律呂. 飛而不行. 禹平水土, 棲於川嶽, 所集之地, 必有聖人出焉. 自上古鑄諸鼎器, 皆圖像其形, 銘贊至今不絶.

* 이 고사는 《태평광기》 권463 〈금조·적〉에 실려 있다.

65-44(2116) 올빼미

치효(鴟梟)

출'조식(曹植)《악조론(惡鳥論)》'

하지(夏至)가 되면 음기가 움직이기 시작해 만물을 살생하는데, 이는 대개 만물을 해치는 계절이다. 그래서 악조(惡鳥)가 인가에서 울면 그 집에 죽음의 징조가 드리운다. 또 이르길, "올빼미는 어미의 눈동자를 먹어야 날 수 있다"라고 했는데, 곽박(郭璞)이 이르길, "복토(伏土 : 토란)89)가 올빼미가 된다"라고 했다. 《한서(漢書)》〈교사지(郊祀志)〉에서 이르길, "옛날 천자들은 일찍이 봄에 황제(黃帝)에게 제사 지낼 때 올빼미 한 마리와 파경(破鏡)90) 한 마리를 사용했다"라고 했다.

평 : 일설에는 올빼미는 어미를 잡아먹은 뒤에 날 수 있다고 한다. 파경은 맹수 이름으로 아비를 잡아먹는다고 한다.

89) 복토(伏土) : 토란을 말한다. 토란의 모습이 땅에 웅크리고 있는 준치(蹲鴟)와 같아서 이렇게 말한 것이다. '준치'는 토란의 별칭이다.

90) 파경(破鏡) : 파경(破獍)이라고도 하는데, 아비를 잡아먹는 전설 속의 맹수라고 한다.

아마도 불효한 사람이 변화한 것 같다. 《한서(漢書)》에서는 "5월 5일에 올빼미로 국을 끓여 백관에게 하사했다"라고 했는데, 그것이 악조이기 때문에 5월 5일에 잡아먹은 것이니, 대개 그 무리를 멸절시키고자 한 것이다. 나라의 제사 전례에서 그것을 사용한 것도 이러한 뜻이다. 《형초세시기(荊楚歲時記)》에서 "부엉이는 집조(鳩鳥)만 한 크기에 울음소리가 듣기 싫은데, 그 고기가 살찌고 맛있어서 구워 먹을 만하다"라고 했다. 그래서 《장자(莊子)》[〈제물론(齊物論)〉]에서 "탄환을 보면 구운 부엉이 고기가 생각난다"라고 했던 것이다.

夏至陰氣動爲殘殺, 蓋賊害之候. 故惡鳥鳴於人家, 則有死亡之徵. 又云: "鴟梟食母眼精, 乃能飛." 郭璞云: "伏土爲梟." 《漢書》〈郊祀志〉云: "古昔天子, 嘗以春祠黃帝, 用一梟破鏡."
評: 一云, 梟食母而後能飛. 破鏡, 獸名, 食父. 疑不孝之人所化也. 《漢書》: "五月五日, 作梟羹以賜百官." 以其惡鳥, 故以五日食之, 蓋欲滅其類也. 祀典用之, 亦此意. 《荊楚歲時記》: "鴞大如鳩, 惡聲, 其肉肥美, 堪爲炙." 故《莊子》云: "見彈思鴞炙."

* 이 고사는 《태평광기》 권462 〈금조·명효(鳴梟)〉·〈휴류목야명(鵂鶹目夜明)〉에 실려 있다.

65-45(2117) 올빼미의 울음소리

효명(梟鳴)

출《조야첨재》·《극담록》

올빼미가 새벽에 장솔갱[張率更 : 장작(張鷟)]의 정원 나무에서 울자, 그의 부인이 상서롭지 못하다고 여겨 연신 침을 뱉었는데 장솔갱이 말했다.

"빨리 청소하시오. 내가 틀림없이 승진할 것이오."

말이 채 끝나기도 전에 축하객들이 이미 문에 당도해 있었다.

[당나라] 대중(大中) 연간(847~860)에 위전(韋顓)은 진사 시험에 응시했는데, 문장과 학문은 뛰어났지만 집안이 찢어지게 가난해 연말에 추위와 배고픔으로 스스로 살아갈 수 없었다. 위광(韋光)이라는 사람은 위전을 종친으로 대하면서 자신의 거처 밖에 있는 객사에 그를 머물게 했다. 급제자의 방문이 붙는 날 밤에 눈보라로 꽁꽁 얼어붙었지만, 위광의 급제 소식을 알리려는 사람들이 줄지어 왔다. 그러나 위전에게는 급제 소식이 전혀 없었다. 위광은 당(堂) 옆의 작은 누각으로 위전을 맞이해 술과 음식을 차려 그를 위로했다. 위전은 하녀들이 위광의 의복을 마련하고 하인들이 수레와 말을 준비하는 것을 보고 나서, 한밤중에 처소로 돌

아와 화로를 안고 근심에 젖어 탄식하면서 앉아 있었다. 위전은 위광의 급제 소식을 기다렸다가 장차 축하를 할 작정이었다. 위전은 앉아 있는 곳이 깨진 창에 가까웠기 때문에 대막대기에 자리를 걸어 창을 가렸다. 미 : 이런 처경은 정말로 견디기 힘들다. 그런데 갑자기 처마 사이에서 올빼미 울음소리가 나더니, 잠시 후 올빼미가 대막대기 위에 내려앉았다. 위전은 혼비백산하며 지팡이를 들고 문밖으로 나가 올빼미를 쫓아냈는데, 올빼미는 날아갔다가 다시 돌아와서 한참 후에야 떠났다. 위전이 말했다.

"내가 뜻을 잃었지만 그래도 한스러운 것은 없었는데, 요사스러운 날짐승이 이와 같은 해괴한 짓을 하니 뜻밖의 화를 당할까 걱정이다."

잠시 후에 대궐에서 북이 갑자기 울리더니 급제자의 방문이 붙었는데, 뜻밖에 위전이 급제했다. 위광은 자신의 의복과 거마를 모두 위전에게 보내 주었다. 미 : 위광에게는 또한 더욱 영광이다.

有梟晨鳴於張率更庭樹, 其妻以爲不祥, 連唾之, 張云 : "急灑掃. 吾當改官." 言未畢, 賀客已在門矣.
大中歲, 韋顓擧進士, 詞學贍而貧窶滋甚, 歲暮饑寒, 無以自給. 有韋光者, 待以宗黨, 輟所居外舍館之. 放榜之夕, 風雪凝沍, 報光成事者, 絡繹而至. 顓略無登第之耗. 光延之於堂際小閣, 設酒饌慰安. 見女僕料數衣裝, 僕者排比車馬, 顓夜分歸所止, 擁爐愁嘆而坐. 候光成名, 將修賀禮. 顓坐逼於壞牖, 以橫竹掛席蔽之. 眉: 此景眞不堪. 檐際忽有鳴梟, 頃之集於竹上. 顓神魂驚駭, 持策出戶逐之, 飛起復還, 久而方去. 曰: "吾失意亦無所恨, 妖禽作怪如此, 兼恐橫罹禍患." 俄而禁鼓忽鳴, 榜放, 顓已登第. 光服用車馬, 悉將遺焉. 眉: 在光亦更有光.

* 이 고사는《태평광기》권137〈징응(徵應)·장문성〉, 권462〈금조·위전(韋顓)〉에 실려 있다.

65-46(2118) 수리부엉이
치(鴟)
출《유양잡조》

 전해 오는 말에 따르면, 송골매는 세 마리의 새끼를 낳는데 그중 한 마리가 수리부엉이가 된다고 한다. [당나라] 숙종(肅宗)의 장 황후(張皇后)는 정권을 전횡하면서 숙종에게 술을 바칠 때마다 늘 수리부엉이의 뇌를 술에 섞었는데, 그 술은 사람을 오랫동안 취하게 하고 건망증을 가져오게 했다. 또 전하는 말에 따르면, 수리부엉이는 샘물이나 우물물은 마시지 않고 오직 비를 맞아 깃촉이 젖으면 그제야 그 물을 마신다고 한다.

相傳, 鶻生三子, 一爲鴟. 肅宗張皇后專權, 每進酒, 常以鴟腦和酒, 令人久醉健忘. 相傳, 鴟不飮泉及井水, 唯遇雨濡翮, 方得水飮.

* 이 고사는 《태평광기》 권462 〈금조·치〉에 실려 있다.

65-47(2119) 휴류

휴류(鵂鶹)

출《영표녹이》·《감응경》·《유양잡조》 등

휴류는 바로 치(鵄 : 수리부엉이)다. 휴류는 낮에는 눈에 보이는 것이 없지만, 밤에는 날아가면서도 모기나 등에를 잡을 수 있다. 또한 "야행유녀(夜行遊女)"라고도 하고, "천제녀(天帝女)"라고도 하며, "조성(釣星)"이라고도 하고, 또 "귀거(鬼車)"라고도 한다. 봄과 여름 사이에 조금이라도 어두운 날을 만나면 울면서 날아간다. 영외(嶺外 : 영남)에 특히 많은데, 인가에 들어가 사람의 혼백을 녹이길 좋아한다. 혹은 "구수(九首)"라고도 하는데, 일찍이 [원래 10개의 머리 중에서] 머리 하나를 개에게 물렸기 때문이다. 그래서 늘 피를 흘리는데, 그 핏방울이 떨어진 집에는 나쁜 일이 생긴다. 그 울음소리를 들으면 반드시 개를 불러야 한다. 혹은 임산부가 변화한 것이라고도 한다. 그래서 아이들의 옷을 별빛이 비치는 노천에 두어서는 안 되니, 그것의 털이 아이의 옷 속에 떨어지거나 핏방울이 아이의 옷에 묻으면 반드시 재앙이 생긴다.

휴류는 사람이 버린 손톱을 먹길 좋아하기 때문에 손톱을 깎은 사람은 그것을 집 안에 묻는다. 혹은 그게 아니라고도 한다. 대개 휴류는 밤에 벼룩과 이를 주워 먹을 수 있는데, '조(爪 : 손톱)'와 '조(蚤 : 벼룩)'가 발음이 서로 비슷하기 때문에 잘못 전해진 것이라고 한다.

鶹鷅, 卽鵄也. 晝日目無所見, 夜則飛撮蚊虻. 鶹鷅乃鬼車之屬也, 皆夜飛晝藏. 亦名"夜行遊女", 一曰好"天帝女", 一曰"釣星", 又名"鬼車". 春夏之間, 稍遇陰晦, 則飛鳴而過. 嶺外尤多, 愛入人家, 爍人魂氣. 或曰"九首", 曾爲犬嚙其一. 常滴血, 血滴之家, 則有凶咎. 聞之, 當喚犬耳. 或言産婦所化也. 小兒衣不可置星露下, 毛落衣中, 或血點其衣, 當爲祟.
鶹鷅好食人遺爪, 故除爪甲者, 埋之戶內. 或云非也. 蓋鶹鷅夜能拾蚤虱耳, 爪·蚤聲相近, 故誤云.

* 이 고사는 《태평광기》 권462 〈금조·휴류목야명(鶹鷅目夜明)〉·〈야행유녀(夜行遊女)〉에 실려 있다.

65-48(2120) 종이 연

지연(紙鳶)

출《독이지》

[남조 양(梁)나라] 태청(太淸) 3년(549)에 후경(侯景)이 대성(臺城)을 포위하자, 멀리 소식을 전할 수 없었다. 그래서 간문제(簡文帝)는 종이 연을 만들어 공중에 날려 보내 외부에 급박한 상황을 알렸다. 후경의 참모 왕위(王偉)가 후경에게 말했다.

"저 종이 연이 가는 곳마다 성안의 상황이 외부에 전달됩니다."

이에 후경은 활을 잘 쏘는 자에게 종이 연을 쏘게 했는데, 땅에 떨어진 연이 모두 새로 변해 구름 속으로 날아 들어가더니 어디로 갔는지 알 수 없었다.

太淸三年, 侯景圍臺城, 遠不通問. 簡文作紙鳶飛空, 告急於外. 侯景謀臣王偉謂景曰: "此紙鳶所至, 卽以事達外." 令善射者射之, 及墮, 皆化爲鳥, 飛入雲中, 不知所往.

* 이 고사는 《태평광기》 권463 〈금조·지연화조(紙鳶化鳥)〉에 실려 있다.

65-49(2121) 새들의 적

조적(鳥賊)

출《담빈록》

    이정(李靖)의 동생 이객사(李客師)는 벼슬이 우무위장군(右武衛將軍)에 이르렀다. 그는 사시사철 금수를 사냥하느라 잠시도 집에 머물러 쉬지 않았다. 도성의 서남쪽 예수(澧水) 일대의 금수들은 모두 그를 알아보고, 그가 사냥에 나설 때마다 새들이 앞다퉈 쫓아가며 시끄럽게 지저댔다. 사람들은 이객사를 "조적"이라 불렀다.

李靖弟客師官至右武衛將軍. 四時從禽, 無暫止息. 京師之西南際澧水, 鳥獸皆識之, 每出, 鳥鵲競逐噪之. 人謂之"鳥賊".

* 이 고사는《태평광기》권463 〈금조 · 조적〉에 실려 있다.

65-50(2122) 새 관청

조성(鳥省)

출《노씨잡기(盧氏雜記)》

급사(給事) 풍곤(馮袞)은 친인방(親仁坊)에 집이 있었는데, 거위와 오리 및 여러 날짐승들을 아주 많이 길렀으며, 늘 하인 한 명에게 그곳을 관리하게 했다. 당시 사람들은 그곳을 "조성[새 관청]"이라 불렀다.

馮袞給事, 親仁坊有宅, 養鵝鴨及雜禽之類極多, 常遣一家人掌之. 時人謂之"鳥省".

* 이 고사는 《태평광기》 권463 〈금조 · 조성〉에 실려 있다.

65-51(2123) 축계공

축계공(祝鷄公)

출《열선전(列仙傳)》

　　축계공은 낙양(洛陽) 사람이다. 그는 시향(尸鄕)의 북산 아래에 살면서 100여 년 동안 닭을 길렀다. 1000여 마리나 되는 닭은 모두 이름이 있었다. 저녁에는 나무 아래에서 홰를 틀게 하고 낮에는 풀어놓았다. 닭을 붙잡으려고 이름을 부르면 그 닭이 즉시 부름에 응해 이르렀다. 그는 닭과 달걀을 팔아 1000여 만 전을 벌었지만 문득 돈을 놔두고 떠났다. 그러고는 오(吳) 땅으로 가서 연못을 만들어 물고기를 길렀다. 그 후 오산(吳山)으로 올라갔는데, 닭과 공작 수백 마리가 항상 그의 옆에서 나왔다.

祝鷄公者, 洛陽人也. 居尸鄕北山下, 養鷄百餘年. 鷄千餘頭, 皆有名字. 暮棲樹下, 晝放散之. 欲取呼名, 卽種別¹而至. 賣鷄及子, 得千餘萬錢, 輒置去. 之吳, 作池養魚. 後登吳山, 鷄雀數百, 常出其旁.

* 이 고사는《태평광기》권461 〈금조・축계공〉에 실려 있다.

1 종별(種別):《열선전(列仙傳)》에는 "의호(依呼)"라 되어 있는데, 문맥상 보다 타당하다.

65-52(2124) 오청

오청(吳淸)

출《견이기(甄異記)》

서주(徐州)의 백성 오청은 [동진] 태원(太元) 5년(380)에 징집되어 출정(出征)했다. 오청은 닭을 잡아 복을 빌면서 삶은 닭 머리를 쟁반에 놓아두었는데, 갑자기 닭이 울면서 그 소리가 아주 길었다. 나중에 적장 소보[邵寶 : 전진(前秦)의 장수]를 격파해 소보가 전장(戰場)에서 전사했는데, 당시 시체들이 어지럽게 뒤섞여 있어서 식별할 수 없었다. 오청은 흰 도포를 입은 시체 한 구를 보고 적장이 아닐까 생각해, 마침내 그 시체를 가져와서 알리고 조사해 보았더니 바로 소보의 수급(首級)이었다. 오청은 그 공으로 청하태수(淸河太守)에 임명되어, 병졸에서 영광된 지위로 벼락 승진했다. 닭의 해괴한 일이 도리어 상서로운 징조가 되었던 것이다.

徐州民吳淸, 以太元五年被差爲征. 民殺鷄求福, 煮鷄頭在盤中, 忽然而鳴, 其聲甚長. 後破賊帥邵寶, 寶臨陣戰死, 其時僵屍狼籍, 莫之能識. 淸見一人著白袍, 疑是主帥, 遂取以聞, 推校之, 乃是寶首. 淸以功拜淸河太守, 越自什伍, 遽升榮位. 鷄之妖, 更爲吉祥.

* 이 고사는《태평광기》권461〈금조・오청〉에 실려 있다.

65-53(2125) 측천무후
천후(天后)
출《당사(唐史)》

당(唐)나라 문명년(文明年 : 684) 이후에 천하의 여러 주(州)에서 암탉이 수탉으로 변한 것을 아주 많이 바쳤는데, 간혹 절반은 이미 변했지만 절반은 아직 변하지 않은 것도 있었다. 그것은 바로 측천무후(則天武后)가 정식으로 제위에 오를 징조였다. 미 : 국가의 구징(咎徵 : 불길한 징조)이 덧붙어 나온다.

唐文明已後, 天下諸州進雌鷄變爲雄者甚多, 或半已化, 半未化. 乃則天正位之兆. 眉 : 國家咎徵附見.

* 이 고사는 《태평광기》 권461 〈금조 · 천후〉에 실려 있다.

65-54(2126) 침명계

침명계(沉鳴鷄)

출'왕자년《습유기》'

[후한] 건안(建安) 3년(198)에 서도국(胥圖國)에서 침명석계(沉鳴石鷄)를 바쳤는데, 색깔은 단사처럼 붉었고 크기는 제비만 했다. 그것은 늘 땅속에 있으면서 때에 맞춰 울었는데, 그 소리가 멀리까지 분명히 들렸다. 그 나라에서는 그 소리를 들으면 곧장 희생물을 잡아서 제사 지냈다. 그 소리가 나는 곳의 땅을 파면 그 닭을 잡을 수 있었다. 만약 천하가 태평하면 그것이 높이 날며 오르락내리락했는데, 사람들은 상서로운 징조라고 생각하면서 또한 그것을 "보계(寶鷄)"라고 불렀다. 그 나라에는 닭이 없었는데, 사람들은 땅속에서 나는 그 소리를 듣고 시각을 가늠했다. 어떤 도사가 말했다.

"옛날에 선인(仙人) 상군(相君)이 돌을 캐러 굴속으로 몇 리를 들어가서 단석계(丹石鷄)를 얻었는데, 그것을 빻아 약을 만들었다. 그것을 복용한 사람은 목소리와 기백이 강해지고 하늘보다 뒤에 죽는다."

옛날 한(漢)나라 무제(武帝) 원정(元鼎) 원년(BC 116)에 사방 여러 나라에서 진상한 진기한 물건 중에 호박연(琥珀

燕)이 있었는데 그것을 정실(靜室)에 두었더니 저절로 울고 날았다고 하니, 이것과 같은 부류다. 《낙서(洛書)》에서 "서도국의 보물은 토덕(土德)의 상징이니, 위대한 위(魏)나라의 상서로운 징조다"라고 했다.

建安三年, 胥圖獻沉鳴石鷄, 色如丹, 大如燕. 常在地中, 應時而鳴, 聲能遠徹. 其國聞其鳴, 乃殺牲以祀之. 當聲處掘地, 得此鷄. 若天下平, 翔飛頡頏, 以爲嘉瑞, 亦謂"寶鷄". 其國無鷄, 人聽地中, 以候晷刻. 道師云:"昔仙人相君採石, 入穴數里, 得丹石鷄, 舂以爲藥. 服者令人有聲氣, 後天而死." 昔漢武寶鼎¹元年, 四方貢珍怪, 有琥珀燕, 置之靜室, 自然鳴翔, 此之類也. 《洛書》云:"胥圖之寶, 土德之徵, 大魏嘉瑞焉."

* 이 고사는 《태평광기》 권461 〈금조・침명계〉에 실려 있다.
1 보정(寶鼎):"원정(元鼎)"의 오기로 보인다. '보정'은 삼국 시대 오(吳)나라 말제(末帝) 손호(孫皓)의 연호(266~269)다.

65-55(2127) 쌍두계

쌍두계(雙頭鷄)

출《습유록》

한(漢)나라 태초(太初) 2년(BC 103)에 대월지(大月氏)에서 쌍두계를 진상했는데, 다리는 네 개였고 꼬리는 하나였으며 하나가 울면 다른 하나도 울었다. 무제(武帝)는 그것을 감천관(甘泉館)으로 가져오게 하고 또 다른 닭과 교배시켜서 그 씨를 얻었는데, 그 닭이 더 이상 울지 못하자 무제는 상서로운 조짐이 아니라고 생각해 그것을 다시 서역으로 돌려보냈다. 서관(西關)에 이르렀을 때, 그 닭이 고개를 돌려 멀리 한나라 궁궐을 바라보며 슬피 울었다. 당시 이런 말이 떠돌았다.

"삼칠(三七)[91] 말에는 닭이 울지 않고 개가 짖지 않을 것이며, 궁중에 가시나무가 퍼지고 구호(九虎)가 제위(帝位)

---

91) 삼칠(三七): 《한서(漢書)》〈노온서전(路溫舒傳)〉에 따르면, 노온서는 조부로부터 역수(曆數)와 천문(天文)을 배웠는데, 한나라가 37지간(支干)에 액운을 당할 것이라 예견했다. '삼칠'은 210년을 의미하는데, 한나라 초(BC 206)부터 평제(平帝)가 붕어할 때(AD 5)까지가 210년이다.

를 다툴 것이다."

왕망(王莽)이 제위를 찬탈했을 때 구호장군(九虎將軍)92)이라는 칭호가 있었다. 그 후로 전란이 빈번하게 일어나 궁중에는 모두 쑥과 가시나무가 자라났으며, 민가에는 개와 닭이 남아나지 않았다. 그 닭은 월지국에 당도하기 전에 날아가 버렸는데, 곤계(鵾鷄)93)와 같은 소리를 내면서 구름 속으로 날아올라 갔다.

漢太初二年, 大月氏貢雙頭鷄, 四足一尾, 鳴則俱鳴. 武帝致於甘泉館, 更有餘鷄媲之, 得種類, 而不能鳴, 非吉祥也, 帝乃送還西域. 至西關, 鷄返顧, 望漢宮而哀鳴. 言曰: "三七末, 鷄不鳴, 犬不吠, 宮中荊棘相移, 當有九虎爭爲帝." 至王莽簒位, 將軍九虎之號. 其後喪亂弘多, 宮掖中並生蒿棘, 家無鷄犬. 此鷄未至月氏乃飛去, 聲似鵾雞, 翶翔雲裏.

* 이 고사는 《태평광기》 권359 〈요괴(妖怪)·쌍두계〉에 실려 있다.

92) 구호장군(九虎將軍) : 왕망이 봉한 아홉 명의 잡호장군(雜號將軍)으로, 명칭에 모두 '호(虎)' 자가 들어가기 때문에 '구호장군'이라 칭했다.

93) 곤계(鵾鷄) : 고서에 나오는 목이 길고 주둥이가 붉은 학처럼 생긴 닭.

태평광기초 13

엮은이 풍몽룡
옮긴이 김장환
펴낸이 박영률

초판 1쇄 펴낸날 2024년 11월 28일

커뮤니케이션북스(주)
출판등록 제313-2007-000166호(2007년 8월 17일)
02880 서울시 성북구 성북로 5-11
전화 (02) 7474 001, 팩스 (02) 736 5047
commbooks@commbooks.com
www.commbooks.com

ⓒ 김장환, 2024

지식을만드는지식은
커뮤니케이션북스(주)의 고전 출판 브랜드입니다.
이 책은 저작권자와 계약해 발행했으므로, 본사의 서면 허락 없이는
어떠한 형태나 수단으로도 이 책의 내용을 이용할 수 없습니다.

ISBN 979-11-7307-037-2 94820
979-11-7307-000-6 94820 (세트)

책값은 뒤표지에 있습니다.